三维数字创意产业核心技术

姚俊峰 著

科学出版社

北京

内 容 简 介

　　本书针对目前三维数字创意产业技术开发与应用中具有的共性关键问题,将项目组积累五年多的研究案例进行整理,分三部分进行阐述。Web3D三维交互展示系统,包括互联网发展规律及 Web3D 应用技术、基于互联网的三维产品交互展示系统设计技术、基于 J2ME 技术的手机三维交互展示系统;三维数字创意系统开发,包括三维模型多边形优化减面系统、三维花卉建模技术、三维花开过程动态模拟技术、三维自然景观模拟引擎技术、三维古建筑模拟技术研究、三维骰子游戏开发技术;三维人全息仿真,包括基于正交图片的三维人头建模技术、三维人脸表情自相似模拟技术、三维头发与皮肤模拟技术、三维人体重要尺寸探测系统。

　　本书可作为教材供游戏动漫专业高年级本科生、硕士与博士研究生学习,也可作为从事数字创意产业设计与开发的公司开发人员的参考用书。

图书在版编目(CIP)数据

三维数字创意产业核心技术/姚俊峰著. —北京:科学出版社,2010

ISBN 978-7-03-027428-1

Ⅰ.三… Ⅱ.姚… Ⅲ.三维-动画-设计 Ⅳ.TP391.41

中国版本图书馆 CIP 数据核字(2010)第 080686 号

责任编辑:魏英杰　王志欣 / 责任校对:张　琪
责任印制:赵　博 / 封面设计:耕　者

科学出版社出版
北京东黄城根北街 16 号
邮政编码:100717
http://www.sciencep.com

源海印刷有限责任公司 印刷
科学出版社发行　各地新华书店经销

*

2010 年 5 月第 一 版　开本:B5(720×1000)
2010 年 5 月第一次印刷　印张:28 3/4
印数:1—3 500　　　字数:561 000

定价:68.00 元
(如有印装质量问题,我社负责调换)

前　　言

　　创意产业,又叫创意工业、创造性产业、创意经济等,指那些从个人的创造力、技能和天分中获取发展动力的企业,以及那些通过对知识产权的开发可创造潜在财富和就业机会的活动。主要包括制造业设计创意、数字服务创意、文化传媒创意、建筑设计创意、咨询策划创意和休闲消费创意六大领域。其中,数字服务创意产业包括动漫游戏、软件设计、互联网信息服务等以数字内容为核心的产业。创意产业投入智力资源,产出知识产权。创意产业是智能化、知识化的高附加值产业,在产业价值链中占据高端,对其他产业具有很强的渗透力和辐射力。

　　以 IT 技术和 CG 技术为核心的数字媒体技术是数字内容创意产业发展的关键技术,就像是创意产业的发动机,极大地推动了创意产业的发展,创意产业为数字媒体技术提供了广阔的应用平台。

　　本书针对目前数字服务创意产业开发中具有的共性关键开发技术,将项目组积累五年多的研究实例整理出来,希望能够对推动我国数字创意产业的发展起到一定作用。

　　从内容来看,本书论述重点共分为如下三部分:

　　Web3D 三维交互展示系统。互联网的出现及飞速发展使 IT 业的各个领域发生了深刻的变化,必然引发一些新技术的出现。3D 图形技术并不是一个新话题,在图形工作站以至于 PC 机上早已日臻成熟,并已应用到各个领域。然而互联网的出现,却使 3D 图形技术持续发生着微妙而深刻的变化。Web3D 是互联网上的 3D 图形技术,互联网代表了未来的新技术,Web3D 正在取得新的进展,正在脱离本地主机的 3D 图形,而形成自己独立的框架。互联网的需求是它发展的动力,Web3D 图形是最新的和最具魅力的技术,包括互联网发展规律及 Web3D 应用技术、基于互联网的三维产品交互展示系统设计技术和基于 J2ME 技术的手机三维交互展示系统。

　　三维数字创意系统。具体包括三维模型多边形优化减面系统、三维花卉建模技术、三维花开过程动态模拟技术、三维自然景观模拟引擎技术、三维古建筑模拟技术研究和三维骰子游戏开发技术。自然场景的模拟是计算机图形领域内的研究重点和技术难点,要实时渲染自然场景,并为引擎中其他的需求保留足够的CPU 和 GPU 资源是很困难的,要用到特殊的模拟技术和绘制算法。另一方面,室外自然场景的组成对象可能数目相当庞大,要绘制出大片森林和无际的草地等,要真实、高效地将它们渲染出来对于性能优化方面的要求很高。三维古建筑建模技术的研究和应用,属于计算机技术、历史学和建筑学相结合的研究范畴。这可以使人们完全沉浸在虚拟世界当中,更为直观地了解古代文化和艺术。

三维人全息仿真。具体包括基于正交图片的三维人头建模技术、三维人脸表情自相似模拟技术、三维头发与皮肤模拟技术和三维人体重要尺寸探测系统。基于正交图片人头生成技术可以根据对客户采集的正侧面图片建立与人头有理想相似度的真实感三维人头模型。系统的关键是人头特征点的准确标定及纹理的粘贴。人脸表情自相似模拟技术的主要功能是扫描图片或视频中的人脸区域,从中提取出相应的表情参数,作用于不同的人头模型,使模型模拟出与图片或视频中人脸相似的表情。

有关计算机软件与项目应用问题,如果需要,可与作者联系。项目开发过程中得到厦门大学软件学院、厦门博鼎智文公司——厦门大学软件学院全息文化传媒创意产业联合研发中心、福兴公司——厦门大学软件学院创意产业联合研发中心、福建省芙莱茵信息技术有限公司、纳金 3D 商务网的大力支持。本书的出版得到 2006 年福建省新世纪优秀人才支持计划、泉州市 2009 年度优秀人才培养专项经费资助,在此一并深表感谢。另外对参与项目开发的洪春节、王炳兴、景冰锋、吉绪发、吉冬英、林逢春、赵丽萍、曹丽琴、黄云辉、张彬彬、詹煜、张铭、薛磊、陈锋、陈琪、张宏铭、陈青青、张寒晖、陈劲、赵丽袅等致以谢意。

三维数字创意产业核心技术是一个充满挑战的新领域,内容丰富、技术发展迅速,希望本书能起到抛砖引玉的作用。由于水平所限,书中不足之处,在所难免,还请广大读者批评指教。

作　者
2010 年 4 月于厦门

目　　录

第一章 互联网发展规律及 Web3D 应用技术

1.1 引 言

互联网发展的速度之快，规模之大，全世界没有人能够准确估计。互联网的发展给全世界带来了非同寻常的机遇。人类经历了农业社会、工业社会，当前正在迈进信息社会。信息作为继材料、能源之后的又一重要战略资源，它的有效开发和充分利用，已经成为社会发展的重要推动力和经济发展的重要生产要素，它正改变着人们的生产方式、工作方式、生活方式和学习方式。人们可以随时从网上了解当天最新的天气信息、新闻动态和旅游信息，可以看到当天的报纸和最新杂志，可以足不出户在家里炒股、网上购物、收发电子邮件、享受远程医疗和远程教育等。

互联网已经成为当代人们生活必不可少的一部分，如何有效地把握互联网发展规律，创造性地为人类谋福利不仅是互联网开发人员、网络营销工作者、门户网站设计人员等专业领域人才必须探索的课题，也成为信息社会众多利用互联网的人所要研究的课题。

引言部分将从互联网的简介、互联网时代的提出和互联网的意义进行综述，力求让读者从整体上了解互联网，认识互联网。

1.1.1 互联网简介

互联网，即广域网、局域网及单机按照一定的通信协议组成的国际计算机网络。通过互联网，人们可以与远在千里之外的朋友相互发送邮件、共同完成一项工作、共同娱乐[1]。

1995 年 10 月 24 日，联合网络委员会（The Federal Networking Council，FNC）通过了一项关于互联网定义的决议，FNC 认为下述语言反映了对互联网这个词的定义。

互联网指的是全球性的信息系统。

① 通过全球性的唯一地址逻辑地链接在一起。这个地址是建立在 IP 或今后其他协议基础之上的。

② 可以通过传输控制协议/互联网协议（TCP/IP），今后其他接替的协议或与 IP 兼容的协议进行通信。

③ 为公共用户或者私人用户提供高水平的服务。这种服务是建立在上述通信及相关基础设施之上的。

这当然是从技术的角度来定义互联网。这个定义至少揭示了三个方面的内容：互联网是全球性的，互联网上的每一台主机都需要有地址，这些主机必须按照共同的规则（协议）连接在一起。

互联网是全球性的。这就意味着我们目前使用的这个网络，不管是谁发明了它，它都是属于全人类的。这种全球性并不是一个空洞的政治口号，而是有其技术保证的。在技术的层面上，互联网绝对不存在中央控制的问题。也就是说，不可能存在某一个国家或者某一个利益集团通过某种技术手段来控制互联网的问题。

然而，这样一个全球性的网络，必须要有某种方式来确定联入其中的每一台主机。在互联网上绝对不能出现类似两个人同名的现象。这样，就要有一个固定的机构来为每一台主机确定名字，以此确定这台主机在互联网上的地址。然而，这仅仅是命名权，这种确定地址的权力并不意味着控制的权力。负责命名的机构除了命名之外，并不能做更多的事情。

同样，这个全球性的网络也需要有一个机构来制定所有主机都必须遵守的交往规则（协议），否则就不可能建立起全球所有不同的计算机与不同的操作系统都能够通用的互联网。下一代 TCP/IP 协议将对网络上的信息等级进行分类，以加快传输速度。同样，这种制定共同遵守协议的权力，也不意味着控制的权力。

毫无疑问，互联网的所有这些技术特征都说明对于互联网的管理与服务有关，而与控制无关。

事实上，目前的互联网还远远不是我们经常提到的信息高速公路。这不仅因为目前互联网的传输速度不够，更重要的是互联网还没有定型，还一直在发展变化。因此，任何对互联网的技术定义也只能是当下的、现时的。

与此同时，在越来越多的人加入到互联网中，越来越多地使用互联网，也会不断地从社会和文化的角度对互联网的意义、价值和本质提出新的理解。

1.1.2　WebX.0 的提出

互联网的发展从 Berners-Lee 1989 年发明了 World Wide Web 开始至今经历了过去的 Web1.0 时代，现在的 Web2.0 时代，以及仍处于萌芽阶段的 Web3.0 时代。

这里，我们需要明确一些概念上的区别：我们常提及的 Web 的全称是 World Wide Web，中文名称为万维网或环球网。它诞生于互联网的发展过程中，指的是 Internet 上那些支持 WWW 协议和 HTTP 协议的客户机与服务器的集合，它们在一起构成了互联网最主要的服务。Web 时代 WebX.0 中的 Web 并非 World Wide Web 的缩写，而是互联网的代名词，它与互联网指的是同一个概念。

以内容为中心，以信息的发布、传输、分类、共享为目的的互联网我们习惯上称其为 Web1.0。实际上，原本并没有 Web1.0 这一概念，只不过为了说明新的互联网技术和应用特性，推出 Web2.0 概念时才有了 Web1.0 的说法。

2004 年 3 月 O'Reilly Media 公司与 MediaLive 公司的一次头脑风暴会议上，Web2.0 的概念由 O'Reilly Media 公司负责在线出版及研究的副总裁 Doherty 和 MediaLive 公司的 Cline 共同提出。

2005 年 9 月 30 日，O'Reilly Media 公司主席兼 CEO O'Reilly 在其公司网站的个人栏目中发表文章"什么是 Web2.0——下一代软件设计模式和商业模式"，这也成为 Web2.0 理念提出的一个重要里程碑[2]。

2005 年底圣诞节 Gaizi 在美国微硬公司高管会上，讲述了微硬公司的互联网战略，主要围绕一个互联网新的概念模式展开，并给了这种互联网模式的一个新名词 Web3.0。这次讲话在硅谷引起了各互联网企业高管的关注。

1.1.3　互联网的意义

互联网是一个面向公众的社会性组织。世界各地数以万计的人们可以利用互联网进行信息交流和资源共享。成千上万的人自愿地花费自己的时间和精力蚂蚁般地辛勤工作，构造出全人类所共同拥有的互联网，并允许他人去共享自己的劳动果实。互联网反映了人类的无私精神，互联网也使人们学会如何更好地和平共处。

互联网是人类社会有史以来第一个世界性的图书馆和第一个全球性的论坛。任何人，无论来自世界的任何地方，在任何时候，都可以参加，互联网永远不会关闭，而且无论是谁，永远是受欢迎的。在当今的世界里，唯一没有国界、没有歧视、没有政治的生活圈属于互联网。通过网络信息的传播，全世界任何人都可以不分国籍、种族、肤色、宗教、性别、年龄和贫富，互相传送经验与知识，发表意见和见解。

互联网是人类历史发展中的一个伟大里程碑，它正在对人类社会的文明起着越来越大的作用。也许会像瓦特发明的蒸汽机导致了一场工业革命一样，互联网将会极大地促进人类社会的发展和进步。

1.2　互联网时代网络的共同点

1.2.1　易于导航

互联网是一种超文本信息系统，它的一个主要概念就是超文本链接。这使得文本不再像一本书一样是固定线性的，而是可以从一个位置跳到另外一个位置，因此浏览者可以从中获取更多的信息。正是这种多连接性我们才把它称为互联网。

利用超链接,互联网非常易于导航。用户从一个链接跳到另一个链接时,将以 FORM 的形式向服务器提交请求,服务器可以根据用户的请求返回相应信息。这样用户就可以根据自己的喜好在各站点之间浏览其他网页,增加新内容、进入新网站,并发现网站内容和相关链接。这构成了网站结构的一部分。和大脑中的神经键类似,通过复制或加强,联系变得越来越强大,所有互联网用户的集体行为也推动了互联网的有机成长[3]。

1.2.2　B/S 架构

互联网是基于 B/S 架构(browser/server)的,即浏览器和服务器结构。在这种结构下,用户工作界面是通过浏览器来实现的,极少部分事务逻辑在前端(browser)实现,但是主要事务逻辑在服务器端(server)实现,形成所谓三层结构。这样就大大简化了客户端电脑载荷,减轻了系统维护与升级的成本和工作量,降低了用户的总体成本。

B/S 架构是一次性到位的开发,能实现不同的人员从不同的地点,以不同的接入方式访问和操作共同的数据库。它能有效地保护数据平台和管理访问权限,服务器数据库也很安全,并且无论你的系统平台是什么,浏览互联网对你的系统平台都没有什么限制。无论从 Windows 平台、UNIX 平台、Macintosh 还是别的平台都可以访问互联网。对互联网的访问是通过浏览器实现的,如 Netscape 的Navigator、NCSA 的 Mosaic、Microsoft 的 Explorer 等。

1.2.3　分布性与更新性

大量的图形、音频和视频信息会占用相当的磁盘空间。对于互联网没有必要把所有信息都放在一起,信息可以放在不同的站点上,只要在浏览器中指明这个站点就可以了。这使得在物理上并不一定在一个站点的信息在逻辑上呈现一体化,从而用户看来这些信息是一体的。

由于各互联网站点的信息包含站点本身的信息,信息的提供者可以经常对站上的信息进行更新,如某个协议的发展状况,公司的广告等。一般各信息站点都尽量保证信息的时间性,所以互联网站点上的信息是动态的、经常更新的。这一点是由信息的提供者保证的。

1.2.4　Web 与注意力经济

注意力经济又被形象地称作眼球经济,是指实现注意力这种有限的主观资源与信息这种相对无限的客观资源最佳配置的过程。在网络时代,注意力之所以重要是由于注意力可以优化社会资源配置,也可以使网络商获得巨大利益,注意力已成为一种可以交易的商品,这就是注意力的商品化[3]。

注意力作为个体资源虽然是有限的,但是如果从全社会总体角度看,它又是非常丰富的资源,而且其再生成本几乎可以忽略不计,从而引发经济效益的倍增。这就是为什么网络的访问量、网民数量往往比利润更受到风险投资者的重视。因为访问量能够帮助我们破译注意力"密码",从而准确地把握市场走向。在网络时代没有注意力就没有利润,而没有利润的企业终要失败。

注意力经济最初发源于互联网,这是非常容易理解的。因为衡量一个网站成功与否的重要标志是网页访问量的大小,而这个访问量的标尺就是日访问量。为了获得更高的日访问量,网站就必须想方设法寻找能够吸引注意力的事物。每一个访问都是重要的,因为每一个访问都是可记录可分析的,它带有用户的信息。你可以准确地知道到来的这一个访问是来自非洲还是南极、北极,这样你就可以准确地把冰箱卖给非洲土著,把保暖内衣卖给北极客人。所以,巨大的访问量代表着利润。无论是早期融资还是后期获利,网站依托的都是为数众多的用户和访问量,以访问量为基础上市或开展增值服务[4]。

注意力经济是个多赢的经济模式,它既满足了商家受到大众关注的愿望,实现了企业知名度的提升,又满足了大众的猎奇心理,提供了茶余饭后的谈资。注意力是商家重要的淘金对象,但对于商家,除了做到注意力经济,一定要考虑好网站是否未来能够获得回头率,是否能够获得真正的高黏度,是否真正的以网民为本。

1.3 Web 时代

1.3.1 Web1.0 时代

Web1.0 以编辑为特征,网站提供给用户的内容是网站站长进行编辑处理后提供的,用户阅读网站提供的内容。这个过程是网站到用户的单向行为。国内Web1.0 时代的代表站点包括新浪、搜狐、网易三大门户。

1. Web1.0 的特征

Web1.0 时代是一个群雄并起,逐鹿网络的时代,虽然各个网站采用的手段和方法不同,但 Web1.0 有诸多共同的特征。

① Web1.0 基本采用的是技术创新主导模式,信息技术的变革和使用对于网站的新生与发展起到了关键性的作用。新浪最初就是以技术平台起家,搜狐以搜索技术起家,腾讯以即时通信技术起家,盛大以网络游戏起家,在这些网站的创始

阶段,技术性的痕迹相当明显。

② Web1.0 的盈利都基于一个共同点,即巨大的点击流量。无论是早期融资还是后期获利,依托的都是为数众多的用户和点击率,以点击率为基础上市或开展增值服务。

③ Web1.0 的发展出现了向综合门户合流现象,早期的新浪、搜狐、网易等,继续坚持了门户网站的道路,而腾讯、MSN、Google 等网络新贵,都纷纷走向了门户网络,尤其是对于新闻信息,有着极大的兴趣。这一情况的出现是由于门户网站本身的盈利空间更加广阔,盈利方式更加多元化,占据网站平台,可以更加有效地实现增值意图,并延伸至主营业务之外的各类服务。

④ Web1.0 合流的同时,还形成了主营与兼营结合的明晰产业结构。新浪以新闻和广告为主,网易拓展游戏,搜狐延伸门户矩阵,各家以主营作为突破口,以兼营作为补充点,形成拳头加肉掌的发展方式。

　　2. Web1.0 的优缺点

随着 Web2.0 时代的到来,Web1.0 时代成为过去。Web2.0 时代网络的发展为信息产业带来重大的变革,它推动着信息技术的发展,具有明显的优点,但也存在许多不足。具体分析如下:

① 优点是能够满足网民少部分精神需求,如新闻阅读、资料下载等。

在 Web1.0 时代,网络是一个针对阅读的发布平台,它由一个个的超文本链接组成。网民足不出户,就能通过网络及时得知世界发生的最新消息和资讯,并且能够下载一些简单的文本资料。

② 缺点是仅能阅读,不能参与,没有归属感,信息针对性弱,内容是静态的。

在 Web1.0 阶段,网络以大网站为中心,信息共享方式远不能满足大家的要求,表现在信息量过大,网络提供的信息没有明确的针对性,最多是对信息进行了分类,使信息针对特定的人群,而没有针对到具体的个人。因此,访问的信息很难被检索到,用户只能主动地在汪洋浩瀚的网站中穿梭,寻找自己想要的信息,同时还伴有很多不需要的垃圾信息,这使信息共享方式效率逐步降低。互联网的交互性没有得到很好的发挥。

之所以说 Web1.0 的内容是静态的,并不是指 Web1.0 信息更新不及时,而是强调 Web1.0 的内容缺乏足够的互动机制以及通过互动机制产生随时变化的新内容。

　　3. Web1.0 的传播形态

Web1.0 时代的互联网是以数据为核心,以数据互联为实质的网络,要呈现的数据存储在数据库中,通过网络服务端的程序响应用户的请求,取出数据加上事先设计的模板,动态的生成 HTML 代码发送到用户的浏览器上。数据不是事先制作并发布,而是动态生成,与用户的需要交互生成。如图 1.1 所示。

Web1.0 的代表是门户模式,由专门的编辑人员或网站站长创造内容,内容信息及服务从互联网服务器向用户单向传送,以内容为中心广播化。而大多数用户只是信息的浏览者,他们只能扮演读者的角色,被动地浏览网站的信息而不能进行编辑,更不能进行交互,话语权完全掌握在网站编辑者手中。因此,对于网站经营者来说,用户没有具体的面貌和个性,他们只是一个模糊的群体代名词。如图 1.2 所示。

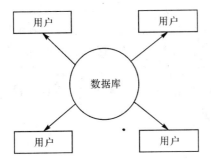

图 1.1 Web1.0 传播模式示意图

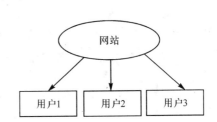

图 1.2 Web1.0 用户模式示意图

4. Web1.0 以内容为王

Web1.0 的任务是将以前没有放在网上的人类知识,通过商业的力量,放到网上去。

Web1.0 初期,传统网页的制作需要网页编辑技巧,如 HTML、XML、JavaScript、FTP 等技术。后来,有了内容管理和发布系统、模版技术,一些网络内容编辑也可以参与到内容创建活动中了。

技术的发展与突破让传统网页更注重怎样把界面做得更漂亮一点,怎样把里面的文章和图片输入得更多一点,怎样把栏目设置得更丰富一点,建成一个大而全,能够满足所有网友阅读和查询资讯需求的信息发布平台。因此,网站越做越大、越做越复杂,大众化成了 Web1.0 的核心——内容为王。

1.3.2 Web2.0 时代

简单来说,Web2.0 是以人为核心线索的网,提供方便用户"织网"的工具,并鼓励用户提供内容。根据用户在互联网上留下的痕迹,组织浏览的线索,提供相关的服务,使用户创造新的价值,为整个互联网产生新的价值。Web2.0 不单纯是技术或者解决方案,Web2.0 是一套可执行的理念体系和商业运作模式,实践着网络社会化和个性化的理想,使个人成为真正意义的主体,实现互联网生产方式的变革从而解放生产力[5]。

Web2.0以网站与用户之间的互动为主要特点,用户提供网站内容,并参与网站的建设,实现了网站与用户之间的双向交流,其代表网站有博客中国、亿友交友、联络家等。Web2.0公司更强调专业细分服务,而不仅仅是提供基础信息服务,更重要的是Web2.0从商业模型和内容模式上造就了一种变革。

Web2.0是互联网的一次理念和思想体系的升级换代,由原来自上而下的少数资源控制者集中控制主导的互联网体系转变为自下而上的由广大用户集体智慧和力量主导的互联网体系。Web2.0内在的动力来源是将互联网的主导权交还个人,从而充分发掘个人的积极性,使他们参与到体系建设中来,大众贡献的影响和智慧,人与人的联系形成社群的影响替代了原来少数人所控制和制造的影响,从而极大地解放了个人创作和贡献的潜能,使得互联网的创造力上升到了新的量级。Web2.0的任务正是通过每个用户浏览求知的力量,协同工作,把知识有机的组织起来,在这个过程中继续将知识深化,并产生新的思想火花[6]。

1. Web2.0的重要特征

(1) 充分重视并利用集体力量和智慧

在诞生于Web1.0时代并且存活下来,而且继续领导Web2.0时代的巨人们成功故事的背后,有一个核心原则,就是他们借助了网络的力量,利用了集体的智慧。

与Web1.0互联网内容是由少数编辑人员定制不同,在Web2.0里,每个人都可以是内容的提供者,而且Web2.0的内容更多元化,如标签、多媒体、在线协作等。

Yahoo!的首例成功故事诞生于一个分类目录,或者说是链接目录,一个对数万甚至数百万网络用户最精彩作品的汇总。虽然后来Yahoo!埋头于创建五花八门内容的业务,但其作为一个门户来收集网络用户们集体作品的角色,依然是其价值核心[7]。

现在,具备了这种洞察力,并且可能会将之延伸开来的那些创新型的公司,正在互联网上留下他们的印迹。

(2) 网络是可读写的

Web2.0带给我们的是一种可读写的网络。这种可读写的网络表现给用户的是一种双通道的交流模式,也就是说网页与用户之间的互动关系由Web1.0阅读式互联网的Push模式演变成双向交流的模式。每个用户都能参与信息供稿,能够发表自己的评论,参与网站架构建设,与网站经营者进行交互,实现网站与用户的双向交流[8]。

（3）注重用户的个性化服务

在 Web2.0 的新时代，信息是由每个人贡献出来的，每个人共同组成互联网信息源。Web2.0 以个人为中心，主动权在用户手上。Web2.0 中允许个人根据自己的喜好进行订阅，从而获取自己需要的信息与服务。例如，在狗狗（gougou. com）中可以根据兴趣来订阅你喜欢的网络杂志，在豆瓣（douban. com）中根据你的个人资料与访问路径，网站会推荐你可能喜欢的书刊或者音乐。你还可以根据自己的需求量身制作网页，与其他人进行互动，新浪的博客就是最好的例子。

Web2.0 是个性化最张扬的时代。个人深度参与到互联网中，而不是作为被动的客体，这是一个革命性的变化[9]。

（4）真实化

在 Web1.0 时代，网络上都是虚拟社区、虚拟个体，这可能对逃避现实的人产生了很大的诱惑力，但 Web2.0 更趋于真实。Web2.0 最大的特点是，每一个用户身上都会带有许多的标签，网站经营者要面对和服务的是这些带有标签的 ID，针对带有标签的 ID 提供个性服务。我们不难发现，越来越多的社区推广实名制，在这些社区中即使每个人的名字不算真实，但个人资料起码是可信的。在此基础上，社区中的每个用户以自身辐射出一个私有可信赖的交际网络，无论是一度还是二度，都与每个用户相关，这将是网络营销的重要途径[10]。

（5）聚合

聚合的可能性以及如何更好地聚合很显然应该成为新一代或者说 Web2.0 架构的核心之一。然而，恰好是分散带动了聚合，聚合促进了分散，通过聚合的思维，互联网的网络状况变得越来越丰富和密集。Web2.0 变得越来越有趣味，它将 Web1.0 时代的硕大节点，即门户的形象不断消解，努力创造一个更加协调的自然网络图谱。

（6）服务无处不在

Web2.0 是以服务为中心、信息为辅助开展的。它以满足单用户的多需求为目的，带给用户更多的亲和性。Web2.0 的三个有机组成部分是信息互动、社会互动、生活互动，由此建立人与人之间的关系，形成社区化生活方式的平台。Web2.0 的站长应该关心的是如何向用户提供参与便利、高自由度的服务。

Web2.0 的最大价值在于保持集中化信息处理的同时兼顾了个性化的信息沟通与应用。

2. Web2.0 的传播形态

在 Web1.0 的时代，其实质是数据（信息）的互联，是以数据（信息）为中心的。人们上网更多的是进行人机对话，通过浏览器被动地接受信息和数据。而网站的内容来源大都是精英级来源，来源渠道有限，如以做新闻为特色的新浪，其新闻大都是取得有限的传统媒体授权后,对其内容的电子化。

在 Web2.0 的风潮中,由于相关设备的成本和相关技术的要求降低,Web1.0 时代网络以数据为中心的传播模式已经被打破,数据不再和页面网站混粘在一起。它独立了,并且跟着用户走。

互联成为 Web2.0 的本质。如图 1.3 所示。个人用户成为 Web2.0 时代网络的主体,他们是具体的人,因为网络服务不断充实起来。他们主动创造、消费和传播,以自我为核心定制属于自己的网络生态系统,这种用户高度参与使其成为有生命的互联网,代表着个体的价值取向,把互动发挥得更彻底。如图 1.4 所示。以用户为核心来组织内容的 Blog 就是典型代表,每个人在网络上都是一个节点,每个节点都可以产生和接收信息及服务。信息及服务在互联网的每个节点多向传送。通过人的互联形成一个一个的群体。如图 1.5 所示。

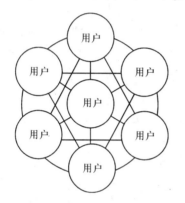

图 1.3　Web2.0 用户结构图

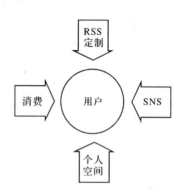

图 1.4　Web2.0 用户访问形式示意图

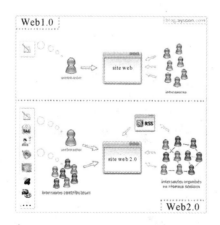

图 1.5　Web2.0 传播模式示意图

网站的内容来源也不再是精英级，而是草根级。人们可以自由生产并发布各种内容，如文本信息、语音记录、视频录制等。Web2.0 类型的视频网站，绝大部分内容都由网民提供。同时，网站也更注重用户的交互作用，用户既是网站内容的消费者(浏览者)，也是网站内容的制造者。网站的内容按照用户的意见和喜好来完善，并以点对点的传播方式进行推广。Web2.0 是一场草根革命。

3. Web2.0 的优缺点

(1) 满足网民更多精神需求

Web2.0 的产生，让人们可以更多地参与到互联网的创造劳动中，特别是在内容上的创造。在这一点上，Web2.0 是具有革命性意义的。人们在这个创造劳动中将获得更多的荣誉、认同，包括财富和地位。

Web2.0 的双向互动，使得人们不仅能阅读信息并且能主动地制造信息，寻求反馈。商家不仅能将卖的信息提供给消费者，还能将买的信息收集、汇总，作为效果的评估。另外，一些虚拟社区的产生，使人们在网络上面有了自己的个人空间，并且拥有虚拟关系的成员，使人们真正有了归属感。

(2) 缺乏商业价值

Web2.0 虽然提供了体现集体力量和智慧的模式，但并没有体现出网民劳动的价值，即缺乏商业价值，所以 Web2.0 是脆弱的。纯粹的 Web2.0 会在商业模式上遭遇重大挑战。目前，Web2.0 在线企业需要与具体的产业结合起来才能获得巨大的商业价值和商业成功。

2003 年 2 月，Google 并购了全球最大的博客托管服务网站 Blogger.com 母公司 Pyra 实验室。Pyra 当时成立仅三年半，博客注册用户已达数百万、人气极旺，但由于缺乏收入，三个创始人中的两个被迫离开公司，如果不是 Trellix 公司的 CTO Bricklin 出手相助，Pyra 早已破产[11]。因此，一些建设起来的网站，表面依旧用户活跃但却隐藏着危机，一个没有利润、靠投资度日的网站是不会长久的。盈利始终是企业生存的基本保证。

很多为 Web2.0 设想的盈利模式仍然沿袭了 Web1.0 的盈利思想，将内容产生和内容消费人群分开来看，而不考虑内容产生人群的经济学，把他们当作廉价劳动力[12]。实际上，从可持续发展的重要性来看，最需要 2.0 的是盈利模式以及 Web2.0 内部的价值链，即如何让大众既消费又获利。Web1.0 没有解决过这个问题，现在 Web2.0 必须面对它。

4. Web2.0 的关键技术

随着软件和互联网的发展，需求导致了一种新的计算模型出现。这种计算模型的特色就是，软件逐渐的由前台推向后台，以平台的方式提供服务，让用户在前台表演。

从 Web2.0 的身上,可以依稀看到计算机模型变化的趋势。不过 Web2.0 要想有如此变化,让用户参与进来,就必须提供一个用户功能强大的,使用方便的用户接口。

于是,需求导致了 RIA(rich Internet application)的出现。Rich 代表功能强大,高交互性,高用户体验。Internet 代表方便。应用程序部署方便,用户使用方便。跨系统,跨语言。RIA 提供了一个满足需求的用户接口,使得大家可以参与到 Web2.0 中来。

RIA 是基于浏览器的 C/S 架构(或称之为 C/S/B)。如图 1.6 所示。由于有一个客户端,RIA 应用可以提供强大的功能,让用户体验到高交互性,高用户体验的服务。同时,RIA 又是基于 Internet 浏览器的应用,所以用户使用 RIA 非常方便。理想来说,用户使用 RIA 应当像现在使用普通网页一样方便。用户不需要安装任何的客户端软件,只要拥有浏览器。当用户通过浏览器发出指令,希望运行某种 RIA 应用程序时,一切都会飞快地建立在客户端机器上,就像在网上点击某个页面一样。

RIA 将部分的服务器负载转移到客户端,同时又不会丧失使用和部署上的方便性。所以说,RIA 就是一次回归,只不过这次回归没有原地不动,相反,却找到了最佳结合点。

目前,典型的 RIA 代表技术有 Ms Click Once、Sun Java Web Start、Adobe Flash、Ajax。在以上几种 RIA 技术中,目前使用起来最合适的要算 Ajax。Web2.0、RIA 与 Ajax 关系如图 1.7 所示。

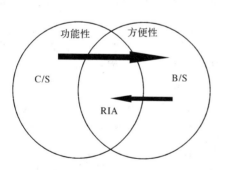
图 1.6　RIA 架构回归示意图

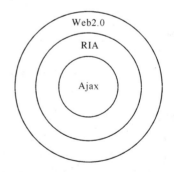
图 1.7　Ajax、RIA 与 Web2.0 关系图

Ajax 并不属于任何厂商,它代表的是一种开源的风格。由于 Ajax 所采用的各种技术要么是基于标准的,要么没有被各大厂商垄断,所以 Ajax 真正是一个平民化的技术,谁都可以使用它。同时,由于 Ajax 采用的各种技术都是基于现有的浏览器,与其他技术相比,兼容性最好。用 Ajax 技术建立的网站,目前均可以直

接运行,不需要任何客户端的改变。Ajax 技术的出现,改变了传统网络的应用体验和编程模式,有效地解决了企业网络应用所需要的各种特性,使得网络应用的功能和开发方式发生了根本性的变化,并逐渐成为企业应用开发的主流和首选[13]。现在一些看上去很 Cool 的网站,很多是用这项技术实现的,其中包括 orkut、Gmail、Google Group、Google Suggest、Google Maps、Flickr、A9. com 等。

另外,具有 CSS 和语义相关的 XHTML 标记,简洁而有意义的 URLs,支持发布为 Weblog,采用 SOA 架构,拥有网络社交工具以及 Atom、XML、P2P 技术的利用等,也是构成 Web2.0 的技术条件。

总之,Web2.0 之所以如此精彩,正是网络聚合(syndication)作用的结果。Blog、Wiki 都被广泛地应用在网络写作领域,而 Blog 比 Wiki 更流行,正是由于其更加易于聚合和推广。聚合技术所依仗的是 RSS、Atom 之类的标准,而这些标准的技术支持是 XHTML/CSS/XML。Ajax 为 Blog 和 Wiki 提供了完成优良的用户体验。

5. Web2.0 的盈利模式

Web2.0 时代,根据艾瑞咨询的调研数据显示,2005 年中国网络营销产业规模(含渠道代理商收入)为 55.1 亿元,比 2004 年的 31.2 亿元增长 76.8%,是 2001 年中国网络营销产业规模(含渠道代理商收入)的 10 倍。2006 年中国网络营销产业规模(含渠道代理商收入)达到 91 亿元,比 2005 年增长 65.7%,而到 2010 年时,中国网络营销产业规模(含渠道代理商收入)有望达到 367 亿元。根据分析,网络营销的盈利模式主要包括:

(1) 网络广告

Web2.0 的盈利模式并未成形,但不意味着 Web1.0 时代网络广告的盈利模式不再可行,目前大多数网络企业仍然依靠网络广告来赚取利润,但广告的形式却有所创新,例如博客广告,按照流量与版权者分利。

据悉,截至 2005 年底,美国的博客广告总额为 2 300 万美元,播客和 RSS 广告额则分别为 300 万美元和 65 万美元。2006 年美国博客广告将继续保持用户生成网络媒体广告市场的最大份额,预计将增长 117%,达到 3 600 万美元。在日本,博客广告正在成为营销的一股新势力。日本包括博客广告等形式在内的联属广告在 2005 年约占网上所有广告的 10%,估计达到了 314 亿日元,是 3 年前的 10 倍。

根据艾瑞咨询的调研数据显示,2005 年中国网络广告市场规模为 31.3 亿元,比 2004 年增长 77.1%,是 2001 年的 7.6 倍。如图 1.8 所示。2006 年中国网络广告市场规模(不包含渠道代理商收入)达到 46 亿元,比 2005 年增长 48.2%。至 2010 年,中国网络广告市场规模(不含渠道代理商收入)预计将达到 157 亿元。如

图 1.9 所示。因此，在 Web2.0 时代，网络广告仍然是盈利模式的重要组成部分[14]。

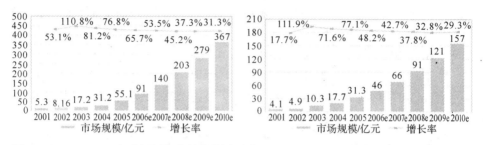

图 1.8　2001～2010 年中国网络营销趋势图　　图 1.9　2001～2010 年中国网络广告增长率图

（2）网上购物

虽说 Web2.0 的盈利模式并不清晰，但成功而著名的 2.0 盈利模式早已有之，那就是网上购物。

网上购物有两种模式：一种是 B2C 模式，即商品和信息从企业直接到消费者；另一种是 C2C，即商品和信息从消费者直接到消费者，俗称网上开店。数据显示，截至 2006 年年底，网络购物总体交易额达到 312 亿元，B2C 和 C2C 总体交易额分别为 82 亿元和 230 亿元，C2C 市场规模同比增加 85％，增长速度超过网络购物的整体增速。

艾瑞咨询提供的数据显示，2007 年我国网络购物的市场规模突破 500 亿元，达到 510 亿元。此外，网络购物注册人数在 2006 年达到 4 310 万人，2007 年达到 5 500 万人。据中国互联网络信息中心发布的第 18 次中国互联网络发展状况统计报告，在 12 300 万网民数十种网上行为中，通过网络进行购物的比例高达 26％。按照这个比例计算，网络购物的直接顾客群将达到 3 200 万人。

（3）与出版商合作

显然 Web2.0 不应只有一种商业模式，根据人人参与或贡献的思想，在网络上为用户提供平台和应用工具，由用户自己来创造内容的模式诞生了。

大众点评网及其热卖的《2005 上海餐馆指南》出版物就是很好的启示。这本汇集大量上海餐馆信息的黄页其内容完全依赖于经营良久的大众点评网网站广大用户来提供，其模式类似于 Wikipedia，展现了一套网上到网下、互动到出版的完整的 Web2.0 模式，也证实了 Web2.0 的内容必须有所约束、有所中心化。其主力永远不是很多个分散的个人，而是小团体、小企业。

此种靠落地盈利的模式应该可以普及到多个行业，合著集中体现了 Web2.0 公司的最大优势：信息源众多、信息可自动交叉核实、项目启动快速、内容量几何级数上升、维护要求低。

（4）与电信服务商合作

截至 2007 年 9 月，我国手机用户数量已经达到 5.23 亿户，这是所有企业的庞大客户源。手机被称为继报纸、广播、电视、网络之后的第五媒体，能够承载目前各种媒体的传播方式和内容，并且比电脑普及、比报纸互动、比电视便携。手机报有多种实现方式，包括短信、彩信、WAP 方式等。

自从 2004 年中国移动推出中国第一份手机报"中国妇女报——彩信版"以来，短短 3 年时间，已有数十家媒体与移动运营商合作推出数十份手机报。手机报作为新型媒体，需要根据受众群体的特征进行内容创新，发展个性化服务，并利用手机的互动性体现传统媒体所不具备的优势，形成稳定的运营模式。手机报代表着移动媒体化的发展趋势，具有巨大的发展空间。

（5）引入会员机制

网站从免费到收费，应用比较法，通过收费与免费之间的功能对比，利用用户的攀比心、好奇心和从众心，来让用户自主缴费。免费用户与收费用户一定要共存，如此才能让这些心理适当引导就会转变为利润。QQ 就是个很好的例子。

6．Web2.0 的理论模式

在《模式语言》一书中，亚历山大为精炼描述对于体系结构问题的解决方案，开了一种格式上的处方。他写道：每个模式都描述着一种在我们的环境中一遍又一遍地出现的问题，并因此描述了对该问题的核心解决方案。以此方式你可以使用该方案上百万次，而从不需要重复做同样的事情。

（1）长尾理论

长尾理论是指只要渠道足够大，非主流的、需求量小的商品销量也能够和主流的、需求量大的商品销量相匹敌。eBay 就是一个经典的例子。作为一家线上拍卖网站，eBay 开创了一种买主同时也是卖主的史无前例的商业模式，让数量众多的小企业和个人通过其平台进行小件商品的销售互动，从而创造了惊人的交易量和利润。它的成功让人们看到，只要抓住足够多的非主流客户，也能聚沙成塔，产生意想不到的惊人效果[15]。

小型网站构成了互联网的大部分内容，符合长尾理论的许多市场呈现出新的契机，互联网为其发展提供了温床。掀起电信及媒体运营革命浪潮的 VoIP、IPTV 等产业或许就是下一批长尾的受益者。对于博客、播客等社会性软件而言，长尾理论或许也是其寻找商业模式的一个良好的理论支点[16]。

（2）六度关系理论

这个理论可以通俗地阐述为：最多通过六个人你就能够认识任何一个陌生人。六度分隔成为人际关系世界中无可否认而又令人震惊的特征，许多社会学上的深入研究也给出令人信服的证据，说明这一特征不只是特例，在一般情形下也存在。然而,在现实世界中,六十亿人怎么可能真的构成如此紧密的相互关联呢,互联网使一切成为现实[17]。

（3）微内容

微内容是 Web2.0 的一个关键词。其中,微内容包括个人形成的任何数据,如一则日志、一条评论、一幅图片、收藏的书签、喜好的音乐列表、想结交的朋友等。这些微内容,充斥在人们生活、工作和学习的方方面面,而 Web2.0 重点要解决的正是对这些微内容的重新发现和利用。从整体上说,Web2.0 提供了无数的小网站,满足了每个人的需求,而这些小网站在后台又是可以相互沟通与协同的。这就很好地支持了信息共享[18]。

（4）体验属性

Flickr、Google 地图和 Wikipedia 是 Web2.0 产生之后的独特服务。它们拥有一种新颖的方式,即使用体验属性引起价值。体验属性包括:

① 分权。用户以他们自己的方式体验服务[19]。

② 共同创作。用户参与到创造中,并传递服务的主要价值。

③ 可再混合。创造出专门为用户定制的体验,集成了多种服务和组织的能力。

④ 新兴系统。系统最底层的不断积累构成了整个系统的形式和价值。不仅用户从服务中获得价值,而且服务从用户行为中继承了下来。

这些独特的服务,模糊了传统意义上的供应商、贩卖者和顾客之间的界线,成为新价值倾向的先驱。它们可能产生了新的供给类型、新的效率,并且引发了更高水平的连续创新。体验属性使得 Web2.0 的服务提供商在他们的各自市场争夺中日趋剧烈。

（5）用户增添价值

对互联网程序来说,竞争优势的关键在于用户多大程度上会在你提供的数据中,添加他们自己的数据。因而,不要将你的参与体系局限于软件开发。要让你的用户们隐式和显式地为你的程序增添价值。

（6）权力的保留

知识产权保护限制了重用也阻碍了实验。因此,在优势来自于集体智慧而不是私有约束的时候,应确认采用的门槛要低。遵循现存准则,并以尽可能少的限制来授权。设计程序使之具备可编程性和可混合性。

（7）永远的测试版

当设备和程序连接到互联网时,程序已经不是软件作品了,它们是正在展开的服务。因此,不要将各种新特性都打包到集大成的发布版本中,而应作为普通用户体验的一部分来经常添加这些特性。吸引你的用户来充当实时的测试者,并且记录这些服务以便了解人们是如何使用这些新特性的。

（8）合作而非控制

Web2.0 的程序是建立在合作性的数据服务网络之上的。因此，应提供网络服务界面和内容的聚合，重用其他人的数据服务，并支持允许松散结合系统的轻量型编程模型。

7．Web2.0 的元素

（1）博客（Blog）

Blog 的全名应该是 Web Log，后来缩写为 Blog。Blog 是一个易于使用的网站，在上面用户能够迅速发布想法、与他人交流以及从事其他活动，而所有这一切都是免费的。

（2）站点摘要（RSS）

RSS 是站点用来和其他站点共享内容的一种简易方式的技术（也叫聚合内容）。最初源自浏览器新闻频道的技术，现在通常被用于新闻和其他按顺序排列的网站，例如 Blog[20]。

（3）百科全书（Wiki）

Wiki 指一种超文本系统，它是一种支持面向社群多人协作的写作工具，同时也包括一组支持这种写作的辅助及交流工具。Wiki 站点可以有多人维护，每个人都可以在网络上对 Wiki 文本进行浏览、创建和更改，或者对共同的主题进行扩展和探讨，同时也可以查找并阅读其他人编辑的词条[21]。读者和编辑的界限在Wiki 中被模糊了[22]，与其他超文本系统相比，Wiki 有使用简便且开放的优点，所以Wiki系统能够在一个社群内共享某个领域的知识。

（4）社会性网络软件（SNS）

SNS 是一种 Web2.0 应用。依据六度理论，通过网络服务，不仅能够帮助用户结交朋友和合作伙伴，而且能够帮助用户实现个人数据处理、个人社会关系管理、信息共享和知识分享，最终帮助用户利用信任关系拓展自己的社交网络，达成更有价值的沟通和协作，从而带来丰富的商业机会和巨大的社会价值[23]。

（5）对等联网（P2P）

P2P 是 peer-to-peer 的缩写。P2P 是一种点对点的网络传输技术，它摆脱了传统客户——服务器信息传输模式，实现了共享信息的传输，具有健壮性、无中心性等优点。P2P 改变了人们使用网络的习惯，激发了人们使用互联网的热情。

随着 P2P 逐渐被运营商所接受和使用，P2P 应用的重点也开始从即时通信和文件下载等转向视频分享、P2P 流媒体等业务和应用，并且开始向移动通信领域延伸，例如移动 Skype。未来 P2P 将广泛用于视频共享、分发和传输，具有广阔的发展前景。

（6）搜索引擎

随着 Web2.0 元素在互联网中的推广和普及，搜索引擎也引入了互动性因素，从而使得其用户黏性大大增强。据艾瑞资讯市场研究报告，2007 年第三季度中国搜索引擎市场规模达 8.18 亿人民币，相比第二季度环比增长 27.6%，相比 2006 年第三季度同比增长 110.3%。百度知道、新浪爱问都为其所在企业网聚集了不少人气，搜索巨头 Google 推出了 Google 邮箱、论坛、Talk、桌面搜索等一系列吸引用户的工具，在扩大用户量的基础上利用众多工具的合力留住了用户。随着业务的不断细分，综合的搜索引擎将越来越趋向成为更加互动的新型门户，搜索引擎门户化将是未来综合搜索引擎发展的大势所趋。

（7）BBS

BBS 是 Internet 上的一种信息服务系统。它提供一块公共电子白板，每个用户都可以在上面发布信息或提出看法。BBS 按不同的主题与分主题分成很多个布告栏，布告栏是依据大多数 BBS 使用者的要求和喜好设立的，使用者可以阅读他人关于某个主题的最新看法，也可以将自己的想法毫无保留地贴到公告栏中。BBS 已逐渐成为网民经常使用的网络服务。

（8）播客（Podcast）

它是数字广播技术的一种，网友可将网上的广播节目下载到自己的 iPod、MP3 播放器或其他便携式数码声讯播放器中随身收听，不必端坐电脑前，也不必实时收听，享受随时随地的自由。用户还可以自己制作声音节目，并将其上传到网上与广大网友分享。如果个人或公司对某个原创作品产生极大的兴趣，且认为该作品具有很深的商业价值，对作品提出购买或合作的要求，双方签订协议达成一致，交易成功。原创本人得到的是金钱或发展的机会，而购买方或合作方得到的是一项具有市场潜在价值的产品，双方各取所需，各有所得。虽然宽频播客产业发展必须要面对许多问题，但网络视频正成为我国互联网的发展热点。中国互联网协会的调查显示，2006 年我国播客和视频分享网站用户规模为 7 600 万人，其后更是以每年 40% 的速度增长。播客作为交易的平台，收益的前景是无可限量的。

（9）网络电视（IPTV）

IPTV 是指基于 IP 协议的电视广播服务。该业务将电视机或个人计算机作为显示终端，通过宽带网络向用户提供数字广播电视、视频服务、信息服务、互动社区、互动休闲娱乐和电子商务等宽带业务。IPTV 的主要特点是交互性和实时性。借助 P2P 技术的发展，各种网络电视、流媒体业务等如雨后春笋破土而出。网络电视的兴起大大促进了互联网的应用。同时，它还在一定程度上刺激了电信、广电等其他相关行业的发展与合作。

8. Web2.0 的经验

(1) 利用大众的智慧

用户贡献的网络效应是在 Web2.0 时代中统治市场的关键。

eBay 的产品是其全部用户的集体活动,就像网络自身一样,eBay 随着用户的活动而有机地成长,而且该公司的角色是作为一个特定环境的促成者,用户的行动就发生在这种环境之中。更重要的是,eBay 的竞争优势几乎都来自于大量的买家和卖家双方,正是这一点使得后面许多竞争者的产品吸引力显著减低。

Amazon 销售同竞争者相同的产品,同时这些公司从卖方获得的是同样的产品描述、封面图片和目录。所不同的是,Amazon 已然缔造出了一门关于激发用户参与的科学。Amazon 拥有比其他竞争者高出一个数量级的用户评价,更为重要的是,他们利用用户的活动来产生更好的搜索结果。由于拥有高出对手一个数量级的用户参与,Amazon 销售额超出竞争对手也就不足为奇了。

维基百科全书是一种在线百科全书,其实现基于一种看似不可能的观念。该观念认为一个条目可以被任何互联网用户所添加,同时可以被其他任何人编辑。无疑,这是对信任的一种极端的实验,将雷蒙德的格言:"有足够的眼球,所有的程序缺陷都能被隐藏"运用到了内容的创建之中。维基百科全书已然高居世界网站百强之列,并且许多人认为它不久就将位列十强。这在内容创建方面是一种深远的变革。

(2) 数据是下一个网络核心

现在每一个重要的互联网应用程序都由一个专门的数据库驱动:Google 的网络爬虫、Yahoo! 的目录、Amazon 的产品数据库、eBay 的销售商、MapQuest 的地图数据库、Napster 的分布式歌曲库等。正如瓦里安在去年的私人对话中谈到的,SQL 是新的 HTML。数据库管理是 Web2.0 公司的核心竞争力,其重要性使得这些程序被称为讯件(infoware)而不仅仅是软件。但是,关键是谁拥有数据?

在互联网时代,我们可能已经见到了这样一些案例,其中对数据库的掌控导致了对市场的支配和巨大的经济回报。当初由美国政府的法令授权给 Network Solutions 公司对域名注册的垄断,曾经是互联网上的第一个摇钱树。因此,对关键数据资源的控制具有重要意义,特别是当要创建的这些数据资源非常昂贵,或者经由网络效应容易增加回报的时候。

近期 Google 地图的引入,为应用程序销售商和数据提供商间的竞争,提供了实验的空间。Google 的轻量型编程模型已经引发了不计其数增值服务的出现。这些服务以数据混合的方式,将 Google 的地图同其他可以通过互联网访问的数据源相结合。拉特马赫的 housingmaps.com 是这种混合的一个上佳范例,其网站将 Google 的地图同 Craigslist 的公寓出租,以及住宅购买数据相结合,来创建一种交互式的房屋搜索工具。

关于数据，必须注意几个方面，首先就是用户关心其隐私和对自己数据的权限。在许多早期的网络程序中，版权只被松散地执行。例如，Amazon 宣称对任何提交到其网站的评论的所有权，但却缺少强制性，人们可以将同样的评论转贴到其他任何地方。想把网络作为一个可信赖平台，建立数据避难所来保护数据，避免被那些爱偷窥的眼睛监视，包括政府、税务局、律师、黑客，避免这些搜索真的太难。然而，很多公司开始认识到，对数据的掌控有可能成为他们首要的竞争优势来源，实施数据避难所虽然会有很多挑战，但是很明显现在是这样做的时候了。另外，还有很多相关的管理问题，包括如何做到安全，如何进行法律授权。

如何允许用户永久地在线存储数据，例如文档、音乐、图片、视频等数据是网站需要解决的问题。庆幸的是，今天有很多安全的在线存储服务，尽管它们不怎么出名，但还是值得信赖的[24]。

最大的问题是可靠性。本地网络停止、卫星连接失败、海底电缆破损、服务被拒绝，还有其他很多的因素可以影响你是否能访问你的数据，以及有多快地访问。这个问题会使很多 Web2.0 服务无法开始运作，除非可靠性和普遍性达到 99.999%，而且要有能够核实的数据来证实它。

正如专有软件的增长而导致自由软件运动一样，在下一个十年中我们会看到专有数据库的增长将导致自由数据运动。在像维基百科全书这样的开放数据项目、共同创作以及像 Grease monkey，让用户决定如何在其计算机上显示数据。这样的软件项目中，我们可以看到这种对抗势头的前兆。

（3）软件超越单一设备

Web2.0 已经不再局限于 PC 平台这样一个事实。Microsoft 的长期开发者斯塔兹在对 Microsoft 的告别建议中指出：超越单一设备而编写的有用软件将在未来的很长一段时间里获得更高的利润。

当然，任何的网络程序都可以被视为超越单一设备的软件。毕竟，即便是最简单的互联网程序也涉及至少两台计算机，一台负责网络服务器，另一台负责浏览器，并且在将网络作为平台的开发中，把这个概念拓展到由多台计算机提供服务而组成的合成应用程序中。

但是如同 Web2.0 的许多领域一样，在那些领域中 2.0 版的事物并不是全新的，而是对互联网平台真正潜能的一种更完美的实现。软件超越单一设备这一说法赋予我们为新平台设计程序和服务的关键性的洞察力。

迄今为止，iTunes 是这一原则的最佳范例。该程序无缝地从掌上设备延伸到巨大的互联网后台，其中 PC 扮演着一个本地缓存和控制站点的角色。之前已经有许多将互联网的内容带到便携设备的尝试，但是 iPod/iTunes 组合却是这类应用中第一个从开始就被设计用于跨越多种设备的范例。TiVo 则是另外一个不错的例子。

iTunes 和 TiVo 也体现了 Web2.0 的其他一些核心原则。它们本身都不是网络程序,但都利用了互联网平台的力量,使网络成为其体系中无缝连接的、几乎不可察觉的一部分。数据管理显然是它们所提供的价值核心。不仅如此,TiVo 和 iTunes 都展示了一些集体智慧方兴未艾的应用。

这正是我们希望看到伟大变革 Web2.0 领域中的一个,随着越来越多的设备正连接到这个新的平台中来。当我们的电话和汽车虽不消费数据但却报告数据时,实时的交通监测、快闪暴走族(flash mobs)以及公民媒体,只不过是新平台能力的几个早期预示。

(4) 轻量型编程模型成主流

一旦网络服务的观念深入人心,大型公司将以复杂的网络服务堆栈加入到纷争之中。这种网络服务堆栈被设计用来为分布式程序建立更可靠性的编程环境。

但是,就像互联网的成功正是因为它推翻了许多超文本理论一样,RSS 以完美的设计来取代简单的实用主义,已经因其简单性而成为应用最广泛的网络服务,而那些复杂的企业网络服务却尚未实现广泛的应用。

类似地,Amazon. com 的网络服务有两种形式:一种是简单对象访问协议(simple object access protocol,SOAP)网络服务堆栈的形式主义;另一种则是简单地在 HTTP 协议之外提供 XML 数据,这在轻量型方式有时被称为代表性状态传输(representational state transfer,REST)。虽然商业价值更高的 B2B 连接使用 SOAP 堆栈,但是根据 Amazon 的报道,95％的使用来自于轻量型 REST 服务。

同样的对简易性的要求,可以从其他朴实的网络服务中见到。近来 Google 地图的推出就是一个例子。Google 地图的简单 Ajax(JavaScript 和 XML 的结合)接口迅速被程序高手们破译并随即进一步将其数据混合到新的服务之中。

地图相关网络服务已经存在了一段时间,例如像 ESRI 那样的 GIS 以及从 MapQuest 和 Microsoft 的 MapPoint。但是 Google 地图以其简洁性而让世界兴奋起来。虽然从前销售商所支持的网络服务都要求各方之间的正式约定,但 Google 地图的实现方式使数据可以被捕获,于是程序高手们很快就发现并创造性地重用了这些数据的方法。

9. Web2.0 与博客

Blog 是 1997 年 12 月由美国的 Barger 最早提出的。它是一个新型的个人互联网出版工具,博客使用者可以很方便地用文字、链接、影音、图片建立起个性化的网络世界。

Web2.0 时代是互联网历史上一次理念的飞跃,它使普通大众交流变得更加便捷,博客的兴起使人们的话语权空前延伸,参与社会舆论监督的机会和热情空前提高,博客也因此获得了突飞猛进的发展。

据博客搜索 Technorati 统计,目前全球平均每 5.8 秒钟诞生一个博客。博客在 2002 年进入中国后,发展非常迅速。2003～2007 年中国博客注册规模增长状况如图 1.10 所示。

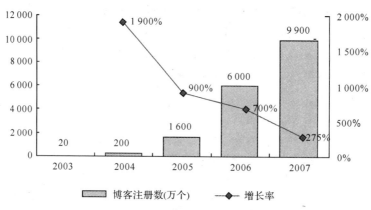

图 1.10　中国博客注册规模增长状况与趋势图

然而我们不禁会想,个人主页从互联网早期就已经存在了,而个人日记和每日发表观点的专栏就更久远了,那么是什么使博客如此受人追捧呢?

归根底地,博客只是一种日记形式的个人网页。但正如斯格仁塔指出的,博客的按时间顺序来排列的结构看起来像是一个微不足道的变化,但却推动着一个迥然不同的分发、广告和价值链。其中一大变化就是 RSS 的技术。

RSS 是自早期计算机高手们认识到 CGI(公共网关接口)可用来创建以数据库为基础的网站以来,在互联网根本结构方面最重要的进步。RSS 使人们不仅可以链接到一个网页,而且可以订阅这个网页,从而每当该页面产生了变化时都会得到通知。斯格仁塔将之称为增量的互联网,其他人则称之为鲜活的互联网。

在许多方面,RSS 同固定链接的结合,为 HTTP 增添了 NNTP 的许多特性。所谓博客圈,可以将其视作一种同互联网早期的、以对话方式来灌水的新闻组和公告牌。人们不仅可以相互订阅网站并方便地链接到一个页面上的特定评论,而且通过一种称为引用通告的机制,可以得知其他任何人链接到了他们的页面,并且可以用相互链接或者添加评论的方式来做出回应。

Blog 的可贵之处更在于,它让世人认识到,写作并不是媒体的专利,新闻也不是记者的特权。再眼疾手快的记者也不如在现场的人更了解事实[25]。目击者的 Blog 比新闻记者拥有更高的权威和更接近事实的判断。又由于博客的内容来自草根,其内容绝大部分来自自己的亲身体会和经历,不会受到政治或者商业的影响,真实性和可信度较高。因此,博友更热衷于浏览这些文章,甚至将有共同观点或爱好的人作为自己寻求意见和建议的对象。这样,这些人的博客就具有很高的黏性。如果说一个传统门户出现问题了,网民可以到另外一个门户看同样的内容。但如果是一个经常寻求意见和建议的博友的博客出故障了,那么网民将很难找到替代者[26]。网民对博客的忠诚度和参与程度会远远比其他媒介高得多。对博客信任度的调查,可以看出83.40%的访问者认为博客的内容是比较可信的。如图1.11所示。

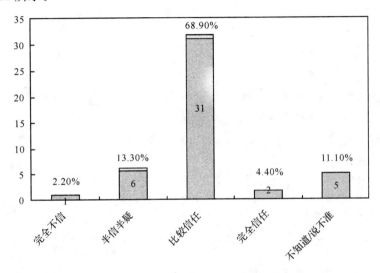

图1.11　对博客信任度调查结果柱状图

　　虽然主流媒体可能将个别的博客视为竞争者,但真正使其紧张的将是同作为一个整体的博客圈的竞争。这不但是网站之间的竞争,而且是一种商业模式之间的竞争。

　　博客的竞争力在于它让参与者自身在传播文章和作品的同时,还使将自己的作品或文章产生价值,如将博客的原创文章出售给相关出版单位,将原创音/视频精彩内容与电台及媒体合作,在个人博客中插入企业广告,向影业公司出售个人剧本,包装网上已小有名气的网民打造成为网络明星等。那么,作为原创的个体,他们的积极性会得到极大地提高,参与性会越来越强,并且有了价值交易的产生,平台自身运作将始终向着良性方向发展[27]。

　　Web2.0的世界也正是吉尔默所谓的个人媒体的世界。在这个世界中,是所谓原本的听众,而不是密室里的少数几个人来决定着什么是重要的。

　　10．Web2.0的视觉革命

　　对于Web2.0来说,不可或缺的是对网站访问者输入内容的驾驭。用户能自行创建网站服务的内容,以病毒式的点对点流行方式推广它,并且按照用户的意见和喜好来完善数据质量。

但要说服访问者为网站程序花费时间和提供数据,首先需要赢得他们的信任。多数 Web2.0 站点让我们觉得友好、平易近人、小规模,它们运用巧妙的设计来赢得大家信赖[28]。

(1) 绿色成为新宠

明快而生机盎然的色彩主宰了 Web2.0 网站。绿色是 Web2.0 的非官方的色彩,并且高纯度的蓝色系、橙色系和粉红系也同样备受青睐。奔放的主色调引导了一种令人愉悦的情感,并且也有助于将注意力拉回到页面的重要元素上。

(2) 圆角无处不在

新的 CSS 技术支持圆的倒角使得这一风格又热了起来。友好的圆角效果让许多 Web2.0 站点符合舒适无拘无束的基调。如图 1.12 所示。同时,圆角字体开始全球风靡。这种字体的柔和方式赋予了企业视觉识别一种现代的玩乐态度。如图 1.13 所示。

图 1.12　Web2.0 网站设计中的圆角图　　图 1.13　Web2.0 网站设计中的圆角字体

(3) 免费成为关键字

如果你已吸引访问者注册了你的终极程序,送给他们免费的账户时不要心疼。大多数 Web2.0 站点花费主要资产来传达一个信息,那就是他们提供免费服务。如果这个信息能显示在一个随处可见的光芒四射的星型图案里就再好不过了。如图 1.14 所示。

图 1.14　Web2.0 网站设计中的免费提示

(4) 用图标代替相片

在 Web2.0 网站,你不会找到任何一个微笑服务员工的商用版权相片。那是小公司假扮大公司形象惯用伎俩。当简单的图标和截屏图片作为 Web2.0 图像组成的一部分时,它就成为我们今日的需求。

（5）使用大文字

大的文字看起来不累，配合流畅的文字内容使得信息容易被吸收。无障碍沟通才是最有效的，但大字体大得太离谱也是不适合的——当一个页面的正文字号大得超过 13 磅时，看起来像一本幼儿识字课本。如图 1.15 所示。

图 1.15　Web2.0 网站设计中的大字体

（6）利用空白

Web2.0 网站的排版布局难度可说是微乎其微。利用好空白可以使重点突出且易读易用。空白能让眼睛得以休息，并给予一种安定和有秩序的感觉。宽松的行间距也让视线易于跟随文本流动。如图 1.16 所示。一些 Web2.0 网站的布局简单到令人感到无聊的地步，但若设计上出色的话，一个四平八稳的页面也能成为绝顶的美味大餐。如图 1.16 所示。

图 1.16　Web2.0 网站设计中的空白

11．Web2.0 网站应具备的功能

（1）标签功能块

标签是一种新的组织和管理在线信息的方式。它不同于传统的针对文件本身的关键字检索，而是一种更灵活的分类方法，功能在于引导，特点是无处不在，体现智能性、模糊性和趋向性。标签代替了传统的分类法，成为 Web2.0 网站使用率最高的功能块。

（2）订阅功能块

订阅功能块是在线共享内容的一种简易方式。通常在时效性比较强的内容上使用 RSS 订阅能更快速获取信息，网站提供 RSS 输出，有利于让用户获取网站内容的最新更新。网络用户可以在客户端借助于支持 RSS 的聚合工具软件，在不打开网站内容页面的情况下阅读支持 RSS 输出的网站内容。

RSS 订阅功能的最大好处是定向投递，也就是说 RSS 机制更能体现用户的意愿和个性,获取信息的方式也最直接和简单。这是 RSS 订阅功能备受青睐的一大主要原因。

（3）推荐和收藏功能块

推荐功能主要是指向一些网摘或者聚合类门户网站推荐自己所浏览到的网页。当然,一种变相的推荐就是阅读者的自我收藏行为,在共享的模式下也能起到推荐的作用。比较有名的推荐目标有以 del. icio. us 为代表的网摘类网站包括国内较有名气的 365key、和讯网摘、新浪 vivi 和天极网摘等。

（4）评论和留言功能块

Web2.0 强调参与性和发挥用户的主导作用。这里的参与性除了所谓的订阅、推荐功能外,更多地体现在用户对内容的评价和态度,这就要靠评论功能块来完成。一个典型的 Web2.0 网站或者说一个能体现人气的 Web2.0 网站都会花大量篇幅来体现用户的观点和视觉。这里尤其要提到 Web2.0 中的带头老大博客,评论功能已经成为博客主人与浏览者交流的主要阵地,是体现网站人气的最直观因素。

评论功能块在博客系统中实际上已经和博客内容相分离,而应用的更好的恰恰是一些以点评为主的 Web2.0 网站,例如豆瓣、点评网等。这里的评论功能块直接制造了内容,也极大地体现了网站的人气,所以说评论功能块是 Web2.0 网站最有力的武器。

（5）站内搜索功能块

搜索是信息来源最直接的方式之一,无论你的网站是否打上 Web2.0 的烙印,搜索对于一个体系庞大、内容丰富的大型网站都是非常必要的。Tag 在某种程度上起到搜索的作用,它能够有效聚合以此 Tag 为关键词的内容,但这种情况的前提是此 Tag 对浏览者是可见的,也就是说当 Tag 摆在浏览者的眼前时才成立,而对于那些浏览者想要的信息却没有 Tag 来引导时搜索就是达到此目的的最好方法。

（6）群组功能块

群组是 Web2.0 网站的一大特点,也是 Web2.0 所要体现的服务宗旨。一个 Web2.0 网站,博客也好、播客也好、点评也罢,或是网摘、聚合门户,它们都强调人的参与性。物以类聚、人以群分,每个参与者都有自己的兴趣趋向,Web2.0 网站的另一主要功能就是帮助这些人找到同样兴趣的人并形成一个活跃的群体,这是 Web2.0 网站的根本。

过去,我们做网站要做得好,心里面想的是怎样把界面做得更漂亮一点,怎样把里面的文章和图片输入得更多一点,怎样把栏目设置得更丰富一点。这是 Web1.0 时代建网站最典型的指导思想。

现在,Web2.0 的时代已经到来,做网站再抱着这个思想,那就是活化石。我们现在做网站的指导思想应该是这样:怎样让网民们在网站上多写更多的字,怎样让网站浏览的速度更快点,怎样让用户找到他要的东西更方便点,怎样让网站管理员更少点,怎样让网站数据库的增长速度更快点。

12. Web2.0 与 Web1.0 的主要区别

经过对 Web1.0 与 Web2.0 各自内涵的论述,我们可以从核心概念、信息管理、用户特点、传播模式和所属技术来对 Web1.0 与 Web2.0 做一个基本的比对。如表 1.1 所示。

表 1.1　Web1.0 与 Web2.0 特点比对表

Web 时代	Web1.0 时代	Web2.0 时代
核心概念	官方发布	交流互动
信息管理	集中管理	上传共享
用户特点	被动接收	主动参与
传播模式	单向传播	多向链接
所属技术	传统网页	RIA

总体来说 Web1.0 与 Web2.0 的主要区别可以从以下几个方面进行论述:

① 从内容上来说,Web2.0 内容是以用户创造为主的,Web1.0 则是以网站自创内容为主。

② 从客户来说,Web1.0 用户是被动的接收内容,而 Web2.0 的用户是主动创造内容;Web2.0 互动性强、黏性强,而 Web1.0 互动性弱、黏性弱。

③ 从渠道来说,Web2.0 社区的成长除了管理层的推动,还会通过用户把自己的朋友圈子带进社区的方式推动社区成长,因此营销成本要低得多。

④ 从经营上来看,Web1.0 竞争主要是在管理层,而 Web2.0 竞争不只是不同管理层间的竞争,更重要的在对网络社区用户资源的争夺。

⑤ 从交互性来看,Web1.0 是网站对用户为主,而 Web2.0 是以 P2P 为主。

1.3.3　Web3.0 时代

在 Web2.0 时代,更多的人参与到了有价值的创造劳动中,互联网价值的重新分配将是一种必然趋势,因而必然催生新一代互联网的产生。Web3.0 是在 Web2.0 的基础上发展起来的,能够更好地体现网民的劳动价值,并且能够实现价值均衡分配的一种互联网方式。从理论上说,Web3.0 是广域的、广语的和广博的,是跨区域、跨语种和跨行业的,是真正的下一代互联网的核心。

互联网技术日新月异,互联网不断深入人们的生活,Web3.0 将是彻底改变人们生活的互联网形式。Web3.0 使所有网民不再受到现有资源积累的限制,具有更加平等地获得财富和声誉的机会。Web3.0 用户可以在互联网上拥有自己的数据,并能在不同网站上使用。图 1.17 为 Web3.0 与前两时代用户交互模式的对比图。

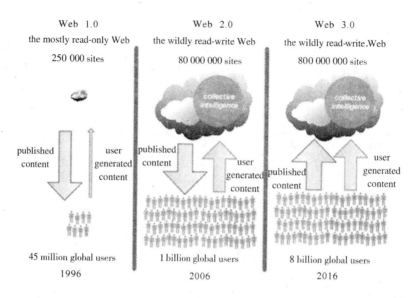

图 1.17　Web1.0、Web2.0 与 Web3.0 用户交互模式图

　　Web3.0 倡导的理论是利益共享理论,在一个利益节点上,任何人都可以通过某种关联实现共享。也有人认为,Web3.0 是一种基于浏览器的虚拟操作系统,用户通过浏览器可以在这个网络操作系统上进行应用程序的操作。Web3.0 网站内的信息可以直接和其他网站相关信息进行交换和互动,能通过第三方信息平台同时对多家网站的信息进行整合分类[29]。

　　Web3.0 的最大价值不是提供信息,而是提供基于不同需求的过滤器,每一种过滤器都基于一个市场需求。作为 Web2.0 的升级版,如果说 Web2.0 解决了一个个性解放的问题,那么 Web3.0 就是解决信息社会机制的问题,也就是最优化自动整合的问题。

　　1. Web3.0 的基本特点

　　① 继承 Web2.0 的所有特性。例如,以用户为中心,用户创造内容广泛采用 Ajax 技术和 RSS 内容聚合,表现为 Blog 大行其道,互联网上涌现大量的个人原创日志。

　　② 网站内的信息可以直接和其他网站的相关信息进行交互和交换,能通过第三方信息平台同时对多家网站的信息进行整合使用。

③ 完全基于网络,用浏览器即可以实现复杂的系统程序才具有的功能。例如,即时通聊天等就可以直接在网页完成,无需下载任何软件[30]。

④ 具备更清晰可行的盈利模式。现在的 Web2.0 网站大部分没有清晰可行的盈利模式,这是商业网站的致命弱点。有些 Web2.0 网站有一些广告收入来源,但是规模不够,入不敷出。

2. Web3.0 的功能

① 对 Web2.0 时期杂乱的微内容进行最小单位的继续拆分并将词义标准化、结构化,单位微内容具有各种属性信息,使微信息之间可以互动,让网络完全可编程,能满足复杂程序。例如,财务软件等对微信息的需求,达到商务运营所要求的标准。

② 网络信息可以实现和现实生成同步。在信息的同步、聚合、迁移的基础上加入信息平台集中校验并分类存储的功能,使分布信息能和平台信息进行智能交互,并能对原始信息进行提炼和加工。

③ 相对于 Web1.0 时期信息通过超链接跳转互通。Web2.0 时期信息通过程序中的标识代码在页面内容里互通。Web3.0 所实现的是信息可以直接在底层数据库之间进行通信。底层数据库具备完整的信息交换机制。

④ 帮助用户实现他们的劳动价值。目前的 Web2.0 几乎都是让用户免费劳动,让他们免费生产内容娱人娱己。用户很难通过 Web2.0 网站把自己辛辛苦苦生产的内容换成真实货币。Web3.0 首要任务就是让他们不再浪费劳动力,实现他们的劳动价值。

3. Web3.0 的影响

① 企业内的财务软件、企业网站、客户管理软件等各种信息系统因为公用信息平台的缘故,各自系统内的信息可以根据语义充分互动,例如当你在财务软件中为一个新员工创建一个账号的时间,这个账号信息也能同时在企业内部网站及 ERP 软件等信息系统中自动创立,并给出相应的权限。当商品管理软件中的一个商品零售价格调整后,企业网站公布的零售价格也同时变化,而不需要再次的人工修改。

② 随着企业和组织为了更有效率地运转,越来越多的组织都会和公用信息平台互通,从而为行业软件和社会软件的开发提供了基础和可能。电子政务和信息社会的真正实现才有可能。

③ 企业和合作伙伴以及行业伙伴在 Web3.0 时代因公用信息平台而充分互联,所以不同企业间的信息是完全互通的,协作起来很方便。厂家在合作伙伴授权的情况下可以很清楚地看到每个时刻自己的产品在货运公司、各地各级代理商

及维修商那里的各种相关数据,实时地调整自己的生成。下级代理商也不用因为代理几十种产品而分别操作各个厂家的渠道管理软件来上报数据,因为这些信息已经脱离软件经过加密后由公用数据平台准确交互了。

④ 由于公用信息平台之间是可以互联的,所以不同公用信息平台服务商所采用的信息标准是完全一致的,或者有一个中央公用信息平台服务商能识别各种异类结构的信息平台并实现其信息互通。若把目前银联的信息平台想象成一个一维的行业信息平台,那么这样的行业信息平台再和公用信息平台互通后的商业价值是巨大的,哪怕出于安全的考虑只实现单向互联。

⑤ 软件开发商和网站开发商会通过与公用信息平台服务商的协作和合作来优化自己的产品,或者直接针对公用信息平台做各种软件和网站的开发,从而方便开发出智能的产品。软件使用者再也不用为了初始化商品管理软件而加班到半夜扫描并录入成千上万种枯燥的商品信息了,这个时间只需要通过软件直接从不同厂家网站上下载这些信息就可以了,甚至也可以选择从货运公司接货的时间,直接通过数据平台收集货物的各种信息到企业内部信息系统。

4. Web3.0 的发展方向

（1）更加人性化

Web1.0升级到Web2.0是一次飞跃,体现了人本主义的理念,然而这只是人性化的一个阶段,真正的人性化是随着人们需求的提高而不断提高的。现在互联网承担的信息传递、沟通互动、交流和娱乐等方面的需求也将不断升级,科技使互联网更加符合人的需要。因此,Web3.0必然是伴随着人性化理念的进一步发展而发展的[31]。

（2）更加智能化

所谓智能,并不是通过人工编辑的,而是基于搜索技术和统计技术的。它是全面展现信息真实面貌的一个载体。智能化的最终目标是让机器进行思考,而不是像以往那样执行简单的指令。例如,金融理财方面,智能系统可以为老年夫妇们制订养老计划;教育咨询方面,可以帮助高中生挑选合适的大学。Web3.0开发者们的目标就是建造一个能针对简单问题给出合理、完整答复的系统。如果这类系统形成了,会立刻比现在使用的搜索引擎更具有商业价值[32]。

（3）服务功能更完善

现在对于我们来说,周末出去购物或到超市买菜是一件很正常的事情,然而科技的发展会让人更加舒适、自由,也许在将来互联网发展到Web3.0的时候,现在习以为常的卖菜可能就变成了派送,在网上选好,直接通过派送机构送到厨房。届时的互联网除了满足基本信息传递的功能,很有可能添加高附加值的服务功能。将信息技术和服务联系起来将成为未来Web3.0的基本特征。

（4）更加娱乐化

人的本性是要求自由而不是拘束，在工作的时候不但要避免枯燥和单调，而且要不断追求生活的质量，在创造物质文明的同时，使人类自己获得快乐。事实上，互联网正在实现这种娱乐的功能。当然娱乐不是指娱乐新闻、花边八卦的娱乐，而是指形式和内容的理念上娱乐特征，其目的是使人获得快乐。因此，Web3.0很有可能就是在这方面有新的理念和突破模式。

在 Web3.0 时代，谁能更好地利用网络社会资源，谁就是赢家，谁更懂得合作与速度，谁就是胜利者。

5. Web3.0 的盈利预言

（1）电子杂志

数字化的目的是对资源进行整理转换，使之被高度重复利用，进而产生价值。这种模式非常简单、成熟。对用户需要内容的获取和包装是服务商需要深入琢磨的事。

娱乐和生活是电子杂志的主流内容，除了这些内容更容易吸引大众用户外，其自身性质也更能发挥多媒体技术的优势。当前，电子杂志的主要内容仍来源于传统媒体，原因在于内容信息的高质量和版权使用，在未来自制内容的比例将逐渐提升。

电子杂志有着非常清晰的盈利模式，主体收益来自广告和用户付费，并随着用户的增多而增长。目前看来，这种产品已经得到用户的认同，并且发展前景看好。除了电脑终端，电子杂志在移动终端可能拥有更广阔的市场，这取决于相关内容资源的积累以及 3G 时代对此服务的支持，如终端支持、网络费率等[33]。

（2）个人出版

用户对内容的制造、发布和传播是 Web2.0 的主要特性，这种互联网趋势已成为热潮。视频、音乐、图片是个人出版的主要载体，多媒体可以让内容表现得更为丰富。

最受欢迎当属 Podcast，它更像传统的电视台、广播台，但内容完全由大众制造。除了带有反传统色彩外，众多体现个人风格、才能及智慧的内容使得资源更具观赏性。类似传统媒体，Podcast 的商业模式也显而易见。不过，服务商需要注意并防备由于非法内容而引起的各种问题，包括政府在未来可能实施的监管和限制等相关政策。

个人音乐制造目前还停留在初级阶段，内容大都是歌曲翻唱，这跟用户群体、制作成本、需求倾向有直接关系。随着数码相机的普及、个人图片的制造和分享趋向流行，根据图片保存、使用、分享、传播等用户需求的不同，相关服务还可进一步细化、优化。从其他角度看,个人 DV/DC 时代即将来临,互联网将是这些个人生产内容的最佳保存、分享和传播平台。

（3）P2P 直播

P2P 下载服务火爆的原因,归根结底是下载快速、物美价廉。P2P 技术使得每个用户节点都可能成为数据源,用户越多,加速效果越明显。但真正吸引用户的是下载的内容,用户的成本只是网费和电费,但却可以享受到无比丰富精彩的各类影音、软件、游戏和其他各类有价值的产品。面对如此诱惑,用户趋之若鹜。

P2P 应用的重点也开始从即时通信、文件下载等,转向视频分享、P2P 流媒体等业务和应用,并且开始向移动通信领域延伸,例如移动 Skype。当前 P2P 直播市场发展形势良好,但版权的问题一直是 P2P 直播的一大压力。在未来,或许会有两种类型的 P2P 下载服务共存:合法授权内容 P2P 下载,收益来自用户付费;用户自制内容 P2P 下载,收益来自广告。未来 P2P 将广泛用于视频共享、分发和传输,具有广阔的发展前景[34]。

（4）细分搜索

假若百度搜索引擎是个全面搜索,有超过 40% 的检索请求是和 MP3 歌曲下载有关,那 MP3 搜索必须细分出来,为众多用户提供更精准易用的搜索体验,这是从需求数量考虑的有效细分。游戏迷们需要经常查询攻略秘籍,而全面搜索的结果包含了大量不相关的内容,这显然不是用户所期望的。对于某些专有信息的搜集,显然对特定用户群非常有用,例如想联络客户的业务员,这种细分需要从用户特征来考虑。

细分搜索的价值在于它为用户提供了更专业有效的服务。例如,搜索书籍是为了购买,那么细分搜索可以让用户准确地找到要购买的书籍,增加收益的可能。

（5）社会网络服务

马克思说,人的本质是一切社会关系的总和。社会网络服务,这个概念听着高深,其实就是网络交友。现代技术让信息交流变得更加通畅便捷,同时还大大拓展了人们的地域活动范围,受此影响,人们的交友行为也逐渐发生变化。和传统交友相比,SNS 或网络交友的特点是跨越地理限制,将交友范围从 50 公里以内扩展到 500 公里以上。目的兴趣细分,自主挑选不同朋友实现虚拟过程体验,以网络交流及想象表达代替现实交往。

人们在为生活和未来而工作忙碌时,认识越多的商业朋友对自己越有利,甚至这些朋友可以促进或创建自己的事业工作,甚至决定自己事业的发展空间。由于最终结果会为用户带来直接价值,而且用户群体本身就具有商业价值,所以商业交友前景看好。商业 SNS 的关键在于,建立有效互促关系、杜绝无聊骚扰,充分创造各类商业合作交流机会。

6.　Web3.0 的发展预言

通过对 Web2.0 发展至今的成果及特点分析,未来 10 年内 Web3.0 将可能在以下方面得到较快的发展:

①　Web2.0 网站多种盈利模式凸显。一些早期 Web2.0 网站迅速盈利,并逐步成为首批具有 Web3.0 特质的网站。经过持续的经营,一些 Web2.0 类型网站在功能上不断扩展,其用户忠诚度及用户数量也不断增加,向付费会员提供特殊服务将逐步被大家所接受。同时,向媒体网站授权定制信息及通过窄带广告形式使流量变现的能力也逐步具备。其中一些网站将在行业发展的大背景下通过应用新标准和新技术,逐步发展并成为首批具有 Web3.0 特质的网站。

②　智能搜索引擎面市及流行。据艾瑞咨询市场研究报告,2007 年第三季度中国搜索引擎市场规模达 8.18 亿人民币,环比第二季度增长 27.6%,相比 2006 年第三季度同比增长 110.3%。百度知道、新浪爱问都为其所在企业网聚了不少人气,搜索巨头 Google 推出了 Google 邮箱、论坛、Talk、桌面搜索等一系列吸引用户的工具,在扩大用户量的基础上利用众多工具的合力留住用户。随着 Web2.0 元素在互联网中的推广和普及,搜索引擎也引入了人性化、智能化因素,从而使得其用户黏性大大增强。智能搜索引擎具有比较复杂的逻辑判断能力,能针对搜索人身份的不同而调整搜索结果及信息排列顺序,并能对搜索结果进行分类,使搜索体验更加人性化和智能化。随着业务的不断细分,综合的搜索引擎将越来越趋向于更加互动、更加人性化的新型门户。智能搜索引擎将是未来综合搜索引擎发展的大势所趋。

③　跨政府、全球性的商业交易网络组织逐步形成。入会资格是向网络内成员公开商业数据,其商业数据受网络管理程序监管。网络内企业为了商业利益不得不选择合法经营,并以维持网络上的良好商业记录为主要工作目的。同时,另外一些企业经营者以保护商业机密为目的拒绝加入该类网络,只选择向管理者公开部分商业数据。全球商业将形成两大阵营,传统软件行业将和互联网服务行业逐步融合而失去界线。

④　主要国家的农业开始实现智能化,农田及牲畜的所有者和经营者身份将逐步分离。植物和动物被植入芯片将变得普遍,被植入芯片的成本将会降到 1 元人民币以内。农业及畜牧业的管理在 Web3.0 网络环境下实现智能化,主要专家和农业学者将完全打破地域和时间的限制通过终端去管理任意一个被授权的农田和牧场。

⑤　个人网站从可有可无,发展成为必需。个人网站的诞生将和孩子的出身同步,甚至早于孩子的出生,互联网逐步发展成全球性的支柱产业和领导性产业,

政府及企业的管理行为将主要通过信息管理的形式出现。人类社会将真正跨入信息时代。

⑥ 网络游戏将和现实生活逐步接轨。由于信息技术的不断发展,模拟社会、模拟企业及模拟场景的技术基础和数据基础逐步具备,一些游戏开发商可以把部分社会工作植入到游戏中,通过游戏来工作和学习将成为可能。

7. Web3.0 到来的前提

① 以博客技术为代表,围绕网民互动及个性体验的互联网应用技术的完善和发展。

② 虚拟货币的普及,同时虚拟货币的兑换成为现实。

③ 人们对网络财富的认同,网络财务安全的解决方案成熟。

8. Web1.0、Web2.0 与 Web3.0 的比较

Web1.0 是网站里面的网页互相可以建立网状关系,Web2.0 是网站的用户可以在网站建立网站的关系,那么 Web3.0 将在网站和网站之间建立网状的关系。

Web3.0 是建立在全球广泛互连节点无障碍互动的概念上的。如果说 Web2.0 和 Web1.0 解决了互联网读与写的问题,那么 Web3.0 要解决的问题则是在这两层之上的表象层或语义层的问题。全球用户在 Web3.0 上可以没有语言障碍的相互沟通,实现互联网的最高境界。Web3.0 将成为整合全球有线与无线完全开放互动的媒体平台。现有 Web2.0 的所有标准与应用都可以平滑过渡到 Web3.0 展开跨国、跨语种业务,包括跨国娱乐、媒体发布、国际商网平台等。

1.3.4　Web3.0 之后的网络时代

随着信息社会的渐行渐近,人类的通信需求也在进一步演进。网站无边界,遵守 Web3.0 标准的网站可以方便地在数据、功能上实现彼此的互通和互动。未来的互联网更是合作、共赢、资源互补、互促的互联网。分久必合,有相关利益的网站会联合起来,趋向于一体化。一个强有力的、方便的对外交互的标准是未来互联网都必须实现的。而多个不同种类网络的融合,直至无所不在网络的建成是未来网络的一大趋势。下面将分别从互联网与电信网、广播电视网互联以及泛在网来介绍未来网络的发展趋势。

1. 互联网与电信网融合

当你可以使用视频聊天时,为什么还需要打电话呢? 尽管有很多技术在早期就已经带入了这样的通信方式,但 Web2.0 将人们直接彼此交流的新方式带向主流,让你的消息在任何地方都能够被访问到。当你在使用 Mac 时,iChat 以及其他

即时通信软件就能够替代电子邮件,作为一种现场式的通信手段。

Web2.0 将这些不同的通信模式结合到了一起,例如你可以通过互联网将文字信息发送到亲友的蜂窝电话上。通过内置在 iMac、MacBook 和 MacBook Pro 上的 iSight 摄像头,视频聊天就能够通过宽带成为日常的事情。

(1) VoIP

语音聊天是很好的东西。VoIP 是互联网技术发展的产物,而它的概念要比网络本身有着更长的时间。VoIP 利用 IP 技术在网络连接上发送语音数据,用户只需要包月支付费用而不需要按分钟计费,在世界各地都可以登录 VoIP 账户来进行通话。

但 VoIP 也有一些缺点,主要就是因为它是依赖互联网的。VoIP 不能没有 IP,即不能在没有互联网的情况下使用它。这也就意味着,你不能在停电的时候使用 VoIP。但欣喜的是,公共的 WiFi 网络以及 VoIP 电话正在兴起,它们都将大大增加 VoIP 的可用范围。

(2) IVR

IVR 即互动式语音应答,它是基于手机无线语音增值业务的统称。手机用户只要拨打指定号码,就可根据操作提示收听、点送所需语音信息或者参与聊天、交友等互动式服务。通过 IVR,用户只需用电话即可进入服务中心,根据操作提示收听手机娱乐产品,例如聊天室或者交友等。

IVR 在移动信息服务总体市场中,市场份额居第三位,处于高增长低市场份额阶段。中国 IVR 用户数在整个移动增值用户中的比重呈现出稳步快速增长的态势。随着互联网的发展及宽带技术的进步,交互式的语音需求越来越引起人们的重视。IVR 的成长空间十分广阔,未来其将向高增长高市场份额演变。

虽然以上这些应用在商业模式上还不成熟,技术上也有待完善,但是它们相对门户、Email 等早期互联网技术而言,在个性和共性方面都有了明显的提高。这反映了人类社会对互联网应用认识的加深。

2. 互联网与电视广播网融合

IPTV 即网络电视,是指基于 IP 协议的电视广播服务。如图 1.18 所示。该业务将电视机或个人计算机作为显示终端,通过宽带网络向用户提供数字广播电视、视频服务、信息服务、互动社区、互动休闲娱乐、电子商务等宽带业务。它能够很好地适应当今网络飞速发展的趋势,充分有效地利用网络资源。

IPTV 采用高效的视频压缩技术,使视频流传输带宽在 800Kb/s 时可以有接近 DVD 的收视效果,对今后开展视频类业务,如网上视频直播、远距离视频点播、节目源制作等来讲,有很强的优势。

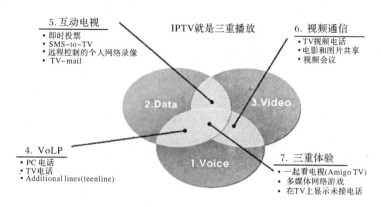

图 1.18　IPTV 示意图

　　IPTV 的主要优点是交互性、实时性以及网内业务的扩充。用户可有极为广泛的自由度选择宽带 IP 网上各网站提供的高质量数字媒体视频节目。实现媒体提供者和媒体消费者的实质性互动。IPTV 还可以非常容易地将电视服务和互联网浏览、电子邮件以及多种在线信息咨询、娱乐、教育和商务功能结合在一起,在未来的竞争中处于优势地位。借助 P2P 技术的发展,各种网络电视、流媒体业务等如雨后春笋般破土而出。网络电视的兴起大大促进了互联网的应用。同时,它还在一定程度上刺激了电信、广电等其他相关行业的发展与合作。例如,你能够将感兴趣的电视内容导入到你的网页上。

3. 泛在网

　　进入新世纪,随着移动通信、互联网等信息通信技术的成熟,信息社会的发展浪潮再次掀起。接连不断的技术创新催生了不计其数的新业务、新产品,信息通信和人类生活空前紧密地结合在了一起。如今,信息通信技术已经改变了传统的生产方式,并深入到人类生活的方方面面,包括知识结构、社会关系、经济、政治、媒体、教育、医疗和娱乐等。

　　就在近几年,全球范围内出现了一种更新、更高的通信目标,即无所不在(ubiquitous,U)的网络通信方式[35]。U 不同于以往的电子化通信,它强调的是促进无所不在网络的基础设施的发展,帮助人类实现 4A 化通信,即在任何时间(anytime)、任何地点(anywhere)、任何人(anyone)、任何物(anything)都能顺畅地通信。由此,解决社会与经济问题,实现由 ICT(信息与通信技术)所能达到的信息化发展蓝图。这一新的人类通信目标甚至被欧盟等认为是高于信息社会的一个宏大目标,是未来一段时期内现代信息通信技术同人类生产生活全面对接的最高理想[36]。如图 1.19 所示。

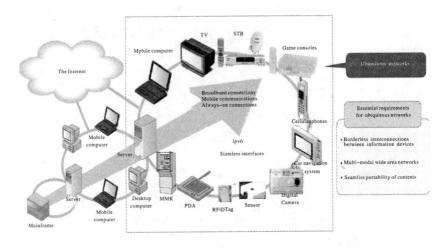

图 1.19　泛在网概念示意图

（1）泛在网的要素

作为一个 IT 新术语，无所不在的网络是一个 IT 环境，它需要同时满足三个要求。

① 无论在何处使用，无论使用模式是固定的还是移动的、是有线的还是无线的，它都能提供永远在线的宽带接入。

② 无所不在的网络不仅能够连接通用的大型计算机和个人电脑，也能连接移动电话、PDA、游戏机、汽车导航系统、数字电视机、信息家电、RFID 标签以及传感器等各种信息设备。这些设备通过 IPv6 协议连接到网络中。

③ 无所不在的网络能够实现对信息的综合利用，不仅能够处理文本、数据和静态图像，还能够传输动态图像和声音。它能够实现安全的信息交换和商务交易以及用户的个性化需求。

（2）泛在网的三层内涵

① 国际电联（ITU）提出的一个含义是任何人都有可能在任何时间和任何地点，通过客户友好的设备和服务，方便、廉价地交换和共享大量信息。这个说法的出发点是，任何人可以在不同情况之下交流信息。这个概念是很清楚的[37]。

② 从 P2P 到 O2O。UNS 已经不仅停留在人上，而是发展到了物的层次上。所以，有人说现在的互联网，已发展到物品互联网，即 Object to Object。

从前面一个层次来讲，主要是 P2P，就是人对人。现在发展到 O2O，就是物对物。这主要是由于现在的经济全球化，在物流领域中要建立全球范围的物流平台。物流信息化是 O2O 的雏形。

③ 关于 P2O 或 O2P。第三个层次,就是 P2O,即人对物。人对物的融合目前还不可能大规模实现。例如电子标签,这对物流方面是非常好的,但如果把电子标签用在人身上的话,这就是另外一个问题了。人和物之间如果融合之后,就产生了新的情况。

(3) 泛在网的功能

① 方便交流和娱乐。现在中国上网的人里面,属于交流与娱乐的占了很大的比重。年轻人上网,大部分都是在进行交流和娱乐。与东亚国家和欧美存在比较大的差异,在日本和韩国,交流和娱乐也占了很大的比例,而在欧美等西方国家,情况就有所差别,他们事务性的内容占了相当大的比重。

② 提高效率和效益。我们为什么要建泛在网呢? 我们为什么要到任何地方都要和其他人联系呢? 就是要提高效率。过去,你出差时,路程很远,甚至到了其他国家,要跟国内联系非常困难。而现在就很容易了,实时通信可以大大地提高我们的效率。同时,通过网络还可以大大提高经济效益,例如现代物流网。物流从来都是只要有商贸,就要有物流。现代物流就是在现代信息技术支持下的物流,需要有信息网的支持。在这种情况下,可以大大地提高效益和效率。

③ 加强管理和监控。人和物的结合或融合,开始的时候是为了方便人,例如怕小孩子出去走丢了,就给他带一个儿童手机,家长可以随时找到他,不至于出什么意外。

但是现在的管理和监控,特别是监控的意思远远不是这样。在英国伦敦,一个人平均每天要被监控器监控 300 次。在美国,现在美国人的权利受到比较大的制约,美国人在乘坐飞机的时候,所受到的检查比中国要多很多。现在美国政府不断地强调恐怖主义对美国的威胁,因此它就有对人民进行监控的权力和需要。

④ 提高产业和竞争力。在日本和韩国,在 U-Japan 和 U-Korea 的大框架下,都非常强调产业的发展和竞争力的提升。特别是在韩国,IT 行业在韩国国民经济中所占的比例非常高,现在的比例大概是 15%,但是产品并不是都在韩国国内,相当大的比例都是出口。

(4) 泛在网的实现方法

① 建立并形成一个全新的网络系统。在这个网络体系构架下,无论使用者是在电脑前、厨房里还是在便利店,或是在火车站,他都能通过便利的方式连入网络。换句话来说,无所不在的网络在固定宽带接入的基础上加入无线和移动功能,为用户提供了完善、丰富的接入手段,使网络能够随时随地的被用户使用[38]。

② 建立其他辅助设施,包括终端和平台。在无所不在的网络社会里,终端将是形态多样、功能丰富、携带方便并具有一定智能的。它们是用户与无所不在的网络交互的直接界面。平台则是指一些应用设施,完成诸如用户认证接入、网络

交易安全认证等功能。

③ 建立无所不在的网络应用。这是无所不在网络社会的最高层次,也是最终目的所在。这些应用能够提高生产效率,提升生活品质,为现有的数字化内容开拓更加广阔的传播空间;也能引发出新的终端使用形态,扩展原来的 IT 价值链,形成增值应用;还能创造出一系列新的数字服务领域,从而满足人们对诸如医疗、保健、教育、娱乐、家政等方面的更高要求。

(5) 泛在网的世界性

基于无所不在的通信理念,全球多个国家陆续提出了一个高于信息社会的未来发展目标,即构建一个无所不在的网络社会(ubiquitous network society, UNS)。这一强调 U 特性的信息化发展方式取代了世纪之交兴起的电子兴国战略,即注重 E(electronic)特性的科技发展手段。从全球来看,从 E 到 U 的演进路线率先由日韩两国实现,不过这一趋势正在影响全球。无所不在的网络社会正在成为世界性的话题。

联合国 2003 年 12 月在日内瓦举办的信息社会世界峰会(WSIS)上,首次为无所不在的网络提供了一个在国际上进行讨论的机会。由以下几个在泛在网方面发展较为迅速的国家介绍泛在网的世界性及其发展现状。

自日本野村综合研究所提出泛在网络的概念以来,该思想在日本得到了广泛的研究和应用。他们意识到,任何人在任何时间和任何地点都能接入网络的环境,在不久的将来将会变得越来越重要,最先提出了泛在网络社会的概念。

泛在网络社会包括信息家电、数字电视、家庭用服务器、游戏机、PDA、智能型自动售货机、多媒体资讯终端、无线 IC 感应器、手机、汽车导航仪等内容[39]。手机将能够实现与多种信息设备连接,通过宽带、移动、全时连接的多形式网络,随时随地双向传送丰富的内容。

2004 年 5 月,日本总务省向日本经济财政咨询会议正式提出了以发展 Ubiquitous 社会为目标的 U-Japan 构想。在总务省的 U-Japan 构想中,希望在 2010 年将日本建设成一个任何时间、任何地点、任何人、任何物都可以上网的环境。此构想于 2004 年 6 月 4 日被日本内阁通过,而且在总务省提出的年度 ICT 发展策略平成 17 年度 ICT 政策大纲中被正式列为重点发展的项目,利用泛在网络去解决日本目前面临的各种问题,如防止犯罪、食品安全、教育、环境保护等。泛在网络已经成为日本继宽带和移动互联网之后的另一发展重点[40]。

在 U-Japan 政策中所谓的 U 字具备四大内涵,分别是:

① 无所不在的网络服务(ubiquitous)。意指透过绵密的资讯基础建设,U-Japan 所建立的无所不在网络将使任何人在任何地方都能得到网络服务带来的好处和便利。

② 普遍性(universal)。普遍性的设计试图让所有人都能够轻易使用 ICT 服

务,让无障碍的科技服务促进人与人之间的交流互动,缩减因年龄、身份、身心状况等差异所造成的隔离分化与数位落差。

③ 使用者导向(user-oriented)。强调新科技产品应重视使用者观点及其需求,甚至更进一步让使用者成为生产者。

④ 独特创新(unique)。透过 ICT 让社会涌现活力、创造力与独特性,以促进新的商务模式与社会价值观的生成、丰富生活内容并活化经济。

目前日本已经在推广无线网络及感知系统应用,提供专业的远距离医疗、应用电子标签与感知系统预防交通事故、应用电子标签与移动电话购物及读取商品信息等服务上做了许多研究。

Ubiquitous 社会的相关市场将对整个产业产生经济波及效果,预测 2010 年对日本整个产业产生的经济波及效果为 120.5 兆日元。可见,Ubiquitous 社会的到来,将会对原来的产业带来更多的商机,创造更多的价值。

韩国在通信基础设施建设方面已经取得了显著的成绩。最新数据显示,即使在韩国最为偏远的农村地区,宽带网络的覆盖率也已经高达 98.9%。韩国家庭的宽带普及率目前已经达到了 88%,位居世界前列。运营商也已于 2005 年为 84% 的家庭(约 1 350 万户)提供了最低 1Mb/s 带宽的连接和平均传输速率高达 20Mb/s 的高速电信服务。

韩国情报通信部于 2004 年 3 月公布了 U-Korea 战略。这个战略旨在使所有人可以在任何地点、任何时间享受现代信息技术带来的便利。U-Korea 意味着信息技术与信息服务的发展不仅要满足产业和经济的增长,而且将为人们日常生活带来革命性的进步。

韩国将无所不在的网络称为 USN,韩国立足于可在社会方方面面发挥作用的丰富 USN 应用,启动了以应用为主、提升各个行业乃至整个城市信息化水平的多个 USN 项目。其中,USN 测试床以及运营项目着眼于具体的行业应用,通过当地政府以及政府相关组织实施七大 USN 应用项目,包括海滨的安全管理、地表水监控系统、U 港口(U-Port)、公路健康监控、三大河流的健康监控、天气信息系统以及灾难监控等。U 城市(U-City)项目则着眼于提升整个城市的信息化水平。U-City 将以国家、当地政府以及非政府性组织为主导,利用新兴的 RFID 技术、USN 以及原有的 IT 技术,将所有的信息技术整合在一起,最终构建起面向未来的无所不在的信息城市。目前,韩国的许多城市都已经在计划实施 U-City。U-City 的主要服务包括了 U 家庭(U-Home)、U 智能交通系统(U-ITS)、U 综合交通管理系统(U-FMS)、U 监控(U-Monitoring)等。

2005 年 2 月,新加坡资讯通信发展局发布下一代 I-Hub 的新计划,标志着该国正式将 U 型网络构建纳入国家战略中。该计划旨在通过一个安全、高速、无所不在的网络实现下一代的连接。新加坡希望在普遍通信设施、商业政策环境和信息人才的良好条件下,到 2009 年在全岛创建一个真正的无所不在的网络。

2005 年 6 月,欧洲委员会正式通过了 i2010:欧洲信息社会 2010 年计划。该计划是一个使欧盟所有政策现代化的综合战略。i2010 指出,为迎接数字融合时代的来临,必须整合不同的通信网络、内容服务、终端设备,以提供一致性的管理架构来适应全球化的数字经济,发展更具市场导向、弹性及面向未来的技术。i2010 包含以下三项优先目标:一是创造统一的欧洲信息空间,二是要强化创新与 ICT 的投资,三是建立具有包容性、高质量的信息化社会。

2006 年 9 月举办的欧洲信息社会大会以 i2010 创建一个无所不在的欧洲信息社会为主题,并达成一个共识:信息社会正在变为一个无所不在的信息社会。这意味着在日常生活中,任何人随时、随地都可以和任何物沟通。传统的电信网络正在转型为基于 IP 的网络。服务所能涵盖的将不仅是人与人之间的通信,还包括物与物的通信,也就是物联网。终端将实现多功能化、智能化,会按照通信主体的需求自动接入最适合的网络。传感技术、RFID 系统、无线网络将成为最根本的基础设施。

(6) 泛在网的关键技术

① FTTH(fiber to the home)顾名思义就是光纤到户。具体地说,FTTH 是指将光网络单元(ONU)安装在住家用户或企业用户处,是光接入系列中除 FTTD(光纤到桌面)外最靠近用户的光纤接入网应用类型。FTTH 的显著技术特点是不但提供了更大的带宽,而且增强了网络对数据格式、速率、波长和协议的透明性,放宽了对环境条件和供电等的要求,简化了维护和安装。

FTTH 的优势主要是有五点:

第一,它是无源网络,从局端到用户,中间基本上可以做到无源。

第二,它的带宽是比较宽的,长距离正好符合运营商的大规模运用方式。

第三,因为它是在光纤上承载的业务,所以并没有什么问题。

第四,它的带宽比较宽,支持的协议比较灵活。

第五,随着技术的发展,包括点对点、1.25G 和 FTTH 的方式都制定了比较完善的功能。

FTTH 将光纤直接接至用户家,其带宽、波长和传输技术种类都没有限制,适于引入各种新业务,是最理想的业务透明网络,是接入网发展的最终方式。虽然现在移动通信发展速度惊人,但因其带宽有限,终端体积不可能太大,显示屏幕受限等因素,人们依然追求性能相对占优的固定终端,也就是希望实现光纤到户。光纤到户的魅力在于它具有极大的带宽,是解决从互联网主干网到用户桌面的最后一公里瓶颈现象的最佳方案[41]。

U-Japan 战略的一大核心就是,在基础建设方面,到 2010 年让国民 100% 都能使用高速或超高速网络。日本计划到 2010 年 FTTH 用户规模达到 3 000 万左右。日本 FTTH 高速发展的原因主要是政府的高度支持和国内运营商之间的竞争激烈。例如,政策上日本政府承诺向开展 FTTH 的运营商提供一定额度的无息贷款[42]。

日本运营商在进行宽带接入提速的同时,也积极与网络服务提供商(ISP)进行密切合作,推出了众多的宽带业务。他们与 ISP 联合采用促销推广等手段发展新用户,从而达到共同盈利的目的。更重要的一点,在日本用户的支付能力很强,FTTH 业务的平均网络使用基本费用为 5 200 日元/100Mb/s,DSL 平均月使用费为 3 200 日元/47Mb/s。由于用户肯花钱买业务,日本 FTTH 走上了良性发展的道路[43]。

在韩国,FTTH 的发展主要依靠政策驱动,从国家战略的高度进行了 FTTH 的网络建设。2004 年,韩国提出了为期 6 年的 BCN(broadband convergence network)计划,该计划将投入 804 亿美元,建立遍布全国的通信网路基础建设,其中最后一公里部分将全面走向 FTTH。韩国电信计划到 2010 年发展 1 000 万 FTTH 用户[44]。

在美国,推动 FTTH 发展的因素主要是政策的倾向和电信市场的激烈竞争。美国是世界上最大的宽带接入市场之一,但在 FTTH 建设早期,美国的发展曾远远落后于日本等国家。自从光纤不需要遵从 Unbundling 政策之后,运营商建设 FTTH 的劲头大增,FTTH 发展发生了很大变化。目前,美国最大的本地电话公司 Verizon2010 年的目标是部署 1 800 万 FTTP[45]用户。

在我国,FTTH 得以起步的主要因素是 FTTH 关键技术(EPON、GPON)技术逐步成熟,芯片和器件价格逐步下降,每线设备成本相应下降,同时新型室内光纤的出现,降低了网络布线成本,简化了 FTTH 的施工和维护。当前,运营商小规模部署 FTTH 的目的主要是积累 FTTH 规划、设计和施工等方面的经验,继续研究和探索 FTTH 的商业模式、营销策略、业务应用等,为今后 FTTH 的规模应用打好基础[46]。

预计 2010 年上海电信营业收入可增至 435 亿元,将不可避免地要大规模扩展和升级现有的电信网络。这些都为 FTTH 创造了良好的发展环境。在未来几年内,FTTH 在我国一定能得到快速发展,为我国的信息化建设奠定良好的基础。

② RFID 射频识别是一种非接触式的自动识别技术,它通过射频信号自动识别目标对象并获取相关数据,识别工作无需人工干预,可工作于各种恶劣环境。RFID 技术可识别高速运动物体,并可同时识别多个标签,操作快捷方便。与传统的识别方式相比,RFID 技术无需直接接触、无需光学可视、无需人工干预即可完成信息的输入和处理,且操作方便快捷,因而能够广泛应用于生产、物流、交通、运输、医疗、防伪、跟踪、设备和资产管理等需要收集和处理数据的应用领域[47]。

近年来,随着大规模集成电路,通信网络以及信息安全等技术的发展,RFID

技术已经从军用领域进入到商业领域。图 1.20 为 2001～2007 年全球 RFID 市场规模发展柱状图。

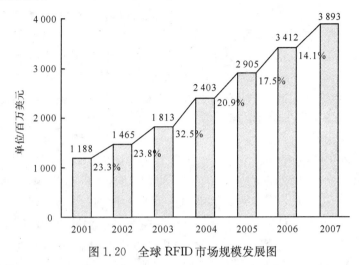

图 1.20　全球 RFID 市场规模发展图

据 Bernstein 公司的零售业分析师估计,通过采用 RFID,沃尔玛每年可以节省 83.5 亿美元,其中大部分是因为不需要人工查看进货的条码而节省的劳动力成本。研究机构还估计,RFID 技术能够帮助将失窃可能降低 25%。

技术的创新不仅为客户带来了很大的效益,而且推动了贸易目标的实现。RFID 能无接触式地传输产品信息。RFID 主要用在未来存储项目的价值链和储存方面,它也能为用户带来便利。创新技术使贸易能最大限度地满足客户的需求,如使运输更快、更舒适、更安全。将来有可能在产品售出,货架需要补货时自动报告。此外,RFID 还有助于贸易公司优化流程,降低成本。

RFID 作为传感器网络的核心技术之一,对促进泛在网的研究和发展起到了十分重要的作用。相信在建立国际、国内行业标准后,RFID 技术将迅速与网络技术相结合,成为未来网络的支撑技术之一,促进相关应用领域迅速发展。手机拍照二维条码识别技术的成熟,极大地促进了二维条码的应用。生物识别的发展空间比较广阔,指纹识别应用广泛,人脸识别和虹膜识别可望在近期内被广泛实用化[48]。

③ 传感技术。随着社会的进步和科学技术的发展,特别是近 20 年来,电子技术日新月异,计算机的普及和应用把人类带到了信息时代,各种电器设备充满了人们生产和生活的各个领域,相当大一部分的电器设备都用到了摄取信息的关键器件——传感器。传感器技术是现代科技的前沿技术,它与通信技术和计算机技术构成了信息技术的三大支柱,是现代信息系统和各种装备不可缺少的信息采集手段,也是采用微电子技术改造传统产业的重要方法,对提高经济效益、科学研究

与生产技术的水平有着举足轻重的作用。其水平高低是衡量一个国家科技发展水平的重要标志之一。传感器产业也是国内外公认的具有发展前途的高技术产业,它以其技术含量高、经济效益好、渗透能力强、市场前景广等特点为世人瞩目。

传感器技术水平的高低不但直接影响信息技术的水平,而且还影响信息技术的发展与应用。目前,传感器技术已渗透到科学和国民经济的各个领域,在工农业生产、科学研究及改善人民生活等方面,起着越来越大的作用。传感器技术是物联网的根本,许多尖端科学和新兴技术更是需要新型传感器技术来装备。计算机的推广应用,离不开传感器,新型传感器与计算机相结合,不但使计算机的应用进入了崭新时代,也为传感器技术展现了一个更加广阔的应用领域和发展前景。

（7）泛在网的安全瓶颈

移动泛在网络具有的动态性、协同性、移动性、开放性、环境感知性以及数量巨大、组织能力强等特点。其安全需求包括以下几个方面[49]:

① 异构网络间的认证。移动泛在网络是通过各异构网络的协同以支持不同的移动无缝连接。在移动泛在网络中,不同网络间的业务使用非常频繁,这就要求移动泛在网除了网络与用户之间的相互认证之外,还必须要进行异构网络间的相互认证以及用户与为其服务终端之间的相互认证。这样才能保证带给用户一个放心且安全的网络环境。因此,在研究移动泛在网络的安全问题时,需增加异构网之间的安全认证机制。

② 建立以用户为中心的信任域。移动泛在网络是以人为本的网络。在服务提供者侧,需构建整合各种网络资源、信息装置、基础平台、应用内容及解决方案。在服务使用者侧,必须有一个让使用者放心且安全的环境,使其能随时、随地、方便地建立以自己为中心的信任域来处理任何事情。其节点具有动态性、智能性,且多种接入方式和多种承载方式融合在一起以实现无缝接入。它要求任何对象无论何时、何地都能够通过合适的方式获得永久在线的宽带服务,随时随地存取所需信息。移动泛在网络的这些特点,提出了一个移动安全机制方面新的问题,即如何高效、便捷地建立以用户为中心的信任域。

③ 信任域的动态管理。移动泛在网络的动态性是指在以用户为中心的信任域中,终端会随时加入或退出。此时为有效地保障用户隐私,一般要求终端退出后不知道信任域中的信息交流和业务来往,而新加入的终端不知道进入信任域之前的任何信息,即保证前向安全性和后向安全性。

④ 跨异构网络安全支付模式的建立。由于移动泛在网络新业务的提供方式跨越了多个网络,其内容、占用资源、服务质量等都是动态变化的,因此不完善的计费模式将限制业务提供的灵活性和网络资源的利用率,进而限制移动泛在网络的生命力。目前的安全支付模式都是基于一个网络进行设计的,因此对跨异构网络的安全支付模式研究已成为亟待考虑的问题。

（8）泛在网的影响

① 信息通信技术围绕无处不在的网络将引起一系列新的创新和发展。

② 随着新技术的发展和应用，人们需求的变化，人类社会的通信模式、信息交流模式和网络基础设施将会发生一系列重大的创新、发展和演变。

③ 由于技术、通信模式和网络基础设施的发展，将会对人们的工作、生活、学习带来比互联网更深刻的影响。

（9）泛在网应用举例

① 衣物管理。在 2007 年日本电子展上，富士公司发布了他们的一款最新的可以水洗的 RFID 芯片。如图 1.21 所示。这款芯片是专门用于物品特别是衣物出租行业的。

图 1.21 可水洗的 RFID 芯片

这款 RFID 芯片可以记录出租品的所有相关信息，包括出租人、出租物品、承租人等。在记录信息的时候，有效的扫描距离为 4 英尺，这就使得扫描过程变得异常简单，可以对出租品进行快速的大批量处理。最重要的是，这款芯片是可以水洗的，它长约 2.5 英寸，重约 2 克，非常柔软，可以直接水洗。因此，能够被广泛用于衣物出租行业中。

现有的 RFID 芯片已经可以和面料整合在一起，包括防水层在内厚度仅 1.5 毫米，而且不怕折叠和熨烫。带有 RFID 标签的衣服去年已经出现。加利福尼亚的一位时尚设计师首次展示了专为儿童设计的睡衣，这种睡衣带有 RFID，这将使那些担心自己的孩子在睡觉时被绑架的父母们感到安心。

意大利时装品牌米图（Mi-Tu）在我国香港的两家门店部署了 RFID 智能试衣系统，安装了基于 RFID 技术的智能试衣镜和显示器等设备。如图 1.22 所示。该系统可以使顾客在试穿和选购衣服的时候眨眼的瞬间就能浏览和查找到店内库存中的各种商品信息，包括品牌信息、质地信息以及价格等，而且如果有哪些衣服的尺寸和颜色短缺电子目录还会提醒销售者。另外，还包括基于射频识别的 VIP

会员卡以及一套安全系统。该系统能够提醒销售商发现贴有标签的衣服被拿出店外。

另外,顾客如果在更衣室想试穿特定的衣服可以在内部通信系统中按一个快捷的按钮与销售人员联系,内部通信系统与销售柜台中的主机相连,服务员可以收到顾客发出的请求,确定是哪一间试衣间发出的请求再浏览该顾客所看到的屏幕,最后决定顾客所要求的商品。

每一季度,米图可以利用 RFID 系统收集信息确定哪些商品最常被试穿,哪些已经售出,分析出在其门店中哪些是销售得比较好的商品。

据米图公司说,这种交互式的购物系统已经使其两家店内的销售额增长了30%,而米图在我国各地共有 28 家店,均面向年轻的高消费层次女性购物者。预计到今年 11 月,米图将在我国香港地区的其他分店中安装该 RFID 系统。

② 建筑导航。2007 年 1 月 21 日开始,作为未来城市计划的一部分,日本东京的银座购物区在一些公共固定物品上,安装上了 1 万个 RFID 电子标签及类似的无线标识,将道路方向、商店折扣及餐馆菜单等信息,用信号台发送给观光客和购物者。这是东京泛在网络项目的开始,该项目是日本政府和包括日本富士通公司、NEC 公司、日立公司、日本电报电话公共公司的下属子公司 NTT East 公司等电子制造业巨头的合作项目。东京大学的 Sakamura 教授是该项目的负责人。

行人需要持有一个配备 3.5 英寸 OLED 触摸屏的特殊手持装置才能够接受这些信息。如图 1.23 所示。RFID 技术连同无线局域网技术和蓝牙技术,构成了整个系统的组成部分。当持有该设备的行人通过安装有 RFID 电子标签及类似的无线标识的时候,就能够获取其所处位置的相关具体信息。例如,最近的公交车站的位置,附近的商场的促销活动,附近的餐馆的菜单等。所获得的信息支持日文、英语、中文和韩文显示。

图 1.22　RFID 智能试衣系统示意图

图 1.23　RFID 建筑导航系统示意图

4. 未来网络发展方向

（1）宽带化

宽带化既表现为业务的宽带化又表现为网络的高带宽增长。

通信业务已经从话音扩展到数据、多媒体与流媒体，接入带宽从十年前的 28Kb/s 到现在的 ADSL。目前我国大量使用的是下行 2Mb/s，但在日本已经达到 48Mb/s，千兆以太网（GE）到小区也较普及，可以说用户接入能力十年增加近千倍。美国以向每个家庭提供 100Mb/s 的接入能力作为其 2010 年的宽带化目标。FTTH 在日本等国已开始应用，在我国也开始实验，其接入带宽可超过 100Mb/s。宽带化还表现在干线的带宽上，美国跨大西洋的干线带宽平均每 6～7 年增加 100 倍，我国更为显著，最近三年干线的数据流量平均年增 260%。

关于下一代互联网（NGI）和下一代网（NGN）的研究与实验目前处在开始阶段，NGI 更注意容量扩展和宽带化，除了看重 IPv6 外，在其他方面还未看出相对现有互联网有多少革命性的变化。就目前而言，由于 IP 已在网络带宽方面占有支配地位且颗粒性好，NGN 基于 IP 发展已成事实，但值得注意的是 NGN 有采用互联网技术而不是其机理的趋势，在继续利用终端智能的同时充分发挥网络的控制主导作用，基于 IP 并辅以面向连接的特性成为 NGN 的新探索[50]。

（2）移动性

到 2004 年年底，全球移动通信用户已超过 15 亿，固定电话用户为 13 亿，全球有近百个国家移动通信用户数超过固定电话用户数。全球移动通信用户增长率两倍于固定电话，这种差距会越来越大。固定电话以家庭或办公室为单位，而移动通信则以人为本，从这个意义上说，移动通信用户将数倍于固定电话用户数。另据测算，我国城市移动通信用户密度可达 13 万/km。

移动通信由于其随时随地使用的灵活性，即将超过台式和笔记本 PC 成为数量最多的上网工具。据 2003 年 3 月统计，日本移动通信用户中有 90% 的手机具有上网功能，韩国为 87%，中国也有近 1/3 的用户手机可上网。考虑到在我国移动通信用户数（2003 年底约为 2.6 亿）8 倍于上网的计算机数（2003 年底为 3 089 万台），因此可以说在我国手机已超过台式和笔记本 PC 成为常用的上网终端。移动上网对用户和 IP 地址的移动性管理提出了新问题，移动 IPv6 成为新的研究热点。3G 的提出不仅适应宽带移动通信业务的需要，也是开辟新频段并以更高的频谱效率支持话音业务的需要。

（3）网格化

传统互联网实现了计算机硬件的连通和网页的连通，如果能够通过互联网实现所有资源的全面连通，则互联网将成为一个巨大的超强计算机，网格的概念由此而生。网格是构筑在互联网上的一组新兴技术,它将高速互联网、高性能计算机、大型数据库、传感器、远程设备等融为一体,为人们提供更多的资源、功能和交互性。实现计算资源、存储资源、通信资源、软件资源、信息资源、知识资源的全面共享。其中的网格计算是一种面向服务的体系架构,该架构利用开放式标准实现因特网及专用网络上的分布式计算。美国国防部已在规划实施一个宏大的网格计划,叫做全球信息网格,预计在 2020 年完成。网格作为一种新体系,需要研究其体系结构、网格软件、网格应用技术、网格服务模式,并创造人机结合,使网格更加个性化、智能化。

（4）泛在性

RFID 和传感器技术的发展与成本的大幅度下降开拓了它们的应用空间。世界上最大的物流公司沃尔玛宣布将在价值超过 5 美元的商品上使用芯片代替条码。RFID 和传感器更多的应用在工业部门和环境及安全方面。所有物品和设备,只要有对它们管理的需要都可通过 RFID 和传感器等将它们连到网上,构成了一个无处不在的网络。在这一网络,通信不仅是人到人,而且更多的业务流来自人与机器间以及与物体间。NTT DoCoMo 估计 2010 年有 2/3 的移动通信连接将不是人到人的通信。Analysts Ovum 咨询公司预测 2010 年移动运营商 20% 的收入将来自机器到机器（M2M）。日本计划在 2010 年建成全日本的泛在网,日本政府预测与 U-Japan 网络有关的市场规模可达到上万亿美元,泛在网的出现将使家庭联网会有更快的发展。泛在网将使连网的终端数较现在有成百甚至上千倍的增加,如此之多的终端连网对网络体系和终端及地址管理等都提出新的挑战。网络的泛在行为引发了对自律网（包含自组织网、自愈网、自管理网、自优化网等概念）和复杂、异构、分布的网络体系研究的重视。

（5）可信化

2001～2003 年全球报告的计算机安全事件数已经从 5.2 万件激增到 14 万件。2003 年我国 85.6% 的计算机感染过病毒,63.3% 的联网计算机遭受过网络攻击,全国共查处的信息网络违法犯罪案件比上年上升 75.1%。互联网的安全问题成为影响互联网发展的最大障碍。各国都在考虑建设信息安全监控体系、密码服务体系、网络信任体系和应急响应体系的问题,重点研究可信网络环境与可信计算理论、安全协议理论、生物识别科学、安全系统软件、高性能安全芯片技术、安全存储技术、逆向分析与可控理论、灾难恢复与故障容错技术等。安全协议和 VPN 是目前比较重视采用的措施,同时需要基于终端与基于网络的安全、基于网络层与基于应用层的安全措施。值得指出的是量子通信技术在加密传输方面表现出很高的潜力,受到广泛的关注。

1.3.5　互联网发展规律总结

互联网具有巨大的发展潜力,未来其应用将涵盖从办公室共享信息到市场营销、服务等广泛领域。另外,互联网带来的电子贸易正改变着现今商业活动的传统模式,其提供的方便而广泛的互连必将对未来社会生活的各个方面带来影响。

中国互联网如今已经不是在孤立的发展,而是从内到外不断地融合和扩张。各细分市场取长补短,相互融合渗透,互联网也在逐步跨越行业界限,越来越多的互联网产品和技术开始大规模、更深入的应用于传统企业的日常运作当中,并通过互联网的优势促进企业的发展,提升企业竞争力。

通过分析互联网的发展规律主要呈现以下几个特点:

(1) 以用户流量为基础

在 Web1.0 时代,网站的访问量是网站价值的衡量指标,资本市场的投资决策也是通过 Pageview、Alexa 排名等指标来进行判断。本质上流量确实具备了变现的潜力,一旦和相适应的盈利模式相匹配则威力巨大。这个规律至现今的Web2.0 时代仍然发挥着重要的作用,例如许多网络游戏、视频网站、网络空间等以及移动飞信、支付宝起初的免费策略,都是意图先积累用户,后谋求盈利。无论是综合还是专业的网站,能否引起更多人的关注始终是重要的,但用户是不会直接为网站创造价值的。这一切都需要与网站的知名度、内容、定位等联系起来,倘若网站缺乏个性化的用户体验,用户流失的可能性极高,没有忠诚度的访问流量,商业价值很难变现。

(2) 以用户黏性为核心

进入 Web2.0 时代,主动、交互、个性、体验成为互联网的主流。高黏性的用户才愿意为其享用的服务付费,因此提高用户黏性是实现价值变现的关键环节,这也是网络游戏、即时通信市场迅速成长的原因。通过个性化的体验来提升用户黏性,满足用户实现自我价值的需求,是很多互联网企业在 Web2.0 的时代背景下做出的理性选择。

(3) 以用户价值为导向

无论是用户流量还是用户黏性,整个商业模式体系中都离不开价值变现。而资本市场除关注如何变现外,同样关注如何实现价值的最大化。在现有业务模式中,电子商务尤其是 B2B 电子商务,掌控了最有消费能力的高价值客户群体,因而受到资本追捧。阿里巴巴上市首日接近 200% 的股价上涨和高达 318 倍的市盈率说明了一切。但一味的思考如何从用户口袋里掏钱,常常会适得其反,陷入困境。只有潜心发掘用户需求,为客户创造价值,进而分享利益,创造双赢局面,才能使企业长远发展。

　　因此,以用户流量为基础,用户黏性为核心,用户价值为导向是互联网市场的游戏规则。它启发我们在注重网站用户流量的基础上,挖掘用户的潜在需求,以用户为本,合理、科学地开发网站的功能,策划网站的商业模式。这样才能拥有有黏性的用户群,才能在中国互联网市场的运作规律越来越接近传统产业的背景下,立于不败之地。

1.4　案例展示:3D户型展示平台

　　商业模式一直是 Web2.0 时代在线企业关注的焦点。在国外,出现了一些新兴的商业模式,如第二生命。它并不是传统意义上的论坛或者交友,而是用类似于 3D 游戏的方式建立了一个虚拟社会。在这个虚拟社会中,用户挣来的每一个美元都对应于现实生活中某一个人的消费。这样就产生了一个全新的生态环境。很多人到里面去赚真实的钱,去做真实的买卖,完成一些真实的商业活动。此外,这个虚拟社区的货币和真实货币是可以双向兑换的,这就对用户形成了巨大的吸引力。

　　作为将来的网络系统,第二生命得到了很多主流媒体的关注。以韩国为例,随着青年一代的成长和基础设施(网络)建设,未来 10 年,虚拟现实将会成为全世界范围内一个有活力的市场。它不仅涉及数字生活,也使得我们的现实生活更加数字化。

　　这种创新对中国的社区网站具有一定的启示意义。如果能将虚拟与现实结合,例如在虚拟社区提供地域性的真实服务,则 Web2.0 的商业价值就会展示出来。而作为社区网站,变现的核心在于用户的规模和黏度。虚拟要和现实一样具有吸引力,必须有技术的支持。

　　2008 年发布上线运营的虚游记是国内首家依托于虚拟现实和信息技术发展起来的在线虚拟旅游服务。虚游记是一家定位于虚拟旅游体验、一站式旅游网络应用服务、互动娱乐社区和精选旅游资讯于一体的旅游智能化电子商务互动平台,同时集成网上预订、旅游资讯、商家宣传、社区交流等系列特色互联网服务。这应该算是一个不错的发展方向和趋势。

　　由于虚拟旅游体验的内容很丰富,从技术角度上说,既包括自然景观的建模,也包括古代以及现代建筑的建模,要能真实、形象地反映现实生活中的场景,具有一定的技术难度和强度。因此,这里考虑从简单的 3D 户型出发结合房地产营销,利用 3D 技术和互联网技术,搭建属于如今互联网时代的房地产 3D 户型展示平台,并策划其盈利模式。

1.4.1　平台需求分析

1. 市场需求

近年来,伴随我国经济的快速发展及住房分配形式的改革,房地产市场发展迅猛,越来越多的居民需要自购商品房。买房中,购房者需要全面地了解房屋结构,毕竟房屋的结构往往成为决定购房行为能否最终实现的关键点,如若开发商能够真实、清晰地呈现户型图无疑是在给自己加分。针对这一点,通过在厦门市新开发楼盘的购房者中做了一个针对目前市场中户型图表现形式满意度的调查:您认为目前房地产 2D(平面)户型宣传图是否能形象地传达房屋结构信息,结果显示 69%的购房者认为目前较多运用的 2D 户型效果图并不能直观形象地将户型表现出来。因此,房地产户型展示是一个有着很大发展空间的领域。如图 1.24 所示。

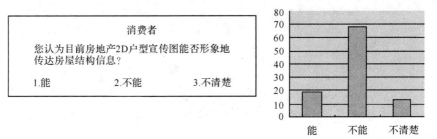

图 1.24　市场需求消费者调查结果图

2. 技术支持

在洞悉了市场需求后,我们开始思考怎样利用技术填补这一巨大的市场空白。软件技术的发展,特别是 3D 技术的成熟使我们将现实中立体的事物在电子媒介中真实的展现出来成为可能。3D 户型是 3D 技术的简单应用,在房地产户型展示上利用 3D 技术是可行的。

3. 媒介推广

近年来,伴随着网络技术的日臻进步,商业元素与网络结合越发紧密,如何在最大范围内推广这一技术,扩大其市场影响力是需要解决的问题。仅仅依靠 3D 技术肯定是不够的,应该选择合适的媒介将技术展示出来并推广出去,以达到最快、最强、最有效的传播效果。发展迅速的互联网进行推广是很好的选择,于是决定搭建一个立足房地产业,运用 3D 展示作为创新点并最终利用互联网进行推广的 3D 户型展示平台。

1.4.2 平台实施

1. 模型的建立

房地产开发商提供的 2D 户型图,包括房间的布局、相应的尺寸和可能的装修效果。如图 1.25 所示。根据户型图,利用 3Ds Max 软件制作出户型三维模型。如图 1.26 所示。

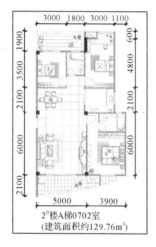

图 1.25　2D 户型图

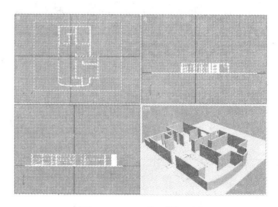

图 1.26　3D 户型模型图

2. 加上灯光效果

在模型的基础上,加上单色纹理,加上聚光灯,调整灯光效果。如图 1.27 所示。

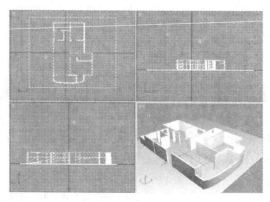

图 1.27　加上纹理和灯光后模型图

模型渲染后如图 1.28 所示。与原先 2D 户型图的比对,如图 1.29 所示。

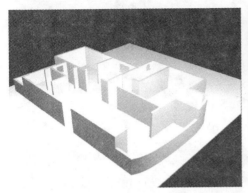

图 1.28　3D 户型渲染效果图

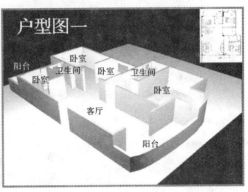

图 1.29　3D 与 2D 户型对比图

3.　制作漫游视频

在前面几步的基础上,为模型选择合适的材质与纹理,并制作相应的漫游环境。如图 1.30 和图 1.31 所示。

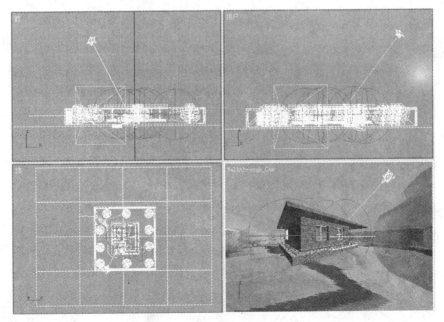

图 1.30　3Ds Max 中模型各视图

(a) 外墙入口处   (b) 外墙内

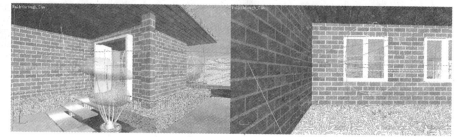

(c) 房屋入口   (d) 房屋内

图 1.31　模型主要场景图

模型建立好后,将模型进行渲染,如图 1.32 所示。

(a) 外墙入口处   (b) 外墙内

(c) 房屋入口   (d) 房屋内

图 1.32　模型主要场景渲染效果图

4. 制作不同场景

根据时间的变化和天气的变化,在原先模型的基础上调整灯光的强弱和天空、树木模型,使场景发生改变,渲染成不同环境下的 3D 户型漫游视频。如图 1.33 和图 1.34 所示。

(a) 白天　　　　　　(b) 黄昏　　　　　　(c) 晚上

图 1.33　模型一天不同时候的渲染效果图

(a) 阴天　　　　　　(b) 雷雨天　　　　　　(c) 沙尘天

图 1.34　模型不同气候条件下的渲染效果图

最后制作了模型不同季节的场景,冬天的场景如图 1.35 所示。

(a) 冬天模型远景图　　　　　　(b) 冬天模型近景图

图 1.35　模型冬天的渲染效果图

5. 搭建展示平台

最后实现 3D 户型展示平台的搭建。如图 1.36 所示。在考虑有效的盈利模式、经营模式和推广模式的基础上,平台包括以下几个部分:

图 1.36　3D 展示平台示意图

① 房产指南。与线下出版商合作,定期将房地产开发商提供的房产信息以及访问该平台的购房者对平台提供的房地产信息编辑成册,以地区为版本出版发行《房产指南》,如一本定价 20 元,成本只有 10 元,每本盈利 10 元,平均每个城市发行 2 万册,扩展到 50 个城市,就有 1 000 万元的收入。同时通过免费赠送《房产指南》,来吸引购房者在该平台注册,成为固定的会员,对房产信息进行评论。

② 竞价搜索。房地产开发商支付一定的金额,平台在区域的搜索中加入该房产,即购房者通过在平台上搜索,就能查到该房产的详细信息。

③ 在线游戏。将做好的 3D 户型导入到一个个有趣的小游戏中,让体验者在游戏中不知不觉的接触到 3D 户型,并通过游戏带给人的愉悦感,使其对 3D 户型产成良好的印象。该户型的开发商需根据游戏点击的人数多少向平台支付一定的金额。

④ 每日一房区。为打算做广告的房地产开发商提供展示的平台,较为详细地介绍该房产的 3D 展示、地址、评论等信息,让购房者更直接地接触该房产。该房产的开发商需根据点击率的高低向平台提供一定的广告费。

⑤ 博客报。博客报的内容主要摘自平台博客社区博友们对 3D 展示等房地

产信息的评论以及推荐编辑成电子报刊。它与《房产指南》不同,其内容以博友主观意见为主,旨在提供一种购房的参考。它将作为一种奖励的机制发到那些经常评论,如每天评论 5 条以上会员的邮箱中。另外,平台将博客报作为提供的内容,与电信服务商合作,开发手机博客报业务。

1.5　结　　论

　　互联网是一个能够吸收各种优势和业务的市场,越来越多的人参与到这个市场中,希望获得自己的一杯羹。经过 Web1.0 和 Web2.0 初期,互联网产业逐渐回归理性,对于身处其中的互联网企业该如何应对,是继续以内容为王,把网站做得大而全,还是以互动为核心,以客户价值为导向,更专业地细分市场,寻找自己的市场位置。这是互联网企业应该深刻思索的问题,而把握互联网的发展规律是解决这一问题的关键。

　　以 WebX.0 为界,分析并阐述了 Web1.0 时代互联网的特点、传播模式和优缺点。进一步,分析了 Web2.0 时代互联网的特点、传播模式、优缺点、关键技术、盈利模式、理论基础等。比较了 Web1.0 时代与 Web2.0 时代互联网的区别,论述了 Web3.0 时代互联网可能具有的功能、影响、盈利模式和发展方向。在 Web3.0 之后的互联网时代,以目前受关注的互联网发展趋势,即互联网、电信网与电视广播网三网合一与泛在网为内容,展望了 Web3.0 时代之后的互联网时代,最后总结了互联网的发展规律。

　　未来的互联网市场将是一个更加互动、更加整合、更加智能、更加高效的无缝连接的市场。中国是最具潜力的互联网市场。根据互联网的发展规律,Web1.0 的以技术为主导的时代已经过去,互联网企业应当脚踏实的走好每一步,以用户价值为根本,不断进行技术与思想创新,根据自身情况及未来发展方向,确定自己的产品策略,发掘合适的盈利模式,并及时地进行调整和改进。这样才能适应互联网飞速的发展带来的环境变化,在互联网市场占有一席之地,获得利润。

　　较为清晰地论述了互联网发展各个时期互联网的特点,为未来互联网发展的研究提供了参考,并介绍了未来互联网时代的热门发展方向,为当前的互联网企业提供了创新的思路。在此基础上,总结了互联网发展的根本规律——以用户为本。这条规律对互联网企业具有一定的指导作用,并将在 Web2.0 后期、Web3.0 时代乃至 Web3.0 之后的互联网时代中发挥积极的作用。

　　对于 Web3.0 以及 Web3.0 之后互联网的特点、功能、盈利模式等只是通过资料的收集整理并进行分析,将大部分一致的观点,结合业界人士的评论进行启发性地预测。这虽然比无根据猜测更具科学性和可信性,但由于受到互联网技术、经济、法律等因素的制约,无法成为准确的定论,还需要继续对互联网的相关影响因素进行更全面的分析和研究,得出更加科学与准确的结论。

参 考 文 献

[1] 黄建莲. 对 Web1.0、Web2.0、Web3.0 的认识. http://www. marketingman. net/blog/fjhjl8848/4095. html.

[2] 裴有福. Web 技术大全. 北京:中国水利水电出版社,1998.

[3] 永斌,余水. 剖析"眼球经济". 经济工作导刊,2000,7(23):11.

[4] 知网. 互联网时代的"眼球经济". 电脑采购周刊,2000,4(28):25.

[5] 曹佳. Web2.0 网站的困境与前景. 通信市场,2006,8(6):51～52.

[6] 陈一舟. 什么是 Web 2.0? 什么是它的商业之道. http://www. discloser. net/html/182336,75715500. html.

[7] O'Reilly T. 什么是 Web2.0. 互联网周刊,2005,8(40):38～40.

[8] 文心. BackPack——体验可读写的 Web 服务. http://blog. timetide. net/archives/2005/05/03/ 20050503182426. php.

[9] 方兴东. 2006 年中国互联网主旋律:新生活方式. http://fangxd. bokee. com/viewdiary. 12146545. html.

[10] 宋妍. 林峯:Web2.0 的基本原则是真实. 互联网周刊,2005,8(24):34～35.

[11] 晓丘. 从 Web 2.0 的春天到冬天探寻博客的最深处. http://www. 3conline. net/Article/nenews/ 200709/ 20070905182927_2. shtml.

[12] 陈宏磬. "2.0"革命未到——用头脑 2.0 看 Web 2.0. http://cnw2005. cnw. com. cn/store/detail/detail. asp? pageI=0&columnid=10381&articleid=48382.

[13] 张健. Web2.0 的技术新宠. 软件世界,2006,13(20):56～57.

[14] 艾瑞市场咨询-中国网络经济研究中心-中国网络广告市场现状. http://net. chinabyte. com/374/ 3141874. shtml.

[15] 李洋. 长尾霍霍. 互联网周刊,2005,8(24):30～31.

[16] 王媛. 浅析 Web2.0 的商业模式. 北京邮电大学学报:社会科学版,2007,9(1):1～5.

[17] 高祥华. Web2.0 中的技术及应用. 中国科技信息,2006,18(13):127～128.

[18] 焦集莹. 方兴东:以 Web2.0 的名义继续探索. http://news. driverchina. com/Html/news/hdeng/ hdeng/115811321_3. html.

[19] Schauer B. Experience attributes:crucial DNA of Web 2.0. http://www. adaptivepath. com/ideas/essays/archives/000547. php.

[20] Pilgrim M. What is RSS. http://www. xml. com/lpt/a/2002/12/18/dive-into-xml. html.

[21] 高飞. Web 2.0 掀起人民战争 全民上网到全民织网. http://www. ce. cn/cysc/ceit/ityj/200610/07/ t20061007_8851114_1. shtml.

[22] 谭晨辉. 中国互联网发展的十大趋势. http://www. chinavalue. net/Article/Archive/2005/12/12/ 23132_6. html.

[23] 王宏亮. 谁能成为中国的 FaceBook. http://net. chinabyte. com/185/2637185. shtml.

[24] Hinchcliffe D. Web 2.0 needs trusted, online information storage. http://web2. wsj2. com/web_20_ needs_trusted_online_information_storage. htm.

[25] 陈许. 你也可以是潮流的制造者:Web2.0 革命. http://hi. baidu. com/%B9%E3%D3%EE/blog/ item/d45e71f087eab7afa50f5251. html.

[26] 董晓常. Web2.0 互联网再次喧器. 互联网周刊,2005,8(24):26～30.

［27］张建军. 什么是 Web2.0 的潜（钱）动力？http://home. donews. com/donews/article/9/93302. html.

［28］Jonathan. The visual design of Web 2.0. http://f6design. com/journal/2006/10/21/the-visual-design-of-web-20.

［29］项有建. Web 争夺大战将成为 3G 时代制高点. http://blog. ccidnet. com/blog. php? do＝showone&uid＝39509&type＝blog&itemid＝289271.

［30］吴继雁. Web 发展新模式. 黑龙江科技信息，2007，7(11)：52.

［31］秦飞. Web2.0，未来我们需要什么？http://renzn. blogbus. com/logs/4707334. html.

［32］王泽蕴. Web 3.0：在革谁的命？http://tieba. baidu. com/f? kz＝152712237.

［33］高少兴. China Web2.0 100 简析. http://www. gsx. name/article. asp? id＝143.

［34］储然，门汝静，汪卫国. 2007 中国通信十大新技术新业务. http://www. catr. cn/zhthg/invest/2007/other/200712/t20071219_664428. htm.

［35］董柱. 泛在网 中国网络的 U 计划. http://mobilecomputing. ctocio. com. cn/tips/384/7736384. shtml.

［36］杨旸. "无处不在的网络与中国 IT 发展战略研讨会"在京召开. 中国科技投资，2006，5(11)：57.

［37］朱高峰. 再论"无所不在的网络社会". http://www. u-china. com. cn/NewsView. asp? id＝117.

［38］谭炎明. 无处不在的网络——Ubiquitous Network. http://blog. spforum. net/user1/60198/archives/2006/2879. html.

［39］胡崑山，朱琳. 考察：日本信息服务产业概览. http://industry. ccidnet. com/art/884/20031222/76885_1. html.

［40］郭庆婧. U 战略在全球：掀起转型热潮. 中国电信业，2007，7(9)：15.

［41］薛颖轶，李荣. FTTH 接入网的现状与未来. 科技信息（学术研究），2007，2(27)：517～518.

［42］林建俊. 浅谈 FTTH 技术及其发展. 有线电视技术，2008，15(1)：56～58.

［43］包东智. FTTH：繁荣背后现商机. 中国电信业，2007，7(3)：62～65.

［44］刘秀清，林如俭. FTTH 下一代宽带接入技术. 电视技术，2006，28(2)：65～67.

［45］李晖. 全球 FTTH 发展及特点分析. 通信世界，2006，13(20)：34～35.

［46］屈伟平. 我国光纤到户(FTTH)市场发展综述. 有线电视技术，2008，15(3)：10～12.

［47］赵庆. RFID 技术在通信领域中的应用潜力分析. http://www. chinarfid. com. cn/JSZL/8104_2. htm.

［48］王亚. 自动识别产业在变革中成长. 中国自动识别技术，2007，2(6)：87～90.

［49］袁超伟，贾晓芸，黄韬. 移动泛在网络中的安全问题. 中国新通信，2007，9(10)：80～82.

［50］邬贺铨. 未来五到十年网络通信发展趋势. 中国集成电路，2005，6：1～3.

第二章 基于互联网的三维产品交互展示系统设计技术

2.1 引　　言

　　互联网的出现及飞速发展使 IT 业的各个领域发生了深刻的变化,这必然引发一些新技术的出现。3D 图形技术并不是一个新话题,在图形工作站以至于 PC 机上早已日臻成熟,并已应用到各个领域。然而互联网的出现,却使 3D 图形技术发生了微妙而深刻的变化。Web3D 协会(前身是 VRML 协会)最先使用 Web3D 术语,这一术语的出现反映了这种变化的全貌,没有人能严格定义 Web3D。在这里我们把 Web3D 理解为互联网上的 3D 图形技术,互联网代表了未来的新技术,很明显 3D 图形和动画将在互联网上占有重要的地位。

　　当前,互联网上的图形仍以 2D 图像为主流。但是,互联网上的交互式 3D 图形技术,即 Web3D 正在取得新的进展,同时脱离本地主机的 3D 图形形成自己独立的框架。互联网的需求是它发展的动力。互联网的内容提供商和商业网站不断使用新的工具与技术使网站更具吸引力,Web3D 图形是最新的和最具魅力的技术。Web3D 图形将在互联网上有广泛应用,从目前的趋势来看主要有:

　　(1) 电子商务

　　用 3D 图形展示商品,更能吸引客户。虚拟商场是人们热议的话题,客户可以在虚拟商场中漫游,挑选商品。许多 Web3D 图形技术的软件厂商是瞄准了电子商务的,如 Cult3D 和 Viewpoint,其图形技术主要是用于商品的 3D 展示。用户甚至可以在网上操作或使用要购买的商品。然而,Web3D 图形的商业利益究竟有多大,网上的商品销售商只有在能增加销售额的情况下,才肯出资制作 Web3D 图形。

　　(2) 娱乐休闲

　　娱乐休闲网站对 Web3D 图形有更多的需求,如城市景观或风景点的虚拟旅游、虚拟博物馆、展览会、艺术画廊等。

　　(3) 医学

　　医疗培训、医疗商业的 B2B 和 B2C,许多医学图像的处理将使用 Web3D 图形技术。

　　(4) 地理信息系统的数据可视化

　　将 GIS 与 Web3D 结合起来,可以在互联网上建立许多应用系统,如地图、导游、城市建设、交通运输等。

(5) 多用户虚拟社区

虚拟社区是建立一个大型的虚拟场景,每个虚拟场景的访问者都可以指定一个替身,替身在场景中可以漫游。当几个远程访问者同时访问虚拟社区时,它们可以用语音或文字交流。虚拟社区可以是一个会场、教室、俱乐部、展览会、画廊等。它真正实现了虚拟现实,在互联网上仿真虚拟社会的各种活动,分布在世界各地的人可以借助互联网开展各种文化科技和娱乐活动,而此时虚拟场景就是他们的三维环境。虚拟社区很可能是 Web3D 图形在互联网上的一种主要应用形式。

在这样的背景下,海天虚拟网站的开发设计,可虚拟实景和物体等。采用 JSP 技术,服务器软件是 Tomcat,并在网页中嵌入 Java Applet。采用 Microsoft Access 为网站后台的数据库管理系统。三维产品展示部分采用 Java 3D 技术。

JSP[1]是在普通 HTML 中嵌入了 Java 代码的一个脚本。在这一点上,这与其他的脚本语言(如 Php)一样,但不同的是其他脚本语言由服务器直接解释这个脚本,而 JSP 则由 JSP 容器(如 Tomcat)首先将其转化为 Servlet,然后再调用 Javac 将 Servlet 编译为 Class 文件。最终,服务器解释的是 Class 文件。那么什么是 Servlet 呢? Servlet 其实是一个特殊的 Java 类,Servlet 类一般从 HttpServlet 类继承而来,在这个类中至少要实现 doGet 或者 doPost 函数,在这两个函数中处理来自客户的请求,然后将结果返回。Servlet 和 JSP 是 Sun 公司 J2EE 架构中重要的部分。基于 Java 语言可以方便地调用功能强大的 Java API(如 JDBC)。

用户最多的主流办公套装软件 Office 2000 中数据库开发系统 Access 2000 也是微软公司推出的一种关系型数据库产品。其优点是操作灵活、转移方便、运行环境简单,对于小型网站的数据库处理能力效果还不错;缺点是不支持并发处理、数据库易被下载存在安全隐患、数据存储量相对较小、数据量过大时严重影响网站访问速度和程序处理速度。

Tomcat 是一个免费开源的 Serlvet 容器,它是 Apache 基金会的 Jakarta 项目中的一个核心项目,由 Apache、Sun 和其他一些公司及个人共同开发而成。由于有了 Sun 的参与和支持,最新的 Servlet 和 JSP 规范总能在 Tomcat 中得到体现。

Java 在互联网上几乎随处可见,而它在 3D 图形上正在显示出更大的威力。使用 Java 的重要理由之一是它的平台无关性。其平台无关性来自于 Java 只需部分编译,负责编译 Java 程序的是 Java virtual machine(JVM),不同的平台有其自己的 JVM,处理与平台相关的功能。因此,只要支持 JVM,就能运行 Java 小程序。两种最有名的浏览器 Netscape 和 IE 都支持 JVM。因此,用 Java 制作的 3D 图形几乎可以在所有的互联网浏览器上显示。

使用无插件技术(plug-in)可为网站制作栩栩如生的 3D 虚拟产品展示,而所有的展示文件都不需下载插件,且图像的质量较好,动画的动作流畅自然。

2.2　Web3D 研究背景

2.2.1　Web3D 的发展综述

网络三维技术的出现最早可追溯到 VRML。VRML(virtual reality modeling language)即虚拟现实建模语言。

VRML 开始于 20 世纪 90 年代初期。1994 年 3 月在日内瓦召开的第一届 WWW 大会上,首次正式提出了 VRML 这个名字。

1994 年 10 月在芝加哥召开的第二届 WWW 大会上公布了规范的 VRML1.0 草案。

1996 年 8 月在新奥尔良召开的优秀 3D 图形技术会议上公布通过了规范的 VRML2.0 第一版。它在 VRML1.0 的基础上进行了很大的补充和完善。它是以 SGI 公司的动态境界 Moving Worlds 提案为基础的。

1997 年 12 月 VRML 作为国际标准正式发布。

1998 年 1 月正式获得国际标准化组织的批准,简称 VRML97。VRML97 只是在 VRML2.0 的基础上进行了少量的修正。

VRML 规范支持纹理映射、全景背景、雾、视频、音频、对象运动和碰撞检测等一切用于建立虚拟世界的所具有的东西。

但是 VRML 并没有得到预期的推广运用,这并不是 VRML 的错,要知道当时 14.4K 的 Modems 是普遍的。VRML 是几乎没有得到压缩的脚本代码,加上庞大的纹理贴图等数据,要在当时的互联网上传输简直是场噩梦。

1998 年 VRML 组织把自己改名为 Web3D 组织,同时制定了一个新的标准 Extensible 3D(X3D)。到了 2000 年春天,Web3D 组织完成了 VRML 到 X3D 的转换。X3D 整合了正在发展的 XML、Java、流技术等先进技术,包括了更强大、更高效的 3D 计算能力、渲染质量和传输速度。

在此期间,一场 Web3D 格式的竞争正在进行着。在一次 SIGGRAPH 上,展示了超过 30 种 Web3D 格式。当然,只会有其中的一小部分能够脱颖而出最终生存下来。下面对一些有实力且目前已经取得了一定市场的格式作介绍:

① 3DS 矢量格式。3D Studio 的动画原始图形文件,含有纹理和光照信息。

② ASE 格式。Velvet Studio 的采样文件。

③ BSP 格式。Quake 的图形文件。

④ DWG 格式。AutoCAD 工程图文件,AutoCAD 或 Generic CADD 老版本的绘图格式。

⑤ GRD 格式。用于远程视景数据产生地图过程的格式文件,通常应用于形成地图工程 CHIPS(copenhagen image processing system)使用这些文件。

⑥ MD2 格式。Quake2 中使用的模型文件格式,由于其比较简单,容易实现,所以应用很广,是一种经典的动画模型格式。该文件格式由两部分组成:一部分是文件头,包含了文件 ID 号、版本号和有关模型的各种数据的起始地址等;另一部分是文件的主体,包含了有关模型的各种数据,如顶点数据、纹理数据、法向量数据等。

⑦ MD3 格式。Quanke3 中使用的模型文件格式。

⑧ MDL 格式。Quake 模型文件格式。

⑨ WRL 格式。虚拟现实模型。

⑩ OBJ 格式。对象文件。

基于 Web3D 的虚拟现实技术被广泛地应用于网络产品演示、电脑游戏、模拟训练等。例如,国内为数不多的虚拟现实网站之一纳金网。它的整个网站外观设计简洁明朗、功能齐全、内容丰富。产品展示页面如图 2.1 所示。

图 2.1　纳金网产品展示页面

海天虚拟参考了纳金网的简约设计风格,并加入了个人的设计元素。具体设计过程和结果见下文。

2.2.2　虚拟现实网站开发目的及设计目标

海天虚拟现实网站的开发目标是,实现网上的虚拟三维产品展示和虚拟场景漫游等功能,使用户足不出户就可以浏览自己喜欢的商品,如同身临其境。根据网站的功能需求和实际情况,完成网站的界面设计、功能实现(产品展示)等内容,并最终实现整个网站的运行。通过海天虚拟这个虚拟现实网站,能够使人们增进网络虚拟现实的了解。

该网站不仅要求前台的界面版式有设计风格,体现清新简洁的直观感觉,同时也要求产品缩略图展示,点击缩略图后打开新的页面,进行产品的三维展示,同时还有相应产品的文字说明。

网站的后台数据库采用 Microsoft Access 创建小型数据库。然后由网页直接实现数据库中产品信息的查询和显示。管理员可轻松管理整个网站的数据信息和前台页面显示的内容及格式。

2.2.3　开发工具和技术简介

海天虚拟现实网站的开发设计,采用 JSP 技术设计网站界面,服务器软件为 Tomcat,同时采用 Microsoft Access 为网站后台的数据库管理系统。三维产品展示部分采用 Java 3D 技术。

1. JSP 简介

JSP 技术是用 Java 语言作为脚本语言的,JSP 网页为整个服务器端的 Java 库单元提供了一个接口来服务于 HTTP 的应用程序。

在传统的网页 HTML 文件(* . htm, * . html)中加入 Java 程序片段和 JSP 标记,就构成了 JSP 网页(* . jsp)。Web 服务器在遇到访问 JSP 网页的请求时,首先执行其中的程序片段,然后将执行结果以 HTML 格式返回给客户。程序片段可以操作数据库、重新定向网页以及发送 Email 等,这就是建立动态网站所需要的功能。所有程序操作都在服务器端执行,网络上传送给客户端的仅是得到的结果,对客户浏览器的要求最低,可以实现无 Plugin、无 ActiveX、无 Java Applet 甚至无 Frame。

2. Tomcat 及其配置简介

Tomcat 是 Apache Jakarta 软件组织的一个子项目,是一个 JSP/Servlet 容器。它是在 Sun 公司的 JSWDK(Java server web development kit)基础上发展起来的一个 JSP 和 Servlet 规范的标准实现,使用 Tomcat 可以体验 JSP 和 Servlet 的最新规范。经过多年的发展,Tomcat 不仅是 JSP 和 Servlet 规范的标准实现,

而且具备了很多商业 Java Servlet 容器的特性,并被一些企业用于商业用途。

Tomcat 下 JSP 的配置过程如下:

① j2sdk 是 Java 语言的编译环境,可以从 Sun 公司的网站上免费下载。把 JDK 下载后执行安装程序,假定安装目录是 C:\j2sdk1.4.2,把这个目录设定为 JAVA_HOME。安装完成后,需要做些配置工作,JDK 才能开始正常工作,可以按照下面介绍的步骤配置 JDK。

第一步,在桌面上右击【我的电脑】,选择【属性】命令,在出现的对话框中选择【高级】选项卡,然后单击【环境变量】按钮,出现如图 2.2 所示的对话框。

第二步,检查在【系统变量】部分是否有 Path 变量,如果没有新建一个名为 Path 的变量,则添加路径"C:\j2sdk1.4.2\bin;";如果有,则在原有路径的末尾添加"C:\j2sdk1.4.2\bin"。效果如图 2.3 所示。

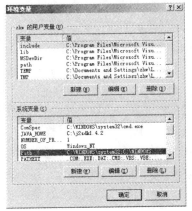

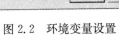

图 2.2　环境变量设置　　　　　　　　图 2.3　设置 Path 变量

第三步,单击【确定】按钮,保存所做的修改。

第四步,新建一个系统变量,名为 JAVA_HOME,值为"C:\j2sdk1.4.2"。

第五步,新建一个系统变量,名为 CLASSPATH,值为". ;C:\j2sdk1.4.2\lib\tools.jar;C:\j2sdk1.4.2\ lib\dt.jar"。

② 解压安装 Tomcat。

第一步,把压缩包解压到硬盘的某个目录,并指定这个目录为 TOMCAT_HOME。

第二步,假定安装的主目录是 C:\Tomcat 5.0,把它设定为 TOMCAT_HOME,按照上一点中介绍的步骤添加一个新的系统变量 TOMCAT_HOME,将其值设置为"C:\Tomcat 5.0",然后单击【确定】按钮,保存所做的更改。

像使用可执行文件安装 Tomcat 那样设置 TOMCAT_HOME 环境变量。解压安装的 Tomcat 需要直接运行 TOMCAT_HOME\bin 目录下的启动脚本 startup. bat 来启动。Tomcat 启动完成后,在浏览器地址栏中输入 http://localhost: 8080/,可以看到 Tomcat 的欢迎页面。然后可打开 Tomcat 目录下的 conf 子目录中的 server. xml 文件,查看以下标签:〈Host name＝"localhost"appBase＝"webapps"unpackWARs＝"true"autoDeploy＝"true"xmlValidation＝"false"xml-NamespaceAware＝"false"〉。默认将 Tomcat 子目录 webapps 作为网页的文件夹的存放目录。现在就可以在 IE 上输入路径:http://localhost:8080/...(网页相对路径),即可显示相应网页。

3. Java 3D[2]简介

Java 3D API 是用来开发三维图形和开发基于 Web 的 3D 应用程序的编程接口。目前用于开发三维图形软件的 3D API(OpenGL、Direct3D)都是基于摄像机模型的思想,即通过调整摄像机的参数来控制场景中的显示对象,而 Java 3D 则提出了一种新的基于视平台的视模型和输入设备模型的技术实现方案,即通过改变视平台的位置和方向来浏览整个虚拟场景。它不仅提供了建造和操作三维几何物体的高层构造函数,而且利用这些构造函数还可以建造复杂程度各异的虚拟场景。这些虚拟场景大到宇宙天体,小到微观粒子。

Java 3D 是 Java Media APIs[3]中的一部分,可广泛地应用于各种平台,而且用 Java 3D API 开发的应用程序和基于 Web 的 3D 应用程序,还可以访问整个 Java 类,可以与 Internet 很好地集成,即如果在浏览器中安装了 Java 3D 的浏览插件,在网上也可浏览 Java 3D 所创建的虚拟场景。Java 3D API 还汲取了已有图形 APIs 的优点,即 Java 3D 的底层图形构造函数不仅综合了底层 APIs 最好的绘制思想,而且高层图形绘制还综合了基于场景图的思想,同时它又引入了一些通用的图形环境所未考虑的新概念(如 3D 立体声)。这样将有助于提高用户在虚拟场景的沉浸感。

适于 VR 应用开发的 Java 3D API 众所周知[4~6],开发 VR 应用程序是一件很繁琐的工作,其开发人员必须编写应用程序可能遇到的各种输入和显示设备的接口程序,或者依赖专为 VR 应用开发而设计的应用程序编程接口,且典型的 VR 应用必须跟踪用户的头部位置和方向,以生成与头部位置方向相一致的虚拟场景图。

另外,还需要跟踪身体的其他部位(手、臂或腿部),然后通过身体各部位在虚拟场景中的虚拟视点与场景中的对象进行交互,而应用程序也必须具有能够利用跟踪输入设备在视点内放置物体,并标明其在生成的三维图像中的位置和方向的功能。同时,面向 VR 的应用程序开发接口必须能支持 3D 图形生成、处理跟踪器的输入,并能将跟踪信息反馈到图形绘制中。

Java 3D API 可自动将头部跟踪器的输入集成到图形生成中,并具有通过访问其他跟踪器信息来控制其他特征的功能,但它是通过一种新的视模型技术来实现的。该视模型是将用户真实的物质环境与计算机生成的虚拟环境相互独立,并建立它们之间的通信桥梁[7]。该 API 也明确定义了用来探测 Java 3D 物体六自由度(6DOF)传感器的返回值,并将其应用于显示场景图中。总之,这种新的视模型和输入设备模型可以很方便地将交互式的 3D 图形应用程序转化为 VR 应用程序。

新的视模型概念基于摄像机的视模型是模仿虚拟环境中的摄像机,而不是虚拟环境中人的替身,而且它是通过控制摄像机与视点的相关参数来控制所显示的场景。但这种方法,在用户物质环境确定某些视参数的系统中是不合理的,例如在头盔显示器(HMD)系统中,HMD 的光学性能就直接确定了应用程序所显示的视域。由于不同的 HMD 有不同的光学特性,因此如果允许终端用户随意改变光学参数显然是不合理的。这里视参数的值将随终端用户所处环境的不同而不同,而影响视参数的主要因素有显示器大小、显示器的位置(戴在头上,还是放在桌子上)、三维空间中用户的头部位置、头盔显示器的实际显示视域、每英寸的显示像素等。由于 Java 3D 的视模型直接提供了头部跟踪的功能,因而使用户产生了真实存在于虚拟环境中的错觉。

Java 3D 不仅提出了新的基于视平台的视模型概念,同时将其推广到包括显示设备和 6DOF 外围输入设备(如头部跟踪器等)的接口支持中,而且新的视模型继承了 Java 的"Write Once,View Everywhere"本质。这意味着由 Java 3D 视模型开发的应用程序可广泛地应用于各种显示环境。这种显示环境可以是标准的计算机显示屏、多元显示空间,也可以是头盔显示器。Java 3D 视模型是通过将虚拟环境和物质环境完全独立的方式来实现上述功能的,且该视模型可将虚拟环境中视平台的位置、方向和大小,与 Java 3D 绘制的与视平台位置、方向相一致的虚拟场景相区分。一般应用程序控制视平台的位置和方向,而绘制着色系统则依据终端用户的物质环境以及用户在物质环境中的位置和方向来确定显示场景。

Java 3D 视模型由虚拟环境和物质环境两部分组成[8],其中虚拟环境由 ViewPlatform 对象来表示,它是虚拟对象存在的空间,而物质环境则由 View 对象以及和它相关的对象来表示。这里,View 对象和它的相关对象就描述了用户所处的显示和操纵输入设备环境。虽然视模型将虚拟环境和物质环境相互独立,但可通过一一对应关系来建立两种世界之间相互通信的桥梁[9,10]。这样将使得终端用户的行为影响虚拟环境中的对象,同时虚拟环境中的对象行为也会影响终端用户的视点。

Java 3D 可通过几个对象来定义视模型参数。这些对象包括 View 对象及其相关对象、PhysicalBody 对象、Canvas3D 对象、PhysicalEnvironment 对象、Screen3D 对象。视模型相关的对象作用如下:ViewPlatform 用来标识场景图中视点位置的节点。其父节点则指明了视平台在虚拟环境中的位置、方向和大小。View 用于指定需要处理场景图的信息。Canvas3D 定义了 Java 3D 绘制图像的窗口,它提供了 Canvas3D 在 Screen3D 对象中的大小、形状和位置信息。Screen 3D 用于描述显示屏幕的物理属性。PhysicalBody 用于封装那些与物质体相关的参视模型的组成及其相互关系数(如左、右眼的位置等)。PhysicalEnvironment 用于封装那些与物质体环境相关的参数(如用于头状物体或头盔式跟踪器的校验信息)。

虚拟环境中的视平台鉴于视平台定义了坐标系统,于是虚拟环境中的原始点和参考点就有了参考坐标系。这里视平台代表与视对象相关的一个点,并充当确定绘制图像的基础。虽然虚拟环境中可以有许多不同的视平台,但特定的视对象只能与一个视平台相关联,于是在 Canvas3D 对象中所绘制的场景均来自于一个视平台的视点。

一般 Java 3D 环境中,可能包括许多输入设备,而且这些输入设备不一定是实际的物理设备,也可能是虚拟设备,例如通过软件的方法将鼠标的运动参数转化为 6DOF 虚拟跟踪球的参数,来模拟虚拟跟踪球的输入。Java 3D 是通过一个传感器数组将输入设备抽象化,传感器对象数组是物质环境对象的一个子类。该数组是由与输入设备相关的对象指针组成。Java 程序可以直接从传感器数组中获取传感器的值,并将其用到场景图中,或按任意方式对其进行处理。

用 Java 3D 开发 VR 应用程序利用 Java 3D 开发的 VR 应用程序[11,12],可建造一个虚拟场景,并能将一个或多个场景图插入到虚拟场景中。虚拟场景由超结构对象集组成,对象集则包括一个世界对象、一个或多个场所对象和按树状结构排列的由节点物体组成的一个或多个场景图。该场景图又称为分支图,包括绘制对象节点、光照节点、行为节点和声音节点等。其中,包含内容节点的分支图称为内容分支,包含视平台对象的分支图称为视分支,视平台对象用来确定用户的位置和方向。应用程序场景图由于这种分支图只描述了场景所要绘制的对象,并不确定对象的绘制次序,因此图中节点的次序和位置与对象的绘制次序无关,而图中的父节点和子节点的直线路径就唯一确定了子节点的图形范围。由于绘制次序的不确定性,因而使得 Java 3D 能横越场景图的任何次序,且它能从左到右,从顶部到底部穿过场景图,或者从右到左,甚至并行遍历整个场景图。Java 3D 的分支图为树状结构,且图中的每一个节点只有一个父节点。这样通过辅助的场景图机制就可以实现通用场景图的共享,而且具有连接属性的叶节点可以连接到共享子图。分支图中的节点分为群节点和叶节点两类。其中,群节点按照粘贴的原理来组织场景图单元。

一般群节点包括 BranchGroup、TransformGroup、Switch、OrderGroup、DecalGroup 和 ShareGroup。其中,BranchGroup 是分支图的根节点;Transform-

Group 用来指明所有子节点的位置和方向；Switch 则用于实现一个或多个子图的转换；OrderGroup 用于使它的子节点按照特定的次序绘制；DecalGroup 是 Order-Group 的一个子集；ShareGroup 跟 BranchGroup 一样，是一个场景图的根节点。虽然共享图作为 Java 3D 场景图的一部分从不直接出现，但是连接节点可以引用。另外，群节点还可以包含各种子节点以及所包含对象的群节点或叶节点。这些子节点用一个关联索引属性来允许对特定的子节点进行操作。如果没有指明特定的顺序群节点，Java 3D 还可以按照任意指定的顺序来绘制群节点的子节点。虽然叶节点是场景图的抽象类，它没有子节点，但它包括了 Java 3D 的各种信息。叶节点由 Shape3D、ViewPlatform、Sound、Light 以及用户定义的行为节点等组成。Shape3D 和 ViewPlatform 节点在 Java 3D 的视模型和输入模型中扮演着重要的角色，因为它描述了图形系统的两个重要方面。其中，Shape3D 描述了场景中对象的几何形状，而 ViewPlatform 则标定了用户或其视点在虚拟环境中的方向或位置。

另外，应用程序还可以像操纵分支图中的任意对象一样来操纵 ViewPlat-form，而且应用程序还可平移、旋转和缩放 ViewPlatform，即通过改变 ViewPlat-form 的位置和方向将随同用户的视点一起移动，来浏览整个虚拟环境。虽然 ViewPlatform 是按照事先规定的路线浏览场景，但不会限制用户视点的移动和从不同方向浏览场景。

4. Java 3D 和其他三维技术的比较

Java 3D 可应用在三维动画、三维游戏、机械 CAD 等多个领域[13]。但作为三维显示实现技术，它并不是唯一的选择。在 Java 3D 之前已经存在很多三维技术，这些三维技术在实现的技术、使用的语言以及适用的情况上各有不同。这里主要介绍与 Java 3D 有密切关系的三种技术：OpenGL、Direct3D、VRML。

（1）OpenGL

OpenGL 是业界最为流行也是支持最广泛的一个底层 3D 技术，几乎所有的显卡厂商都在底层实现了对 OpenGL 的支持和优化。OpenGL 同时也定义了一系列接口用于编程实现三维应用程序，但是这些接口使用 C 语言实现并且很复杂。掌握针对 OpenGL 的编程技术需要花费大量时间精力。

（2）Direct3D

Direct3D 是 Microsoft 公司推出的三维图形编程 API，主要应用于三维游戏的编程。众多优秀的三维游戏都是由这个接口实现。与 OpenGL 一样，Direct3D 的实现主要使用 C 语言。

（3）VRML2.0（VRML97）

自 1997 年 12 月正式成为国际标准之后，在网络上得到了广泛的应用，这是一种比 Basic、JavaScript 等还要简单的语言[14,15]。脚本化的语句可以编写三维动画片、三维游戏、计算机三维辅助教学。它最大的优势在于可以嵌在网页中显示，但这种简单的语言功能较弱（如目前没有形体之间的碰撞检查功能），与 Java 语言等其他高级语言的连接较难掌握，因而逐渐被淹没在竞争激烈的网络三维技术中[16~18]。

2.3　虚拟现实网站整体框架描述

2.3.1　网站整体设计思想

根据设计的要求和实际情况，分析确定了海天虚拟现实网站的形象定位、网站功能定位、目标访客定位和栏目设置等基本内容。

首先是整个网站的形象定位。网站的风格往往符合其内容及对象。由于这是一个产品展示的网站，为企业提供产品展示的平台，因此设计风格要直观，要有企业网站的页面风格。在设计主页过程中，对一些已经颇具规模的虚拟现实网站，例如纳金网等——做了比较和详细分析，参考了那些优秀虚拟现实网站的页面设计风格以及栏目的设置，同时也向有关人士询问了相关意见和建议。如图 2.4 所示。

图 2.4　海天虚拟主界面截图

根据需求方案,我们设计出了网站的功能:

① 产品展示部分。网站的中心部分,负责显示产品的缩略图,提供展示页面链接。可让管理员及时发布新的产品可供展示。让顾客及时了解各种产品信息。

② Java 3D。提供产品的三维展示以及虚拟实景的制作技术。

③ 产品信息数据。用于显示每件产品的厂家和型号等信息。

网站的目标访客定位为各行各业人士,需要购买产品或参观实景的客人,对虚拟现实技术感兴趣的顾客等。

在参考了其他虚拟网站的模块划分后,将整个网站划分为了八个模块,即首页、虚拟现实、产品展示、解决方案、动画制作、技术支持、客户服务、论坛交流。

本网站系统在首页的上方设计了一个分类导航条(如图 2.5),使访问者能了解网站的目录结构,并可对其点击访问。除此之外,本网站在页面左方提供了产品展示目录栏,访问者同样可以点击访问,直接可从某个产品的展示模块跳转到另一产品展示模块中,方便了访客操作和观赏网站产品。主页底部有技术支持与客户服务信息,方便与客户联系。如图 2.6 和图 2.7 所示。

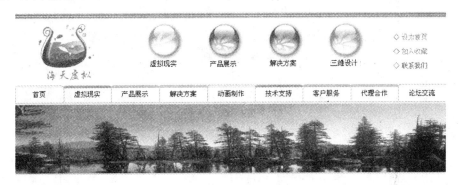

图 2.5　首页的分类导航条

2.3.2　网站总体框架说明

前面已经介绍了整个网站总体框架被划分为八个主模块,除了首页、技术支持、客户服务、论坛交流,其余几个模块还继续分成了若干个子模块。

① 虚拟现实,即虚拟实景。

② 产品展示,手机、电脑、家电展示、家具、汽车等列于产品展示目录中。

③ 解决方案,虚拟实景技术介绍,产品展示技术介绍。

④ 动画制作,包括三维动画制作方法工具。

网站总体框架和各个模块间的关系如图 2.8 所示。

产品展示

- 手机，电脑
- 家电展示
- 虚拟看房
- 家具原型
- 卡通模型
- 衣服，鞋类
- 电子游戏
- 汽车等
- 古董
- 微缩景观
- 虚拟实景
- 玩具
- 动画卡通
- 三维特效
- 综合
- 其他类别
- 企业交流

图 2.6　产品展示目录栏

图 2.7　页面底部网站信息

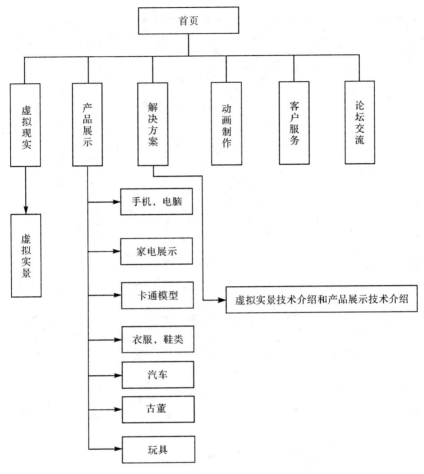

图 2.8　网站总体框架

2.3.3　网站各级目录详细说明

网站的一级子目录(主栏目)及其二级子目录的内容定位详细说明如表 2.1 所示。

表 2.1　网站各级目录说明

一级子目录	二级子目录	说明
首页	首页 Logo	海天虚拟的 Logo
	导航 Logo	网站 Logo 旁边的模块链接以及设为首页、加入收藏、联系我们
	导航条	各个模块详细链接

续表

一级子目录	二级子目录	说明
首页	网站横幅	景色图片横幅
	产品展示目录	列于页面左侧提供产品展示与虚拟实景的详细目录
	产品展示缩略图	以图文并茂的形式,与各产品展示的 Java 3D 页面进行链接
虚拟现实		虚拟实景
	虚拟看房	随着鼠标指针变化,模拟在房子内走路
	微缩景观	随着鼠标指针变化,模拟漫步在景观里的视觉效果
产品展示		产品三维展示,显示尺寸等信息
	手机、电脑等	提供产品的三维展示的 Java 3D 平台
解决方案		介绍虚拟实景和三维产品展示的技术
动画制作		介绍动画制作的方法工具等
技术支持		有关网站技术服务的信息
客户服务		与客户联系的渠道
论坛交流		提供论坛,供厂商与顾客交流

2.4　Java 3D 的详细描述

Java 3D 适用于网络环境跨平台的三维图形开发工具包,是 Java 2 JDK 的标准扩展。Java 的最大特点在于它的平台无关性,这使其特别适合于互联网环境下编写应用程序。

Java 属于面向对象的语言,Java 3D 封装了大量的类,Java 3D API 提供了丰富的可用于建立虚拟建筑环境应用的类,如灯光、雾、纹理、声音等。编写 Java 3D 程序时,大多情况下只需要找到所需的类加以应用。相对于 OpenGL 和 DirectX,Java 3D 更容易掌握,编程效率更高。

2.4.1　Java 3D 的特性

Java 3D 可以和 Java 2D、Swing、AWT、JMF、JDBC 等很好地结合,实现如图像处理、文字显示、绘制二维图形、交互式用户界面等。

Java 3D 是 Java 语言在三维领域的扩展,包含一系列标准的类供 Java 编程者对形体、动画和交互进行控制,同时对渲染和输入设备等很多方面进行控制。它利用底层的 API,实现三维图形的硬件加速。为了适应各种各样的文件格式,可以使用 loader 在程序运行时加载。使用 Java 3D API 对于开发科学可视化、动画、仿真、虚拟世界的建立、自动化设计等方面的应用程序有很大的帮助。使用 Java 3D API,开发人员能够方便地在基于 Java 的应用程序和小应用程序中集成高质量、可伸缩、平台无关的三维图形。

讲到 Java 3D,就不得不谈与它有着密切关系的 VRML 虚拟现实建模语言和 OpenGL 三维图形库。

VRML 语言是 Web 上广泛使用的三维图形标准,是以内容为中心的方法来建立三维世界,主要用于三维场景内容的开发,但它很难实现对三维场景的复杂控制。Java 3D 和 VRML 关系密切,可以说 Java 3D 是基于 Java 的 VRML 的超集,它的作用几乎包含了 VRML2.0 提供的所有功能。

OpenGL 是由 SGI 公司开发的独立于窗口系统、操作系统和硬件环境的图形开发环境三维图形库。目前已经成为了三维图形制作方法中事实上的工业标准。但由于本次开发的三维展示系统必须要求具有友好的交互界面,要与具体的窗口系统结合,造成在不同的操作系统中要分别开发不同版本。例如,在 Windows 下用 Visual C++与 OpenGL 结合开发,在 Linux 下使用 GTK+与 OpenGL 结合开发,不利于本项目的开发维护和更新。OpenGL 只能用于开发应用程序,很难将它用于 Web。

相对于低层的,面向过程的 3D API,如 OpenGL,它们更着重于对渲染过程的优化,以求得最佳的运行速度和对渲染过程最大限度的控制。而 Java 3D 通过使用基于场景图的 3D 图形模式提供了高层的,面向对象的编程接口,使得开发者不需要设计特定的几何形体或编写场景显示的渲染代码,从而能够集中于三维场景和物体的合成。由于 Java 3D 是在这些低层的 API 基础上实现他的功能,所以 Java 3D 并不需要直接的硬件设备驱动程序的支持。OpenGL 和 Java 3D 之间的比较可以看成是汇编语言和 C 语言的比较,一个是低级的,一个是高级的。

1. Java 3D 的特点

Java 3D 提供了高层的,面向对象的应用界面,简化了 3D 图形应用程序的开发。

Java 3D API 集成了高层的场景图模型。Java 3D 的场景图由 Java 3D 运行环境直接转变成具有三维显示效果的显存数据,从而在计算机上显示出三维效果。显存中的数据不断接受 Java 3D 运行产生的最新结果,直接显示出来,从而产生三维动画效果。

① 在网络上实现了可视化。

Java 平台是构建在以网络为中心的计算环境的基础上,它提供一系列的 API 和技术使得进行网络传输时不需要考虑是何种目标平台。Java 3D 定义了可用于传输三维模型和数据的格式,同时 Java 3D 技术集成了几何形体的压缩功能,使得三维模型能够通过网络快捷的下载,避免网络的带宽的瓶颈。

② 平台无关性。

由于继承了 Java 语言的优势，Java 3D 在三维图形的应用程序领域实现了 Write Once，Run Anywhere 的概念。在 Windows 操作系统中，Java 3D 有基于 OpenGL 和 Direct3D 的两种实现版本。在 Linux 操作系统中，有基于 MESA 的 Java 3D 实现。

③ 优化的性能。

Java 3D API 完成费时的任务，如场景图的穿梭和属性状态的管理，以简化开发人员的工作。同时，Java 3D 根据实际的硬件对应用程序的场景图进行调整和缩放。由于 Java 3D API 分层的实现，使得它能够利用低层的渲染 API，实现本地的图形加速。

④ Java 3D 为编写三维图形应用程序提供了一个非常完善的 API。

2. Java 3D 的功能

Java 3D 建立在 Java2(Java1.2)基础之上，Java 语言的简单性使 Java 3D 的推广有了可能。它实现以下三维显示能够用到的功能：

① 生成简单或复杂的形体(也可以调用现有的三维形体)。
② 使形体具有颜色、透明效果、贴图。
③ 在三维环境中生成灯光、移动灯光。
④ 具有行为的处理判断能力(键盘、鼠标、定时等)。
⑤ 生成雾、背景、声音。
⑥ 使形体变形、移动、生成三维动画。
⑦ 编写非常复杂的应用程序，用于各种领域。

3. Java 3D 的运行环境

Java 3D 根据硬件平台的配置，可以选用 DirectX 和 OpenGL 不同的版本。Java 3D 封装了不同的底层的图形库，然而不同的底层采用相同的接口，从而为采用 Java 3D 编写应用程序提供了极大的方便。如图 2.9 所示。

2.4.2　Java 3D 的三维显示技术

1. Java 3D 场景图的结构

Java 3D 采用基于场景图的编程模型。Java 3D 提供了大量 Java 3D 类，开发者可以通过实例化这些类创建各种 Java 3D 对象。这些对象包括几何体、外观、灯光、变换、声音以及行为等。

Java 3D 程序生成的三维场景由一系列的 Java 3D 对象组成，它们以类似

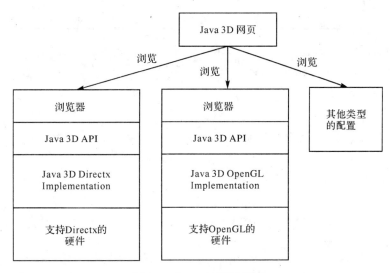

图 2.9　Java 3D 运行环境

VRML 的 DAG 图(directed-acylic graph)结构形式组成整个三维场景。Java 3D 各节点以 DAG 图的结构形式组织起来,而三维场景的绘制就是对场景图各个节点的遍历绘制。

图是由节点和弧组成的数据结构。节点表示数据元素,而弧表示数据之间的关系。在 Java 3D 的场景图中,节点是 Java 3D 类的实例,弧则表示不同 Java 3D 实例之间的关系。

Java 3D 实例之间的关系主要有两种:一种是父子关系,另一种是引用关系。

场景图可作为设计 Java 3D 的工具或文档,如图 2.10 所示。实际的 Java 3D 拥有比场景图描述更多的对象。

Java 3D 的场景图中,最底层的节点是 Virtual Universe。Virtual Universe 对象定义了一个虚拟的三维空间,维持了一系列 Locale 对象的列表。一个 Locale 对象可以理解为一个原始的坐标系,这个坐标系中的所有对象,也就是这个 Locale 对象的子节点,其相对位置都是相对于该 Locale 对象的引用点(局部坐标系的原点)。

每一个 Java 3D 程序可以有一个或多个 Locale 节点,但同一个时刻只能有一个 Locale 节点处于激活状态。

BranchGroup 对象是子场景图的根节点。有两类不同的子场景图:内容子图和视图子图。内容子图包含虚拟场景的内容对象,如几何特性、外观、行为、位置、声音、光源等。视野子图包含虚拟场景中 ViewPlatform 对象,ViewPlatform 节点定义了观察者的位置、方向等。

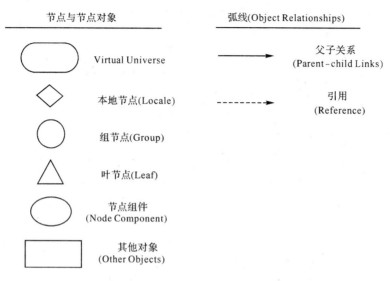

图 2.10　Java 3D 场景图例

　　View 对象包含了从一个观察点以某种观察模式渲染三维场景的所有参数。所有被 View 对象包含或引用的对象将被渲染到一个被 View 对象引用的 3D 画布上。Screen3D 对象则包含了一个具体的 Screen 参数,用于将渲染结果映射到具体的显示设备上。一个简单的 Java 3D 场景如图 2.11 所示。

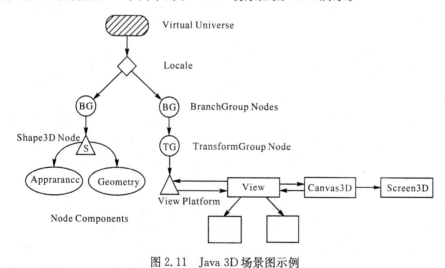

图 2.11　Java 3D 场景图示例

2. Java 3D API 中的类

Java 3D API 中包含了几乎所有编写 Java 三维多媒体应用程序所需要的基本

类、方法和接口。在编程时，只需根据各个类、接口及方法的编程要求，按照面向对象编程的设计思想，调用所需要的类及方法，就可以快速地编写出复杂的三维多媒体的应用程序。

Java 3D 提供了 100 多个存放于 javax. media. j3d 程序包中的类，它们被称为 Java 3D 的核心类。除了核心包的类似外，Java 3D 还提供了一些其他程序包，其中一个重要的包是 com. sun. j3d. utils 包（Utility）。Java 3D 所提供的 Utility 并不是 Java 3D 编译环境的核心组成部分，我们可以不用它，但使用它们会大大提高我们的程序编写效率。Java 3D 为我们提供的 Utility 会不断增加，例如有可能增加处理 NURBUS 曲线的 Utility。目前，Java 3D 为我们提供了四组 Utility，即

① 用于调用其他三维图形格式，如 OBJ 图形格式的 content loader。

② 用于构造场景图的 scene graph construction aids。

③ 用于建立一些基本体，如圆锥球的 geometry classes。

④ 一些其他方便我们编程的 convenience utilities。

除了 Java 3D 的核心包及 Utility 包之外，每个 Java 3D 程序还必须用到 ja-vax. vecmath 包，用它来处理调用程序所需要定义矢量计算所用的类。处理定义三维形体及其位置时，我们需要用到点、矢量、矩阵及其他一些数学对象。

根据其作用，Java 3D 所提供的类主要有 Node 和 NodeComponent 两个类。

Node 类是 Java 3D 场景图的重要组成部分，含有 Group 及 Leaf 两个子类。Group 类用于将形体等按一定的组合方式组合在一起。Leaf 类包括 Light、Sound、Background、shape3d、Appearance、Texture 及其属性等，另外还有 View-Platform、Sensor、Behavior、Morph、Link 等。

NodeComponent 类用于表示 Node 的属性，它并不是 Java 3D 场景图的组成部分，而是被 Java 3D 场景图所引用，如某一个颜色可以被多个形体所引用。

3. Java 3D 的三维几何变换

三维图形的几何变换矩阵可用 T_{3D} 表示，其表达式如下

$$T_{3D} = \begin{bmatrix} a_{11} & a_{12} & a_{13} & a_{14} \\ a_{21} & a_{22} & a_{23} & a_{24} \\ a_{31} & a_{32} & a_{33} & a_{34} \\ a_{41} & a_{42} & a_{43} & a_{44} \end{bmatrix} \tag{2.1}$$

从变换功能上看 T_{3D} 可分为四个子矩阵，产生比例、旋转、错切等变换，$[a_{41}$ a_{42} $a_{43}]$ 产生平移变换，$[a_{14}$ a_{24} $a_{34}]^T$ 产生投影映射，$[a_{44}]$ 产生整体比例变换。如果在绘制不同几何形体时采用相同的几何变换矩阵，矩阵改变时这些形体将同时发生缩放、平移、旋转等变换，它们间的相对位置不发生变化。如果在绘制不同的几何形体时采用不同的几何变换矩阵，那么它们将分别按照各自的变换矩

阵完成相应的几何变换，它们的相对位置就会发生变化。

在 Java 3D 中使用 Transform3D 这个表示 4×4 的双精度浮点数矩阵的对象来表示三维图形的集合变换矩阵，从而实现所指定的坐标的坐标变换。Java 3D 编程时，形体的平移可以通过 setTranslation 方法完成，形体的旋转可以通过 setRotation方法完成，形体的比例变化可以通过 setScale 方法完成。其中，当 setScale 的参数只有一个双精度数时，对所有的方向均采用同一个比例，而当它有三个双精度数的参数时，可以对不同的方向采用不同的比例。

在 Java 3D 编程中，三维空间放置任何形体、灯光、声音都要使用 Transform-Group 对象，用 TransformGroup 定义一个通过设置，可以移动、旋转、比例变换局部坐标系。创建 TransformGroup 对象时，正是使用 Transform3D 对象作为它的参数来构造的。TransformGroup 有两个标志，ALLOW_TRANSFORM_WRITE 和 ALLOW_TRANSFORM_WRITE，通过这两个标志的设定，可以控制坐标系在程序运行过程中的运行方式。如果设置不恰当，程序会无法运行。例如，希望坐标系里的形体移动或转动时，如果没有设置 ALLOW_TRANSFORM_WRITE，这是坐标系就不能动。如果在程序中想通过鼠标来移动、旋转、比例变换指定的局部坐标系，则两个标志均要设置。没有设置 WRITE，则不能将最新的移动结果送到数据结构中去；没有设置 READ，就不能知道原来的数据，因而不能进行正确判断和处理。

应用 TransformGroup 对象时，可以将多个形体放置在同一个 Transform-Group 里，这时形体的原点均和坐标系的原点重合。当将一个 TransformGroup 对象作为一个对象用 addChild 方法放置在另一个 TransformGroup 中时，父坐标系的坐标变换直接影响子坐标系。

4. Java 3D 内部结构

在 Java 3D 中采用了自己的线程调度，整个系统通过传播场景图改变消息来完成特定的功能。

对于几何物体使用了两个数据结构：几何数据结构和渲染箱数据结构。

对于 behavior 类及其子类，有一个 behavior 数据结构组织 behavior 节点，还有 behavior 调度线程执行需要执行的 behavior。

线程调度程序是一个大的无限循环，在每一次循环过程中，会运行所有需要运行的线程。因此，在依次循环过程中，会渲染一帧和执行一次 behavior 调度程序。线程调度程序会等所有线程完成后再进入下一次循环。

无论何时，场景图的任何变化都会产生消息。这个消息包含反映场景图改变所需的所有状态，并有一个时间值与之相关。这个消息在线程调度程序的消息队列中排队。在每一次循环开始，这些消息就会被处理，相关的结构会被刷新。大多数的消息都很容易处理,因此刷新时间很短。

这个系统使得 Java 3D 能够在线程调度程序每次循环的开始就进行渲染帧,因此在大多数情况下能够得到本地的图形速度。当消息处理困难或一些线程要花太长时间完成,会进行降级处理。

5. Java 3D 与其他 3D 技术的比较

Java 3D 的优点还在于其代码的可传输性,和其他 Java 程序一样,利用 Java 3D 可以编写 Application 程序和 Applet 程序,用来生成三维场景的 Applet 可以方便的从服务器传送到客户端,然后在客户端运行。

Java 3D 可应用在三维动画、三维游戏、机械 CAD 等多个领域,但作为三维显示实现技术,它并不是唯一选择。在 Java 3D 之前已经存在很多三维技术,这些三维技术在实现的技术,使用的语言以及适用的情况上各有不同。这里主要介绍与 Java 3D 有密切关系的三种技术:OpenGL、Direct 3D、VRML。

OpenGL 是业界最为流行也是支持最广泛的一个底层 3D 技术,几乎所有的显卡厂商都在底层实现了对 OpenGL 的支持和优化。OpenGL 同时也定义了一系列接口用于编程实现三维应用程序,但是这些接口使用 C(C++)语言实现并且很复杂。掌握针对 OpenGL 的编程技术需要花费大量时间精力。

Direct3D 是 Microsoft 公司推出的三维图形编程 API,主要应用于三维游戏的编程。众多优秀的三维游戏都是由这个接口实现。与 OpenGL 一样,Direct3D 的实现主要使用 C++语言。

VRML(VRML97)在网络上得到了广泛的应用,脚本化的语句可以编写三维动画片、三维游戏、计算机三维辅助教学。它最大的优势在于可以嵌在网页中显示,但这种简单的语言功能较弱,与 Java 语言等其他高级语言的连接较难掌握,因而逐渐被淹没在竞争激烈的网络三维技术中。

相对于 VRML,VRMI 只是一种描述语言,只能支持简单的脚本控制场景与用户的交互行为。Java 3D 则是 Java 语言在三维应用的扩展,Java 3D 的功能和可编程性更强,Java 3D 有丰富的 Java 类库的支持,实现各种编程行为。这是 VRML 难以达到的。

相对于 VRML,Java 是一门相对复杂的编程语言,正是基于此,Java 3D 具有更大的灵活性。例如,将科学数据转化为三维可视化的效果都可以通过 Java 3D 实现,这对于 VRML 是难于实现的。

另外,JDK 工具以及 Java 3D、JDBC、JMF 等包是 Sun 公司免费的开发工具,通过 Java 3D 建立的虚拟建筑环境应用不会涉及一般商业及授权问题,具有更大的长期效益。

2.4.3　Web3D 技术介绍

1. 几种 Web3D 技术的比较

下面简要介绍几种有代表性且应用范围较广的 Web3D 技术,它们在浏览要求、操作平台及各自特点的具体比较如表 2.2 所示。

表 2.2　几种 Web3D 技术的比较

名称	浏览要求	运行平台	各自特点
Cult3D	需插件	Win MacOS SunOS HP AIX Linux BeOS	基于 Java,文件量小,图像质量好,不需硬件支持,可用于 Office 或 Acrobat 文档
Viewpoint	需插件	Win MacOS	基于 XML,可伸缩,流式传输,高压缩比
Atmosphere	需插件	Win MacOS	连接多用户,实现虚拟社区,光能追踪算法,室内展示效果好,自然重力和碰撞的模拟
Shout3D	不需插件	Win MacOS Unix	基于 Java Applet,遵循 X3D 规范
Blaxxun3D	不需插件	Win MacOS Unix	遵循 X3D 规范
B3D	需插件	Win	流式传输
Java 3D	需 Java API	Win SunOS	可以调用 VRML 场景

Cult3D 和 Viewpoint 具有逼真的渲染引擎,能产生高质量的场景渲染效果,对于网络上的产品展示它们都具有不可比拟的优势(后者比前者的效果更为流畅)。在表观和交互上,Cult3D 和 Viewpoint 出奇的相似,也是 Viewpoint 最大的竞争对手。和 Viewpoint 相比,Cult3D 的内核是基于 Java,甚至可以嵌入 Java 类,利用 Java 来增强交互和扩展,但是对于 Viewpoint 的 XML 构架能够和浏览器与数据库达到方便通信。Cult3D 的开发环境比 Viewpoint 人性化和条理化,开发效率也要高得多。

Atmosphere 则为建立虚拟社区提供了很好的解决方案。

Shout3D 以其平台无关性、无需插件和可扩展的交互能力等优点,成为开发三维在线游戏和互动 Web3D 场景的首选。

B3D 独特之处是可制作具有宽频效果的立体动画,并透过互联网传送至窄频用户。这些程序占用空间小、下载时间短及全屏幕显示的互联网立体动画内容。凭着这项崭新的立体动画技术,客户可将既具互动性又富创意的内容传送给目标观众。

Java 3D 有丰富的 Java 类库支持,可以实现各种编程行为。

尽管出现了如此之多的解决方案,Web3D 技术的发展仍存在着困难和障碍,这主要表现在两个方面:

① 没有统一的标准。上述的每种 Web3D 技术都是由不同的公司自行开发

的解决方案,它们使用的都是不同的格式和方法,没有统一的标准。3D 在 Web 上的实现还需假以时日。

②　插件问题。从上面的介绍可以看出,几乎每个公司开发的 Web3D 技术标准都需要自己插件的支持。这些插件大小不等,这在带宽不理想的条件下必然会限制一部分人的使用热情。

尽管各种技术仍有许许多多的难题,但随着国际互联网的普及、网络技术和硬件设施的飞速发展以及网络带宽的增加,网络三维化必将成为今后网络多媒体的主流发展方向,Web3D 将不再遥远。

2.　Web3D 技术的发展前景

当前,互联网上的图形仍以 2D 图像为主流,但是 3D 图形必将在互联网上占有重要地位。互联网上的交互式 3D 图形技术 Web3D 正在取得新的进展,形成自己独立的框架。互联网的需求是 Web3D 发展的动力。互联网的内容提供商和商业网站不断使用新的工具与技术使网站更具吸引力,Web3D 图形是最新的和最具魅力的技术。Web3D 图形将在互联网上有广泛应用,从目前的趋势来看主要有电子商务、联机娱乐休闲与游戏、科技与工程的可视化、教育、医学、地理信息系统的数据可视化、多用户虚拟社区。

2.4.4　Java 3D 在网站中的运用

海天虚拟网站是给企业提供展示产品的平台,因此产品的三维模型往往是很复杂的。但是,想通过程序来构造复杂的几何形体,其困难度是可想而知的。那么如果要通过程序来构造复杂的几何形体的时候怎么办呢? Java 3D 提供了一组可以用来导入一些常用 3D 图形文件的接口。这些接口可以将这些文件转化为 Java 3D 可以识别的数据结构,这样在程序中就可以显示复杂的几何形体了。可以说,Java 3D 在这一点上使用了"四两拨千斤"的巧劲。虽然它不是交互式的图形设计环境,但可以借用其他流行环境的功能。

1.　准备导入

(1) Loader 的概念

Java 3D 现在还没有自己的文件格式,同 OpenGL 一样,是一套能够实时渲染 3D 图形的 API。Java 3D 导入文件是通过 Loader 实现的。Loader 负责读入文本或者二进制文件,然后转换成 Java 3D 支持的数据结构。每个 Loader 都通过使用 Sun 的工具接口 com.sun.j3d.loaders。Loader 用 API 导入任意格式的文件。

(2) Loader 接口

在 Java 3D 的 com.sun.j3d.loaders 包中包括 Loader 和 Scene 两个接口。通

过这两个接口,可以方便地导入 3D 图形文件。表 2.3 对这两个接口进行了描述。

表 2.3　Loader 包中的接口

接口	描述
Loader	用来指明导入文件的位置和元素,为各种不同的文件格式提供了一个统一的接口
Scene	用来从文件导入工具提取 Java 3D 场景信息的一个方法集合,为各种不同文件格式的 Loader提供了一个统一的接口

这两个接口在需要开发新类型 Loader 的时候才会用到,除非特殊需要,一般只使用已经开发好的 Loader 类即可,这将在下面介绍。

（3）常用的 Package

在 com. sun. j3d. loaders 包中,我们常用的是 com. sun. j3d. loaders. lw3d 包和 com. sun. j3d. loaders. objectfile 包,通过这两个包我们可以导入 Lightwave 的 3D 场景文件和 Wavefront 的 3D 模型文件。如表 2.4 所示。

表 2.4　常用的 Package

类	描述
lw3d	继承:loaders. lw3d. TextfileParser 类 实现:允许使用者导入 Lightwave 3D 场景文件
ObjectFile	继承:Object 类 实现:实现了支持 Wavefront 的. obj 文件格式的 Loader 接口,该格式是标准的 3D 模型文件格式,由 Wavefront 软件生成

这两个包是 Sun 公司提供的官方产品,性能比较好,使用起来也十分方便,Bug 也很少。但用这两个软件开发出来的 3D 模型,在国内并不多见。好在除了 Sun 公司之外,还有一些第三方开发者开发了一些流行 3D 文件格式的装载类,使得 Java 3D 能够支持的格式达到数十种。

（4）常用的 Exception

在 com. sun. j3d. loaders 包中,还有两个 Exception 在写程序的时候要经常遇到的。如表 2.5 所示。

表 2.5　loaders 包中的 Exception

异常	描述
IncorrectFormatExcepion	继承:RuntimeException 当 Loader 导入一个不正确类型文件的时候抛出
ParsingErrorException	继承:RuntimeException 当 Loader 分析文件遇到问题的时候抛出

在使用 Loader 的时候,我们需要捕获这个 Exception。这样在程序运行的时候可以通过输出的错误信息,判断出程序到底为什么罢工了。

(5) 常用的接口方法

com. sun. j3d. loaders 包中的 Loader 接口一般用来指明将要导入文件格式的位置和元素。该接口提供了针对各种不同文件格式的公共接口,而 Scene 接口提供了与 Loader 相一致的额外数据。该接口常用的接口方法和常量如下:

① Scene load(java. io. Reader reader),从 reader 导入包含场景数据的 Scene 对象。

② Scene load(java. lang. String. fileName),从 fileName 指明的文件导入包含场景数据的 Scene 对象。

③ Scene load(java. net. URL url),从 URL 所指定的网络资源位置导入场景数据的 Scene 对象。

④ Void setBasePath(java. lang. String pathName),将文件相关的操作起始目录设置为 pathName 所指定的目录。

⑤ Void setBasePath(java,net. URL url),将文件相关的操作起始目录设置为 URL 所指定的网络目录。

⑥ Void setFlags(int flags),设置导入文件的标志位。具体的标志取值及其意义如表 2.6 所示。

表 2.6　setFlags( )标志的取值

取值	意义
LOAD_ALL	该标志允许导入所有的物体到场景中
LOAD_BACKGROUND_NODES	该标志允许导入背景物体到场景中
LOAD_BEHAVIOR_NODES	该标志允许导入行为到场景中
LOAD_FOG_NODES	该标志允许导入雾效果到场景中
LOAD_LIGHT_NODES	该标志允许导入灯光物体到场景中
LOAD_SOUND_NODES	该标志允许导入声音物体到场景中
LOAD_VIEW_GROUPS	该标志允许导入视图物体到场景中

(6) 使用 Loader 的一般步骤

如果没有一个类来实际读取文件,那么从文件里载入内容就是不可能的。有了 Loader 类就容易多了,下面给出一般步骤:

① 准备好 Loader。

② 导入所需文件格式的 Loader 类。

③ 导入其他必须的类。

④ 声明一个 Scene 变量(不要使用构造函数)。

⑤ 创建一个 Loader 对象。

⑥ 在 try 语句中载入文件,将载入结果赋值给 Scene 变量。

⑦ 将 Scene 插入场景图。

接下来将给出一个在网站中使用 Loader 类的实例。

2. Obj 文件导入实例

虽然 Obj 这几个字母让人容易联想起 C 语言编译生成的目标代码文件的扩展名,但它同时也是 Wavefront 软件所绘制的 3D 图形文件的扩展名。现在假设当前目录有一个 gellen. obj 文件,存储的是用 Weavefront 设计的一艘大型帆船的 3D 模型。下面的代码展示了怎样利用 Java 3D 提供的 ObjectFile 包,导入并显示这艘帆船。

```
import com. sun. j3d. loaders. objectfile. ObjectFile;
import com. sun. j3d. loaders. ParsingErrorException;
import com. sun. j3d. loaders. IncorrectFormatException;
import com. sun. j3d. loaders. Scene;
import java. applet. Applet;
import java. awt. * ;
import java. awt. event. * ;
import com. sun. j3d. utils. applet. MainFrame;
import com. sun. j3d. utils. universe. * ;
import javax. media. j3d. * ;
import javax. vecmath. * ;
import java. io. * ;
import com. sun. j3d. utils. behaviors. vp. * ;
import java. net. URL;
import java. net. MalformedURLException;
public class ObjLoad extends Applet {
private boolean spin = false;
private boolean noTriangulate = false;
private boolean noStripify = false;
private double creaseAngle = 60. 0;
private URL filename = null;
private SimpleUniverse u;
private BoundingSphere bounds;
```

```
public BranchGroup createSceneGraph() {
```
//建立场景的根分支节点来包含一组对象. Create the root of the branch graph
```
    BranchGroup objRoot = new BranchGroup();
```
//建立转换节点,初始化一个场景图,它拥有子节点的几何变换. Transfrom
//Group
//对象保存的是平移,旋转之类的几何变换
//在场景图中是没有 Transform3D 对象的. 它只用于指定 TransformGroup 对
//象的变换. Java 3D 编程时,形体的比例变化可以通过 Transform3D 的
//setScale 方法完成
```
    Transform3D t3d = new Transform3D();
    t3d.setScale(0.7);
```
//设置 TransformGroup 的 Transform 成员的数值. T3D 的值将被拷贝给
//TransformGroup 的成员
```
    objScale.setTransform(t3d);
    objRoot.addChild(objScale);
```
//创建一个变换组叶节点,并添加到场景图. 该节点允许 TRANSFORM_WRITE 功
//能,因此程序可以在运行的时候改变行为
```
    TransformGroup objTrans = new TransformGroup();
    objTrans.setCapability(TransformGroup.ALLOW_TRANSFORM_WRITE);
    objTrans.setCapability(TransformGroup.ALLOW_TRANSFORM_READ);
    objScale.addChild(objTrans);
```
//创建 ObjectFile 对象,指明属性
```
    int flags = ObjectFile.RESIZE;
    if (!noTriangulate) flags |= ObjectFile.TRIANGULATE;
    if (!noStripify) flags |= ObjectFile.STRIPIFY;
    ObjectFile f = new ObjectFile(flags,
    (float)(creaseAngle * Math.PI / 180.0));
```
//创建场景叶节点,导入.Obj 文件
```
    Scene s = null;
    try {
        s = f.load(filename);
    }
```
//处理文件不存在的异常
```
    catch (FileNotFoundException e) {
        System.err.println(e);
```

```
            System.exit(1);
    }
//处理分析文件遇到问题的异常
    catch (ParsingErrorException e) {
        System.err.println(e);
        System.exit(1);
    }
//处理文件格式不正确的异常
    catch (IncorrectFormatException e) {
        System.err.println(e);
        System.exit(1);
    }
//将场景叶节点添加到 3D 模型所在的变换组分支节点
    objTrans.addChild(s.getSceneGroup());
//建立场景的范围
    bounds = new BoundingSphere(new Point3d(0.0,0.0,0.0),100.0);
//以下代码使物体能够旋转,以增强 3D 效果
    if (spin) {
        Transform3D yAxis = new Transform3D();
        Alpha rotationAlpha = new Alpha( - 1,Alpha.INCREASING_ENABLE,
            0,0,4000,0,0,0,0,0);
        RotationInterpolator rotator =
        new RotationInterpolator(rotationAlpha,objTrans,yAxis,
            0.0f,(float) Math.PI * 2.0f);
        rotator.setSchedulingBounds(bounds);
        objTrans.addChild(rotator);
    }
//设置背景颜色和范围,添加背景叶节点到根分支节点
    Color3f bgColor = new Color3f(0.05f,0.05f,0.5f);
    Background bgNode = new Background(bgColor);
    bgNode.setApplicationBounds(bounds);
    objRoot.addChild(bgNode);
    return objRoot;
}
private void usage(){
```

```
System.out.println("Usage: java
    ObjLoad [-s] [-n] [-t] [-c degrees] <.obj file>");
System.out.println("  -s Spin (no user interaction)");
System.out.println("  -n No triangulation");
System.out.println("  -t No stripification");
System.out.println("-c Set crease angle for
    normal generation (default is 60 without");
System.out.println(" smoothing
    group info,otherwise 180 within smoothing groups)");
System.exit(0);
}
public void init() {
//指明要导入的文件
    if (filename = = null) {
    //Applet
        try {
                URL path = getCodeBase();
                filename = new URL(path.toString() + "./galleon.obj");
        }
        catch (MalformedURLException e) {
                System.err.println(e);
                System.exit(1);
        }
    }
    setLayout(new BorderLayout());
//加入帆布 config
    GraphicsConfiguration config =
    SimpleUniverse.getPreferredConfiguration();
    Canvas3D c = new Canvas3D(config);
    add("Center",c);
//创建 Universe 和场景,将场景添加到 Universe 中. Create a simple scene
//and attach it to the virtual universe
    BranchGroup scene = createSceneGraph();
    u = new SimpleUniverse(c);
//add mouse behaviors to the ViewingPlatform
```

```
    ViewingPlatform viewingPlatform = u.getViewingPlatform();
    PlatformGeometry pg = new PlatformGeometry();
```
//创建环境光,并添加到根分支节点
```
    Color3f ambientColor = new Color3f(0.1f,0.1f,0.1f);
    AmbientLight ambientLightNode = new AmbientLight(ambientColor);
    ambientLightNode.setInfluencingBounds(bounds);
    pg.addChild(ambientLightNode);
```
//定义光的颜色和方向
```
    Color3f light1Color = new Color3f(1.0f,1.0f,0.9f);
    Vector3f light1Direction = new Vector3f(1.0f,1.0f,1.0f);
    Color3f light2Color = new Color3f(1.0f,1.0f,1.0f);
    Vector3f light2Direction = new Vector3f(-1.0f,-1.0f,-1.0f);
    DirectionalLight light1
        = new DirectionalLight(light1Color,light1Direction);
    light1.setInfluencingBounds(bounds);
    pg.addChild(light1);
    DirectionalLight light2:
    new DirectionalLight(light2Color,light2Direction);
    light2.setInfluencingBounds(bounds);
    pg.addChild(light2);
    viewingPlatform.setPlatformGeometry(pg);
```
//将 viewing Platform 向后移动一些,以使场景中的物体都能被看到
```
    viewingPlatform.setNominalViewingTransform();
    if (!spin) {
        OrbitBehavior orbit = new OrbitBehavior(c,
        OrbitBehavior.REVERSE_ALL);
        BoundingSphere bounds =
        new BoundingSphere(new Point3d(0.0,0.0,0.0),100.0);
        orbit.setSchedulingBounds(bounds);
        viewingPlatform.setViewPlatformBehavior(orbit);
    }
    u.addBranchGraph(scene);
}
```
//作为程序运行时调用
```
public ObjLoad(String[] args) {
```

```
if (args.length != 0) {
    for (int i = 0 ; i < args.length ; i++) {
        if (args[i].startsWith("-")) {
            if (args[i].equals("-s"))
                spin = true;
            else if (args[i].equals("-n"))
                noTriangulate = true;
            else if (args[i].equals("-t"))
                noStripify = true;
            else if (args[i].equals("-c")) {
                if (i < args.length - 1) {
                    creaseAngle = (new Double(args[++i])).
                    doubleValue();
                } else usage();
            } else {
                usage();
            }
        } else {
            try {
                if ((args[i].indexOf("file:") == 0) ||
                    (args[i].indexOf("http") == 0)) {
                    filename = new URL(args[i]);
                }
                else if (args[i].charAt(0) != '/') {
                    filename = new URL("file:./" + args[i]);
                }
                else {
                    filename = new URL("file:" + args[i]);
                }
            }
            catch (MalformedURLException e) {
                System.err.println(e);
                System.exit(1);
            }
        }
    }
}
```

```
            }
          }
        }
//作为 applet 运行
    public ObjLoad() {
    }
    public void destroy() {
        u.cleanup();
    }
//下面允许 ObjLoad 作为一个应用或 applet 运行
    public static void main(String[] args) {
        new MainFrame(new ObjLoad(args),700,700);
    }
}
```

　　程序中的黑体部分是与装入 .obj 文件相关的内容,其中最主要的就是 s=f.load(filename)这一句,它将 .obj 文件导入,其他部分和普通的程序没什么两样,就是这么简单。程序中用到的 gelleon.obj 文件是 Java 3D 自带的。在海天虚拟网站中,可使用企业提供的产品 OBJ 三维模型文件来代替 gelleon.obj。Java 3D 的 DEMO 目录中除了导入 .obj 文件的例子外,还有导入 .lws 和 .lwo 的例子,方法几乎一样,差别就在黑体部分的代码,用相应的程序替换黑体部分即可实现一部分三维格式文件的导入。在此就不一一赘述了。

　　3. 在网上发布 Java 3D 程序

　　用 Java 3D 编写的程序可以作为 Applet 程序嵌入到 HTML 中运行。由于 Java 3D 是对 Java 的扩展,Applet 嵌入 HTML 时需要作一个特殊转换,变成以 〈OBJECT〉,〈EMBED〉方式定义的页面。这个转换是用 Sun 提供的 HTML Converter 工具来完成的。

　　在网上发布 Java 3D 的具体步骤如下:
　　① 编写 HTML 文件。

```
〈APPLET CODE = "ObjLoad.class" WIDTH = 700 HEIGHT = 700 ALIGN = middle〉
    〈blockquote〉
```

```
<hr>
    If you were using a Java-capable browser,
    you would see Hello Universe! instead of this paragraph.
<hr>
</blockquote>
</APPLET>
```

② 转换。运行 HTMLConverter. bat 进行转换，转换后得到的 Hello. html 的内容见 ObjectLoad_Plugin. html 文件。

当这个 HTML 页面被浏览的时候，会自动检查客户端是否具有 Java 和 Java 3D 的运行环境。如果该环境未安装，将自动从指定的网站下载并安装。这就解决了可视化环境的安装问题。如图 2.12 所示。

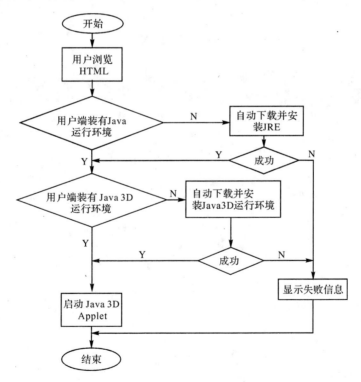

图 2.12　自动安装用户环境流程

2.5　网站后台数据管理系统

2.5.1　数据库设计

海天虚拟网站中的数据库存储了产品的信息。在 Microsoft Access 中创建一个数据库名为 product.mdb，包含两个表格：productAll 表和 proType 表。如图 2.13 和图 2.14 所示。

图 2.13　productAll 表

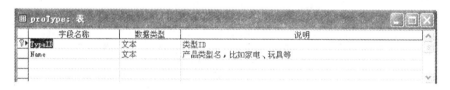

图 2.14　proType 表

以下是这两个表格的部分内容。如图 2.15 和图 2.16 所示。

ProID	Name	Corp	TypeID	Price	Information
1	foot	Microsoft	10	￥88.00	其中的 foot.obj 可用产品三维图片代替
2	galleon	Sun	9	￥122.00	其中的 galleon.obj 可用产品三维图片代替

图 2.15　productAll 表部分内容

TypeID	Name
1	手机
10	玩具
2	家电
3	住房
4	家具
5	卡通
6	服装
7	电子游戏
8	汽车
9	古董
*	

图 2.16　proType 表部分内容

2.5.2　数据库 E-R 图

数据库 E-R 图如图 2.17 所示。

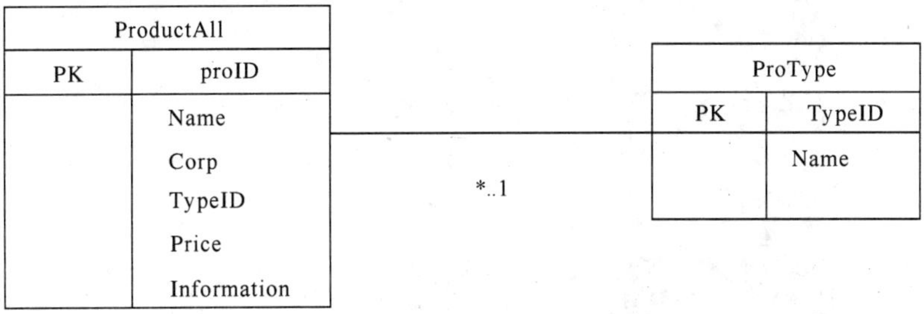

ProductAll					ProType	
PK	proID				PK	TypeID
	Name					Name
	Corp					
	TypeID					
	Price					
	Information					

图 2.17　数据库 E-R 图

2.5.3　利用 ODBC-JDBC 桥读取数据库

本网站实现 JSP 读取 Access 数据库。首先设置 ODBC,如图 2.18～图 2.20 所示。

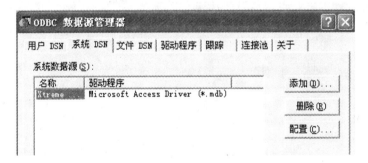

图 2.18　设置系统 DSN

数据源建立完毕.读取的程序 acc.jsp:

```
< % @PAGE contentType = "text/html";charset = "gb2312" % >
< % @page import = "java.sql. * " % >
< %
    Connection conn = null;
    Statement stmt = null;
    ResultSet rs = null;
    try{
        Class.forName("sun.jdbc.odbc.JdbcOdbcDriver");
    }
```

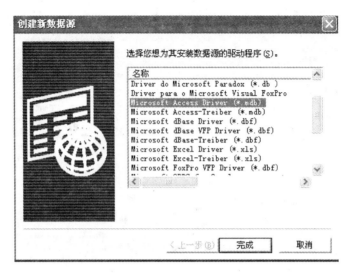

图 2.19　选择 Access 驱动程序

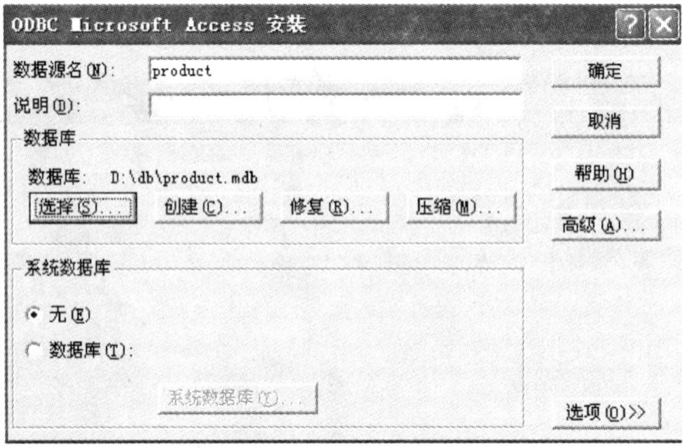

图 2.20　建立数据源

```
catch(ClassNotFoundException ce){
    out.println(ce.getNessage());
}
try{
    conn = DriverManager.getConnection("jdbc:obdc:product");
    stmt = conn.createStatement();
    rs = stmt.executeQuery("SELECT
        a.proID, a.name, a.corp, b.name, a.price, a.information
```

```
        FROM ProductAll a, ProType b
        WHERE a. TYPEID = B. TYPEID and a. proID = 2");
        while(rs. next()){
            out. print(rs. getSring("a. proID");
            out. print(rs. getSring("a. name");
            out. print(rs. getSring("a. corp");
            out. print(rs. getSring("b. name");
            out. print(rs. getSring("a. price");
            out. print(rs. getSring("a. information");
            our. print("<BR>");
        }
    }
    catch(SQLException e){
        System. out. println(e. getMessage());
    }
    finally{
        stmt. close();
        conn. close();
    }
%>
```

　　将以上程序加入每个产品展示页,在其空白处显示产品的信息。因产品的不同在代码中设置不同的 proID。

2.6　结　　论

　　经过测试,海天虚拟现实网站已经基本达到预期的要求,即企业提供展示的三维格式文件,网站提供一个产品展示的平台。

　　本网站的主要优点是主页清晰简明,给浏览者直观的感觉。考虑到若是作为企业产品展示的实际应用,则需要把产品分类显示,因此提供了较多的缩略图样例。投入使用时,只需更换缩略图为相应的产品缩略图,相应的以本章介绍的方法来显示企业提供的三维格式文件。

　　开发网站中,还存在着一些没有解决好的问题。例如,后台数据库部分的产品信息提示,设计的不够精致过于太简单。但是由于本次设计突出的是 Java 3D 的技术,因此数据库部分设计简略,并希望能在日后有所扩充和改善。

参 考 文 献

［1］ 石志国,薛为民,董洁. JSP 应用教程. 北京:北京交通大学出版社,2004.

［2］ 张杰. Java 3D 交互式三维图形编程. 北京:人民邮电出版社,2002.

［3］ Joseph L. Weber,JAVA2 编程详解. 北京:电子工业出版社,1999.

［4］ 王汝传,陈丹伟,顾翔. 虚拟现实技术及其实现研究. 计算机工程,2000,26(12):1～3.

［5］ 张茂军. 虚拟现实系统. 北京:科学出版社,2001.

［6］ 周洪玉,王慧英,周岩. 虚拟现实及应用的研究. 哈尔滨理工大学学报,2000,5(4):49～51.

［7］ Brutzman D. The virtual reality modeling language and Java. Communications of ACM,1998,41(6):57～64.

［8］ Stoter J,Salzmann M. Towards a 3D cadastre:where do cadastral needs and technical possibilities meet. Computers,Envirenment and Urban Systems,2003,27(4):395～410.

［9］ 孟国军,钟家骇. 第二代 Web 语言(VRML)的发展及其应用. 中国测试技术,2003,3:181.

［10］ 黄元芳,王代涵,王一哲. 虚拟现实技术与 VRML. 武汉冶金管理干部学院学报,2003,13(2):71～73.

［11］ 冬村. 3D 革命. 中国计算机报,2000,10:22.

［12］ Liua Q,Sourin A. Function-based shape modeling extension of the virtual reality modeling language. Computers and Graphics,2006,30(4):629～645.

［13］ 张小强,孙晓南,何玉林. Web3D 技术在产品仿真系统中的应用. 重庆大学学报:自然科学版,2002,5:50～53.

［14］ 陈华,陈福名. 基于 VRML 的虚拟现实系统的研究. 计算机工程,2001,7:83～85.

［15］ 朱正强,吴介一,孔竞平,等. 基于 VRML-JAVA 的虚拟现实技术在可视化装配中的应用. 东南大学学报,2002,23(1):24～28.

［16］ 任浩,谭庆平. 基于 VRML 和 JAVA 的物理建模方法与实现. 计算机工程与科学,2000,22(2):36～39.

［17］ W3C Recommendation. Extensible Markup Language(XML)1.0(2nd Ed). http://www.w3.org.

［18］ W3C Working Draft. Document Object Model (DOM) Level 1 Specification (2nd Ed),Version 1.0. http://www.w3.org/TR/R1REC-DOM-Level-I.

第三章 基于 J2ME 技术的手机三维交互展示系统

3.1 引　言

随着移动通信的突飞猛进,移动开发这个新鲜的字眼慢慢成为开发者关注的热点。CSDN 的最近一份调查显示,有 24.34％的受访者涉足嵌入式/移动设备应用开发,这个数字可能略高于实际的比例,但也足可说明嵌入式/移动设备应用开发是一块诱人的蛋糕。

J2ME 是嵌入式/移动应用平台的王者,Linux 和 WinCE 分列二、三位。Nokia等厂商力推的 Symbian 平台目前开发者占有率尚未达到满意水平,考虑到调查项合并了嵌入式设备(例如 PDA)和移动设备(例如智能手机)[1],Symbian、WinCE 系列在移动平台上会是竞争的主要两方。如果厂商能在标准实现上做得更加规范,则 J2ME[2] 的跨平台特性会发挥得更加淋漓尽致,继续保有王者地位。

随着信息技术的飞速发展,如今的手机已不仅仅是用来通信的工具了,你不但可以利用手机听音乐、看电影,还能够玩各种各样的游戏。特别是带 3D 效果的游戏,更是受到广大玩家的青睐。

3D 图形技术在各个领域已经越来越多地被应用了,当然这也包括了 J2ME 领域。在 J2ME 中为我们提供了 JSR254 这样一个可选包[3],该套 API 实现了手机上 3D 图形的编程。同时,随着移动设备硬件的发展,也出现了越来越多支持该可选包的手机了[4~5],例如 Sony Ericsson 的 K 系列、S 系列等。

三维展示系统的开发设计是以 JBuild9 为开发平台,采用 JSR254 技术,使用 J2ME 作为 JBuild9 编译的程序语言,并采用 WTK2.2 为辅助开发工具软件。

3.2 选 题 背 景

3.2.1 手机发展综述

对于手机这样一种大众消费的移动手持设备来说,最初的功能就是用来打电话(1G 时代),这是人们对手机最初的一个要求。话音业务是手机移动通信中最基本、最重要的业务,相对于话音业务的其他业务就通称为增值业务,例如短信发送(2G 时代)。

现在 3G 通信已成为人们嘴上的口头禅了,那么您知道到底什么是 3G 通信吗? 所谓 3G,其实它的全称为 3rd Generation,中文含义就是指第三代数字通信。1995 年问世的第一代数字手机只能进行语音通话[6];而 1996 年到 1997 年出现的第二代数字手机便增加了接收数据的功能,如接受电子邮件或网页;第三代与前两代的主要区别是在传输声音和数据的速度上的提升,它能够处理图像、音乐、视频流等多种媒体形式,提供包括网页浏览、电话会议、电子商务等多种信息服务。相对第一代模拟制式手机和第二代 GSM、TDMA 等数字手机,具备强大功能的基础是 3G 手机极高的数据传输速度。目前的 GSM 移动通信网的传输速度为9.6KB/s,而第三代手机最终可能达到的数据传输速度将高达 2MB/s。而为此做支撑的则是互联网技术充分融合到 3G 手机系统中,其中最重要的就是数据打包技术。在现有 GSM 上应用数据打包技术发展出的 GPRS 目前已可达到 384KB/s的传输速度。这相当于 D-ISDN 传输速度的两倍。3G 手机支持高质量的话音、分组数据、多媒体业务和多用户速率通信,将大大扩展手机通信的内涵。

3.2.2　三维展示系统开发目的及设计目标

三维展示系统的开发目的主要是通过现有的技术实现在手机上浏览展品的功能。可浏览的展品一般包括商品房、家装、陶瓷商品、古玩等。三维展示系统可应用的行业一般包括房地产行业、家装行业、商品展示行业、古玩业等。

三维展示系统设计的目标是用户能通过这个软件在手机上浏览展品,软件可以自由读取 res 目录下的 m3g 文件。在三维展示家装系统中,用户可以控制摄像机镜头,从而模拟出在房间内走动的情况,让用户有身临其境的感受。而在其中的静态展品系统中,摄像头为不可控制的,展品被放在 world 正中浏览。

3.2.3　三维展示系统开发工具和技术简介

1. JBuild9 简介

JBuild 是 Borland 公司开发的提升 Java 开发效率以建构企业级 Java 应用的程序。JBuild 是目前唯一支持虚拟端点编程的开发环境,可加速 EnterpriseJavaBean、Web、JSF、Struts、Web Services、XML、Mobile 以及数据库应用程序开发。经双向可视化设计工具,可快速开发应用程序,并部署至业界主流 J2EE 应用程序服务器。创新的点对点协同机制包括共享编辑、协同调试与主动区别,即使开发人员位于世界各地,也能够以极高的效率进行协同开发。JBuild 支持

J2SE5.0JDK1.5,提供了 UML 可视化视图、分布式重构、程序代码审核、企业级单元测试环境,并支持多种版本控制系统。

2. J2ME 技术介绍

J2ME 是 Sun 公司针对嵌入式、消费类电子产品推出的开发平台,与 J2SE 和 J2EE 共同组成 Java 技术的三个重要分支[7]。J2ME 实际上是一系列规范的集合,由 JCP 组织制定相关的 Java Specification Request(JSR)并发布,各个厂商会按照规范在自己的产品上实现,但是必须要通过 TCK 测试以确保兼容性。

J2ME 最基本的规范制定在 JSR-68(JAVA 规范编号第 68 号),在此规范中定义了 J2ME 的技术架构[8]。据此规范,J2ME 由三种类型的规范堆栈而成,分别是 Configuration、Profile 以及 Optional Packages。这三种类型的规范定义由其他的规范所定义,所以 JSR68 属于一个规范的规范。

目前,J2ME 中有两个最主要的配置,分别是 Connected Limited Devices Configuration(CLDC)和 Connected Devices Configuration(CDC)。它们是根据设备的硬件性能进行区分的,例如处理器、内存容量等。J2ME 体系结构如图 3.1 所示。

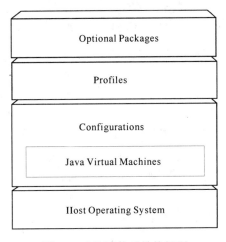

图 3.1　J2ME 体系结构框图

3. WTK 简介

WTK 是 Sun J2ME Wireless Toolkit 无线开发工具包。这一工具包的设计目的是为了帮助开发人员简化 J2ME 的开发过程。使用其中的工具可以开发与 Java Technology Forthe Wireless Industry(JTWI,JSR 255)规范兼容的 J2ME 应用程序。该工具箱包含了完整的生成工具、实用程序以及设备仿真器。目前可以获取的版本有四个,分别是 1.0.4、2.0、2.1 和 2.2。每个版本都包括英语、日语、简体中文、繁体中文四个语种包。

2.2 版中,WTK 全面支持 JTWI 规范。具体地说,即 MIDP 2.0、CLDC 1.1、WMA 2.0、MMAPI1.1、Web Services(JSR 172)、File and PIM APIs(JSR 75)、Bluetooth and OBEX APIs(JSR 82)和 3D Graphics(JSR 254),同时也可以使用该版本开发面向 CLDC1.0 和 MIDP1.0 的应用程序。

WTK 是 Sun 提供的一个开发工具包。目前各大手机厂商往往把 WTK 经过自身的简化与改装推出适合自身的产品,如 SonyEricsson、Nokia Developer's Suit 等都属于此种类型。而通过 JBuilder、Eclipse 等 IDE、J2ME 开发包工具可以被绑定在这些集成开发环境中,进一步提高开发效率。

无论哪个版本的 WTK 都会包括以下几个目录:

①appdb 目录。RMS 数据库信息。

②apps 目录。WTK 自带的 demo 程序。

③bin 目录。J2ME 开发工具执行文件。

④docs 目录。各种帮助与说明文件。

⑤lib 目录。J2ME 程序库,Jar 包与控制文件。

⑥session 目录。性能监控保存信息。

⑦wtklib 目录。JWTK 主程序与模拟器外观。

4. CLDC 简介

2000 年 5 月,JCP 公布了 CLDC1.0 规范(即 JSR30)。作为第一个面对小型设备的 Java 应用开发规范,CLDC 是由包括 Nokia、Motorola 和 Siemens 在内的 25 家全球知名公司共同协商完成的。CLDC 是 J2ME 核心配置中的一个,可以支持一个或多个 profile。其目标主要面向小型的、网络连接速度慢、能源有限(主要是电池供电)且资源有限的设备,如手机、机顶盒、PDA 等。CLDC 标准架构如图 3.2 所示。

CLDC 的核心是虚拟机和核心类库。虚拟机运行在目标操作系统之上,对下层的硬件提供必要的兼容和支持。核心类库提供操作系统所需的最小软件需求。

作为专门针对小型设备的配置,CLDC 对 J2SE 类库进行了大量的简化,其类库只保留了 Java 规范中定义的最核心的三个包,即 java.io、java.lang 和 java.util,并重新定义了一个新的包 javax.microedition。这可以通过前缀来区别:java. 表示核心的 java 包,javax. 表示标准 java 扩展包。

CLDC1.1 即 JSR139 相对于 1.0 版本并没有本质上的变化。随着硬件水平的不断提高,CLDC1.1 在兼容性和可用性上作了一些改进,并增加了一些 1.0 版本没有的新特性。

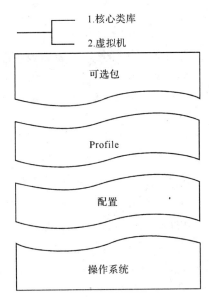

图 3.2　CLDC 标准架构

① 增加对浮点数据的支持。

② 核心类库中增加 java. lang. Float 类和 java. lang. Double 类。

③ 部分支持弱参考。

④ Calendar、Date 和 TimeZone 类被重新设计。

⑤ 与 J2SE 中的类更加类似。

⑥ 对错误处理有了更加明确的定义。

⑦ 增加了 NoClassDefFoundError 类。

⑧ Thread 类。

⑨ CLDC1. 1 允许为线程命名。

⑩ 通过 getName()方法得知线程的名字。

⑪ 增加 interrupt()方法。

⑫ 允许中断线程,增加了新的构造方法。

⑬ 对一些类库进行了小的修改。

⑭ 以下的方法被添加或是修正:Boolean. TRUE 和 Boolean. FALSEDate. toString()、Random. nextInt(int n)String. intern() String. equalsIgnoreCase()。

⑮ 允许使用浮点运算。

⑯ 设备的最小内存被提高到 160~192KB。

5. JAD 与 JAR 简介

一个完整的 MIDP 应用程序是由一个 JAD 文件(纯文本文件)与 JAR(ZIP 压缩文件)所组成。JAD 与 JAR 之间的关系是:JAD 文件中有一行 MIDlet-jar-url: xxx.jar,它所对应的执行文件就是 xxx.jar。之所以有这样的设计,主要有两个原因:

(1) 网络传输费用

由于无线网络的传输需要用户额外的费用,为了让用户不至于下载不需要的执行文件,所以在传输前,现有服务器端传送比较小的文字描述文件,用户看过描述文件的内容之后,再决定执行文件是否是它所要的。如果需要,那么系统再由描述文件中的属性只找到执行文件的位置,然后将其下载至手机。

(2) 安全性

任何文件只要经由网络传输,就有可能受到恶意的篡改。因此,为了可以让用户验证传输的执行文件没有受到任何篡改,我们会在描述文件之中加入证书。证书中包含程序制作单位的公钥,描述文件之中可以包含 JAR 文件的数字签名。这是将执行文件经由消息摘要算法算出消息摘要值之后,再使用 MIDP 应用程序制作单位的私钥进行签署后得来的。有了证书与数字签名,用户就可以在自己的机器上验证执行文件的来源,并确认没有经过恶意的篡改。

6. RMS 简介

RMS 是一个小型的数据库管理系统。它以一种简单的、类似表格的形式组织信息,并存储起来形成持久化存储,以供应用程序在重新启动后继续使用。

RMS 提供了记录和记录仓储两个概念。记录仓储类似于一般关系数据库系统中的表格,它代表了一组记录的集合。在相同的 MIDlet Suite 中,每个仓储都拥有自己独一无二的名字,大小不能超过 32 个 Unicode 字符,同一个 Suite 下的 MIDlet 都可以共享这些记录仓储。

记录是记录仓储的组成元素。记录仓储中含有很多条记录,就如同记录表格是由许多行组成的一样。每条记录代表了一条数据信息。一条记录由一个整型的 RecordID 与一个代表数据的 byte[] 数组组成。RecordID 是每条记录的唯一标识符,利用这个标识符可以从记录仓储中找到对应的一条记录。请注意,由于产生记录号 RecordID 使用的是一种简单的单增算法。当一条数据记录被分配的时候,其记录号也就唯一分配了,并且该条记录被删除后,RecordID 也不会被使用。所以,仓储中相邻的记录并不一定会有连续的 RecordID。

7. M3G 格式简介

M3G 是 J2ME 的一个可选包,以 OpenGL 为基础的精简版共有 30 个类,运行在 CLDC1.1/CLDC2.0 上(必须支持浮点运算),可以在 MIDP1.0 和 MIDP2.0 中使用。目前,支持 M3G 的手机有 Nokia 6230/3650/7650/6600、Siemens S65/CX65/S55/M55、Sony-Ericsson K700i/P800/P900、Moto 220/T720 等。M3G 只是一个 Java 接口,具体的底层 3D 引擎一般由 C 代码实现,如许多手机厂商的 3D 引擎采用的便是 SuperScape 公司的 Swerve 引擎,这是一个专门为移动设备设计的高性能 3D 引擎。

类似于 Microsoft 的 D3D 和 M3G 支持两种 3D 模式,即立即模式(immediate mode)和保留模式(retained mode)。在立即模式下,开发者必须手动渲染每一帧,从而获得较快的速度,但代码较繁琐。在保留模式下,开发者只需设置好关键帧,剩下的动画由 M3G 完成,代码较简单,但速度较慢。M3G 也允许混合使用这两种模式。

3D 模型可以在程序中创建,但是非常繁琐。因此,M3G 提供了一个 Loader 类,允许直接从单一的. m3g 文件中读入全部 3D 场景。m3g 文件可以通过 3D Studio Max 之类的软件创建。具体创建方式在此不一一详述。

3.3 三维展示系统整体框架描述

3.3.1 三维展示系统整体设计思想

三维展示系统的设计目标是把这个系统设计成两大模块,房屋展示模块及静态展品展示模块。其中,房屋展示模块主要是为商品房以及家装行业服务的;静态展品展示模块主要是用于陶瓷、古玩等小件展品展示。

由于是以手机为平台开发软件,所以有着很多设备上的限制与制约。例如,屏幕尺寸分辨率、内存大小和运行速度等,故三维展示系统的开发过程中要格外地注意。在界面上不能过于花哨,否则在手机上显示时反而会起到相反的作用。在算法上,一定要用最小的时间复杂度与空间复杂度来达到目标。在可移植性上要考虑到在各个厂商的手机上都能顺利地运行。所以,在代码编写上尽量使用通用性的代码与按键。

3.3.2 三维展示系统的总体框架说明

三维展示系统主要包含主界面、房屋展示系统、静态展品展示系统组成。房屋展示系统包含文件选择目录、房屋介绍页面、三维展示界面。静态展品展示系统包含文件选择目录、展品介绍页面、三维展示界面。

三维展示系统总体框架与各个模块的关系如图 3.3 所示。

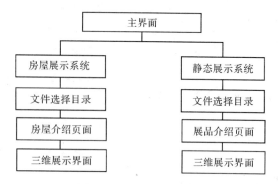

图 3.3 系统整体构架图

3.3.3 系统各级目录详细说明

主界面:显示系统名称,选择进入房屋展示系统或是静态展示系统。

文件选择目录:选择 res 目录下的 m3g 文件打开。

房屋/展品介绍页面:详细说明房屋/展品的详细信息,从而让用户可以更好地了解产品。

三维展示界面:使用 JSR254 技术来模拟现实 m3g 文件[9]。

3.3.4 系统用例图及类图

系统用例及类如图 3.4 和图 3.5 所示。

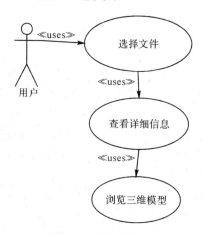

图 3.4 系统用例图

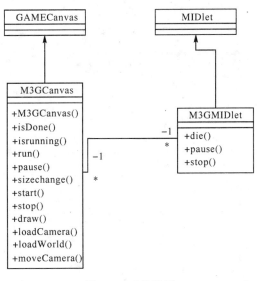

图 3.5　系统类图

3.4　三维展示系统的详细设计

3.4.1　M3G 文件的设计

　　首先,我们要为整个系统设计几个 M3G 模型。我们使用的建模工具是 3Ds Max。具体如何绘制整个模型在这里不一一表述。这里详述如何将模型导出为 M3G 格式。

　　当我们用 3Ds Max 制作完成后,可以看到预览图。如图 3.6 所示。

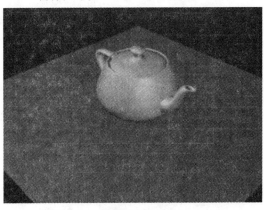

图 3.6　3Ds Max 预览图

　　然后选择 3Ds Max 的导出选项选择. m3g 文件,就会看到如图 3.7 所示的对话框。

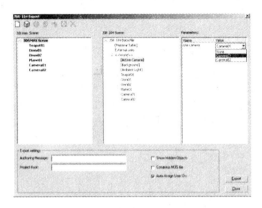

图 3.7　保存 m3g 格式

　　对话框中有一选项 Active Camera。此选项一定要选择,因为这个摄像机将成为系统展示过程中的默认摄像机。当模型创建完毕后会生成两个文件,一个是. m3g 的模型文件,另一个是包含模型信息的. html 日志文件。

　　我们在代码中需要存取的那些对象需要有唯一的 UserID 值(在实际编程应用时,可以直接使用这个 ID 值)。

　　(1) 摄像机

　　① 手动设置摄像机的剪切框。

　　② 尽可能地从零点移动近的剪切框。

　　③ 移动远的剪切框时,尽可能的接近近的剪切框。

　　④ 确保在场景中至少有一个可用的摄像机。

　　⑤ 如果使用了多个摄像机,确保在输出时至少其中的一个是可用的。

　　(2) 几何学

　　① 使用更好的表面纹理细节代替几何的贴图,就是尽量减少多边形个数。

　　② 确保无论在任何地方,网格都是实例。

　　③ 删除所有不必要的顶点和多边形。

　　④ 不用在屏幕上显示的比较小的多边形。

　　⑤ 避免同一平面多边形彼此覆盖,如使用二进制运算符将这些多边形连成不互相覆盖的多边形。

　　⑥ 对于减少多边形的个数,使用相交的几何图形优于合并过的多变形。然而,注意过深的相交几何也增加了光栅化的负荷,在所有的接口中相交多边形可能不是抗锯齿的。

　　⑦ 确认所有的物体形状都已经被重新设置,尽可能多的让一些形状被设置

成唯一的矩阵。

⑧ 单一的蒙皮网格可能比使用多等级的物体处理速度快。这依赖于接口和向量数组的宽度。

⑨ 在实时的光线渲染时,表面的法线向量是必需的。

（3）光线

① 为了使光线看起来比较好,物体通常被分割(分割多边形)。

② 只渲染那些需要光线的物体,因为光线计算十分耗费资源。

③ 光线映射在很多情况下是比较快且效果十分好的,相对于实时的光线操作。

④ 在同一个物体上使用光线映射和散射映射时,需要确定目标硬件设备是否支持多贴图。

⑤ 如果可能,尽量使用方向灯光而不是点光源。

⑥ 天空光源(环境光源)、面光源和其他更高级的光源是不支持的。

⑦ 动态阴影是不支持的,可以使用贴图映射的方式显示阴影效果。

⑧ 方向光照不能被消减和限制成一个锥体(相当于使用点光源)。

⑨ 在场景中不要使用多于两个光源,如果想使用更多,就要在程序中使用屏蔽和列表的方式于需要光照的物体上。

创作完成后只需把.m3g 文件放入三维展示系统的 res 文件夹下即可。

3.4.2　三维展示系统的详细设计概况

整个系统是由房屋展示系统以及静态展品展示系统构成。这两个子系统分别由两个文件组成,文件名命名规则为 * MIDlet 以及 * Canvas。MIDlet 文件主要用于软件的整体运行周期[10~13]。与 J2SE 的软件相同,J2ME 的软件运行周期也分为三个时间段。如图 3.8 所示。

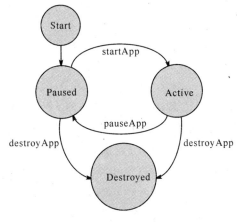

图 3.8　MIDlet 的生命周期

Canvas 文件主要是用于生成模型以及具体操作变化。具体的函数操作都在 Canvas 中。

3.4.3 三维展示系统的编码设计

1. 房屋展示系统的编码设计

首先,应该用一个数组来定义按键。在这个系统中基本的按键有上、下、左、右以及确定键,而 GAME_A 与 GAME_B 作为扩展功能之用。具体如下:

```
boolean[] key = new boolean[5];
    public static final int FIRE = 0;
public static final int UP = FIRE + 1;
    public static final int DOWN = UP + 1;
public static final int LEFT = DOWN + 1;
public static final int RIGHT = LEFT + 1;
public static final int GAME_A =RIGHT+1;
public static final int GAME_B =GAME_A+1;
```

其中,FIRE 键用来在浏览过程中退出程序。之所以这样设计所有的按键名是为了方便在不同手机上移植[14~17]。

但是当这些按键被按下时,系统如何检测得到呢? 我们使用 process 函数中的一系列 if 语句来检测:

```
if((keys & GameCanvas.FIRE_PRESSED) ! = 0)
   key[FIRE] = true;
else
   key[FIRE] = false;
```

然后,我们使用 JSR 254 里 Loader 类装载一个 M3G 文件的所有引用。

```
Object3D[] buffer = Loader.load("/res/map.m3g");
```

通过改变参数我们就可以调用 res 目录下任何 m3g 格式的文件了。但是现在我们只是读取了 m3g 文件中所有的信息,系统并不能构建出一个完整的世界。这时候我们就要使用一个方法从众多节点中判别出哪些是世界节点。

```
for(int i = 0; i < buffer.length; i++)
{
    if(buffer[i] instanceof World)
```

```
    {
        world = (World)buffer[i];
        break;
    }
}
```

成功提取出世界节点后,就要从 m3g 中提取出已经设计好的摄像头了。在前面我们已经说过在用 3Ds Max 制作模型的时候,导出要选择的 Active Camera。现在,我们就提取这个摄像头,并且调节它的位置了。

cam = world. getActiveCamera();

在房屋展示系统中使用的是动态的 Camera,就是摄像头可以自由活动。屏幕上所显示的图像根据摄像机的位置变化而变化。在摄像头的移动过程中,我们需要两个函数 translate(float, float, float) 和 preRotate(float, float, float, float)[18,19]。其中 translate 函数的作用是移动摄像头的坐标位置,preRotate 的作用是旋转目标,在实际运用中就是旋转摄像机镜头。translate 的三个参数分别代表了三个坐标轴方向上移动的距离。preRotate 则有四个参数,分别代表了旋转的角度以及围绕哪根坐标轴旋转。例如,preRotate(1. 0f, 1. 0f, 0. 0f, 0. 0f)代表了围绕 X 轴旋转 1. 0f。通过这两个函数的组合运用我们就可以实现摄像头在世界当中随意旋转与走动了。我们会定义一个参数 camRot 来记录镜头旋转的角度。我们需要通过 camRot 来计算 sin 和 cos 的值,从而方便以后镜头移动时使用。具体代码如下:

```
private void moveCamera()
{
    if(key[LEFT])
        camRot = 5.0f;
    else
    if(key[RIGHT])
        camRot = -5.0f;
        cam. preRotate(camRot, 0.0f, 1.0f, 0.0f);
        double rads = Math. toRadians(camRot);
        camSine = Math. sin(rads);
        camCosine = Math. cos(rads);
    if(key[UP])
    {
```

```
        cam.translate(-0.1f * (float)camSine,0.0f,-0.1f * (float)
            camCosine);
        headDeg + = 0.5f;
        cam.translate(0.0f,(float)Math.sin(headDeg) / 40.0f,0.0f);
    }
}
```

其中,headDeg 是镜头的上下摆动角度,当摄像头行走时,镜头会上下摆动,从而制造出走路时的颠簸感,这样更具有真实性。现在我们就可以身临其境地去感受这间房屋的装修结构了。当然在这之前先要绘制整个房间,在 run 线程中使用 draw 方法来绘制整个世界。它调用 g3d. render(world)方法绘制我们的全部场面、网眼、材料、灯光和照相机。这样房屋展示系统就完成了。如图 3.9 和图 3.10 所示。

图 3.9　房屋展示系统　　　　图 3.10　房屋展示系统

由于制作一个如此巨大的三维模型技术要求过高,故此模型引用 www. j2medev.com 上的实例模型。

2. 静态展品展示系统

静态展品展示系统与房屋展示系统大致相同,故在如何导入 M3G 文件和如何提取摄像头等方面不一一详述。静态展品展示系统与房屋展示系统最大的区别就是摄像头是固定的。那如何旋转镜头呢? 其实,我们旋转的不是镜头而是展品,由于想要让摄像头围绕展品做圆周旋转比较麻烦,故我们让摄像头保持固定角度,而让展品绕其本身的 Y 轴旋转。这样展现出来的效果就像是镜头绕展品旋转一样了。具体代码如下:

teapot.preRotate(deg,0.0f,1.0f,0.0f);

在静态展示系统中我们使用了 TimeTask 类,这个类的作用主要是控制时间[20,21]。在这个系统中,我们让时间以固定的周期来变化,deg 的值也随着时间的变化而变化。这样镜头就能以一定的周期围绕展品旋转了。如图 3.11 和图 3.12 所示。

　图 3.11　静态展示系统效果图　　　　　图 3.12　静态展示系统

3.5　结　　论

手机三维展示系统实现了基本功能,可以进行房屋或者小型展品的三维展示了。基本的文件读取以及每件展品的详细信息也能在软件中展示给用户。

但是系统仍然存在一些小问题。例如,镜头变换旋转时坐标轴的错误。原本在设计之初想在房屋展示系统中设计可以自由在世界中飞行的摄像头,但由于技术原因没有实现。由于手机的限制,系统的美工也有所缺陷,不能做到像在 Windows 平台下开发那样。

参 考 文 献

[1] 王森.Java 手机/PDA 程序设计入门.北京:电子工业出版社,2004.

[2] Wells M J.J2ME 游戏编程.北京:清华大学出版社,2005.

[3] 施铮.J2ME 技术参考手册.北京:电子工业出版社,2004.

[4] 李华彪,李水根,郭英奎,等.Java 中间件编程.北京:水利水电出版社,2003.

[5] Wong H .J2ME Jini 应用系统开发.马波,译.北京:机械工业出版社,2002.

[6] 米川英树.J2ME MIDP 手机游戏程序开发.北京:铁道出版社,2005.

［7］ 刘斌. J2ME 手机游戏开发. 北京:人民邮电出版社,2006.

［8］ 卢军. J2ME 应用程序开发:手机 PDA 开发捷径. 北京:铁道出版社,2002.

［9］ 里格斯. J2ME 无限设备程序设计. 北京:电子工业出版社,2004.

［10］ Jode M D. Symbian OS J2ME 编程指南. 北京:人民邮电出版社,2005.

［11］ 李振鹏. J2ME 开发利器. 北京:清华大学出版社,2006.

［12］ 考夫. J2ME 开发大全. 北京:清华大学出版社,2006.

［13］ 胡须怀. J2ME 移动设备程序设计. 北京:清华大学出版社,2005.

［14］ 闻怡洋. J2ME MIDP1.0/2.0 无限设备编程指南. 北京:北京大学出版社,2004.

［15］ 黄聪明. Java 移动通信程序设计:J2ME MIDP. 北京:清华大学出版社,2004.

［16］ 詹建飞. J2ME 开发精解. 北京:电子工业出版社,2002.

［17］ 林胜利. 精通 J2ME 无线编程. 北京:铁道出版社,2003.

［18］ OpenGl 结构体系审查会. OpenGl 编程指南. 北京:人民邮电出版社,2003.

［19］ 赖特. OpenGl 超级宝典. 北京:人民邮电出版社,2002.

［20］ 阿尔伯. UML 技术手册. 北京:电力出版社,2003.

［21］ 范晓平. UML 建模实力详解. 北京:清华大学出版社,2002.

第四章　三维模型多边形优化减面系统

4.1　引　　言

4.1.1　虚拟现实技术

虚拟现实技术是一种逼真地模拟人在自然环境中视觉、听觉、运动等行为的人机界面技术。其核心是虚拟环境建模与实时性仿真,具有三个基本特征,即沉浸、交互、构想。其中,沉浸特征要求计算机所创建的三维虚拟环境看起来、听起来和感觉起来是真的。显然,使用户对虚拟环境产生犹如身临其境的可行性技术的应用是虚拟现实走向成功的必然条件。所以对于虚拟现实的虚拟环境而言,实时动态的图形视觉效果是产生现实感觉的首要条件,因而图形快速生成技术便成为虚拟现实的关键技术。

就图形学发展而言,起关键作用的无疑是图形硬件加速器的发展。高性能的图形工作站和高度并行的图形处理硬件,以及软件体系结构是实现图形实时生成的重要保证。但距离虚拟现实的需求仍相当遥远。也就是说,当前图形生成的速度相对于通常虚拟环境的规模来说仍存在相当大的差距。考虑到 VR 对场景复杂度几乎无限制的要求,在 VR 高质量图形的实时生成要求下,如何从软件着手加速虚拟环境的生成,已成为 VR 图形生成的主要目标。

图形硬件流水线划分为几何处理和绘制两个阶段。从主机开始遍历整个虚拟场景到最终生成虚拟场景的图形画面,虚拟环境的图形生成时间耗费大致包括主机遍历时间、几何处理时间和绘制时间。几何处理时间可以由所要处理的图形单元顶点数目决定,绘制时间则由所绘制面片覆盖的像素总数决定。虚拟环境的图形生成时间由这个三个阶段组成的流水线中时间耗费最长的阶段决定。如何降低这三阶段的时间耗费,除了利用图形硬件本身的功能,如利用三角面串以减少几何处理阶段的时间耗费,尽量减少图形特性的设置以减少几何计算的时间。图形生成加速的方法大致可以分为可见性的判定、细节层次模型技术、动态图像加速技术以及预计算。

4.1.2　虚拟现实三维模型文件的优化

虚拟场景的建立和建筑 CAD 中场景的建立有着很大的区别,它首先强调的是模型的简单化。这是由虚拟现实的实时性要求决定的,特别是 Internet 上的虚拟现实。在响应速度和场景的真实性发生冲突时,应牺牲一定的真实性,只要能在视觉上达到基本真实即可。因此,我们提高帧显示速度的途径是在显示每帧时,尽量减少它所包含的多边形个数,又使得显示的质量不会下降太多,以保证用户不会察觉到。

1. 限制物体的可见性

在 VRML 中,由于 Visibility Sensor 节点可以用来检测用户何时能看到场景中特定的区域,因此实现这种方法的最直接途径是对用户限制可见距离。所有在可见距离以外的物体都不被绘制。但当你到达这些物体的可见距离时,它们会突然出现在你面前,这样会令你感到很不真实。为了改善这种不理想的效果,我们对 VRML 的 Color 节点和 Material 节点进行了特殊的编程,使得远处的物体具有较低的色素值和简单的纹理,当接近它们时再变得明亮些,这样就会自然些。另外,由于 VRML 提供的 ProximitySensor 节点,可以检测到用户距离被感应物体的范围,只有用户距离物体较近,在视觉范围之内时,才使该物体可见,否则不对该物体进行渲染[1]。

2. 删除和隐藏场景中的不可见面

这是一种既简单又实用的降低场景复杂度的方法。

3. 用 VRML 中的 LOD 节点建立多个相似模型

LOD 即细节的详细程度。我们知道,同一个物体,把它放到远近不同的位置,人的眼睛所能看到的该物体细节的详细程度是不一样的。随着物体离视点越来越远,其形状也变得越来越简单。LOD 技术正是根据这一视觉特点,为同一个物体建造了一组详细程度有别的几何模型。物体离视点越远,建立的模型包含的多边形就越少。

LOD 是 VRML 中一个很好的模型优化处理节点。它主要是以视觉效应为每个物体建立多个相似模型,根据距离由远及近依次使用从粗糙到细致的不同模型描述物体,减少不需要的模型细节,从而加速模型的绘制,达到优化处理的目的。

LOD 技术在尽量不影响画面视觉效果的前提下,通过逐渐简化景物的表面细节来减少景物的复杂性。当物体离观察者近时,采用精细模型;当物体离观察者远时,使用较粗糙的模型,并在相邻的层次间采用平滑的视觉过渡。因此,建立不同层次的模型和相邻层次多边形网格之间的过渡是对该技术的主要研究内容。

LOD 的实现分为两步:

① 为物体建造一组详细程度不同的模型。这一步的关键实际上是数据模型

的简化。简化的对象可以不单指一个目标,可以对该目标下的各个子目标也建立相应的 LOD 模型组。

② 通过计算视点与目标中心点间的距离,可以得到目标的视距。为每一个目标建立一个有关视距的阈值,用阈值把视距划分为不同的视距段。然后建立好约定,即怎样根据物体离视点的距离来调用相应的模型。用 VRML 实现的方法是,将每一个模型单独存放在一个文件中。然后将 LOD 节点中的 Level 域包含在这些模型中,再将一系列阈值包含在 range 域中,设置 center 域即可[2]。

4. 纹理映射

要令生成的虚拟视景具有很强的真实性绝对离不开纹理映射,并且纹理映射还可以简化模型。用 VRML 生成虚拟视景时,也是如此。例如,对复杂场景中细节上的物体(花草、树木等),若用三维模型表示,将需要大量的多边形,但在大场景中,为了提高渲染速度,没必要那么做。这种情况,我们用 VRML 提供的 Bill-Board 节点的功能,制作一个最简单的四边形,然后将物体的图像作为纹理粘贴在四边形上,将这个四边形作为 BillBoard 的 children 域即可。因为 BillBoard 节点能使贴有纹理的二维图形始终面向观众,因此效果比用大量的多边形来制作好得多。另外,在物体离视点远时,也没有必要用多边形去构造它。这时我们就可以用物体的图像粘贴在设计好的相应平面上,并放置在场景中。

尽管纹理贴图增加了下载时间和屏幕重画时间,但这与给物体建造细节的代价相比要小得多。当我们加载纹理贴图时,要记住 Web 服务器最有可能是区分大小写的,Unix 系统除非大小写很准确,否则找不到贴图文件。在 VRML 中,能用来创作纹理图的格式有 JPEG、GIF、PNG 和 MPEG。VRML 提供了三种纹理节点,ImageTexture 节点、PixelTexture 节点和 MovieTexture 节点,针对纹理还可以用 TextureTransform 进行平移、缩放、旋转等变换。在开发中,运用大量的纹理贴图大大地降低了模型的大小、节省了下载的时间,也取得了令人满意的视觉效果。

4.1.3　本技术项目研究国内外情况

目前在该技术上国内外还有些差距,一些主要的算法由国外的专家学者首先提出。对于聚类算法有 Rossignac、Borrel[3]、Low、Tan[4] 和 Luebke[5];增量式删除算法有 Schroeder[6];采样算法有 Turk[7];自适应细分算法有 Dehaemer[8]、Kalvin 和 Taylor[9,10]。国内的一些研究员只是在这些已有的算法上进行一些改进或者整合。在实际应用中,随着三维动画电影的发展及其他领域的应用技术日渐成熟,国内经过十多年的发展也取得了长足的进步。因此,国内市场潜力大,有很大的发展空间。

虽然我国在三维虚拟技术方面的研究和应用发展很快,但研究大多数是在原先的 CAD/CAE/CAM 和仿真技术等基础上进行,同西方国家相比,在各个方面还存在很大的差距,主要表现在:

① 目前,我国三维虚拟技术的研究开发环境还缺乏总体的规划,资源分散、利用率低。

② 有关的研究投资不足,缺乏能全面支持三维虚拟的大型研究与开发中心。

③ 研究的进展和深度还属于初级阶段,与国际研究水平尚有很大的差距,除了三维建模已经有了几种商业软件外,其他方面还没有产业化。同时,我国的研究也大多集中于高等院校和少数的研究院所,企业和公司介入的较少,缺少领军式的人物,总体上缺乏既懂专业又懂计算机、既懂设计又懂工艺的复合型人才。

④ 缺乏同国际研究机构的有效接轨。在欧美许多国家已形成了由政府、产业界、大学组成的多层次、多方位的综合研究开发体系。在 20 世纪末就已基本完成了应用基础技术的研究,建立了三维虚拟技术体系,正向实际应用全面过渡。

⑤ 相对国外,我国三维虚拟技术主要集中在理论研究和实施技术准备阶段,系统的研究尚处于初级阶段。在具体操作上,国外三维虚拟技术的消化与国内具体技术环境的结合尚不够,缺乏同国外有关研究机构的联系和合作。

⑥ 虽然我国已具备相当数量的研究机构从事三维虚拟技术的研究,但同国外有关机构的协同研究和共同开发很少。在自主研究的同时,并没有形成有力的支持三维虚拟的国产化相关软件,在 CAD/CAE/CAM 基础软件、仿真软件、建模技术的制约下,进一步阻碍了三维虚拟技术的发展。

针对我国实际情况,可尝试下列解决方案:

① 加强 VM 技术的推广应用。

② 加强同国外有关研究机构的联系。在研究和应用中,积极学习国外先进成果,适当吸收国外的成熟经验,在研究中大胆创新。

③ 力争尽快取得核心技术和关键技术的突破。

④ 进一步明确主要的研究内容。

4.2　三维模型多边形优化减面算法分类

4.2.1　问题的由来

你使用的多边形减面工具生成的结果无法满足需求,因此你希望做一个自己的工具。

你当前使用的多边形减面工具可能无法产生减面过程中的变化信息,而你却希望利用这些变化信息来使不同的细节层次之间的转换更加平滑。

你希望将生产过程自动化,这样的话美编人员就仅仅需要创建一个细节适当的模型,然后游戏引擎就能自动创建模型其余的细节层次。

你正在制作一个 VRML 浏览器,希望提供一个菜单项来简化那些巨大的 VRML 文件。那些把这些巨大的文件放到网上的超级计算机用户没有想到这些文件在普通家用电脑上显示帧速率会比较低。

你在游戏中使用的特效改变了物体的几何形状,增加了多边形的数量,你需要一个方法来使引擎能够实时地快速减少多边形数量。

以上理由告诉我们,有时候需要我们自己动手开发一个多边形优化工具。目前,常见的简化机制[11~13]包括顶点聚类、增量式简化、采样和自适应细分。简化算法基本都采用了这四种机制的某种结合或者是变形。

4.2.2　顶点聚类

顶点聚类的思想很简单,对于给定的多边形表面,把模型所在空间分成很多个小格(小格尺寸小于用户指定的近似误差阈值 ε),为每个小格计算一个代表顶点,把原始模型落在这个小格内的顶点都合并到代表顶点上。如果一个三角形有两个或者三个顶点位于同一小格之内,就会被删除,网格因此得到简化。聚类算法的主要特点包括:

①　编程实现和使用最简单,效率非常高。

②　健壮性好,对输入网格的拓扑结构(连接关系)没有限制。

③　可能在简化过程中修改网格的拓扑结构。当同一个小格内有来自原始模型上两个或者更多个不相邻区域的顶点时,聚类就会导致拓扑结构改变。修改拓扑有利于进行大幅度简化,对由很多不同部分组成或是带有很多孔洞的模型,保持拓扑结构会使简化幅度受到很大限制。但改变拓扑结构可能对简化模型的外观产生不利影响。

④　简化模型的精度依赖于小格的尺寸。用户可以通过定义小格的大小,保证一个全局近似误差范围。但对于给定的误差范围,聚类算法很难达到最优简化。大面积的平面会保留过多的三角形,微小的尖锐特征则容易被删除。

顶点聚类算法的主要区别在于如何设置小格和如何为小格选择代表顶点。

Rossignac 和 Borrel 提出的顶点聚类算法[3]用均匀栅格划分模型,对每个顶点衡量其重要性,在较大的面或者较高的曲率处顶点重要性较高。选取小格中重要性最高的顶点作该小格的代表顶点。顶点为 n 时,时间复杂度是 $O(n)$,简化质量不高。

Low 和 Tan 的浮动栅格聚类方法[4]对模型的划分是分布进行的。每次以重要性最高的顶点为中心建立一个小格,格中其他顶点都合并到中心点,这个过程反复进行。文献[14]降低了简化结果对模型位置和朝向的敏感性,对顶点重要性的计算作了改进,视觉和几何质量都得到了改善。时间复杂度是 $O(n\log_2 n)$。

Lindstrom 提出 Out-of-Core 算法[15]对规模极大以致无法完全读入内存的模型进行了简化。采用 Garland 的 QEM-quadric ErrorMetric[16]误差度量指导代表顶点的选取,代表顶点设置再到小格内所有三角形所在平面距离平方和最小的位置,简化结果质量较好。时间复杂度为 $O(n)$。

上面提到的都属于静态简化算法,它们预先生成一个或一组简化模型。在实际应用中根据需要,选择合适的模型进行绘制,编程实现简单并得到较好的硬件支持。动态简化算法则先创建适当的数据结构,在实际应用时从该数据结构中提取所需的层次细节,生成适合当前需要的简化模型,从而使简化质量更好,并能实现不同层次之间的平滑过渡。

Luebke 提出的层次动态简化(hierarchical dynamic simplification,HDS)[5],就是一种动态的聚类算法。它用八叉树代替均匀栅格,通过合并八叉树单元来实现基于视点的自适应的简化。任何顶点聚类算法都可以应用在这个方法的框架中。HDS 不保持拓扑结构,编程实现简单,但简化质量不算高。

对超大规模模型,Lindstrom 还提出一个混合方法[17],先采用 Out-of-Core 算法获得一个可以读入内存的中间结果,再用 HDS 算法对这个中间结果实现基于视点的自适应简化。

4.2.3　增量式删除

如果简化算法对模型进行了一系列局部更新,每一步都减小模型的复杂程度,同时单调降低近似精度,这些算法就是增量的[18]。

增量式删除从原始模型开始,每次根据用户指定的准则选取一个点删除,对相关区域重新进行三角化。这个准则可能仅判断顶点能否删除,也可能对模型质量的影响给出一个量化的值(称为误差度量)。候选被删除点通常根据误差度量的升序存放在堆结构中。每次选择最小值对应的点删除,并对那些邻域发生改变的顶点重新计算误差度量,调整它们在堆中的位置,这是主要的运算开销。

这类算法的主要特点是:

① 计算复杂性大大超过顶点聚类方法。

② 在绝大多数情况下可以产生更高质量的网格。

③ 反复进行多次简单的局部调整,而不是较少的几次复杂修改。简单的局部操作使简化有可能实时完成,大大推动了动态简化算法的发展。同时,也有利于不同精度模型之间的光滑切换。

④ 可以自然地产生层次结构,也就是多分辨率模型。它由一个简单的基模型、一系列简化和细化(简化的逆操作)组成,通过对基模型应用细化和简化操作,可以获得不同精细程度的近似模型。

删除采用的局部更新操作主要有以下三种：

1. 顶点删除(vertex decimation)

顶点删除每次删除一个顶点和它的相邻面,产生的空洞通过局部三角化填补,操作反复进行,直到网格不能再简化或达到用户的要求为止。

该类算法的特点是：

① 擅长删除冗余几何信息,如共面的多边形。

② 生成模型的质量比较好。

③ 多数不允许改变拓扑结构,因此大幅度简化能力有限。

④ 不同算法的实现难度和处理速度相差很多,其中某些容易编码,处理速度非常快。

顶点删除算法的代表是 Schroeder 等[6] 提出的网格简化算法。首先根据顶点的局部几何和拓扑信息把顶点分成可删除和不可删除两类。每次选择一个可删除顶点,如果顶点到相邻顶点平均平面的距离小于误差阈值,就删除它。对非流型输入模型,先把它分割成各自满足流型结构的块,分别处理之后再进行拼接。算法在时间和空间上的效率都比较高,实现和应用也较简单,简化质量好,可以应用在大规模网格上,但对于保持光滑表面有困难。其他的顶点删除算法能产生更高质量的表面,但是速度很慢,占用的空间也很大。例如,Cohen[19] 提出的简化信封(simplification envelopes,SE)算法,对给定输入表面 M,以偏移 $-\varepsilon$ 和 $+\varepsilon$ 分别建立表面 M 的信封表面 M$-$和 M$+$,对原始顶点,只有当删除后形成的新三角形不与 M$-$或者 M$+$相交时,才可以删除。简化结果质量很好,近似误差严格控制在给定的阈值内。但是,该方法只能处理流型拓扑结构,而且时间空间开销很大。

2. 边折叠(edge collapse)

Hoppe 等[20] 在网格优化算法中首次提出用边折叠进行简化操作。边折叠操作选择两个相邻的顶点 u 和 v,删除它们之间的边(u,v)和这条边上的两个三角形,两顶点合并到一个位置 w。对不同的算法,新顶点 w 的选择方案有多种。

边折叠算法的特点是：

① 简化模型的质量比较好。

② 健壮性好,可以在任何拓扑结构上进行简化。

③ 多数可以闭合模型表面的孔洞,从而改变拓扑结构,进行大幅度简化。同时,还把折叠对象扩展到不相邻的顶点对,使模型中彼此分离的部分也可以合并。

④ 生成不同精度的模型,很容易进行相互之间的无缝切换。

⑤ 不同算法的区别主要在采用不同的误差度量来选择要折叠的边和新顶点的位置,实现难度和处理速度相差很多。在速度和简化质量上达到最佳平衡的算

法主要在这一类中。

　　边折叠算法由于速度、健壮性的优势及作为增量式简化具有自然生成多分辨率模型的优点，获得了广泛深入的研究，相关算法非常多，这里仅列举几个最著名的。

　　Hoppe[21]提出的渐进网格算法，把多边形模型表示成一个最粗糙的网格和一系列顶点分裂（边折叠的逆操作）操作。在实时绘制过程中可以通过逐次加入细节生成不同复杂度的简化模型。算法采用能量方程进行误差度量，其中还添加了度量非几何特征和不连续曲线的因子。简化质量非常好，运行时间长，但实现和使用困难，而且不允许改变拓扑结构。基于视点的简化以渐进网格为基础，将顶点的合并关系以层次形式表现，允许不同区域自适应地选择不同的分辨率进行绘制，支持与视点相关的简化。视点相关参数不仅包括模型到视点的距离，还包括与视线的方向视锥大小、物体的速率等。

　　Qslim算法[22]达到了速度、健壮性和简化质量之间的一个极佳平衡。算法用QEM（二次误差度量，表示顶点到平面集合的距离平方和）来度量误差。初始化阶段对所有的顶点计算它们的Q矩阵。每次选择误差最小的边进行折叠，用两顶点Q矩阵的和作新顶点的Q矩阵。新顶点是使误差值最小的位置，算法简单、高速、简化质量高，允许孔洞闭合和物体合并。Garland等[23]把这个算法扩展到高维以保持纹理和颜色等特征。Memoryless算法[24]改进了Qslim算法，不考虑全局误差，仅根据当前简化表面的特征计算局部误差。用保持体积的约束选择被折叠边和新顶点的位置。简化质量较好，效率很高。离散微分误差度量算法[25]也是对Qslim算法的改进，度量折叠误差时，除了计算QEM，还引入了一阶和二阶离散微分度量，更好地保持了尖锐的几何特征。

　　Hoppe[26]提出了对QEM度量最好的扩展形式，考虑了几何和其他特征的误差度量，没有把顶点投影到高维空间中，而是在三维空间中，求几何误差和其他特征误差的加权和。算法使用一个基于Wedge的数据结构，获得特征的不连续信息，允许同时对多个属性进行优化。

　　Cohen等[27]保持外观的简化算法（appearance preserving simplification，APS）是简化质量最好的算法之一。它把颜色和向量独立于表面位置进行采样，分别保存在纹理和向量映射中。如果边折叠会导致表面颜色、向量或者几何位置在成像时的屏幕偏移超过了允许的误差范围，就不进行这个折叠操作。该要求限制了简化能进行的幅度，但产生的简化模型质量极高，绘制误差严格限制在用户指定的像素数内。算法对具有复杂纹理或者光照预计算的模型尤其理想。

　　基于图像的简化是第一个完全基于绘制结果进行误差度量的算法。算法从多个视点比较简化模型与原始模型的渲染图像，计算边折叠操作对成像引入的误差。这很好地结合了几何、颜色、纹理等多重影响的度量，能对不可见部分进行高强度简化,同时保持模型轮廓的高可信度。简化结果对绘制插值及纹理映射导致的错误非常敏感。算法能生成几何和外观上质量都非常高的简化模型,但是计算开销太大,速度太慢。

针对无法完全读入内存的超大规模模型,Garland 等[28] 把 Qslim 与顶点聚类方法结合起来,先采用 Out-of-Core 算法对外存模型进行简化,获得可以读入内存的中间结果;然后用 Qslim 方法简化中间结果,使用的 Q 矩阵是第一阶段的运算结果。在对该算法运用较简单的模型进行实验时发现简化误差竟比完全用 Qslim 算法获得的还小,但是这一现象还无法给出理论上的证明。

3. 半边折叠(half-edge collapse)

半边折叠操作是指对于一个相邻顶点的有序顶点对(u, v),删除它们之间的边和边上的两个相邻三角形,并把 u 移动到 v 的位置。$(u \to v)$ 与 $(v \to u)$ 是两个不同的删除操作,要分别估计误差度量值,存储在候选堆中。

边折叠中,新顶点位置通过对原始顶点的某种加权平均来获得。而半边折叠仅对原始顶点进行子集采样,操作存储和运算开销少,可以大大提高渐进网格传输和多分辨率模型提取的效率,适用于快速渲染。半边折叠把度量准则和更新操作完全分离,使简化算法的设计和实现更加简单。

边折叠算法的优点半边折叠基本都有。关于简化质量,多数研究者认为半边折叠不如边折叠,只有当简化幅度非常大时,半边折叠才比较有优势,因为这时顶点的精确位置特别重要。但是,Kobbelt 等[29] 指出,大量实验结果表明,简化质量和新顶点的选择方式关系不大,对被折叠边的选择顺序非常敏感。他们提出应该采用尽量简单的删除操作,也就是半边折叠,把主要的精力用于寻找合适的度量准则上。

Kobbelt 等[29] 基于半边折叠,提出了增量式网格简化的通用框架,开发人员可以在这个框架下使用不同的优化准则进行误差度量,决定简化的顺序。

吴恩华和费广正的快速渐进网格生成算法[30],只考虑了局部几何信息,利用被折叠边的边长和这条边上两面角的加权之和进行误差度量,算法简单,速度极快,很好地满足了虚拟漫游系统的需要。

Hussain 等[31] 提出的保持特征的高效简化算法,用顶点在邻域内的尖锐程度度量每个原始顶点的视觉重要性。对折叠中发生变化的三角形,分别求它们在折叠前后平均面积和法向量变化夹角的乘积,把乘积之和作为边折叠误差度量的基本形式。如果被折叠边在模型的开放边界上,还要乘以一个估计其对边界影响的因子。求得的误差估计值与顶点的视觉重要性相乘后,被用于对边的排序。算法实现简单、速度快、存储空间小,在简化幅度很大时,相对于某些经典算法(如 Qslim 算法),能生成更高质量的简化模型。

4.2.4　采样

采样算法在原始模型表面分布新的采样点,在模型上对新采样点三角形化,删除原始顶点,得到简化网格。算法试图构造一个和这些采样点拟合程度最高的简化模型,主要特点是:

① 用户可以根据需求调整采样点数量和局部顶点的密度,控制近似结果的质量。

② 不易获得高质量简化模型,容易丢失尖锐特征,适用于光滑没有尖角的模型。

③ 比较复杂,编程实现较困难。

采样算法的区别主要在于如何把采样点更好地分布到表面上,以获得尽可能多的表面特征。Turk[7]提出的 Re-Tiling 算法利用排斥力把一个新的顶点集尽量均匀分布到原来的模型表面上,进行三角形化。算法保持了模型的拓扑结构,没有删除那些会改变拓扑结构的原始顶点。该算法的改进之一是在高曲率区域采用较低的排斥力,分布更多的采样点。

He 等[26]提出的基于 Voxel 的算法用信号处理方法逐步实现对拓扑的简化。算法首先引入一个过密的三维栅格对多边形的几何特征进行采样处理;然后用低通滤波对体数据进行采样,生成一个较低分辨率的体表示,小的、高频的特征被删除;最后用等值面拟合方法产生几何表面。由于要判断一个采样点在模型内还是模型外,要求输入模型必须是闭合的流型结构网格。对有高频特征的模型,该算法处理效果很差。

4.2.5　自适应细分

自适应细分算法从一个简单的基网格开始,对该网格进行迭代细分,每次细分都向模型添加更多的细节,直到细分模型和原始模型的相似性达到用户确定的阈值为止。这类方法的特点是:

① 主要适用于容易获得基网格的情况。因为对普通多边形模型创建基模型的难度很大。

② 保持表面拓扑结构。基网格必须与原始模型有同样的拓扑结构。这就限制了简化幅度,而且很多时候应用程序很难考查输入表面的拓扑结构。

③ 生成的模型非常适合多分辨率表面编辑。底层细节的改变,会自然地拓展到高层上。

④ 细分可以用来增加网格连接的规则性。规则网格的每个顶点都有六个相邻顶点。增加规则性,意味着减少那些度数不等于六的顶点的数目。

Dehaemeter 等[8]采用分治法进行层次三角化,要求原始模型是在一个规则栅格上的高度场。从一个高度场的四边形网格开始,在允许的误差度量之内为原始网格计算一个简化表示。如果这个多边形满足误差要求,算法就终止,否则对任何不满足误差要求的多边形进行迭代细分,直到所有的多边形都满足误差要求。

Kalvin 和 Taylor[9,10] 提出 Superfaces 算法,把表面分割成不同部分——Superface,每个 Superface 内的面片都互相满足拓扑和误差限制等要求。把每两个相邻 Superface 的直接边界拉直。如果拉直的结果超出误差阈值,就把边界分成两半,分别拉直,反复进行,直到满足误差要求。然后重新三角化每个 Superface 内的区域。算法对近似误差的估计比较精确,但是非常复杂,实现困难,与其他算法相比,也没有简化结果上的明显优势。

Eck 等[32] 提出的对任意表面的多分辨分析方法通过在原始表面的三角形上生长 Voronoi 图,可以为任意拓扑结构的普通模型找到一个简单基网格,满足细分连续性。算法使用小波表示来指导迭代细分过程,通过增加或减少小波参数,在不同分辨率的模型之间进行插值。这个过程很快,足够在运行时实现动态简化。通过使用足够的参数,保证了简化表面位于原始表面的一个用户指定的误差之内,对光滑模型的简化质量很高。但是,算法严格保持拓扑结构,限制了简化的幅度,而且由于低通滤波,难以捕捉原始模型的尖锐特征。

4.3　基于边坍塌的多边形优化减面系统

4.3.1　算法原理

如果你是一个游戏开发者,那么三维多边形模型已经成为你日常生活中的一部分,并且你一定对一些三维概念,例如每秒多边形数量、低面模型以及细节层次等非常熟悉了。你可能也同样知道多边形减面算法的目的在于通过一个有着大量多边形的高细节的模型生成一个多边形数量比它少,但是看起来却跟原模型很相像的低面模型。本文将介绍一种实现自动减面的有效方法。

Hoppe 等[21] 提出的累进网格算法得到了广泛的应用和拓宽。这些方法都是通过重复使用简单的边折叠操作来实现对模型的简化。边折叠操作容易构成连续过渡的多个 LOD 模型,便于多分辨率模型的管理。

如图 4.1 所示。选中边的两个顶点 U 和 V,将 U 移去或者坍塌到 V 上。步骤如下:

① 去除所有同时包含 U 和 V 顶点的三角形,也就是说,去除边 UV 上的三角形。

② 去除以 U 作为顶点的三角形,用顶点 V 来替代 U。

③ 移去顶点 U。

重复以上步骤直到满足需要达到的顶点数目。一般的,每一次操作会去除一

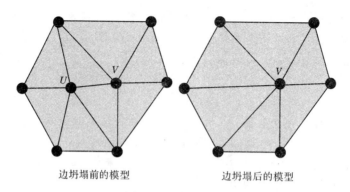

边坍塌前的模型　　　　　　　　边坍塌后的模型

图 4.1　边坍塌过程

个顶点、二个面和三条边。

图 4.2 给出了一个简单的例子。

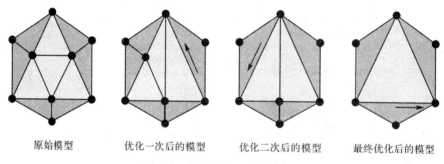

原始模型　　　　优化一次后的模型　　优化二次后的模型　　最终优化后的模型

图 4.2　边坍塌的一个简单例子

　　产生一个低多边形数目且视觉效果良好的模型,关键在于选择一条什么样的边,当其被去除后,对模型的视觉变化影响最小。研究人员已经提出了各种各样的方法来确定如何在每一步边折叠时代价最小。很多方法的确做出了非常精细的模型,但是却要花太多的计算时间,同时增加了开发的难度。在研究过程中,需要建立一个实时的三维虚拟环境,所以必须找到一种简单而且快速的方法生成低多边形数目的 LODs 模型。

　　一般的,对给定场景模型 S,基于网格简化来生成 LODs 模型的方法可用以下的算法来描述。

　　① 确定 LODs 模型中要求的细节层次个数 N,设层次分别为 $i = 1, 2, \cdots, N$。

　　② 对于不同的层次 L_i,计算网格简化算法的终止条件(如要删除的顶点个数)。

　　③ 对于每一个所需的层次 L_i 进行网格简化,并将生成的场景模型保存到 LODs 模型库中。

④ 结束。

在网格简化算法中,首先需要去除模型中的一些小细节。对于近似共面的表面来说,表现它们所需的多边形要比那些曲率大的区域少。受此启发,我们定义边折叠的代价为边的长度与曲率的乘积,折叠边 UV 的曲率是由比较面法线的点积决定的。找到一个邻近于 U 的三角形,此三角形距离相邻 UV 边的三角形最远。取代价最小(也就是对模型影响最小)的边将其去除。下面给出表示边代价的更符号化的表示。其中,T_{uv} 是包含 U 和 V 的三角形集。

$$\text{cost}(u,v) = \|u-v\| \times \frac{\max}{\int n \in T_{uv}} \left[\frac{\min}{n \in T_{uv}}(1 - f.\,\text{normal} \cdot n.\,\text{normal}) \div 2 \right]$$

可以看出这种算法在确定折叠哪条边时兼顾了曲率和面积,将顶点 U 折向 V 的代价有可能不同于由 V 折向 U 的代价。进一步说,这个公式对于沿着一条棱边来折叠边是很有效的。尽管棱边会产生一个很尖锐的角度,但对于直角边却不受影响。图 4.3 解释了这个概念。

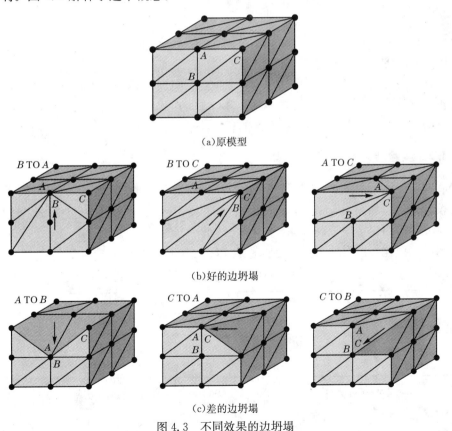

(a)原模型

(b)好的边坍塌

(c)差的边坍塌

图 4.3　不同效果的边坍塌

很明显,位于平面区域中间的顶点 B 可以折向顶点 A 或 C,顶角 C 应该被留下,如果将位于顶角的 A 移至平面中间的 B 会很糟糕。但顶点 A 可以沿着棱边移到顶点 C 处,而不会影响模型的整体外形。

这种方法只是适用于三角形,但这种限制并没有带来任何损失,必要时任何多边形都可以转换成三角形集合。实际上,大多数应用都只用到三角形。

很多用来存储多边形模型的数据结构都采用顶点索引和包含有顶点索引的三角形索引。索引中它们共享了同一个条目。根据多边形简化理论的需要,我们改进了这种数据结构。不仅能够得到每个三角形包含的顶点信息,还能够掌握每个顶点所关联的三角形信息。同时,对于每个顶点,均能够直接找到其相邻的顶点。在算法进行过程中,每折叠一条边,都要记录下顶点标号和被折叠边标号。这样每一次边折叠操作就会得到一条记录,称为简化记录。这些记录实际上是记录下了每一步操作后的现场。对任一细节现场的恢复就是边折叠的逆操作。这就可以得到原始复杂模型 M 的一个连续的简化模型序列。

$$M = M^n \xrightarrow{\text{ecol}_M^{n-1}} M^{n-1} \xrightarrow{\text{ecol}_M^{n-2}}$$
$$\cdots \xrightarrow{\text{ecol}_M^1} M^1 \xrightarrow{\text{ecol}_M^0} M^0$$

其中,M^0 为原物体的最终网格简化模型。

为了避免重复计算最小代价值,每个顶点信息中还包括了最佳的边信息及其代价值。这样,我们就可以灵活地控制 LODs 的层次,在虚拟场景的渲染过程平滑地改变物体的细节,达到实时显示的目的。

4.3.2 实验结果

实验表明,该算法最大的特点是实现简单,对较光滑和不光滑的模型数据都是很有效的。如图 4.4～图 4.6 所示。

表 4.1 给出了虚拟现实系统中所表达的场景模型在不同分辨率下 LODs 的显示速度对比。所有的数据都是在普通 PC 机上测得的。

表 4.1　算法产生的不同 LOD 模型和显示速度的比较

项目	原始模型	LOD1	LOD2
顶点数	8 477	4 238	2 119
多边形数	16 646	8 168	4 170
显示速度/fps	28.00	44.398	60.18

可以看出,使用本文方法对模型进行简化后,三维虚拟环境模型可以达到更为流畅的实时显示,画面质量良好,观察者不会感觉到模型之间的差异。

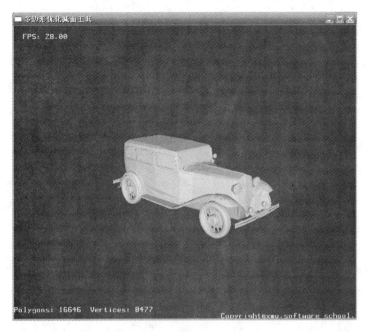

图 4.4 原始模型(边数 16 646,顶点数 8 477)

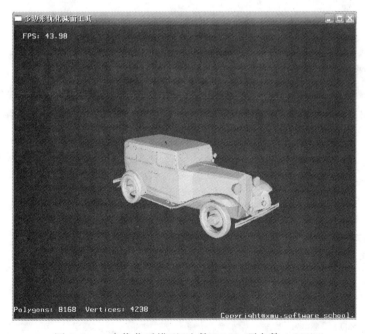

图 4.5 一次优化后模型(边数 8 168,顶点数 4 238)

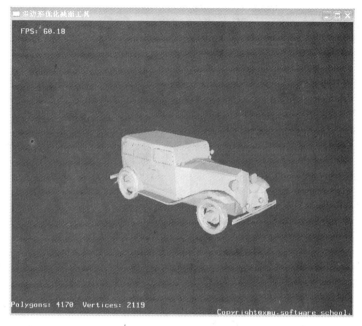

图 4.6　二次优化后模型(边数 4 170,顶点数 2 119)

4.4　结　　论

结合研究工作,对国外 LODs 生成技术和多边形网格模型简化进行了回顾,提出了一种快速有效而且容易实现的多边形简化算法。该算法可使简化后的模型保持原有特征,用在我们设计开发的虚拟现实立体显示系统中,构造出虚拟环境中复杂场景的多个不同细节层次模型,以此达到实时图形绘制的目的。今后的研究将主要侧重于如何将该算法与视点和纹理绘制算法相结合,形成与视点相关的可控的 LOD 连续模型,并进一步增强虚拟场景的真实感。

参 考 文 献

[1] 陈定方,罗亚波. 虚拟设计. 北京:机械工业出版社,2002.

[2] 王琳,冯正进. 利用 VRML 构造交互式虚拟现实环境. 计算机应用,2000,20(9):253~254.

[3] Rossignac J,Borrel P. Multi-resolution 3D approximations for rendering complex scenes. Modeling in Computer Graphics Methods and Applications,1993:455~465.

[4] Low K L,Tan T S. Model simplification using vertex clustering//Proceedings of the ACM Symposion on Interactive 3D Graphics'97,1997.

[5] Luebke D,Enkson C. View-dependent simplification of arbitrary prolygonal environments//Proceedings of the ACM Symposium on Interactive 3D Graphics'97,1997.

[6] Schroeder W J,Zarge J A,Lorensen W E. Decimation of triangel meshes//Proceedings of the ACM Symposium on Interactive 3D Graphics'92,1992.

[7] Turk G. Re-tiling polygonal surfaces. Computer Graphics,1992,26(2):55~64.

[8] De Haemer M J,Zyda M J. Simplification of objects rendered by polygonal approximations. Computers and Graphics,1991,15(2):175~184.

[9] Kalvin A,Taylor R. Superfaces:polyhedral approximation with bounded error. SPIE Medical Imaging,1994,2164:2~13.

[10] Kalvin A,Taylor R. Superfaces:polygonal mesh simplification with bounded error. IEEE Computer Graphics and Applications,1996,16(3):64~77.

[11] Cignoni P,Montani C. A comparison of mesh simplification algorithms. Computers and Graphics,1998,22(1):37~54.

[12] Gotsman C,Gumhold S. Simplification and compression of 3D meshes//Iske A,QuakE,Floater M. Tutorials on Multire Solution in Geometric Modelling. Berlin:Springer,2002:18~20.

[13] Erikson C. Polygonal simplification:an overview. Technical Report TR96-016,University of North Carolina,1996:69~72.

[14] Low K,Tan T. Model simplification using vertex clustering//Proceedings of the ACM Symposium on Interactive 3D Graphics'97,1997.

[15] Lindstrom P. Out-of-core simplification of large polygonal models//Proceedings of the ACM Symposium on Interactive 3D Graphics'2000,2000.

[16] Garland M,Heckbert P. Surface simplification using quadric error metrics//Proceedings of the ACM Symposium on Interactive 3D Graphics'97,1997.

[17] Lindstrom P. Out-of-core construction and visualization of multire solution surfaces//Proceedings of the ACM Symposium on Interactive 3D Graphics'03,2003.

[18] Benedens O. Watermarking of 3D polygon based models with robustness against mesh simplification//Proceedings of SPIE,1999.

[19] Cohen J,Varshney A,Manocha D,et al. Simplification envelopes. Computer Graphics,1996,30:119~128.

[20] Hope H,DeRose T,Duchamp T,et al. Mesh optimization//Proceedings of the ACM Symposium on Interactive 3D Graphics'93,1993.

[21] Hope H. Progressive meshes//Proceedings of the ACM Symposium on Interactive 3D Graphics'96,1996.

[22] Hoppe H. New quadric metric for simplifying meshes with appearance attributes//Proceedings of the Conference on Visualization,1999.

[23] Garland M,Heckbert P. Simplifying surfaces with color and texture using quadric error metrics//Proceedings of the IEEE Visualization'98,1998.

[24] Lindstrom P,Silva C. A memory insensitive technique for large model simplification//Proceedings of the IEEE Visualization'2001,2001.

[25] Kim S J,Kim C H,Levin D. Surface simplification using discrete curvature norm. Computers and Graphics,2002,26(5):657~663.

[26] Hoppe H. New quadric metric for simplifying meshes with appearance attributes//Proceedings of the IEEE Visualization'99,1999.

[27] Cohen J, Olano M, Manocha D. Appearance-preserving simplification//Proceedings of the ACM Symposium on Interactive 3D Graphics'98,1998.

[28] Garland M, Shaffer E. A multiphase approach to efficient surface simplification//Proceedings of the IEEE Visualization'02,2002.

[29] Kobbelt L, Campagna S, Seidel H. A general framework for mesh decimation//Proceedings of the Graphics Interface'98,1998.

[30] Wu E, Fei G. A real-time generation algorithm of progressive mesh for changing environments. International Journal of Virtual Reality,2000,4(3):49~54.

[31] Hussain M, Okada Y, Niijima K. Efficient and feature-preserving triangular mesh decimation. Journal of WSCG,2004,12(1):167~174.

[32] Rose M E T, Duchamp T. Multire solution analysis of arbitrary meshes//Proceedings of the ACM Symposium on Interactive 3D Graphics'95,1995.

第五章 三维花卉建模过程研究

5.1 引 言

2006 年 5 月举办的第一届中国福建"花王"评选暨花卉精品展引起了强烈反响,为相关单位带来明显的效益,有力地推动了福建花卉产业发展。如今,花卉业已成为福建省农业产业结构调整、农村经济发展和农民增收的重要途径。为了进一步树立"闽花"形象,扩大"闽花"影响,打造"闽花"品牌,促进福建花卉产业发展,相关机构于 2008 年 10 月 1 日至 10 月 5 日在福建省经贸会展中心举办了第二届中国福建"花王"评选暨花卉精品展,同时举办 2008 年福建省年销花卉订货会。正式基于此项活动,才有了建立一个 3D 花卉运动模拟展示系统的想法。

基于互联网的花卉水滴展示系统是一种虚拟建筑场景漫游技术,它是虚拟漫游的代表方面,是虚拟建筑场景建立技术和虚拟漫游技术的结合。前者是基础,后者是系统运行方法。按照漫游对象,即建筑物或建筑环境的真实存在与否来分,可以分为真实建筑场景的虚拟漫游、虚拟建筑场景的虚拟漫游、虚拟建筑场景漫游系统的设计与实现。整个漫游系统是以建筑场景的建立为基础,其设计与实现方法可归纳为三种:基于多边形的直接绘制法、场景模型导入法和基于图像的绘制方法。

5.1.1 整体目标

花卉水滴运动模拟系统是一个基于 Internet 的展示平台。它需要达到的目标包括:

① 花卉及水滴的逼真模拟,即不同花科的花卉要有明显的细节特征及绿叶衬托。

② 水滴的流动模拟,即水滴流动滴落时要有一定的连贯性。

③ 整体效果的展示,即不同光照下的效果显示。

所要建立的花卉模型包括荷花、矢车菊、金盏菊、水仙、郁金香、蝴蝶兰、蔷薇、玫瑰[1]。

5.1.2 实现方法

1. 开发平台

本展示系统的开发是基于 Internet 的展示平台,具有跨平台的特点。

2. 开发工具

主要使用的建模工具为 Autodesk 3Ds Max。

3Ds Max 是由 Autodesk 公司旗下的公司开发的三维物体建模和动画制作软件,具有强大、完美的三维建模功能。它是当今世界上最流行的三维建模、动画制作及渲染软件,被广泛用于角色动画、室内效果图、游戏开发、虚拟现实等领域[2],获奖无数,深受广大用户的欢迎。

3. 相关插件

利用 Vray 对材质进行渲染、贴图等,用以模仿出自然界的实际物质。

由 Chaos Group 公司开发的 3Ds Max 渲染插件 Vray 自 2001 年问世,至今已有九个年头[3]。它是目前最优秀的渲染插件之一,尤其在产品渲染和室外效果图制作中,Vray 几乎可以称得上是速度最快、渲染效果数一数二的极品渲染软件。

4. 后期处理

主要使用 Adobe 公司开发的 Photoshop。

Photoshop 主要用来对花瓣、叶子等贴图的绘制处理,以得到逼真的效果。

5.1.3 虚拟漫游技术

虚拟漫游技术是虚拟现实技术的重要分支,在建筑、旅游、游戏、航空航天、医学等多种行业发展很快。由于有可贵的 3I 特性,使得沿用固定漫游路径等手段的其他漫游技术和系统无法与之相比。

虚拟建筑场景漫游或称建筑场景虚拟漫游是虚拟漫游的一个代表性方面,是虚拟建筑场景建立技术和虚拟漫游技术的结合。前者是基础,后者是系统运行方法。

虚拟建筑场景漫游技术有多种分类方法,如按漫游对象(建筑物或建筑环境)的真实存在与否来分;按漫游对象数据的真实性来分;按漫游系统的形成技术来分;按漫游系统的应用行业和目的来分等。

按漫游对象的存在与否来分,本系统属于基于模型导入的漫游系统。它利用建模工具手工搭建三维模型,建立场景。这种方法需要耗费大量的时间建立模型,工作量很大,一般涉及测量现场、定位和数字化结构平面或者转换现存 CAD 数据;其次很难校验其结果是否精确。其漫游场景是由计算机根据一定的光照模型绘制,色彩层次没有自然景观丰富,带有明显的人工痕迹,即使采用贴图渲染也不能逼真地再现现实世界。由于建模软件的功能日益强大,设计中人们的分工日益明确。这一基于几何建模的模型导入技术已成为当今游戏设计等领域的主流技术。

5.1.4 技术难点

目前,虚拟建筑场景漫游的最大难点在于建模逼真度和绘制实时性的矛盾。由于这种漫游所看到的景象离观察者近,就要求绘制非常逼真。因此,建模时构造要精细,会消耗很多时间。同样,由于计算机性能的制约,构造出来的模型越复杂,在绘制时要达到实时效果就越困难,实时性太差就会使观察者无法接受。

这对矛盾是整个虚拟现实系统普遍存在的。一般来说,需要在精确程度和绘制速度两方面取一个折中值,既满足一定的绘制真实感,又不造成观察者的动态不适感;也可以运用多层次细节(LOD)方法为场景生成不同的细节层次,大大减少绘制的计算量;还可以采取一些场景预处理办法,例如用辐射度方法,可在漫游时省去许多光照的计算量。

然而本系统的建模对象是大自然的生物而非楼房等建筑物,所以无需极为精密的计算,只要模拟出花卉的生理特征和外形特征即可。

5.1.5 虚拟场景漫游技术的前景

有权威人士称虚拟现实技术是继多媒体技术之后 21 世纪代表性技术,它又是多媒体技术的终极技术。既然虚拟建筑场景漫游系统也是一种虚拟现实和虚拟漫游系统,它也同样可以充分体现出 VR 系统特有的让人多感觉器官感知和令人神往的 3I 优越性。这不仅要在设备上具有头盔显示器等条件,而且要在制作上(立体成像、头盔跟踪)采用相适应的技术和方法。这样,虚拟建筑场景漫游作品也将使观察者像体验美国犹他州大型 VR 娱乐场一样,陶醉其中,流连忘返。

由于虚拟现实技术的出现和进一步发展,有专家预料将来会诞生人类的第九艺术形式。到底第九艺术是什么样子,不同艺术门类的人有不同的想象。不过,任何艺术门类和形式都离不开生存环境的再现和体验。只要有对环境的体验和介入,环境中就必然包括建筑环境。尽管今天人们还无法具体想象在未来艺术形式中的建筑场景如何与人交互,如何有充分的感情色彩,但是未来艺术和社会文明对虚拟建筑漫游技术发展的巨大期望是可想而知的。

虚拟漫游的一个表现形式就是建筑漫游。它综合了虚拟漫游的多维性及三维动画等技术,通过自动把建筑的内外结构,将居住文化的各个方面通过音、光、声、美等方式展现出来,是建筑开发商和销售商的得力工具。

5.2　3D建模概述

5.2.1　建模一般过程

花卉的建模一般分为以下几个步骤:

① 熟悉和了解每个花卉的生物特征。

② 根据不同花科的特点,建立出一朵花瓣的模型。

③ 可以利用陈列、克隆、旋转、移动等方式得到其他的花瓣,对花瓣的形状进行微调,调整层次,摆列出花朵多层次的效果。

水滴的建模原理也与之类似。

5.2.2　对象概述

在3Ds Max中,从编程的角度来讲,对象指的是在软件中所能够观察到的,或者是可以创建和操作的任何物体[4]。例如,各种界面元素、场景中的集合体、灯光、摄像机、材质、贴图、编辑修改器,甚至是动画控制器。

这里,我们是指可以在3Ds Max中选定并对其操作的任何物体,剔除了用户界面元素部分。

对于场景对象总体上可以大致分为三类:参数化对象、合成对象以及主、次对象。

参数化对象是指通过一组设置(参数)来控制其外形的对象类型。例如,可以通过调节球体的半径来直接改变球体的形状,创建或改变圆环的形状,描述或改变该圆环的外圆半径和内圆半径等。

主对象是指用创建命令面板的各种功能创建的带有参数的原始对象。主对象的产生只是动画制作过程中的第一步,类型主要包括二维形体、放样路径、三维造型、运动轨迹、灯光和摄像机等。次对象是指主对象中可以被选定并且可操作的组件。

5.2.3　建立基本几何体对象

3Ds Max中提供了几十种基本的几何对象,为创建复杂的模型提供建模的基础形体。利用这些基础形体再配合以适当的建模方法建立出任意复杂的模型[5,6]。这些对象可以分为三大类别:标准几何体(standard primitives)、扩展几何体(extended primitives)和二维对象(splines)。

接下来简单罗列和介绍本系统建模时中用到的集合体类型。

1. 标准几何体类型

（1）圆锥体（cone）

该项建立一个圆锥或圆台物体，提供两种创建方式，即边方式和中心方式。区别在于边方式固定圆锥（台）物体底面圆边上的一点，中心方式固定圆锥（台）物体底面的中心。操作均为点→拖→放→拖→点→拖→点。

（2）球体（sphere）

该项建立一个由小四边形构成的经纬球，提供两种创建方式，即边方式和中心方式。操作简单，均为点→拖→放。

（3）圆柱体（cylinder）

该项用于建立一个圆柱体，其参数和操作与圆锥体类似，只是生成的面圆半径和底面圆半径一样大，是圆锥物体的一个特例。

（4）平面（cylinder）

该项用于建立一个无厚度的平面物体，既可用于水面等大型表面的制作，也可用来创建花瓣的雏形，加以调节。

2. 二维几何体类型

（1）线段（line）

该命令可以绘制任意线段。初始类型为角点或平滑，拖动类型为角点、平滑或贝塞尔。

（2）圆形（circle）

命令面板中有两种创建方式，即边方式和中心方式创建。

（3）椭圆（eclipse）

该命令用于创建一个椭圆形，可以在参数卷展栏的长轴和短轴设置椭圆的长轴和短轴。

5.2.4　基本的图形复制方法

1. 复制对象

选取一个对象，单击工具栏中的移动工具按钮，按下键盘上的 Shift 键，拖动对象。这时会弹出对话框，可以设置需要复制的副本个数，一般较适合于同时复制多个的情况。如果只需要单个物体，可以右击物体选择克隆选项在对象的同样位置覆盖对象的副本。

例如，复制一条样条线，按住 Shift 和移动样条线会出现图 5.1 所示的对话框。选择副本数后点确定，则复制出了四条一模一样的样条线。如图 5.2 所示。

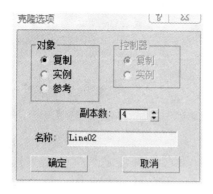

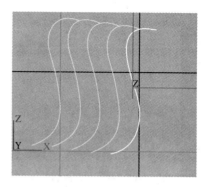

图 5.1　克隆选项弹出框　　　　　图 5.2　利用移动工具克隆样条线结果

2. 镜像复制

选择对象后,单击工具栏中的镜像按钮,弹出如图 5.3 所示的对话框。

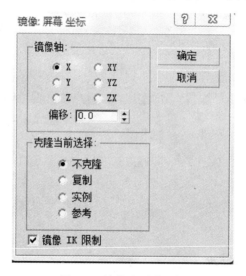

图 5.3　镜像选项弹出框

3. 阵列复制

阵列复制用于同时复制生成若干有规律排列的对象。方法是选择需要阵列复制的对象,单击工具栏中的阵列按钮,选择设置合适的坐标轴心和需要列阵的物体个数,并可以预览是否设置对了轴心。一般说来计算方法是,列阵中的对象数量×旋转的角度=360。如图 5.4 所示。

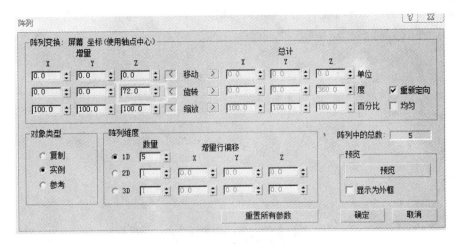

图 5.4　阵列参数设置对话框

5.2.5　修改编辑器

修改编辑器是最主要的对象加工工具,通过它几乎可以实现对任意对象的修改。主要有如下几种类型:

① 标准编辑修改器。提供如弯曲、切削等对象的一般变形工具。

② 表面编辑修改器。设置贴图坐标并改变网格对象的表面渲染特性。

③ 编辑的编辑修改器。提供对象层次结构的选择操控工具。

④ 附加编辑修改器。提供对脚本、面片等的变形操作。

⑤ 编辑样条线编辑修改器。提供对样条线组成造型的编辑修改。

⑥ 空间变形编辑修改器。实现对某一对象的空间变形操作。

常常会用到的选项为拉伸、挤出、平面、横截面、网格编辑、网格平滑、弯曲、UVW 贴图等。

1. 修改编辑器堆栈

修改编辑器堆栈是 3Ds Max 一项独特而又强大的编辑修改工具[7~10]。它是大部分创建及编辑过程的存储区。

利用修改编辑器堆栈,可以动态地改变对象的每一个创建参数,也可以将修改编辑器加入到堆栈中以实现每一个对象的弯曲变形。

2. 基本三维对象的加工

(1) 弯曲

弯曲修改编辑器就是沿所选的某一轴向对一个物体进行弯曲操作。选择对象执行拉伸命令和弯曲命令设置参数 Angle(弯曲角度)和 Direction(弯曲方向)。调节 Bend Axis 子面板中的弯曲坐标轴方向[11~13]。

（2）布尔运算

布尔命令包括三级参数卷展栏:拾取布尔、参数和显示/更新。

① 拾取布尔卷展栏如图 5.5 所示。

图 5.5　拾取布尔卷展栏

移动:下一个拾取对象在运行布尔运算后消失,不再存在。

② 参数卷展栏如图 5.6 所示。

图 5.6　参数卷展栏

并集:保留原始物体的体积,但删除几何体中相交的部分。

交集:保留两个物体之间的公共部分。

差集(A−B):从 A 物体中减去与 B 的相交部分。

差集(B−A):从 B 物体中减去与 A 的相交部分。

切割:B 物体剪切 A 物体,但不从 B 物体中向 A 物体增加任何东西。此功能类似于切刀修改编辑器,但不是使用平面物体剪切,而是使用操作物体 B 的形状作为剪切面。

（3）放样

放样对象是将二维图形沿第三根轴向拉伸来创建新的合成对象的方法。需要两条或多条样条曲线来创建放样对象,其中一条用作路径,其余的用作截面。沿着路径将截面安排好之后,3Ds Max 将在样条之间生成表面[14~16]。

可以在路径上放置多个截面图形,路径则成为形成物体的框架。如果在路径上仅指定一个截面图形,3Ds Max会在路径末端产生一个相同的截面。然后在界面之间产生曲面。

5.2.6 赋予材质

材质是指网格物体表面的一种属性,表现为一组定义的参数。当它被赋予造型表面后,造型物体在实体着色模式显示时就体现出不同的质地、色彩等。与此同时,材质也会影响到物体的颜色、反光度、图案等。

基本材质是指用环境光色、散射光色、自发光度等基本参数设置的材质。一般的材质都可以通过设置基本参数得到所需的效果。3Ds Max中生成材质的方法包括利用各种光色和贴图[17~20]。

5.2.7 利用贴图

现实生活中的物体都具有丰富的纹理和图像效果,例如花瓣的纹理、叶脉等。为使制作出的物体表面不仅具有某种颜色,还能表现出逼真质感,即需要为材质赋予纹理图像。

贴图是指赋予材质的图像,而贴图材质是指已被赋予一种或多种图像的材质。材质在被赋予贴图后,其颜色、透明度及光滑度等属性都会发生相应的变化,使物体表面显得更真实自然。

5.3 花卉建模对象特征分析

需要建立的花卉模型包括荷花、金盏菊、矢车菊、水仙、郁金香、天竺葵、蝴蝶兰、玫瑰、蔷薇。不同科目的花卉,其颜色、叶子、茎、花瓣、花蕊甚至生活习性等都有很大的不同。

欲建立出具有真实感的花朵,了解这些花的生物特性是必不可少的。由于3Ds Max需要展现的是对象的立体感,所以需要搜集不同角度的图片素材。

5.3.1 睡莲科

学名:lotus flower,water lily。
别名:芙蓉、玉环、鞭蕖(已开的花朵)、菡萏(未开的花蕾)。
分类:山龙眼目、莲科、莲属。
形态:根茎(即藕)肥大多节,横生于水底泥中。叶盾状圆形,表面深绿色,被蜡质白粉,背面灰绿色,全缘并呈波状。叶柄圆柱形,密生倒刺。花单生于花梗顶端、高托水面之上,有单瓣、复瓣、重瓣及重台等花型。花色有白、粉、深红、淡紫色或间色等变化,雄蕊多数,雌蕊离生,埋藏于倒圆锥状海绵质花托内。花托表面具多数散生蜂窝状孔洞,受精后逐渐膨大称为为莲蓬,每一孔洞内生一个小坚果,即莲子[1]。

根据睡莲科荷花属的特征进行模拟,并应突出荷叶及莲藕的特征。

睡莲乃水生植物,因此选择将其展示在展厅外部的池塘中,可以较好地突出荷花的特点。如图 5.7 所示。

图 5.7　莲花

5.3.2　菊科

1. 金盏菊

学名:calendula officinalis。

别名:金盏花、黄金盏、长生菊、醒酒花、常春花等。

分类:被子植物门、双子叶植物纲、菊目、菊科、金盏菊属、金盏菊种。

形态:金盏菊株高 30～60cm,为二年生草本,全株被白色茸毛。单叶互生,椭圆形或椭圆状倒卵形,全缘,基生叶有柄,上部叶基抱茎。头状花序单生茎顶,形大 5～6cm,舌状花一轮或多轮平展,金黄或橘黄色,筒状花,黄色或褐色。也有重瓣(实为舌状花多层)、卷瓣和绿心、深紫色花心等栽培品种。花期 5～6 月,盛花期 3～6 月。瘦果,呈船形、爪形,果熟期 5～7 月[1]。如图 5.8 所示。

2. 矢车菊

学名:centaurea cyanus linn。

别名:蓝芙蓉、翠兰。

分类:菊目、菊科、菊属。

形态:多分枝,有高生种及矮生种,株高 30～90cm,枝细长,多分枝。茎叶具白色

图 5.8 金盏菊

棉毛,叶线形,全缘。颈部常有齿或羽裂。头状花序顶生,边缘舌状花为漏斗状,花瓣边缘带齿状,中央花管状,成白、红、蓝、紫色,多为蓝色[1]。如图 5.9 所示。

图 5.9 蓝色矢车菊

5.3.3 百合科

1. 水仙

学名:narcissus。

别名:凌波仙子、玉玲珑、金银台、姚女花、女史花、天葱、雅蒜。

分类:百合目、石蒜科。

形态:石蒜科多年生草本。地下部分的鳞茎肥大似洋葱,卵形至广卵状球形,外被棕褐色皮膜。叶狭长带状,二列状着生。花葶中空,扁筒状,通常每球有花葶数支,多者可达 10 余支。每葶数支,至 10 余朵,组成伞房花序。

因多为水养,且叶姿秀美,花香浓郁,亭亭玉立水中,故有凌波仙子的雅号。水仙主要分布于我国东南沿海温暖、湿润地区,福建漳州、厦门及上海崇明岛最为有名。水仙是草本花卉,原产于我国浙江福建一带,现已遍及全国和世界各地。

水仙花朵秀丽、叶片青翠、花香扑鼻、清秀典雅,是世界上有名的冬季室内和花园里陈设的花卉之一[1]。如图5.10所示。

图5.10　水仙

2. 郁金香

学名:tulipa gesneriana。

别名:洋荷花、旱荷花、草麝香、郁香。

分类:百合目、百合科。

形态:多年生草本植物,鳞茎扁圆锥形或扁卵圆形,长约2cm,具棕褐色皮股,外被淡黄色纤维状皮膜。茎叶光滑具白粉,叶出3~5片,长椭圆状披针形或卵状披针形,长10~21cm,宽1~6.5cm。基生者2~3枚,较宽大,茎生者1~2枚。花茎高6~10cm,花单生茎顶,大形直立,林状,基部常黑紫色。花葶长35~55cm。花单生,直立,长5~7.5cm。花瓣6片,倒卵形,鲜黄色或紫红色,具黄色条纹和斑点。雄蕊6,离生,花药长0.7~1.3cm,基部着生,花丝基部宽阔。雌蕊长1.7~2.5cm,花柱3裂至基部,反卷。花型有杯型、碗型、卵型、球型、钟型、漏斗型、百合花型等,有单瓣也有重瓣。花色有白、粉红、洋红、紫、褐、黄、橙等,深浅不一,单色或复色。花期一般为3~5月,有早、中、晚之别。蒴果3室,室背开裂,种子多数扁平[1]。如图5.11所示。

图5.11　郁金香

5.3.4　牻牛儿苗科

学名：pelargonium。

别名：洋绣球、入腊红。

分类：牻牛儿苗目、牻牛儿苗科、天竺葵属。

形态：叶掌状有长柄,叶缘多锯齿,叶面有较深的环状斑纹。花冠通常五瓣,花序伞状,长在挺直的花梗顶端。由于群花密集如球,故又有洋绣球之称。花色红、白、粉、紫,变化很多[1]。如图 5.12 所示。

图 5.12　天竺葵

5.3.5　兰科

学名：phalaenopsis amabilis。

别名：蝶兰。

分类：天门冬目、兰科、树兰亚科、万代兰族、指甲兰亚族、蝴蝶兰属。

形态：蝴蝶兰属是著名的切花种类,全属 50 多种,蝴蝶兰是单茎性附生兰,茎短,叶大,花茎一至数枚,拱形,花大,因花形似蝴蝶得名。其花姿优美,颜色华丽,为热带兰中的珍品,有兰中皇后之美誉。

蝴蝶兰花姿婀娜,花色高雅,在世界各国广为栽培。它虽属气生兰,但却没有假珠茎,仅基部有极短的茎。叶宽而厚,长椭圆形,可达 50cm 以上。有的品种在叶上有美丽的淡银色斑驳,下面为紫色。花梗由叶腋中抽出,稍弯曲,长短不一,开花数朵至数百朵,形如蝴蝶,萼片长椭圆形,唇瓣先端三裂,花色繁多,可开花一个月以上,国外多作切花,是洋兰中的高档品[1]。如图 5.13 所示。

图 5.13　蝴蝶兰

5.3.6　蔷薇科

1. 玫瑰

学名:rosa rugosa。

别名:刺玫花、徘徊花、穿心玫瑰。

分类:蔷薇目、蔷薇科、蔷薇属。

形态:茎枝有皮刺和刺毛,小枝密被绒毛。单数羽状复叶互生,小叶 5～9 片,椭圆形或椭圆形状倒卵形,边缘有钝锯齿,光亮,多皱,无毛。下面有柔毛和腺体,叶柄和叶轴有绒毛,疏生小皮刺和刺毛。托叶大部附着于叶柄,边缘有腺点。叶柄基部的刺常成对着生。花单生或数朵聚生。花冠鲜艳,有红色、紫红色、白色、绿色等。花梗有绒毛和腺体。蔷薇果扁球形,熟时红色,内有多数小瘦果,萼片宿存[1]。如图 5.14 所示。

图 5.14　玫瑰

2. 蔷薇

学名：rosa spp。

别名：多花蔷薇、野蔷薇、刺蘼、刺红、买笑、雨薇。

分类：蔷薇科。

形态：落叶灌木，植株丛生、蔓延或攀援，小枝细长，不直立，多被皮刺，无毛。叶互生，奇数羽状复叶，小叶 5～9，倒卵形或椭圆形，先端急尖，边缘有锐锯齿，两面有短柔毛，叶轴与柄都有短柔毛或腺毛。托叶与叶轴基部合生，边缘篦齿状分裂，有腺毛。多花簇生组成圆锥状聚伞花序，花多朵，花径 2～3cm。花瓣 5 枚，先端微凹，野生蔷薇为单瓣，也有重瓣栽培品种。花有红、白、粉、黄、紫、黑等色，红色居多，黄蔷薇为上品，具芳香。每年开花一次，花期 5～6 月。果近球形，红褐色或紫褐色，径约 6mm，光滑无毛[1]。如图 5.15 所示。

图 5.15　蔷薇

5.4　3D 花卉建模

对于大部分所选花卉模型的建模采用平面法建模，转换为可编辑网格，添加 1～3 个网格平滑修改器，利用挤出、车削、弯曲等修改器对平面进行优化。下面以睡莲科荷花、菊科矢车菊以及天竺葵为例详细介绍此方法的建模步骤，其他模型仅给出过程截图，不再重复叙述。

5.4.1 睡莲科

1. 荷花

荷花如图 5.16 所示。

图 5.16　荷花

① 创建一个 4×4 的平面,转化成为可编辑网格,进入点层级,调节定点位置。如图 5.17 所示。

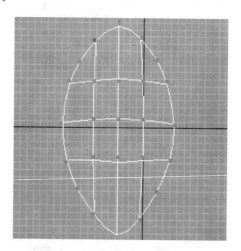

图 5.17　荷花花瓣前视图

② 在前视图中选择中间那条边上的除去头尾的三个点,在前视图内向作拉伸,再将旁边的两条上的点也向左拉伸些许并调节弧度。如图 5.18 和图 5.19 所示。

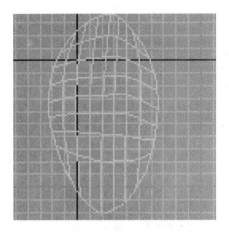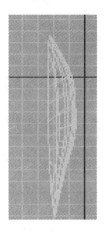

图 5.18 调节弧度后的荷花花瓣前视图 　　　图 5.19 调节弧度后的荷花花瓣左视图

③ 利用复制旋转工具得到其他的花瓣，微调位置，得到荷花的模型。

④ 在漫反射通道添加渐变贴图，渐变的颜色参数设置为：

Color♯1:R∶G∶B＝255∶70∶174

Color♯2:R∶G∶B＝254∶155∶230

Color♯3:R∶G∶B＝255∶240∶240

设置自发光颜色为 R∶G∶B＝223∶58∶198。设为双面材质，最终模型如图5.20所示。

图 5.20 设置颜色渐变后的荷花模型

2. 荷叶

① 顶视图内创建一个圆柱体。参数设置如图 5.21 所示。

图 5.21　圆柱体参数

② 添加噪波修改器。参数设置如图 5.22 所示。

图 5.22　噪波参数修改器

③ 建立叶茎：顶视图创建圆柱体，颜色定义为绿色。参数设置如图 5.23 所示，并将其位置调整。

图 5.23　茎叶参数设置

④ 为叶茎加入弯曲效果，添加弯曲修改器，调整弯曲中心和弯曲角度，使用旋转工具调整荷叶位置。

⑤ 创建球体 1，在顶视图创建一个球体，在前视图沿 z 轴向上移动球体 1，直至在透视视图中看不见为止。球体 2 为球体 1 的复制克隆，将 2 号球体压扁，移至荷叶中心位置。

⑥ 材质贴图，将荷叶的漫反射颜色为黑色（R∶G∶B＝0∶0∶0）。如图 5.24 所示。

图 5.24　荷叶效果图

⑦ 荷叶动画制作。

第一步,编辑下落动画:点击自动关键帧(Auto Key),将时间滑块拖至 50 帧,将球体 1 移至荷叶表面。

第二步,编辑移动动画:单击自动 Auto Key,滑块拖至 80 帧,将球体 1 压扁,并移动到荷叶中心位置,单击 Auto Key。

第三步,球体 2 动画:单击 Auto Key,滑块拖至 100 帧,将球体 2 压扁 2 次,单击 Auto Key。框选时间轴第一个关键帧,点击拖拽至 70 帧处,松开鼠标,再次单击 Auto Key。

第四步,荷叶动画:单击 Auto Key,时间滑块拖至 65 帧处,将荷叶沿 y 轴向下旋转一点,单击 Auto Key。

第五步,单击 Auto Key,拖至 75 帧,将荷叶旋转回圆位置,单击 Auto Key。框选时间轴的第一个关键帧,拖拽至 50 帧。

于是荷叶的动画制作就完毕了,后期整合时,将其合并至大景观之中。

3. 莲蓬

① 顶视图创建一个圆锥体,颜色设为绿色。参数如图 5.25 所示。

图 5.25　圆锥体参数值

② 顶视图创建球体,选择颜色为黄绿色,添加切片修改器,切片类型选择移除底部,得到半球体,阵列复制出多个。

③ 标准几何体下拉栏选择创建复合对象,选中圆锥体,点击布尔运算,依次拾取半球为操作对象进行并集操作。如图 5.26 所示。

(a) 拾取布尔卷展栏　　　　　(b) 操作选项选择并集操作

图 5.26　拾取操作

由于莲蓬常常被隐藏在莲花中不易看到,因此在模型方面不应花费过多力气,简单的颜色模拟即可。

5.4.2　菊科

1. 金盏菊建模

金盏菊如图 5.27 所示。

图 5.27　金盏菊

(1) 建模

① 花瓣。如图 5.28 所示。

图 5.28　金盏菊花的顶视图

② 叶子。如图 5.29 所示。

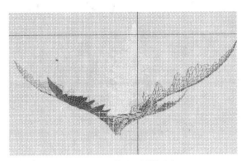

(a) 金盏菊叶子前视图

(b) 叶子顶视图

图 5.29　金盏菊叶子视图

③ 花盆土壤。如图 5.30 所示。

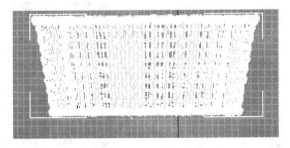

图 5.30　花篮前视图截图

(2) 材质

① 花瓣，设置 RGB 颜色即可，R：G：B＝248：101：43。如图 5.31 所示。

图 5.31　赋予材质后的金盏菊花瓣

② 花蕊,漫反射通道添加贴图。如图 5.32 所示。

图 5.32　花蕊部分的漫反射贴图

③ 叶子,漫反射通道贴图和凹凸通道贴图,强度为 100。如图 5.33 所示。

（a）叶子的漫反射通道贴图　　　　（b）叶子的凹凸通道贴图

图 5.33　通道贴图

④ 花盆土壤，花盆设置颜色 R∶G∶B＝89∶89∶89。如图 5.34 所示。

图 5.34　土壤漫反射通道贴图

最终得到的效果如图 5.35 所示。

图 5.35　矢车菊效果图

2. 矢车菊建模

矢车菊如图 5.36 所示。

图 5.36　矢车菊

（1）建模

① 矢车菊是由许多小花束组合而成,而每一个小花束大致由六、七个细条状花瓣组成。因此,首先在顶视图中,建立一个长宽为 5×4 的网格平面,调整使其形似矢车菊一条小花瓣的形状。如图 5.37 所示。

② 选中中部一排的点,在左视图中将其右移,使花瓣有弧度。效果如图 5.38 所示。

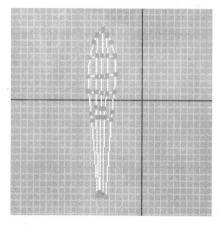
图 5.37　矢车菊小花瓣前视图

图 5.38　调节弧度后的花瓣视图

③ 进入层次修改器,选中仅影响轴,将轴心调至最底部。使用阵列,将数值设为 6,对称轴为 y,得到一朵小花束。如图 5.39 所示。

④ 在左视图中,将花束稍微向左旋转,成组。重新进入层次管理器,将组的层次调至最底部。阵列数量为 10,旋转轴为 y 轴,角度为 36 度,即可得到矢车菊花朵的雏形。如图 5.40 所示。

图 5.39　阵列后的一束小花瓣

图 5.40　阵列后的矢车菊

⑤ 矢车菊的茎,使用放样(loft)的方法。在前视图绘制一条曲线,略为弯曲,作为放样对象。在顶视图绘制一个半径为1的圆。选中曲线,单击创建,在集合体下拉栏中选取复合对象,单击放样按钮,拾取圆作为放样图形,得到矢车菊的茎。如图 5.41 所示。

(2) 材质

① 花朵颜色(蓝色)。

自发光 R : G : B = 4 : 0 : 85。

环境色与漫反射 R : G : B = 27 : 27 : 27。

高光值为 5。

漫反射通道添加渐变,参数为默认。

凹凸通道强度为 30,贴图为噪波,参数为默认。

② 叶子。

自发光 R : G : B = 36 : 70 : 0。

环境色与漫反射 R : G : B = 67 : 67 : 67。

高光值为 20。

③ 花瓶。

自发光 R : G : B = 40 : 56 : 176。

图 5.41 矢车菊模型图

漫反射通道添加衰减贴图,参数值默认。

透明度通道添加渐变贴图,参数值默认。

④ 最终效果。如图 5.41 所示。

5.4.3 百合科

1. 水仙建模

水仙花如图 5.42 所示。

图 5.42 水仙

　　水仙采用由内及外,由顶及下的建模顺序。

　　(1) 建模

　　① 花葶。建立一个圆锥体,编辑网格,细分并删除顶层的四个平面。转化为可编辑面片,将边缘的部分面片在前视图内向上拉伸。如图 5.43 所示。

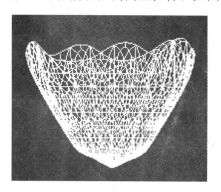

图 5.43　花葶的前视图

　　② 花蕊。主要利用放样法和布尔运算,不再重复介绍,花蕊的模型有三只雄蕊,一只雌蕊。如图 5.44 所示。

图 5.44　花蕊的前视图

　　③ 花瓣。水仙的花瓣不算复杂,用立方体建模并进行网格编辑、网格平滑。阵列出六个花瓣,分别设置大小不同的弯曲角度,并旋转得到一定角度,最后得到水仙的花身。如图 5.45 所示。

 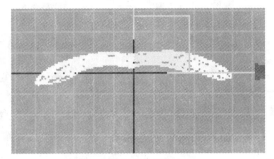

(a) 花瓣的前视图　　　　　　　(b) 花瓣的顶视图

图 5.45　水仙花花瓣视图

（2）材质

① 茎、叶以及花盆组合。如图 5.46 所示。

图 5.46　组合效果

② 花葶。如图 5.47 所示。

图 5.47　花葶材质效果图

③ 花蕊。如图 5.48 所示。

图 5.48　雄蕊雌蕊效果材质图

④ 花瓣漫反射贴图。如图 5.49 所示。

图 5.49　水仙花瓣漫反射贴图

⑤ 组合效果。如图 5.50 所示。

图 5.50　水仙花模型图

2. 郁金香建模

郁金香如图 5.51 所示。

图 5.51 郁金香

(1) 建模

① 花朵与花蕊采用平面网格法,添加涡轮平滑。效果如图 5.52 所示。

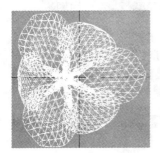　　　

（a）郁金香花朵顶视图　　　　　（b）郁金香花朵前视图

图 5.52 郁金香花朵视图

② 链接茎叶。如图 5.53 和图 5.54 所示。

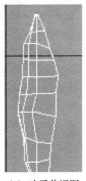　　　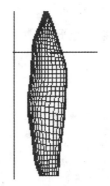

（a）叶子前视图　　　　（b）添加涡轮平滑后的效果图

图 5.53 叶子视图

图 5.54　茎叶连接的效果图

（2）材质

① 花瓣。中间主要两朵采用下面的漫反射贴图。如图 5.55 所示。其余的陪衬采用 RGB 染色，参数为：

图 5.55　花瓣漫反射通道贴图

深红色：环境色 R∶G∶B＝46∶17∶17。
　　　　漫反射颜色 R∶G∶B＝137∶50∶50。
玫瑰红：环境色 R∶G∶B＝55∶16∶32。
　　　　漫反射颜色 R∶G∶B＝165∶49∶96。
粉红色：环境色 R∶G∶B＝84∶30∶42。
　　　　漫反射颜色 R∶G∶B＝252∶91∶195。
淡紫色：环境色 R∶G∶B＝52∶36∶65。
　　　　漫反射颜色 R∶G∶B＝157∶109∶194。
深紫色：环境色 R∶G∶B＝46∶16∶14。
　　　　漫反射颜色 R∶G∶B＝139∶49∶132。

所有的颜色都添加强度为 5,柔化 25,颜色为 R∶G∶B＝230∶230∶230 的高光。

② 花蕊。设置颜色,添加渐变坡度即可。效果如图 5.56 所示。

（a）赋予材质后的顶视图　　　　　（b）赋予材质后的前视图

图 5.56　赋予材质后的视图

③ 茎叶的漫反射贴图如图 5.57 所示。

图 5.57　叶子的漫反射通道贴图

④ 花盆颜色。

环境色 R∶G∶B＝16∶40∶46。

漫反射颜色 R∶G∶B＝49∶191∶139。

高光颜色 R∶G∶B＝230∶230∶230,强度 5,柔化值 25。

不透明度通道添加渐变坡度,参数如图 5.58 所示。

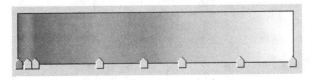

图 5.58　不透明通道渐变坡度参数截图

⑤ 组合效果。如图 5.59 和图 5.60 所示。

 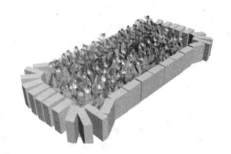

图 5.59　花瓶中的郁金香　　　　　图 5.60　园圃中的郁金香

5.4.4　牻牛儿科

天竺葵如图 5.61 所示。

图 5.61　天竺葵

（1）建模

天竺葵的花瓣较为简单，重点在于如何排列许多株小花成为绣球状。

① 利用平面网格法，将平面调节成如图 5.62 的形状。

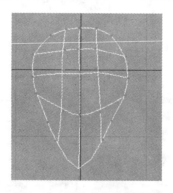

图 5.62　天竺葵花瓣前视图

② 在前视图中,将最下面的点向下拉伸,并调节花瓣上端为平滑的弧状,效果如图 5.63 所示。

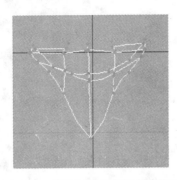

图 5.63　调节弧度后花瓣的前视图

③ 调节轴心位置,在顶视图中阵列花瓣,可为 1 朵 5 瓣或 6 瓣不均,旋转轴为 z 轴,旋转角度为 5×72 或 6×60,于是得到了如图 5.64 所示的天竺葵花朵部分。

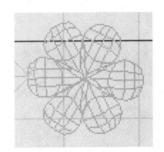

　　(a) 阵列后 5 瓣的前视图　　　　　　　(b) 阵列后 6 瓣的前视图

图 5.64　阵列后视图

④ 制作小花苞,单击创建按钮,选择扩展复合体,在顶视图建立一个接近圆形的胶囊物体,转化为可编辑网格,进入子对象,选中最顶部中央的点,并单击软选择卷展栏,钩选软选择复选框,在前视图中,将点向上移动;选中最底部中央的点向下移动;选中边子对象,将最左及最右的边分别向内移动,并附加一个叶柄,最终得到如图 5.65 所示的一个小花苞。

⑤ 利用放样法制作茎,放样物体为不规则线条,放养图形为半径为 0.5 的圆。天竺葵的每棵茎长有多株小花,因此利用复制出的一些小的作为分支,每个小分支顶部附加一个小圆锥拟作花托,每个小分支之间用一个球来连接,摆放调整出多株。如图 5.66 所示。

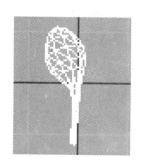

图 5.65　花苞的效果图

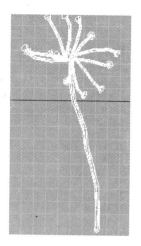

图 5.66　茎叶组合

⑥ 叶子的制作方法与荷叶类似,稍作调整即可。天竺葵的叶子形状如图 5.67所示。

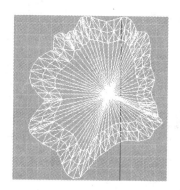

图 5.67　叶子效果图

⑦ 车削法旋转制作出一个花盆,建立一个圆面作为土壤。

(2) 材质贴图

① 作为观赏性花卉,天竺葵有许多种颜色及纹路,选取素材图片,并用 Photoshop 进行截取,一共截取了 9 种花瓣的贴图材质,分别选取 9 个材质球。在漫反射通道中,点击选中位图,再选择作为贴图材质的图片,根据颜色深浅的需要,适当调节高光参数。由于自然界中的植物不会完全光滑,因此在贴图中的透明通道添加内置的噪波材质。另外可以直接给材质球采用 RGB 染色,参数为 168,156,228。如图 5.68 所示。

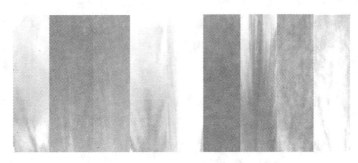

图 5.68　9 种花瓣的漫反射通道的贴图

② 花苞也是利用漫反射贴图的方法。如图 5.69 所示。

图 5.69　花苞漫反射通道的贴图

③ 杆茎赋予颜色即可，RGB 参数为 68,83,16。

④ 叶子的贴图文件有 2 个。如图 5.70 所示。

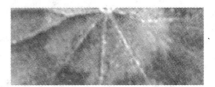

（a）叶子漫反射通道的贴图　　　　　　（b）叶子凹凸通道的贴图（强度 30）

图 5.70　叶子贴图

⑤ 土壤同叶子贴图方式相同。如图 5.71 所示。

⑥ 花盆的贴图如下，直接贴在漫反射通道，将高光值设为 10，布林基本参数设置为线框。如图 5.72 所示。

（a）土壤漫反射通道的贴图

（b）土壤凹凸通道的贴图（强度 30）

图 5.71　土壤贴图

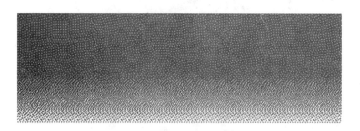

图 5.72　花盆漫反射通道的贴图

⑦ 最后是天竺葵的完成效果。如图 5.73 所示。

图 5.73　天竺葵模型图

5.4.5　兰科

蝴蝶兰如图 5.74 所示。

图 5.74　蝴蝶兰

（1）建模

① 顶层花瓣形状。如图 5.75 所示。

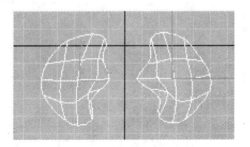

图 5.75　蝴蝶兰顶层花瓣的顶视图

② 底层花瓣形状。如图 5.76 所示。

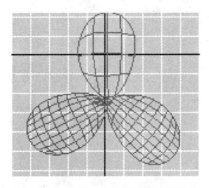

图 5.76　蝴蝶兰底层花瓣的顶视图

③ 花苞。如图 5.77 所示。

图 5.77　蝴蝶兰花苞的效果图

④ 枝叶。如图 5.78 所示。

图 5.78　枝叶的组合效果图

⑤ 花盆、土壤组合。如图 5.79 所示。

图 5.79　全部组合效果图

（2）材质

① 花瓣贴图。如图 5.80 所示。

 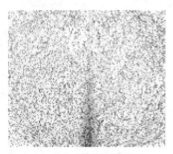

（a）粉色花朵漫反射贴图　　　　　　　　　（b）白色花朵漫反射贴图

图 5.80　花瓣贴图

② 花苞贴图。如图 5.81 所示。

（a）粉色花苞贴图　　　　　　　　　　　　（b）白色花苞贴图

图 5.81　花苞贴图

③ 枝条。如图 5.82 所示。

图 5.82　叶子漫反射通道贴图

④ 花盆贴图。如图 5.83 所示。

图 5.83　花盆漫反射通道贴图

⑤ 效果。如图 5.84 所示。

(a) 一朵蝴蝶兰的效果图

(b) 盆栽模型效果

图 5.84　蝴蝶兰效果图

5.4.6　蔷薇科

1. 玫瑰建模

玫瑰如图 5.85 所示。

图 5.85　玫瑰

（1）建模

① 花朵。如图 5.86 和图 5.87 所示。

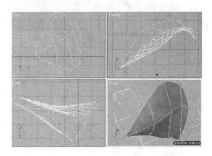

图 5.86　玫瑰花瓣的各个视角

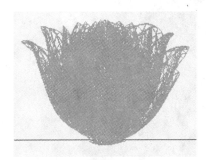 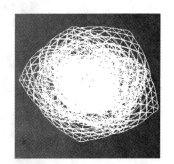

　（a）阵列调整后的前视图　　　　　　（b）阵列调整后的顶视图

图 5.87　阵列调整后视图

② 茎叶。如图 5.88 所示。

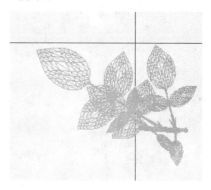

图 5.88　茎叶模型

(2) 材质

① 花朵漫反射贴图。如图 5.89 所示。

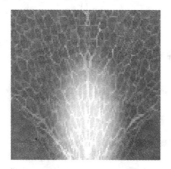

图 5.89　花朵漫反射贴图

② 叶子漫反射贴图。如图 5.90 所示。

图 5.90　叶子漫反射贴图

③ 效果展示。如图 5.91 所示。

图 5.91　玫瑰模型

2. 蔷薇建模

蔷薇如图 5.92 所示。

图 5.92　蔷薇

(1) 建模

蔷薇是木本植物,因此蔷薇的建模还包括了树干和树枝。

① 花朵。如图 5.93 所示。

(a) 花朵模型的顶视图　　　　　(b) 花朵模型的前视图

图 5.93　花朵建模视图

② 树叶。如图 5.94 所示。

图 5.94　叶子模型

③ 树干。如图 5.95 所示。

图 5.95　枝干模型

（2）材质

① 花朵。设置漫反射颜色，R：G：B＝253：115：151，设置自发光颜色，R：G：B＝203：1：1。如图 5.96 所示。

图 5.96　添加颜色后的效果图蔷薇

② 花苞。设置自发光颜色,R∶G∶B＝217∶50∶89,高光强度 40。

③ 树叶。设置漫反射颜色,R∶G∶B＝26∶80∶22,设置自发光颜色,R∶G∶B＝2∶51∶0。

④ 树干。设置漫反射颜色,R∶G∶B＝40∶42∶15。漫反射通道设置噪波贴图,参数设置如下:

Size:1.0。

Color#1:R∶G∶B＝100∶72∶13。

Color#2:R∶G∶B＝100∶77∶7。

凹凸通道设置凹痕贴图,强度为 30,参数设置如下:

Size:30。

Strength:2.0。

Interations:2。

⑤ 效果展示。如图 5.97 所示。

图 5.97　蔷薇组合模型

5.5　水滴运动研究

5.5.1　3Ds Max 动画基础

（1）与传统动画相比

在国外,最初的动画称为 motion picture,即运动的图片,由于人眼对连续的静态图片观察会带有视觉残像,因此我们看到的图像就是连续运动着的图片。在电影中,每一张都被称为帧。

传统的动画方法,是每一帧都用手绘的方式来表现,一分钟的动画大概需要720到1 800个单独图像,这取决于动画的质量。传统的动画制作过程通常都需要数百名艺术家生成上千个图像。

在3Ds Max中,对一个动画的设置只需要初始帧和结束帧,计算机会辅助生成中间帧。正是这样,才降低了动画制作的门槛,使得我们对水滴运动的模拟成为可能。

(2) 关键帧动画

关键帧动画是表示关键状态的帧动画,就是给需要动画效果的属性准备一组与时间相关的值。这些值都是从动画序列中比较关键的帧中提取出来的,而其他时间帧,可以用这些关键值,采用特定的插值方法计算得到,从而达到较流畅的动画效果。

5.5.2　粒子动画综述

在动画中,粒子动画占非常重要的地位,并与建模、材质、灯光、后期等部门一样,是不可或缺的技术环节。但是,在设计和制作上都有相当的难度。

3Ds Max提供了一个非常简洁和开放的粒子动画系统,可以较快上手,并提供了不断深入的高级应用工具,如结合第三方软件商为之开发的配套粒子动画产品则更是如虎添翼。

(1) 3Ds Max默认的粒子系统

3Ds Max默认提供的粒子系统有两大类,即非事件驱动粒子与事件驱动粒子。

非事件驱动例子:早期3Ds Max就拥有基本粒子系统,包括飞沫、降雪和超级粒子系列,能够完成大量常见的粒子特效。

事件驱动粒子:3Ds Max6开始增加了粒子流系统。它测试粒子属性,并根据测试结果将其返回给不同的事件。粒子位于事件中时,每个事件都指定粒子的不同属性和行为。

(2) 第三方粒子动画系统

为了提高效率或者增加功能,第三方软件开发者为3Ds Max编写了大量的外挂插件,作为有益的补充和提高。例如,Sand Blaster、Sinking Particle以及提供使用接口的第三方软件Real Flow等。

(3) 粒子动画的制作思路

粒子常用的制作内容包括各种液体、气态效果、爆炸、破裂、变形效果以及群组动画控制等,都是经常应用的环节。

发射器:任何粒子都需要一个发射装置,发射器可以是各种各样的。

发射器的粒子造型:发射出来的粒子可以根据需要成为各种物体。

粒子运动的控制：如何有效的使粒子按照自己的意愿运动需要配合大量的动力学效果。

粒子的材质：粒子动画中的专门领域，可以配合粒子材质特效插件。

（4）超级粒子系统

超级粒子系统全面强化了基本粒子的各方面功能，完全超越了 Spray 和 Snow 粒子。具备了大型粒子系统的基本雏形，能够完成各种常见的粒子动画特效。超级粒子系统主要包括四个种类：Super Spray（超级粒子）、Blizzard（暴风雪）、PArray（粒子阵列）和 PCloud（粒子云）。其中超级粒子的发射类型包括标准粒子、对象碎片和变形球粒子。变形球粒子就是粒子系统。单独的粒子以水滴或粒子流的形式混合在一起，可以用来模拟水滴运动。

5.5.3　静态水滴模型

1．建模

① 在顶视图创建一个球体，转化为可编辑多边形，进入点层级，并选中最上层的顶点。如图 5.98 所示。

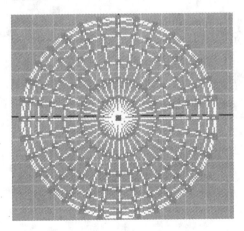

图 5.98　选中球体的最上层顶点

② 勾中软选择选项，在前视图中将顶点向上拉动，得到了低落态的水滴模型。如图 5.99 所示。

③ 添加噪波和弯曲修改器进行变形。

④ 添加网格平滑修改器圆滑模型。

⑤ 创建球体，添加切片修改器，选择切除底部，得到一些半球状的水珠，利用布尔运算模拟水珠融合的效果。

图 5.99　水滴模型

2. 材质

水滴的材质设置非常关键,因此在此详细介绍所使用的参数设置。

① 明暗期基本参数中选择双面。Blinn 基本参数设置:环境光的颜色设置为淡青色;RGB 参数设置为 R∶G∶B=211∶220∶220;不透明度设为 80;反射高光参数设置为高光级别:150;光泽度:50;柔化:0.1。

② 扩展参数中高级透明的数量设为 90,折射率为水的折射率值,即 1.33。对过滤通道添加噪波贴图。参数设置如图 5.100 所示。与默认参数不同的地方是 XYZ 平铺均为 1.5,角度为 45 度。噪波参数的颜色#1 的 RGB 值为 R∶G∶B=34∶40∶40;颜色#2 的 RGB 值为 R∶G∶B=177∶180∶180。

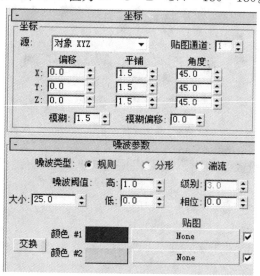

图 5.100　高级透明选项的过滤色通道的噪波贴图参数设置

③ 反射通道添加 VR 贴图。参数设置如图 5.101 所示。

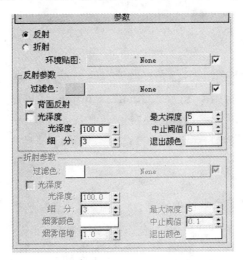

图 5.101　反射通道添加 VR 贴图的参数设置

④ 折射通道添加 VR 贴图。参数设置如图 5.102 所示。

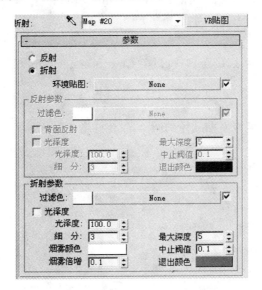

图 5.102　折射通道添加 VR 贴图的参数设置

3. 场景

① 复制水滴模型,缩放成位置随机放置的不同大小的水滴。在 0～100 帧的范围内设置它们落向树叶的动画,稍微慢些用于生成运动模糊的效果。

② 复制水珠模型，手动摆放与在叶面上，共有三种形式的水珠：普通形、小型以及连接形。

4. 灯光

利用 Vray 的天空光，一盏泛光灯做为直射光源，另一盏泛光灯放在相同的位置以生成焦散的效果。参数设置 Omni1：multiplier（倍增）＝0.8，颜色微黄；Omni2：multiplier（倍增）＝15，颜色纯白。使用 shadow map，将 decay（衰减）设为 inverse square（平方倒数），start（开始）设为 1.0，vray 属性中设为不生成漫反射。

5. 渲染

① Image sampler 为默认值。

② Depth of field：focal dist ＝ 200，shutter size ＝ 2.25。

③ Irradiance map：min rate ＝ －3，max rate ＝ －4，global photon map ＝ secondary bounces。

④ Caustics：multiplier ＝ 9000，search dist ＝ 10，max photons ＝ 190。

⑤ Environment color ＝ light yellow，multiplier ＝ 1，reflection/refraction 使用 hdri map，multiplier ＝ 1。

⑥ Motion blur：duration ＝ 0.3，interval centre ＝ 0.5，geometry sample ＝ 2，prepass samples ＝ 1，blur particles ＝ mesh and Monte Carlo sampling。

6. 调整

进行亮度、对比度以及曲线值的调整，锐化并增加光辉效果。如图 5.103 所示。

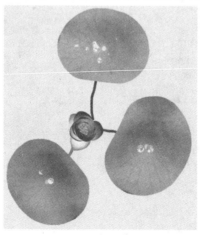

图 5.103 添加水珠的荷叶

5.5.4　粒子云——流动水滴效果

① 创建粒子云,在标准几何体下拉列表框中选中粒子系统,单击粒子云按钮,在顶视图中创建一个立方体箱子,箱子上有一个字母 C。如图 5.104 所示。

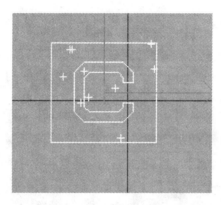

图 5.104　新创建的粒子云

② 单击创建标签,并单击空间扭曲按钮,进入物理力的创建命令面板。单击重力按钮,在顶视图中任意位置拖拉出一个重力标志,方向水平向下。

③ 单击主工具栏的绑定到空间扭曲按钮,在视图中先拾取粒子云,再拖动鼠标,将牵引线拖至重力标志上释放。此时重力标志会闪动一下,表示已被绑定。如图 5.105 所示。

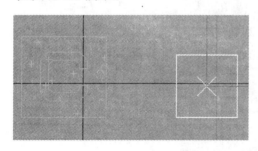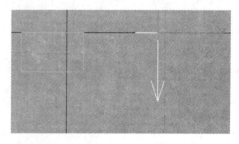

图 5.105　添加重力并绑定

④ 此时移动时间块,可以看见箱子中的粒子开始下落,这正是重力的作用。选中粒子云进入修改器,选取粒子云选项,展开粒子生成卷展栏,在粒子计时选项组中设置发射结束为20,将增长耗时和衰减耗时都设为5,在粒子数量选项组中,设置使用总数为5。如图 5.106 所示。

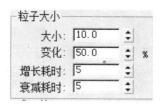

图 5.106　粒子大小参数设置

⑤ 制作导向板,单击空间扭曲按钮,在物理力下拉列表框中选取导向板选项,单击泛方向导向器(POmniFlect)按钮,在顶视图中创建一个导向板。如图5.107所示。

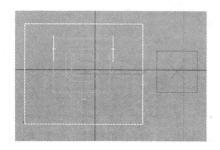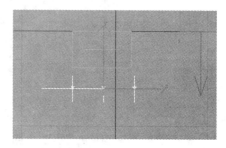

图 5.107　创建泛方向导向器后的顶视图

⑥ 在前视图中将导向板向下移动,使其置于粒子云下方。单击主工具栏的绑定到空间扭曲按钮,选择粒子云并拖动鼠标到导向板上,将粒子云绑定到建立的全导向板上,导向板闪动一下,表明绑定成功。

⑦ 此时移动时间滑块,会看到粒子下落后又被导向板阻挡反弹回去。如图5.108 所示。

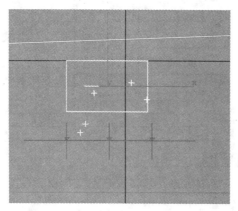

图 5.108　被导向板阻挡的粒子

⑧ 调节反弹效果。在视图中选取全导向板,进入修改命令面板,在参数卷展栏中,将反射选项组中的反弹力设为 0,粒子碰撞后失去速度,不再反弹,全部留在导向板上。在参数卷展栏中,设置摩擦力为 99%,使粒子在导向板上产生减速运动。

⑨ 改变粒子形态。进入粒子云的修改命令面板,展开粒子产生卷展栏,在粒子大小选项组中设置粒子大小为 15。展开粒子类型卷展栏,在标准粒子选项组中,选取球体单选项。

⑩ 制作水滴。在粒子类型卷展栏中,将粒子类型选项组中的标准粒子改为变形球粒子,选择一个自动相连的水滴选项。在粒子产生卷展栏中设置大小为 15~20 不等,变化为 100%,使粒子的大小发生一些变化,效果更为真实。

⑪ 加入粒子动画后的效果如图 5.109 所示。

图 5.109　水滴动画的某一帧截图

5.6　基于互联网的花卉水滴运动模拟展示系统

1. 启动界面

网页背景如图 5.110 所示。

图 5.110　网页背景

2. 3D 漫游展厅

3D 漫游展厅如图 5.111～图 5.113 所示。

图 5.111　展厅正面

图 5.112 展厅顶部

图 5.113 展厅内部

5.7 结　　论

基于互联网的花卉水滴运动模拟系统是一个具有创新性的 3D 展示平台。它以互联网漫游的形式完美地实现了与用户之间的互动。与传统 3D 动画用户只能观看相比,本系统允许用户添加光照、自动添加水滴等,实现了交互漫游,可以在整个展厅中任意距离和任意角度观看,而不仅仅是被动的由制作者给定视角。

作为建筑场景虚拟漫游,需要事先搭建好所有的漫游对象,由于时间仓促,技术有限,我们尽可能的精细所有的花卉模型。经过认真研究,在水滴动画方面,水滴的运动模拟利用关键帧动画和粒子系统基本得到实现。至此,基于互联网的花卉水滴运动模拟系统已基本实现。

参 考 文 献

[1] 花卉花语. http://baike. baidu. com/.

[2] 白茜,等. 3Ds Max 建模与灯光控制技巧. 北京:人民邮电出版社,2003.

[3] 网冠科技. 3Ds Max7 三维设计入门与提高百例. 北京:机械工业出版社,2005.

[4] 邢禹. 追求者 3Ds Max 精彩影像绘制. 北京:人民邮电出版社,2001.

[5] 刘旭. 3Ds Max6 创意与设计百例. 北京:清华大学出版社,2005.

[6] 刘旭,赫晔. 3Ds Max5 精彩实力教程. 北京:清华大学出版社,2003.

[7] 王永辉,罗智. 快速三维建模与动画制作实例精粹. 北京:人民邮电出版社,2002.

[8] 九州星火传媒. 3Ds Max8 静物写真. 北京:电子工业出版社,2006.

[9] 郭建军. 3Ds Max 室内设计高级实例教程. 北京:中国青年出版社,2001.

[10] 图灵. 中文 3Ds Max 三维造型与动画制作实用教程. 上海:上海科学普及出版社,2005.

[11] 郭圣路,张兴贞,等. 3Ds Max9 应用设计典型实例. 北京:电子工业出版社,2008.

[12] 聚光数码科技. 3Ds Max & Vray & After Effects 建筑动画高级案例剖析. 北京:电子工业出版社,2008.

[13] 张景伟. 渲染传奇 3Ds Max9 材质贴图艺术设计实例精粹. 北京:电子工业出版社,2007.

[14] 戴晓波,陈雄豹. 3Ds Max7 渲染的艺术 Vray 篇. 北京:中国青年出版社,2005.

[15] 九州星火传媒. 3Ds Max8 绝对光效. 北京:电子工业出版社,2006.

[16] 科大工作室. 3Ds Max R3 厅堂效果图制作范例精粹. 北京:中国水利水电出版社,2000.

[17] 詹翔. 3Ds Max9 中文版三维动画设计. 北京:人民邮电出版社,2009.

[18] 刘开和. 3Ds Max 核心地带 场景效果设计篇. 北京:电子工业出版社,2003.

[19] 王军. 3Ds Max 动画技术大全 动画·特效篇. 北京:兵器工业出版社,2006.

[20] 谢世源,黄浩. 3Ds Max2008 建筑动画制作基础与典型案例解析. 北京:机械工业出版社,2008.

第六章　三维花开过程动态模拟技术

6.1　引　　言

　　花卉给人以美的感受,是美化环境的有效工具,在众多的重要场合总少不了花的装扮,很多城市年年都有举办花卉展览,福建省的漳州市被誉为花卉之乡,每一年的花博会都吸引了成千上万的游客。如果能不受季节限制,时时都能欣赏美丽的花卉那一定是很令人愉悦的,虚拟现实技术有望满足这一要求。

　　虚拟现实(VR)[1,2]是近几年来信息技术迅速发展的产物。它是一门在计算机图形学、计算机仿真技术、人机接口技术、多媒体技术和传感技术的基础上发展起来的交叉学科。VR 是一种可以创建和体验虚拟世界的计算机系统,其基本方法和目标是集成并利用高性能的计算机软、硬件及各类传感器,创建一个使参与者处于一个身临其境的、具有完善交互作用能力、能帮助和启发构思的信息环境。

　　随着三维图形技术的迅速发展,借助虚拟现实技术我们可以再现花卉的开放过程,还可以展现与花卉相关的诗词曲赋等文化知识。虽然利用数字技术制作的景观不可能完全替代真实的体验,但是其形象化程度足以让人们关注和欣赏它们。

6.1.1　研究背景

1. 国外研究现状

　　美国是 VR 技术的发源地。美国 VR 研究技术的水平基本上代表了国际 VR 发展的水平。目前,美国在该领域的基础研究主要集中在感知、用户界面、后台软件和硬件四个方面。美国宇航局(NASA)的 Ames 实验室完善了 HMD(头盔式显示器),并将数据手套工程化,使其成为可用性较高的产品。北卡罗来纳大学(UNC)的计算机系是进行 VR 研究最早最著名的大学。他们主要研究分子建模、航空驾驶、外科手术仿真、建筑仿真等。在显示技术上,UNC 开发了一个帮助用户在复杂视景中建立实时动态显示的并行处理系统,叫做像素飞机(pixel planes)。麻省理工学院(MIT)是一直走在最新技术前沿的科学研究机构。MIT 原先就是研究人工智能、机器人和计算机图形学及动画的先锋,这些技术都是 VR 技术的基础。1985 年 MIT 成立了媒体实验室,进行虚拟环境的正规研究。这个媒体实验室建立了一个名叫 BOLIO 的测试环境,用于进行不同图形仿真技术的实验。利用这一环境,MIT 建立了一个虚拟环境下的对象运动跟踪动态系统。另外,MIT 还在进行路径计划与运动计划等研究。乔治梅森大学研制出一套在动态虚拟环境中的流体实时仿真系统。在一个分布交互式仿真系统中仿真真实世界复杂流体的物理特性,包括仿真正在穿过水面行驶的船、仿真搅拌液体、仿真混合不同颜色的液体、仿真混合不能溶解的油和水、仿真下雨和流动的地形以及仿真流体的相互影响等特性。东京技术学院精密和智能实验室研究了一个用于建立三维模型的人性化界面,称为 SPINAR(space interface device for artificial reality)系统。东京大学的原岛研究室开展了三项研究:人类面部表情特征的提取、三维结构的判定和三维形状的表示、动态图像的提取。国外也有一些专家研究过花开过程仿真,但更多的是植物生长过程的仿真[3,4],采用模型化方法构造植物外形,应用分形算法进行生长仿真[5,6]。

2. 国内研究现状

北京航空航天大学计算机系是国内最早进行 VR 研究、最有权威的单位之一。他们首先进行了一些基础知识方面的研究,并着重研究了虚拟环境中物体物理特性的表示与处理。在虚拟现实中的视觉接口方面开发出了部分硬件,并提出了有关算法及实现方法。实现了分布式虚拟环境网络设计,建立了网上虚拟现实研究论坛,可以提供实时三维动态数据库,虚拟现实演示环境,用于飞行员训练的虚拟现实系统,开发虚拟现实应用系统的开发平台,并将要实现与有关单位的远程连接。浙江大学 CAD&CG 国家重点实验室开发出了一套桌面型虚拟建筑环境实时漫游系统。哈尔滨工业大学计算机系已经成功地虚拟出了人的高级行为中特定人脸图像的合成,表情的合成和唇动的合成等技术问题,并正在研究人说话时头势和手势动作,话音和语调的同步等。清华大学计算机科学和技术系对虚拟现实和临场感的方面进行了研究,例如球面屏幕显示和图像随动、克服立体图闪烁的措施和深度感实验等方面都具有不少独特的方法。国内在植物学仿真方面取得了不少进展,有基于植物生长模型研究的成果[7],有树木形态建模[8,9],这些都主要用于农业方面的研究[10~12]。在植物建模方面最常用的方法就是采用 L-System[13,14],L-System 被广泛地使用在植物基本形态建模[15~17]。在此基础上还有学者提出 Open-L 系统[18]和随机 L-系统[19],也有研究者将 L-System 用于植物生长过程的研究[20~22],L-System 还应用于一般三维图形的生成[23]。国内有研究人员基于动态贝叶斯网络实现虚拟盆景的仿真[24],这是一种新的实现技术,独辟蹊径。自然天气和自然环境的仿真国内的研究者比较多,实现了云和山的仿真[25,26],而且也实现了地形的仿真漫游[27]。

6.1.2 研究内容与意义

1. 研究内容

本研究内容主要是利用合适的数学模型结合 OpenGL 技术来模拟花开放的过程,利用分形算法构造树,利用贝塞尔曲面[28]进行花卉建模。

2. 研究意义

随着计算机技术的不断发展,三维虚拟现实技术成为计算机技术的一个大的发展方向。它能够渗透到科学、技术、工程、医学、文化、娱乐的各个领域,渗透到我们工作和生活的每个角落,对人类社会的意义非常大。三维仿真技术在各个行业都已有很大的发展,在植物学方面,研究的比较多的都是仿真植物的生长过程,对于花开过程的仿真,国内外研究较少,大多研究的都是植物的生长模型或遗传系统模型,而且国际上暂时还没有比较完善的花开过程仿真的应用软件,所以本文的研究具有一定的创新意义。研究成果能广泛地应用于植物学研究、农业生产、园艺展示方面。

3. 主要工作

重点对三维花开过程的动态模拟技术进行研究,包括相关技术的研究,花开过程建模算法的研究,实现了十二个月中不同花朵花开过程的动态模拟。

6.2　三维花开过程模拟相关技术研究

6.2.1　植物学常识

这个系统是为了模拟花开的过程,设计时需要了解一些植物学方面的常识,例如花、树、叶子等。

花是种子植物的有性繁殖器官。典型的花,在一个有限生长的短轴上,着生花萼、花瓣和产生生殖细胞的雄蕊与雌蕊。花由花冠、花萼、花托、花蕊组成,有各种颜色,有的长得艳丽,有香味。关于花结构的本质,比较一致的观点倾向于将花看作一个节间缩短的变态短枝,花的各部分从形态、结构来看,具有叶的一般性质。一朵完整的花包括了六个基本部分,即花梗(pedicel)、花托(receptacle)、花萼(calyx)、花冠(corolla)、雄蕊群(androecium)和雌蕊群(gynoecium)。其中,花梗与花托相当于枝的部分,其余四部分相当于枝上的变态叶,常合称为花部(flower parts)。一朵四部俱全的花称为完全花(complete flower),缺少其中的任一部分则称为不完全花(incomplete flower)。

根据花瓣分离和联合的情况,花冠下部并合而成花冠筒的长短,以及花冠裂片的形状与深浅等特征。可将花冠的类型分为:筒状(向日葵的管状花)、漏斗状(甘薯)、钟状(桔梗)、轮状(番茄)、唇形(芝麻)、舌状(向日葵的舌状花)、蝶形(花生)和十字形(油菜)。由于筒状、漏斗状、钟状、轮状和十字形花冠,其花瓣的形状与大小较一致,故这类花为辐射对称。唇形、舌状与蝶形花冠,其花瓣形状、大小不一致,则呈两侧对称。

花瓣位于花萼的内面,组成花冠的片状体。花瓣的数目往往是花分类的一个标志。双子叶植物一般有四或五枚花瓣,而单子叶植物一般有三枚或三的倍数枚花瓣。

树是具有木质树干及树枝的植物,可存活多年。一般将乔木称为树,有明显直立的主干,植株一般高大,分支距离地面较高,可以形成树冠。树的主要四部分是树根、树干、树枝、树叶。树根是在地下的,在一棵树的底部有很多根。

一片完整的树叶包括以下三个部分:

① 叶片大都宽阔而扁平,适于接受阳光的照射。

② 叶柄支持叶片,并把叶片和茎连接起来。

③ 托叶保护幼叶(有些植物没有托叶,有些植物的托叶很早就脱落了)。

根据叶柄上长有叶片的数目,叶可分为两种:

① 单叶是指每个叶柄上只长有一个叶片。

② 复叶是指每个叶柄上长有许多的小叶。

6.2.2　数学建模

1. 数学建模综述

数学建模就是用数学语言描述实际现象的过程。这里的实际现象既包含具体的自然现象,如自由落体现象,也包含抽象的现象,如顾客对某种商品的价值倾向。这里的描述不但包括外在形态和内在机制的描述,也包括预测、实验和解释实际现象等内容。

我们也可以这样直观地理解这个概念:数学建模是一个让纯粹数学家(指只懂数学,不懂数学在实际中应用的数学家)变成物理学家、生物学家、经济学家甚至心理学家的过程。

数学模型一般是实际事物的一种数学简化。它常常是以某种意义上接近实际事物的抽象形式存在的,但和真实的事物又有着本质的区别。要描述一个实际现象可以有很多种方式,例如录音、录像、比喻、传言等。为了使描述更具科学性、逻辑性、客观性和可重复性,人们采用一种普遍认为比较严格的语言来描述各种现象,这种语言就是数学。使用数学语言描述的事物就称为数学模型。有时候我们需要做一些实验,但这些实验往往用抽象出来的数学模型作为实际物体的代替。实验本身也是实际操作的一种理论替代。

应用数学去解决各类实际问题时,建立数学模型是十分关键的一步,同时也是十分困难的一步。建立教学模型的过程是把错综复杂的实际问题简化、抽象为合理的数学结构的过程。要通过调查、收集数据资料,观察和研究实际对象的固有特征和内在规律,抓住问题的主要矛盾,建立起反映实际问题的数量关系,然后利用数学的理论和方法去分析与解决问题。这就需要深厚扎实的数学基础,敏锐的洞察力和想象力,对实际问题的浓厚兴趣和广博的知识面。数学建模是联系数学与实际问题的桥梁,是数学在各个领域广泛应用的媒介,是数学科学技术转化的主要途径。数学建模在科学技术发展中的重要作用越来越受到数学界和工程界的普遍重视,它已成为现代科技工作者必备的重要能力之一。

数学建模的过程如下:

模型准备。了解问题的实际背景,明确其实际意义,掌握对象的各种信息。用数学语言来描述问题。

模型假设。根据实际对象的特征和建模目的,对问题进行必要的简化,并用精确的语言提出一些恰当的假设。

模型建立。在假设的基础上,利用适当的数学工具来刻画各变量之间的数学关系,建立相应的数学结构。

模型求解。利用获取的数据资料,对模型的所有参数做出计算(估计)。

模型分析。对所得的结果进行数学上的分析。

模型检验。将模型分析结果与实际情形进行比较,以此来验证模型的准确性、合理性和适用性。如果模型与实际较吻合,则要对计算结果给出其实际含义,并进行解释。如果模型与实际吻合较差,则应该修改假设,再次重复建模过程。

模型应用。应用方式因问题的性质和建模的目的而异。

建立数学模型的要求:

(1) 真实完整

① 真实的、系统的、完整的、形象的反映客观现象。

② 必须具有代表性。

③ 具有外推性,即能得到原型客体的信息,在模型的研究实验时,能得到关于原型客体的原因。

④ 必须反映完成基本任务所达到的各种业绩,而且要与实际情况相符合。

(2) 简明实用

在建模过程中,要把本质的东西及其关系反映进去,把非本质的、对反映客观真实程度影响不大的东西去掉,使模型在保证一定精确度的条件下,尽可能的简单和可操作,数据易于采集。

（3）适应变化

随着有关条件的变化和人们认识的发展,通过相关变量及参数的调整,能很好地适应新情况。

起源于 20 世纪 60 年代的植物建模与可视化有着广阔的应用领域:在农林业方面主要应用于植物的科学研究、生产过程管理、产量预测等;在非农林业方面,如娱乐、商业、教育等行业中,则主要应用于虚拟现实、游戏软件、商业广告、教育软件等方面。

2. 植物建模

植物建模的研究集中在两个方面:兼顾植物生长机理的生长模型与单纯考虑植物外观的形态模型。由于植物结构的多样性、生长机理的复杂性以及影响植物生长的环境因素众多等原因,现有的植物生长模型必须限定对象,如 20 世纪 90 年代我国建立棉花生长发育模拟模型 COTGROW[29]。相对而言,形态模型方面有较多研究,集中在建立通用的植物模型,增加模型真实感与降低算法的复杂性。在国外,法国农业发展国际合作研究中心建立了 AMAP 系统,该系统需要设计者确定植物形态参数值,但过分依赖于模型设计者对具体植物几何外观的认识与理解。在国内,基于模板库的三维植物形态可视化模拟系统,由于模型预先生成,无法模拟植物的自然形状。基于图像的植物器官重建模型,避开了植物形态的数据采集过程,能生成真实感较强的植物模型,但增加了图像处理的复杂度。

植物建模研究世界上也有不少成果:Aono 等提出 A-系统;Oppenheimer 提出基于分形技术的树木建模方法;Reeves 提出基于粒子系统的树木建模方法。Reffye 等提出基于蕾变化的忠实于树木真实结构的建模方法。Weber 等提出树木的分步生长模拟方法。Prusinkiewicz 等[30]提出了基于 L-系统的树木生长模拟系统。

6.2.3　面向对象编程技术

面向对象程序设计（object oriented programming,OOP）[31,32]是一种起源于 20 世纪 60 年代的 Simula 语言,发展已经将近 30 年。其自身理论已经十分完善,并被多种面向对象程序设计语言（object oriented programming language,OOPL）实现。如果把 Unix 系统看成是国外在系统软件方面的文化根基,那么 Smalltalk 语言无疑在 OOPL 领域和 Unix 持有相同地位。

Booch 曾在 OO 领域内的名著中开篇就论述到了复杂性是软件开发过程中所固有的特质。人们处理复杂性的最根本武器就是抽象。广义的抽象代表的是对复杂系统的简化描叙或规格说明,为了突出系统的本质属性而故意忽略其中的非实质性细节。一个概念只有当能被最终用来实现的机制独立地描叙、理解、分析时,才将这个概念限定为抽象的概念。Booch 也给出了他心目中关于 OO 领域内的狭义抽象定义:抽象表示一个对象与其他所有对象区别的基本特征,提供了同观察者角度有关的清晰定义的概念界限。因此,根据不同观察角度,我们可以针对 OOP 给出不同级别的抽象层次。通常,对一个典型的面向对象程序,将其分成五个抽象层,分别覆盖了 OOP 中的分析、设计与编程的各个阶段。

① 最高级别的抽象层上,程序被看成是由很多相互作用并且遵守契约的对象所组成的对象集合。对象之间相互合作完成程序的计算任务。这个抽象级别上的典型代表就是设计模式思想(design pattern)。

② 第二个抽象层就是一个对象集单元,也就是一群定义之间有相互联系的对象。在程序设计语言级别来看 Java 中是 packages,C++ 中是 namespace。这个抽象级别上的典型代表就是模块化思想(modularity)。

③ 第三个抽象层所代表的是典型的 OOP 模式:客户/服务器模型。这主要是用来抽象两个对象之间的交互过程。在这个抽象级别上的典型代表就是对象之间的消息机制(message passing)。

④ 第四个抽象层是针对一组相似对象定义一个类作为生成对象的模板。类定义了对象的对外使用接口以及继承对象所需的内部继承接口,而这个抽象层次的典型代表就是接口编程(interface programming)。

⑤ 第五个抽象层是实现一个类所需要的方法和成员变量。在这里 OOP 最终和 POP(procedure-oriented programming)相融合。

在 OOP 中,对象作为计算主体,拥有自己的名称、状态以及接受外界消息的接口。在对象模型中,产生新对象、销毁旧对象、发送消息、响应消息就构成 OOP 计算模型的根本。对象的产生有两种基本方式,一种是以原型对象为基础产生新的对象,另一种是以类为基础产生新对象。原型的概念已经在认知心理学中被用来解释概念学习的递增特性。原型模型本身就是企图通过提供一个有代表性的对象为基础来产生各种新的对象,并由此继续产生更符合实际应用的对象。原型-委托也是 OOP 对象抽象、代码共享机制中的一种。一个类提供了一个或者多个对象的通用性描叙。从形式化的观点看,类与类型有关,因此一个类相当于是从该类中产生实例的集合。而这样的观点也会带来一些矛盾,比较典型的就是在继承体系下,子集(子类)对象和父集(父类)对象之间的行为相融性可能很难达到,这也就是 OOP 中常被引用的子类型(subtype)不等于子类(subclass)的原因。在所有皆对象的世界观背景下,还诞生出了一种拥有元类(metaclass)的新对象模型,即类本身也是一种其他类的对象。以上三种根本不同的观点各自定义了三种基于类(class-based)、原型(prototype-based)和元类(metaclass-based)的对象模型。而这三种对象模型也就导致了许多不同的程序设计语言(如果我们暂时把静态与动态的差别放在一边)。

6.2.4　计算机图形学

1. OpenGL

OpenGL[33~35]是专业的图形程序接口,是一个功能强大,调用方便的底层图形库。虽然 DirectX 在家用市场全面领先,但在专业高端绘图领域,OpenGL 是不能被取代的主角。

OpenGL 是个与硬件无关的软件接口,可以在不同的平台之间进行移植。因此,支持 OpenGL 的软件具有很好的移植性,可以获得非常广泛的应用。由于 OpenGL 是底层图形库,没有提供几何实体图元,所以不能直接用以描述场景。但是,通过一些转换程序,可以很方便地将 AutoCAD、3Ds/3Ds Max 等 3D 图形设计软件制作的模型文件转换成 OpenGL 的顶点数组。

在 OpenGL 的基础上还有 Open Inventor、Cosmo3D、Optimizer 等多种高级图形库适应不同应用。其中,Open Inventor 应用最为广泛。该软件是基于 OpenGL 面向对象的工具包,提供创建交互式 3D 图形应用程序的对象和方法,提供了预定义的对象和用于交互的事件处理模块,创建和编辑 3D 场景的高级应用程序单元,打印对象和用其他图形格式交换数据的能力。

OpenGL 作图非常方便,故日益流行,但对许多人来说,是在微机上进行的,首先碰到的问题是,如何适应微机环境。这往往是最关键的一步,虽然也是最初级的。一般的,不建议使用 glut 包,那样难以充分发挥 Windows 的界面功能。

下面以画一条 Bezier 曲线为例,详细介绍 VC++上 OpenGL 编程的方法。文中给出了详细注释,以便给初学者明确的指引。

① 产生程序框架 Test. dsw。

New Project | MFC Application Wizard (EXE) |Test| OK。

② 导入 Bezier 曲线类的文件。

用下面方法产生 BezierCurve. h 和 BezierCurve. cpp 两个文件:

WorkSpace | ClassView | Test Classes|〈右击弹出〉New Class | Generic Class(不用 MFC 类)|CBezierCurve| OK。

③ 编辑 Bezier 曲线类的定义与实现。

写好 BezierCurve. h 和 BezierCurve. cpp 文件。

④ 设置编译环境。

在 BezierCurve. h 和 TestView. h 内各加上如下语句:

　　　＃include〈GL/gl. h〉

　　　＃include〈GL/glu. h〉

　　　＃include〈GL/glaux. h〉

在集成环境中产生 Project ｜ Settings ｜ Link ｜ Object/library module
｜ opengl36. 2. lib glu36. 2. lib glaux. lib ｜ OK。

⑤ 设置 OpenGL 工作环境(下面各个操作,均针对 TestView. cpp)。

处理 PreCreateWindow():设置 OpenGL 绘图窗口的风格。

cs. style ｜＝ WS_CLIPSIBLINGS ｜ WS_CLIPCHILDREN ｜ CS_OWNDC。

处理 OnCreate():创建 OpenGL 的绘图设备。

OpenGL 绘图的机制是:先用 OpenGL 的绘图上下文 Rendering Context
(RC)把图画好,再把所绘结果通过 SwapBuffer()函数传给 Window 的绘图上下
文 Device Context (DC)。要注意的是,程序运行过程中,可以有多个 DC,但只能
有一个 RC。因此,当一个 DC 画完图后,要立即释放 RC,以便其他的 DC 也可使
用。在后面的代码中,将有详细注释。

```
int CTestView::OnCreate(LPCREATESTRUCT lpCreateStruct)
{
    if (CView::OnCreate(lpCreateStruct) = = -1)
    return -1;
    myInitOpenGL();
    return 0;
}
void CTestView::myInitOpenGL()
{
    m_pDC = new CClientDC(this); //创建 DC
    ASSERT(m_pDC ! = NULL);
    if (!mySetupPixelFormat())
    //设定绘图的位图格式
    return;
    m_hRC = wglCreateContext(m_pDC->m_hDC);
    //创建 RC
    wglMakeCurrent(m_pDC->m_hDC,m_hRC);
    //RC 与当前 DC 相关联
}
//CClient * m_pDC,HGLRC m_hRC 是 CTestView 的成员变量
```

```
BOOL CTestView::mySetupPixelFormat()
{
    static PIXELFORMATDESCRIPTOR pfd =
    {
        sizeof(PIXELFORMATDESCRIPTOR),
        //size of this pfd 1
        //version number
        PFD_DRAW_TO_WINDOW,
        //support window
        PFD_SUPPORT_OPENGL,
        //support OpenGL
        PFD_DOUBLEBUFFER,
        //double buffered
        PFD_TYPE_RGBA,
        //RGBA type
        24,
        //24-bit color depth
        0,0,0,0,0,0,
        //color bits ignored
        0,
        //no alpha buffer
        0,
        //shift bit ignored
        0,
        //no accumulation buffer
        0,0,0,0,
        //accum bits ignored
        32,
        //36-bit z-buffer
        0,
        //no stencil buffer
        0,
        //no auxiliary buffer
        PFD_MAIN_PLANE,
        //main layer
```

```
        0,
        //reserved
        0,0,0
        //layer masks ignored
    };
    int pixelformat;
    if ( (pixelformat = ChoosePixelFormat(m_pDC->m_hDC,&pfd)) = = 0 )
    {
        MessageBox("ChoosePixelFormat failed");
        return FALSE;
    }
    if (SetPixelFormat(m_pDC->m_hDC,pixelformat,&pfd) = = FALSE)
    {
        MessageBox("SetPixelFormat failed");
        return FALSE;
    }
    return TRUE;
}
```

⑥ 处理 OnDestroy()。

```
void CTestView::OnDestroy()
{
    wglMakeCurrent(m_pDC->m_hDC,NULL);
    //释放与 m_hDC 对应的 RC
    wglDeleteContext(m_hRC);
    //删除 RC
    if (m_pDC)
    delete m_pDC;
    //删除当前 View 拥有的 DC
    CView::OnDestroy();
}
```

⑦ 处理 OnEraseBkgnd()。

```
BOOL CTestView::OnEraseBkgnd(CDC * pDC)
{
    //return CView::OnEraseBkgnd(pDC);
    //把这句话注释掉,若不然,Window 会用白色背景来刷新,导致画面闪烁
```

```
    return TRUE;
    //只要空返回即可
}
```

⑧ 处理 OnDraw()。

```
void CTestView::OnDraw(CDC * pDC)
{
    wglMakeCurrent(m_pDC->m_hDC, m_hRC);
    //使 RC 与当前 DC 相关联
    myDrawScene( );
    //具体的绘图函数, 在 RC 中绘制
    SwapBuffers(m_pDC->m_hDC);
    //把 RC 中所绘传到当前的 DC 上, 从而在屏幕上显示
    wglMakeCurrent(m_pDC->m_hDC, NULL);
    //释放 RC, 以便其他 DC 进行绘图
}

void CTestView::myDrawScene( )
{
    glClearColor(0.0f, 0.0f, 0.0f, 1.0f);
    //设置背景颜色为黑色
    glClear(GL_COLOR_BUFFER_BIT|GL_DEPTH_BUFFER_BIT);
    glPushMatrix();
    glTranslated(0.0f, 0.0f, -3.0f);
    //把物体沿(0,0,-1)方向平移以便投影时可见。因为缺省的视点在(0,0,0),
    //只有移开物体才能可见本例是为了演示平面 Bezier 曲线的, 只要作一个
    //旋转变换, 可更清楚地看到其 3D 效果
    //下面画一条 Bezier 曲线
    bezier_curve.myPolygon();
    //画 Bezier 曲线的控制多边形
    bezier_curve.myDraw();
    //CBezierCurve bezier_curve 是 CTestView 的成员变量
    glPopMatrix();
    glFlush();
    //结束 RC 绘图
    return;
}
```

⑨ 处理 OnSize()。

```
void CTestView::OnSize(UINT nType, int cx, int cy)
{
    CView::OnSize(nType, cx, cy);
    VERIFY(wglMakeCurrent(m_pDC->m_hDC, m_hRC));
    //确认 RC 与当前 DC 关联
    w = cx;
    h = cy;
    VERIFY(wglMakeCurrent(NULL, NULL));
    //确认 DC 释放 RC
}
```

⑩ 处理 OnLButtonDown()。

```
void CTestView::OnLButtonDown(UINT nFlags, CPoint point)
{
    CView::OnLButtonDown(nFlags, point);
    if(bezier_curve.m_N>MAX-1)
    {
        MessageBox("顶点个数超过了最大数 MAX = 50");
        return;
    }
    //以下为坐标变换作准备
    GetClientRect(&m_ClientRect);
    //获取视口区域大小
    w = m_ClientRect.right - m_ClientRect.left;
    //视口宽度 w
    h = m_ClientRect.bottom - m_ClientRect.top;
    //视口高度 h
    //w, h 是 CTestView 的成员变量
    centerx = (m_ClientRect.left + m_ClientRect.right)/2;
    //中心位置,
    centery = (m_ClientRect.top + m_ClientRect.bottom)/2;
    //取之作原点
    //centerx, centery 是 CTestView 的成员变量
    GLdouble tmpx, tmpy;
    tmpx = scrx2glx(point.x);
```

```
        //屏幕上点坐标转化为 OpenGL 画图的规范坐标
        tmpy = scry2gly(point.y);
        bezier_curve.m_Vertex[bezier_curve.m_N].x = tmpx;
        //加一个顶点
        bezier_curve.m_Vertex[bezier_curve.m_N].y = tmpy;
        bezier_curve.m_N++;
        //加一个顶点
        InvalidateRect(NULL,TRUE);
        //发送刷新重绘消息
    }
    double CTestView::scrx2glx(int scrx)
    {
        return (double)(scrx-centerx)/double(h);
    }
    double CTestView::scry2gly(int scry)
    {
    }
    //CBezierCurve 类的声明:(BezierCurve.h)
    class CBezierCurve
    {
    public:
        myPOINT2D m_Vertex[MAX];
        //控制顶点,以数组存储
        //myPOINT2D 是一个存储二维点的结构
        //成员为 Gldouble x,y
        int m_N;
        //控制顶点的个数
    public:
        CBezierCurve();
        virtual ~CBezierCurve();
        void bezier_generation(myPOINT2D P[MAX],int level);
        //算法的具体实现
        void myDraw();
        //画曲线函数
        void myPolygon();
```

```
    //画控制多边形
};
//CBezierCurve 类的实现: (BezierCurve.cpp)
CBezierCurve::CBezierCurve()
{
    m_N = 4;
    m_Vertex[0].x = -0.5f;
    m_Vertex[0].y = -0.5f;
    m_Vertex[1].x = -0.5f;
    m_Vertex[1].y = 0.5f;
    m_Vertex[2].x = 0.5f;
    m_Vertex[2].y = 0.5f;
    m_Vertex[3].x = 0.5f;
    m_Vertex[3].y = -0.5f;
}
CBezierCurve::~CBezierCurve()
{
}
void CBezierCurve::myDraw()
{
    bezier_generation(m_Vertex, LEVEL);
}
void CBezierCurve::bezier_generation(myPOINT2D P[MAX], int level)
{
    int i, j;
    level - - ;
    if(level<0)return;
    if(level = = 0)
    {
        glColor3f(1.0f, 1.0f, 1.0f);
        glBegin(GL_LINES);
        //画出线段
        glVertex2d(P[0].x, P[0].y);
        glVertex2d(P[m_N-1].x, P[m_N-1].y);
        glEnd();
```

```
            //结束画线段
            return;
            //递归到了最底层,跳出递归
        }
        myPOINT2D Q[MAX],R[MAX];
        for(i = 0;i< = MAX;i + + )
        {
            Q.x = P.x;
            Q.y = P.y;
        }
        for(i = 1;i<m_N;i + + )
        {
            R[m_N-i].x = Q[m_N-1].x;
            R[m_N-i].y = Q[m_N-1].y;
            for(j = m_N-1;j> = i;j - - )
            {
                Q[j].x = (Q[j-1].x + Q[j].x)/double(2);
                Q[j].y = (Q[j-1].y + Q[j].y)/double(2);
            }
        }
        R[0].x = Q[m_N-1].x;
        R[0].y = Q[m_N-1].y;
        bezier_generation(Q,level);
        bezier_generation(R,level);
    }
void CBezierCurve::myPolygon()
{
    glBegin(GL_LINE_STRIP);
    //画出连线段
    glColor3f(0.2f,0.4f,0.4f);
    for(int i = 0;i<m_N;i + + )
        glVertex2d(m_Vertex.x,m_Vertex.y);
    glEnd();
    //结束画连线段
}
```

在这个系统中,经常会应用到的 OpenGL 技术是平移、旋转和缩放。在一个三维坐标系内的物体,随着观察角度的变化以及自身位置的变化,必须对物体的坐标进行变换。OpenGL 提供了三个函数来实现这些变化。

glTranslatef 这个函数实现平移变换,它有三个参数,分别代表物体在 x、y 和 z 轴上的移动距离及方向。

glRotatef 这个函数实现物体的旋转,它有四个参数,第一个参数表示旋转的角度,后三个参数描述了一个向量,物体可以绕一个向量旋转一定的角度。

glScalef 这个函数实现物体的缩放,它有三个参数,分别表示物体在 x、y 和 z 轴上的缩放程度。

2. 贝塞尔曲线和曲面

贝塞尔曲线是包含一个变量的向量函数,即
$$C(u) = [X(u)Y(u)Z(u)]$$
其中,u 在某一定义域(如[0,1])中变化。

贝塞尔曲面是包含两个变量的向量函数,即
$$S(u,v) = [X(u,v)Y(u,v)Z(u,v)]$$
其中,u 和 v 在某种定义域中变化。输出并不一定是三维的,对位于同一个平面内的曲线和纹理坐标,您希望输出是二维的。对于 RGBA 信息,输出是四维的,甚至可以是一维的,用于表示灰度。

对于每个 u 值(如果是曲面,为 u 和 v),$C()$(或 $S()$)计算出曲线(或曲面)上的一个点。要使用求值程序,首先要定义函数 $C()$ 或 $S()$,然后启用求值程序,并用函数 glEvalCoord1() 和 glEvalCoord2() 代替 glVertex()。这样,便可以像使用其他顶点一样使用曲线或曲面的顶点,如绘制点或直线。另外,其他函数将自动生成一系列的顶点。这些顶点组成一个沿 u(或 u 和 v)方向均匀排列的网格。

n 次(或 $n+1$ 阶)伯恩斯坦多项式的定义如下

$$B_i^n(u) = \binom{n}{i} u^i (1-u)^{n-i}$$

如果 P_i 表示一组(一维、二维、三维或四维的)控制点,则下列方程表示 u 从 0.0 变化到 1.0 对应的贝塞尔曲线,如下式所示

$$C(u) = \sum_{i=0}^{n} B_i^n(u) P_i$$

u 从 u_1 变化到 u_2 对应的贝塞尔曲线

$$C\left(\frac{u-u_1}{u_2-u_1}\right)$$

贝塞尔曲面的数学定义下式所示

$$S(u,v) = \sum_{i=0}^{n} \sum_{j=0}^{m} B_i^n(u) B_j^m(v) P_{ij}$$

其中，P_{ij} 是 $m \times n$ 个控制点，可以表示顶点、法线、颜色或纹理坐标；B_i 是一维伯恩斯坦多项式。

3. 分形算法

分形理论[36~38]是当今世界十分风靡和活跃的新理论、新学科。分形的概念是美籍数学家曼德布罗特首先提出的。1967 年，他在美国权威的《科学》杂志上发表了题为"英国的海岸线有多长?"的著名论文。海岸线作为曲线，其特征是极不规则、极不光滑的，呈现极其蜿蜒复杂的变化。我们不能从形状和结构上区分这部分海岸与那部分海岸有什么本质的不同，这种几乎同样程度的不规则性和复杂性，说明海岸线在形貌上是自相似的，也就是局部形态和整体形态相似。在没有建筑物或其他东西作为参照物时，在空中拍摄的 100 公里长的海岸线与放大了的10 公里长海岸线的两张照片，看上去会十分相似。事实上，具有自相似性的形态广泛存在于自然界中，如连绵的山川、飘浮的云朵、岩石的断裂口、布朗粒子运动的轨迹等。曼德布罗特把这些部分与整体以某种方式相似的形体称为分形(fractal)。1975 年，他创立了分形几何学(fractal geometry)[39]。在此基础上，形成了研究分形性质及其应用的科学，称为分形理论(fractal theory)。

自相似原则和迭代生成原则是分形理论的重要原则。它表征分形在通常的几何变换下具有不变性，即标度无关性。由自相似性是从不同尺度的对称出发，也就意味着递归。分形形体中的自相似性可以是完全相同，也可以是统计意义上的相似。标准的自相似分形是数学上的抽象，迭代生成无限精细的结构，如科契(Koch)雪花曲线、谢尔宾斯基(Sierpinski)地毯曲线等。这种有规分形只是少数，绝大部分分形是统计意义上的无规分形。

分形理论既是非线性科学的前沿和重要分支，也是一门新兴的横断学科。作为一种方法论和认识论，其启示是多方面的：一是分形整体与局部形态的相似，启发人们通过认识部分来认识整体，从有限中认识无限；二是分形揭示了介于整体与部分、有序与无序、复杂与简单之间的新形态、新秩序；三是分形从特定层面揭示了世界的普遍联系和统一的图景。

分形理论的发展离不开计算机图形学的支持，一个分形构造的表达式没有计算机的帮助是很难让人理解的。不仅如此，分形算法与现有计算机图形学的其他算法相结合，还会产生出非常美丽的图形，构造出复杂纹理和复杂形状，从而产生非常逼真的物质形态和视觉效果。

分形作为一种方法，在图形学领域主要是利用迭代、递归等技术来实现某一具体的分形构造。

分形几何学与计算机图形学相结合,将会产生一门新的学科——分形图形学。它的主要任务是以分形几何学为数学基础,构造非规则的几何图素,从而实现分形体的可视化以及对自然景物的逼真模拟。

6.3　三维花开过程建模算法研究

6.3.1　花开过程的数学建模

项目研究的重点是如何模拟花开放的过程,所以必须掌握花开放的生理特征,了解花在开放时都会发生了些什么变化。

通过观察以及资料的查阅,花在开放时发生的变化有:花瓣与花的中轴倾角随着花开放而变大,这是最重要的变化;花瓣的大小随着花的开放而变大,一般的花朵随花开放而变长和变宽,变宽的程度小于或等于变长的程度,例如菊花的花瓣基本上没变宽但变长了很多;花瓣自身的弯曲程度随花的开放而变小,但变化的程度比较小。另外,有些花在开放的末期(有可能是凋谢时期)外围花瓣会突然增大花瓣自身的弯曲度。

这些变化中最明显最需要体现的变化就是花瓣与花中轴的倾角随着花开放而变大。这个变化就是花开放的明显特征,倾角一般从 5 度左右到 85 度左右,这并非一个线性过程,不能直接用线性方程描述。植物学资料中提出,花瓣的倾角先是以较快速度变大,到一定程度后,增大的速度减慢。如图 6.1 所示。

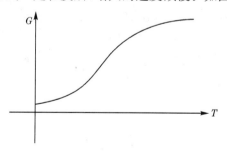

图 6.1　时间与倾角的关系曲线

图 6.1 中 G 表示倾角的大小,T 表示时间。可以看出 G 先是快速增大,而后又慢速增大。根据这一特性设计可用如下数学模型描述 G 的变化,即

$$G_{t+1} = G_t + \Delta G_t$$

$$\Delta G_{t+1} = \begin{cases} \Delta G_t + \Delta G', & G_t < (G_{min} + G_{max})/2 \\ \Delta G_t - \Delta G', & G_t \geqslant (G_{min} + G_{max})/2 \end{cases}$$

其中,$\Delta G'$为一常量;G_{min}为最小的倾角角度值;G_{max}为最大的倾角角度值;ΔG_t为角度值在t时刻的增量,称为G的变化加速度。G_{min}和G_{max}的值由随机函数得到,这样可以保证每个花瓣都各不相同。

花瓣的大小变化和花瓣的自身弯曲度变化明显程度低于这个倾角的变化。例如,花瓣大小的变化可由如下数学模型描述

$$S_{t+1}=S_t+\Delta S$$

其中,ΔS为一常量。

6.3.2　花朵形态的描述

每一个花朵都由若干个花瓣组成,花朵形态的描述重点就是花瓣形态的描述。不同的花的花瓣形态各不相同,但都是一个在三维空间中的曲面。由于贝塞尔曲面设计简便,OpenGL又有专门的函数支持,所以选择贝塞尔曲面描述花瓣是一个理想的选择。要绘制一个贝塞尔曲面,只要提供曲面的关键点信息即可。

有些花的花瓣结构比较简单,例如梅花的花瓣,它只要用16个关键点描述即可。

```
GLfloat p1[4][4][3]={
    {{0,10,0},{0,10,0},{0,10,0},{0,10,0}},
    {{-4,8,5},{-2,8,6},{2,8,6},{4,8,5 }},
    {{-4,1,5},{-2,1,6},{2,1,6},{4,1,5}},
    {{0,0,0},{0,0,0},{0,0,0},{0,0,0}}
};
```

梅花花瓣长度和宽度比较接近,所以长度设为10,宽度设为8,随着花的开放,花瓣整体变大的同时宽度参数适当变大,使得花瓣更圆一点,比较接近现实。数值5和6是花瓣初始的曲率,随着花的开放,这个曲率值渐渐变小,花瓣变得比较平整。

有些花的花瓣结构比较复杂,例如菊花,菊花的花瓣比较细长,而且在花瓣的末段还带有卷曲,它用了18个关键点描述。

```
GLfloat p1[9][2][3]={
    {{0,0,0},{0,0,0}},
    {{-0.4,7,1},{0.4,7,1}},
    {{-0.4,15,-2},{0.4,15,-2}},
    {{-0.4,17,-4},{0.4,17,-4}},
    {{-0.4,21,-2},{0.4,21,-2}},
    {{-0.4,17,2},{0.4,17,2}},
    {{-0.4,15,3},{0.4,15,3}},
    {{-0.4,13,2},{0.4,13,2}},
```

$$\{\{0,15,0\},\{0,15,0\}\},$$
$$\};$$

花的叶子也可用贝塞尔曲面描述,但有些花的叶子结构复杂,例如菊花的叶子,由四个对称曲面构造而成,其中的三个曲面有 12 个关键点,另一个曲面有 6 个关键点。

6.3.3　分形算法在树的构造中的应用

在自然世界中有很多的事物都体现了分形的特征,特别是在植物世界里,分形更加普遍,树的构造就体现了分形。

以梅花树为例,梅花树的特点是树冠比较大,靠下的分支向上倾斜度低,靠上的分支向上倾斜度高,一般往树梢部分分支比较少,分支长度也减小。

在设计梅花树时,设定初始树干分支为 5,每分一层减 1,但最后也不得低于 2 个分支,设定转角 rx、ry 为分支与原树枝在 x 轴和 y 轴的夹角,rx 值小于 0,ry 值大于 0。随着分支层数的加大,rx 值变大,ry 值变小。

整个树的生成是一个递归的过程,利用函数 DrawTree 实现,即 void Draw-Tree(int n,float l,float w,Point3f a1,float angleX,float angleY,float angleZ)。其中,n 代表此时要画的层数,树干为 5,依次递减;l 为分支长度;w 为分支的宽度;$a1$ 为原支的末端点坐标;angleX 为原树枝与 x 轴的倾角;angleY 为原树枝与 y 轴的倾角;angleZ 为原树枝与 z 轴的倾角。

函数主体为计算和绘制分支,因为每一个分支都不可能从 $a1$ 开始,一般都和 $a1$ 有一点距离,所以每一分支的起始坐标都与 $a1$ 有一点距离又要在原支上,所以起点 $a3$ 的坐标值通过下式定义,即

$$a3.x = a1.x - (0.2 + i * 0.1) * l * \cos(angleX);$$
$$a3.y = a1.y - (0.2 + i * 0.1) * l * \cos(angleY);$$
$$a3.z = a1.z - (0.2 + i * 0.1) * l * \cos(angleZ);$$

分支末点 $a2$ 的坐标值计算比较复杂,可以通过空间解析几何的公式计算。

a2.x = a3.x + l * cos(angleX);

l1 = sqrt(l * cos(angleY) * l * cos(angleY) + l * cos(angleZ1) * l * cos(angleZ1));

a2.y = a3.y + sin(atan(cos(angleY)/cos(angleZ1)) + rx + (4-fc) * 3 * PI/180.0) * l1;

a2.z = a3.z + cos(atan(cos(angleY)/cos(angleZ1)) + rx + (4-fc) * 3 * PI/

```
180.0) * l1;
    l1 = sqrt(l * cos(angleX) * l * cos(angleX) + (a2.z-a3.z) * (a2.z-a3.z));
    if(atan((a2.z-a3.z)/l/cos(angleX))>0)
    {
    a2.x = a3.x + cos(atan((a2.z-a3.z)/l/cos(angleX))-(fc/2) * ry + i * ry)
* l1;
    a2.z = a3.z + sin(atan((a2.z-a3.z)/l/cos(angleX))-(fc/2) * ry + i * ry)
* l1;
    }
    else
    {
    a2.x = a3.x-cos(atan((a2.z-a3.z)/l/cos(angleX))-(fc/2) * (ry-(4-fc) *
16 * PI/180.0) + i * (ry-(4-fc) * 16 * PI/180.0)) * l1;
    a2.z = a3.z-sin(atan((a2.z-a3.z)/l/cos(angleX))-(fc/2) * (ry-(4-fc) *
16 * PI/180.0) + i * (ry-(4-fc) * 16 * PI/180.0)) * l1;
    }
```

计算完末端坐标,就可以画出分支,最后递归调用 DrawTree 函数画下一层分支。

```
DrawTree(n-1,l * 0.8,w * 0.6,a2,acos((a2.x-a3.x)/l),acos((a2.y-a3.y)/
l),acos((a2.z-a3.z)/l));
```

6.4　三维花开过程动态模拟系统的整体设计

6.4.1　系统的设计目标

① 用户能根据自己的需要,通过鼠标选择要欣赏的花。
② 用户可通过方向键移动观察视角。
③ 花的设计要接近事实,给用户身临其境的感觉。
④ 系统的运行速度不能太慢,执行效率要尽可能高。

6.4.2　界面设计与展示

在界面设计上应尽量追求较好的视觉效果,颜色搭配得当,按钮的摆放位置要科学,易于操作。系统启动后的开始界面如图 6.2 所示。

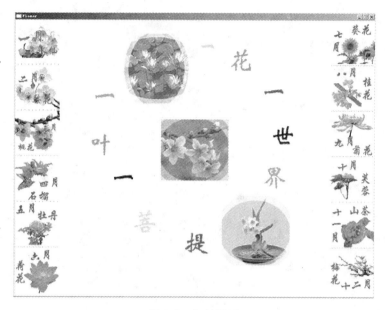

图 6.2　初始界面

随后中间的画面会徐徐落下。如图 6.3 所示。

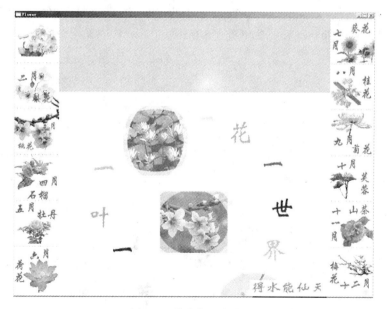

图 6.3　渐渐打开的界面

最后显示一月水仙花。如图 6.4 所示。

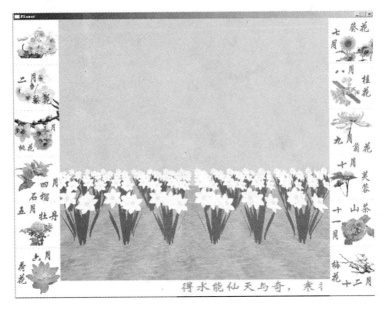

图 6.4　初始化后的界面

十二个月不同的花的按钮分两列摆在屏幕两边。

每一个按钮在鼠标悬停和非悬停状态,字的样式不同,以实现动态按钮效果,如二月梨花的按钮。如图 6.5 和图 6.6 所示。

图 6.5　二月按钮初始图

图 6.6　二月按钮的鼠标悬停图

　　点击此按钮，演示梨花，在屏幕的下边滚动显示梨花的一首诗句。如图 6.7
所示。

图 6.7　二月梨花效果图

　　在展示二月梨花时，屏幕右下角还会显示一个特写按钮，按下该按钮会显示梨花的一枝树枝的特写。如图 6.8 所示。

图 6.8　二月梨花特写效果图

再次按下特写按钮将返回。当按下键盘上的左右或上下键,视角将发生左右或前后移动,但都限于一定的范围内。

在界面设计时需要用到很多的图片,每一个图片载入后都设置为一个纹理对象,所有的纹理对象组成一个纹理数组。整个屏幕分块设计,每一块都是一个长方形,在 OpenGL 中用 glBegin(GL_QUADS)绘制长方形,用 glTexCoord2f 函数设置纹理坐标。

在界面设计时,绘制采用的是 OpenGL 函数,坐标系是三维的 OpenGL 坐标,但在鼠标设计时采用的是屏幕二维坐标系。因为坐标系不同,且没有换算公式,所以在捕获鼠标时,坐标的计算只能通过多次尝试才能得到准确的数据。

诗词的滚动显示效果因为有一个显示范围,所以在设计显示长方形时,坐标系中的 x 轴坐标是动态计算的,而且 glTexCoord2f 函数设置的纹理坐标也是动态计算的,需要用到一个辅助参数。因为 12 个月的花各有自己的诗词需要显示,所以将 12 个月不同的辅助参数用数组存储。

6.4.3　主程序的设计

本系统除了各个月花朵的设计外,还有一块比较重要的部分即主程序。主程序要完成系统的启动、OpenGL 的初始化、框架界面的设计、鼠标和键盘信息的获取等。

　　主程序分为三个文件 Flower. cpp、Road. h 和 Road. cpp。其中，Road. h 和 Road. cpp 文件中实现了 Road 类。该类实现基本框架界面设计和调用各个月模块的功能。

　　在 Flower. cpp 中通过 WinMain 函数启动程序，该函数调用 Initialize 函数初始化 OpenGL 绘制程序。文件中通过函数 WindowProc 捕获系统消息，即键盘和鼠标事件。鼠标事件很重要的就是捕获鼠标位置，Point2fT 结构体对象 MousePt 记录，该结构体包含两个数据成员 x 和 y 用于记录鼠标的 x 轴和 y 轴信息。文件中设置 step、rstep 变量，配合函数 glTranslatef 用于实现画面的前进、后退和左右移动。在 DrawSceneGL 函数中调用 Road 类 DrawRoad 方法绘制界面。

　　Road 类实现界面的绘制，主要是通过 DrawRoad 函数来绘制。该函数有四个参数，第一个参数传入 z 轴偏移位置实现前进和后退，第二个参数传入 x 轴偏移位置实现左右移动，第三个参数传入现在要显示的月份，第四个参数传入鼠标坐标。传入鼠标坐标为的是实现鼠标移动时，如果移入某一个月的图片则换为鼠标悬停图片，鼠标坐标的参照系是窗体分辨率，而绘制时采用的是 OpenGL 三维坐标系。因为没有统一的换算函数，而且发现对于不同的窗体分辨率，三维坐标都不同，所以只好通过尝试来实现切换。为了实现不管怎么前进后退或左右移动，所有的按钮图片看上去都不动，必须动态设定按钮图片坐标，随着 z 轴和 x 轴的偏移而移动。以下代码实现绘制一月的图片按钮：

```
if(MousePt.X>0&&MousePt.X<120&&MousePt.Y>0&&MousePt.Y<128)
{
    glBindTexture(GL_TEXTURE_2D,texture[3]);
    SetCursor(LoadCursor(0,IDC_HAND));
}
else
    glBindTexture(GL_TEXTURE_2D,texture[2]);
```

　　if 分支通过鼠标坐标在窗体二维平面坐标的位置判断是否悬浮在一月图片上，若是则载入 3 号纹理并把鼠标图标改成手形，否则载入 2 号纹理。

```
glBegin(GL_QUADS);
    glTexCoord2f(0.0f,0.0f);glVertex3f(-116-rstep,-43,299+step);
    glTexCoord2f(1.0f,0.0f);glVertex3f(-85-rstep,-43,299+step);
    glTexCoord2f(1.0f,1.0f);glVertex3f(-85-rstep,-15,299+step);
```

```
    glTexCoord2f(0.0f,1.0f);glVertex3f(-116-rstep,-15,299 + step);
glEnd();
```

以上绘制一个长方形并设置纹理坐标,其中 glVertex3f 函数第一个参数利用 rstep 实现跟随观察者左右偏移,第二个参数利用 step 实现跟随观察者前进后退。

在屏幕的下方为了显示滚动的诗词,需要为每一个诗词制作一个 bmp 图片作为纹理,然后把它帖在一个长方形中,并缩放长方形实现滚动效果。以一月为例代码如下:

```
glBindTexture(GL_TEXTURE_2D,texture[28]);
glBegin(GL_QUADS);
if(sx[1]<160)
{
    glTexCoord2f(sx[1]/160.0,0.0f);glVertex3f(80-rstep,-185,299 + step);
    glTexCoord2f(0.0f,0.0f);glVertex3f(80-rstep-sx[1],-185,299 + step);
    glTexCoord2f(0.0f,1.0f);glVertex3f(80-rstep-sx[1],-175,299 + step);
    glTexCoord2f(sx[1]/160.0,1.0f);glVertex3f(80-rstep,-175,299 + step);
}
else
{
    glTexCoord2f(1.0,0.0f);glVertex3f(80-rstep-sx[1] + 160,-185,299 + step);
    glTexCoord2f(sx[1]/160.0-1,0.0f);glVertex3f(-80-rstep,-185,299 + step);
    glTexCoord2f(sx[1]/160.0-1,1.0f);glVertex3f(-80-rstep,-175,299 + step);
    glTexCoord2f(1.0,1.0f);glVertex3f(80-rstep-sx[1] + 160,-175,299 + step);
}
    sx[1] = sx[1] + 5;
    if(sx[1]>= 320) sx[1] = 0;
glEnd();
```

载入的第 28 号纹理就是存储一月水仙诗词的 bmp 图片。glBegin(GL_QUADS)绘制长方形,因为长方形是通过缩放实现视觉上的滚动效果,所以纹理坐标也得缩放。当 sx[1]小于 160 时,长方形渐渐由短变长,而 sx[1]大于 160 后长方形又由长变短,因为纹理坐标的取值范围在 0 到 1 之间,所以用 sx[1]/160 来设定这个比例值。rstep 和 step 参数一样是为了实现长方形随着观察者移动而移动。

6.5　三维花开过程动态模拟系统的详细设计

系统在设计上采用面向对象技术,在设计上对于类的划分是比较细的,每个月一个类,而每种花也是一个类,组成每种花的花朵是一个类,叶子是一个类,每种树也是一个类。下面以几个月为例进行详细介绍。

6.5.1　一月水仙

水仙的实现总共划分为 Jan、shuixian、sxflower、Petal、Pt 和 shuileaf 这几个类。sxflower 这个类具体描述一朵水仙花的开放,是水仙花实现的重点所在。它引用了 Petal 和 Pt 类,Petal 类实现一朵水仙花的一个花瓣的开放,而 Pt 类描述了一个水仙花中心圆形花蕊的 1/3。

制作一朵水仙花,将其分为六个花瓣,一个花蕊。因为用贝塞尔曲面无法直接描述一个花蕊,而且花蕊也不是正好圆形,而是有一点偏三角形,所以将一个花蕊分成三等份描述,而类 Pt 就是描述 1/3 的花蕊。

重点在于 Petal 类,它描述了一朵水仙花的一个花瓣。对于每一朵花而言,每一个花瓣大致相同,但总有不同,所以在设计花瓣造型时,先是采用统一的参数构造花瓣,然后用一个随机数对几个关键点进行修改,这样每一个花瓣都不可能相同。花瓣的纹理采用直接计算获得,在计算时也引进随机数,使得每个花瓣的纹理都各不相同。

以下程序片段是修改贝塞尔曲面关键点的:

```
int temp = rand();
p[0][0][0] = p[0][1][0] = p[0][2][0] = p[0][3][0] = -0.2 + (rand()%5)/10.0;
p[1][0][0] = -1.3 + rand()%5/10.0;
p[1][3][0] = 1.6-rand()%5/10.0;
p[2][0][0] = -1.5 + rand()%5/10.0;
p[2][3][0] = 1.5-rand()%5/10.0;
```

以下程序片段用于产生随机纹理,其中数组 image 中存放纹理信息:

```
for(j = 0;j<imageHeight-5;j + +)
{
    image[3 * (imageHeight * 0 + j)] = 220;
    image[3 * (imageHeight * 0 + j) + 1] = 220;
```

```
    image[3 * (imageHeight * 0 + j) + 2] = 220;
    if(j<23&&j>3)
    {
        k1 = 8 + rand() % 3;
        k2 = 16 + rand() % 4;
        image[3 * (imageHeight * k1 + j)] = 220;
        image[3 * (imageHeight * k1 + j) + 1] = 220;
        image[3 * (imageHeight * k1 + j) + 2] = 220;
        if(k2>18)
        {
            image[3 * (imageHeight * k2 + j)] = 220;
            image[3 * (imageHeight * k2 + j) + 1] = 220;
            image[3 * (imageHeight * k2 + j) + 2] = 220;
        }
    }
    image[3 * (imageHeight * 31 + j)] = 220;
    image[3 * (imageHeight * 31 + j) + 1] = 220;
    image[3 * (imageHeight * 31 + j) + 2] = 220;
}
```

花的开放最主要的是花瓣的倾角变化,这是数学建模的关键所在。在 Petal 类中 angle 表示该花瓣开放的最后角度,也应该是一个随机值,所以 angle=75＋ rand()%10,表示 angle 的值是 75 到 85 中的一个整数值。r 代表的是当前时刻的角度值,dr 表示到下一时刻的角度增量。当 r 的值小于 angle 的一半时,dr 线性增加。当 r 的值大于或等于 angle 的一半时,dr 线性减少。程序代码如下:

```
r = r + dr;
if(r<angle/2)
    dr = dr + 0.05;
else
    dr = dr-0.05;
if(dr<0.05)
    dr = 0.05;
if(r>=angle)
    r = angle;
```

一个 sxflower 类对象应包括 6 个 Petal 和 3 个 Pt。于是很容易想到使用数组,6 个花瓣应围成一圈,3 个 Pt 也要围成一圈才能组成花蕊。程序代码如下:

```
for(i = 0;i<6;i + + )
{
    glPushMatrix();
    glRotatef(60 * i,0.0,1.0,0.0);
    p[i].DrawPetal();
    glPopMatrix();
}
for(i = 0;i<3;i + + )
{
    glPushMatrix();
    glRotatef(120 * i,0.0,1.0,0.0);
    p2[i].DrawPt();
    glPopMatrix();
}
```

其中,p 是 Petal 数组;p2 是 Pt 数组。

类 shuileaf 描述的是一片水仙花的叶子,用贝塞尔曲面设计,因为不是重点设计对象,所以没使用随机参数,于是每一个叶子对象都是一样的。

类 shuixian 描述一棵水仙花,该系统设计的一棵水仙花比较小,只包括 12 片叶子,3 朵花。12 片叶子每 6 片为一组围成一个圈,代码如下:

```
for(int i = 0;i<6;i + + )
{
    glPushMatrix();
    glRotatef(60 + i * 60,0.0,1.0,0.0);
    glTranslatef(-35.0,0.0,0.0);
    glScalef(1.2,1.0,1.0);
    sl.drawleaf();
    glPopMatrix();
}
for(int i = 0;i<6;i + + )
{
```

```
glPushMatrix();
glRotatef(30 + i * 60, 0.0, 1.0, 0.0);
glTranslatef(-20.0, 0.0, 0.0);
glScalef(1.0, 1.5, 1.0);
sl.drawleaf();
glPopMatrix();
}
```

在叶子的摆放上还有一个注意点,就是内层叶子比较短胖,外层叶子比较瘦长,所以内层叶子在叶子模型的基础上 x 轴放大 1.2 倍,而外层叶子在叶子模型的基础上 y 轴放大 1.5 倍。

每一朵花的位置都各不相同,在类 sxflower 中,设计了一个函数 setflower 用于设置一朵花在整个植株上的位置。因为每朵花的位置都是随机的,所以代码如下:

sxf[0].setflower(2, 4, 1 + rand( ) % 10/10.0, 50.0 + rand( ) % 10, -30.0 + rand( ) % 60);

sxf[1].setflower(-2, 4.1 + rand( ) % 10/10.0, 1, 85.0 + rand( ) % 10, -10 + rand( ) % 20);

sxf[2].setflower(0, 4 + rand( ) % 10/10.0, -1, -110.0 + rand( ) % 10, -20 + rand( ) % 40);

setflower 函数有 5 个参数,前 3 个参数分别代表花所在的 x、y、z 轴的坐标,其余参数代表 x 轴和 z 轴方向上的倾角。

类 Jan 用来展示水仙花。为了实现郁郁葱葱的效果,又不影响运行速度,系统展示 4 排水仙花,第一排 6 棵,每一排都比前一排左右各增加 2 棵,这样共有 48棵。显示效果如图 6.9 所示。

6.5.2　二月梨花

梨花是长在树上的,所以必须实现对梨树的仿真。树在三维模拟中,多采用分形算法,本系统也不例外。

二月梨花的实现总共分为 Feb、Pear、PearFlower、PrPetal 和 PearOne 这几个类。其中,Pear 类构造一棵梨树;PearFlower 类是一朵梨花的具体实现;PrPetal实现一片梨花花瓣的仿真;PearOne 实现一枝梨花树枝的特写。

梨花花瓣的实现和水仙花是类似的,只不过在造型上比水仙花的花瓣略微瘦长,花瓣上的纹理比较简单,加上花朵比较小,所以花瓣纹理直接采用贴图方式。

图 6.9 一月水仙效果图

在花朵开放时,花瓣倾角的变化采用和水仙花一样的数学模型,代码如下:

```
angle = angle + dg;
if(angle<anglend/2)
      dg = dg + 0.0125;
else
      dg = dg-0.0125;
if(angle> = anglend)
      angle = anglend;
```

其中,angle 代表某一时刻的倾角;dg 代表下一时刻的倾角增量;anglend 代表最终
的倾角角度。

梨花的花蕊呈丝状,一朵梨花有 5 个花瓣,为了实现花蕊也随着花的开放而
变长变稀疏,我们将花蕊分成 5 份,在类 PrPetal 中构造梨花的一个花瓣时,同时
构造这个花瓣附近的花蕊。系统中设计花蕊为 4 层,有紫红色和黄色之分。实现
花蕊的代码如下:

```
for( int k = 0;k<4;k + + )
```

```
    {
        glPushMatrix();
        glRotatef(-angle,1,0,0);
        glRotatef(-36+k*18,0.0,0.0,1.0);
        glColor3f(1.0,1.0,0.1);
        glLineWidth(2.0);
        glBegin(GL_LINES);
        glVertex3f(0.0,0.3,2.3);
        glVertex3f(0.0,3.5,2.3);
        glEnd();
        glPopMatrix();
    }
    for(int k=0;k<3;k++)
    {
        glPushMatrix();
        glRotatef(-angle,1,0,0);
        glRotatef(-20+k*12,0.0,0.0,1.0);
        glColor3f(1.0,1.0,0.1);
        glLineWidth(2.0);
        glBegin(GL_LINES);
        glVertex3f(0.0,0.3,1.2);
        glVertex3f(0.0,3.0,1.2);
        glEnd();
        glPopMatrix();
    }
    for(int k=0;k<3;k++)
    {
        glPushMatrix();
        glRotatef(-angle,1,0,0);
        glRotatef(-24+k*18,0.0,0.0,1.0);
        glColor3f(1.0,0.0,1.0);
        glLineWidth(2.0);
        glBegin(GL_LINES);
        glVertex3f(0.0,0.3,1.7);
        glVertex3f(0.0,2.5,1.7);
```

```
    glEnd();
    glPopMatrix();
}
for(int k = 0;k<3;k++)
{
    glPushMatrix();
    glRotatef(-angle,1,0,0);
    glRotatef(-12 + k * 6,0.0,0.0,1.0);
    glColor3f(1.0,0.0,1.0);
    glLineWidth(2.0);
    glBegin(GL_LINES);
    glVertex3f(0.0,0.3,0.2);
    glVertex3f(0.0,2.5,0.2);
    glEnd();
    glPopMatrix();
}
```

每一朵梨花都有花萼,在类 PrPetal 中为每一个花瓣配上一个三角形的绿色花萼,花萼与花瓣之间呈 20 度夹角。代码如下:

```
glRotatef(20,1,0,0);
glColor3f(0.4,0.7,0);
glBegin(GL_TRIANGLES);
    glVertex3f(-1,0,1);
    glVertex3f(0,8,1);
    glVertex3f(1,0,1);
glEnd();
```

在类 Pear 中具体实现一棵梨树,梨树比较瘦高,靠主干部分分支少,树梢部分分支多。系统中将主干部分设计成 3 个分支,其余都设计成 4 个分支。采用分形算法共设计成 4 层,难点在于每一个分支相对于主枝的倾角设计,要用到立体解析几何知识,比较复杂。在类 Pear 中,绘制底层树枝用 DrawTree2 函数,而绘制高层树枝用 DrawTree3 函数,该函数是一个递归函数。这两个函数有一样的参数列表,参数包括层数、树枝长度、树枝宽度、树枝起始坐标、上一层树枝对 x、y 和 z 轴的倾角。在这两个函数中绘制该层树枝时应对上层树枝在 x、y 和 z 轴都有一个夹角,所以该层树枝对 x、y 和 z 轴的倾角应等于上层树枝对 x、y 和 z 轴的倾角加上这个夹角值。

梨树上的梨花是成簇地长在某一个枝上,在类 Pear 中,设计每 5 朵梨花为一簇,摆放在某一分枝上。代码如下:

```
glPushMatrix();
glRotatef(45,1,0,0);
glScalef(2,2,2);
pfr[j * 5].DrawPeachFlower();
pfr[j * 5].state = true;
glPopMatrix();
for(int i = 0;i<4;i + + )
{
    glPushMatrix();
    glRotatef(90 * i,0,1,1);
    glScalef(2,2,2);
    pfr[j * 5 + i + 1].DrawPeachFlower();
    pfr[j * 5 + i + 1].state = true;
    glPopMatrix();
}
glPopMatrix();
```

其中,pfr 为梨花类 PearFlower 数组。第 1 个梨花居正中,其余 4 朵围绕着它。梨树的显示效果如图 6.10 所示。

点击右下角的特写按钮,进入一枝梨树树枝的特写显示。该特写效果由类 PearOne 实现。在这个类中,主要是树枝的绘制和梨花摆放位置的设计。

在树枝的设计上,要记录每一个关键点,即每个树枝的起始点。PearOne 类中设计 Point3f 类的数组 p[5],用于记载 5 个关键点,Point3f 为事先设计好的结构体类型,包含 3 个 GLfloat 类型的数据成员 x、y 和 z 代表点的三维坐标。

花是长在树枝上的,但花不可能放置在树枝的关键点位置,应与关键点有一些偏差,可利用插值算法将花放在树枝的中间某一点上。显示效果如图 6.11 所示。

6.5.3　三月桃花

桃花的实现共分成 March、Peach、PeachLeaf、PhPetal、PeachFlower 和 PeachOne 这几个类。其中,Peach 实现一棵桃树;PeachLeaf 实现一片桃叶;PhPetal

图 6.10 二月梨花效果图

图 6.11 二月梨花特写效果图

实现一个桃花的花瓣;PeachFower 实现一朵桃花;PeachOne 是桃花的特写。

　　PhPetal 类实现了桃花的一个花瓣,桃花的花瓣比较瘦长,所以在关键点设置上 x 轴的跨度要小于 y 轴的跨度。桃花的花瓣在开放时,上半部分会向外比较大程度的外翻,为了实现这一效果,要在花开放时,实时修改花瓣的 z 轴坐标值。对于描述花瓣的贝塞尔曲面的中间点 z 轴坐标进行实时变化,随着花的开放,外 4 个点的 z 轴坐标由 4 变化到 -3,内 4 个点的 z 轴坐标由 5 变化到 -4,因为不是主要变化所以采用线性变化。花瓣倾角的变化是主要的变化,倾角变化依然采用和水仙花一样的数学模型。

　　PeachFlower 类实现一朵桃花。一朵桃花具有 5 个花瓣,系统中利用函数 gluCylinder 设计了一个花托。

　　PeachLeaf 类实现了一片桃花叶子,采用贝塞尔曲线拟合,并且采用了一个贴图作为纹理。

　　Peach 类实现一个桃树。桃树的设计采用的也是分形算法,这与梨树类似只是参数上的差别。在桃树上,桃花比较散乱繁多,但是桃叶在树上是几片叶子长在一起成一簇,长在每一个枝条的末端方向。系统中设计每 4 片树叶为一簇,而且有大小的不同,这样比较真实,难点在于如何把树叶放到树枝上。一簇的树叶默认是垂直于 xz 平面的,而树枝什么方向的都有,系统按照立体解析几何的知识来实现放置树叶。树叶的向量是 $(0,1,0)$,例如某一树枝的向量是 (x,y,z),树叶应该与树枝在一平面上且有一个夹角,按向量的点积可求出夹角值,按向量的叉积可求出垂直于平面的向量,只需绕垂直于平面的向量绕夹角的角度就能使树叶与树枝同向。代码如下:

```
glTranslatef(pf2[k].x,pf2[k].y,pf2[k].z);
float gcos;
gcos = pf2n[k].y/sqrt(pf2n[k].x * pf2n[k].x + pf2n[k].y * pf2n[k].y +
pf2n[k].z * pf2n[k].z);
glRotatef(acos(gcos) * 180/3.14,pf2n[k].z,0,-pf2n[k].x);
```

其中,k 表示要放置的第 k 簇树叶;gcos 是两个向量的点积值,利用函数 glRotatef 绕向量的叉积值旋转角度。

　　桃花的实现效果如图 6.12 所示。

　　PeachOne 类实现的是桃花的特写,系统展示的是一枝桃花树枝。实现效果如图 6.13 所示。

6.5.4　四月石榴

　　石榴花的实现分成 April、Petal1、Petal2、Petal3 和 SlFlower 这几个类。April

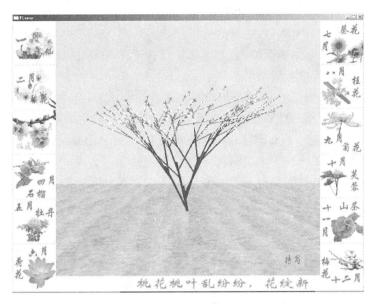

图 6.12　三月桃花效果图

图 6.13　三月桃花特写效果图

类用于实现一棵石榴的盆景；Petal1、Petal2 和 Petal3 实现花萼和花瓣；SlFlower
实现一朵石榴花。

　　Petal1 和 Petal2 实现一个花萼，因为花萼比较长，而且花萼的下半部分不会随着花开而变,花萼的上半部分随着花开也会裂开,所以在设计时把花萼分两部分设计。Petal1 是上半部分,随着花的开放会裂开,包裹在里头的花瓣会冒出来。两个花萼也是用贝塞尔曲面拟合,上半部花萼的开放也采用和花瓣开放一样的数学模型,开始裂得快而后变慢。

Petal3 实现一个花瓣,花瓣一开始是包裹在花萼里的,所以它的初始参数比花萼小,但随着开放花瓣会不断变大,而花萼不会变大。

SlFlowr 类实现一朵石榴花。一朵石榴花包含 6 个花瓣,相应的也有 6 个花萼,但花瓣和花萼之间有一个小的夹角。

April 类实现一棵石榴盆景。首先用很多的圆柱体(每个圆柱体上下面半径不同)来拟合树枝,这些圆柱体大小不一,倾角也各不相同,构成了盆景树的造型。石榴的树叶比较小,而且生长得多而杂乱,所以系统并不采用一片片树叶放在树上的形式,系统中设计一个菱形代表一片树叶,确定一些要放置树叶的大致位置的范围,利用随机函数随机生成树叶的位置坐标和对于 x 轴与 z 轴的倾角,这样生成的树叶就能表现得又多又杂乱。盆景中的石榴花数量不多,只放置了 6 朵,产生万绿丛中一点红的感觉。实现效果如图 6.14 所示。

图 6.14　四月石榴花效果图

6.5.5　五月牡丹

五月牡丹的实现由 May、MPetal、Mudan、MdLeaf 这几个类组成。其中 May

实现牡丹花的盆景；MPetal 类实现一片牡丹花花瓣；Mudan 实现一朵牡丹花；
MdLeaf 实现一片牡丹花的叶子。

　　牡丹花的花瓣比较圆，而且有些弯曲，用贝塞尔曲面拟合花瓣。关键点的设
置比较复杂，而且随着花的开放，一些关键点会发生变化。关键点共设置成 20
个，如下所示：

```
GLfloat p1[4][5][3]={
{{-5,16,-2},{-3,16,-3},{0,18,0},{3,16,3},{5,16,2}},
{{-9,12,-3},{-6,12,-5},{0,12,-6},{6,12,-5},{9,12,-3}},
{{-7,6,-3},{-4,6,-5},{0,6,-6},{4,6,-5},{7,6,-3}},
{{-3,0,0},{0,0,0},{0,0,0},{0,0,0},{3,0,0}}
};
```

　　这是初始状态的花瓣，z 轴坐标值比较大，弯曲度比较大，而且第一行的关键
点 z 轴值从负到正变化使得花瓣的最上端成 S 形弯曲，这是和其他的花不同的。
随着花的开放，z 轴坐标值按比例缩小，使得弯曲度变得比较平滑。为了使花瓣随
着开放而变大，设置 x 和 y 轴坐标值随开放而按比例变大。

```
glScalef(sx,sy,sz);
sx = sx + 0.005;
sy = sy + 0.004;
sz = sz-0.005;
if(sx>1) sx = 1;
if(sy>1.2) sy = 1.2;
if(sz<0.8) sz = 0.8;
```

　　其中，sx 初值为 0.4；sy 初值为 0.6；sz 初值为 1.2。

　　牡丹花的花瓣是多层的，系统中设置为 5 层，每层 5 个花瓣。每一层花瓣的初
始倾角和最终倾角的取值范围是不一样的，内层的值比外层小。花瓣的倾角随花
开的变化依然是加速度先变大，后变小。

```
g = g + dg;
if(g<angle/2)
    dg = dg + 0.01;
else
    dg = dg-0.01;
if(dg<0.05)
```

　　　　dg = 0.05;

其中,g 为当前倾角值;dg 为变化值。

　　牡丹花的显示效果如图 6.15 和图 6.16 所示。

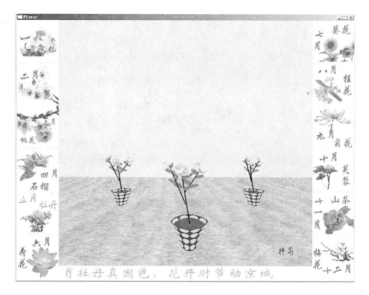

图 6.15　五月牡丹效果图

图 6.16　五月牡丹特写效果图

6.5.6 六月荷花

荷花的实现共分成 Lake、Lotus、LPetal、LPt 和 Lotusleaf 这几个类。其中 Lake 实现一个池塘并且放入荷花和荷叶;Lotus 实现一朵荷花的开放过程展示;Lotusleaf 实现一片荷叶;Lpetal 用于绘制花瓣;LPt 用于绘制莲蓬。

系统中对于荷花的设计有一些类似于水仙花,但也有不同之处。对于每一个花瓣同样采用贝塞尔曲面拟合,但花瓣的开放不直接设计在 LPetal 类中。LPetal 类只负责绘制花瓣。DrawPetal 函数传入两个参数,一个代表倾角,另一个代表大小。

Lotus 类展示花的开放过程,因为一个池塘中的花不可能同时开放,所以在这个类中设置一个成员 time,代表花开放的时刻,用函数 init 为 time 设置初值。Lotus 类中为荷花设置 3 层花瓣,每一层 6 个共 18 个花瓣,每一层花瓣的倾角都比上一层要大 10 度,而且每一层中的 6 个花瓣的倾角也设置的不一样。6 个花瓣按奇偶顺序分两组,各组的花瓣倾角相同,两组间差 5 度,这样的系统展示效果会更逼真。荷花当开放到一定程度的时候最美,系统根据设置不同的参数调试,最后设定最外层花瓣开到倾角为 60 度停止,此时的演示效果最佳。以下是绘制 18 个花瓣的代码。

```
for(int i = 0;i<6;i + +)
{
    glPushMatrix();
    glRotatef(60 * i,0.0,1.0,0.0);
    if(i % 2 = = 0)
        p.DrawPetal(angle,size);
    else
        p.DrawPetal(angle-5,size);
    glPopMatrix();
    glPushMatrix();
    glRotatef(60 * i + 30,0.0,1.0,0.0);
    if(i % 2 = = 0)
        p.DrawPetal(angle-10,size-0.2);
    else
        p.DrawPetal(angle-15,size-0.2);
    glPopMatrix();
    glPushMatrix();
```

```
glRotatef(60 * i + 15,0.0,1.0,0.0);
if(i % 2 = = 0)
    p. DrawPetal(angle-20,size-0.3);
else
    p. DrawPetal(angle-25,size-0.3);
glPopMatrix();
}
```

角度的变化采用和其他花朵一样的数学模型。

```
angle = angle + dg;
if(angle<30)
    dg = dg + 0.1;
else
    dg = dg-0.1;
if(dg<0.5)
    dg = 0.5;
```

其中,angle 代表某一时刻的倾角;dg 代表倾角的增量。当 angle 的值小于 30 度时,dg 线性增加。当 angle 的值大于 30 度时,dg 线性减小。

Lotusleaf 类用于绘制荷叶,荷叶也是用贝塞尔曲面拟合,但因为荷叶比较大,所需的关键点比较多,所以共设置了 2×7 个关键点。荷叶和荷花的纹理都采用直接贴图的方式。

Lake 类绘制一个池塘,并将荷叶和荷花摆在池塘中。池塘是画了一个长方形的矩形,然后用一般的池塘水面图片作为纹理贴图。荷叶的摆放是事先将几片荷叶作为一组,高低错落,然后在不同位置复制。荷花摆放 9 朵,都摆放在荷叶比较密的地方,每朵荷花的花开时间都错开,这样的演示效果比较逼真。如图 6.17 所示。

6.5.7　七月葵花

葵花的实现分成 July、KhLeaf、kPetal、huapan 和 kuihua 这几个类。其中 July 类用于展现种在地里的几棵向日葵;KhLeaf 类用于实现一个向日葵的树叶;kPetal 类用于实现一片葵花花瓣;huapan 用于实现葵花中间的花盘;kuihua 类实现一朵葵花。

一朵葵花由很多花瓣和一个花盘组成,其中花瓣又分为两层围绕着一个花盘。花盘分为两层,都直接用贝塞尔曲面拟合,但关键点比较多,用一张贴图作为

图 6.17　六月荷花效果图

上面一层的纹理,下面一层带有花萼的部分直接用淡绿色。花盘会随着花的开放而渐渐变大,这样围绕着花盆的花瓣在开放时,不仅倾角会发生变化,而且也会离花中心距离变远。系统在设计一个花瓣时,花瓣 y 轴的坐标代表它与花中心的距离,在花的开放过程中,这个距离要变大,于是利用 OpenGL 函数 glTranslatef 使花瓣沿 y 轴正方向平移,这个距离变化到一定的值就不会再增加了。

在 kPetal 类中设计数据成员 ty,代表花瓣离花中心的距离,随着花的开放,ty 的值程线性增加。花瓣的倾角变化和其他的花有些不一样,因为葵花的花瓣在初始状态下倾角为 170 度左右,而开放的结果为 5 度左右,开放的变化角度范围比较大,采用变量 gs 表示开放的加速度,加速度先随着开放而增加,花开到一定程度,加速度又渐渐减小。

葵花一般都是种在田里的,一棵向日葵上就只有一朵葵花。葵花叶子的设计直接用贝塞尔曲面拟合,叶子的特征是细长。实现效果如图 6.18 所示。

6.5.8　八月桂花

八月桂花的实现共分成 Aug、GuiFlower 和 GPetal 这几个类。其中 Aug 实现桂花的展示;GPetal 类实现一片桂花花瓣;GuiFlower 类实现一朵桂花。

桂花的花瓣比较细长,但在末端比较平缓,所以在用贝塞尔曲面模拟花瓣时,需要用较多的关键点来拟合,系统中使用了 24 个关键点。桂花花瓣的最下端是

图 6.18　七月葵花效果图

每个花瓣都连接在一起的而且不会随着开放而改变,就像个花托,所以 GPetal 类只拟合花瓣的上端,花瓣的下端在 GuiFlower 类中用一个圆柱体拟合(圆柱体的上下两个面大小不一样)。桂花的花瓣随着花开倾角的变化,最后的状态倾角只有 45 度左右。

一朵桂花只有 4 个花瓣,所以在 GuiFlower 类中,四个花瓣各成 90 度角围成一个圆,下部是一个花托。花瓣使用一张贴图作为纹理。

在类 Aug 中实现一枝桂花的树枝。桂花都是一簇一簇长在一起的,在 Aug 类中以 5 朵桂花为一簇围成一圈。桂花都是很杂乱地长在枝上的,所以在 Aug 类中,随机生成桂花的生长角度,然后散乱着摆放在枝上。实现效果如图 6.19 所示。

6.5.9　九月菊花

这里选择了一种有代表性的菊花品种,该品种的菊花花瓣又多又细长。一般这个品种的菊花开放后,花瓣因为细长受重力影响比较大,在开放后,花瓣会下垂并带有一定旋转扭曲,描述难度很大。

九月菊花的实现共分成 Sep、juhua、juye、jPetal1、jPetal2 和 Pot 这几个类。其中 Sep 类用于绘制 9 棵菊花植株;juhua 类实现一朵菊花;juye 类实现一片菊叶;jPetal1 和 jPetal2 分别实现一朵菊花上两种不同开放类型的菊花花瓣;Pot 类实现一个花盆。

菊花的花瓣很细长,所以要构造一个花瓣,贝塞尔曲面的关键点为 9 行 2

图 6.19　八月桂花效果图

列,这与前面的几种花不同。因为菊花的内层花瓣从开放到结束都变化不大,而靠外层的花瓣变化却很大,所以将内外层花瓣分为两类,系统设计内层花瓣为 3 层,外层花瓣为 4 层。外层花瓣在开放过程中,倾角急剧变大,而且当倾角变化到最大后,长度还会继续拉长。内层花瓣只有在外层花瓣开放到接近一半时,才会进行很小程度的生长,所以系统有一个判断内层花瓣是否开始生长的参数。

菊花的花瓣在开放时,每一层的开放程度因为不一样,所以 7 层花瓣都要分别设置开放的程度。内三层只有在外四层花瓣开到一半时才开放,而且生长程度不大,所以没有特别设置。外四层的花瓣利用函数 setmax 来设置开放程度,该函数有三个参数,第一个参数设置初始的比例,每一层都应比内一层稍大一点,所以 4 层分别设为 1.1、1.13、1.17、1.22,第二个参数设置最终开放形态的大小,这外 4 层开放后,每一层比内一层的比例要大一些,所以参数分别设为 1.3、1.4、1.6、1.8,最后一个参数设置开放最终形态的倾角变化大小,也是每一层比内一层要大得多,分别设置成 20、40、60、85。菊花的花瓣因为开放前到开放后宽度基本不变,所以在生长过程中放大花瓣的比例只在 y 和 z 轴进行,x 轴应保持不变,这是和其他的花不一样的地方。

菊花的仿真效果并不完美,有待完善。显示效果如图 6.20 所示。

图 6.20 九月菊花效果图

6.5.10 十月芙蓉

芙蓉花品种比较多,这里展示单瓣的芙蓉花,也称木芙蓉。展示由 Oct、Fu-Rong、FPetal 和 FrLeaf 这几个类实现。其中 Oct 类实现一盆芙蓉花的盆景;FPetal 类实现一片芙蓉花的花瓣;FuRong 类实现一朵芙蓉花;FrLeaf 类实现一片芙蓉花的叶子。

芙蓉花的花瓣比较宽大,而且也有一定的弯曲度和牡丹花的花瓣类似,在贝塞尔曲面关键点的设置上,共用 20 个关键点,其中第一、二行共 10 个关键点的 z 轴坐标值来实现弯曲。

```
GLfloat p1[4][5][3]={
{{-3,14,-2},{-2,14,-1},{0,15,0},{2,14,1},{3,14,3}},
{{-7,10,-3},{-4,10,-5},{0,10,-6},{4,10,-1},{7,10,1}},
{{-7,6,-3},{-4,6,-5},{0,6,-6},{4,6,-5},{7,6,-3}},
{{-3,0,0},{0,0,0},{0,0,0},{0,0,0},{3,0,0}}
};
```

芙蓉花的中心是一个比较长的花蕊柱,系统用黄色的圆柱体(底面和顶面的半径不同)来拟合。实现效果如图 6.21 和图 6.22 所示。

图 6.21　十月芙蓉效果图

图 6.22　十月芙蓉特写效果图

6.5.11　十一月山茶

　　山茶花的实现由 Nov、ShanCha、SPetal 和 ScLeaf 这几个类组成。其中 Nov 类实现一盆山茶花的盆景;SPetal 类实现一片山茶花的花瓣;ShanCha 类实现一朵山茶花;ScLeaf 实现一片山茶树的叶子。

　　山茶花的花瓣比较细长,但花瓣的数量很多,又分成很多层。系统中将花瓣分为 4 层,最外层 8 片花瓣,中间两层 6 片花瓣,最内层 3 片花瓣。

　　系统实现效果如图 6.23 和图 6.24 所示。

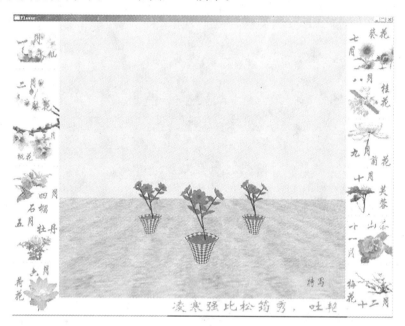

图 6.23　十一月山茶效果图

6.5.12　十二月梅花

　　梅花的实现共分成 Dec、Plum、PuPetal、PlumFlower 和 PlumOne 这几个类。其中 Plum 类实现一棵梅花树;PuPetal 实现一片梅花的花瓣;PlumFlower 实现一朵梅花;PlumOne 实现梅花的特写。

　　梅花由 5 个花瓣组成,花瓣都比较圆。随着花的开放,花瓣的倾角渐渐加大,系统中一样采用和水仙花开放时的数学模型,开放的加速度先增加后减少,这样更加逼真。

　　Plum 类通过分形算法实现一棵梅花树,实现方法和梨树一样。梅花树一般比较矮,而分枝多,树冠比较大,花长得比较密。实现效果如图 6.25 所示。

图 6.24　十一月山茶特写效果图

图 6.25　十二月梅花效果图

特写效果如图 6.26 所示。

图 6.26　十二月梅花特写效果图

6.6　结论与展望

　　详细地介绍了如何通过计算机图形学技术模拟花开的过程,设计与实现了三维花开过程动态模拟系统,展示了十二个月不同花朵,让系统使用者有身临其境的视觉享受。在虚拟仿真系统中既保证了交互性,又达到了较好的艺术表达效果。本文的研究工作说明通过数学建模的方法能很好地实现花开过程的仿真,具有很好的参考价值和现实意义。

　　数学模型的设计是一门很深的学问,我们开发的三维花开过程动态模拟系统采用的模型未必是最好的模型,但最好的模型用计算机算法描述执行效率又未必高,所以在性能与质量的两种选择之中如何取舍是一个高深的学问。今后的研究方向就是如何改进模型实现更加高效与高质量的展现效果。

　　还有一个不完善的方面就是在花开过程中没有增加碰撞检测和处理,例如花与花的碰撞,或花与树叶的碰撞,或花与树枝的碰撞,这些都没处理。这要用到不少物理学知识,还有待研究。为了避免碰撞,设计的三维花开过程动态模拟系统中的花在位置设计上都比较疏松。

参 考 文 献

[1] 喻晓莉,杨国才. 虚拟植物生长机模型构建技术研究. 微计算机信息,2007,23(11):278~280.

[2] 刘浩,戴居丰,杨磊,等. 虚拟现实技术及其应用研究. 微计算机信息,2005,12(1):200~201.

[3] Aono M,Kunii T. Botanical tree image generation. IEEE Computer Graphics and Application,1984, 4(5):10~34.

[4] Oppenheimer P E. Real time design and animation of fractal plants and trees. Computer Garphics,1986, 20(4):55~64.

[5] Prusinkiewicz P,Lindenmayer A. The Algorithmic Beauty of Plants. New York:Springer,1996.

[6] Prusinkiewicz P,Mundermann L,Karwowski R,et al. The use of positional information in the modeling of plants// Proceedings of the ACM Symposium on Interactive 3D Graphics'01,2001.

[7] 胡包钢,赵星,严红平,等. 植物生长建模与可视化——回顾与展望. 自动化学报,2001,27(6): 816~835.

[8] 龙洁,苏喜友. 国内树木三维可视化研究进展. 林业调查规划,2007,32(6):44~47.

[9] 宋成芳,彭群生,丁子昂,等. 基于草图的花开建模与动画. Journal of Software,2007,18(11):45~53.

[10] 王永皎,莫国良,张引,等. 植物的三维建模研究进展. 计算机应用研究,2005,22(11):1~3.

[11] 郭焱,李保国. 虚拟植物的研究进展. 科学通报,2001,46(4):608~615.

[12] 丁维龙,赵星,熊范纶,等. 虚拟植物建模及其软件开发进展. 模式识别与人工智能,2002,15(4): 435~441.

[13] 陆汝铃,张文妍. 广义 L—系统. 中国科学,2002,8(4):530~532.

[14] 靳润昭,王兆毅. L—系统的基本概念和示例. 天津农学院学报,2002,9(1):49.

[15] 朱庆生,叶飞. 改进的 L 系统植物建模方法. 计算机工程与设计,2007,28(24):6044~6046.

[16] 陈昭炯. 基于 L—系统的植物结构形态模拟方法. 计算机辅助设计与图形学学报,2000,12(8): 571~574.

[17] 崔劲,徐凯声,高军峰. 基于 L 系统的交互式虚拟植物结构建模. 武汉理工大学学报,2005,29(2): 314~316.

[18] 唐卫东,李萍萍,卢章平. 基于 OpenGL 系统的植物结构功能模型研究. 计算机应用研究,2007,24(3): 94~96.

[19] 郑达,胡德婷,何兴恒. 基于随机 L 系统得三维分形树算法和实现. 计算机应用,2007,27(12): 100~103.

[20] 李向,王媛妮,朱莉. 基于 L-System 的植物生长仿真研究与实现. 计算机仿真,2007,24(8):295~298.

[21] 王丽芳,韩燮. 基于广义 L—系统的三维植物的仿真生长. 微计算机信息,2007,23(19):256~257.

[22] 冯莉,王力. 基于 L—系统的三维分形植物的算法及实现. 计算机仿真,2005,22(11):205~208.

[23] 韩向峰,刘希玉. 基于 L—系统的分形三维图的生成算法. 计算机应用,2004,24(10):86~91.

[24] 郭武,李文辉,等. 基于动态贝叶斯网络的虚拟盆景仿真研究. 系统仿真学报,2008,20(1):106~107.

[25] 石贱弟,姜昱明. 基于分形几何的动态云模拟. 计算机仿真,2006,23(4):197~200.

[26] 洪涛,曹华. 用分形理论模拟山峰和云. 西北工业大学学报,1995,13(4):576~580.

[27] 郑蔚,戴光明,磨炜罗,等. 基于分形几何的地形仿真及其漫游. 电脑开发与应用,2005,18(12): 17~21.

[28] 石松,赞其之,陈崇成,等. 贝塞尔曲线在虚拟森林景观单树几何模型构建中的应用. 地球信息科学, 2004,6(3):90~93.

[29]　潘学标. COTGROW:棉花生长发育模拟模型. 棉花学报,1996,8(4):180～188.

[30]　潘云鹤,毛卫强. 基于交互变形的树木三维建模研究. 计算机辅助设计与图形学学报,2001,11:1035～1042.

[31]　刘斌,王忠. 面向对象程序设计——Visual C++. 北京:清华大学出版社,2003.

[32]　甘玲,邱劲. 面向对象技术与 Visual C++. 北京:清华大学出版社,2004.

[33]　Shrenier D,Woo M,Neider J,et al. OpenGL 编程指南(4 版). 北京:人民邮电出版社,2005.

[34]　和平鸽工作室. OpenGL 高级编程与可视化系统开发 高级编程篇(2 版). 北京:中国水利水电出版社,2006.

[35]　Hearn D,Baker M P. 计算机图形学(3 版). 北京:电子工业出版社,2005.

[36]　刘苏. 分形理论对创造性思维能力培养的启示. 南京航空航天大学学报,2000,3(2):76～79.

[37]　贾丽会,张修如. 分形理论及在信号处理中的应用. 计算机技术与发展,2007,9(17):205～206.

[38]　刘鹏. 基于分形模型的分布式虚拟现实系统的应用研究. 工程地质计算机应用,2008,52(4):1～3.

[39]　齐东旭. 分形及其计算机生成. 北京:科学出版社,1994.

第七章　三维自然景观模拟引擎技术

7.1　引　　言

7.1.1　三维引擎及自然场景模拟研究概述

当前,三维图形已在计算机辅助设计与制造(CAD/CAM)、动画影视制作、游戏娱乐、军事、航空航天、地质勘探、实时模拟等方面有着十分广泛的应用。由于三维图形涉及许多算法和专业知识,要快速的开发三维应用程序是有一定难度的。在微机上编写三维图形应用一般使用 OpenGL 或 DirectX 等 3D API 对硬件(显卡)进行操作。虽然 OpenGL 和 DirectX 在三维真实感图形制作中具有许多优秀的性能,但是在系统开发中要直接使用它们来实现各种复杂的运用还是相当困难的。就算是一个简单的三维应用程序,它的初始化、矩阵变换、材质、光照、渲染状态等一系列参数的设置,都相对繁琐、涉及较多的重复工作。同时,OpenGL 和 DirectX 的开发模式面向对象程度不高,对于现在需求越来越复杂,场景复杂度越来越高等因素,这种封装性不高的编码会使得代码的复制急剧增长。

三维引擎是对图形图像中一些常用的或可能用到的操作和图形算法进行整合封装,方便开发人员使用和扩展。它一般要解决资源管理、渲染管理、事件处理等关键性问题,就好比是汽车中的引擎,是汽车的心脏,决定着汽车的性能和稳定性,汽车的速度、操纵感这些指标也都建立在引擎的基础上。图形运用程序也是如此,所有的用户体验到的渲染效果、交互式操作控制等都是由图形引擎直接控制的。

自然场景的模拟是三维引擎中的一个组成部分,一个三维运用一般都需要包含虚拟环境的模拟,如室内的场景环境或室外的自然场景环境。自然场景的模拟也是计算机图形领域内的研究重点和技术难点,要实时渲染自然场景,并为引擎中其他的需求保留足够的 CPU 和 GPU 资源是很困难的。因为一方面自然场景中的物体都相对比较复杂,无论在个体模型对象上,还是总体多边形数目上,和室内场景相比都要复杂得多。它可能包括大量的树木植被,不规则大小的各种石块,天空变化多端的云层,复杂的光影环境,形态多变的水流等。存在许多难以用经典欧几里得几何来描述的形状,如山脉、云、火焰等自然现象。它们的形体常常无规则且动态变化,不像室内的一些房屋墙面、家具模型,形状相对都比较规则,用少数的多边形就可以描述。由此要用到特殊的模拟技术和绘制算法。另一方面室外自然场景的组成对象可能数目相当庞大,如大片森林、无际的草地等,要真实、高效的将它们渲染出来对于性能优化方面的要求是很高的。许多优秀的图像引擎能提供多样化的解决方案,一般三维引擎在设计中都至少能支持一种虚拟场景环境的搭建,因为搭建一个虚拟场景来说对一个三维应用是相当重要的。综上所述,对三维引擎及其自然场景模拟等关键性技术的研究不论在学术还是在现实运用中都具有重要意义。

7.1.2　国内外研究发展现状

1. 三维引擎技术的发展

国外许多研究机构较早就开始了对于三维虚拟技术的研究。美国北卡罗来纳大学(UNC)的计算机系是虚拟现实研究最早最著名的大学,他们主要研究分子建模、航空驾驶、外科手术仿真、建筑仿真等。美国宇航局(NASA)研究的重点放在对空间站操纵的实时仿真上,大多数研究是在 NASA 的约翰逊空间中心完成的,他们应用自己研发的引擎模拟面向座舱的飞行模拟,模拟外太空的三维场景,其中也包括著名的对哈勃太空望远镜的仿真。

图形图像技术的运用最显著的是在游戏和影视产业中。国内外许多著名的图像引擎都是针对游戏或为了游戏开发而设计研发的。可以说,现今图形引擎技术包括底层的图形图像技术,发展的最大驱动力都来自于游戏娱乐产业,尤其是3D类游戏,因此从游戏引擎的发展可见 3D 虚拟、图像引擎技术的发展。早期的开发制作,引擎开发都是针对某一特殊项目研发的。直到有名的 Quake II 的出现,极大的刺激推动了引擎的开发和发展。随后 Epic 公司的虚幻系列问世,除了精致的建筑物外,游戏中的许多特效即便在今天看来依然很出色。Unreal 引擎的应用范围除了游戏制作,还涵盖了教育、建筑等其他领域。Digital Design 公司曾与联合国教科文组织的世界文化遗产分部合作采用 Unreal 引擎制作过巴黎圣母院的内部虚拟演示。ZenTao 公司采用 Unreal 引擎为空手道选手制作过武术训练软件,另一家软件开发商 Vito Miliano 公司也采用 Unreal 引擎开发了一套名为 Unrealty 的建筑设计软件,用于房地产的演示。随着技术的进步和市场的刺激,涌现出不少优秀的商业及非商业 3D 引擎,除了如 Unreal、Quake 这样的强大引擎外,还有 Lithech、OGRE、Nebula、Irrlicht、Truevision 3D 等,其中开源免费的有 OGRE、irrlicht、fly3D、Nebula2 等。应该说得益于网络技术的发展,开源社区显示出了强大的威力,开源引擎中不乏性能强大、足以和商业引擎抗衡的优秀产品。其中评价最高、影响最大的应该属 OGRE 了,首先是作为一个图形图像引擎,它支持的图形特性丰富,渲染质量、速度也都相当不错;同时 OGRE 设计模式的清晰,这归功于它的开发团队。leader 本身软件工程架构师出生,对软件整体架构设计把握比较得到,使得引擎拥有优秀的扩展性和易用性,也为它赢得了庞大的社区群体。

国内的相关研究起步较晚。北京航空航天大学计算机系是国内最早进行三维虚拟研究权威单位之一,他们开发了自己的虚拟现实运用系统平台,设计了虚拟环境漫游引擎,实现了诸如飞行员模拟训练、校园模拟、虚拟珠峰漫游等项目。浙江大学 CAD&CG 国家重点实验室也开发了自己的引擎系统,并改进实现了快速漫游和递进网格快速生成算法,开发了虚拟紫禁城等虚拟环境漫游项目。

和国外相比,国内的三维引擎技术还比较落后,多数开发的产品大多实际应用性不强,曾经一度游戏开发多是引进日韩和欧美的游戏引擎开发,而国外的大多商业引擎核心代码是不公开的。但是,随着市场需求的刺激和国家的大力支持,这几年我国在图形引擎技术方面的发展也相对迅速,2D 类引擎技术应该说已经相当成熟。以网易的游戏为代表,它的 2D,2.5D 类网游在国内取得巨大成功。但也因为长时间以来 2D 类游戏还拥有大量市场份额,导致国内许多公司不太愿意投入研发自己的 3D 引擎。真正的打算商业化或者说具有商业化价值的国产 3D 引擎要属涂鸦软件公司发布的起点引擎,不论是在画面效果还是在渲染性能上,都有出色的表现,已初步具备同国外引擎抗衡的实力。许多国内公司为了抢占市场先机,宁可出昂贵的价格购买国外相对比较成熟的引擎,也不愿意冒风险自主研发。然而,购买国外引擎的硬伤也让国内许多公司苦不堪言:第一,成本昂贵;第二,国外不少厂商对国内市场重视程度不够,售后服务难以保证;第三,难以获得关键性技术。所有的这些表明,要做的工作任重道远,还有很长的路要走,需要更多人的努力。

2. 自然场景模拟技术的发展

对户外自然场景的真实模拟是图形学中的难点和热点,也是一个成熟的图形图像引擎所必须具备的重要功能。主要针对自然场景中的地形模拟、天空模拟、云层模拟、水面模拟、草地模拟几个方面进行研究。

人们针对不同的应用目的,依据各种数据模型、算法和数学理论,在现有的计算机发展水平上建立了许多地形可视化模型。地形模型数据的来源可归为两种:一种是严格的地理学图形数据,主要来自卫星图片;另一种是应用噪声函数来模拟。不管数据如何获得,因为地形的数据量巨大,要存储所有对应的 3D 空间数据是不合理的,大多是存储一些关键性信息而后根据程序中的算法来生成三维地形模型,如存储地形表面点阵的高度信息,再根据高度信息生成地形网格模型。

天空的模拟可分为大气的模拟和云层的模拟两个部分。大气的模拟主要是要模拟阳光散射效果,要真实的模拟出大气散射涉及复杂的物理过程,大多要根据简化散射方程来计算颜色强度[1,2]。云层模拟实现技术有多种,也都各有优缺点。云作为一种无确定边界和表面的物体,模拟起来比较困难。早在 1957 年,Mason 就在他的专著中就自然界中云的基本物理特性和它的形成原因进行了详细的介绍和分析[3],为云的计算机模拟提供了物理学基础。云形态模拟的研究也很多,如 Voss 提出用高斯随机过程和分形几何通过多次迭代计算的方法[4],Stam 利用基于 Novier-Stokes 方程的物理模拟类似烟雾的流体性质的云[5],还有基于噪声函数的云层模拟。与基于物理的方法相比,基于噪声函数的模拟在效率上要高,更加适合实时渲染应用。

水的模拟主要涉及两个方面,一个是折射反射现象,另一个是水波纹的模拟。要模拟折射有很多方法:有一些预先计算环境映射,然后在运行时使用;其他的是直接在运行时计算环境映射。一般折射模拟要两次渲染,一次通过水面上的几何信息来生成折射图,另一次渲染水面。水波的模拟也大致可分为两类:数学函数构造和基于物理原理的模拟。基于物理的模拟也涉及流体力学[6],实现比较复杂,计算量也较大。就目前硬件水平而言更实用的还是利用数学函数来模拟,如应用水面法线的扰动来实现模拟。

草地的模拟是指在三维场景中大片草地的模拟。由于草地中草体数目很大,每个草体模型不能太过精细复杂,一定要用少数的多边形来表现。2002 年 Code-cult 在 Codecreatures 基准中就向人们展示了用简单的草体模型来表现真实感很强的大面积草地技术。Pelzer 收录在 GPUGems 中的文章也详细研究了无数波动草叶的渲染技术。

7.1.3　研究工作与内容安排

在分析国内外现状的基础上,研究并参考了一些优秀的引擎整体架构和其中自然场景模拟等关键性技术,设计并实现了一个三维引擎系统。该引擎设计理念依照软件工程模块复用思想,改进并整合了一些优秀的自然场景模拟的实现方法,具有一定的学术意义和实用价值,可为国内虚拟仿真技术的发展提供一定的参考。

7.2　三维引擎总体设计

7.2.1　引擎架构

在引擎设计中参考了一些优秀国外开源引擎的设计理念,主要有 OGRE、Nebula2 和 Dingus,其中主要参考了 OGRE 和 Dingus 的设计模式。

　　OGRE 应该说是开源图像引擎中最负盛名的,多年的积淀和发展使之拥有了庞大的用户群体和深远的影响力。Dingus 是 MIT 计算机系的学生编写的一个引擎框架,主要针对 DirectX 接口。相比于 OGRE 和 Dingus 的代码量要小得多,但是结构性也很完备,有许多的应用实例,具有很高的研究价值。它的编写者在 ShaderX4 中发表了两篇论文,提出了基于 GPU 渲染时如何更高效的管理渲染特效[7]。

　　设计引擎的目标是希望通过面向对象的方法实现这样的一个入口,从实际应用进入到 3D 引擎具体的本职工作,把基本几何体渲染到目标区域(一般情况下指的是 CRT 或 LCD 显示设备的屏幕缓存,但也有例外)。无论是使用 OpenGL 或者 Direct3D,这种底层 API 都有一些相似而且繁琐的过程:

　　① 通过调用 API 设置渲染状态。

　　② 通过调用 API 传送几何体信息。

　　③ 通过调用 API 通知 GPU 渲染。

　　④ 清理。

　　⑤ 返回到第一步,直到渲染完一帧进入下一帧。

　　这个过程会让你陷入纷杂的 API 操作之中,相对于真正的应用,你的精力可能会被浪费在基本的几何体操作中。

　　如果使用面向对象的方法来渲染几何体,就可以从几何体级别的处理工作中抽离出来,转而处理具体的场景和场景中的物体。其中的物体包括,可活动的物体、静态物体组成的场景本身、灯光、摄像机以及其他。只需简单地把物体放到场景之中,引擎会帮助完成杂乱的几何渲染处理,从而脱离对调用 API 的依赖,而且也可以通过简单的方法来操作场景中的物体来代替矩阵变换。例如,可以简单的通过角度或者弧度来控制物体在不同坐标系内旋转(包括本地坐标系、世界坐标系),而不必要通过矩阵的变换这种抽象的方法来操作实现变换。简而言之,引擎让你可以处理更具体的物体、属性和方法,而非抽象的顶点列表、三角形列表、旋转矩阵等底层概念。

　　引擎的面向对象框架提供了包括全部渲染过程的对象模型。渲染系统把复杂且不同的底层 API 功能抽象成一个统一的操作接口。所有可渲染对象,不论是动态还是静态,都被抽象出一组接口,用来被具体的渲染操作调用。

　　引擎现阶段设计中主要实现了针对 DirectX 的接口,以便进行 OpenGL 接口的扩展。关于 DirectX 和 OpenGL 的竞争比较问题由来已久,这里不讨论两者区别问题,应该说两者都很强大,非常优秀,而且在互相竞争的同时也在不断互相学习。许多优秀的引擎也能同时很好地支持 DirectX 和 OpenGL。

　　从开发者的角度看,引擎为开发者提供了需要的 API、一些核心的库以及辅助的工具,以提高开发效率,降低了对开发人员的要求。在设计引擎中的层次框架如图 7.1 所示。

图 7.1 引擎层次框架

引擎层位于硬件、系统层和应用程序之间,使得开发对底层接口,特别的 3D API 接口更加透明化。同时集成扩展了许多三维虚拟应用中可能常用的功能。引擎层更贴近应用层一级的基于插件模式的模块,可能因为不同的应用需要不同的扩展。接近于系统层的一级是引擎基础的框架。场景管理器主要负责管理场景中的资源,包括资源导入、对象剔除、可渲染对象排序等。脚本主要是对一些脚本语言解析,主要实现对 XML 和 LUA 的解析。这里用 3D API 渲染输出文本字符。FX 是对 Shader 集成文件的管理,实现各种特效。Windows 管理用于 Windows 窗口的初始化、移动和缩放调整等。Math 是一个数学函数应用库,封装一些常用的或可能用到的数学函数,如随机数生成、四叉树算法等。

引擎中一些主要类的功能模块情况如图 7.2 所示。

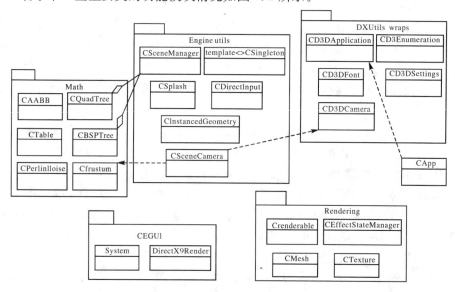

图 7.2 引擎主要类模块

下面先对图中各模块主要类对象功能进行简要介绍：

（1）DX 应用工具包模块

封装了 DirectX9 接口的一些基础或常用方法。CApp 是开发者使用引擎时主要要实现的类，它需要继承 CD3DApplication 类。CD3DApplication 类中封装好了引擎的主要工作流程函数，包括窗口、资源初始化、渲染、事件监听、销毁等一些必须的函数调用入口。这些都在 CD3DApplication 中被定义为虚函数，开发者可根据自身的需要在 CApp 中进行覆盖重写。CD3DEnumeration 和 CD3DSettings 用于参数的设定修改。CD3DFont 用于文本输出。CD3DCamera 是摄像机类，用于设置三维中摄像机位置和计算视角矩阵。

（2）引擎工具包模块

这个模块中 CScene Manager 类用于实现场景管理，具体将在后面的章节中讨论。CSingleton 是一个模板类，用于一些需要实现单例的类对象，如保证系统中只有一个渲染对象类，只有一个主场景摄像机类等。CSplash 是用于启动界面等制作应用。CDirectInput 是负责管理输入输出的类。CInstancedGeometry 用于实现几何体实例化，优化引擎渲染效率。

（3）数学库

数学库模块中实现了一些引擎中常用到的或可能用到的数学模型方法，如二叉树、四叉树算法、噪声函数生成、视角平截头体和 AABB 包围盒生成等。

（4）渲染模块

渲染模块主要处理如何通过 3D API 调用 GPU 的问题，还有在渲染时如何更高效地管理各种渲染状态（引擎中通过 CEffectStateManager 实现），同时也包括一些如水面模拟等高级渲染中需要用到的类对象。渲染目标要解决的是最终需要将渲染出来的东西展示在什么地方，如果将场景管理比作导演，那么渲染系统就是摄影机，而胶片就是渲染目标。渲染对象是场景中可见的需要被渲染的实体对象。引擎中实现了两种用于实现特殊功能的渲染相关类：

① 二维纹理可渲染类。可视为一种渲染目标，主要应用在镜面、水面等模拟上。

② 纹理信息提取类。存取纹理中的信息，主要针对 Coverage map。在渲染中较多应用多层纹理技术，多层纹理除了包括最终可见的一些混合纹理层，如 normal map 之外，还可能包含 Coverage map。它主要用于保存一些位置信息，如在地形模拟中，可以用 Coverage map 保存水、草地等在地形中的位置信息。

（5）界面组件模块

界面用于实现与用户更好地进行交互式操作。引擎中主要应用了第三方界面库 CEGUI，这是一个应用 3D API 渲染实现的界面库，能很好地结合 OpenGL 和 DirectX 接口。在引擎中主要通过 GUI System 和 DirectX9 Render 两个类来调用。

7.2.2 设计模式应用

在引擎设计中,应用实现了几种通用的设计模式,由此提高了程序库的可用性和弹性[8]。主要应用的模式有:

(1) 单例模式(Singleton)

用来保证一个类只有一个实例。单例模式的实现可分为显式和隐式两种类型,区别在于前者单例类对象需要手动创建和销毁,而后者通过标准库中智能指针(std::auto_ptr)等方法来实现类对象的自动创建和销毁。引擎中通过显式模式实现,虽然需要手动创建和销毁单例对象,但是这种模式相比隐式实现代码比较清晰明了。

(2) 工厂模式(Factory)

工厂模式也是最常见的软件设计模式之一,可以方便地处理一种或多种类对象的实例化。需要实例化的类对象相当于一件件产品,而负责管理实例化和销毁这些对象的工厂类就相当于生成产品的工厂,不过这个工厂不但要负责产品的出厂,同时也要负责产品的回收。在引擎中多处应用了工厂模式来提高程序的易用性。在渲染模块中,材质、纹理和特效等对象就相当于一系列产品,渲染管理器类模块通过工厂模式对它们进行管理。

此外,引擎设计中还应用到迭代器模式来遍历一个数据架构中的所有数据,应用观察者模式来对每帧的状态变化进行监控。

7.2.3 引擎模块

1. 资源管理

引擎中资源的管理都集成在 DXUtils 模块中。作为一个 3D 应用程序,资源文件可能包括纹理、网格对象、缓冲、特效文件等。虽然理论上说可以直接从文件中载入资源,但是在实际的执行过程中有很多原因让我们更倾向于用资源管理策略来处理资源。其中有一个重要的原因是磁盘操作的速度远远慢于内存操作,基本上不可能在每一帧的时间内都处理磁盘数据。另外,一个很重要的原因是很多文件可能需要解压,对于其中一些需要被重复使用的文件,使用资源管理可以重复从内存中得到解压过的资源数据。最后的原因,系统可以在空闲时处理对资源的载入,而不用到使用的时候才载入。

由于在引擎中目前主要使用并实现为 D3D 的接口,所以将通过 D3D device 对象对资源文件进行管理操作。主要可分为 Device 的建立、Device 的销毁、Device 的丢弃、Device 的重置。从程序的开始到结束,所有资源文件的初始化、运用到销毁过程如图 7.3 所示。

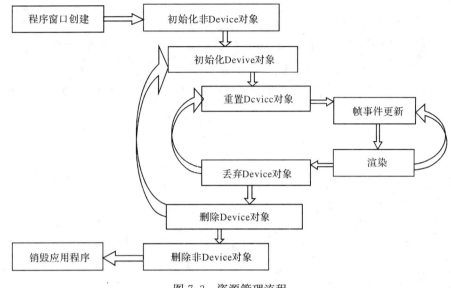

图 7.3　资源管理流程

2. 场景管理

　　场景管理器在图像引擎中的地位是毋庸置疑的,主要负责管理和组织在应用程序渲染场景中的物体。它不但对用户在空间中查找和搜索物体提供了高速的优化,而且针对程序库的渲染需要,提供了相应的搜索、排序以及剔除功能。在某些时候也被用来进行碰撞检测。

　　简单地说,场景管理器是要以较小的计算代价排除那些不可见的物品,就是所谓的剔除隐藏面,减少绘制元素。为了实现这些功能,就要运用空间排序算法。

　　在引擎中主要将场景管理分为对静态物体的管理和动态物体的管理。静态物体主要是指地形和地形上一些相对比较固定的物体,例如树木、房屋等。这些物体在场景初始化加载后位置不再发生变化。这类对象的管理主要通过 BSP 和QuadTree 实现。对于动态可渲染对象,需要为它们组织场景图结构,即建立一个能方便进行渲染剔除工作的组织关系图。引擎中主要是应用可渲染对象的基类来处理,所有可渲染的对象都继承自 CRenderable 类。CRenderable 类中有材质、纹理、特效接口、包围盒、空间位置(世界坐标系)等主要属性。程序在运行时首先加载需要的可渲染对象,将它们组织为场景图,应用标准库中的 map 数据结构。map 提供键值配对,可方便在场景中对某个对象进行查找。其定义如下:

　　　　typedef std::map⟨std::string,CRenderable * ⟩RenderableMap;

　　加载完需要的对象后,要先根据包围盒进行剔除判断。如果该对象的包围盒在摄像机平截头体内,则将它加载到渲染队列中。所谓渲染队列是由当前视口中需要渲染的对象组成的序列。在引擎中定义如下：

typedef std::list〈CRenderable *〉RenderableList；

此时的渲染队列还不是最终要渲染的队列，还需进行遮挡剔除，即根据当前摄像机的位置对队列中物体进行深度排序，将那些被前面物体完全遮挡住的物体剔除出队列。然后，将 RenderableList 提交到渲染管线进行渲染。场景管理生成渲染队列的流程如图7.4所示。

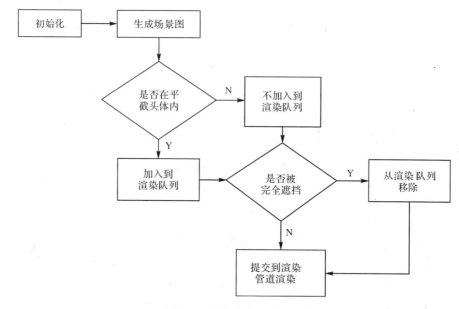

图7.4　场景渲染队列管理

3. 输入/输出模块

输入模块主要用 Microsoft DirectInput[9]实现。虽然如键盘、鼠标等简单输入通过 Windows API 就可以直接实现，但是 DirectInput 除了支持 Microsoft Win32 API 不支持的设备服务外，还能以直接访问硬件驱动的方式提供比 Microsoft Windows 消息更快的访问方式。即便应用程序处于后台，DirectInput 也可以获取输入设备数据。同样，对任意类型的输入设备都提供完全支持，其中包括力回馈控制器。通过 action 映射，应用程序不需要知道具体使用的是什么类型的设备就可以获取输入数据。

虽然对于使用键盘作文本输入或鼠标导航的程序来说，DirectInput 并没有提供更多优势，但由于其更好的扩充服务及改良的性能，非常适合游戏、模拟与实时会话等。因此，在引擎中还是选择通过 DirectInput 作为输入输出模块，通过实现 CDirectInput 类对 DirectInput 进行封装。

CDirectInput 类主要有两个接口型成员变量：

① IDirectInput8。启动 DirectInput 时必须创建的主 COM 对象。

② IDirectInputDevice8。从主 IDirectInput8 接口创建，是和设备(如鼠标、键盘、触摸屏、游戏手柄等)通信的渠道，其中有一些设备需要调用轮询机制(Polled Device)。

DirectInput 有立即模式和缓冲模式两种工作模式。在立即模式下查询数据时，只能返回设备的状态，而缓冲模式则记录所有设备状态变化的过程。引擎中 CDirectInput 类包含两个 IDirectInputDevice8 接口对象，分别是键盘和鼠标。在处理按键事件时，选择使用缓冲模式以便记录按键事件，判断按键是按下还是松开。在获取鼠标移动信息时，使用立即模式，这样不需要累加每个移动事件的移动量。

4. GUI 模块

GUI 即图形用户界面，是人和系统进行交互的接口，包括系统给用户提供的各种信息及用户通过键盘和鼠标等输入设备进行的操作。

GUI 模块主要包括各种图形界面的控件以及控件间的组织机制。适合用于处理游戏输入及消息响应的机制。图像引擎中的 GUI 是为开发人员提供可编辑的图形用户界面，构成二维的控制面板及接受用户的输入和显示系统的相应输出。作为用户与应用程序间重要的交互通道，其地位是非常重要的。

其实现今也不乏许多优秀成熟的 GUI 框架，如 MFC、QT、WPF 等，但它们一般都不是基于 OpenGL 或 D3D 的。虽然经过不断发展，控件库越来越丰富，但样式相对比较单一，而且整合运用对 3D API 的性能或多或少都有一定影响，并且在某些特殊模式(如全屏独占状态)下这些 GUI 库无法使用。

3D 程序，特别是游戏开发中，都通过 3D API 开发基于纹理、关闭 Z 缓存的 GUI 模块。这样开发出来的 GUI 库样式多样化，而且都基于 3D API 渲染，不影响运行效率。

GUI 模块中最基本的组成是控件，控件可以有很多种，如文本标签、按钮、滚动条、下拉列表框、列表框等。开发一套较完善的 GUI 库，需要的控件库繁多，工作量很大，可能也有很多的重复编码劳动，所以主要运用了第三方的用户界面类库 CEGUI[10]。它能同时很好地兼容 OpenGL 和 D3D 接口，基于 XML 实现，调式和修改都相对方便，而且还有提供界面布局的编辑器。

CEGUI 中界面的数据信息都保存在 XML 文件中，主要有两类 XML 文件，分别用于布局和图片集。图片集文件数据是根据控件纹理生成，主要是记录下所需纹理的坐标值。如图 7.5 中是一个圆形按钮的纹理图，从左到右依次是按钮在普通状态、鼠标经过覆盖状态和被按下状态时的对应纹理。以矩形方式进行选取，对每一个纹理需要获取两个点坐标信息 $(x_{\text{left}}, y_{\text{top}})$，$(x_{\text{right}}, y_{\text{bottom}})$，由此确定在纹理集中的位置。将一个包含多组控件纹理的贴图的所有单个控件贴图的坐标信息提取到一个 XML 文件中,这个 XML 即 imageset 文件。在引擎中解析读取 imageset 文件时就能在纹理图中找到相应的控件纹理。

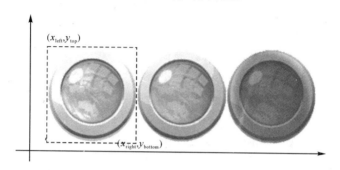

图 7.5　控件图片集纹理坐标选取

同样在界面布局信息 XML 文件 layout 中,记录了控件名、位置等各种相应属性,并在程序运行时进行解析。如下为 layout 文件的一般格式:

```
<WindowType = "WindowsLook/Slider"Name = "MoveSpeedSlider">
    <PropertyName = "Font"Value = "DejaVuSans-10"/>
    <PropertyName = "CurrentValue"Value = "0"/>
    <PropertyName = "MaximumValue"Value = "1"/>
    <PropertyName = "ClickStepSize"Value = "0.01"/>
    <PropertyName = "UnifiedMaxSize"Value = "{{1,0},{1,0}}"/>
    <PropertyName = "UnifiedAreaRect"
    Value = "{{0.131321,0},{0.407284,0},{0.828808,0},{0.565158,0}}"/>
</Window>
```

除了上述几个关键性模块外,还有一个用于处理渲染管理的模块,将单独在下一章中详细阐述。

7.3　三维引擎优化

7.3.1　GPU 渲染管道

因为引擎是基于 GPU 来实现渲染的,通过 GPU 的可编程[11]操作来实现各种渲染效果。要能更好地优化引擎,首先需要对整个渲染流程有所了解,因此这一节先简单回顾一下 GPU 的发展史及其工作流程。

从 1995 年,3Dfx 发布第一块消费级的 3D 硬件加速图形卡开始,计算机图形技术和相关的硬件技术都取得了重大进展。但是,由于受到硬件固定管线构架的限制,仍然有很多约束,开发者被强制只能通过使用和改变渲染状态来控制渲染过程,所产生的图形也不够真实。1999 年,NVIDIA 推出具有标志意义的图形处理器——GeForce 256,第一次在图形芯片上实现了 3D 几何变换和光照计算(T&L),也开始了 GPU 的高速发展时期。但此时的 GPU 还不具备真正的可编程能力。真正的 GPU 可编程操作开始于 2001 年,以 NVIDIA 的 Geforce3、Geforce4,ATI 的 Radeon8500 为代表,实现了从固定渲染管道到可编程渲染管道的飞跃。GPU 的可编程渲染管道工作流程如图 7.6 所示。

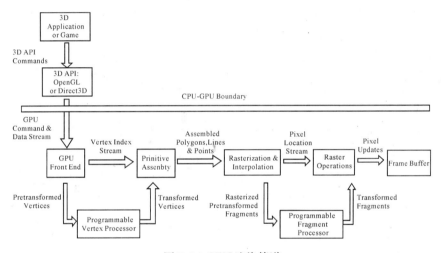

图 7.6　GPU 渲染管道

GPU 渲染管道中的可编程对象称为着色器(Shader),通俗地说就是图形硬件(显卡)中的指令处理器。Shader 可编程指令集分为图中顶点 Shader 和像素 Shader 两部分,分别对应于图 7.6 中的 Programmable Vertex Processor 和 Programmable Fragment Processor 两部分。顶点 Shader 主要用来描述和修饰物体的几何形状,计算顶点参数等。像素 Shader 则用来操作物体表面色彩和外观(如纹理)。

早期的 Shader 都采用汇编编写,随着硬件能力的增强,用汇编来编写复杂的图元片段十分不方便。于是为了把程序员从复杂的汇编指令集中解放出来,最先是 NVIDIA 和微软一起研发了专门的 GPU 编程语言,在 DirectX9 开始引入,称为 HLSL[12],NVIDIA 称之为 CG[13],两者在关键字命名,函数定义等大体相同,代码基本相同,CG 同时兼容 OpenGL,不过后来 OpenGL 采纳了高端研究机构3D Labs 的 GLSL[14] 作为自身的内置专用 GPU 语言。这样 DirectX 和 OpenGL

都拥有了自己的 GPU 编程语言, CG 的处境也就变得比较尴尬。在 D3D 中, 为了更方便的应用 HLSL 编写好的 Shader 代码, 通过将它们整合成一个 FX 文件[15]与 D3D 中的 ID3DXEffect 接口协调工作, 通过 Effect 调用 FX 文件中的各种渲染技术。

7.3.2　有效的性能评测

3D 应用程序追求场景画面真实感是一个无止境的目标, 其结果就是场景越来越复杂, 模型越来越精细, 这必然给图形硬件带来极大的负荷。因此, 渲染优化是必不可少的。在渲染优化之前, 需要对应用程序的性能进行系统的评测, 找出瓶颈。

对于 3D 应用程序来说, 影响性能的因素十分多, 同时不同的硬件配置条件下, 瓶颈也会有所不同。帧率, 即 FPS 是最主要的测评标准之一。广义的帧率是指每秒显卡能绘制刷新的次数, 但是尽管显卡 GPU 可以绘制很快, 最终显示上还是要受到显示器刷新率的制约。因为显示器上所有的图像都是按照分辨率逐行绘制的, 如 800×600 的分辨率就需要电子枪逐行扫描绘制 600 行, 每行 800 个像素点。这样就有两种同步参数——水平同步和垂直同步。水平同步是指画出每一行需要的时间, 垂直同步是指绘制完整个画面后电子枪从画面底部返回原始位置的时间。其中垂直同步时间是影响显示屏刷新率的关键参数。虽然显卡每秒可能可以绘制上百甚至几百帧, 但还是要等待垂直同步时间的完成, 如果忽略垂直同步很可能产生帧撕裂现象, 即可能画面的上下部分不是属于同一帧画面。但是有更多时间等待垂直同步并不是坏事, 现代显示屏一般刷新率都为 60Hz～85Hz, 帧率如果高于这个值则意味着可以有更多的空闲时间, 这说明程序效率高, 空闲的时间可以做更多的事情, 如更复杂的 AI 计算、碰撞检测等。但是一般都要保证 FPS 在 30 以上, 低于这个值, 眼睛就会感觉到有停顿, 画面不连续的状况。要对性能进行优化就要提高 FPS, 重要的一点就是要找出计算每帧时 CPU 和 GPU 之间协同工作情况是不是达到最佳或是较佳的状态, 找出它们间的瓶颈。

假设已确定了一个性能较差的情况, 此时需要做的是找出性能瓶颈。瓶颈通常随着场景内容而转移。瓶颈还经常在单帧的过程中转移, 从而使问题变得更为复杂。因此, 发现瓶颈意味着找出这个场景中对性能限制最大的瓶颈。消除这种瓶颈就能获得最大的性能优化空间[16]。

在理想状态下, 不会存在任何瓶颈——CPU、AGP 总线和 GPU 数据传输通道的各个阶段都顺利加载完成。如图 7.7 所示。然而, 在实际中, 应用程序无法达到这种状态, 总有这样或者那样的问题会抑制最佳性能的发挥。

瓶颈可能存在于 CPU 或 GPU 中。由于目前的图形加速硬件都具有强大的功能, 因此瓶颈往往出现在 CPU 端, 可以通过一些工具获得这个信息, 如 NVIDIA 的 NVPerfHUD, 微软的 PIX 等。

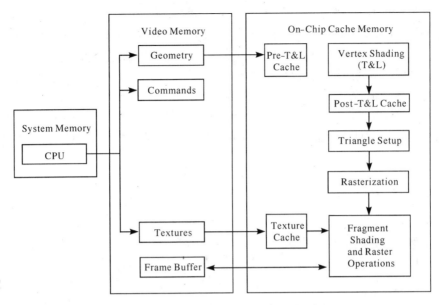

图 7.7 渲染管道中可能出现的瓶颈

CPU 上的瓶颈产生有两个方面,一是因为复杂 AI 计算或低效的代码,二是由于不好的渲染处理或资源管理。在此主要讨论第二种情况,通过查看每帧的 DP 数目,看看批的数量是否过多,查看纹理内存的数目,是否消耗了过多的显存。下面将重点介绍如何实现批处理优化。

7.3.3 渲染批次

1. 几何体实例化

在交互式程序中,丰富用户体验的一个很好的方法是呈现一个可信的世界,其中充满了小而有趣的特性和对象。从无数的草木到一般的杂物,它改善了最终的效果并保持了用户的假定性认知状态。这样才能让用户更相信他所沉浸的世界。

从渲染的观点来看,实现这一目标意味着要渲染许多小的物体。这些小的物体彼此相似,只有小的差异,如颜色、位置和方向上的差异。例如,大森林里的每棵树可能在几何体上非常相似,但在颜色或高度上可能不同。对于用户来说,会觉得森林是由许多独特的树组成的,并认为这个世界是可信的,从而丰富其体验。

然而,渲染很多小物体,每个小物体都由少量多边形构成,这会给今天的 GPU 和渲染库造成很大的性能损失。图形 API(如 Direct3D 和 OpenGL)并不是为能在每帧高效地渲染几千次具有少量多边形的物体而设计的。简单地说,现代 GPU

更适合渲染少量巨大物体,而不是很多小的几何片段。因为 Direct3D 把三角形提交给 GPU 渲染是一个相对较慢的操作。1GHz 的 CPU 在 Direct3D 中每秒只能渲染 10 000～40 000 批。在更现代的 CPU 上,估计这个数目大概在每秒 30 000～120 000 批(每帧大约 1 000～4 000 个批次,30 帧/s)。这种情况对于森林或其他多边形较多的复杂场景是不理想的。要使应用程序能最小化状态和纹理变化次数,并在一次 Direct3D 调用中把同一批次中的同一个三角形渲染多次。只有最小化提交批次的时间,才能让 CPU 把更多的时间应用到如物理、人工智能和其他逻辑运算等方面[17]。

2. 几何体定义

(1) 几何体包

几何体包是指需要被实例化的数据包,包括一组顶点和索引。一个几何体包可以使用顶点(位置、纹理坐标、法线、可能的正切空间、用于蒙皮的骨骼信息和各项顶点颜色),以及顶点流中的索引信息来描述。这种描述直接映射为把几何体提交给 GPU 最高效的方法。它是对一个几何体在模型空间的抽象描述,从而可以独立于当前的渲染环境。下面是对几何体包的一种可能的描述,它不但包含了几何体的信息,同时还包含包围盒或包围球信息。

```
Struct GeometryPacket
{
    Primitive  primType;
    void*  vertices;
    DWORD  vertexStride;
    DWORD  indices;
    DWORD  vertexCount;
    DWORD  indexCount;
    AABB  aabox;
}
```

(2) 实例属性

对每个实例来说,典型属性包括模型到世界的变换矩阵、实例颜色等。角色动画还可能包括蒙皮需要的骨骼。

```
Struct InstanceAttributes
{
```

```
    D3DXMATRIX   matWold;
    D3DCOLOR   InstanceColor;
        ...
}
```

（3）几何体实例

几何体实例就是一个几何体包与特定属性的集合。它直接把一个几何体包连接到将用于渲染的实例属性，提供了一个准备提交给 GPU 的关于实体的完整描述。

```
Struct GeometryInstance
{
    GeometryPacket*   pGeometryPacket;
    InstanceAttributes   InstanceAttri;
}
```

（4）渲染环境和纹理环境

渲染环境是指根据渲染状态组成的当前 GPU 状态（如 Alpha 混合和测试状态、活动的渲染目标等）。纹理环境是指当前激活的纹理。渲染环境和纹理环境通常模块化成类。

（5）几何体批次

几何体批次是一系列几何体实例的集合，以及用来渲染这些实例的渲染状态和纹理环境。为了简化设计，通常直接映射为 DrawIndexedPrimitive()调用。

3. 实现方法比较

为了能很好地隐藏具体的实体化实现，引擎用 CInstancedGeometry 类来实现几何体实例化。同时，提供管理实体、更新数据以及渲染批次的服务。这样引擎就能集中于分类（sorting）批次，从而最小化渲染和纹理状态的改变。同时，CInstancedGeometry 完成具体的实现，并与 Direct3D 进行通信。

为了能一次更新所有批次并且进行多次渲染，更新和渲染阶段应该分为独立的两部分。这个方法在渲染阴影贴图或者水面的反射以及折射时特别有用。一般有四种方法实现几何体批次。

① 静态批次：最快的实例化几何体的方法。每个实例一旦转换到世界空间，则应用它的属性，然后每一帧把已转换的数据发送给 GPU。虽然简单，但是灵活性较差。

② 动态批次:最慢的实例化几何体的方法,因为每一帧实体的属性都要以流的形式传入 GPU。但是,动态批次可以被完整地控制,而且可控性是最强的。

③ 顶点常量实例化:一种混合的实现方法。每个实体的几何信息都被复制多次,并且一次性把他们复制到 GPU 的缓存中。通过顶点常量,每一帧都重新设置实体属性,使用 Vertex Shader 完成几何体实例化。

④ 几何体实例化 API 批处理:使用 DirectX9 提供的 Geometry Instancing API(GeForce6 以上显卡完全支持)。这是一种高效而又具有高度可控性的几何体实例化方法。与前面方法不同的是它不需要把几何包复制到 Direct3D 的顶点流中。

在引擎中目前主要集成了几何体实例化 API 方法。下面详细讨论它的实现方法。

4. 几何体实例化 API

应用几何体实例化 API 批处理是 DirectX9 中开始引入的,现代显卡基本都能支持这项技术。这是项非常有趣的技术,它只需要占用非常少的内存,另外也不太需要太多的 CPU 干预。也许唯一的缺点就是只能处理来自同一几何包的实体。

DX9 提供了以下函数来访问几何实体 API:

HRESULTSetStreamSourceFreq(UINT StreamNumber,

UINT FrequencyParameter);

其中,StreamNumber 是目标数据流的索引;FrequencyParameter 表示每个顶点包含的实体数量。首先要建立两个顶点缓冲区:一个静态的,用来存储想要实例化多次的实例几何包;一个动态的,用来存储实例数据。两个数据流如图 7.8 所示。

提交时必须保证所有几何体都使用了同一几何包,并且把几何体的信息复制到静态缓冲中。

帧更新时只需要简单地把所有实体属性复制到动态缓冲中。它和动态批次中的更新方法类似,但是却最小化了 CPU 的干涉和图形总线(AGP 或 PCI-E)带宽。此外,可以分配一块足够大的顶点缓冲来满足所有实体属性的需求,而不必担心显存消耗,因为每个实体属性只会占用整个几何包内存消耗的一小部分。

渲染时使用正确流频率设置好两个流,之后调用 DrawIndexedPrimitive()方法渲染同一批次中的所有实体。GPU 通过虚拟复制把顶点从第一个流打包到第二个流中。Vertex Shader 的输入参数包括顶点在模型空间下的位置,额外用来把模型矩阵变换到世界空间下的实体属性。

由于最小化的 CPU 负载和内存占用,这种技术能高效地渲染同一几何体的大量副本,因此也是引擎设计中首选的解决方案。

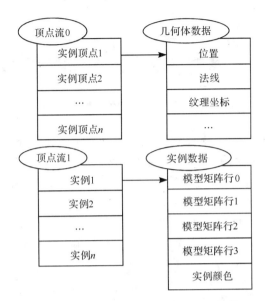

图 7.8　几何体实例 API 所用的顶点流

当然,没有任何一种方法是完美的,每种技术总有自身的优缺点和局限性。例如,几何体实例化 API 的方法在处理 skinning 上没有动态批次来得方便。在特定的情况还是要选择相应的方法来处理,基于按以下原则选择适应的方法。

① 对同一几何体大量静态实体的场景,由于移动少,选择静态批次。

② 对于包含大量动画实体,如场景中大量人物,选择动态批次。

③ 对于有大量植被的户外场景,通常需要对它们的属性以及一些粒子系统进行修改(如随风摆动),选择几何批次 API。

在引擎中,使用一个抽象的几何批次接口隐藏具体的实现,能让引擎更容易地进行模块化和管理。

7.3.4　渲染状态与特效管理

渲染的主要任务是在计算机中模拟真实物体的外形属性,包括物体的形状、光学性质、表面纹理和粗糙程度等。当然还有物体之间的相对位置、遮挡关系及由于光线传播而产生的明暗过度色彩等。至于如何渲染,就是 GPU 根据具体获得的数据进行管道流程处理。在引擎渲染模块中主要希望解决的是更好的管理要传入 GPU 进行渲染的数据和对渲染状态的管理。

对渲染状态的管理,认为是一个 3D 引擎中非常重要也比较难处理的一点。现在来简要分析渲染状态管理,它之所以非常重要是因为渲染状态是非常影响程序运行效率的。首先来分析一下 3D 渲染流水线中在渲染时需要设置哪些主要参数。如图 7.9 所示。

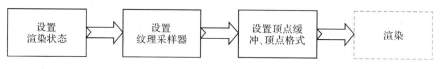

图 7.9　渲染流程中参数设置

　　无论是 OpenGL 还是 Direct3D,3DAPI 在渲染图形时都要首先设置渲染状态,渲染状态用于控制渲染器的渲染行为。应用程序可以通过改变渲染状态来控制 3DAPI 的渲染行为,例如设置着色器、Alpha 测试、Alpha 混合、深度测试、绘制线框等,D3D 中总共有 200 多种不同的渲染状态。改变渲染状态对于显卡来说,是个比较耗时的工作,因为显卡执行 API 必须严格按照渲染路径,当渲染状态改变时,显卡就必须执行浮点运算来改变渲染路径,因此给 CPU 和 GPU 带来时间的消耗(CPU 必须等待),渲染状态变化越大,所要进行的浮点运算就越多。因此,将渲染状态进行有效的管理,尽可能减少其变化,对渲染性能影响很大。绝大部分的 3D 引擎都会按照渲染状态对通道进行分组渲染。Geforce 8 系列的显卡开始采用新的框架后,将一些常见的状态参数集存储在显卡核心中,当渲染状态发生变化,可以直接读取保存参数集以消除不必要的开销。

　　对一个典型的三维场景,可能包含人物、植物、建筑场景等各种物体。事实上它们中的很多对象渲染状态是一样的。例如,两个不同的人物角色(A 和 B),他们和场景中某一建筑(C)的渲染状态可能是不同的,在这种情况下,如果先渲染人物 A,再渲染建筑 C,最后渲染人物 B,则在 A 到 C 和 C 到 B 要分别设置一次渲染状态,切换两次渲染状态。如果能先渲染 A、B,再渲染 C,则只需要切换一次渲染状态。因此,渲染管理器要做的工作就是将具有相同渲染状态的对象归为一组,然后分组渲染,按组切换渲染状态,这样可以大大地减少多余的状态切换。

　　为了对渲染状态进行更好的管理,引擎渲染模块中设计实现了 CRenderable 类。所有可以在屏幕上显示的被渲染出来的物体都要继承该类,所有的渲染对象,如地形、天空、水、角色等都需要继承 CRenderable。最后所有需要被渲染的对象物体都能被加入到 CRenderable 对象列表中。这样一方面可以方便根据渲染状态对这些对象列表进行分组,另一方面也可以方便根据距镜头距离对渲染对象列表排序。每个 CRenderable 需记录下自己的渲染状态,从而可方便进行分组。

　　其实改变渲染状态时,不同的状态消耗的时间并不一样,甚至在不同条件下改变渲染状态消耗的时间也不一样。例如,绑定纹理是一个很耗时的操作,而当纹理已经在显卡的纹理缓存中时,速度就会非常快。随着硬件和软件的发展,一些很耗时的渲染状态消耗时间可能会减少,但并没有一个准确的消耗时间的数据,所以暂时也没有对各种不同渲染状态切换的时间再做优化。

前面提到,引擎是基于 GPU 实现的,操作 GPU 渲染管道的着色器主要是基于 Effect 实现的。Effect 是 D3D 中为方便 GPU 编程而设计的一个 COM 接口类对象,方便读取集成渲染器的 fx 文件。

为此需要用到 D3D 中的两个 COM 接口类 ID3DXEffect 和 ID3DXEffect StateManager。用 ID3DXEffect 为 Shader 传递参数、设置状态,如纹理加载、矩阵输入、光照对象输入、对 FX 中技术和通路调用等。用 ID3DXEffectStateManager 接口对 Effect 中的状态设置进行管理。

主要通过 CEffectSateManager 实现 ID3DXEffectStateManager 接口对 Shader 进行管理。Shader 中有很多不同的数据加载设置,如材质、纹理、光照、矩阵、浮点值等。在 ID3DXEffectStateManager 中有用来管理特效状态数量和类型的纯虚回调函数。引擎中实现 ID3DXEffectStateManager 接口的 CEffectStateManager 必须实现所有的纯虚函数。CEffectStateManager 主要通过两个方面来管理优化特效:

① 过滤 Effect 中冗余的改变渲染状态的操作。在 Direct3D 运行时进行优化,以避免跟踪不必要的内部状态,需要在 D3D Device 初始化时设定为纯硬件驱动。这主要属于硬件层面的优化。

② 对渲染对象列表进行重新排序。由 CEffectStateManager 进行优化,根据特定的参数(一般是材质类别)以较少的状态改变次数对渲染序列进行重排序分组。

下面使用特效管理器对一个实例场景进行测试,场景中导入一个基本地形对象模型、天空体及云层、20 棵树模型和 200 个石头模型,各类对象各拥有自身不同的材质类型。测试环境如下:

CPU:T2330 1.60GHz Dual。

内存:1.00GB。

显卡:NVIDIA GeForce 8400M GS,HAL(纯硬件渲染)。

OS:Windows XP SP2。

分辨率:1024×768。

测试结果如表 7.1 所示。

表 7.1　渲染状态管理测试

是否应用状态管理	排序依据	每帧状态改变/次	每帧冗余过滤/个	FPS
否	无	8 071	3 896	101.13
是	材质	529	40	125.20

分析测试数据,应用 ID3DXEffectManager 可以有效减少每帧中渲染状态改变的数目和可能的冗余状态,提高帧率。

7.3.5　渲染剔除与排序

渲染一个逼真的虚拟场景是艺术上和技术上的双重挑战。在自然的渲染中可以把元素分解成层,每一层都独立对待,最后产生一个整体,如一层草,一层地面杂物,一层树等。所有这些层共享一些公共属性,可以平衡地压缩这些数据表示,以便在一个逼真的室外场景中大范围地移动摄像机,而不需要在任务上花费过多的存储资源。通过随机数生产法,"种植"所有的自然元素,而且每次重访地图上同一地点时,都有相同的视觉效果。而一个场景中的数据量往往是很大的,特别是以自然场景为主的虚拟环境,可能有上千棵树、灌木丛。这会严重影响数据的管理,只有解决这个问题才能以交互式帧速率进行渲染。引擎必须管理它们的渲染技术,以适应希望看到的环境范围。

场景管理器的主要功能就是管理要渲染的数据,对场景中需要渲染的物体进行合理的剔除和排序。场景管理器要能合理的根据当前视口来减少剔除绘制元素,对当前需要渲染的对象进行处理。这要用到摄像机的平截头体。平截头体是三维图形学中的一个重要概念,是一个梯状柱体,用来描述摄像机在场景中的可视范围,如物体在平截头体之外,则剔除不渲染。在引擎的数学库模块中,CFrustum 类实现平截头体的生成算法,场景摄像机类在继承摄像机基类的同时也继承了 CFrustum。

对于诸如地形等场景中较大的静态对象,引擎中根据不同的场景情况利用两种方法进行优化,分别是二叉空间分割树(BSP tree)和四叉树(Quad tree)。

1. Portal 与 BSP 优化

（1）Portal 技术

首先介绍一下什么是 Portal 技术,一个室内场景常被描述成是一个个洞口相互连接的房间,这些连接房间的洞口就是 Portal。一个 Portal 的基本方法是当你通过一个指定观察者的可视平截头体进行渲染时,如果一个 portal 出现在可视范围内,那么 portal 将对可视平截头体进行裁剪,与其相连的房间将会通过一个观察者位置相同但已经改变过的平截头体进行剔除渲染。如图 7.10 所示。

图中黑实线表示场景中的遮挡物,分割出各个房间,P1~P4 是各房间之间的入口,即 Portal。F1 是最初视点对应的平截头体,经过各个 Portal 后最后的平截头体已不再是简单的类梯形形状,而是由 F1~F6 组成的一个经 Portal 裁剪后的部分。而后,要结合 BSP 对场景房间进行排序,方便视点查找判断房间的前后顺序。

（2）BSP 生成树

二叉空间分割——BSP(binary space partition)常用在室内场景的管理中[18]。

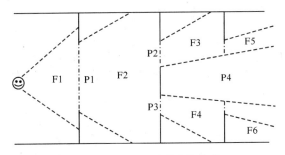

图 7.10　Portal 平截头体裁剪

一幢房屋无论大小,都是由天花板、墙壁和地板这些平面板组成,对每一个平面,都将空间分为平面前和平面后两个部分。如果已知人的位置(摄像机的位置),就可以根据人在平面前还是平面后来判断人所能看到的物体遮挡顺序。例如,人在平面前,则平面前的物体将遮挡住平面后的所有物体。场景导入前要先生成场景对应的 BSP 树。BSP 树的简单建立过程如图 7.11 所示。

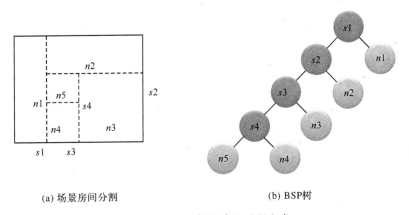

(a) 场景房间分割　　　　　　　　　　　(b) BSP树

图 7.11　BSP 树的建立过程生成

图 7.11(a)中,$s1 \sim s4$ 是场景中分割平面,$n1 \sim n5$ 是分割的区域空间。按照 n 在 s 的前后关系生成二叉树,如图 7.11(b)。在 3D 应用程序初始化时都先要计算生成场景对应的二叉树,同时要选取放置 Portal 的位置。在场景对应的二叉树中,Portal 必须都被放置在非叶子节点处。在实现时,Portal 都被处理为一个矩形对象,首先查找视点初始平截头体所接触的平面是否包含 Portal,如果有则在二叉树中遍历它的子节点,并在子节点对应的空间中计算新的平截头体范围。而后在子节点平截头体中再查找是否包含新的 Portal,如果有则继续在二叉树中查找,如果没有则结束遍历,根据现有平截头体剔除渲染场景。

2. 四叉树

对于室外场景,采用四叉树(QuadTree)算法[19,20]进行渲染剔除,主要是根据场景中的静态地形模型进行划分。地形的格式,即长度顶点数目×宽度顶点数目必须是$(2^n+1)\times(2^m+1)$。树的生成过程可由图 7.12 表示。

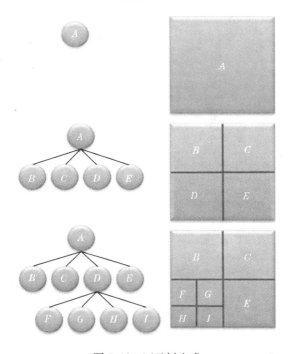

图 7.12 四叉树生成

图中右边矩形网格表示场景中地形面积的大小,左边生成的四叉树各节点分别对应场景地图中相应的序号。在场景导入地形模型(引擎中使用高度图生成)时,根据地形格式大小生成一个四叉树数据结构,并根据树的每个层级地形节点建立一个对应的 AABB 包围盒。

因此,当场景摄像机在场景中移动时,根据摄像机的平截头体位置,在场景的四叉树层级中逐级选取其所在位置对应的节点,直到找到叶子节点。从树的根开始进行遍历,遍历的条件就是判断是否节点所对应的网格 AABB 包围盒包含或部分包含在摄像机平截头体内。如果是,则继续遍历其子节点,如果完全不在平截头体内,则剔除该节点及其所有子节点。以图 7.12 为例,假设摄像机平截头体包含 G、H、I。首先摄像机一定在场景根节点 A 中,而后遍历二级子节点,B、C、E 完全不在平截头体内剔除,再遍历 D 的子节点,F 不在平截头体则剔除,最后将叶子节点 G、H、I 加入到渲染队列中。

7.4　自然场景模拟技术

7.4.1　地形模拟

1. 高度图过滤

　　典型的高度图是通过读取灰度图片中的像素值数据来对地形网格高度赋值。如图 7.13 所示,黑色代表最小高度,白色代表最大高度值,中间灰度颜色为最小高度和最大高度间的差值。

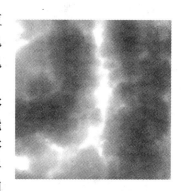

　　但是,使用一个 8 位灰度图作为高度图只能够提供 $256(2^8)$ 个阶跃值。由此,对于复杂地形,可能由于相邻的顶点间高度阶跃过大使得地形变得不够平滑。所以,在导入高度图到内存后要对其进行平滑过滤处理,以减小、平衡邻接元素间的差值。使用一种简单的方法来进行处理,即过滤后的像素值等于它与四周邻接点的平均值。

图 7.13　高度图

$$h'_{ij}=\frac{h_{i-1,j-1}+h_{i-1,j}+h_{i-1,j+1}+h_{i,j-1}+h_{i,j}+h_{i,j+1}+h_{i+1,j-1}+h_{i+1,j}+h_{i+1,j+1}}{9}$$

　　因为高度图主要是用来获取地形中各顶点的高度(y 值),为节省资源空间,将用做高度图的灰度图片转换为按行列顺序保存像素值的 raw 格式文件。如图 7.14 所示。

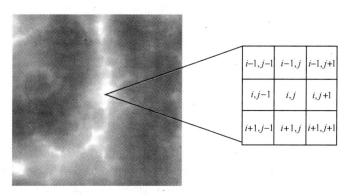

图 7.14　高度图优化过滤

2. 高级纹理技术

为了表现更真实的模拟效果,在纹理方面采用了多层纹理和法线贴图(normal map)[21]。

(1) 多层纹理

多层纹理是采用将不同细节层次的纹理经过 Alpha 通道或某特定像素通道混合来表现更为细致的贴图效果,现代显卡都可以很好地支持多层纹理。

但并不是将多张纹理图进行简单的颜色叠加,而是通过混合纹理图片对多张细节纹理进行处理。这种方法简单有效。

首先需要三张细节纹理图片和一张混合纹理。如图 7.15 所示。

图 7.15　地形纹理和混合纹理

混合纹理中 RGB 三个颜色向量分别代表了三层细节纹理。通过 8 位灰度值来控制与细节纹理的混合度,如白色像素代表细节纹理图 100% 显式(透明度为 0),黑色像素表示细节纹理完全不显示(完全透明)。用分别代表三层细节纹理的坐标的像素值,$B_{ij}=(B_{r,ij},B_{g,ij},B_{b,ij})$ 为混合纹理的像素值,$B_{r,ij}$,$B_{g,ij}$,$B_{b,ij}$ 分别表示 RGB 颜色向量,则最终合成的纹理坐标像素值 p'_{ij} 如下

$$p'_{ij}=w_1 p_{1,ij}+w_2 p_{2,ij}+w_3 p_{3,ij}$$

其中,$w_1=\dfrac{B_{r,ij}}{B_{r,ij}+B_{g,ij}+B_{b,ij}}$;$w_2=\dfrac{B_{g,ij}}{B_{r,ij}+B_{g,ij}+B_{b,ij}}$;$w_3=\dfrac{B_{b,ij}}{B_{r,ij}+B_{g,ij}+B_{b,ij}}$。

纹理混合过程也是通过 Shader 在 GPU 上实现的,混合结果如图 7.16 所示。

除了表示地表质地的细节混合纹理外,还需要一张法线贴图,用来计算表面凹凸细节和光照表现。

(2) 法线贴图

法线贴图基本原理是将物体表面的凹凸情况用每个点的法线向量记录下来,在贴图的时候根据法线贴图做光影的变换,从而实现凹凸效果。它的运用可分为两个方面,即作为 Bump map 表现粗糙或凹凸的表面,用低多边形模型表现高多边形模型效果。

在地形中属于前者运用,用一张四凸贴图来记录模型表面的法向向量。在正

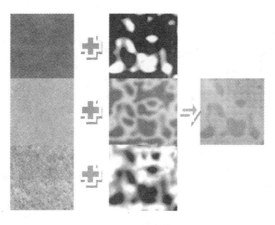

图 7.16　混合纹理

切方向和副法线方向上的偏移 b_u，b_v。在渲染模型表面的时候，用从凹凸贴图中采样得到的偏移值来更新法向向量，通过下式更新法向向量从而进行光照计算。因此改变了物体表面的光照信息，使得物体表面表现出凹凸不平的视觉效果。

$$n' = n + b_u u + b_v v$$

其中，n' 为更新后的法向向量；n 为更新前的法向向量；b_u 和 b_v 为凹凸贴图中采样的偏移值；u 和 v 为归一化的正切方向向量和副法线方向向量。凹凸纹理贴图可以根据高度图来生成，主要通过下式求出表面上任意一点的正切、副法线和法线向量。

$$\begin{cases} x = x(t, s) \\ y = y(t, s) \\ z = z(t, s) \end{cases}$$

$$\begin{cases} \boldsymbol{T} = \left(\dfrac{\partial x}{\partial t}, \dfrac{\partial y}{\partial t}, \dfrac{\partial z}{\partial t} \right) \\ \boldsymbol{N} = \left(\dfrac{\partial x}{\partial t}, \dfrac{\partial y}{\partial t}, \dfrac{\partial z}{\partial t} \right) \times \left(\dfrac{\partial x}{\partial s}, \dfrac{\partial y}{\partial s}, \dfrac{\partial z}{\partial s} \right) \\ \boldsymbol{B} = \boldsymbol{N} + \boldsymbol{T} \end{cases}$$

其中，$\boldsymbol{B}$、$\boldsymbol{T}$、$\boldsymbol{N}$ 分别代表次法线向量、正切向量和法线向量。

7.4.2　环境贴图映射和天空模拟

天空模拟是室外虚拟场景模拟的重要组成部分，实现动态天空的模拟也有多种方法。当然，每种方法都有各自的优缺点和适应性，没有绝对完美的方法。引擎中天空的实现分为天空体和云层模拟两个部分。

1. 天空体

天空体是通过创造一个模型对象,覆盖于场景摄像机上来模拟天空。它总是随着摄像机的运动而运动。一般来说,摄像机都设定为天空体的中心位置。在引擎中主要实现了天空盒和天空圆顶两种类型的天空体。

它们的主要实现方法正如它们名字中所描述的,分别通过构造立方体盒子和圆顶模型来模拟天空体。

(1) 天空盒

天空盒主要应用立方体环境映射技术[22]。它需要一个由六张图片组成的大纹理贴图。这六张图分别对应着场景中摄像机的前、后、左、右、上、下六个方位。如图 7.17 所示。

图 7.17　天空盒

天空盒相对天空圆顶而言消耗资源更少,渲染速度更快,因为它所需的多变形面数要远少于天空圆顶。它的实现十分简单,只需生成一个合适大小的立方体模型作为天空体对象,而后将上示立方体纹理按照正确的位置坐标映射到立方体模型内即可。

无论是哪一种天空体技术,都要保证摄像机位置始终在天空体内(一般在中心位置),即天空体要随着场景中摄像机的移动而移动。特别是对于立方体天空盒来说,摄像机位置一定要在天空盒的中心位置,否则在两个面相交处会产生透视变形。同时,在使用动态纹理时,立方体各面的边缘处也容易产生较为明显的不平滑过度。如图 7.18 所示。

图 7.18　天空盒边界失真

（2）天空圆顶

天空圆顶是用球或半球模型来代替立方体模型。如图 7.19 所示。

用天空圆顶模拟效果更加真实，而且能更方便处理星星、太阳等天空中的物体，也更适合动态纹理（如云层）的运用。和天空盒相比唯一的不足可能就是需要更多的多边形，但是对于现代 GPU 而言，这些多出的多边形对性能几乎不会造成影响，所以天空圆顶是引擎中首选的天空模拟的方法。

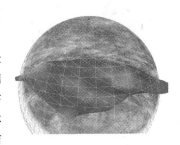

图 7.19　天空圆顶

2. 大气散射

大气散射现象也叫色散现象[23]。如何生成真实的大气散射效果一直是计算机图形学领域的难题，但是它对渲染真实的户外环境是非常重要的。

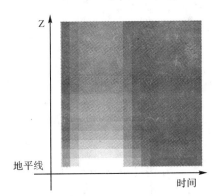

图 7.20　大气散射纹理

描述大气散射的方程非常复杂，通常需要采用简化方程。在图形学中也有很多这方面的研究，如 Ralf 在 2002 年的文章[24]。Sean[25]详细讨论了精确模拟大气散射的方法，实现效果也相当好，但是相对复杂。这里在引擎中采用了一个相对简单实用的方法通过顶点着色器来实现动态的天空颜色变化。这个方法主要参考 GameDev 论坛。首先需要一张 16×16 的纹理，水平方向（U）代表一天中的时间，纵轴方向（V）代表天空的颜色。如图 7.20 所示。

在进行 UV 映射时，u 值通过时间方程取得，可以手动调节或根据程序运行时间实现某一阈值范围的循环。v 值则用来表示天空经度方向当前色素值。根据下式来计算天空圆顶中具体某点的色素值。

$$\text{lat.} = \cos^{-1}\left(\begin{bmatrix} p_x - s_x \\ p_y - s_y \\ p_z - s_z \end{bmatrix} \cdot \begin{bmatrix} 0 \\ 0 \\ 1/r \end{bmatrix} \right)$$

其中，lat. 为纬度方向色素值；p 为天空圆顶中某像素点坐标；s 为天空圆顶中心坐标。将大气散色纹理映射到天空圆顶后，通过时间参数改变 UV 映射中水平方向值可以生成白昼变换效果。如图 7.21 所示。

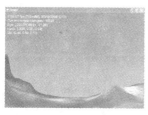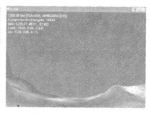

图 7.21　大气散射白昼变换效果

7.4.3　云层模拟

天空中云层的模拟与逼真的成像在模拟应用中扮演重要角色。从 20 世纪 70 年代末到现在研究人员已提出了很多计算机图形学方面的天空建模方法和对应的模型,如 Ontogenetic Model 方法采用噪声函数来模拟。目前对云的模拟、仿真方法多种多样。从云的建模方法上可大体将其分为两种,分别是基于物理过程的模拟和基于启发式的方法。

物理过程模拟的方法[26]主要考虑云的流体力学特性,完全根据物理原理来计算云的生成与消亡过程。因此,这种方法相对而言计算的复杂度很高。Dobashi[27]提出了一种基于体像素的,使用细胞自动机理论概念的方法。Miyazaki[28]改进了这种方法并实现了大气的流体动态模拟。

启发式的方法包括了基于分形、过程纹理和定性建模的方法等[29,30]。Gardner[31]提出了程序纹理的成像法,避开了一些光线追踪等复杂的物理运算。Perlin[32]在 1985 年发表的论文中提出的连续噪声生产方法是最有影响力的方法之一。它可以用来模拟自然界中诸如大理石、木材、水面、山地等纹理。

在虚拟环境中,3D 场景绘制的实时性要求是非常高的,尽管硬件能力在飞速提高,但是关于云模拟,一些纯基于物理运算的生成方法计算量太大,在普通的 PC 机上并不实用。基于体素的绘制方法[33]也因为计算复杂数据量较大不太适用。齐越等[34]实现了基于 Perlin 噪声的云的生成,探讨了静态云的生成,没有生成实时的动态云层。随着 GPU 指令集的不断改进,可以用非常少的指令来实现对噪声更合理的逼近。

在引擎中采用动态过程纹理来模拟云层,首先应用于改进的 Perlin 噪声[35]生成云层纹理。

1.　改进 Perlin 噪声生成纹理

基于过程纹理的模型考虑到云的纹理随机性和自相似性,根据随机过程理论,采用一系列有效的过程迭代噪声模型来生成云。一般采用递归和迭代方式,通过引进随机变量来反映细节的千变万化,随着迭代的不断进行,生成的随机纹理细节也将越来越丰富。Perlin 连续噪声生产方法是最有影响力的方法之一。它可以用来模拟自然界中诸如大理石、木材、水面、山地等纹理。Perlin 噪声可以适用于任何维度的空间,纹理生成主要是在二维空间的应用。

采用 Perlin 噪声来生成噪声纹理,并对其做了少许的改进,具体步骤如下:

① 将二维贴图看成一个 $n \times n$ 的网格,则每行有 $n+1$ 个顶点,共有 $n+1$ 列(图 7.22)。在每个顶点生成一个 2D 的随机向量,Perlin 通过一个含有 256 个向量的向量表,均匀分布成一个圆周,随机从中选取一个向量。采用 12 个伪随机斜率来取代原来的 256 个,以减少高频空间。

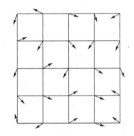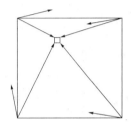

图 7.22　网格顶点伪随机向量生成

② 对于网格内的每个像素,网格的四个顶点都有一个指向它的向量。如图 7.22 所示。求出该向量与开始每个顶点随机向量的点积,返回一个数值 c(该值将作为计算该点 Pixel 最终颜色值的参考)。

③ 根据四个顶点的值对网格内像素进行计算,即根据四个顶点的值对像素进行某种插值处理。这里一般选用 Hermite 样条[36]来进行差值处理。

$$w = 3t^2 - 2t^3 \tag{7.1}$$
$$w = 6t^5 - 15t^4 + 10t^3 \tag{7.2}$$

分别将像素点坐标代入可以得到两个维度各自的权值。其中式(7.1)为 3 次 Hermite 样条,式(7.2)为 5 次 Hermiter 样条。两种权值函数都有各自的优缺点。式(7.1)的 2 阶导数含有非零值,这样在使用噪声的导数时,将导致出现一定的失真。虽然式(7.2)得到的噪声更为自然,但是其连续性较大,并不太适合云层的过程纹理生成,比较适合山地、海水等同类介质相对连续的对象。相对式(7.1)而言它的运算量也有所增加,所以还是渲染式(7.1)来进行差值处理。

④ 根据步骤②中求出的四个顶点的值 c_0, c_1, c_2, c_3 和步骤③中得到的权值 w_x, w_y 进行如下插值计算,得到像素点最终颜色值。

$$v_0 = c_0(w_x) + c_1(1 - w_x)$$
$$v_1 = c_2(w_x) + c_3(1 - w_x)$$
$$result = v_0(w_y) + v_1(1 - w_y)$$

⑤ 利用下式生成不同频率的多组噪声图片,再将它叠加得到最终平滑的噪声图。如图 7.23 所示。

$$\sum_{i=0}^{n} \frac{\mathrm{noise}(2^i x, 2^i y)}{2^i}$$

其中,i 表示第 i 次叠加噪声;2^i 为第 i 次的频率。

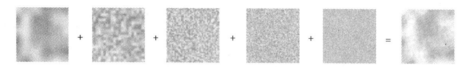

图 7.23　不同频率噪声图片的叠加

2. 云层纹理映射

得到噪声纹理后,需要采用一个简单的函数变换,使它看起来像云。如图 7.24 所示。图中坐标系横坐标为初始过程纹理图颜色值,坐标值增大表示颜色由暗到亮(黑色到白色)的变化;纵坐标为变换后云层密度值(颜色值和云层密度为 0 时颜色为透明色),坐标值的增大表示云层密度的增大。当过程纹理中颜色亮度小于预定值 a 时,云层密度为 0,即此区域内没有云。当纹理颜色亮度大于 a 时,云层密度和颜色值成指数关系变化。由此得到噪声纹理图转换为云层贴图效果。如图 7.24 所示,其中云层贴图黑色部分表示透明色。

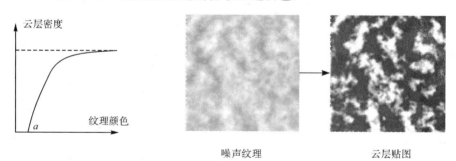

噪声纹理　　　　　　　云层贴图

图 7.24　噪声纹理图转换为云层贴图

和地形多层纹理一样,云层也采用两层纹理,分别为一个密度较大、运动速率较快的云层和一个密度较小、运动较缓的云层。

随后要将云层纹理映射到天空体,因为天空体是球状模型,所以可以考虑选择模型空间坐标中的 x 和 z 对应纹理 UV 映射。为了提高映射查找速度,采用 Bezrati[37] 提出的一种方法,通过为天空体生成一个 AABB 包围盒,查找包围盒坐标来映射云层纹理。这种方法十分便捷快速,但是要将一个立方体坐标映射到球体上,会在地平线位置产生明显的形变。如图 7.25 所示。

图 7.25 包围盒云层贴图地平线形变

为此,下面将讨论在引擎中采用一种虚拟平面的方法来改进纹理映射。

3. 虚拟平面映射

首先回顾一下是如何模拟天空模型的,对于天空圆顶,通过一个球状网格模型来模拟天空。表面上来看是符合自然真实状况的,但实际上,模拟地表的时候是用平面实现的,而天空只是一个跟随场景镜头移动的圆顶。现实中因为地表也是弧形的,和天空面应该处于一个平行关系。因此,这造成云层纹理看起来没有远近层次感,而且在纹理映射时也会产生上述的地平线处形变。此外,还会产生上节描述的云层贴图地平线形变问题。

由此采用一个虚拟平面来辅助云层纹理映射。在距天空球体中心 Y 方向的一定高度定义一个平面,它之所以是虚拟的是因为它并不是真实存在的模型对象,只是用于辅助纹理映射的一个虚拟平面。如图 7.26 所示。

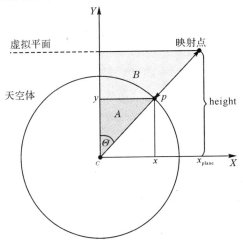

图 7.26 虚拟平面映射

先将云层纹理映射到虚拟平面上(纹理坐标分别对应三维世界坐标系中的 x, z 维度),而后根据虚拟平面上点和球心间连线求出与球面的交点 p。根据图中的几何关系,很容易得到虚拟平面点与 p 点坐标的关系。

$$\text{ratio} = \frac{\text{height}}{p_y} \tag{7.3}$$

$$x_{\text{plane}} = \frac{\text{height}}{p_y} p_x \tag{7.4}$$

对 x,z 方向进行向量标准化,即可得到纹理映射中新的 u 方向的值,同理可以求得 v 方向的值。

$$u = \frac{\text{height}}{p_y} p_{\text{norm}_x} \tag{7.5}$$

$$v = \frac{\text{height}}{p_y} p_{\text{norm}_z} \tag{7.6}$$

在实验中发现,如果按一般情况,在顶点 Shader 中进行 UV 坐标映射差值,由于在地平线处时 $p_z=0$,可得 $v=\infty$。这会使得在 $p_z=0$ 的顶点与它的邻接顶点间插值出现不期望的形变。如图 7.27 所示。

图 7.27 顶点 Shader 中 UV 映射偏差

为此,需要对纹理映射的插值方式做一些改进,将虚拟平面与天空圆顶的映射计算放在像素 Shader 中进行。这样将插值范围减小到像素点之间,就可以避免上述情况。虽然这样做也会增加一些计算量,但是性能影响还是相当小的。

在像素 Shader 进行映射插值后,还需要对云层的远近密度进行处理,因为在视觉效果上来看,云层的远近密度应该是有所不同的,采用指数方程来对云层密度进行插值。

$$\text{intensity} = a - (a-b)e^{-k \cdot p_y^2} \tag{7.7}$$

其中,p_y 是顶点纬度方向(y 方向)数值;a 是起始处密度($y=1$);b 是结束处密度($y=0$);k 是渐变的强度。

取 $a=1, b=0$,则有

$$\text{intensity} = 1 - e^{-k \cdot p_y^2} \tag{7.8}$$

将两层纹理叠加后,云层颜色 cloud_color 乘密度系数 intensity 得到最后的云层。改进后的效果如图 7.28 所示。

图 7.28　虚拟平面映射改进

7.4.4　水模拟

1. Fresnel 现象

要真实地模拟出水面，首先要了解一些物理现象的原理。在现实世界中，反射、折射现象无处不在，一个表面光滑或材质透明的物体能根据光的反射和折射原理映射出周围环境。当一束光射到水面时，根据入射角度会发生不同程度的折射和反射。物理上根据 Snell 方程来描述这一关系，即

$$n_1 \sin(\theta_1) = n_2 \sin(\theta_2) \tag{7.9}$$

其中，θ_1 为入射角；θ_2 为折射角。

水面的视觉效果取决于观察者的角度，如当从水面上方垂直向下看时，可以较轻易地观察到水底状况（只要水面足够清澈）。从接近水平的方向观察水面时，水面就表现得像一面镜子，这一现象在物理学上称为菲涅耳现象（Fresnel）[38]。要实时模拟水面效果，需要算得一个 Fresnel 系数，用来判断在某一角度观察时，多少光应该被反射，多少光应该被折射。这主要取决于入射角的大小、光的偏振及反射界面之间的介质折射率比值。Fresnel 反射系数 R 和折射系数 T 分别计算如下

$$R = \left[\frac{\sin(\theta_i - \theta_t)}{\sin(\theta_i + \theta_t)}\right]^2 + \left[\frac{\tan(\theta_i - \theta_t)}{\tan(\theta_i + \theta_t)}\right]^2$$

$$T = 1 - R$$

2. 渲染到纹理技术

渲染到纹理是 3D 技术中的高级技术。一方面它很简单，另一方面，它很强大

并能产生很多的特殊效果。例如,发光、环境映射、阴影映射等,都可以通过它来实现。

引擎中自然场景的水模拟效果主要就是应用这种技术来实现,下面先简要介绍表面和渲染目标概念。

(1) 表面

表面就是一个像素点阵,在 3D API 中主要用来储存 2D 图形数据。表面中按矩形排列的像素数据实际上是储存在线性数组里的。在 DirectX 中是通过 COM 接口 IDirect3DSurface9 来描述表面的。这个接口提供了若干方法来直接读写表面数据并返回表面信息。

(2) 渲染目标

一般情况下,渲染的目标就是显示屏。在 3D 环境中,通过世界矩阵、视角矩阵和投影矩阵等变换将三维场景中的物体从它的坐标空间最终映射到屏幕这个目标上来。同样,也可以将虚拟三维场景中的某一对象作为渲染目标(水面),将场景中的物体渲染映射到水面中以生成反射效果。

在引擎的渲染模块库中实现 CDrawableTex2D 类,用来作为一个场景中二维纹理的渲染目标,应用到 D3D 中的两个 COM 接口对象(IDirect3DSurface9 和 ID3DXRenderToSurface)。在模拟水面时主要就需要用到这个类对象,具体实现如下:

① 在渲染的每一帧前,首先根据摄像机位置计算出水平面位置以下的场景对象像素,并将它们存储为一个表面数据格式。在渲染场景时(包括水面),将这一表面数据作为水面折射纹理映射到水面对象网格上。如图 7.29 所示。根据每帧中摄像机位置计算出水面下每点像素 p 对应到水平面 x 的位置,由此生成纹理作为折射纹理。

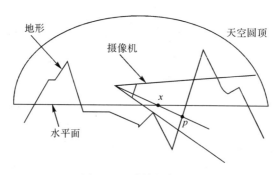

图 7.29　计算折射纹理

② 反射纹理的生成和折射纹理类似,不同的是在渲染每一帧前是根据摄像机位置计算水面反射角度对应的像素点值,而后存储到反射表面数据格式中。如

图 7.30 所示。根据每帧中摄像机和水平面位置计算出水面反射纹理 x 的像素值应为水面上 p 点的像素值，由此生成折射纹理。

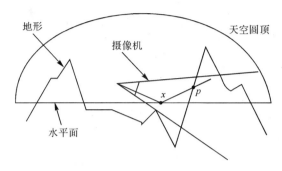

图 7.30　计算反射纹理

然后，计算得到 Fresnel 反射系数 R，根据这个系数值对折射表面和反射表面进行线性差值处理。

$$\text{waterColor} = w \cdot R \cdot \text{refracted} + (1 - w \cdot R) \cdot \text{reflected} \qquad (7.10)$$

其中，w 是程序输入的权值，默认为 1，通过改变它可以在一定程度上调节折射反射比率，从而表现出水深浅效果；refracted 是折射纹理颜色像素值；reflected 是反射纹理颜色像素值；waterColor 是最后混合后的纹理像素值。

3. 水波纹模拟

通过混合反射和折射纹理颜色，可以得到水面的纹理像素。但仅仅这样还是不够的，因为水面不会像玻璃一样静止不动，还需要模拟水面的波纹效果。

事实上，水纹理的波纹好坏在很大程度上决定着模拟的逼真度，波纹表面的几何波动提供呈现纹理的精细框架结构。直观的办法是通过改变代表水面的平面网格模型，通过网格顶点波动来模拟水面。2001 年 Tessendorf[39] 提出快速傅里叶变换（FFT）方法。Laeuchli[40] 在 2002 年提出的一个 Shader 使用 3 个 Gerstner 波来模拟。

在引擎中主要实现了池塘类型水面的模拟，这类水体的特点是水面相对平静，没有太大的波浪起伏。因此，没有采用改变网格形变的办法来模拟水波，而是通过 Shader 改变 Normal Map 纹理映射坐标，产生光线扰动效果形成动态纹理的方法来模拟。

```
//动态扰动在 Pixel Shader 中实现
//取两层 normal map 平均值
float3normal = normalize(0.5f * (normal0 + normal1));
```

```
    ...
//将纹理坐标映射到[0,1]
projTex.xy/ = projTex.w;
projTex.x = 0.5f * projTex.x + 0.5f;
projTex.y = - 0.5f * projTex.y + 0.5f;
//在 UV 映射中加入扰动系数 normal.xz * g_vRippleScale
float3 reflectCol = tex2D(ReflectMap,
    projTex.xy + (normal.xz * g_vRippleScale)).rgb;
float3 refractCol = tex2D(RefractMap,
    projTex.xy + (normal.xz * g_vRippleScale)).rgb;
```

其中,g_vRippleScale 是一个二维向量,其二维向量值分别代表 UV 方向的扰动比例。图 7.31 是加入水波扰动系数前后的渲染效果对比。

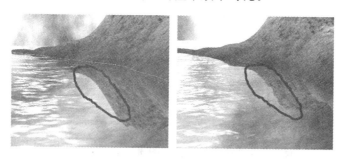

图 7.31　水波纹加入扰动系数后比较

由此可见,加入扰动系数前后对水面反光波纹效果影响不大,主要表现在对反射物体的效果(图 7.31 中勾勒处)。没有扰动系数是水面渲染的反射物体不随水波纹波动而发生形变,加入扰动系数后反射物体会跟随水波动而产生相应扰动效果。

7.4.5　草地模拟

为了实现与写实风格模拟田园诗般的自然场景,除了精致的树林和灌木,复杂的水面和穹庐的天空,还需要高质量的草地效果。必须能够在覆盖大面积的地形,还不能因此独占 CPU。草不但应该看起来长的自然,还应该能逼真的在风中舞动。主要参考和结合了 Isidoro[41] 和 Pelzer[42] 提出的方法,在引擎中实现草地的模拟。

对于单个草叶片细节建模意义不大,因为那样大片草地需要的多边形数目会太多。对今天的图形硬件而言,要产生一个实时的、有无数多边形的场景是不现

实的。因此,对于草的建模,主要满足以下条件:

① 许多草的叶片必须由少数多边形代表。

② 不同视线看起来草都必须显得密集。

所以,许多草叶一定要由少数多边形来表现。在用纹理表现多边形时,必须把它们组合起来,而且在结果中的单个多边形不应该引起注意。具体实现分为以下几个部分。

1. 草体模型构建

(1) 草的纹理

所需要的纹理应该是一些丛生的草,否则会出现大片的透明区域。这一点比较容易做到,只要在透明的 Alpha 通道上画实体的草茎就可以。

(2) 草体

草体构成主要涉及多边形排列问题。因为是用户是在三维场景中漫游,如果草体多边形按简单线性排布会让人很快产生不信服感,而且这样也会使得草地看起来稀疏。

为了保证好的视觉效果,必须使用交叉草多边形。图 7.32 给出了草体的两个可能的变异,它们是由 3 个相交的方块构成的。用禁用背面剔除来渲染多边形,可以保证双面都可见。为了得到合适的照明度,应该让所有顶点的法线方向与多边形的垂直边平行。这保证了位于斜坡上的所有草体都可以得到正确的照明,不会由于地形的亮度而出现差异。

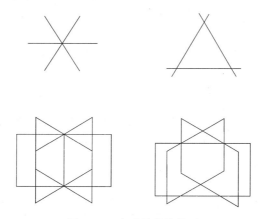

图 7.32　合适的草体模型

2. 草体动画

接下来是草体动画,这里给出几种可以选择的方法,每种方法都有各自优缺点。

（1）一般思路

以三角函数为基础的计算，尤其是正弦和余弦计算应该考虑必须移动的位置（无论是草体或草丛的顶点还是中心）和当前时间。同时，风的方向和强度也是考虑的因素。在一个顶点 Shader 中，通过纹理坐标检查，区别较高顶点和较低顶点，只移动草体较高的顶点。

（2）每丛草体动画

对一丛靠近的草体，上面的多边形顶点统一发生移动。产生一个看起来自然的动画，选择的草丛不应该太大。动画的平移矢量由 CPU 计算，并作为一个常量移交给顶点 Shader。若在 CPU 上使用更费时的算法，还可以实现非常复杂的风模拟。因为每丛草体由其平移矢量来支持，所以必须对每丛草体来改变这个常量。由此不得不经常中断整个草体的渲染，为每丛草体使用独立的绘图调用。

（3）单个顶点的动画

上述方法的主要问题之一是运行性能差，因为绘图要调用多次，每次调用只是渲染少数的多边形。如果仅使用少得多的绘图调用，就必须把整个动画计算移进顶点 Shader，对每个顶点移动分别计算。这样草多边形上顶点之间的边长就不再是常数了，而是会产生一定的失真。另外，这种方法更不自然，因为在邻近区域所有顶点移动非常相近缺少了自然状态的局部无序，产生的动画过于均匀。可通过在顶点 Shader 中使用一个伪随机函数去除这个缺点。

为了增加视觉复杂性，结合后两种方法，要把未失真的草纹理和少量的绘图调用与局部的无序相结合，同时基于草体中心位置计算动画。当然这样做也有缺点：首先，每个顶点包含了草体中心位置值，顶点格式中需要附加数据；其次，为了缩小 Shader 开销，动画计算复杂性受到限制。

3. 反走样处理

在光栅图形显示器上绘制非水平且非垂直的直线或多边形边界时，或多或少会呈现锯齿状或台阶状的外观。这是因为直线、多边形、色彩边界等是连续的，而光栅则是由离散的点组成。在光栅显示设备上表现直线、多边形等，必须在离散位置采样。由于采样不充分重建后造成的信息失真，就称为走样。用于减少或消除这种效果的技术，就称为反走样。

在引擎中没有采用一些复杂的算法进行反走样处理，而是通过利用对 Alpha 通道的控制将草作半透明处理，由此进行反走样处理[43]。众所周知，一般色彩格式都使用 RGB 三原色格式，每种颜色一个字节（共 24 位），如再加上一个字节表示透明属性的 Alpha 值形成 RGBA 格式（32 位）。Alpha 通道可以认为是和 RGB 一样组成色彩的一种属性。就是利用 Alpha 通道来进行反走样处理，即通过增加一些走样严重、锯齿明显处的像素点的透明度，从而使得边界更加平滑。

一般有两种处理方法,分别通过控制 Alpha Test 和 Alpha Blend 渲染状态来实现:

① Alpha Test 就是根据 Alpha 的字节数值和一个特定数值的逻辑比较运算结果决定当前位的颜色是否显示。

② Alpha Blend 中也需要使用到 Alpha 字节,但 Alpha 字节并没有起到决定性作用。Alpha Blend 的作用是将要写入帧缓冲器的颜色(源颜色)和帧缓冲器中原有颜色(目标颜色)按比例系数进行混合,混合时分成三原色分量进行。

$$FinalCol = SrcCol \cdot SrcFactor + DestCol \cdot DestFactor \qquad (7.11)$$

其中,SrcCol 是将要写入帧缓冲器的颜色;DestCol 是帧缓冲器中原有颜色;SrcFactor 和 DestFactor 分别是混合比例系数;FinalCol 是最终混合颜色值。

一般来说,Alpha Blend 的混合效果好于 AlphaTest,但是由于要选择源颜色和目标颜色,即应该是哪种颜色先在屏幕上绘制出来,这涉及排序问题,势必会影响一些执行效率。图 7.33 是进行 Alpha Test 与 Alpha Blend 的效果对比。

图 7.33　AlphaTest(左)和 Alpha Blend(右)对比

由此可见,Alpha Blend 的效果要好于 Alpha Test,但是由于在大规模场景中,Alpha Blend 要对大量的草体对象进行深度排序,这是一个相对耗时的操作。

应用镶嵌多边形的方法来改进 Alpha Test。镶嵌多边形是通过向大的多边形网格中嵌入小的、细分的网格,使边缘锯齿细化平滑,从而达到更好的反走样效果。在 Direct3D 中,Tessellator 处理单元的性能有了很大的提高,可以自动在所有维度的方向进行适合性镶嵌运算。这实际上也是一种插值运算。在程序中可通过改变 D3DRS_ADAPTIVETESS 渲染状态实现,在 D3D 中定义了如下 4 种和自适应性镶嵌差值有关的渲染状态,分别代表 x, y, z, w 4 个维度:

D3DRS_ADAPTIVETESS_X=180。

D3DRS_ADAPTIVETESS_Y=181。

D3DRS_ADAPTIVETESS_Z=182。

D3DRS_ADAPTIVETESS_W=183。

由于草体是通过公告板的形式展示出来的,因此只需要在 Y 轴方向进行处理,即只要改变 D3DRS_ADAPTIVETESS_Y 渲染状态。然后再通过调节 Alpha 阈值来选取适合的效果。如图 7.34 所示。

(a) AlphaScale=1.0　　　　(b) AlphaScale=0.7　　　　(c) AlphaScale=0.4

图 7.34　镶嵌多边形+Alpha 处理

4. 优化渲染批次

虽然草体模型用了类似公告板的技术以最小开销产生草体的影像,但是如果对大片的草地每个草体绘制进行逐个调用仍然是不合理的。现代 GPU 尽管功能强大,但是还是最适合于工作在少量的批次调用情况下。因此,要尽量以相对少的绘制 API 调用画出草地,在一次绘制调用中画出尽量多的内容。同样应用引擎中 CInstancedGeometry 类,实例化一个该类对象来保存草体的两个数据流信息,静态的几何体信息和动态的实例化信息,而后通过调用 D3D 中的 SetStream-SourceFreq 方法设置好两个数据流频率,最后调用 DrawIndexedPrimitive()方法渲染同一批次中的所有草体。如图 7.35 所示。

表 7.2 是在同一场景模式下,没有使用和使用了几何体实例化优化渲染批次的数据比较。测试环境如下:

CPU:T2330 1.60GHz Dual。

内存:1.00GB。

显卡:NVIDIA GeForce 8400 MGS,HAL。

OS:Windows XP SP2。

图 7.35 动态草地渲染

分辨率:1024×768。

表 7.2 应用几何体实例化优化前后比较

测试组	多边形数	是否使用几何体实例化	FPS	调用批次
1	97 306	是	197.23	23
		否	198.54	23
2	194 234	是	127.55	23
		否	23.79	2 919
3	484 778	是	10.20	23
		否	5.53	7 167

由表 7.2 中的测试数据可以看出,无论场景中多边形数目是多少,如果所有多边形都集中在同一个模型对象中(测试组 1),则使用与不使用几何体实例化都具有相同的渲染批次,FPS 数据相当,运行效率相差不多。这时在场景中添加单个小模型对象,如果不使用几何体实例化优化,则不但是多边形面数剧增,同时渲染调用批次也增多。这时与使用了几何体实例化的性能相差就很大(测试组 2,多边形面数比 1 组增加 1 倍左右)。继续在场景中添加小物件模型对象,使多边形面数增加到测试组 1 的 5 倍左右,此时由于多边形数目较庞大,即使使用了几何体实例化优化渲染批次,FPS 也下降比较严重,但同样相比之下还是要比不使用几何体实例化好。

7.5　三维自然场景模拟系统

7.5.1　系统展示功能

　　基于引擎架构,搭建一个虚拟三维场景漫游系统,渲染模拟真实自然场景。用户可以加载各种场景数据,在场景中自由漫游浏览,可选择在场景中加入角色模型。场景着重展示引擎中集成的自然场景模拟效果。主要包括:

① 地形的生成,多层纹理表现地表效果。

② 天空体及其大气散射效果。

③ 基于 Perlin 噪声的多层动态云层。

④ 真实的水面模拟,水面折射、反射效果调节。

⑤ 利用水面 Normal Map 坐标映射偏移模拟水波纹。

⑥ 利用几何体实例化批处理高效模拟草地。

　　同时,系统的界面都利用引擎的 GUI 组件库搭建,用引擎中 CSplash 类制作启动界面动画。系统的展示界面架构关系流程如图 7.36 所示。

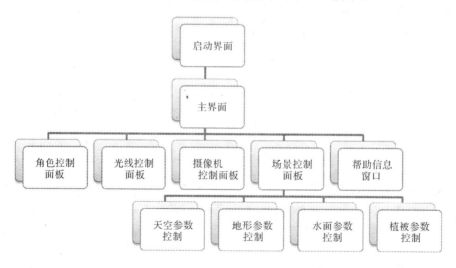

图 7.36　实例系统界面流程

7.5.2　系统演示

1.　主展示界面

开启程序后,加载初始场景需要短暂的载入期间,运行启动画面提示用户加

载进程。初始场景加载完毕后,启动画面自动关闭,显示主展示界面。如图 7.37
所示。

图 7.37 展示界面

主界面整个窗口均为场景展示区,左、右上角分别为 Logo 标志和主要功能按
键放置区,悬浮于展示区上。按钮从左至右分别为场景导入、角色管理、场景参数
设置和光线参数控制。

2. 场景导入选择

在主界面中点击场景导入按钮,弹出场景导入对话框,同时暂停刷新现有场
景,禁用除场景导出对话框外的所有 UI 控件。图 7.38(a)为打开场景导入对
话框。

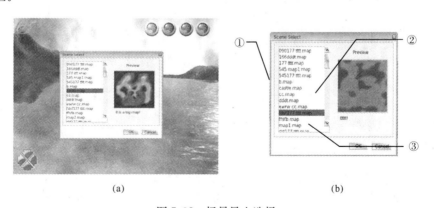

(a)　　　　　　　　　　　　　(b)

图 7.38 场景导入选择

场景导入对话框中主要是实现用户选择并导入新场景功能。图 7.38(b)标注
控件功能包括场景列表,列出目录中的所有可选场景;场景预览,显示用户在场景
列表中所选场景预览图;场景说明。

选中某一场景后,将加载新的场景。如图 7.39 所示。同时关闭该对话框,重新渲染刷新场景并激活其他 UI 控件。

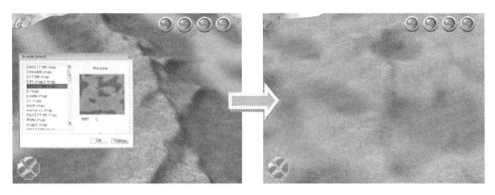

图 7.39　场景更换

3. 场景参数设定

在主界面中打开场景参数设定对话框。该对话框中的选项卡分别对应地形、天空和水面参数。如图 7.40 所示。

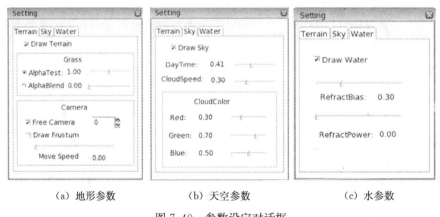

（a）地形参数　　　　　（b）天空参数　　　　　（c）水参数

图 7.40　参数设定对话框

（1）地形参数

① 草地参数调节,主要包括两种 Alpha 混合的阈值调节,可以根据滑动条调节草地的透明度(范围在 0～2)。如图 7.41 所示。

② 摄像机参数调节,可选择自由镜头模式和贴地行走模式。默认为自由镜头模式,选择贴地行走后可用一个 Spinner 界面组件来设置离地表的高度,并可根据滑动条控制镜头移动速度。

图 7.41 草地透明度调节

（2）天空参数

天空参数可调节大气散射颜色以反映出白昼变化，此外可以调节控制云层移动方向、速度和色调。

（3）水面参数

水面参数主要包括控制是否绘制水面和水面 Fresnel 系数，还可以调节光线强度。

4. 角色导入

在主界面中点击角色管理按钮，开启角色管理窗口，进行角色模型的选中与编辑。如图 7.42 所示。

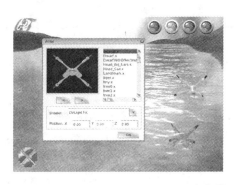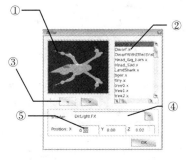

图 7.42 角色模型加载窗口

角色管理窗口主要实现如下功能：

① 角色模型展示。

② 角色模型选择列表。

③ 角色模型旋转控制。

④ Shader 选择。

⑤ 角色在场景中坐标定位。

编辑好角色模型后将角色导入场景中。

7.5.3 系统测试

因为 3D 应用程序的效率和场景复杂度有很大的关系，影响场景复杂度的因素很多，包括绘制多边形数、纹理深度、材质类别数量等。不同的场景各项测试数据会有很大的差距。但是，一般 3D 应用程序都要尽量保证 FPS 在 30 帧以上，因为低于这个数值人眼会感觉到滞顿。

采用微软的 PIX 对引擎实例系统进行测试。PIX 是考察 3D 程序性能的出色工具，它可以将范围具体缩小到单个帧或帧流，获取包括帧率、渲染批次、状态改变数、顶点锁定次数、索引锁定次数等数据。

分别测试了水面渲染开启和关闭，草地渲染开启和关闭的情况，因为场景中的水面渲染在渲染每帧前都要先分别计算折射和反射的纹理表面，再将它们映射到水平面网格对象。这是一个相对比较费时的运算。大片草地的模拟虽然应用几何体实例化优化了渲染批次，但是计算草体顶点位移以及 Alpha 状态的改变等也都是比较耗时的。特别是草体数目如果加大也会造成影响。在 PIX 中测试帧率如图 7.43 所示。

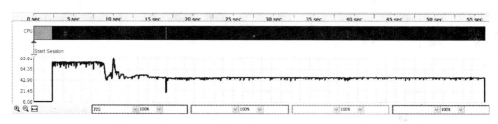

图 7.43　PIX 帧率测试

从 FPS 曲线可以看出，系统帧率是比较稳定的，在开启水面渲染而不渲染草地时（曲线前半部分）帧率在 80 帧左右，同时开启水面和草地渲染（曲线后半部分）帧率在 50 帧左右。运行效率还是相对不错的。

7.6　结论与展望

研究了三维图形引擎的关键技术和三维虚拟自然场景的模拟技术，实现了一套基于 DirectX 的三维引擎。主要内容和成果体现在以下几个方面：

① 对三维图形引擎的架构设计进行了深入的研究。参考了多个优秀引擎的框架实例,结合软件工程模块复用的思想。实现了一个基于 DirectX 接口的引擎框架,具有较好的扩展性和易用性。

② 对现代显卡 GPU 渲染管道进行了深入分析研究,在深入了解着色器编程和一些高级纹理技术后将它们较好地整合到引擎框架中。引擎能方便实现基于 GPU 的渲染模式。

③ 研究三维环境中真实感自然环境的模拟技术,仔细研究了一些自然场景中的应用经典模拟算法,在吸收前人经验的基础上实现并改进了一些自然场景模拟技术,并将它们整合到引擎框架中。通过采用简易纹理映射实现了白昼变换,增加虚拟平面优化云层纹理映射和用法线贴图映射偏移的方法实现真实的水纹效果。

但是,由于一方面计算机图像学发展迅速,知识涉及面广,需要掌握数学、物理、美术和计算机等多方面知识;另一方面时间有限,目前的工作还有很多需要完善的地方,引擎的功能及各方面性能与一些较完善的商业或非商业引擎相比还有较大的差距。

继续深入学习和对比国内外优秀引擎,关注图形学的发展方向。在引擎框架和场景模拟具体算法改进方面做更深入地研究。

① 完善引擎的其他功能模块,特别是在某些相对空白模块,诸如音效、AI、物理模拟等模块。

② 学习最新的优秀模拟算法,对引擎中场景模拟算法做出改进。主要包括以下几个方面:

第一,使用基于 GPU 几何体剪切图[44]优化地形渲染。这是一种新的用于渲染地形的细节等级结构,非常适合于超大型的地形场景的渲染。

第二,改进光照系统,引入动态高光[45]。

第三,改进水纹模拟方法,实现有真实物理效果的交互式水波纹,并研究实现岸边水波浪的模拟。改进反射渲染,用现有后台缓存来实现水的一次性渲染[46]。

第四,研究体积云[47]的实现方法,并为引擎添加粒子系统。

第五,完善阴影模拟模块,实现动态软阴影[48]的模拟。

现今图形学技术发展迅猛,随着 DirectX 10 和 OpenGL 2.1 的来临,借助现代 GPU 强大的运算能力,图形学虚拟技术也迈入了次世代。因此,对于一个完善的图像引擎来说还有很多需要改进的工作。

参 考 文 献

[1] Hoffman N, Preetham A J. Rendering outdoor scattering in real time//Game Developers Conference, 2002.

［2］ Sirai N T. Display of the earth taking into account atmospheric scattering//Proceedings of the 20th Annual Conference on Computer Graphics and Interactive Techniques,1993.

［3］ Mason B J. The Physics of Clouds. Oxford:Clarendon,1971.

［4］ Voss RF. Fourier synthesis of Gaussian fractals//Proceedings of the ACM Symposium on Interactive 3D Graphics'83,1983.

［5］ Stam J. Stable fluids//Proceedings of the ACM Symposium on Interactive 3D Graphics'99,1999.

［6］ Chen J. Toward interactive-rate simulation of fluids with moving obstacles using Navier-Stokes equations. Graphical Models and Image Processing,1995,57(2):107~116.

［7］ Engel W. ShaderX4:Advanced Rendering Techniques. Rockland:Charles River Media,2005.

［8］ Gamma E,Helm R,Johnson R,et al. Design Patterns. Menlo Park:Addison Wesley,1995.

［9］ 武永康. DirectInput 原理与 API. 北京:清华大学出版社,2001.

［10］ 唐亮. 在游戏中使用 CEGU. http://www. cnblogs. com/oiramario/archive/2006/10/11/525929. html.

［11］ NVIDIA Corporation. NVIDIA GPU Programming Guide. http://developer. nvidia. com.

［12］ Peeper C,Mitchell J L. Introduction to the DirectX9 HLSL. http://ati. amd. com/developer/ShaderX2 IntroductionToHLSL. pdf.

［13］ Fernando R, Mark J. The CG Tutorial:The Definitive Guide to Programmable Real-Time Graphics. New York:Addision Wesley,2003.

［14］ Rost R J. OpenGL Shading Language. Menlo Park:Addison-Wesley,2006.

［15］ Maughan C. The Design of FX Composer. GPU Gems,2004.

［16］ Moya V,Gonzalez C. Shader performance analysis on a modern GPU architecture//Proceedings of the 38th Annual IEEE/ACM International Symposium on Micro Architecture,2005.

［17］ Matthias W. Batch,batch,batch:what does it really mean//Game Developers Conference,2003.

［18］ 陶志良,成迟惹,潘志庚,等. 多分辨率 BSP 树的生成及应用. 软件学报,2000,12(1):117~125.

［19］ Pajarola R. Large scale terrain visualization using the restricted quad tree triangulation//The Conference on Visualization'98,1998.

［20］ 淮永建,郝重阳,等,基于自适应四叉树视相关的多分辨率地形简化. 系统仿真学报,2002,6:748~751.

［21］ Wang Y G. Fast normal map generation for simplified meshes. Journal of Graphics Tools, 2002,4(7):69~82.

［22］ Greene N. Environment mapping and other applications of world projections. IEEE Computer Graphics and Applications,1986,6(11):21~29.

［23］ 平谈. 大气散射与天空颜色. 师范教育,1993,3:42~44.

［24］ Nielsen R S. Real time rendering of atmospheric scattering effects for flight simulator. DTU,Lyngby, 2003.

［25］ O'Neil S. Accurate atmospheric scattering. GPU Gems,2006.

［26］ Taxen G. Cloud modeling for computer graphics. Stockholm:Royal Institute of Technology,1999.

［27］ Dobashi Y,Yamashita H,Okita T, et al. A simple,efficient method for realistic animation of clouds// Proceedings of the ACM Symposium on Interactive 3D Graphics,2000.

［28］ Miyazaki R,Dobashi Y,Nishita T,et al. A method for modeling clouds based on atmospheric fluid dynamics pacific graphics. IEEE Computer Society,2001:363~372.

［29］ Voss R F. The Science of Fractal Images. New York:Springer-Verlag,1988.

［30］ Ebert D S. Volumetric modeling with imp licit functions:a cloud is born//Visual Proceedings of SIG-GRAPH,1997.

［31］ Gardner G Y. Visual simulation of clouds. Computer Graphics,1985,19(3):297~303.

［32］ Perlin K. An image synthesizer. Computer Graphics,1985,19(3):287~296.

［33］ Dobashi Y. Nishita T,Okita T. Animation of clouds using cellular automation//Proceedings of Computer Graphics and Imaging ,1998.

［34］ 齐越,沈旭昆,段米毅,等. 基于 Perlin 噪声绘制云的方法. 系统仿真学报,2002,14(9):1204~1207.

［35］ Perlin K. Improving noise. Computer Graphics,2002,35(3):681~682.

［36］ Foley J D. 计算机图形学导论. 北京:机械工业出版社,2004.

［37］ Bezrati A. Nature Scene. NVIDIA Corporation,2005.

［38］ Hecht E. Optics(3rd ed). New York:Addison,1998.

［39］ Jerry T. Simulating ocean water//Proceedings of the ACM Symposium on Interactive 3D Graphics,2001.

［40］ Jerry I. Simple gerstner wave CG shader. http://www. cgshaders. org/shaders/show. php? id=46. 2002.

［41］ John Isidoro,Drew Card. Animation grass with pixel and vertex shaders. ATI Research,2000.

［42］ Pelzer K. Rendering countless blades of waving grass. GPU Gems,2004.

［43］ Green C. Improved alpha-tested magnification for vector textures and special effects//Proceedings of the ACM Symposium on Interactive 3D Graphics,2007.

［44］ NVIDIA. Clipmap. NVIDIA Corporation,2007.

［45］ Hurley K. High Dynamic Range Images. http://www. realistic3d. com/documents/hdr. pdf.

［46］ Crytek S T. Generic Refractioin Simulation. GPU Gems,2006.

［47］ Ebert D. A volumetric procedural cloud model. Spring,1998.

［48］ Assarsson U. A real-time soft shadow volume algorithm. Department of Computer Engineering,Chalmers University of Technology,2003.

第八章 三维古建筑模拟技术研究

8.1 引　　言

8.1.1 选题背景

在中国源远流长辉煌的古代文化中,建筑占有极为重要的地位,曾经涌现出许多杰出的建筑大师,营造了无数传世的宫殿、陵墓、庙宇、园林、民宅。它们经历了数千年的发展和演变,凝集了各个历史时期的不同文化艺术风格,渗透着浓厚的艺术特色。我国各个朝代的建筑各有特色,不仅是现代建筑设计的借鉴,而且早已在全世界范围内产生了巨大的影响,成为举世瞩目的文化遗产。然而,不管这些以木质结构为主的古建筑当年修建得如何坚固、精美,却无法抗拒历史风雨的侵蚀。如何继承、弘扬这些珍贵的文化遗产,并对古建筑进行修缮、重建、复原已经成为全世界非常关注的问题。在高科技发达的今天,必须探索多元化的保护途径,其中数字化存档保护就是新思维、新方法的体现。

目前,我国国家文物局启动了"中国数字博物馆"的重大课题研究,提出运用多种科学方法和现代化技术手段,对古建筑及文物进行五化建设,即存储数字化、传输网络化、资源共享化、展示多元化、管理计算机化[1]。五化的基础就是对古建筑及其周边环境进行三维虚拟建模,实现人们希望随时随地参观古建筑文物的文化生活需求。

采用虚拟现实的技术手段,利用大量实地采集的照片、文字、录像等资料,可以构造整个景区,真实再现大佛、寺院等人文景观。这不仅为世界遗产保护以及政府部门的决策和景区规划管理提供了最直观的手段,同时也为景区异地推广宣传、新旅游景线开发、旅游设施建设和景区生态管理等许多方面发挥了重要作用。

8.1.2 国内外研究现状

把虚拟现实技术应用于建筑领域在国外发展较早,但大多是以虚拟城市系统方向的研究为主。美国洛杉矶和费城的虚拟建筑三维模拟系统被认为是全球最成功的虚拟建筑模拟系统之一[2]。美国北卡罗来纳大学(UNC)研究了用于建筑设计的 Walk-through 虚拟建筑漫游系统,用户可以在虚拟的 UNC 计算机系大楼里面漫游。

西洛杉矶的 Getty 博物馆则采用虚拟现实技术,重建了古罗马帝国时期最宏伟的建筑群——图拉真广场,使游客有幸亲身体验漫步在图拉真广场之中的感觉[3]。

另外,在 2000 年德国汉诺威世界博览会上,东道主西门子公司采用虚拟现实技术制作了虚拟的 21 世纪展望馆[4]。

虚拟现实技术是一项投资大,具有高难度的科技领域,和一些发达国家相比,我国还有一定的差距,但已引起政府有关部门和科学家们的高度重视。根据我国的国情,制定了开发虚拟现实技术的研究项目。在紧跟国际新技术的同时,国内一些重点科研机构,已积极投入到了这一领域的研究工作。浙江大学 CAD&CG 国家重点实验室开发了一套桌面型虚拟建筑世界实时漫游系统。由故宫博物院和日本陶版印刷公司联合开发的"数字紫禁城",第一版已作为电影面向公众放映。武汉大学开发的数码城市系统,可以实现三维城市模型快速重建、大范围海量数据动态装载以及多种类型空间数据的有效组织和管理。浙江大学和敦煌研究院于 1998 年开始敦煌壁画多媒体复原项目,实现了敦煌莫高窟壁画虚拟漫游[5]。

8.1.3 研究意义

虽然虚拟古建筑建模目前在很多领域中的实际应用已有很大进展,但是虚拟古建筑的建模和优化技术仍然处于初级阶段。在很多方面,它仍然是一种刚开始研究如何实际使用的技术,还存在很多尚未解决的理论问题和尚未克服的技术障碍。

本里讨论的基于虚拟现实的古建筑建模技术研究和应用,属于计算机技术、历史学和建筑学相结合的研究范畴。通过参考我国建筑大师梁思成先生编写的《中国建筑史》了解古建筑的建筑结构特征,以达到古建筑的逼真建模,让人们完全沉浸在虚拟世界当中,更为直观地了解古代文化和艺术。这样,一方面可以提高学术研究和展示手段的科技含量,另一方面也增加了核心展示内容,把原来只能通过照片或者亲自到实地才可以参观的古建筑,用全新手段展示出来,能够吸引更多的观众,向全人类展示我国悠久的建筑文化。

8.1.4 研究内容和目标

研究内容主要有以下四个方面:

① 把握国内外虚拟现实技术的发展趋势,研究虚拟现实技术作为古建筑表现与保护新手段的可行性。

② 按照建筑学中对中国古建筑结构的定义和规范,研发古建筑的精确建模

组件。

③ 利用 3Ds Max 和 Multigen Creator 的各自优势，研究两者结合建模的新方法。

④ 在现有建模技术基础上，深入研究建模过程中的优化技术。

研究目标主要有以下五个方面：

① 详细研究中国古建筑的结构特点，并进行分类归纳，总结出一般古建筑的有效建模途径。

② 利用当前先进的数字化建模工具，并与各种建模优化方法相结合，解决模型精确程度和实时渲染数据量大之间的矛盾。

③ 利用 WireFusion 的漫游互动功能，实现古建筑再现和互动技术。

④ 保证 3Ds Max、Multigen Creator 与 WireFusion 的无缝传递，从而实现建模与互动的技术统一，提高效率。

⑤ 利用研究成果，做进一步的应用性研究，如开发多媒体的古建筑教学软件或者基于 Internet 的实时在线漫游等。

8.2　虚拟现实与建筑表现

8.2.1　虚拟现实的基本概念

Virtual Reality[6]这一名词是美国科学家 Lanier 在 20 世纪 80 年代首先提出的。在虚拟现实技术的不断发展中，对它的研究涉及计算机等相关多学科内容的交叉与综合。这种复杂性使其至今尚没有确定的定义。顾名思义，它可理解为通过建立虚拟环境，使人感觉犹如处在现实环境一样。目前，比较公认的精确定义是采用以计算机技术为核心的现代高科技技术生成逼真的视、听、触觉一体化的特定范围的虚拟环境（virtual environment，VE），用户借助必要的设备，如特制的服装、头盔、手套和鞋以自然的方式与虚拟环境中的实体对象进行交互作用、相互影响，从而产生身临其境的感受和体会。

虚拟现实技术的本质是将不可视的想象力变成有形体构成的场景，强调的是逼真性和视觉的可视性。其基本特征是 3I 特性，即沉浸（immersion）特性、交互（interaction）特性、想象（imagination）特性。如图 8.1 所示。

沉浸特性是指用户作为主角存在于虚拟环境中的真实程度。理想的虚拟环境，应该达到使用户难以分辨真假的程度（例如可视场景应随着视点的变化而变化），甚至超越真实，如实现比显示更逼真的照明和音响效果。

交互特性是指用户对虚拟环境内物体的可操作程度和从环境中得到反馈的自然程度（包括实时性）。例如，用户可以用手直接抓取虚拟环境中的物体，这时候手

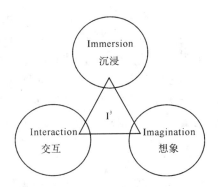

图 8.1 虚拟现实技术的基本特征

有触摸感,并可以感觉物体的重量,场景中被抓的物体也随着手的移动而移动。

想象特性是指用户沉浸在多维信息空间中,依靠自己的感知和认知能力全方位地获取知识,发挥主观能动性,寻求解答,形成新的概念。

虚拟现实是多种技术的融合,其关键技术和研究内容主要包括以下几个方面:

① 环境建模技术。虚拟环境的建立是虚拟现实技术的核心部分,其目的是获取实际环境的三维数据,并根据应用的需要,利用获取的三维数据建立相应的虚拟环境模型。

② 立体声合成和立体显示技术。在虚拟现实系统中,如何消除声音的方向与用户头部动作的相关性已成为声学专家们研究的热点。同时,虽然三维图形生成技术和立体图形生成技术已经较为成熟,但复杂场景的实时显示一直是计算机图形学的重要研究内容。

③ 触觉反馈。在虚拟现实系统中,产生身临其境效果的关键因素之一是让用户能够直接操作虚拟物体并让用户感觉到虚拟物体的反作用力。然而,研究力学反馈装置是相当困难的,如何解决现有高精度装置的高成本和大重量是一个需要进一步研究的问题。

④ 交互技术。虚拟现实的人机交互远远超出了鼠标和键盘的传统模式。三维交互技术已经成为计算机图形学的重要研究课题。此外,语音识别与语音输入也是虚拟现实系统中重要的人机交互手段。

⑤ 系统集成技术。由于虚拟现实系统中包含大量的感知信息和模型,因此系统的集成起着至关重要的作用。集成技术包括信息的同步技术、模型的标定技术、数据转换技术、识别和合成技术等。

虚拟现实技术包括沉浸式和非沉浸式虚拟现实技术[7]。一般认为理想的虚拟环境应具有沉浸感、交互性、感知视觉、听觉、触觉、嗅觉、味觉等多种信息的能力。另外,虚拟环境中的物体应该具有按一定规则活动的能力,即具有自主性。沉浸式虚拟现实技术是通过一些特殊的外部设备来实现的,如头盔式三维立体显示器(视觉)、数据手套(触觉)、立体声耳机(听觉)等输入输出设备和高性能计算机以及相应的软件。操作者可以得到真实的立体感,并可以使用自然技能,对虚拟世界进行交互,使人完全沉浸在计算机创造的图形世界里,犹如感受真实世界。非沉浸式虚拟现实技术,则通过传统的外设,主要是依赖软件技术来实现的,其特点是经济、方便。利用非沉浸式虚拟现实技术实现的桌面型虚拟现实系统由于成本较低,使用比较普及。这里将要使用的漫游系统属于桌面型虚拟漫游系统。

8.2.2　建筑表现的媒介工具

所谓建筑表现[8],简而言之,就是指以平面或立体形式形象地表现建筑设计意图和效果的造型手段。但更全面的定义应该更接近于斯克鲁登在《建筑美学》中所指的表达,它不仅有叙述描写和阐释的功能,更是作为对建筑的特征和内涵的暗示;不仅反映对象(建筑)的内容,也指向其感受和意义;不仅是对多维度媒介的综合应用,更是与设计过程交互作用密不可分的手段,甚至它本身就可以融入设计之中。

从建筑表现的媒介工具技术发展轨迹来看,建筑表现的方法可以分为一维的语言文字、二维的图纸系统(建筑平面图、立面图等)、三维的建筑微缩模型、四维(时间和空间)的建筑动画,以及多通道的虚拟现实技术。

目前,比较常用的是建筑平面图、建筑微缩模型和建筑动画,但它们各自的局限性已经很明显。制作建筑微缩模型需要经过大比例尺缩小,因此只能获得建筑的鸟瞰形象,无法以正常人的视角来感受建筑空间,无法获得人的真正感受。常用的建筑平面图、立面图等比较抽象,只有专业人士才能看懂且仅提供静态的视觉感受。建筑动画虽然有较强的三维动态表现力,但也并非完美无缺,动画需要预先定义漫游路径,使得观察者不能随自己的意愿漫游建筑,且不具有交互性、制作周期长、成本高,只适用于时间较短的简单演示。

更加能够揭示建筑表现内在含义的媒介工具虚拟现实技术,更能满足人们的需求。人们可以在虚拟的三维环境中,用动态交互的方式对古建筑或者未来的建筑进行身临其境的全方位审视;可以从任意角度、距离和精细程度观察场景;可以选择并自由切换多种运动模式,如自动漫游、手动漫游等,并可以自由控制浏览的路线。在漫游过程中,还可以实现互动操作,如门的开启和关闭、蜡烛的点燃和熄灭等。这是传统的建筑平面图和预渲染回放的建筑动画所无法达到的。

8.2.3　三维虚拟场景建模技术的提出

虚拟现实技术是充分利用计算机硬件与软件资源的集成技术,它提供了一种实时的、三维的虚拟环境,用户可以根据自身的感受,通过多种传感设备,使用人的自然技能对虚拟环境中的物体进行考察或操作,参与其中的事件。目前想要将

虚拟现实技术非常理想的用于建筑,主要存在一些技术问题[9]:

① 复杂建筑三维模型的建立与实时渲染。虽然已有许多商用建模或造型软件,但构造具有丰富细节和复杂结构的物体模型仍然是非常繁重的任务。特别是中国古建筑是由许多木构件以榫卯接驳,搭积木的形式一件件组装而成,这些木构件不仅形状千变万化,而且数量非常庞大,很容易造成实时渲染速度缓慢。如何建立复杂三维虚拟场景,就成为需要研究的首要基础问题。

② 在硬件上,数据存储设备的速度、容量还十分不足,而显示设备的昂贵造价和它显示的清晰度等问题也没能很好地解决。大部分虚拟现实系统专用设备不但造价高昂,使用起来还不十分方便,效果也较为有限,不能达到虚拟现实要求的理想效果。

③ 大数据量的解决。虚拟现实要得到极大程度的发展,需要与 Internet 结合,这已是不争的事实。目前虚拟现实应用的数据量仍然很大,在现有网络整体速度较慢的情况下用户必须等待较长时间。这往往令人难以忍受,如何对复杂模型进行优化,也成为建模需要研究的关键技术。

可见,虚拟环境中的建模是整个漫游系统建立的基础。为了给用户创建一个身临其境的逼真环境,必要的条件之一就是创建一个逼真的虚拟场景。人所感受到的大部分信息是通过视觉获取的,而且在真实的世界里,人感受到的是三维信息。这样三维建模技术在虚拟现实技术中就处于非常核心和基础的地位。

在 PC 上构建出逼真、自然的建筑模型,实现大场景古建筑虚拟仿真,既要保证模型精简、贴图数量少,又要保证虚拟现实场景的艺术效果。建模技术的步骤与技术直接决定仿真效果的成败。因此,这里提出三维虚拟场景的建模技术,并详细说明古建筑建模过程,探讨在此过程用到的建模关键技术和优化方法,最终为在 Internet 上进行流畅的漫游展示提供技术保障。

8.3 三维虚拟场景的构建

为了给用户创建一个能使他感到身临其境和沉浸其中的环境,必要条件之一就是根据需要在虚拟现实漫游系统中逼真地显示出客观世界中的对象。例如,能显示每个古建筑的特征和周围配套环境的三维图像。不但要求所显示对象在外形上与真实对象酷似,而且要求它们在形态、光照、质感等方面都十分逼真。为达到以上要求,在技术实现上可分为三步:第一步为几何建模,主要建立所需三维场景的几何构形;第二步为形象建模(也称物理建模),主要对几何建模的结果进行材质、颜色、光照等处理;第三步是行为建模,主要处理物体的运动和行为描述。如图 8.2 所示。

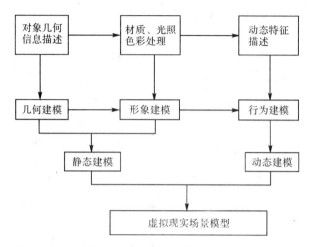

图 8.2　建立虚拟场景流程图

8.3.1　虚拟场景建模的特点和主要技术指标

1. 虚拟场景建模的特点

以厦门南普陀寺作为虚拟场景建模对象,包括室外殿堂、长廊和室内的佛具、法物等。为了最终运用于漫游系统,这里古建筑场景的建模不同于一般的图形建模,有自己的特点。主要表现在以下三个方面:

① 室内环境有许多不同的物体(桌子、蜡烛、佛像、经书等),需要构造大量完全不同的类型。

② 虚拟场景中的有些物体必须有自己的行为。

③ 虚拟环境中物体必须能够对观察者作出反应。当观察者与物体交互时,物体必须以某种适当的方式作出反应,而不能忽视观察者的动作。

这些建模特点给虚拟环境建模技术提出了特别的要求:

① 虚拟环境中的建筑构件是多种多样的,建立一个建筑的模型往往需要花费很大的精力,因此建立一个标准模型库可重用,是非常有必要的。

② 在交互时,模型应能提供某种暗示,使得交互能按意图进行。例如,当用鼠标点击要开门时,被点击的对象能作出某种提示,以便用户确定是否要推门。

③ 在构造几何结构时,必须充分考虑到是否有利于表现物体的行为。

2. 虚拟场景建模的主要技术指标

虚拟环境建模是虚拟现实技术中的关键技术之一,模型建立的好坏与否将直接影响整个漫游系统的真实感。有的研究人员甚至说,建立一个完美的模型,比一千个事实还要珍贵。建模技术的内容十分广泛,包含了多种学科,如机械工程学、生物工程学、建筑工程学等。因此,要建立一个好的虚拟环境应对建模的主要技术指标有较为细致地了解。

评价虚拟环境建模的技术指标主要有[10]:

① 精确度。它是衡量模型表示现实物体精确程度的指标。

② 显示速度。许多应用对显示时间有较大的限制。在交互式应用中,我们希望响应的时间越短越好,响应时间太长将大大影响系统的可用性。

③ 易用性。创建有效的模型是一个十分复杂的工作,建模者必须尽可能精确地表现物体的几何和行为模型,建模技术应尽可能容易地构造和开发一个好的模型。

④ 广泛性。建模技术的广泛性是指它所能表示的物体范围。好的建模技术可以提供广泛的物体几何建模和行为建模。

⑤ 实时显示。要达到模型的实时显示,要求在建模的过程运用多种优化技术。

8.3.2 建模方法和建模软件的介绍与比较

1. 建模方法的介绍与比较

根据以上虚拟场景建模特点和在建模过程中要达到的技术指标,场景中不同的物体需要采用不同的建模方法。目前用到的建模方法主要有三种[11]:第一种是基于几何模型的建模(geometry-based modeling,GBM)技术;第二种是基于图像的建模(image-based modeling,IBM)技术;第三种是基于几何和图像的混合建模(geometry&image-based modeling,GIBM)技术。

GBM 方法,又称为基于图形的建模和绘制(graphic-based modeling and rendering,GBMR)。GBMR 首先在计算机中建立起三维几何模型,在给定观察点和观察方向以后,使用计算机的硬件功能,实现消隐、光照及投影过程,从而产生几何模型的图像。其优点是观察点和观察方向可以随意改变,主要缺点是复杂模型的造型过程繁琐,对每一个观察点或观察方向都需要进行复杂模型或场景的绘制,因此需要具有较强的计算能力和图形工作站。

IBM 方法,利用图像镶嵌方式来实现复杂环境的实时建模与动态显示。在建造三维场景时,选定某一观察点设置摄像机,每旋转一定的角度,便摄入一幅图像,并将其存储在计算机中。在此基础上实现图像的拼接,对拼接好的图像实行切割及压缩存储,形成全景图。用户从存储介质中调出全景图即可形成对三维复杂场景的漫游。

与 GBMR 相比 IBM 方法的优越性在于可由摄像机获取三维场景,不需要进行几何造型,无需繁琐的场景建模工作;对计算机的计算能力要求不高,不需要特殊的设备,如图形加速卡和价格昂贵的图形工作站;能实时地显示生成的环境,处理时间独立于景物复杂度,只与图像分辨率有关。缺点是漫游时观察点和观察方向受到了控制。这里主要采用的是两者相结合的方法,它很好地解决了三维几何建模中模型生成速度问题和基于图像建模中交互性不足的问题。在混合建模技术建立虚拟三维空间时,对于需要用户进行实时操作的虚拟对象利用几何建模技术进行实体建模。对于不需要操作的实体,通过基于图像建模技术来建立虚拟环境。在几何建模的实体对象和图像建模的虚拟环境进行虚实融合时,可以调整摄像机的角度,使实体场景与图像场景视角一致,达到虚实对象融合的效果,以使创建的虚拟三维空间不但能满足浏览时的实时性要求,也能达到实时操纵实体对象,实现友好的人机交互环境。

2. 建模软件的介绍和比较

当前,许多成熟的计算机软件都可用于虚拟环境模型的建立,比较流行的建模软件有 AutoCAD、3Ds Max、Maya、MultiGen Creator 等。下面分别对其进行介绍和比较。

AutoCAD[12]是美国 Autodesk 公司推出的绘图软件,最早是针对二维设计绘图而开发的,随着其产品的日益成熟,在二维绘图领域该软件已经比较完善。随着版本的不断更新,三维设计部分也有所发展,由于软件开发中的自身原因,使该软件存在一些不足之处,如该软件在二维设计中无法做到参数化的全相关尺寸处理,而三维设计中的实体造型能力不足。

MultiGen Creator[13]是美国 MultiGen-Paradigm 公司推出的实时三维建模软件。它可以高效、实时地产生 3D 数据库而没有可视质量的损失。它的数据库格式 OpenFlight 已成为仿真领域的业界标准,专业市场占有率高达 80％以上,是虚拟现实/仿真业界的首选产品。但它的模块划分过多、价格昂贵、目前并不支持汉字包、不能完全作自主版权的开发与应用,与专用的图形工作站配合效果最佳。所以,总体来说 MultiGen 系列产品比较适用于大型的仿真开发与应用,它的开发量比较大、造价高,并不适合中小型以 PC 为平台的应用。

Maya[14]是美国 Alias/Wavefront 公司出品的世界顶级三维动画软件,集成了 Alias/Wavefront 最先进的动画及数字效果技术。Maya 应用对象是专业的影视广告、角色动画、电影特技等。该软件不仅包括一般三维和视觉效果制作的功能,而且还与最先进的建模、数字化布料模拟、毛发渲染、运动匹配技术相结合。Maya 可在 Windows NI 与 SGI IRIX 操作系统上运行。Maya 与 3Ds Max 最大的不同就是它更强调人的感觉,而不依赖于数据,因而美术对于 Maya 来说是至关重要的。

3Ds Max[15]软件是 Autodesk 公司旗下的 Discreet 小组开发设计的世界上最流行三维动画制作软件。它提供了强大的基于 Windows 平台的实时三维建模、渲染和动画设计等功能。同时,3Ds Max 提供了强大的建模功能,具有各种方便、快捷、高效的建模方式与工具,提供了多边形建模、放样、表面建模工具、NURBS等方便有效的建模,具有很好的特殊效果处理与渲染能力。

3Ds Max 导出的 VRML 格式数据,可以很容易的与 Internet 结合,实现在线浏览漫游和互动。鉴于 3Ds Max 强大的建模功能和可以导出 VRML 的数据格式,这里采用 3Ds Max 和 WireFusion 的漫游驱动软件。

8.3.3 虚拟场景的实体建模

在进行具体的建筑实体建模前,有必要结合建筑学对中国古建筑的结构特征了解清楚,这样才可以进行有序建模,达到更加逼真的效果。

1. 中国古建筑结构特征分析

中国古建筑在世界建筑发展史中有着独特的体系,这是因为与世界其他地区的古建筑相比,中国古建筑有其独特的构造原理和外观造型,归纳其特点主要有以下五方面[16]:

(1) 中国古建筑以木料为主要构材

中国古建筑采用木构架结构体系,由立柱、横梁、顺檩等主要构件建造而成。各个构件之间的节点以榫卯相吻合,构成富有弹性的框架。如图 8.3 所示。中国古代木构架共有三种不同的形式,即抬梁式、穿斗式和井干式。抬梁式又称叠梁式,这种结构大体上说是在地面筑台基,台上安装石础,立木柱,再在柱上架梁。这种结构一般多用于宫殿、庙宇、府邸、住宅等建筑,也是木构架中使用最广泛的一种。穿斗式没有梁,柱子布置得比较密,柱间直接用枋联系。优点是节约材料,多用于民居和较小建筑物。井干式的应用范围不广,采用木头围成矩形木框,层层叠叠,形成木头承重的墙体,消耗木材较大,主要用在盛产林木的地区。

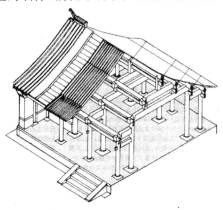

图 8.3 中国古建筑木构架

木构架结构有很多优点。首先,承重与围护结构分工明确,屋顶重量由木构架来承担,外墙起遮挡阳光、隔热防寒的作用,内墙起分割室内空间的作用。由于墙壁不承重,这种结构赋予建筑物极大的灵活性。其次,有利于防震、抗震,木构架结构很类似今天的框架结构,由于木材自身的特性,结构所用的斗栱和榫卯又都有若干伸缩余地,因此在一定限度内可减少由地震对这种构架所引起的危害。墙倒屋不塌形象地表达了木结构建筑的特点。

(2) 中国古建筑组群的平面布局具有简明的组织规律

以间为单位构成单座建筑,再以若干单体建筑组成庭院,进而以庭院为单元,组成各种形式的组群。就单体建筑而言,以长方形平面最为普遍。此外,还有圆形、正方形、十字形等几何形状平面。就整体而言,重要建筑大都采用均衡对称的方式,以庭院为单元,沿着纵轴线与横轴线进行设计,借助于建筑群体的有机组合和烘托,使主体建筑显得格外宏伟壮丽。民居及风景园林则采用了"因天时,就地利"的灵活布局方式。

(3) 中国古建筑的外形各异

尤以屋顶造型最为突出,主要有庑殿、歇山、悬山、硬山、攒尖、卷棚等形式。庑殿顶也好,歇山顶也好,都是大屋顶,显得稳重协调。屋顶中直线和曲线巧妙地组合,形成向上微翘的飞檐,不但扩大了采光面、有利于排泄雨水,而且增添了轻盈飞跃的艺术效果。

① 庑殿顶的四面斜坡,有一条正脊和四条斜脊,屋面稍有弧度,又称四阿顶。如图 8.4 所示。

图 8.4　庑殿顶

② 歇山顶是庑殿顶和硬山顶的结合,即四面斜坡的屋面上部转折成垂直的三角形墙面,由一条正脊、四条垂脊、四条依脊组成,所以又称九脊顶。如图 8.5 所示。

③ 悬山顶的屋面双坡,两侧伸出山墙之外。屋面上有一条正脊和四条垂脊,又称挑山顶。如图 8.6 所示。

图 8.5　歇山顶

图 8.6　悬山顶

④ 硬山顶的屋面双坡，两侧山墙同屋面齐平或略高于屋面。如图 8.7 所示。

图 8.7　硬山顶

⑤ 攒尖顶的平面为圆形或多边形，上为锥形的屋顶，没有正脊，有若干屋脊交于上端。一般亭、阁、塔常用此式屋顶。如图 8.8 所示。

⑥ 卷棚顶的屋面双坡，没有明显的正脊，即前后坡相接处不用脊而砌成弧形曲面。如图 8.9 所示。

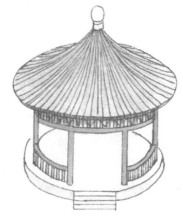

图 8.8 攒尖顶

图 8.9 卷棚顶

（4）中国古建筑的装饰丰富多彩

中国古建筑的装饰包括彩绘和雕饰。彩绘具有装饰、标志、保护、象征等多方面的作用。油漆颜料中含有铜，不仅可以防潮、防风化剥蚀，而且还可以防虫蚁。色彩的使用是有限制的，明清时期规定朱、黄为至尊至贵之色。彩画多出现于内外檐的梁枋、斗栱及室内天花、藻井和柱头上。构图与构件形状密切结合，绘制精巧，色彩丰富，如图 8.10 所示。明清的梁枋彩画最为瞩目，清代彩画可分为三类，即和玺彩画、旋子彩画和苏式彩画。

雕饰是中国古建筑艺术的重要组成部分，包括墙壁上的砖雕、台基石栏杆上的石雕、金银铜铁等建筑饰物。雕饰的题材内容十分丰富，有动植物花纹、人物形象、戏剧场面及历史传说故事等。北京故宫保和殿台基上的一块陛石上雕刻着精美的龙凤花纹，重达 200 吨。如图 8.11 所示。在古建筑的室内外还有许多雕刻艺术品，包括寺庙内的佛像、陵墓前的石人、石兽等。

图 8.10　古建筑彩绘装饰　　　　　　　　图 8.11　保和殿大石雕

（5）中国古建筑特别注意跟周围自然环境的协调

　　建筑本身就是一个供人们居住、工作、娱乐、社交等活动的环境，因此不仅内部各组成部分要考虑配合与协调，而且要特别注意与周围大自然环境的协调。如图8.12中苏州拙政园一角，中国古代的设计师们在进行设计时都十分注意周围的环境，对周围的山川形势、地理特点、气候条件、林木植被等，都要认真调查研究，务使建筑布局、形式、色调等跟周围的环境相适应，从而构成为一个大的环境空间。

图 8.12　拙政园一角

2. 古建筑的几何建模

在近代古建筑的实际建造过程中,建筑物构件划分为五层,即柱础层、装饰层、斗拱层、梁架层和屋顶层[17]。每一层的主要构件如表 8.1 所示,下面以厦门南普陀寺的大雄宝殿和大悲殿为代表进行建模过程的说明。

表 8.1　古建筑分层

古建筑物分层	构件名称
柱础层	柱、地栿、栏额、腰串、额枋、抱柱栿等
装饰层	立架枕、立颊、版、槫条、龙门木、悬鱼、惹草、栏杆、楼梯等
斗拱层	斗、栱、昂、驼峰、耍头、蜀柱、栔、平棋条、乳栿等
梁架层	梁、草栿、搭牵、驼墩、童柱、椽栿、叉手、托脚、生头、木、椽、枋、替木、连檐等
屋顶层	椽、板、挂瓦条、板瓦、筒瓦、滴水瓦、鬼瓦、披水瓦、鸟衾瓦、天沟瓦、扣脊瓦、宝盖瓦、当沟、巴当、鸥吻、宝顶等

(1) 三维基础数据的收集与整理

数据的准备是建模的关键,它的好坏将直接关系到模型的质量。三维数据的来源主要有远距离获取的数据(卫星影像、航空影像、空载激光扫描等)、近距离获取的数据(近景摄影、近距激光扫描、人工测量)和导出数据三种。数据采集的基本流程如图 8.13 所示。此处,大雄宝殿和大悲殿建模的三维数据获取主要包括实地测量和拍摄的数码照片,以及影像、图纸为数据依据。

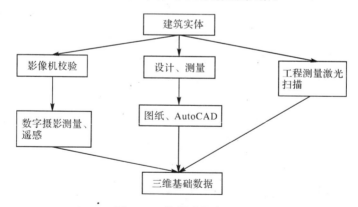

图 8.13　数据采集流程图

建筑数字化拍摄与普通的艺术摄影有较大差别,具有其特定的要求,对于拍摄照片要求很高,需要制订一个完整的拍摄方案,来保证最终拍摄结果的质量,以减少操作人员主观因素的影响。主要分为三类照片:贴图照片、参照展示片、环境氛围照片。对于贴图照片要尽可能选择建筑的正面,处理好光影关系,避免不必要的反光和多余的倒影,保持物体在照片的中央位置,这样会减轻后期图片处理的工作量。对于展示图片,能够展示建筑的全景和立体感,既要有整体,又要有细部,反映建筑的尺寸感,展示建筑的形状和特点。对于环境氛围照片主要是为了反映建筑与环境的关系,需要拍摄建筑周边的花草树木与铺装。

具体的数据预处理主要分为以下两个方面:

① 照片数据预处理。照片的图像必须经过一定的处理才能用于建筑贴图,由于拍摄所得图像一般都是局部信息,需要经过拼接处理。在实践中,拍摄亮度不均造成的图像色彩差异,是拼接中最为麻烦的问题,需要经过亮度、色彩调整进行拼接。这里采用的纹理均为 $2×2$,一般采用 $512×512$,对于精度要求高的大幅纹理采用 $1024×1024$,精度要求低的纹理采用 $64×64$。

② CAD 底图预处理。利用现有数据进行三维建模可以降低建模的成本,同时也有利于修补测绘数据和进行正确的数据整合。在建模软件中构建出准确地理位置与建筑的横宽尺寸,CAD 底图是必不可少的,但是对于大场景建模,对应的 CAD 底图亦很大,需要在 AutoCAD 中进行建筑边缘提取。如图 8.14 所示,其中图 8.14(a)为厦门南普陀寺部分原始 CAD 截图,图 8.14(b)为导入到 3Ds Max 里的建筑边缘提取图,然后将其保存,针对不同的建模软件存放相应格式。例如,Creator 识别 dxf 格式,3Ds Max 识别 dwg 或者 dxf 格式。这样去掉冗余数据,减小导入数据,充分利用系统资源,提高系统运行速度。

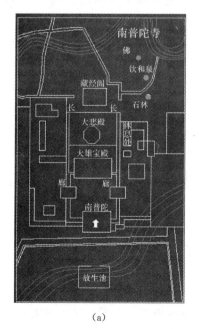
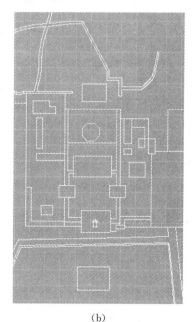

(a)　　　　　　　　　　　(b)

图 8.14　基础数据

（2）采用 3Ds Max 对古建筑建模

按照中国古建筑的结构分析，大雄宝殿属抬梁式架构，屋顶为重檐歇山顶，有1根正脊，4根垂脊和4根戗脊，4根围脊和4根角脊，正脊两端与垂脊相交的节点，做成正吻。垂脊、戗脊、角脊的中断分别设垂兽、戗兽、角兽，这三种兽是同一瓦件。大雄宝殿正吻呈龙吻形象，有8种定型规格[18]，最大号的二样正吻，用20块吻件拼成，高10.5尺。前后台阶属垂带踏跺。大悲殿属八角三重攒尖飞檐，全以斗拱架叠建成，不用一只铁钉。斗口[19]是斗上用以插放拱、翘、昂、枋的开口，在清《工程做法》中确定以斗口作为建筑的模数单位，则其尺寸是建模的关键。在建模前应该先确定斗口的尺寸，不同部位的斗拱，不同类别的斗，同一个斗的迎面方向和侧面方向，开口尺寸是不同的。作为标准单位的斗口，指的是安装翘昂的斗口宽度。斗口分11等，一等斗口宽为营造尺6寸（清营造尺每寸等于3.2厘米），二等斗口宽为8.5寸，各等斗口宽依次递减0.5寸，至十一等斗口宽为1寸。平地殿最大不过七、八等斗口宽，北京故宫太和殿选用七等斗口，由此推断大悲殿选用八等斗口宽。前后台阶属垂带踏跺，周围由望柱石栏杆围绕而成。

根据 3Ds Max 建模原则和古建筑结构，采用从下到上，由整体到局部，由粗到精的顺序对大雄宝殿和大悲殿进行建模。具体包括以下步骤：

① 在 AutoCAD 中将需要的建筑物现状图提取出来。将提取出来的局部图形另存为一个新的 dwg 文件，这样做是为了避免由于导入的 dwg 文件太大而降低机器的运行速度或死机。

② 在 3Ds Max 中用 import 命令将刚才保存的 dwg 文件导入。由于导入的底图有高程值，不方便观察，所以需要在 TOP 视图中将 Z 方向的高度压缩为0。

③ 利用刚才导入的数据，在 3Ds Max 中建立三维模型。首先，进行系统单位的设置，统一设置为毫米。由于古建筑独特的结构特点，建模时一定要按照顺序，先建台基，因为台基作为承上部之重者是整幢建筑的基础，然后再建墙柱和梁架，最后建立屋顶。大雄宝殿和大悲殿的主体结构建成以后，对局部部分建模，如大雄宝殿和大悲殿的栏杆、鸥吻、抱柱枋、地栿等[20]。下面是大雄宝殿和大悲殿的建模流程图。如图8.15和图8.16所示。

3. 古建筑的形象建模

以上我们详细讨论了虚拟环境中实体的几何建模方法及过程，并以大雄宝殿和大悲殿建模为例，证明了这种方法的可行性和实用性。但是，通过以上方法建立好的模型，仅能描述虚拟环境中对象的形状及结构等几何信息，不能反映形体的真实感，即颜色、光照、材质等。为使虚拟环境中的对象具有真实感的效果，我们必须在几何建模的基础上，对模型的物理特性加以描述，从而建立一个具有色彩、阴影等逼真视觉效果的三维立体模型。

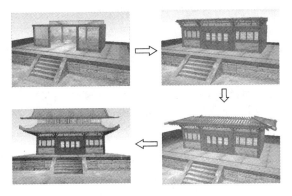

图 8.15 大雄宝殿建模流程图

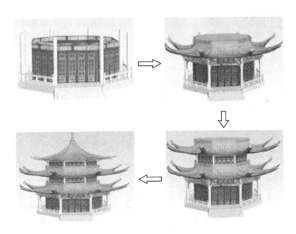

图 8.16 大悲殿建模流程图

（1）材质的使用

古建筑几何建模之后的工作就是给模型赋予材质和贴图。正确、恰当地设计、获取、管理和使用材质在虚拟环境形象建模中起着重要的作用，是建立虚拟环境模型的一个重要技能。以下就使用材质时需要考虑的典型问题，作详细地论述。

① 设计材质主要是确定材质的颜色、纹理和明暗模式等。材料的颜色[20]可以分解为三种。背景色（ambient）是阴影部分显示的颜色，它是阴影部分的光比直射光强时对象反射的颜色。漫反射色（diffuse）是光照条件较好的颜色，如在太阳光和人工光直射情况下，对象反射的颜色，又称为对象的固有色。高光色（specular）是反光亮点的颜色。高光颜色看起来比较亮，而且高光区的形状和尺寸可以控制。根据不同质地的对象来确定高光区范围的大小以及形状。在处理虚拟场景中实体模型的颜色时，通常用漫反射色来反映物体在正常光照下的颜色，背景

色取较深的颜色,而高光色取比漫反射亮一些的颜色。在 3Ds Max 中对材质基本参数的设置主要通过基本参数来完成。对于不同的对象应采取不同的方案,例如道路、草地、阶梯等对象采用基本材质,而对于古建筑的一些复杂构件一般采用贴图。

通常在 3Ds Max 中,用贴图来表现实体对象的纹理,既增加了模型的质感,又完善了模型的造型。最常用的是 Bitmap 位图,除此之外还有多种形式的贴图,可在材质的同一层级赋予多个贴图,还可以通过层级的方式用复合贴图来混合材质。3Ds Max 中提供多种类型的贴图,有二维贴图(多用于环境贴图创建场景背景或映射在几何体表面)、三维贴图(如 Wood 贴图,被赋予这种贴图的物体切面纹理和内部纹理是相匹配的)、复合贴图(以一定的方式混合其他颜色和贴图)。其他贴图,用于特殊效果的贴图,如反射、折射。

② 通常有三种获取几何模型材质和贴图的手段:第一种是 3Ds Max 本身提供的材质/贴图库(如图 8.17 所示),从这个库中可以很容易找到常用的材质和贴图,既简单又快捷,节省了大量建模所需时间;第二种是使用扫描仪和数码相机,遇到有些材质无法从自带库中获取时,可以使用扫描仪直接将已有图片扫描到计算机中,作为材质的贴图,也可用数码相机方便地获取任何可以看到的数字化图

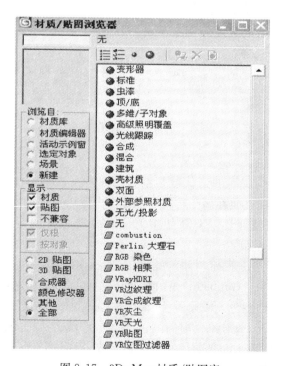

图 8.17　3Ds Max 材质/贴图库

像;第三种使用专用图片处理软件,对现有图片进行处理,改变贴图的亮度和灰度层次,镜像图片将它编辑成可以重复的贴图,改变贴图的分辨率和大小等。

③ 在为虚拟环境中的对象赋予材质时,几何模型上的数量对应用到其上的材质外观有很大的影响。面的数目越多,就越容易产生真实感的效果,但过多的面会消耗很多的系统资源。计算机进行渲染时要耗费大量的时间,这将直接影响实时显示速度。因此,在实际使用中,应在面数和效果之间寻求一个平衡。

在使用材质时,观察距离的远近是一个很重要的问题,当场景比较复杂而观察对象又较远时,我们就不需要对物体材质的细节做过多的描述。当近距离观察对象时,如果材质中使用位图的分辨率不够高的话,就可能会看到因像素化而出现的锯齿,这样效果也就不可能真实。在实际建模时,可对近距离的物体赋予较高质量的材质,而较远的对象可只作简单描述。如果用户进入大雄宝殿中漫游,供奉用的桌子、蒲团、地板和墙面都直接映入眼帘,我们就必须对这些对象的材质作细致的刻画以达到真实的效果,而其他组件如室内的柱子,我们则可进行一些简单的处理,如只为这些对象指定漫反射的颜色。

④ 虚拟环境中的对象是多种多样的,不同的物体具有不同的材质,当形象建模时,为各个物体赋予材质及对材质的各项参数进行调整,都是非常繁琐费时的工作。在实际建模时,我们可以将材质进行分类,同类材质又可根据属性的不同,如材质的漫反射色、环境反射色、镜面反射色、粗糙度、透明度等进行编号排序,将各类材质存入相应的文件夹中,当需要时可以打开相应的文件夹根据所需材质的类别、序列进行查找。

如在为藏经阁室内设计材质时,桌子、门窗、放置经书用的柜子等都为木纹材质,可打开文件夹找到木纹材质这一类,再根据各个对象对材质参数的不同要求,按序号查找材质并赋给相应的对象。这样的管理方法可以帮助我们方便地查找所需材质,有效地节省设计时间。

(2) 光照效果

在虚拟环境古建筑的形象建模过程中,懂得合理有创造性和艺术性的使用光照效果是建立具有真实感虚拟环境的重要技术手段。

在建筑物的模型建立后,经过材质处理和贴位图,就形成了整体的场景。但是,在场景中没有灯光,看起来比较暗,所贴的材质也不能显示出它们的真实色彩,因此制作的虚拟场景应增加一些合适的照明设施。恰当的灯光照射可以改变材质的效果,增加场景的重演效果,这种效果不仅仅是在场景的某一位置添加照明,而且还可以增加场景的感官效果,使场景充满生机。

在建模过程中根据照明物体类型的不同,必须使用不同种类、不同风格的光才能求得最好的效果。光线的种类和数量对最终的渲染结果具有重要的作用。常用的光照种类有[21]:

　　① 太阳光是 3Ds Max 软件中提供的平行光,包括目标平行光和自由平行光。平行光的光强不随距离的增加而减弱,当三维对象沿光线方向移动时,模型表面的亮度不会发生变化,可以利用平行光来模拟太阳光。

　　在环境建模过程中,采用太阳光来模拟现实生活中的自然光照效果,可使建立的模型有鲜明的空间性,在同一时间中光线的性质决定于空间的状况,由于空间对光的吸收和反射状况不同,光照效果的质和量会发生变化,使渲染画面展现的不只是形的空间,而且有光的空间;有流动的时间性,用户可借助于渲染画面的光照效果来欣赏时间的流动美,将时间空间化、流动化。

　　② 点光源是从其所在的位置处向四周发射光线。如图 8.18 所示。用户可以控制光的强度,使其随距离的增加而衰减。在 3Ds Max 里泛光灯就是一个向所有方向照射的点光源,可以为场景提供一个比较均匀的灯光效果,增强场景的明亮度,也可用来模拟场景中灯泡和烛光发出的光。

　　③ 聚光灯光源是按设定的方向发出圆锥形光束。如图 8.19 所示。圆锥光束有聚光角和收缩角,调整这两个角度就改变了锥形光束的大小,同时光照区域也随之变化。由于这种灯光有照射方向和照射范围,所以可以对物体进行选择性的照射,通常作为场景的主光源。

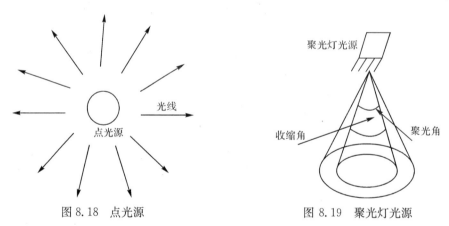

图 8.18　点光源　　　　　　　　　　　　　　图 8.19　聚光灯光源

　　在建立一个虚拟场景时,我们要用到各类光源,但是应首先考虑环境的实际情况,根据虚拟对象的材质属性及各类光源的照明效果,合理、平衡地选择光照种类。例如,当表现古建筑室外环境时,我们可选择平行光来表现晨光、正午的阳光或傍晚的夕阳;当需要突出表现古建筑室内物品陈设时,我们可选择聚光灯和泛光灯相结合光照效果。当虚拟场景中存在多个光源时,以每次引进一个光源开始工作,经过对光源各项参数的调试及画面的渲染来检验光源是否准确的定位,颜色和光强等是否合适。然后再加入另一光源,每次添加光源,都要渲染和检查光源的光照效果。

（3）人们对自己的生活工作环境不仅满足于适用,而且还要美观,这些就离不开环境色彩。所谓环境色彩是指人们根据环境的要求,对环境中物体的色彩进行颜色的搭配。色彩设计是虚拟场景形象建模重要的不可或缺的环节。如果没有色彩,我们所构建的虚拟场景将毫无生机,更无真实感可言,色彩表达的好坏与否将直接关系到整个虚拟场景模型的质量。特别是古建筑色彩还具有文化的功能,建筑物的某种色彩可以传递文化信息的象征性。中国传统色彩的应用十分重视等级差别,宫殿及民居的用色有极大区别,寺庙建筑从屋顶到台阶都遵守严格的定制。

人们感觉到物体表面的颜色是由它传入人眼的光的红、绿、蓝三原色强度来决定的。一般颜色可表示为[22]

$$C = rR + gG + bB, \quad 0 \leqslant r, g, b \leqslant 1$$

其中,r, g, b 分别对应三种波长光的强度,通常称为颜色的三刺激值,即表示颜色的 RGB 系统。

以南普陀寺大悲殿为例,庄严的石栏杆和台基,红色的梁、柱、门、窗及黄绿色的琉璃瓦顶,檐下用彩画装饰,其色彩包括金、青、绿等。所有的建筑构件在色彩搭配上形成鲜明的对比,烘托出寺院建筑的高贵圣洁,并使其与地面有一个协调的过渡。总之,在设计色彩时,应从整体色调入手,以真实场景为依据,同时注意环境中色与色之间,色与物之间,色与人之间要互相协调。考虑人对色彩的心理适应能力,并与所在环境的气氛相适应。

4. 古建筑的行为建模

通过上几节的论述,我们已经能成功地建立一个栩栩如生的静态环境模型,但对于虚拟场景的描述来说还远远不够。几何建模和形象建模是虚拟场景建模的基础,行为建模(也称动态建模)则体现了虚拟场景的动态特征。一个虚拟场景中的任何物体若没有任何行为和反应,则这个虚拟场景是孤寂的,没有生命力的,对于虚拟场景用户是没有任何意义的。现实世界中的物体都是有行为和反应的,它们与人们总在发生着这样或那样的联系。虚拟场景中的物体也必然与用户和其他物体发生种种交互作用。

虚拟环境中物体的动态特征包括位置、碰撞、抓取、缩放的改变等。

（1）运动控制技术[23]

运动的表现是虚拟场景行为建模的核心,可以建立众多的静态场景,但如果没有运动规则使这一系列静态场景联系起来,那么它们仍然是一个静止的画面,不能满足虚拟环境动态模拟的需要。

在室内虚拟场景中的角色一般是观察者或虚拟摄像机,角色在虚拟环境中可以自由的运动。在角色的运动过程中,室内环境的光照、阴影、纹理、摄像机的视角、景深及整个画面的背景都是可以运动的。计算机动画设计中的角色运动有其自身的规律，它们可以按照某种物理规律进行，也可由设计人员设计和定义。为了表现出虚拟环境理想的运动状态，我们可采用以下几种常用的运动控制技术：

图 8.20 经书的翻阅

① 关键帧技术。在 3Ds Max 里设置关键帧常用的方法有手动关键点和自动关键点两种设置方法。关键帧的选取是最终展现物体真实运动效果的关键。在本项目中针对场景中物体的固有运动属性进行关键帧的设置，如门的开启和关闭，经书的纸张翻动，木鱼的敲打，蜡烛的点燃和熄灭等，一般选用自动关键点技术，关键点分别设在开头和结尾处，就可以真实展现场景中实体的运动。利用自动关键帧技术实现的经书翻阅。如图 8.20 所示。

② 路径动画。所谓路径动画就是把模型约束到一条路径上进行运动。例如，使汽车沿路面运动或者使导弹沿一定的路径运动。在大型的复杂场景中，摄像机的运动一般采用路径动画进行设置。

③ 光、光照模型和纹理的动画。计算机动画可以对光源、光照模型和纹理的各种状态的变化进行控制，从而产生光、光照模型和纹理的动画。由于光源的强度、颜色、光照范围、光的反射、漫反射、散射、阴影等各个参数都是可以随时间而变化的，所以可以在不同的时刻给定它们不同的参数值以达到动画的效果。对于纹理动画也是同样的道理。

（2）虚拟摄像机及其定义[24]

当漫游者需要在虚拟场景中漫游、飞行或缩放时，可以通过移动虚拟摄像机来实现。在虚拟世界中漫游、飞行、缩放等同于改变观察者与摄像机的视角，将三维物体映射到摄像机的二维屏幕上，这个过程称为投影。虚拟摄像机的功能就是实现三维物体映射到二维屏幕的透视投影。

这里对虚拟摄像机设置路径动画，以达到自动漫游的目的。如图 8.21 所示。

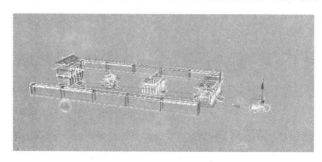

图 8.21 摄像机的创建

在 3Ds Max 中,可以选择摄像机的漫游模式来选择漫游路线,这样能够以第一视角来调整摄像头的移动,获得最佳的漫游效果路线。如图 8.22 所示。

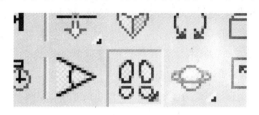

图 8.22　摄像机漫游模式的调整

8.3.4　场景模型的集成

场景实体的构建是按照场景层次结构的划分来进行的,各层次实体模型构建完成后需要进行组合集成,最终形成虚拟场景的整体模型。单独建模的实体建筑要逐步添加到整体场景中,这里按照南普陀寺形状和面积等比例构建地平面,将南普陀寺平面图导入 3Ds Max,通过纹理映射到地平面,对每幢建筑进行定位,然后将建筑物模型按确定好的位置逐一添加到地平面上。树木、花草等绿化带,也按照平面图的规划,进行逐一添加。

在 3Ds Max 中,模型的集成通过合并命令来实现的。合并也称外部调用,外部调用的好处是[25]:

① 便于场景的组织管理。对场景的构建可按照地理位置划分为若干区块,然后分别在各区块中进行。大到一幢建筑,小至一棵树木都可以独立建模,然后通过外部调用进行集成。

② 可以节省内存空间,提高建模速度。模型的独立创建,在建模过程如果发现错误,可以及时修改,然后合并到整体场景中。这样比在整体场景中直接修改效率高很多。

③ 便于模型替换。在整体场景中,如果发现一幢建筑不合适,可以直接删除,然后从外部重新调用新建模型,可以非常方便地实现模型的替换。

对于大型复杂场景建模来说,利用外部调用的方法能够极大便利对场景模型的集成和对整个场景的组织管理。

8.3.5　建模中的常见问题

建模中常见的三种问题有:

(1) 过分强调细节

一般来说,模型的细节程度是影响其逼真性的重要因素之一。细节程度越高,模型越逼真,但是建立模型的目的是为了给虚拟现实系统创造一个虚拟环境,并在其中实现漫游等任务。因此,在建模时还需要考虑到整个系统的综合性能。如果在建模时过分强调细节,对于所有结构和表面特征都采用多边形来实现,而忽略了数据库整体结构的优化设计,不仅会使工作量骤然增大,而且可能导致整个系统的运行速度下降,性能降低。因此,在建模过程中一定要有整体观念,意识到模型细节和系统性能之间的相互制约性,不可盲目追求真实而无限细化的模型。

（2）实体拼接组合的位置关系不正确

许多物体并不是用一个简单的几何形状就可以描述,它们常常是由多个实体拼接而成的。但这并不是简单的搭积木,如果拼接组合的位置关系不正确,会引起模型局部闪烁,这种现象产生的原因有两个[26]:

① 多边形位置重叠造成的 Z 值争夺。如果两个或两个以上多边形的某些点在空间位置上具有相同的深度值（Z 值）,那么在使用 Z-buffer 消隐算法进行图形显示时,无法正确判断哪一个多边形的点应该优先显示。于是出现有的帧显示这个多边形上的点,有的帧显示那个多边形上的点,从而引起画面的闪烁。进行适当的多边形剪切或子面设置就可以避免这一现象的产生。

② 使用凹多边形表示实体表面。大多数图形系统都明确规定,不能使用凹多边形绘制实体表面。一般的,图形系统对实体表面的凹多边形进行自动切分或补偿,将一个凹多边形分解或拼凑成为多个凸多边形。但这种自动转变很可能与最初的建模设想不吻合,于是最好的解决方法就是在建模时就将凹多边形切分成若干凸多边形的组合。

（3）存在冗余多边形

描述实体模型表面的数据经常存在冗余现象,单独建模的实体在进行模型整合时也会发生数据冗余。消除这些冗余的表面多边形可以在很大程度上降低整个系统的复杂度。

除了上述的三种问题之外,建模过程中不合理的技术运用还时常产生纹理闪烁、光照和透明效果失真等一系列问题。解决这些问题的方法各不相同,如光照失真问题,一般由于使用了过大的多边形引起的,可采取多边形分割的方法予以解决。

8.4　建模过程中的关键技术

8.4.1　古建筑的几何优化建模技术

对于古建筑的每层构件,为了达到平滑帧显示,均需要建立 LOD 模型,即建立一系列精细程度不同的模型。对于不同级别的模型,又需要合理精简模型,去除冗余面。对于相同建筑构件,为了节约内存资源,需要采用实例化技术。下面将从 LOD 优化、结构优化、实例优化三个方面剖析几何优化建模。

1. 多层次细节优化

多层次细节(LOD)[27]模型是指对场景中的同一个物体,使用不同细节的一组模型来表示,在不同场合中显示该物体时选用其中一个模型。换言之,近距离观察物体时,使用比较精细的模型,而视点离物体较远时,使用比较粗糙的模型。

LOD 的实现有离散与连续的方法连续 LOD 算法适合于方盒子形状的建筑物,但古建筑物模型难以满足连续 LOD 中的矩形几何约束的条件。因而,采用离散 LOD 实现古建筑建模。LOD 建模的目的是获取尽可能好的渲染图像以及达到交互漫游的平滑帧速率,因此建立多级层次细节模型成为首要任务。如何选择合理建模级别是离散 LOD 的重要任务。对于较复杂的大场景,既要能近距离观摩古建筑,又要保证大场景漫游速度流畅,不同级别模型切换过渡自然,综合权衡速度与效果,采用三级 LOD 建模。

一级 LOD:精细模型,可视距离设置为 10m,需要完整表达建筑的整体构造与纹理。如图 8.23 所示的南普陀寺大雄宝殿三级模型,其模型总的三角面片数为41804 个。

二级 LOD:精简模型,考虑到大场景可视距离设置为 10m～300m,该级别模型的面数应控制在一级模型的 1/10 至 1/50 左右,要求在较远的距离观看模型时,视觉效果基本与一级模型外观一致。如图 8.23(b1)和图 8.23(b2)所示。建筑的屋顶层保持一级模型的造型,飞檐、鸱吻直接采用一个面片透明贴图,而梁架层、斗拱层、柱础层、装饰层只用两个 Box 建模,纹理采用一级模型的各个侧面对渲染图片,立体信息平面化,该级别模型总的三角面片数为 1108 个,减少为一级模型的 1/40,对比图 8.23(a1)和图 8.23(b1)可以看出二者的视觉效果很接近,该级别模型优化的成功,直接决定了漫游效果。

(a1) 一级 LOD 实体模型图

(a2) 一级 LOD 线框模型图

(b1) 二级 LOD 实体模型图

(b2) 二级 LOD 线框模型图

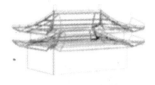

（c1）三级 LOD 实体模型图　　　　　（c2）三级 LOD 线框模型图

图 8.23　大雄宝殿的 LOD 模型

三级 LOD：该级别模型属于远距离浏览，可视设置为 300m 以外，只要能满足建筑的基本轮廓与纹理色彩即可，面数控制在二级模型的 1/10 左右。如图 8.23（c1）和图 8.23（c2）所示。该级别模型的屋顶层采用以直代曲的方法，只需 12 个三面片表达屋顶层，飞檐、鸱吻全部去掉，而梁架层、斗拱层、柱础层、装饰层在二级模型的基础上进一步简化，只采用一个 Box 建模，纹理采用二级模型，得到模型总的三角面数为 20 个。

三级 LOD 模型精度对比表如表 8.2 所示。

表 8.2　三级 LOD 模型精确对比表

项目	一级 LOD	二级 LOD	三级 LOD
浏览范围	0～10m	10m～300m	300m 以外
模型三角面数	41 804	1 108	20

2. 结构优化

由于古建筑构件不但类型多而且形式多样，极富变化，建模过程中，构件吻合部位存在大量不可见面片，如柱子是木构架建筑承重体系中不可缺少的组成部分，建模过程中，不仅要去除冗余分段，同时也应将因遮挡关系不可见的顶面与底面删除。此外，精简模型的几何结构亦很重要，即采用最少的面片数构建出尽可能完美的模型。

有效地减少多边形的数量可以大大减少源文件的规模。3Ds Max 提供了一个模型优化器[28]，采用合并相邻平面的算法将相邻平面之间夹角小于某一定值的面合并，从而减少总平面数。该夹角可由用户设定，在不明显影响模型视觉效果的前提下，优化器通常可以达到 80％以上的优化效果，能大大减少模型的多边形数目。如图 8.24 所示。场景中的佛像优化前与优化后，模型的面数有很大的差别。

3. 实例优化

实例技术，即关联复制，主要目标是节省内存，相同的几何体可以共享同一个模型数据，通过矩阵变化安置在不同的地方。这时只需要一个几何体数据的存储

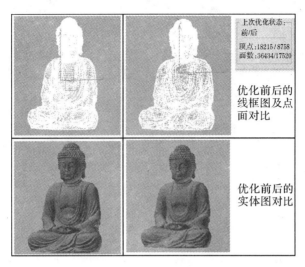

图 8.24　佛像优化前后对比图

空间,从这个意义上来讲,内存占用少,显示速度会加快,但同时由于物体的几何位置要通过几何变换得到,也会影响速度。考虑到计算机的内存对大规模场景来说相对缺乏,而计算则是计算机的强项。在复杂场景中,会用到大量相同的几何体而使几何体数量迅速增加,这将大大增加存储空间,因而实例技术在大规模场景的建造中有着十分广泛的应用。

3Ds Max 中有三种复制方式,简介与比较如下[29]:

① Copy(复制)。用 Copy 选项复制出的对象与源对象没有链接,是一个单独的对象。对复制对象做任何变化都不影响源对象,反之亦然。

② Instance(关联复制)。Instance 与 Copy 不同,他们维持与源对象的链接。所有关联复制的对象都互相链接修改其中任意一个其他的都会发生变化,包括源对象。

③ Reference(参考复制)。Reference 可以从他们的父体对象继承修改变化,但修改参考复制对象时不影响父体对象。

以南普陀寺的大雄宝殿结构为例进行剖析。如图 8.25 所示。该建筑属于重檐歇山顶造型,建模可以多处使用实例技术。如表 8.3 所示。

表 8.3　大雄宝殿构件统计表

构件名称	柱子	梁架类					花牙子	鸱吻	垂带石	门窗类	
		戗脊	正脊	垂脊	左右梁枋	前后梁枋				门	窗
实例数	22	8	2	4	10	4	30	2	2	4	2

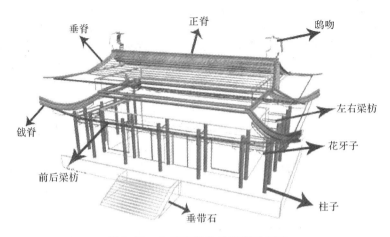

图 8.25　大雄宝殿构件说明示意图

8.4.2　古建筑的纹理优化建模技术

纹理映射[30]的基本原理是把体现场景模型表面特征信息的图像映射到所绘制的几何模型表面,来表示模型的表面细节,具有以下优点:

① 增加了细节水平及场景的真实感。

② 由于透视变换,纹理提供了良好的三维像素。

③ 纹理大大减少了环境模型的多边形数目,提高了图形显示的刷新频率。

近年来,计算机艺术复原在文物修复方面的应用得到了世界各国广泛的关注。为了使建筑看起来真实、美观,对于薄而复杂的构件,采用贴图与模型相结合的方式建模,或者完全以贴图替代模型。要对建筑进行纹理优化,提升数字模型的艺术美感,除了使用 Photoshop 进行常规的纹理编辑,还要结合 3Ds Max 的烘焙工具捕捉光影效果。下面将从贴图优化和烘焙技术两方面探讨纹理优化技术。

1. 贴图优化

纹理贴图不仅可以大大减少渲染的多边形数目,而且在某种程度上可以增强模型的真实性。如何实现贴图的大小、格式和色彩调整,总量控制,这些都关系到 VR 的演示效果和执行效率。下面分别介绍斗拱、门窗、鸱吻与飞檐、栏杆的贴图优化。

（1）斗拱

斗拱[31]为中国古典建筑中的特征性构件,方形木块叫斗,弓形短木叫拱,斜置长木叫昂,总称斗拱。一般置于柱头和额访(又称阑头,俗称看访,位于两檐柱之间,用于承托斗拱)、屋面之间,用来支撑荷载梁架、挑出屋檐,兼具装饰作用。由斗形木块、弓形短木、斜置长木组成,纵横交错层叠,逐层向外挑出,形成上大下小的托座。如图 8.26 所示。

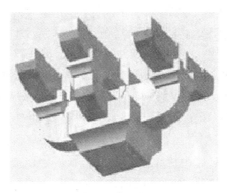

图 8.26　斗拱示例

　　以南普陀寺的大悲殿为例,全部以斗拱架叠而成,不用一只铁钉。采用建模软件得到单个斗拱的实体模型和线框图。如图 8.27 所示。该模型所需要的三角面片数为 816,大悲殿三层共需要 40 个。如果大悲殿全部采用斗拱实体建模,仅斗拱就需要 32640 个三角面片,若能将斗拱层作为一个整体简化,立体信息平面化,达到视觉上的立体效果,模型数据量将会大大减少。

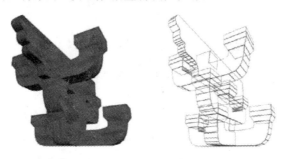

图 8.27　斗拱实体模型与线框模型

　　如果把大悲殿的斗拱层全部用贴图的形式来取代实体建模,只需在斗拱层建立一个面,然后利用斗拱贴图,来表现斗拱,视觉效果也很逼真,而且模型数据量将大幅度减低。如图 8.28 所示。

图 8.28　斗拱贴图

（2）门窗的优化

以南普陀寺大雄宝殿一层墙体的正面为例,先建立一扇门的模型,从线框图中可以看出,所制作的门窗需要很多的线条,所占的面数也很多。如图 8.30(a)所示。渲染该模型后获取渲染图,如图 8.29(a)所示,将所需门和窗的贴图,用 Photoshop 进行处理,返回 3Ds Max,重新建立一个新的简单的墙体,门窗用单一面片表示。如图 8.30(b)所示。此时整个墙体部分只需要一个 box,仅有 6 个面片,再将所抠下的贴图贴回对应的面片,就可以得到图 8.29(b)所示的墙体。对比图 8.29(a)与图 8.29(b)可以看出,优化前后的视觉效果差不多,而从图 8.30(a)与图 8.30(b)则可以清楚的对比出优化前后模型的繁简程度,贴图优化前的模型需要的面数远远大于优化后的模型需要的面数。

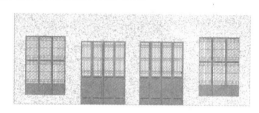

（a）优化前实体图

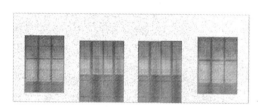

（b）优化后实体图

图 8.29　优化前后实体图

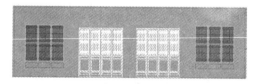

（a）优化前线框图

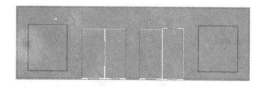

（b）优化后线框图

图 8.30　优化前后线框图

（3）鸱吻与飞檐

古建筑屋脊的两端,在很早的时候就像兽角一样弯起来。作为屋脊的收束,这部分后来被称作正吻[32]。汉代以后,正吻多半装饰成一种名为鸱尾的图案。据说鸱尾是随佛教的传入而带来的一种装饰,它象征一种会喷水的鱼龙(今日的金鱼)。把这种鱼的尾巴形状放在屋顶上,也就是希望它能产生喷水的防火作用,这大概与我国古建筑多木制,容易起火有关。

南普陀寺的四大殿飞檐形状与故宫等大型古建筑略有不同,而飞檐形状的不规则,给建模造成一定难度。如果采用网格建模的方法,不但花费很多时间,而且网格需要很密集才可以模拟出非常逼真的效果。这里采用 Photoshop 与 3Ds Max 相结合的方式,模拟出栩栩如生的飞檐和鸱吻。步骤如下:

① 在 Photoshop 中打开 jpg 图片,选中需要的图像建立选区。

② 去掉背景层,选择路径面板,点取从选区生成工作路径,以 ai 格式导出图片。

③ 将导出的 ai 格式图片导入到 3Ds Max 中。

④ 选择导入的线框,挤出拉伸,就得到所需的实体模型。

每个步骤生成的图像及实体图如图 8.31 所示。

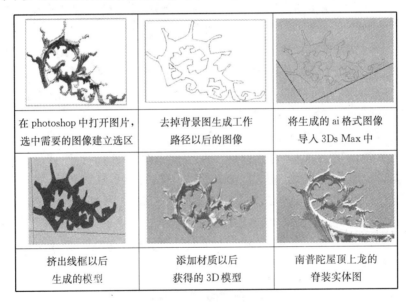

| 在 photoshop 中打开图片,选中需要的图像建立选区 | 去掉背景图生成工作路径以后的图像 | 将生成的 ai 格式图像导入 3Ds Max 中 |
| 挤出线框以后生成的模型 | 添加材质以后获得的 3D 模型 | 南普陀屋顶上龙的脊装实体图 |

图 8.31　飞檐的制作过程

（4）栏杆的贴图优化

南普陀寺拥有大量石栏杆,如果采用实体建模,仅栏杆部分就需要几十万甚至上百万个三角面片。从对应的线框图不难发现,采用 box 建模,赋予镂空透明贴图,既可以表达丰富的视觉细节,又可以很好地简化模型的数据量,整个场景的栏杆部分只需几百个三角面。如图 8.32 所示。

（a）实体图　　　　　　　　　　　　　　　（b）镂空贴图

图 8.32　栏杆的制作

2. 烘焙技术的使用

技术的顶峰是艺术,虚拟现实技术是计算机艺术的一种。由于虚拟现实技术对显示速度的要求,在虚拟场景中使用实时的灯光进行渲染比较少。光线跟踪技术由于其计算量大,且因其生成结果固有地与视点相关而很难进行预计算,因而这一技术几乎很难应用于 VR。3Ds Max 场景中的特殊效果跟灯光又是密不可分的。既要保证虚拟现实的渲染速度,又要保留 3Ds Max 模型的灯光效果,最好的办法是在模型的表面赋予带有光照信息的纹理。

烘焙贴图技术[33]是 3Ds Max 光照信息渲染成贴图方式,把这个烘焙后的贴图再贴回到场景中去。烘焙技术的优点在于避免了浏览系统实时计算灯光的系统开销,使得有限系统资源用于三角形的绘制,同时由于渲染后的纹理带有光照信息,从而增强了场景的真实感。

目前,烘焙贴图技术有两种方式:CompleteMap 与 LightingMap。前者烘焙得到一张贴图,纹理较模糊,但光感好;后者烘焙得到两张图片,一张为纹理图片,一张为光影图片,纹理清晰,但光影效果差。不同的仿真软件支持的烘焙方式不同,无论对于哪种烘焙方式,均有手工与自动两种方法。自动烘焙,不需要手工编辑,电脑自动完成,节约制作时间,但贴图利用率低。在模拟大型场景的天空造型时,一般使用烘焙技术。如图 8.33 所示,使用烘焙技术的天空贴图,能模拟出逼真的白天效果。

图 8.33　使用烘焙技术的天空

8.5 基于 WireFusion 的实时场景渲染和系统实现

8.5.1 WireFuion 简介

1. WireFusion 开发模式概述

WireFusion[34]是 Demicron 公司开发的功能强大的专业实时 Web3D 软件。它是一种拖-放式的(drag-and-drop)可视化编程工具,支持 VRML 和 X3D 格式模型的大多数节点类型,如外观、颜色、位置、光源、材质等。

WireFusion 的开发流程基于以下步骤:

① 建立资源库,包括 3D 模型、图片图像、Flash 动画、视频文件、声音文件等。

② 将各种需要的资源导入 WireFusion 中,通过 WireFusion 的脚本编写对各种资源的操作。WireFusion 的脚本主要是由对象模块组成,这些模块可以是 3D 模型或图片等各种资源,也可以是封装好的功能函数模块。图 8.34 所示的是一个典型的 WireFusion 工作模式。

图 8.34 WireFusion 工作模式

③ 调整脚本区。当脚本区的连接很多时,可以重新排列或配不同颜色,以便更好地识别。

④ 测试项目。当在设计项目时,项目并没有被激活,只有在预览窗口或发出来才可以看到具体效果,为了达到更好的设计效果,边设计边测试是很重要的。

⑤ 发布项目。当项目设计好后,发布到网页进行浏览。

2. WireFusion 中实现场景漫游和交互

(1) 场景漫游的实现

手动漫游模式,从房屋整体展示模式切换到室内漫游模式时是一个渐变过程,即点击切换后房屋整体模型将会渐渐淡化消失,而后室内场景将会渐渐显示出来。应用 WireFusion 中的 Progressor 对象模块可以很方便实现这一渐变过程。Progressor[35]对象模块能实现从一个数值到另一个特定数值的变化,这种变化可以是线性的,也可以是非线性的,可以在一个时间段按需要设定某一函数关系,如正弦变化、阶越变化或指数变化等来实现数值的递增或递减。数值可以与 3D 模型的透明度相关联。如图 8.35 所示。

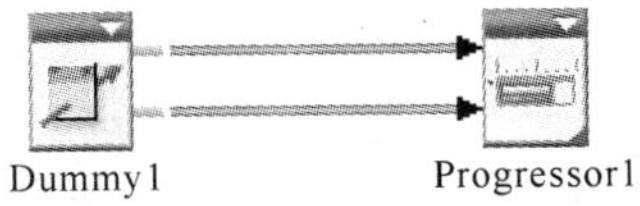

Dummy1　　　　Progressor1

图 8.35 Progressor 对象

切换进入漫游模式后,通过设定好的键盘按键,并配合鼠标进行视角变化。在 WireFusion 中可以设置漫游的键位和移动速度,以方便用户的漫游。键位包括前进、后退、左转、右转、左平移、右平移、仰视以及俯视等。键位的设置如图 8.36 所示。

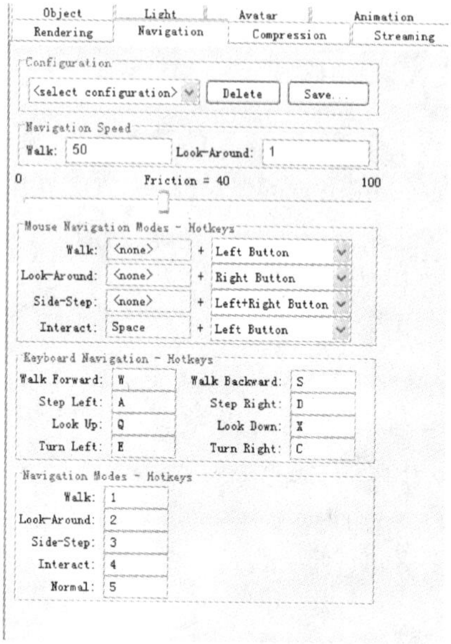

图 8.36　键位的设置

自动引导漫游模式,在 3Ds Max 中设置好自动引导漫游的摄影机,设定好摄影机路径,将模型导出时摄影机路径相关数据以动画的形式保存在 ∗.wrl 文件中,可在 WrieFusion 中调用。在展示界面中添加选择自由引导漫游按钮,点击激活该摄影机动画即可按设定好的路径自动漫游浏览。

在 World 模式中,通过添加碰撞检测的功能对浏览过程增加一些限制,使得浏览者的位置始终贴于地面,并能感知前方物体,如墙、桌等。WireFusion 有对场景中的各个对象添加碰撞检测的功能,WireFusion 提供了两种类型的碰撞检测功能[36]:按各整体对象检测(Per Object),按各多边形检测(Per Polygon)。前者的检测效果比较粗糙,但需要的计算量较小,对于表面几何形状较平滑,棱角不多的物体,选用按对象检测就能达到很好的效果。

此外,为了使得用户感觉更加真实,设置一个虚拟对象代表用户本人,称之为 avatar[37]。avatar 在场景中实际上就是一个安放了摄影机的透明类圆柱体,它带有碰撞检测功能。用户控制该圆柱体在场景中移动,摄影机代表用户的视角范围。我们通过设置 avatar 的高度和半径来约束漫游者的体形,使得在通过门、桌椅或上阶梯时能和场景物体产生相应的碰撞效果。如图 8.37 所示。

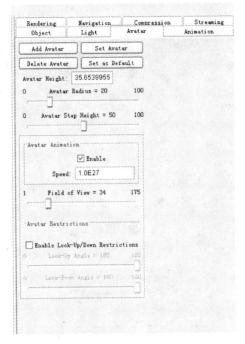

图 8.37　avatar 属性

（2）场景交互的实现

在 WireFusion 当中与用户的交互是由动画来体现，而动画则由触发器来触发。选中一个物体，在 Object 栏里的打开物体 Show Touchsensor Ports 和 Enable Touchsensor 属性。如图 8.38 所示。这样该物体在浏览的场景中就会变成可碰触的类型，鼠标指针移动至上面时会变成一个手的形状。

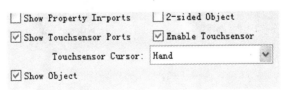

图 8.38　触发器的设置

在 3Ds Max 中制作好动画后导出 VRML 文件中有相应的动画信息，应用 WireFusion 的 3D 对象导入组件中操作这些动画，可以选择在初始化或特定事件触发时激活这些动画。在场景初始化时并不触发动画，而在有相应鼠标点击事件时触发动画。相应物体动画的触发和脚本区的设置如图 8.39 和图 8.40 所示。对室内场景中的一些家具、电器模型在 3Ds Max 中制作了动画，如门的开启和关闭。

如图 8.41 所示。

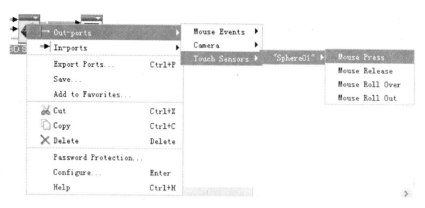

图 8.39　动画的触发设置

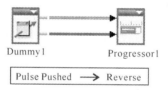

图 8.40　设置 Dummy 与 Progressor 的通信链接

图 8.41　门的开启和关闭

　　在有动画的物体上设置一个触碰感应器,在鼠标经过该物体时,鼠标形状发生改变(由普通箭头符号变成手指符号),告诉用户此物体有演示动画,此时只要点击鼠标即可播放相应动画。另外,WireFusion 自带有支持 Flash 和 mpg 格式的 video 插件。

8.5.2　系统开发过程

1. 系统体系结构设计

虚拟场景技术的开发和漫游系统的实现[38]，主要分为三大模块，包括平面图像设计模块、三维模型设计模块和图形驱动程序模块。

（1）平面图像设计模块

该模块的主要任务是根据三维模型设计的需求，采集素材，包括平、立、剖、透视，这是基本的依据。其次是能充分反映建筑物特点、临街立体效果，重要建筑物空间关系的规划区域实景图像，包括多角度、多距离观察的录像与摄影图片，还包括空间参照物，如周围建筑物、相关的图纸和文本。

通过摄像、照相、扫描等手段将有用的图像信息采集到计算机系统，形成一定格式的电子图像，通常以文件形式存储。利用专业图像处理工具对这些图像进行裁剪、修正、存储格式及像素大小等方面进行加工处理，使其成为正式的纹理图像。通常纹理图像对尺寸有一定的限制要求，原因是目前图形硬件对大容量的像素点阵在三维空间的渲染能力有限。近年来图形引擎在抗混叠和纹理压缩方面取得了较大进展，缓解了这一矛盾，但大的纹理会严重消耗显存，使图形导入非常缓慢。通常，采用普通纹理结合细致纹理的方法描述近景。

（2）三维模型设计模块

三维实体建模分为两个步骤。首先，通过建筑物几何数据的采集，利用 AutoCAD 绘制建筑平面图，根据实体的几何形状特性导入 3Ds Max 中建立三维模型。该模型描述了实体形状、尺寸等信息，称为几何模型。其次，要对几何模型表面属性进行配置，即给实体表面加上一定的颜色、材质、纹理等，可用 3Ds Max 来对其进行处理，增加实体的逼真度。模型一般采用树状结构存储，构建良好的模型结构能提高模型内部的遍历速度。

（3）图形驱动程序模块

图形驱动也可称为图形管理，它是所有图形要素在三维场景中显示的依托，也是仿真算法实现的平台。它负责创建通道、视口、场景等基础的图形环境，并建立一个大地坐标系，将实体模型导入到场景当中，根据计算结果设置实体在场景中的空间位置，同时包括一些互动特效的实现。本系统采用 WireFusion 来实现，通过对 WireFusion 的脚本编写实现对 3D 模型交互式的操作，并导出工程以 JavaScript 方式嵌入到网页中。IE 等大多数浏览器自带有 JavaScript 解释器，使得工程在展示中不需要另外安装插件 。这也是本系统最为核心的模块之一。虚拟建筑漫游系统体系结构如图 8.42 所示。

平面图像设计、三维模型设计和图形驱动程序三个模块之间相对独立同时也

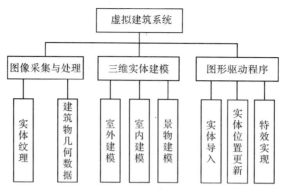

图 8.42　系统体系结构图

有一定的联系。它们组成了一个相互传递信息的开放式并行系统,而且是一个负反馈系统。

在构建虚拟漫游系统的过程中,这三部分的工作可以同时进行,并且它们留有交互的接口。平面图像设计模块为三维模型设计模块和图形驱动程序模块提供了实体纹理和特效素材。三维模型设计模块又为图形驱动程序模块提供了地形、地物及运动实体等必要的场景要素。图形驱动程序模块提供反馈信息给三维模型设计模块,提出对实体模型的修改意见,或者直接通过程序修改模型的某些属性,三维模型设计模块也会通过信息反馈的形式对平面图像设计模块提出新的需求。虚拟建筑系统构建的过程就是该系统发展演变的过程,由于它是一个负反馈系统,该系统最终会趋于稳定,当它处于稳态时,就是虚拟漫游系统最终构建完毕的时候。如图 8.43 所示。

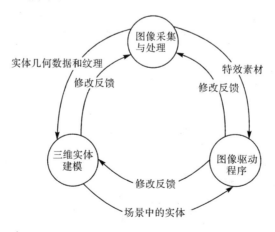

图 8.43　系统原理图

2. 系统总体设计目标和实现流程图

系统总体设计目标,可以用以下几点来概括:

① 用户可以选择某个已有的虚拟环境进行巡游,并可用鼠标或者键盘操作来改变自己的视点。

② 允许多个用户同时从 Internet 上登录该系统,并在同一个或不同的虚拟环境中进行巡游。

③ 通过优化建模,在 Internet 上能够快速、实时渲染出寺内场景。

④ 用户可以通过鼠标或者键盘操作漫游进入每个殿,可以看到对每个殿的文字介绍和法物介绍,并可以于法物互动。

⑤ 用户可以通过特效的选择,感受寺内不同时间段的动人景色。

系统实现的流程如图 8.44 所示。

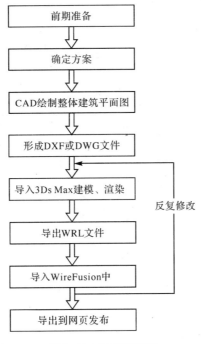

图 8.44　系统流程图

3. 系统实现功能图和对象整合

对系统功能的描述,图 8.45 直观地展示了系统的各项功能。在 3Ds Max 建模的各个对象,最后需要导入 WireFusion 的脚本区进行整合并设置相应对象的触发事件。如图 8.46 所示。

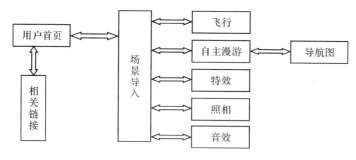

图 8.45　系统功能图

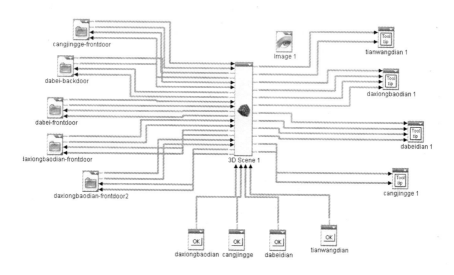

图 8.46　对象的整合

4. 系统实验环境及性能指标

操作系统:Windows XP professional。

硬件环境:Intel 2.66GHz;1G RAM。

软件环境:Photoshop 8.0、3Ds Max8.0、WireFusion 4.1。

性能指标:本系统在 1024×768 分辨率下运行时,可以保证漫游场景实时绘制的要求。在满足上述硬件环境时,场景可以流畅地运行。

8.5.3　系统展示

南普陀寺起源于唐代,汇集了闽南源远流长的历史文化,主体建筑以中轴线为主,从南到北主轴依次有天王殿、大雄宝殿、大悲殿、藏经阁、左右厢房、钟鼓楼等构成的建筑群,雄伟、壮观,颇具佛教特色,更具佛法无边之威严。南普陀寺三维全景图如图 8.47 所示。

图 8.47　主场景全貌

天王殿又称为弥勒殿,主供弥勒佛,两侧是魁梧高大、英俊威武的四大天王。如图 8.48 所示。

图 8.48　天王殿

大雄宝殿[39]是转逢和尚于 1932 年重建,燕尾脊、飞檐翘角、轻巧灵动,具有中国传统建筑的特点。脊上剪瓷镶嵌,有九鲤化龙、凤凰展翅、麒麟显瑞等图案。墙上有清影摇风、楚江秋吟等山水花鸟画。壁上有禅河沐浴、六年苦行等释迦诞生的连环画,这又是闽南寺庙建筑的技艺。琉璃石柱和雕梁画栋庄严肃穆,主要供奉过去、现在、未来的三世尊佛。大雄宝殿室外和室内截图如图 8.49 和图 8.50所示。

大悲殿原为砖木结构,因香火过盛被烧毁,后进行大翻建,主体改用钢筋水泥,保持斗拱堆叠,但不承受重量,只作装饰。殿高 20 米,八角三重攒尖飞檐,彩绘装饰,中心藻井由斗拱层层叠架而成,造型巧妙、结构严密,堪称蜘蛛结网。前后台阶属垂带踏跺,周围由望柱石栏杆围绕而成。如图 8.51 所示。

图 8.49　大雄宝殿

图 8.50　佛前祈祷

图 8.51　大悲殿

藏经阁[40]为中轴主体建筑的最高层建于 1936 年,为两层文物楼。一楼法堂是僧人讲经说法的地方,二楼藏经阁是珍藏中外佛典经书的地方。藏经阁室内漫游和室外展示部分截图如图 8.52 与图 8.53 所示。

图 8.52　藏经阁室内漫游

图 8.53　藏经阁

在寺里漫游,长廊和凉亭虽然不是主体建筑,但也是必不可少的景观之一,长廊墙壁上是对南普陀寺重要历史事件的记载和栩栩如生的十八罗汉金像。在这里漫步,可以让游客更多的了解南普陀寺,让南普陀寺走向世界。凉亭是供游人小憩的地方,也使得整体景观更加和谐。如图 8.54 与图 8.55 所示。

在漫游的过程中,每个殿前有路标指示,同时会显示每个殿的简介,可以让游览者清楚了解每个殿的情况。如图 8.56 所示。

系统最后以网页的形式发布,网站首页如图 8.57 所示。

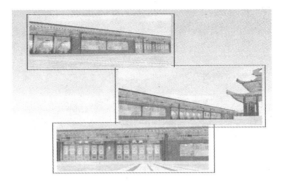

图 8.54　长廊漫步

图 8.55　望亭兴叹

图 8.56　路标指示

图 8.57　首页

8.6　结论与展望

古建筑虚拟漫游是计算机技术、虚拟现实技术、图形图像显示技术等诸多高新技术的综合运用,在古建筑的重建、修复中发挥着重要的作用,有利于古建筑的文物保护。

我们首先分析了目前国内外各种三维建模软件及虚拟现实软件,从中选择出较为合适的软件作为本系统的开发工具。其次研究了我国古建筑的构造以及南普陀寺的建筑构造特点,为南普陀寺场景的建立打好了基础。以南普陀寺虚拟漫游场景的建模过程为案例进行分析,归纳出古建筑三维建模的一般方法,并系统地提出了对古建筑模型的优化技术,分析了建模过程中存在的问题。在场景驱动输出技术上,设计了鼠标控制的交互漫游和预设路径的自动漫游两种方案,满足了不同的观察要求。

本章研究涉及多方面的学科领域知识,如古建筑学、三维建模、虚拟现实等。由于受时间和自身专业能力所限,没有对所有的古建筑模型都进行深入的研究。目前还有许多方面尚待进一步研究:对古建筑的理解上与专业人员有一定的差距,还需要继续努力;主要是针对厦门南普陀寺古建筑进行研究,虽有一定的代表性,但也只是抛砖引玉;对基于 Internet 的虚拟仿真系统,目前研究才有一个开始,实现了模型的可视化,对于材质的真实感和用户的交互性还需要进一步的深入。

在本工作的基础上,结合当前的虚拟现实技术,今后的研究可以从以下几个方面展开:

① 与建筑专业人员加强合作,对古建筑的三维模型进行更加详细的研究,在现有的工作思路上,寻找更多的三维模型特征,提出更系统的参数化建模方法。进一步开发更加完整的建模系统,积累更多的模型资料,从而完成整幢古建筑的

参数化建模。

　　② 对 WireFusion 进行深入研究,开发出更加完善的 Web3D 虚拟仿真平台。

　　③ 除南普陀寺外,再结合本地建筑特色,如厦门大学嘉庚楼群、闽南民居,对厦门本地建筑遗产进行数字化建模和研究。

　　④ 利用本研究成果,也可以在其他的三维模型开发中进行应用,如现代建筑、室内三维模型设计等。

　　⑤ 结合其他专业知识进一步研究。如结合数据挖掘方法,利用三维模型的变换矩阵、外包盒等相关参数,可以进行模型的智能匹配研究,实现古建筑的智能化设计,另一方面也可从中挖掘古建筑三维模型中的潜在规律。

　　总之,对于浩瀚精深的中国古建筑而言,本文的研究工作仅仅是一个开始,在以后的工作和学习中,还需进行更深入的研究。

参 考 文 献

[1] 张占龙,罗辞勇,何为. 虚拟现实技术概述. 计算机仿真,2008,3:1~3.

[2] 姜学智,李忠华. 国内外虚拟现实技术的研究现状. 辽宁工程技术大学学报,2004,4:238~240.

[3] 胡明星. 虚拟现实技术及其在城市规划中的应用. 规划师,2000,16(6):18~20.

[4] 石宜辉. 敦煌石窟文物的数字化获取与展示. 杭州:浙江大学硕士学位论文,2002.

[5] 鲁东明,潘云鹤,陈任. 敦煌石窟虚拟重现与壁画修复模拟. 测绘学报,2002,31(1):12~16.

[6] 曾芬芳. 虚拟现实技术. 上海:上海交通大学出版社,1997.

[7] 曾建超,俞志和. 虚拟现实技术及其应用. 北京:清华大学出版社,1996.

[8] 愈传飞. 分化与整合数字化背景下的建筑及其设计. 南京:东南大学硕士学位论文,2002.

[9] 吴浩. 建筑设计和计算机媒体技术. 时代建筑,1998,3:91~92.

[10] 余东峰,武云,李明宇. 三维建模实例与技巧. 北京:人民邮电出版社,2000.

[11] 唐辉,王勇,王成道. 虚拟现实中复杂场景建模方法研究. 上海铁道大学学报,2000,21(6):6.

[12] 包英姿. 用 AutoCAD,3D Studio 等软件创作建筑渲染图的方法与技巧. 工程设计 CAD 及自动化,1998,2:32~34.

[13] 黄心源. 3Ds Max6 标准教程. 北京:人民邮电出版社,2004.

[14] 段学军,陈铭,王晓斌. 虚拟城市场景建模方法与技术研究. 系统仿真学报,2003,15(10):1449~1454.

[15] 郭圣路,苗玉敏. 3Ds Max8 从入门到精通. 北京:电子工业出版社,2006.

[16] 中国建筑史编写组. 中国建筑史. 北京:中国建筑工业出版社,2000.

[17] 李允鉌. 华夏意匠—中国古典建筑设计原理分析. 天津:天津大学出版社,2008.

[18] 赵广超. 不只中国木建筑. 上海:上海科学技术出版社,2001.

[19] 潘德华. 斗栱. 南京:东南大学出版社,2004.

[20] 卜德清,唐子颖,刘培善,等. 中国古建筑与近代建筑. 天津:天津大学出版社,2000.

[21] 韦春向,赵琦. 3Ds Max 效果图材质与灯光技术精粹. 北京:北京希望电子出版社,2006.

[22] 北京数位全景科技发展有限公司. 中国古典建筑表现技法. 北京:中国电力出版社,2007.

[23] 罗杰. 面向建筑的虚拟漫游系统研究与实现. 大庆:大庆石油学院,2002.

[24] 靳文忠. 建筑表现中的关键技术研究. 北京:北方工业大学硕士学位论文,2004.

[25] Du Z Q,Zhu D Y X,Zhu Q. 3D GIS-based digital reconstruction and dynamic visualization of timber-

frame building cluster// Proceedings of CIPA 2005 20th International Symposium; International Cooperation to Save The World's Cultural Heritage,2008.

[26] 孙家广,杨长贵. 计算机图形学. 北京:清华大学出版社,1995:369~373.

[27] Kathleen K. A generalized texture-mapping pipeline//Program of Computer Graphics,1992.

[28] 樊爱华,胡忠东. 虚拟现实的建模技术. 计算机仿真,1997,14(4):64~66.

[29] 饶成,李勋祥,陈定方. 细节层次技术在 VR 视景系统中的应用. 湖北工业大学学报,2008.

[30] 李竹林,孟晓红,张洪香,等. 基与 LOD 建模的视景仿真生成技术研究. 计算机技术与发展,2006,16(2):50~52.

[31] 黄莹莹,彭敏俊,许眠. 基于虚拟现实的数字校园漫游系统的设计与实现. 应用科技,2008,8.

[32] 陈华斌,王彤. 虚拟建筑环境实时漫游系统的设计和实现. 西南交通大学学报,2001,36(1):53~56.

[33] 蒋燕萍. 虚拟环境漫游中的关键技术. 北京:北方工业大学,2003.

[34] 娄渊盛,朱跃龙,等. 基于虚拟现实技术的实时漫游系统研究及实现. 计算机工程,2001,27(6):98~99.

[35] 雷伟杰,蔡勇. 基于分层次细节模型的场景快速绘制. 网络信息技术,2004,23(5):54~55.

[36] Demicron WireFusion 基础教程之按钮交互制作. http://www. web3d. com. cn/new/teach/WireFusion/2007/11/16/93223. html.

[37] 宫本红,于辉,韩勇,等. 面向虚拟现实的古建筑优化建模技术初探. 测绘信息与工程,2006,31(4):30~31.

[38] http://www. demicron. com/solutions/index. html.

[39] 林徽因. 林徽因讲建筑. 西安:陕西师范大学出版社,2004.

[40] 侯幼彬. 中国建筑美学. 哈尔滨:黑龙江科学技术出版社,1997.

第九章 三维骰子游戏开发技术

9.1 引　言

9.1.1 背景

　　骰子是群众喜闻乐见的一种娱乐方式,经过悠久岁月的洗礼,已经演变出了多种娱乐方式。特别是厦门特有的自郑成功年代的"博状元"更是独树一帜,而且正在不断地为外界所接受。目前我国台湾、漳州、泉州等地区都已熟知"博状元",并且参与的群众也越来越多。随着物质文化的进一步发展,群众的精神文明要求也越来越高,在计算机迅速普及的现代社会,把这种传统娱乐变成电动游戏也是一种不错的创新。特别是在高级酒店,电动骰子更能体现酒店的高雅品味。

　　目前,国内外的 3D 游戏多得数不胜数,在 3D 软件开发方面业已非常成熟,但是,基于嵌入式 Linux 操作系统下的 3D 开发却比较少,由于在嵌入式下,硬件资源非常有限,复杂的 3D 游戏根本无法运行。通过这次项目的开发,我们做一些这方面的探讨是非常有意义的,而且随着 3G[1] 时代的来临,嵌入式 3D 游戏将会有非常广阔的空间。

9.1.2 市场分析

　　(1) 目标市场定位与客户分析

　　市场目标定位在全国三星级酒店及以上。这部分酒店客户比较注重品味追求。

　　(2) 市场容量

　　至 2007 年 10 月 31 日,全国五星级酒店 117 家,四星级酒店 352 家,三星级酒店 1899 家。另外,还有众多酒吧也可以使用本游戏机,同时还可以出售使用权给众多手机公司。

　　(3) 市场增长率

　　我国还有 3000 多家的二星级酒店,这些酒店有一部分会升级成三星级酒店。但增值服务市场是潜在的、巨大的,还可以带动酒店 3D 游戏产业的发展。

　　(4) 竞争对手分析

　　目前,市场上尚无相同或类似的产品,所以我们更应抓紧时间,与时俱进。

9.1.3　关键技术国内外研究情况

基于嵌入式的 3D 骰子游戏机分软硬件设计。在软件设计的基础上,尝试向嵌入式移植的可能性。

软件方面采用面向对象开发,使用 UML[2] 设计。遵循总体项目设计方案的原则,本着结构简单、运行稳定、快速可靠、数据格式标准化的原则开发。

该款游戏机使用 C++ 和 OpenGL[3] 开发,嵌入式设计遵循相关标准,使用标准工业接口。

在嵌入式环境下通过 OpenGL 的支持运行 3D 程序,在国内外还是比较新颖的,毕竟嵌入式对硬件要求比较高。而 3D 程序需要资源比较多,开发 Windows 及 linux 下都能使用的程序,可以使用 QT[4] 开发工具,一次编完,跨平台使用。嵌入式硬件设计,基于 ARM[5] 技术的微处理器应用约占据了 32 位 RISC[6] 微处理器 75% 以上的市场份额,ARM 技术已经渗入到我们生活的各个方面。

国内外对骰子的设计比较简单,很多都是基于平面 2D 的,并不是真正的 3D 动画。所以,这里研究的 3D 骰子编程在国内外还是比较少见的。

9.1.4　项目意义

国内外在骰子方面的设计大都局限在一个平面上。从开发语言上看,有 Java 的,也有 C++ 的。本项目在立体空间里进行游戏是比较先进的,另外目前基于嵌入式的圆筒内 3D 骰子游戏是比较新颖的。

嵌入式开发具有广阔的应用前景,特别是 3G 时代的来临,更显示出蓬勃的活力,3D 也是一个永恒的话题。将两者结合起来具有更强大的生命力。

9.2　基于嵌入式技术的 3D 骰子游戏机整体设计

9.2.1　总体功能设计

基于嵌入式技术的 3D 骰子游戏机分为软件设计、硬件设计及软硬件接口设计。如图 9.1 所示。

①软件设计上,需要进行 GUI 设计及 3D 骰子游戏设计。

②硬件设计上,需要进行外观设计和电路设计。

③软硬件接口设计上,主要是考虑如何通过软件驱动硬件,使软硬件无缝连接。

此外,需要考虑到游戏机的相关附加功能,所以本文也进行了非功能性设计。操作系统,我们选择 Linux。Linux 在嵌入式上的贡献是有目共睹的。对于处理器,我们选择 ARM9。

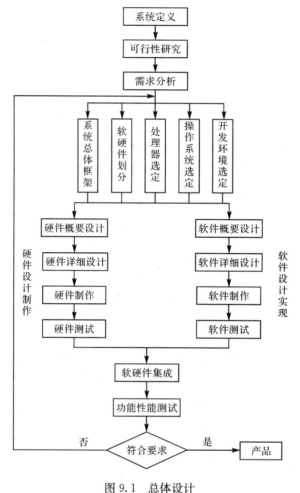

图 9.1　总体设计

9.2.2　软件概要设计

基于嵌入式 3D 骰子游戏机软件体系结构如图 9.2 所示。

我们把 GUI[7]和 3D 骰子游戏模块分开设计。GUI 设计如图 9.3 所示。

根据 3D 骰子游戏机的要求,在 3D 游戏方面我们使用 UML 进行设计。

1. 用例视图

本软件共维护了 5 个类,用例视图[8]如图 9.4 所示。

① App 类负责整个应用的维护。

② SceneThread 负责绘制场景,既要画墙壁,也要画骰子。

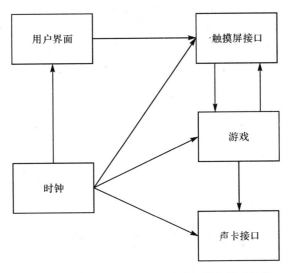

图 9.2　基于嵌入式 3D 骰子游戏机软件体系结构

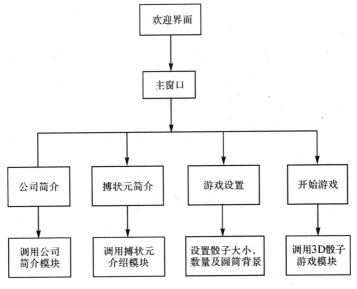

图 9.3　系统 GUI 设计

③ CalcuateThread 负责计算骰子在三维空间的实时位置。

④ CDice 是骰子类,维护了骰子的成员变量与成员函数。运动过程中,骰子调用了多种方法,特别是其他类的方法。这将在类图中体现。

⑤ Cylinder 是圆筒类,维护了圆筒的三维位置。

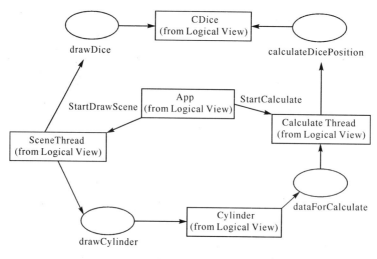

图 9.4   3D 骰子游戏用例视图

2. 类图

本软件的几类[9]间关系如图 9.5 所示。

① CVector[10] 类是本项目的基础,定义了 3D 向量的各种运算,如＋、－、×、÷、取模等。

② CMatrix33 类是一个 3×3 矩阵,定义了 3×3 矩阵的各种运算,如＋、－、×、÷ 等,适合于计算旋转、平移等操作。

③ CTray 类判断某一向量是否在特定两向量定义的直线上。

④ CDice 类为骰子类,定义了骰子的成员变量和成员函数。

SetCenter():设置骰子的中心点位置。

SetUnit():设置骰子的大小。

⑤ Cylinder 圆筒类,维护了一个圆筒。

⑥ SceneThread 用于绘制场景。

OnDraw():绘制场景事件。

myfirst():初始化场景。

drawCylinder():绘制圆筒。

drawDice():绘制骰子。

playsound():播放声音。

⑦ CalculateThread 用于计算骰子的最新 3D 位置。

OnCollision():进行碰撞检测。

CalculateNewPosition():计算最新位置(包括碰撞响应)。

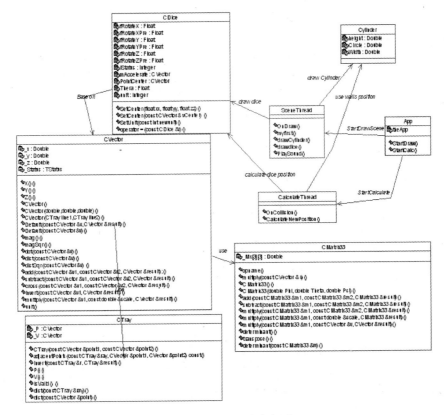

图 9.5　3D 骰子游戏类图

⑧ App 类负责维护整个应用。

StartDraw()：开始绘制场景线程。

StartCalc()：开始计算线程。

3. 状态图

骰子游戏的状态图[11]。如图 9.6 所示。首先,进行骰子的初始化,如赋予随机的空间坐标,设置边距大小等;在用户触发开始游戏时,骰子处于运行状态,一直活动则翻转;在骰子碰到圆筒内壁或其他骰子时,游戏进行碰撞处理;碰撞后,骰子可能还有速度,则继续翻转,否则就是骰子各分量的运动速度都为 0 时,骰子停止。

4. 时序图

UML 时序图[12]在对象交互的表示中加入了时间维。如图 9.7 所示。

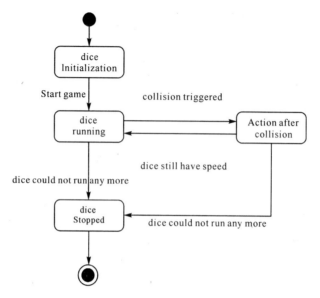

图 9.6　3D骰子游戏状态图

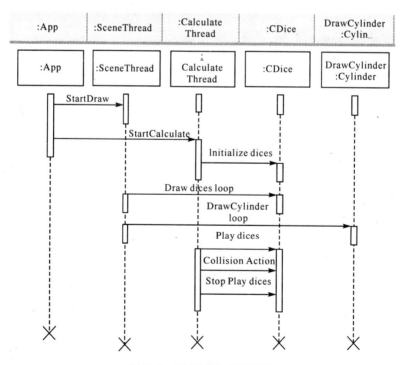

图 9.7　3D骰子游戏时序图

5. 协作图

协作图[13]如图 9.8 所示。

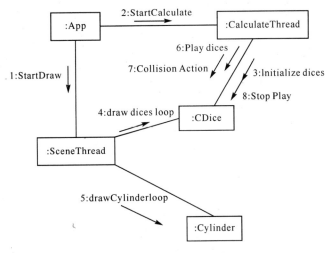

图 9.8　3D 骰子游戏协作图

6. 活动图

3D 骰子游戏活动[14]如图 9.9 所示。

图 9.9　3D 骰子游戏活动图

9.2.3　硬件概要设计

在硬件选择上,我们使用目前普遍受市场欢迎的 ARM9 芯片进行设计。硬件体系结构如图 9.10 所示。

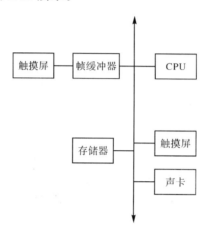

图 9.10　硬件体系结构

输入为触摸屏,输出为触摸屏和声卡。开机后进入主界面时,播放声音 1。按钮被选中时,播放声音 2。游戏中,碰撞时,播放声音 3。游戏后,冻结结果,若有非法输入,播放声音 4。解除冻结,播放声音 5。

9.2.4　软硬件接口设计

接口方面主要考虑如何驱动触摸屏和驱动声卡。

1.　触摸屏驱动

触摸屏由 FM7843 完成电压转换,如果有触摸动作也会产生中断,FM7843 占用 EINT5。CPU 通过 SPI 总线读取电压转换结果,从而计算出坐标位置。对 FM7843 的片选信号用 GPG12 口线控制。

触摸屏的采样模式,处理器提供的模式包括正常的转换模式,手动的 x/y 位置转换模式,自动的 x/y 位置转换模式。

我们采用第三种模式。需要注意的是在完成一次 x/y 坐标采样的过程中需要一次模式转换,即在点击触摸屏之前是等待中断模式。当有触摸动作产生触摸屏中断以后,在 x/y 的坐标采集驱动中设置成自动的 x/y 位置转换模式,在完成采集以后再转换回等待中断模式,准备下一次的触摸采样。要用到的控制器可参考 up-netarm2410-s 相关文档[15]。

2. 声卡驱动

音频系统设计包括软件设计和硬件设计两方面,在硬件上使用了基于 IIS 总线的音频系统体系结构。IIS(inter-IC sound bus)是飞利浦公司提出的串行数字音频总线协议。目前很多音频芯片和 MCU 都提供对 IIS 的支持。

IIS 总线只处理声音数据,其他信号(如控制信号)必须单独传输。为了使芯片的引出管脚尽可能少,IIS 只使用了四根串行总线。IIS 音频接口总线共有四根线:串行数据输入(IISDI)、串行数据输出(IISD0)、左右声道选择(IISLRCK)和串行位时钟(IISCLK)。主控设备提供 IISLRCK 和 IISCLK。

UDA1341TS 芯片除了提供 IIS 接口和麦克风扬声器接口外,还提供 L3 接口控制音量等。L3 接口分别连到 S3C2410 的通用数据输出引脚上。IISCON 寄存器的设置和位描述可参考 up-netarm2410-s 相关文档。

音频设备驱动程序中需要完成的任务包括对设备及相应资源的初始化和释放;读取应用程序,传送给设备文件的数据并回送应用程序请求的数据。这需要在用户空间、内核空间、总线及外设之间传输数据。

Linux 设备驱动程序将设备看成文件,在驱动程序中将结构 file_operations 中的各个函数指针与驱动程序对应例程函数绑定,以实现虚拟文件系统 VFS 对逻辑文件的操作。数字音频设备(audio)、混频器(mixer)对应的设备文件分别是/dev/dsp 和 /dev/mixer。

对/dev/dsp 的驱动设计主要包含设备的初始化和卸载、内存和 DMA 缓存区的管理、设备无关操作(例程)的视线以及中断处理程序。

9.2.5　非功能性设计

根据骰子游戏机的特点,主要考虑了如下功能:
① 允许变化骰子的数量,以适用于多种娱乐方式需要。
② 允许改变骰子的大小,以适用于多种娱乐方式需要。
③ 骰子在圆筒里面滚动,以提高逼真度。
④ 骰子与圆筒,骰子与骰子的碰撞,以实现逼真的 3D 游戏效果。
⑤ 允许选择圆筒的贴图,个性化贴图可以让用户玩起来更有趣味。
⑥ 形象的骰子外观,骰子的顶点宜圆滑,不可尖锐突出。
⑦ 结果的随机性与不可控制性。游戏不可让别有用心的人操控,应体现游戏的公平性。所以,结果应是随机不可控制的。
⑧ 游戏的混音效果,以实现声影同步。
⑨ 结果易读性,以人性化的方式呈现给玩家。
⑩ 开机时有欢迎界面。

为实现上面的功能,需要下面这些技术支持:

① 嵌入式电路设计。简单的电路设计,熟悉常用模块,组合成一个轻量级的小系统。

② Qt/Embedded[16]的 GUI 设计。GUI 设计是人机交互的基础,没有 GUI 设计则一切功能都是零。该项技术必须突破,毕竟是运行在 Linux 下。

③ 输入输出响应。

④ Qt/Embedded 下的 3D 设计(软件核心)。

⑤ 物体的碰撞检测[17]与处理。

⑥ 3D 骰子的随机旋转滚动。

⑦ 当骰子数量设置多了的时候,由于屏幕是固定大小的,所以需要动态决定骰子的大小。

⑧ 逼真的声音效果仿真,即进行混音编程。

9.2.6　运行环境与开发工具

核心芯片:ARM9

操作系统:Linux

开发语言:C++,OpenGL

9.3　基于嵌入式技术的 3D 骰子游戏机核心软件技术研究

9.3.1　开发工具简介

1. OpenGL

OpenGL 非常接近硬件,是一个图形与硬件的接口,包括了 100 多个图形函数用来建立三维模型,进行三维实时交互。OpenGL 强有力的图形函数不要求开发人员把三维物体模型的数据写成固定的数据格式,也不要求开发人员编写矩阵变换、外部设备访问等函数,大大地简化了编写三维图形的程序。例如:

① OpenGL 提供一系列的三维图形单元(图元)供开发者调用。

② OpenGL 提供一系列的图形变换函数。

③ OpenGL 提供一系列的外部设备访问函数,使开发者可以方便地访问鼠标、键盘、空间球、数据手套等外部设备。

由于微软在 Windows 中包含了 OpenGL,所以 OpenGL 可以与 Visual C++ 紧密接合,简单快捷地实现有关的算法,并保证算法的正确性和可靠性。简单地说,OpenGL 具有建模、变换、色彩处理、光线处理、纹理影射、图像处理、动画及物体运动模糊等功能[18]。

（1）建模

OpenGL 图形库除了提供基本的点、线、多边形的绘制函数外，还提供了复杂的三维物体，如球、锥、多面体、茶壶以及复杂曲线和曲面的绘制函数。

（2）变换

OpenGL 图形库的变换包括基本变换和投影变换。基本变换有平移、旋转、变比和镜像。投影变换有平行投影（又称正射投影）和透视投影。

（3）颜色模式设置

OpenGL 颜色模式有两种，即 RGBA 模式和颜色索引。

（4）光照和材质设置

OpenGL 光照有辐射光（emitted light）、环境光（ambient light）、漫反射光（diffuse light）和镜面光（specular light）。材质利用光反射率来表示。客观世界中的物体最终传到人眼的颜色是光的红绿蓝分量与材质红绿蓝分量的反射率相乘后形成的颜色。

（5）纹理映射

利用 OpenGL 纹理映射功能可以十分逼真地表达物体表面的细节。

（6）位图显示和图像增强

OpenGL 的图像功能除了基本的拷贝和像素读写外，还提供了融合（blend-ing）、反走样（antialiasing）和雾（fog）的特殊图像效果处理。以上功能可使被仿真物更具真实感，增强图形显示的效果。

（7）双缓存动画

OpenGL 使用了前台缓存和后台缓存交替显示场景的技术。简而言之，后台缓存计算场景、生成画面，前台缓存显示后台缓存已画好的画面。

（8）特殊效果

利用 OpenGL 还能实现深度提示（depth cue）、运动模糊（motion blur）等特殊效果。运动模糊的绘图方式（motion-blured）可以模拟物体运动在人眼所感觉的动感现象。深度域效果（depth-of-effects），类似于照相机镜头效果，模型在聚焦点处清晰，反之则模糊。

这些三维物体的绘图和特殊效果的处理方式，说明 OpenGL 能够模拟比较复杂的三维物体或自然景观。

OpenGL 工作流程如图 9.11 所示。

几何顶点数据包括模型的顶点集、线集和多边形集。这些数据经过流程图的上部，包括运算器、逐个顶点操作等。图像数据包括像素集、影像集、位图集等，图像像素数据的处理方式与几何顶点数据的处理方式是不同的，但它们都经过光栅化、逐个片元（fragment）处理直至把最后的光栅数据写入帧缓冲器。

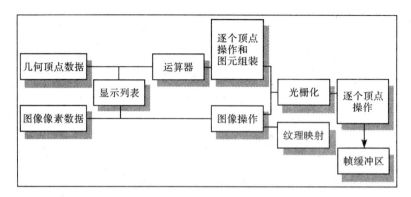

图 9.11　OpenGL 工作流程

在 OpenGL 中包括的所有几何顶点数据和像素数据都可以被存储在显示列表中或者立即可以得到处理。OpenGL 中的显示列表技术是一项重要的技术。

OpenGL 要求把所有的几何图形单元都用顶点来描述。这样运算器和逐个顶点计算操作都可以针对每个顶点进行计算和操作,然后进行光栅化形成图形碎片。对于像素数据,像素操作结果被存储在纹理组装用的内存中,再同几何顶点操作一样光栅化形成图形片元。整个流程操作的最后,图形片元都要进行一系列的逐个片元操作,这样最后的像素值将送入帧缓冲器实现图形的显示。

根据这个流程,我们可以归纳出在 OpenGL 中进行的主要图形操作直至在计算机屏幕上渲染绘制出三维图形景观的基本步骤:

①　根据基本图形单元建立景物模型,并对所建立的模型进行数学描述。

②　把景物模型放在三维空间中的合适位置,并且设置视点以观察所感兴趣的景观。

③　计算模型中所有物体的色彩,其中的色彩根据应用要求来确定,同时确定光照条件、纹理粘贴方式等。

④　把景物模型的数学描述及其色彩信息转换至计算机屏幕上的像素,即光栅化。

在这些步骤的执行过程中,OpenGL 可能执行一些其他的操作,例如自动消隐处理等。另外,景物光栅化被送入帧缓冲器之前还可以根据需要对像素数据进行操作。

2. 跨平台工具 QT

使用 Linux 的人,一定都知道 QT 是什么,利用 QT 编译出来的 KDE 桌面系统,更是让 Linux 有了一次能和 Windows 的 GUI 相媲美的机会。甚至有人说,KDE 的桌面在图形上,胜过了 Windows95。QT 是基于 C++语言的一种专门用来开发 GUI 界面的程序。这里面包括了 button、label、frame 等很多可以直接调用的东西。

① QT 基于 C++的语言。

QT 中有数百个类都是用 C++写出来的。这也就是说，QT 本身就具备了 C++的快速、简易、OOP 等优点。

② QT 具有非常好的可移植性。

利用 QT 编写出来的程序，在几乎不用修改的情况下，就可以同时在 Linux 和 Windows 中运行。QT 的应用非常广泛，从 Linux 到 Windows x86 再到 Embedded 都有 QT 的影子。

③ QT Designer 是一个 GUI 工具。

这个工具可以帮助我们加快写 QT 程序的速度。利用 QT Designer 可以用一种所见即所得的方式产生 GUI 界面的程序源码。

9.3.2　骰子的实现

（1）成型

骰子的成型比较容易，就是一个立方体，定义好八个顶点后逐个绘画面就可以了。或者只画六个一样的面，然后固定一个，逐个旋转其他面，使其成为一个立方体[19]。此算法比较多且成熟，就不再赘述。这里采用第一种方法。

（2）贴图

骰子共有六个面，定义好六个 128×128 的位图，逐个贴图，一个漂亮骰子就出现了。如图 9.12 所示。

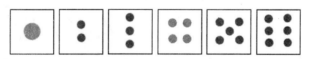

图 9.12　骰子的素材

（3）八个顶点的特殊处理

通过前面的步骤，我们得到了一个虚拟的 3D 骰子，但这种骰子的八个顶点很尖锐，不像真实骰子那样圆滑。为此，结合 OpenGL 对相交裁减的支持，为八个顶点进行改造。

OpenGL 中使用了 glClipPlane[20] 函数进行剪切变换。

glClipPlane(GLenum plane, const GLdouble * equation)的参数 equation 指向一个拥有四个系数值的数组。这四个系数分别是裁减平面 $Ax+By+Cz+D=0$ 的 A、B、C、D 值。因此，由这四个系数就能确定一个裁减平面。参数 plane 是 GL_CLIP_PLANEi($i=0,1,\cdots$)制定的裁减面号。

调用附加裁减函数之前,必须先启动 glEnable(GL_CLIP_PLANEi),使得当前所定义的裁减平面有效。当不再调用某个附加裁减平面时,可用 glDisable(GL_CLIP_PLANEi)关闭响应的附加裁减功能。

观察方程 $Ax+By+Cz+D=0$,可以得出:

① 裁减平面是由$(-D/A,0,0)$,$(0,-D/B,0)$和$(0,0,-D/C)$三个点组成的平面。

②如果 $D=-1$,就是$(1/A,0,0)$,$(0,1/B,0)$,$(0,0,1/C)$三个点组成的平面。同理,可以考虑 $D=1$ 的情况。

③ 实验 $D=0.0$,发现程序仍然可以使用。显然,该函数内部有对 $D=0.0$ 进行处理的一个简单实验。如图 9.13 所示。

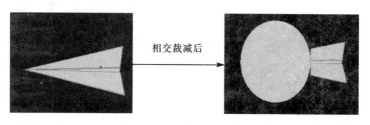

图 9.13 一个简单的相交裁减例子

有了上面的技术支持,我们开始设计圆角顶点。如图 9.14 所示。每个顶点只画到 $A1,A2,A3$ 的位置,这样就造成了一个三角切面。然后,把小球塞到里面,使球边与 3 点刚好相切。

最后我们得到如图 9.15 所示的结果。

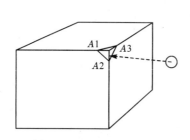

图 9.14 设计圆角顶点模型图

图 9.15 圆角骰子

9.3.3 骰子的滚动实现

骰子由于体小身轻,在运动过程中很容易翻转。为此,我们需要提高逼真度。OpenGL 中使用 glRotatef 进行旋转。我们为每个骰子添加三个成员变量,记录旋转的角度,它们是 fRotateX、fRotateY、fRotateZ。每次骰子移到新的顶点后,调用

glRotatef 分别就 X,Y,Z 三个轴进行旋转。每次重画之前,需要为 fRotateX、fRotateY、fRoateZ 进行随机赋值。这样,就可以实现骰子的旋转效果了。

9.3.4 骰子类 CDice

有了前面的这些基础,我们就可以得到一个骰子类。现将关键成员及其作用列举如下:

```
class CDice {
private: //主要成员变量
    int     unit;          // 骰子中心点到任一面的距离
    float   fRotateX;      // 绕 X 轴旋转的角度,用于体现滚动效果
    float   fRotateY;      // 绕 Y 轴旋转的角度,用于体现滚动效果
    float   fRotateZ;      // 绕 Z 轴旋转的角度,用于体现滚动效果
    float   fRotateXpre;   // 上一帧中,绕 X 轴旋转的角度
    float   fRotateYpre;   // 上一帧中,绕 Y 轴旋转的角度
    float   fRotateZpre;   // 上一帧中,绕 Z 轴旋转的角度
    CVector mSpeed;        // 速度矢量
    float   mVertex[8][3]; //骰子 8 个顶点
    int     iStatus ;      //状态 0—停止态,1—允许活动态
    CVector PointCenter;   //骰子的中心点位置矢量
Public: //主要成员函数
    void SetCenter(const CVector & vCenter)//设置中心点
    void SetCenter(float xx,float yy,float zz);//设置中心点
    void SetUnit(const int newunit);   //设置骰子的大小
    void Translatef(const CVector & v);//移动骰子,移动速度为 v
    void Translatef(float x,float y,float z);//移动骰子
    CDice(const CVector & vCenter,int newUnit ):PointCenter(vCenter)
    {
        mSpeed = CVector(0,0,0)
        iStatus = 0;   //刚开始不运动
        SetUnit(newUnit);
    }//构造函数
    CDice();
    virtual ~CDice();
};
```

9.3.5　圆筒实现

本例使用规则圆筒,减少项目复杂度。

OpenGL 提供了二次曲面函数库[21],非常便于使用。本例就使用了二次曲面函数 gluCylinder、gluDisk 构造一个圆筒。

① 虚拟筒体步骤如下:使用 gluCylinder 画一个圆柱作为圆筒的内壁,然后再画一个半径大一点的圆柱作为圆筒的外壁。两个圆柱的高低一样,并调用 gluDisk 将上面两圆柱之间的缺口盖住,外半径为外壁的半径,内半径为内壁的半径。

图 9.16　圆筒

② 虚拟筒底步骤如下:使用 gluDisk 做上下两个大小一样的圆形,外半径与圆筒外壁的半径一样大,内半径为 0,并使上面的圆刚好抵住筒体的底。然后使用 gluCylinder 画一个小圆柱,半径与圆筒外壁的半径一样大,高度为上下两圆的距离,放在上下两圆之间,调整使其与两个圆形成密闭的小圆饼。

通过这样简单的构造,我们得到了如图 9.16 所示的一个规则圆筒,形成了骰子的活动空间。

9.3.6　骰子与圆筒的碰撞检测及响应

1.　碰撞检测

碰撞检测是构造可视化系统不可缺少的一个重要部分。它可以使用户以更自然的方式与可视化系统中的场景对象进行交互。如果没有碰撞检测,当一个对象碰到另一个对象时,往往会"穿墙而过",而不会产生碰撞的效果,这在现实中是不存在的。因此,构造可视化系统时,必须能够实时、精确地判断场景中物体之间是否发生碰撞。可视化系统中动态物体与静态物体之间或动态物体之间的交互基础就是碰撞检测。

碰撞问题涉及碰撞检测和碰撞响应两部分内容。碰撞问题的具体应用很广泛,例如虚拟环境应用中的飞行员和宇航员的培养与训练、机器人的路径规划和学习、交互式动画系统、服装 CAD 中衣物与人体躯干的配合等。碰撞检测问题按运动物体所处的空间可分为二维平面碰撞检测和三维空间碰撞检测。

关于平面碰撞检测问题的研究包括可碰撞、可移动区域和最初碰撞部位的检测。所谓可碰撞问题就是物体 A 和 B 在空间沿给定轨迹移动时是否发生碰撞。可移动区域就是物体 A 沿给定的规律运动,而不与物体 B 发生碰撞的所有可能运动的区域。最初碰撞点的检测就是当物体 A 以给定的运动规律运动,并将与物体 B 发生碰撞时,检测它们在最初发生碰撞时的接触部位。关于三维空间碰撞问题的研究一般有可碰撞和碰撞规避两方面。碰撞规避就是两个或多个物体的无碰撞运动。

在可视化系统中进行碰撞检测的一个常用方法是采用包裹着物体对象的包围盒(bounding boxes)[22]。包围盒的各线段与坐标轴平行,包围盒即包围虚拟物体的最小长方体。采用包围盒进行碰撞检测的最大好处是可以实现快速碰撞检测,但在很多实际应用的可视化系统中,要想做到自然交互仅靠包围盒进行碰撞检测是不够的。当要证明两个物体并不相交时,利用包围盒是非常有效的,但是当两个物体的包围盒相交时,并不能保证这两个物体一定相交,因为包围盒仅仅是物体边界的一个简单粗略的表示。因此,基于包围盒的碰撞检测是非常粗略、不精确的碰撞检测方法。

如果在可视化系统中必须进行精确的碰撞检测,可以采用精确碰撞检测,即在采用包围盒表示虚拟物体边界的同时,还采用多个多边形来表示包围盒。这些多边形把虚拟物体包裹起来。显然,多边形划分得越细,其边界表示就越精确。这样,一个三维的虚拟物体边界就由一组多边形来表示。当判断两个物体是否相交时,只要判断两个多边形集合是否相交即可。只有确定两个物体的包围盒相交之后,才有必要判断相应的两个多边形集合是否相交。

与碰撞检测相关的另一个问题是仿真的时间步长问题。一种直接的检测算法是计算出环境中所有物体在下一个时间点上的位置、方向等运动状态后并不立刻将物体真正移动到新的状态,而是先检测是否有物体在新状态下与其他物体重叠,从而判定是否发生了碰撞。这种方法在确定 $t_0 \sim t_1$ 的时间片内是否发生碰撞时,是在 $t_0 < t_0 + \Delta t_1 < t_0 + \Delta t_2 < \cdots < t_0 + \Delta t_n < t_1$ 这一系列离散的时间点上考虑问题,因此称为离散方法或静态方法。这种方法的问题是,只检测离散时间点上可能发生的碰撞,若物体运动速度相当快或时间点间隔太长时,一个物体有可能完全穿越另一个物体,算法将无法检测到这类碰撞。为了解决这一问题,可以限制物体运动速度或减小计算物体运动的时间步长,但同时增加了计算量,且高速物体的碰撞仍有可能检测不到。这种情况下可以使用连续碰撞检测算法,或称动态算法[23],检测物体从当前状态到下一状态所滑过的四维空间(包括时间轴)[24]与其他物体滑过的四维空间是否发生了重叠,也就是检测物体的运动轨迹。这样,即使高速运动物体的碰撞也可以被检测到。

因此,在可视化系统中,实现不同精度的碰撞检测,可以采用以下技术或它们的组合:

① 矩形包围盒或球形包围盒。

② 多边形集合[25]。

③ 物体的运动轨迹跟踪[26]。

实时碰撞检测仍有很多方面需要进一步探讨和研究,包括曲面模型、大量物体之间的碰撞、框架与框架之间的空间一致性以及接触和干涉之间的区分等问题。另外,还有 3D 空间中的碰撞时最初接触点的判定等。

由于骰子本身是一个立方体,所以我们使用包围盒方法来计算碰撞检测。

骰子与圆筒的碰撞检测主要采用平面几何法和矢量法。现介绍如下:

(1) 平面几何法

平面几何法如图 9.17 所示。

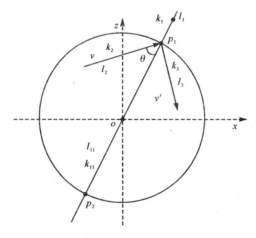

图 9.17　平面几何法

① 求骰子所在位置与原点所形成的直线 l_1 的斜率 k_1。计算公式为
$$k = (z_2 - z_1)/(x_2 - x_1)$$

② 求 l_1 与圆周的交点 p_1, p_2,即求解方程组
$$\begin{cases} z = k_1 \cdot x + b \\ z^2 + x^2 = r^2 \end{cases}$$

③ 比较骰子所在位置 p_1, p_2,得出是否发生了碰撞。

④ 如果碰撞,得出速度直线 $l_2(v)$ 的斜率 k_2,即
$$k_2 = (z_2 - z_1)/(x_2 - x_1)$$

⑤ 将骰子刚好移动到碰撞点,得出新的位置与原点的直线 l_{11} 的斜率 k_{11},即
$$k_{11} = (z_2 - z_1)/(x_2 - x_1)$$

⑥ 此时,l_{11} 也是法线(半径),得出 l_2 与 l_{11} 的夹角 θ,即
$$\theta = \text{tg}^{-1} \left[(k_2 - k_1)/(1 + k_1 \cdot k_2) \right]$$

⑦ 计算反射线斜率 k_3,进而得出反射方程 l_3。注意,给了常数 k 与随机量 b 关系 $z = kx + b$。

（2）矢量法

相对于平面几何，矢量法提供了更为快捷的计算方法。下面讨论如何使用矢量法解决圆周碰撞难题。矢量法如图 9.18 所示。

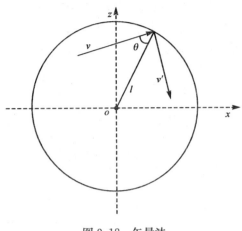

图 9.18 矢量法

① 判断是否发生了碰撞，只需要对位置矢量求模，判断 $(x^2 + z^2) \geq r^2$ 是否成立。

② 若碰撞了，计算夹角，两向量公式为

$$\theta = \cos^{-1} \frac{(v_x \cdot l_x + v_z \cdot l_z)}{\text{sqrt}(v_x{}^2 + v_z{}^2) \cdot \text{sqrt}(l_x{}^2 + l_z{}^2)}$$

③ 旋转 v ，旋转角度 2θ 角度，得到 $-v'$ 。

④ 将得到的 $-v'$ 反向一下，得到 v' ，即最终的反射速度向量。

⑤ 由于反射后速度要随即变慢，所以得到的向量会在 v' 的基础上做适当的调整。

（3）骰子与圆筒碰撞进一步研究

由上面两种方法可以看到，向量法不仅简单，而且精确。应该注意到，骰子共有 8 个顶点，所以每次碰撞检测应是对这 8 个顶点进行进算，而不是对骰子中心点的计算。而为了体现骰子的旋转效果，我们每帧都要重新计算骰子绕 3 个轴旋转的角度。这造成了运动骰子的每一帧中，8 个顶点的位置一直都是在变化的。体现骰子旋转效果是使用了 OpenGL 提供的函数 glRotatef，但是如果在使用 glRotatef 后再来检测碰撞。此时，画面上已经有骰子突出圆筒的效果了，所以不可取，应在这之前就获取到 8 个顶点在使用 glRotatef 后的顶点位置。为此，我们使用了旋转矩阵来实现这一功能。

$$R_x(\theta) = \begin{bmatrix} 1 & 0 & 0 \\ 0 & \cos\theta & \sin\theta \\ 0 & -\sin\theta & \cos\theta \end{bmatrix}$$

$$R_y(\theta) = \begin{bmatrix} \cos\theta & 0 & -\sin\theta \\ 0 & 1 & 0 \\ \sin\theta & 0 & \cos\theta \end{bmatrix}$$

$$R_z(\theta) = \begin{bmatrix} \cos\theta & \sin\theta & 0 \\ -\sin\theta & \cos\theta & 0 \\ 0 & 0 & 1 \end{bmatrix}$$

通过上面三个旋转矩阵,我们可以很方便地求得旋转之后的空间位置。

2. 碰撞响应

使用上面的方法检测出碰撞后,需要进行碰撞响应。比较 8 个顶点旋转后的位置,看看哪个顶点的模最大,就是超出圆筒最大的顶点。此时必须将骰子往回移 Max(顶点的模一半径)。接下来使用新的速度 v' 进行运动。

为此,需要在骰子类中添加两个成员函数:

```
BOOL IsCollisionToCylinderCurve(float & Rtnf,float Radius);
//是否与圆筒内壁碰撞
BOOL IsCollisionToBottomCircle(float height,float & rtn);
//是否与底圆碰撞
```

9.3.7 骰子之间的碰撞检测与响应

1. 碰撞检测

两骰子之间的碰撞检测比较复杂,涉及 16 个顶点,需要做复杂的计算。但在高速运动中,我们简化了计算模型,只是比较两个骰子中心点的距离,这样使问题得到了简化。多个骰子之间的碰撞就进行一个二重循环,两两比较中心点的距离,如果小于 2 · unit,则发生了碰撞。

2. 碰撞响应

两骰子碰撞后应立即分开,需要计算分开后的运动速度。这里只是简单的使 $v' = -v$,作为新的运动速度。

9.3.8 混音实现

1. Windows 下的混音探索

（1）MCI 下的 PlaySound 函数

```
PlaySound(strFileName.GetBuffer(strFileName.GetLength()),
    NULL,SND_ASYNC);
```

使用参数 SND_ASYNC，则 PlaySound 不等声音播放结束就返回了。

（2）底层 API 方法

一般情况下，在 Windows 系统中高层 Wave 接口函数无法直接播放缓冲区中的话音数据，而必须用底层函数来实现。常用的是 API 中的 Wave 函数，实现原理如图 9.19 所示。

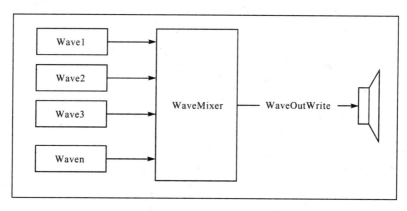

图 9.19　Windows API 中的 Wave 函数实现机制

该方法与采用的算法有关，但使用 DirectXSound 会更简单。

（3）DirectXSound 方法

可以通过 IDirectSoundBuffer8::Play 方法来播放缓冲区中的音频数据，也可以通过 IDirectSoundBuffer8::Stop 来暂停播放数据，还可以反复的来停止、播放音频数据。如果你同时创建了几个 buffer，那么就可以同时来播放这些数据。这些声音也会自动进行混音。

2. Fmod 的方法

Fmod 是一种跨平台的声音支持函数库，可以支持 Windows、Linux、WinCE 等多种操作系统。选用该函数库的前提是：如果用于商业用途需要缴费，否则可以任意用。

3. Linux 下的混音探索

在声卡的硬件电路中,混音器是一个很重要的组成部分,它的作用是将多个信号组合或者叠加在一起,对于不同的声卡来说,其混音器的作用各不相同。运行在 Linux 内核中的声卡驱动程序一般都会提供/dev/mixer 这一设备文件,它是应用程序对混音器进行操作的软件接口。

为了加快项目进展,我们使用 Fmod 方法进行混音编程。

9.3.9　程序流程图

1. 总体流程图

绘制场景的总体流程图如图 9.20 所示。

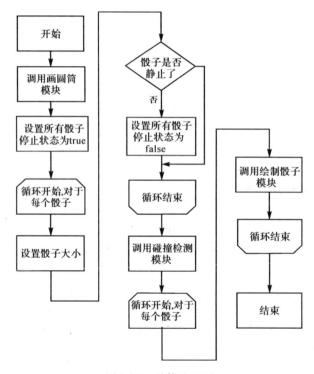

图 9.20　总体流程图

2. 绘制圆筒流程图

绘制圆筒的流程图如图 9.21 所示。

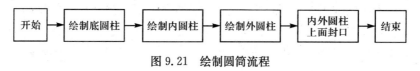

图 9.21　绘制圆筒流程

3. dice-cylinder 碰撞检测流程图

骰子与圆筒之间碰撞检测流程如图 9.22 所示。

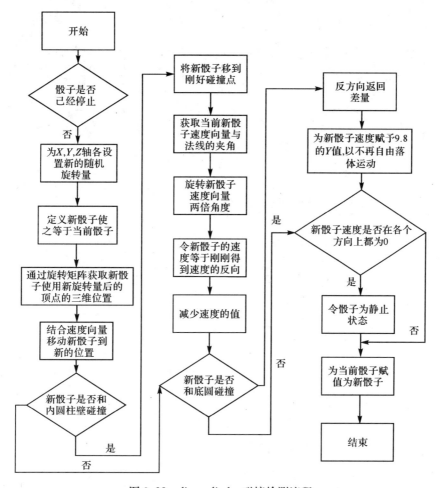

图 9.22　dice-cylinder 碰撞检测流程

4. dice-dice 碰撞检测

骰子与骰子之间的碰撞检测流程如图 9.23 所示。

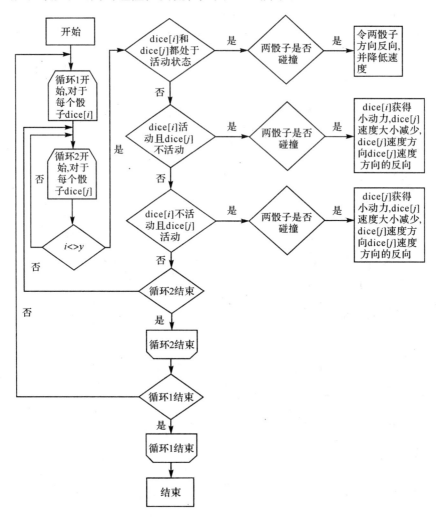

图 9.23   dice-cylinder 碰撞检测流程

5. 绘制骰子流程图

绘制骰子的流程如图 9.24 所示。

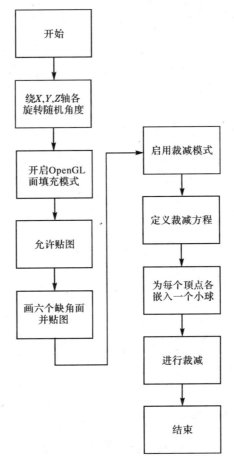

图 9.24　绘制骰子流程图

9.4　硬件设计

9.4.1　嵌入式系统平台

嵌入式软件开发有别于桌面软件系统开发的一个显著的特点是它一般需要一个交叉编译和调试环境,即编辑和编译软件在主机上进行,编译好的软件需要下载到目标机上运行。主机和目标机建立起通信连接,并传输调试命令和数据。由于主机和目标机往往运行着不同的操作系统,而且处理器的体系结构也彼此不同,这就提高了嵌入式开发的复杂性。

嵌入式 CPU 或处理器可谓多种多样,包括 Pentium、MIPS、PPC、ARM 和

XScale 等,而且应用都很广。在其上运行的操作系统也有不少,如 VxWorks、Linux、Nuclears、WinCE 等,即使在一个公司内,也会同时使用好几种处理器,甚至几种嵌入式操作系统。如果需要同时调试多种类型的板子,每个板子上又运行着多个任务或进程,那复杂性是可想而知的。

目前,采用 ARM 技术知识产权(IP)核的微处理器,已遍及工业控制、消费类电子产品、通信系统、网络系统、无线系统、成像和安全产品等各类产品市场。基于 ARM 技术的微处理器应用约占 32 位 RISC 微处理器 75% 以上的市场份额。ARM 技术正在逐步渗入到我们生活的各个方面。目前,全世界有几十家大的半导体公司都使用 ARM 公司的授权生产芯片,因此既使得 ARM 处理器技术获得更多的第三方工具、制造、软件的支持,又使整个系统成本降低,产品更容易进入市场被消费者所接受,更具有竞争力。

采用 RISC 架构的 ARM 微处理器一般具有如下特点:

① 体积小、低功耗、低成本、高性能。

② 支持 Thumb(16 位)/ARM(32 位)双指令集,能很好地兼容 8 位/16 位器件。

③ 大量使用寄存器,指令执行速度更快。

④ 大多数数据操作都在寄存器中完成。

⑤ 寻址方式灵活简单,执行效率高。

⑥ 指令长度固定。

9.4.2 系统硬件及功能描述

基于嵌入式的 3D 骰子游戏机主要由触摸屏、键盘、声卡、网络模块和 CPU 等组成。硬件总体结构如图 9.25 所示。

9.4.3 硬件系统主要模块

1. 电源模块

电源部分是整个电路的前提,因为再好的电路如果没有稳定合适的电源,都不能让产品工作。

电源电路采用降压、整流、滤波、稳压等交流电转化成固定的直流稳压电。电路如图 9.26 所示。

2. 显示屏

显示屏采用 SMG24018A 点阵图形液晶模块。该显示屏的点像素为 240 * 128 点,黑色字/白色底,STN 液晶屏视角为 60 度,内嵌控制器为 TOSHIBA 公司

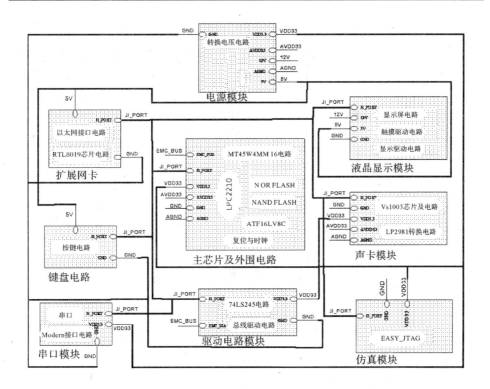

图 9.25 硬件总体结构图

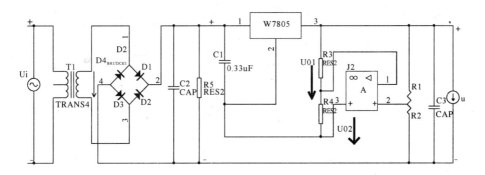

图 9.26 电源电路

的 T6963C,外部显示存储器为 32KB。SMG240128A 点阵图形液晶,模块电路如图 9.27 所示。

液晶模块采用 8 位总线接口与微控制器连接,内部继承了负压 DC-DC 电路(LCD 驱动电压),使用时只需提供 5V 电源。液晶模块上装有 LED 背光,使用 5V

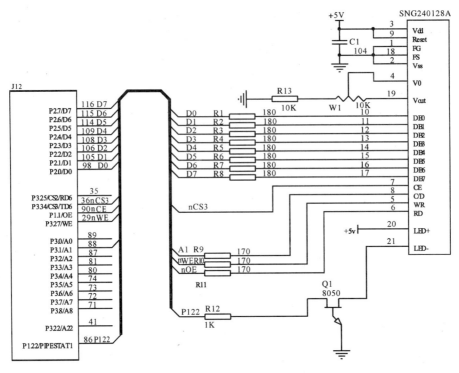

图 9.27 SMG240128A 点阵图形液晶模块电路图

电源供电,显示字符或图形时 LED 背光可点亮或熄灭。液晶模块引脚说明如表
9.1 所示。

表 9.1 液晶模块引脚说明

引脚	符号	说明	备注
1	FG	显示屏框架外壳地	接地
2	Vss	电源地	
3	Vdd	电源(+5V)	
4	Vo	LCD 驱动电压(对比度调节负电压输入)	
5	/WR	写操作信号,低电平有效	
6	/RD	读操作信号,低电平有效	
7	/CE	片选信号,低电平有效	
8	C//D	C/D=H 时,WR=L:写命令;RD=:读状态 C/D=L 时,WR=L:写数据;RD=L:读数据	
9	/RST	复位,低电平有效	

续表

引脚	符号	说明	备注
10	DB0	数据总线位 0	
11	DB1	数据总线位 1	
12	DB2	数据总线位 2	
13	DB3	数据总线位 3	
14	DB4	数据总线位 4	
15	DB5	数据总线位 5	
16	DB6	数据总线位 6	
17	DB7	数据总线位 7	
18	FS	字体选择,为高时 6 * 8 字体; 为低时 8 * 8 字体	
19	Vout	DC-DC 负电源输出	
20	LED+	背光灯电源正端	
21	LED−	背光灯电源负端	

(1) 液晶 1

液晶 SMG240128A 点阵图形液晶模块原理如图 9.28 所示。

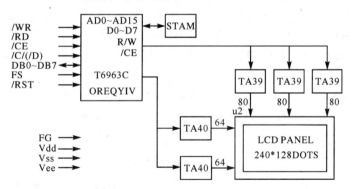

图 9.28　液晶 SMG240128A 点阵图形液晶模块原理图

该液晶的优点是便宜、电路简单、调试容易,缺点是单色、非触摸。

(2) 液晶 2

采用 LFUBK9111 液晶屏。由于液晶屏内部没有液晶控制器,而 LPC2200 本身也没有液晶控制器功能模块,所以需要外接一个彩色液晶控制器。彩色液晶驱动电路如图 9.29 所示。液晶控制器型号为 S1D13503,采用 5V 电源供电。

由于 S1D13503 是可以硬件配置的,所以设计电路时根据需要对 S1D13503 的 VD0～VD22 引脚进行设置。由于电路采用 8 位总线方式连接 S1D13503,所以

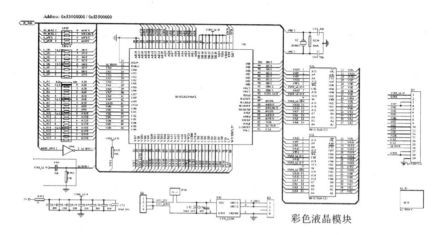

彩色液晶模块

图 9.29 LFUBK9111 液晶屏电路图

S1D13503 的 VD0 没有接上拉电阻(若 VD0 接一个 10kΩ 的上拉电阻,则使用 16 位总线),而且 S1D13503 的 DB0～DB22 引脚要接 VDD(即 5V)。为了使用 I/O 接口直接访问方式,将 S1D13503 的 VD1 接了一个 10kΩ 的上拉电阻。

将 LPC2200 的地址总线 A1～A17 与 S1D13503 的 AB0～AB16 相连。这样连接有一个好处,就是 LPC2200 可以使用 16 位总线方式操作 S1D13503(高 8 位数据被忽略)。S1D13503 有两个片选引脚,一个是 I/O 片选引脚(用于内部寄存器操作),另一个是存储器片选引脚(用于显示存储器操作),所以使用 IO_Ncs3 与 IO_Ncs2 两个片选信号与其连接。当 IO_Ncs3 为低电平时,信号 nIOCS 有效,所以内部寄存器的起始地址为 0x83800000。当 IO_Ncs2 为低电平时,信号 nMEMCS 有效,所以显示存储器的起始地址为 0x83400000。

在 5V 电源时,S1D13503 的 V1h＝2V,所以可以直接使用 LPC2200 的总线与之相连,不需要加电平转换电路。由于 S1D13503 使用的电源是 5V,而 LPC2200 的 I/O 电压为 3.3V,所以在数据总线上串接 470kΩ 的保护电阻。

液晶屏背光等管驱动电路的供电电源是通过 JP3 跳线来连接的,当需要使用液晶进行图形显示时,将 JP3 跳线短接。

触摸屏驱动电路,因该液晶屏上带有触摸屏(四线电阻式触摸屏),用于检测屏幕触摸输入信号,有利于提高人机交互的友好性。在使用触摸屏时,需要一个 A/D 转换器将模拟信号转换成数字信号,通常直接使用触摸屏控制器来完成这一多功能。这里采用了触摸屏控制器 FM7843(与 ADS7843 兼容)进行 A/D 转换,然后通过 SPI 接口把转换结果输出到 LPC2200,电路原理如图 9.30 所示。FM7843 的工作电源为 2.7～5V,由于系统为 3.3V 系统,所以 FM7843 使用 3.3V 电源供电。A/D 参考电源也是 3.3V,由于要求不是很高,所以只使用 L2 与 C97

进行滤波。通过 JP5 跳线可以断开这部分电路与 LPC2200 的连接。

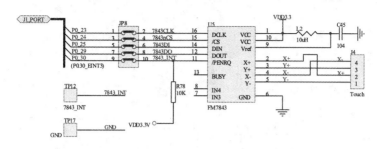

图 9.30 触摸屏驱动电路

该液晶的优点是彩色、带触摸,缺点是电路较复杂、驱动电路也较多、调试带来麻烦。经衡量采用液晶 2,因为是彩色和触摸,这样虽然驱动电路较麻烦,但去掉了键盘电路,同时彩色可以将效果显示的更逼真。

3. 键盘

若采用第一种液晶,则要建立键盘。键盘采用 9 键键盘。如图 9.31 所示。

若是采用骰子游戏机与电脑直接通过网络连接那么应用起来就需要更多的按键。如图 9.32 所示。

键盘电路采用独立式按键输入,每个按键占用一个 GPIO 引脚。如图 9.33 所示。

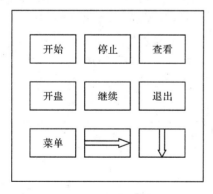

图 9.31 9 键键盘

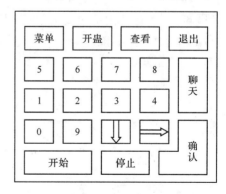

图 9.32 比较复杂的键盘

4. 指示灯

指示灯部分主要用来测试网络是否畅通,如果网络畅通则绿色灯亮,当有数据传输时则闪烁。

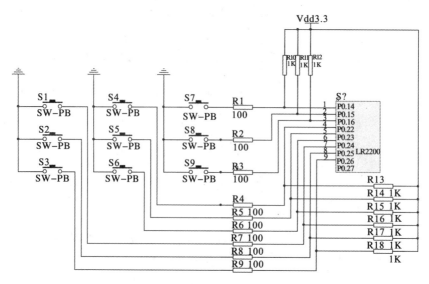

图 9.33　键盘电路图

5. 网络模块

　　TCP/IP 协议等以太网协议是使用最广泛的通信协议,如果一个嵌入式系统没有以太网接口,其价值将大打折扣。基于底层的以太网协议的实现就由以太网控制器来负责的,采用比较常用的 10Mb/s 嵌入式以太网控制芯片 RTL8019AS。RTL8019AS 芯片内部集成了 DMA 控制器、ISA 总线控制器和集成 16KSRAM、网络 PHY 收发器,能以 DMA 方式把需要发送的数据写入片内 SRAM 中,让芯片自动将数据发送出去,而芯片在接收到数据后,也可以通过 DMA 方式将其读出。

　　RTL8019AS 的引脚如表 9.2 所示。

表 9.2　RTL8019AS 的引脚列表

引脚	信号名称	方向	描述
6、17、47、57、70、89	Vdd	P	+5V
14、28、44、52、83、86	GND	P	地
34	AEN	I	地址使能,为 0 是 I/O 命令有效
97~100、1~4	INT7~0	O	中断使能,为 0 是 I/O 命令有效
35	IORDY	O	中断请求
96	IOCS16B〔SOLT16〕	O	置 0 插入等待周期确认主机的读写命令

RTL8019AS 与 LPC220 连接关系如表9.3所示。

表 9.3 RTL8019AS 与 LPC220 连接关系

RTL8019AS	功　能	LPC2200
SD0~SD22	RTL8019AS 数据总线	D0~D22
SA0~SA4	RTL8019AS 地址总线	A1~A5
SA8	RTL8019AS 地址总线	A22
SA5	RTL8019AS 地址总线	nCS3
IORB	RTL8019AS 读使能(低电平有效)	nOE
IOWB	RTL8019AS 写使能(低电平有效)	nWE
INT0	RTL8019AS 中断输出信号	INT_N(P0.7)
RSTDRV	RTL8019AS 复位输入信号	NET_RST(P0.6)

LPC2200 与 RTL8019AS 构成以太网接口的具体电路如图9.34所示。

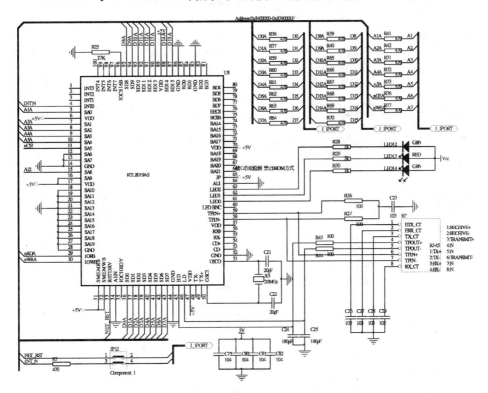

图 9.34　LPC2200 与 RTL8019AS 构成以太网接口的具体电路

RTL8019AS 使用 LPC2200 外部存储控制的 Bank3 部分,而 RTL8019AS 的

IO 地址为 0x0030～0x0031F,所以 RTL8019AS 在 SA8＝1、SA5＝0 的时候选通,其数据地址为 0x83400000～0x8340001F。

NET_RST 为 LPC2200 输出引脚,RTL8019AS 中断信号为中断输入信号,且为外部中断。RTL8019AS 的 SD0～SD22 串联了一个 470Ω 电阻到 LPC2200 的 D0～D22。

6. 声卡模块

声音部分可以使用三种方案。第一种方案是直接使用 ARM9,因为 ARM9 本身有自带的 D/A 转换,这样就可以直接用于将数字信号转换为模拟信号,直接输出声音。但这种方法又有点缺陷,那就是在制作 PCB 板时较困难,因为要用到 6 层板。第二种方案就是在 ARM7 通过 PWM 外接 D/A 转换电路。这种电路就是直接应用到自己拥有的 ARM7 开发板,但给外围电路增加了不少麻烦。第三种方案是在 ARM7 上外接一个语音芯片,这样外围电路就少了,但也有缺陷那就是量产时就会比较麻烦。如图 9.35 所示。

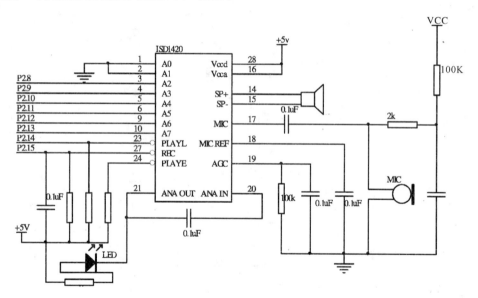

图 9.35　声卡电路图

9.4.4　系统工作的程序图

系统工作的程序图如图 9.36 所示。

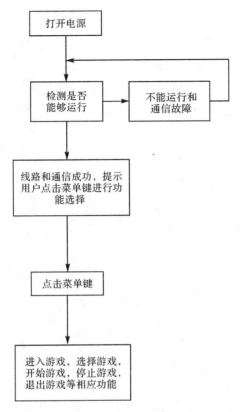

图 9.36　系统工作程序图

9.4.5　主芯片的管脚图和模拟管脚连接图

图 9.37 是 LPC2210 主芯片的管脚图和模拟管脚连接图。总线上每个管脚都附加了注释,意思是连接到前面的一个个模块图的连接脚。

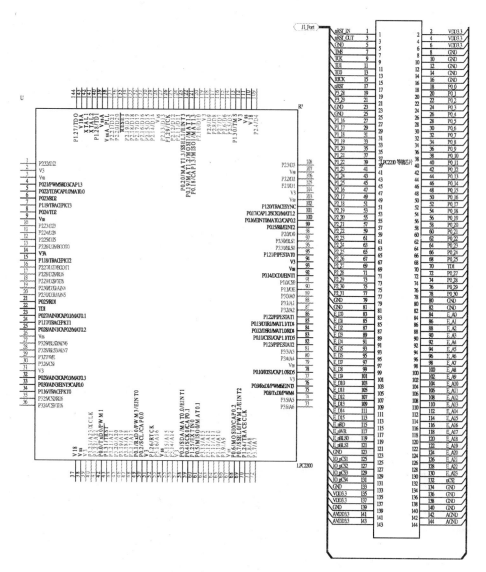

图 9.37 主芯片的管脚图和模拟管脚连接图

9.5 系统应用

通过系统开发,我们在 UP-NETARM2410-S 板上实验成功该游戏,具体展示如下。

9.5.1　登录界面

整个界面的大方框是整个游戏的背景,为了配合整个屏幕的色调,游戏背景将以浅绿色为基调。方框宽度为 240 像素,高度为 320 像素。如图 9.38 所示。

图 9.38　欢迎界面

在主界面开启两秒钟后,系统自动进入下一个界面。如图 9.39 所示。

图 9.39　主界面

进入设置如图 9.40 所示。

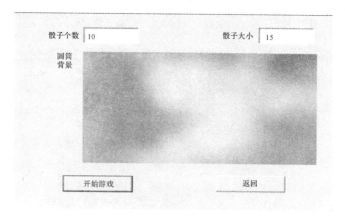

骰子个数 [10]　　　　　骰子大小 [15]

圆筒
背景

开始游戏　　　　　　返回

图 9.40　骰子游戏设置

9.5.2　游戏设置

骰子游戏设置界面有以下功能：

① 骰子的大小。用户可自行设定骰子的大小。

② 骰子的数量。用户可自行设定骰子的数量。

③ 圆筒的背景。用户可自行设定圆筒的背景。

④ 开始游戏。按缺省值或用户自定义的大小、数量开始游戏。

9.5.3　游戏中

当点中开始游戏按钮时，骰子开始滚动。如图 9.41 所示。

图 9.41　游戏中的一帧

9.5.4 结果冻结功能

当骰子滚动结束后,不允许用户马上重新开始游戏,以防作弊。我们通过发出特有的声音作为警告。

9.5.5 结果报告

骰子滚动结束后,使用文字方式提示玩家结果。如图 9.42 所示。

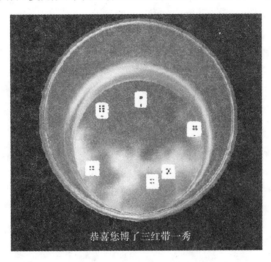

图 9.42 带结果报告的界面

9.5.6 冻结解除功能

按下专用冻结解除的硬件按钮,同时发出特有的声音告示其他玩家本次结果冻结解除。这样,就可以开始新的游戏了。

9.6 结论与展望

详细介绍了基于嵌入式 Linux 下进行 3D 游戏开发的相关技术。在此基础上讨论了 UML 设计,3D 碰撞检测和 ARM9 下开发的相关技术。最重要的是讨论了 3D 骰子游戏设计全过程。

UML 是一个通用的可视化建模语言,用于对软件进行描述、可视化处理、构造和建立软件系统产品的文档,描述了一个系统的静态结构和动态行为。通过系统的实现,UML 确实直观方便。

OpenGL 强有力的图形函数不要求开发人员把三维物体模型的数据写成固定

的数据格式,也不要求开发人员编写矩阵变换、外部设备访问等函数,大大地简化了编写三维图形的程序。

在实现 3D 骰子游戏的过程中,我们使用 OpenGL 提供的函数细化了模型,实现了圆角骰子。在骰子与圆筒的碰撞过程中,通过使用矢量算法简化了计算模型,提高了运算速度,节省了时间。

存在一些不足之处,同时也是进一步研究此课题需要加强的环节。这些主要工作是:

① 两骰子之间碰撞没有具体比较 16 个顶点。

② 两骰子碰撞后计算算法比较简单。

③ 可以引进网络模块,进行网络游戏改造。

参 考 文 献

[1] Seurre E,Savelli P,Pietri P J. EDGE for Mobile Internet. Norwood :Artech House,2003.

[2] Hamilton K,Miles R. Learning UML 2. 0. New York:O'Reilly,2006.

[3] Woo M,Neider J,Davis T,et al. OpenGL Programming Guide. New York:Addison-Wesley,1999.

[4] Blanchette G,Summerfield M. C++ GUI Programming with Qt3. New Jersey:Pearson,2004.

[5] James E G. Laser target location system development:plugging electro-optical fire control into the digitized battlefield// Proceedings of the National Technical Meeting,1997.

[6] User's Manual S3C2410X 32-Bit RISC Microprocessor 1. 2. Samsung Electronics,2003.

[7] Taylor R N. A component and message-based architectural style for GUI software. IEEE Transactions on Software Engineering,1996.

[8] Garlan D,Kompanek A. Reconciling the needs of architectural description with object-modeling notations. UML,2000,1939.

[9] Navarcik M. Using UML2. 0 with OCL as ADL. Slovak University of Technology,Faculty of Informatics and Information Technologies,2005.

[10] 和平鸽工作室. OpenGL 高级编程与可视化系统开发 高级编程篇(2 版). 北京:中国水利水电出版社,2006.

[11] McUmber W E,Cheng B H C. A general framework for formalizing UML with formal languages. IEEE,2001:433.

[12] Koo S R,Son H S,Seong P H. A method of formal requirement analysis for NPP I&C systems based on UML modeling with software cost reduction. The Journal of Systems and software,2003,67(3):213~224.

[13] 郭兆荣,李菁,王彦. Visual C++ OpenGL 应用程序开发. 北京:人民邮电出版社,2006.

[14] Kande M,Crettaz V,Strohmeier A,et al. Bridging the gap between IEEE 1471,an architecture description language,and UML. Software and System Modelling,2002,1(2):113~129.

[15] 北京博创兴业科技有限公司 UP-NETARM2410-S Linux 试验指导书. 北京博创兴业科技有限公司,2006.

[16] Oreizy P,Medvidovic N,Taylor R N. Architecture-based runtime software evolution// Proceedings of the 20th International Conference on Software Engineering,1998:177~186.

[17] Jain A, Lin H, Boll E R. On-line fingerprint verification. IEEE Transactions on Pattern Analysis and Chine Intelligence, 1997, 19(4): 302~313.

[18] Development of the light-edged dinosaur TITRUS. Advanced Robotics, 1999, 13(3): 237~238.

[19] Blanchette J, Summerfield M. C++ GUI Programming with Qt 3. New Jersy: Pearson, 2004.

[20] http://www.opengl.org/documentation/specs/man_pages/hardcopy/GL/html/gl/clipplane.html.

[21] http://www.opengl.org/documentation/specs/glut/spec3/spec3.html.

[22] Lin H, Wan Y, Jain A K. Fingerprint image enhancement: algorithm and performance evaluation. IEEE Transactions on Pattern Analysis and Machine Intelligence, 1998, 20(8): 777~789.

[23] He Y, Chen L H. A novel nonparametric clustering algorithm for discovering arbitrary shaped clusters// Proceedings of the 2003 Joint Conference of the Fourth International Conference, 2003.

[24] Huang Y W, Hsieh B Y, Chien S Y, et al. Analysis and complexity reduction of multiple reference frames motion estimation in H. 264/AVC. IEEE Transactions on Circuits System Video Technology, 2006, 16(4): 547~552.

[25] Cai F, Cai X, Shi T G, et al. An image retrieval method based on shape feature. Computer Applications and Software, 2005, 22(12): 98~99.

[26] Kim S E, Han J K, Kim J G. An efficient scheme for motion estimation using multi reference frames in H. 264/AVC. IEEE Transactions on Multimedia, 2006, 8(3): 457~466.

第十章 基于正交图片的三维人头建模技术

10.1 引　　言

目标是开发一种基于正侧面人头图片的三维人头建模系统。可以根据对客户采集的正侧面图片(正面、侧面各一张),建立与客户人头有理想相似度的真实感三维人头模型。系统的关键是人头特征点的准确标定及纹理的粘贴。其主要思想是用点和三角形构成人头的网格,再向其上贴纹理以达到真实的效果,为之其后的表情自相似模拟提供数据支撑。

遵循总体项目设计方案,本着结构简单、运行稳定、快速可靠、数据格式标准化的原则,系统尽量采用统一的数据结构、简单的逻辑结构和清晰明确的控制方式进行设计。

由于本系统是基础系统,为其他子系统提供基础的支撑数据,所以首先要保证的是运行的稳定性和可靠性。另外,系统必须满足对用户的快速响应,所以必须运行快速。

为了实现与其他系统的数据无障碍交互,系统的数据存储必须与相关领域内现行的标准一致,或与市场主导地位的应用格式相同。

10.2 遵循的标准

MPEG-4标准主要应用于视像电话(video phone)、视像电子邮件(video email)和电子新闻(electronic news)等,其传输速率要求较低,在 4 800~64 000b/s 之间,分辨率为176×144。MPEG-4利用很窄的带宽,通过帧重建技术,压缩和传输数据,以求用最少的数据获得最佳的图像质量。

10.3 科学意义和应用前景

三维人头建模及面部表情模拟具有十分重要的科学意义和广泛的应用前景。计算机在处理图形图像方面的优异性能表现,得到了很多富有想象力和创造力的人的重视,从而促进了更加真实的虚拟环境的绘制。为了反映用户在虚拟世界中的活动,提高用户在其中的沉浸感,就要求虚拟人越逼真越好,而其首要问题就是人脸造型和表情动画的创建。

人脸造型和表情最显著的应用是电影、游戏制作等纯娱乐方面。"指环王"中讨厌又可怜的咕噜姆,"怪物史莱克"中真诚好心的史莱克,"最终幻想"中美丽性感的女主角,"鬼武者"中年轻的武者明智左马介等,无不体现了人脸造型和表情动画技术的魅力。

在计算机动画领域[1],市场和观众不仅要求虚拟人有表情,而且要求其无论是动作幅度还是动作过程都要与真人完全一致。这是因为我们能够感受人脸表情的细微之处,可以迅速地指出不自然或不可能的表情而无需精确知道错在何处。

在医疗诊断领域,脸部造型和动画主要用来模拟和预演脸部整形手术及诊治的过程。在进行手术之前就可以大体知道手术结果,大大提高了手术成功率,同时缓解了病人的矛盾心理。现在,它还为心理学家进行人脸运动和表情的研究提供了依据。这比以前必须使用照片或随意的叫人刺激肌肉来做研究方便了许多。

现在很多用户界面做得越来越人性化,其中就少不了人脸造型和动画的功劳。人机界面的一个普遍存在的问题就是太专业化,往往要花费很长的时间来学习使用一个系统。若能给用户提供熟悉的界面,如人脸及相关表情,则既形象又简洁。

作为一种辅助教学的工具[2,3],教师可以采用计算机虚拟技术进行教学,一方面省去教师大量重复性的工作,极大地减少了教师的工作量;另一方面,学生可以抓住上课的主动权,在激发学习兴趣的同时增强了学习的效果。

在美国、英国、日本相继推出虚拟主持人、虚拟偶像之后,我国电视界也兴起了虚拟主持人的热潮,令观众眼花缭乱。推出虚拟主持人是新闻界顺应科技的发展、社会的需求,争占新的传播空间。据悉,世界上一些电脑专家正致力于电脑虚拟情人的研制。如果成功,人们便可以通过模拟感观装置,与任何虚拟人物发展浪漫情缘,甚至是虚拟偶像明星。

此外,人脸造型和表情动画在刑事鉴别、远程会议、电视电话等特殊场合的应用也日趋增多。

10.4　研究概况

人脸建模及动画的工作是 Parke 在 20 世纪 70 年代开创的。20 世纪 80 年代中期,大家对此主题的研究重新产生了强烈的兴趣,Waters 等提出了广泛应用的肌肉模型方法。Cohen 等对可视化语音合成进行了初步的尝试。随着网络技术的普及,世界上第一个网上虚拟播音员 Ananova 在伦敦发布,计算机合成的

Ananova 可以一天 24 小时发布新闻。由于人脸建模及动画的广泛应用,脸部建模研究得到了应有的重视,美国国家自然科学基金委员会在 1993 年专门组织了脸部建模的研讨会。MPEG-4 标准中也专门制定了人脸模型参数规范。

　　为了便于实验和测试,国内外研究机构分别建立了许多不同类型的人脸数据库,包括不同人种、年龄、性别、姿态、表情和光照环境的人脸库。其中大部分是针对人脸检测和识别研究的二维人脸图像库。国外著名的有 MIT 人脸库、CMU 人脸检测库、Yale 人脸库、FERET 人脸库、M2VTS 多模式人脸库等。国内研究机构也在这些方面做了不少研究工作[4~9],其中中国科学院计算所建立了较大规模的中国人脸图像数据库,并在人脸检测和识别方面进行了研究。这些人脸数据库的建立丰富了人脸方面研究的资源,并搭建了统一的实验和测试平台。

　　然而,随着人脸检测和识别,人脸建模和动画等方面研究的不断深入,基于传统二维图像的人脸分析方法面临诸多困难。由于二维图像本身缺失三维信息,不能很好地处理人脸三维结构问题,如人脸的姿态、光照等问题,而三维人脸模型在三维信息分析方面则具有很大优势。因此,建立三维人脸数据库,尤其是彩色三维人脸数据库,是人脸方面研究的迫切需要。实际上,国外已经出现了规模较小的三维人脸数据库,并进行了人脸识别、人脸动画方面的初步研究和探索。典型的是 Vetter 等建立的 200 人规模的 MPI 人脸数据库,并使用光流方法计算三维人脸的稠密对应,建立了三维人脸 Morphable 模型,实现了针对人脸图像的三维人脸自动重建方法。但人脸模型非常复杂,运算量巨大,该方法中的人脸对应效果并不理想,因此还很难推广到实际应用中[10]。国内在三维人脸方面的研究相对滞后,尤其是三维人脸数据库的创建方面还没有相关报道。

10.5　设　计　方　案

10.5.1　立论依据

　　计算机图形学(computer graphics,CG)是一种使用数学算法将二维或三维图形转化为计算机显示器栅格形式的科学。

　　OpenGL 是个专业的 3D 程序接口,是一个功能强大,调用方便的底层 3D 图形库。OpenGL 的前身是 SGI 公司为其图形工作站开发的 IRISGL。IRISGL 是一个工业标准的 3D 图形软件接口,功能虽然强大但是移植性不好,于是 SGI 公司便在 IRISGL 的基础上开发了 OpenGL。

　　在进行人脸造型[11]和表情动画之前,有必要先从解剖学的角度对人头部的组织结构有一个系统的了解。人头部的组织结构十分复杂,从内到外依次为神经、血管及脑组织、颅骨、肌肉组织、皮下组织、皮肤组织等,其中颅骨和肌肉组织的形态基本上决定了人脸的面貌。因此在进行人脸建模[12]时,应该从人头部的颅骨与肌肉层面的组织结构特点上考虑。

立体视觉是利用仿生学的方法,在计算机中模拟动物视觉的双目线索,用以获得物体的三维信息。

如图 10.1 所示。P 是三维空间中的一点,如果只有一台摄像机 $C1$ 捕捉 P,P 在 $C1$ 上所成的像点为 $P1$,那我们只能知道 P 在摄像机光心 $O1$ 与像点 $P1$ 的延长线上,而不能知道 P 在这条线上的具体远近位置。现在我们加入一台摄像机 $C2$,与 $C1$ 成 θ 角。同理,在 $C2$ 上也能获得 P 的像点 $P2$,此时连接 $C2$ 的光心 $O2$ 与 $P2$,并延长与 $O1P1$ 的延长线交于一点 P。该点就是 P 在三维空间中唯一确定的位置。

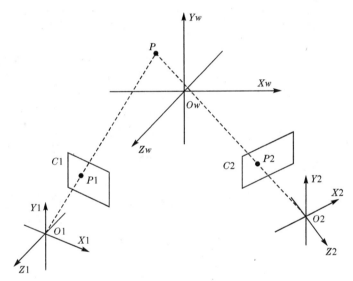

图 10.1　双目线索法获取三维信息

10.5.2　系统组成

基于正交图片人头建模系统的体系结构如图 10.2 所示。

系统主要分为三个部分:

1. 对于输入图片的预处理

① 缩放图像。因为不能保证正面和侧面的两幅图像是同等比例的,因此要通过缩放图像来使得两幅图像的人头比例相同。

② 调整图片高度。调整正侧面图片的高度,使得两幅图像的眼角位置处于同一水平线上。

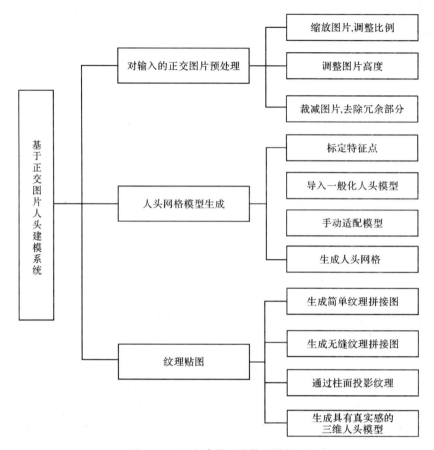

图 10.2　人头建模系统体系结构图

③ 裁剪图像。去除建模不需要的部分。

2. 人头网格模型的生成

（1）标定特征点

通过 MPEG-4 标定特征点。MPEG-4 标准是根据人体面部的骨骼和肌肉分布来制定的。

头部的基本骨骼形体分为两部分。较大的一部分是卵圆形的脑颅部——脑颅块面。较小的一部分是圆锥形的面部和下颌部——面颅块面。脑颅块面非常平滑、规则，由一条简单的弧形线条构成圆顶式的外形轮廓。面颅块面既不平滑，也不规则，轮廓线生硬，呈三角形。具体的块面分布如表 10.1 所示。

表 10.1　人体面部骨骼块面分布

骨骼面块	分布
脑颅	① 额骨:位于额头处,由水平部和竖立部构成。水平部两侧为三角形骨板,作为颅前窝的底和眼眶的上壁,称为眶部。两眶部之间为鼻部,下方和筛骨结合。竖立部分为贝壳状的骨板,称为额鳞 ② 顶骨:位于颅顶,为成对的四方形骨板 ③ 枕骨:位于脑颅后下方,轮廓近似四边形,内面凹,外面凸,中央有一大孔,称为枕骨大孔 ④ 颞骨:位于脑颅的侧面,其形状不规则,以外耳门为中心,可分为鳞部、鼓部、乳突部、岩部四部分 ⑤ 眉弓:额鳞与眶部上缘之间的弓形隆起,两侧眉弓之间的稍突出部分为眉间
面颅	① 眉檐:横向伸展,在脸部形成水平的弓形。虽然眉檐即眉弓,是脑颅的一部分,但它仍属于脸部特征 ② 下颌:下颌的形状从整体上对脸部轮廓产生决定性的影响。它是脸部块面上最大的骨骼结构 ③ 鼻:类似于楔形块面,嵌于眉弓正中央之下 ④ 眼眶:紧靠鼻两侧,位于眉弓之下 ⑤ 颧骨:形状厚实,沿两条眼眶的边缘隆凸 ⑥ 上颌骨:圆隆、厚实,在鼻下面向外鼓凸 ⑦ 下颌骨:上颌骨之下的下颌骨进一步向外凸突 ⑧ 下颌角:构成脸部的后侧面边缘 ⑨ 颧弓:由颧骨开始,向后弯曲直抵耳部 ⑩ 耳:位于脸部两侧下颌骨的上部边缘

人体面部肌肉主要分为四部分:口部周围肌肉组织、眼部周围肌肉组织、颊部肌肉组织和颅顶浅层肌肉组织。比较重要的是那些表面面积较大,视觉效果突出的肌肉组织,即口部周围及颌部肌肉组织。其次是眼部周围肌肉组织。其余的较为次要,因为它们对外形的影响较小。颌部肌肉组织有颞肌和咬肌。颞肌始于全颞面,止于下颌骨的喙突部。协助咬肌上提下颌,咬合牙齿。如表 10.2 所示。

表 10.2　人体面部肌肉组织分布

肌肉组织	分布
口部周围肌肉组织	① 上唇方肌(内眦头)上提上唇,包括鼻翼 ② 上唇方肌上提鼻翼附近的上唇 ③ 上唇方肌(颧头)和颧肌一起上提口角 ④ 颧肌(大小两块)向上,向外提拉口部 ⑤ 口轮匝肌收缩使口闭合,或做皱噘运动 ⑥ 颊肌拉平和拉紧嘴唇,将口角拉向后方(向耳一边) ⑦ 笑肌向外和向旁牵拉口角 ⑧ 颏三角肌向下牵引口角 ⑨ 下唇方肌向下和向外牵拉下唇 ⑩ 颏肌上提和收紧颏部,并使下唇上提外拉

续表

肌肉组织	分布
眼部周围肌肉组织	① 皱眉肌协助眼轮匝肌收缩眉之间的皮肤,即皱眉
	② 眼轮匝肌促使眼睛的开启或闭合
	③ 降眉肌通过皱隆鼻梁根部的皮肤,协助皱眉肌开,闭眼睛
颊部浅层和颅顶肌肉组织	① 额肌使前额挤出横皱纹,上提眉毛
	② 枕肌向后,向下牵拉头皮
	③ 广胫肌主要分布在胫部,向外、向下牵拉下唇

（2）导入一般化人头模型

项目拟定采用 Candide3 模型。该模型符合 MPEG-4 标准,具有许多优点,由 113 个点和 184 个面构成。如图 10.3 所示。

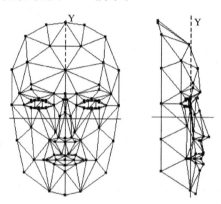

图 10.3　Candide3 模型

（3）适配模型

只能通过手动适配,具体的适配方法还在继续研究中。

（4）生成个性化人头网格

通过适配通用的一般化人头模型来得到个性化三维人头网格。

3. 纹理贴图

（1）生成简单纹理拼接图

在正、侧面图中,眼睛是最明显的特征点,于是沿眼角垂线将三幅图像拼接起来,可得简单纹理拼接图。但是,由于两张照片的光照条件和角度不一样,简单的拼接会造成拼接边界处皮肤颜色变化太大而出现接缝。

（2）生成无缝纹理拼接图

采用一定的图像处理方法（如基于多分辨率图像分解的处理方法）实现图像的平滑过渡,从而得到效果理想的无缝纹理拼接图。

（3）映射纹理

通过柱面投影算法将纹理图映射到前面建立的三维网格上。柱面投影原理如图10.4所示，用一圆柱将被投影物体包围。从圆柱的中心引一条射线经物体表面 P，该射线与圆柱表面相交于点 $P'(u,v)$，点 P' 就是点 P 在柱面上的投影。

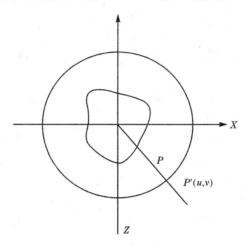

图 10.4　柱面投影原理

（4）生成具有真实感的三维人头模型

通过纹理映射将无缝纹理拼接图粘贴到三维网格上去，从而最终得到具有真实感的三维人头模型。

10.5.3　功能设计

研究如何捕获人头信息，包括具体的硬件器材选取（照相机、摄像机或扫描仪等）和捕获方法等。

① 二维图像的预处理，包括裁减、缩放等。

② 深入了解相关模型（针孔模型）。

③ 二维坐标到三维坐标的映射算法。

三维人头网格的生成主要包括以下方面内容：

① 研究如何选取人头的特征点。熟悉目前已存在的人头特征点的标准，以决定最终选取什么标准。

② 研究录入特征点的方法（手工录入、导入模型或是两者相结合）。由于系统实时性要求较高，故拟定采用导入模型后再适配的方法。

③ 模型选取。如果选用导入模型的方法，就存在这个问题。目前人脸的模型比较多，而整个人头的模型却比较少，需要根据图像的输入自行建立新的模型。

④ 适配方法。如果选用导入模型的方法，就要考虑针对每个特殊人头的适

配方法,包括人工适配或其他更好的适配方法。

三维网格的生成主要包括以下方面内容:

① 研究如何选取能描述出模型的特征点。

② 模型生成。

③ 适配方法。

对三维网格进行纹理贴图主要包括以下内容:

① 纹理拼接图的生成。深入熟悉高斯金字塔模糊算法。

② 三维空间坐标到二维纹理坐标的映射。由于 OpenGL 贴纹理需要对每个点绑定一个二维的纹理坐标,因此要研究将三维空间坐标映射到二维纹理坐标的算法。

③ 三维人头模型(鞋模)的生成。

后续工作如下:

① 研究如何去除人头模型中头发的部分。

② 在项目过程中加入头发的单独模拟。

10.6 系统关键技术

① 初步考虑使用 Candide3 网格模型,但是该模型只包含了人体的面部特征,并没有覆盖整个人头,故需要通过改进来满足要求。

② 如何实现人头网格快速有效的适配,是重难点所在。

③ 如何通过高效的算法得到效果理想的纹理拼接图,对于真实感和相似度起着至关重要的作用。

在虚拟的计算机世界中,虚拟人脸是人们进行交流的最好载体[13,14]。近年来,人脸 3D 建模在人机交互、娱乐、远程会议等方面都取得了广泛的应用。人脸图片的无缝拼接,在人脸 3D 建模过程中是一个重要的步骤。要建立人脸 3D 模型,首先必须得到一张完整的人脸展开纹理图。所以,需要通过拍摄得到三张(左侧、正面、右侧)人脸图,然后对这三张图进行拼接[15~18]。由于拍摄图片时,光照条件和人脸存在弧度等因素,会造成人脸的同一部位在不同图片上有不同的明暗程度。对这样的图片进行简单的拼接,会使拼接处产生明显的界线,出现断层现象。因此,需要采用一种有效的融合方法对图片进行处理,消除拼接处的界线,从而得到人脸的无缝拼接图。这样的图片作为纹理映射到人脸的 3D 网格上,会使生成的人脸 3D 模型更加逼真。

(1) 现有方法的分析研究

在现有的人脸融合方法中,大都采用的是多分析度方法,又称为图像金字塔法[1,2]。图像金字塔可以看做是代表一张原始图像不同解析度的一组图像的集合。具体做法是首先对人脸的三张图片分别递归建立高斯金字塔和拉氏金字塔,然后在递归返回的过程中重建图像,最后得到一个全视角的无缝贴图[3,4]。

　　然而这种方法由于对整体图片都进行了低通滤波的处理,所以导致最后生成的图片变得模糊。确切地说,这种方法是以牺牲图片的清晰度来达到融合的目的。而且这种方法手工实现起来十分繁琐,除非借助一些图片处理工具(如OpenCV)来完成。图 10.5 显示了用这种方法进行融合后的效果。

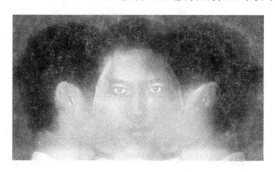

图 10.5　用图像金字塔法实现的图像融合

(2) 算法设计

　　这里采用基于 $n \times n$ 低通滤波的迭代加深融合算法。图片仅仅是在拼接处出现了界线,因此不必对整张图片进行处理,需要处理的仅仅是界线周围的一小块区域。在进行融合之前,还需要对图片进行裁剪和拉伸预处理,即剪去侧面图片中存在的与正面重复的部分,裁剪掉的区域由旁边的图像拉伸后填补。图 10.6 显示了需要进行处理的图片。

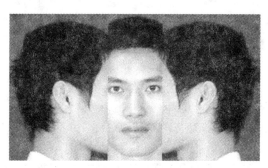

图 10.6　需要进行融合处理的图片

　　将图片的长设为 X,宽设为 Y,界线位置设为 X_p(以左边为例)。

　　第一步,确定 $n \times n$ 低通滤波的 n 值大小。图像中噪声(即不平滑的区域)频谱位于空间频率较高的区域,空间域线性平滑滤波(即低通滤波)用于平滑噪声。将原图像的界线以及界线周围一小块区域中的每一个像素都由其相邻的 $n \times n$ 个像素的带权平均值来代替,以减少相邻像素间的颜色差别。从而达到柔化的效果。以 3×3 的低通滤波为例,这时每个像素用其周围的 8 个像素带权值及其本身像素带权值之和的平均值来代替。假设原图像某像素的值为 $f(i,j)$,平均处理后该像素的值为 $g(i,j)$,则有

$$g(i,j)=[f(i-1,j-1)+f(i,j-1)+f(i+1,j-1)+f(i-1,j)+2 \times f(i,j)+$$
$$f(i+1,j-1)+f(i+1,j-1)+f(i+1,j-1)+f(i+1,j-1)]/(1 \times 8+2 \times 1)$$

其中,周围 8 个像素权值都为 1,要处理的像素权值为 2。周围像素的权值越大,要处理的像素受周围像素的影响也就越大。如表 10.3 所示。

表 10.3　3×3 低通滤波取值表

$1 \times f(i-1,j-1)$	$1 \times f(i,j-1)$	$1 \times f(i+1,j-1)$
$1 \times f(i-1,j)$	$2 \times f(i,j)$	$1 \times f(i+1,j)$
$1 \times f(i-1,j+1)$	$1 \times f(i,j+1)$	$1 \times f(i+1,j+1)$

n 值的大小需要依据图片的大小而定。经实验,当 n 取图片宽度的 1/30 左右(取奇数)时,得到的图片融合效果最好。

第二步,用 $n \times n$ 低通滤波对图片进行 m 次的迭代加深处理,每一次都加大处理的范围。以左边界线 X_1 为例,第一次,需要对 1 列像素用低通滤波进行处理,这列像素为 $\{(X_p,Y_k),0 \leqslant k \leqslant Y\}$;第二次,需要对 3 列像素进行处理 $\{(X_{p-1},Y_k)\}$, $\{(X_p,Y_k)\}$, $\{(X_{p+1},Y_k)\}$,k 均从 0 到 Y。

第三步,需要对 5 列像素进行处理 $\{(X_{p-2},Y_k)\}$, $\{(X_{p-1},Y_k)\}$, $\{(X_p,Y_k)\}$, $\{(X_{p+1},Y_k)\}$, $\{(X_{p+2},Y_k)\}$…。如此循环,对图像进行 m 次的处理。这样做,不仅避免了像图像金字塔法那样造成的图像整体模糊,而且对越接近界线的地方进行了越多次的融合处理(其中界线处理了 m 次,像素线 $\{(X_{p-q},Y_k),0 \leqslant k \leqslant Y\}$ 处理了 $m-q$ 次),从而达到良好的融合效果。

迭代深度 m 的值也取决于图片的大小,经实验,一般取为图片宽度的 1/15 左右。这样的取值不仅保证了适度的融合范围,而且避免了对不必要区域的模糊化(特别是眼睛部分)。

经过上述的方法处理后,融合图片效果如图 10.7 所示。

可以看到融合的图像仍然存在下巴脱节的问题。产生这个问题的原因是侧面的图像存在与正面图像重复的部分。在图 10.8 中用黑线框出了这个区域。

因此,需要对图片裁剪拉伸后再进行融合,可以得到如图 10.9 所示的效果。

(3) 结果分析

本算法对侧面图片的裁剪和拉伸预处理,解决了融合成的人脸图片存在的下巴脱节问题。在融合的过程中,由于只对界线附近的一小块区域进行迭代加深融合处理,因此保证了整体图片的清晰度。

在图片融合之前,除了裁剪和拉伸,还可以对图片的部分阴暗区域进行加白

图 10.7　未经过裁剪拉伸处理的融合图像

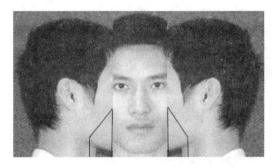

图 10.8　黑线框出了需要裁剪的部分

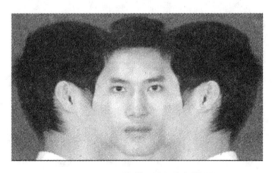

图 10.9　经裁剪后的融合效果

预处理。我们都知道,头额和脸颊的两边是一个弧形,所以在照相时,这些部分比其他部分反射掉了更多的光,显得比较阴暗。图 10.10 中标出了这些偏暗区域融合后存在的较明显界线。

有两种方法可以很好地解决这个问题:

① 从硬件的角度在照正面相的时候,可以再增加两盏灯,分别照向脸的左侧和右侧,让这些偏暗的区域受到更多的光照,从而让它们明亮起来,这样就提高了

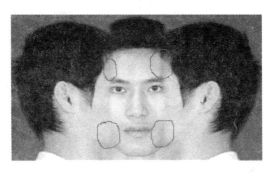

图 10.10　由于光照角度产生的较明显界线图

原图片的质量。

　　② 从软件的角度可以在进行融合前提高这些阴暗区域像素的 RGB 值。这样也能使这些区域更加光亮,从而使融合成的图片达到最佳效果。当然,在处理的过程中要确定好增亮的区域和程度。

　　(4) 结论

　　实验证明,这种方法方便有效,不仅易于实现,而且解决了原方法中存在的图片模糊化的问题。可以通过软硬件两种不同的方法解决原图片中光照不均衡现象,从而得到更佳的融合效果。

参 考 文 献

[1] 和平鸽工作室. OpenGL 与可视化系统的开发. 北京:中国水利水电出版社,2002.

[2] 李胜睿,等. 计算机图形学实用教程(OpenGL 版). 北京:机械工业出版社,2004.

[3] 王超龙,陈志华. Visual C++6.0 入门与提高. 北京:人民邮电出版社,2002.

[4] 王成章,尹宝才,孙艳丰,等. 改进的基于形变模型的三维人脸建模方法. 自动化学报,2007,33(3):232~239.

[5] 程日彬,周明全,李春龙. 基于二维图像的三维人脸建模技术. 计算机工程与应用,2006,42(3):33~35.

[6] 张忡. 真实感三维建模及表情动画技术的研究. 西安:西北工业大学硕士学位论文,2004.

[7] 徐琳,袁保宗,高文. 真实感人脸建模研究的进展与展望. 软件学报,2003,14(4):804~810.

[8] 苏从勇,庄越挺,黄丽,等. 基于正交图像生成人脸模型的合成分析方法. 浙江大学学报,2005,39(2):175~179.

[9] 刘剑毅,郑南宁,游屈波. 一种基于小波的人脸衰老化合成方法. 软件学报,2007,18(2):469~476.

[10] 董士海,王衡. 人机交互. 北京:北京大学出版社,2004.

[11] Pighin F,et al. Synthesizing realistic facial expressions from photographs// Proceedings of the ACM Symposium on Interactive 3D Graphics'98,1998.

[12] Horace S I, Yin L J. Constructing a 3D individual head model from two orthogonal views. The Visual Computer. 1996,12(5):254~266.

[13] 刘贵喜,刘纯虎,凌文杰. 一种基于小波多分辨率分解的图像融合新算法. 光电子·激光,2005,15(3):344~347.

［14］ Lee W S,Maganet T N. Head modeling from pictures and morphing in 3D with image metamorphosis based on triangulation// Proceedings of the CAPTECH'98(Modeling and Motion Capture Techniques for Virtual Environments),1991.

［15］ Burt P J,Andelson E H. A multiresolution spline with application to image mosaics. ACM Transactions on Graphics. 1983,2(4):217~236.

［16］ 梅丽,鲍虎军,彭群生. 特定人脸的快速定制和肌肉驱动的表情动画. 计算机辅助设计与图形学学报, 2001,13(12):1077~1082.

［17］ 张翔宇,林志勇,华蓓,等. 从正面侧面照片合成三维人脸. 计算机应用,2000,20(7):41~45

［18］ 张春晖. 特定二维人脸的三维真实感重建. 山西师范大学学报:自然科学版,2005,19(4):41~44.

第十一章　三维人脸表情自相似模拟技术

11.1　引　　言

目标是开发一个人脸表情自相似模拟的子系统。该系统的主要功能是扫描图片或视频中的人脸区域,从中提取出相应的表情参数,将其作用于不同的人头模型,使模型模拟出与图片或视频中的人脸相似的表情。

遵循总体项目设计方案的原则,本着结构简单、运行稳定、快速可靠,数据格式标准化的原则。系统尽量采用统一的数据结构、简单的逻辑结构和清晰明确控制方式设计。

由于本系统是基础系统,为其他子系统提供基础的支撑数据,所以首先要保证的是运行的稳定性和可靠性。另外,系统必须满足对用户的快速响应,所以必须运行快速。

为了实现与其他系统无障碍的数据交互,系统的数据存储必须与相关领域内现行的标准一致,或与市场主导地位的应用格式保持一致。

11.2　遵循的标准

1. MPEG-4 标准

MPEG-4 标准主要应用于视像电话、视像电子邮件和电子新闻等,其传输速率要求较低,在 4 800~64 000b/s 之间,分辨率为 176×144。MPEG-4 利用很窄的带宽,通过帧重建技术,压缩和传输数据,以求利用最少的数据获得最佳的图像质量。

2. VRML

VRML 即虚拟现实造型语言。它是因特网上事实的 3D 数据标准。VRML 97是 VRML 2.0 在 ISO 标准中的名字。

11.3　科学意义和应用前景

早在 1872 年，Darwin 就开始了对人脸表情的研究。现在，人脸的理解、自相似变换和模拟在计算机图形学、图像处理、计算机视觉中越来越受到人们的重视[1]。其应用领域也越来越广泛，主要表现在如下几个方面：

（1）游戏娱乐

在各种真实感强的三维游戏场景中加入逼真的模拟玩家角色的表情模型，将使得整个游戏成为真正的三维游戏同时增加用户的沉浸感。在各种娱乐项目中，如果和用户娱乐的是一个智能虚拟人，将让用户感到更加真实和亲切。

（2）通信

通信技术的发展，使传媒业传统的音频信号扩展至多种媒体。视频信息对人类的信息交流尤为重要，彩屏的无线传输已经商业化。视频传输正成为新的热点，为了充分利用有限的网络带宽，就必须对视频信息进行图像压缩。尽管图像压缩是计算机科学中的一个传统学科，已经进行了多年的研究，但至今还无法满足产品化的要求。为此，人们提出了人脸表情参数化的面部压缩思想[2]，力图在发送端的实际视频中提取面部形状和表情参数，以便在接受端恢复相应的参数，得到面部的表情结果。这一设想有望获得高度的压缩比，但仍有许多技术问题有待解决。诺基亚、摩托罗拉、IBM、Intel、SONY 等大型无线通信、计算机公司都有专门的课题组致力于该项研究。

（3）医学

计算机模拟面部运动可以辅助面部外科手术。心理学家可以利用面部表情动画系统进行心理学与表情变化间相互关系的辅助研究。

（4）多通道人机交互

现在，计算机的操作越来越方便，但仍然脱离不了鼠标、键盘。这使得在许多应用环境中硬件的配备及操作都不太便利。友好、多通道的操作界面是下一代人机交互的主流，而其中面部表情是最具表现力的人机交互方式。面部表情特征参数的提取和理解是实现更友好人机界面的重要研究课题。

（5）远程会议

能够高效地传送和接收人脸图像是实现远程会议的关键。尽管网络带宽在不断增加，实现远程会议仍然需要高效的人脸图像压缩算法。基于模型的编码技术及其在人脸图像压缩中的应用是当前非常活跃的研究领域之一[3]。编码器对摄像机拍摄的实际人脸进行运动估计和脸部表情分析，得到表示人脸方向、形状和特征的若干参数。解码器接收到这些人脸参数，就可以根据三维人脸模型进行脸部表情的自相似映射，得到具有真实感的虚拟人脸。这种只传输人脸参数的方法与传统的压缩视频图像的方法相比,传输的数据量要小得多。

（6）代理和化身

继图形用户界面和多媒体用户界面之后,人们正在研究使用代理的人性化用户界面。人性化用户界面要求计算机能够与用户交谈并作出各种反应,使得用户感觉是在与活生生的人而不是冷冰冰的计算机进行交流,这就需要具有真实感的人脸作为计算机的代理。人们在网络虚拟社区、三维语音动画聊天室等进行交流时,由于设备条件的限制和心理作用,往往不会直接使用自己的真实图像,而是使用虚拟人脸作为自己在虚拟世界的化身。

11.4　研究概况

人脸建模和表情动画[4]的开创性工作是 Parke 在 20 世纪 70 年代提出的人脸直接参数化模型。直接参数化模块包含了一组控制参数,允许用户通过改变参数的值直接、方便地创建各种脸的形状和表情。参数值可以通过对脸的直接观察来确定。

Kahler 等用自适应的方法建立非均匀人脸网格,建立真实感的脸和头,输入动态控制参数产生人脸表情动画。这种方法可以获得精细的脸部几何纹理结构,合成各种脸部变形,实现自然的、完全可控的人脸动画。

Horace 等采用 4 层 NURBS 人脸模型,实现了文本合成的唇动动画系统。由于 B 样条控制的精确性,模型可以任意精度忠实于原始人脸[5]。但是由于 B 样条控制的不是脸部特征,而是基于形状,这样对曲率变化较大的部位理解和实现及其不便。另外,B 样条无法实现孔、洞等形状,导致模型分割为 3 个区域,这样就无法通过控制顶点运动来实现眨眼、闭眼等运动。

一直以来,人脸表情都是计算机图形学的研究热点之一。表情自相似模拟的主要方法有以下两种:

（1）基于中性脸的表情映射

1996 年由 Parke 等在制作表情动画的过程中提出。该方法可以用于产生 2D 和 3D 人脸动画。其原理给定某个中性脸和表情脸图像,用手动或者自动的方法确定这两幅图像中的脸部特征点,然后计算这两簇特征点的差向量,再将这个差向量作用到另外某个需要映射表情的中性脸的特征点上,最后再变形该中性脸,从而生成新的表情[6]。

（2）表情克隆技术

2001 年由 Noh 等提出,解决了人脸表情特征参数的重定向问题,新的人脸模型和标准表情库的人脸模型可以是异构的[7]。

人脸表情特征提取及其参数化建模、表情细节的合成是人脸表情研究的难点和重点,近年来国内外的研究都集中在这几个方面。

11.5 学术思想及特色

11.5.1 学术思想

本项目主要围绕面部表情理解(特征参数提取和组织)和表情动画驱动(表情映射)这两个方面的内容展开的。其主要思想是:

① 利用统计学习的方法,融合人脸的先验信息,抽取面部的表情参数,以 Snakes、Asm 搜索算法为基础,融合 PCA 技术,进行人脸主要表情特征点的匹配与跟踪。

② 将提取到的表情参数进行组织,迁移应用于各种人脸模型,根据人脸肌肉运动的原理,产生富有真实感的虚拟面部动画。

11.5.2 特色

基于图像与视频的表情参数提取十分困难[8]。近几年来主要的思路是采用光流跟踪标识点的技术。该技术操作简明,效率高,但因人脸视频图像不可避免地会受高斯噪音的影响,从原理上讲该方法很难获得理想、鲁棒的解。当光流方法把人脸图像作为一般图像处理,而丢弃了很重要的人脸自身的约束信息。本项目引入了人脸自身的约束信息,建立适合特征点匹配、跟踪的人脸模板进行统计学习,较一般方法更具有鲁棒性。

目前,表情动画驱动(表情映射)常采用基于 MPEG-4 的方法[9]。但 MPEG-4 的 FAPS 是从图形绘制角度描述表情参数的,比较复杂、细致,这样提取参数时效率很低,而且 MPEG-4 没从解剖学的角度考虑人脸,时常会产生一些实际不可能出现的表情。这里使用基于人脸肌肉模型的 FACS 同 MPEG-4 人脸动画标准相结合,合理的组织表情参数空间,使其产生更为逼真合理的人脸表情。

11.6 项目方案设计说明

11.6.1 人脸先天的约束信息

人脸具有三个方面的约束信息:结构信息约束(如人的眼睛对称等)、颜色信息约束(如黄种人的皮肤集中在某一区域等)、纹理信息约束(人脸各器官的特征点纹理由关键特征点产生)。根据这些约束信息,可以构建一个统计学习的模板,对人脸进行匹配、跟踪。

11.6.2 人脸表情产生的机理

面部表情是肌肉运动的结果,为了了解表情的产生原理,首先进行面部肌肉的分析[10]。人脸的表情变化是由位于面部肌肤下层的表情肌的变化产生的,虽然表情肌是一些薄而纤细的肌纤维,但是它们是属于皮肤的。一般起于骨或筋膜,止于皮肤。收缩时带动皮肤运动,当各个表情肌协同工作时,就能使面部呈现不同的表情。

基于肌肉的方法模拟人脸最底层的基本位移[11]。Waters 提出"肌肉向最"的概念来模拟三种最基本类型的肌肉元(线形、球形、片形)。肌肉元是最基层的肌肉活动单位,它的末端附着于骨骼上或皮下组织上。每个肌肉向量都影响一定的局部区域,而人脸的形状是通过多边形表示的,肌肉向量通过不同的函数影响多面体的顶点,导致相应区域的形状变化。顶点的运动通过其大小、方向来描述,方向沿着肌肉附着于骨骼的方向,大小与肌肉伸缩的程度一致。

11.6.3 人脸表情运动的描述

在真实感强的人脸表情模拟系统中,必须使用标准参数化模型来描述人脸运动特征,参数化模型建立了高层语义描述(眉毛上扬,上嘴唇张开等)到低层网格控制之间的纽带。目前,人脸表情的参数化模型有下面两大类:

(1) MPEG-4 中的人脸定义

在 MPEG-4 中与人脸动画相关的定义包括人脸定义参数(facial definition parameter,FDP)、人脸动画参数(facial animation parameter,FAP)以及人脸动画参数单元(facial animation parameter unit,FAPU)[12]。FDP 提供人脸特征点、网格、纹理、人脸动画定义表等数据,有了这些数据就可以把一般人脸转化为特定人脸。如图 11.1 所示。

FDP 在 MPEG-4 的一段动画中通常只需要传送一次,而紧接着 FDP 之后传送的就是经过压缩的 FAP。在一个 FDP 域中一般应包含以下五部分内容:

① FeaturePointsCoord,指定网格中所有特征点的坐标。

② TextureCoords,指定所有特征点在纹理上的坐标。

③ UseOrthoTexture,指定纹理的类型。

④ FaceDefTables,描述 FAP 对人脸网格变形的控制方式和参数。

⑤ FaceSceneGraph,包含一张纹理图像或者一个上色的人脸模型。

在 MPEG-4 标准中定义了 FDP 的 84 个人脸表面特征点。中性脸是 MPEG-4所有运动参数中网格模型各个顶点位移的参照基准。其含义如下:

① 坐标为右手系,头部轴线平行于世界坐标系。

② 视线方向与 Z 轴方向一致。

③ 所有的肌肉都处于放松状态。

④ 眼帘与虹膜相切。

⑤ 瞳孔直径是虹膜直径的三分之一。

⑥ 双唇接触，上下唇交线呈水平状，与嘴角在同一水平线。

⑦ 嘴闭合，上下齿扣合。

⑧ 舌头摊平，舌尖与上下齿缘接触。

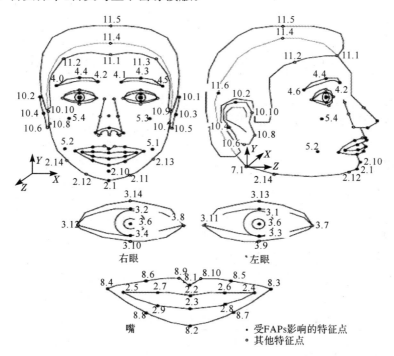

图 11.1　FDP 特征点

与静态的 FDP 参数相对应的是动态 FAP 参数，它是 MPEG-4 标准中定义的一组人脸动画参数。FAP 建立在人脸微小动作的基础上，并且非常接近于脸部肌肉的运动。事实上，FAP 参数代表了一整套基本的人脸动作，包括头部运动、舌头、眼睛和嘴唇的控制，可以再现绝大多数自然的人脸表情和唇动。此外，像卡通中那些人类所没有的夸张表情，FAP 参数也能描述。

MPEG-4 共有 68 个 FAP。其中前面两个被称作高级 FAP，分别是唇形（visemes）FAP 和表情（expressions）FAP。对于唇形 FAP 来说，可以预先定义好一些基本的、不同的唇形，其他的唇形可以由这些基本的唇形线性组合而成。表情 FAP 也是一样的原理，可以用几种基本的表情线性组合出各种丰富的表情。除高级 FAP 外，其他 66 个普通 FAP 分别定义了人脸某一小区域的运动。这两个高级 FAP 的作用是更准确、方便地表现一般的唇动和表情,这些唇动和表情用普通 FAP 也可以实现。但是对于复杂、不规则的唇动和表情,则只能用普通的 FAP 来实现。

FAP 的值是以 FAPU 为单位的,这样就使 FAP 具有通用性。表情完全可以由 66 个底层的 FAP 参数的组合描述出来,高层表情参数的作用在于当要明确传送的表情时,只需传送一个表情参数就可以了,从而降低 FAP 的码率。除压缩外,这还是个语义层的参数。

FAP 参数需要不同大小比例的动态人脸,因此就需要在 FAPU 中定义。这个 FAPU 是由中性状态下脸部关键特征点的距离来定义的。这样就使 FAP 具有通用性。FAP 与模型无关,而 FAPU 则与模型相关。FAPU 是人脸上某段特征长度在 1024 尺度上的量化值。具体来说,MPEG-4 标准中定义了六个 FAPU,分别是 IRISD、ES、ENS、MNS、MW 和 AU。它们的物理意义如表 11.1 所示。

表 11.1　FAPU 的计算(其中 $n.n$ 为 FDP 中对应点)

物理单元	含义	FAPU 值
IRISD0	中性脸的虹膜直径(与上下眼帘之间的距离相等) $=3.1y-3.2y=3.2y-3.4y$	IRISD=IRISD0/1 024
ES0	双眼之间距离$=3.5x-3.6x$	ES=ES0/1 024
ENS0	眼鼻之间距离$=3.5y-11.15y$	ENS=ENS0/1 024
MNS0	眼鼻之间距离$=11.15y-2.2y$	MNS=MNS0/1 024
MW0	嘴的宽度$=8.3x-8.4x$	MW=MW0/1 024
AU	角度单位(弧度)	10E−5rad

(2) FACS 表情编码系统

FACS 是一个被广泛应用的脸部表情编码系统,最早是作为心理学的工具提出[13]。FACS 仅描述视觉上可见的脸部运动,而忽略明显的表情变化。FACS 按照自上而下的方式将脸的运动分成一系列最原始的运动单元(AUs)。AUs 是最基本的单位,不能分为更小的行为动作。FACS 总共有 46 个行为单元。例如,上嘴唇翘起(AUIO)、眼睑闭合(AU17)。

FACS 考虑了脸的解剖学原理,反映了所有基本的肌肉运动,而且每个肌肉运动都可以独立控制。一个 AU 可以由多个肌肉运动引起,而一个肌肉运动也可以影响多个 AUs。所以 AUs 和肌肉运动之间是复杂的多对多的关系。

FACS 方法的主要特点是描述独立运动的面部单元,这些单元与引起面部表情改变的肌肉结构紧密相连。通常这些单元的获取是通过跟踪网格点实现的。

FACS 与表情有关运动单元的描述如表 11.2 所示。

表 11.2　FACS 与表情有关运动单元的描述

AU	描述	脸部肌肉
1	眉毛内侧提起	额肌,内侧部
2	眉毛外侧提起	额肌,外侧部
4	眉毛降低	皱眉肌,降眉肌
5	上眼皮提起	提上睑肌
6	提起脸颊	眼轮匝肌,眶部肌
7	眼皮闭紧	眼轮匝肌,睑部肌
9	鼻子收缩	提上唇鼻翼肌
10	上嘴唇提起	上唇提肌
11	鼻唇紧缩	颧小肌
12	嘴角拉动	颧大肌
13	脸颊扩展	提口角肌(尖牙肌)
14	酒窝出现	颊肌
15	嘴角收缩	降口角肌
16	下嘴唇收缩	降下唇肌
17	下巴提起	颏肌
18	嘴唇重叠	上唇门齿肌,下唇门齿肌
20	嘴唇扩张	笑肌,颈阔肌
22	嘴唇紧缩	口轮匝肌
23	嘴唇压紧	口轮匝肌
24	嘴唇用力	口轮匝肌
25	嘴唇分开	下唇降肌,颏肌,口轮匝肌
26	颚下垂	嚼肌,颞肌,内翼肌
27	嘴巴拉长	翼肌,二腹肌
28	嘴唇吮吸	口轮匝肌
41	眼皮下垂	放松的上睑提肌
42	目缝	眼轮匝肌
43	闭眼	放松的上睑提肌,眼轮匝肌,睑肌
44	斜视	眼轮匝肌,睑肌
45	快速眨眼	放松的上睑提肌,眼轮匝肌,睑肌
46	一般眨眼	放松的上睑提肌,眼轮匝肌,睑肌

11.7　体　系　结　构

人脸表情的自相似系统主要包括人脸检测、表情特征提取和表情映射。如图 11.2 所示。

图 11.2　系统主要流程图

本项目包括原始图像、视频处理到表情自相似模拟的全过程,包括:

① 建立面部图像数据库,包括多种特征人脸、多种表情样本,对样本库进行统计学习,提取能表示人脸主要特征的向量集合,形成人脸检测、表情特征提取的向量空间。

② 选择、制定描述一般人脸面部的网格模型,能合理表达面部表情的表情参数集。

③ 优化提取静态背景图像、视频中面部五官特征的精确位置,估计表情参数集的参数。

④ 对视频序列进行动态跟踪。

⑤ 根据表情参数进行纹理细节(特定表情皱纹)的迁移。

⑥ 抽取动态过程的表情参数变化的向量集,作用于个性化模型,产生虚拟面部动画。

根据实现的功能主要分为人脸区域检测、人脸表情特征提取、人脸表情特征映射、表情模拟系统的评估与完善、软件接口设计。主要研究阶段如表 11.3 所示。

表 11.3　主要研究阶段

阶段	任务	子任务
项目所需数据材料的准备与完善	查阅国内外关于人脸表情模拟的相关资料	初步了解国内外关于人脸表情模拟的基本情况
		项目总体技术路线初步规划
		实时跟踪国内外关于表情模拟研究的最新动态
	人脸表情数据库(包括人脸图像或视频)的建立	查找网上已有的表情数据库
		根据需要不断筛选和增添人脸表情数据库的内容
		优化表情数据库的储存,建立相似表情之间的索引

续表

阶段	任务	子任务
项目所需数据材料的准备与完善	标准三维模型的建立（提取表情特征用）	查阅 MPEG-4 中人脸表情的参数化标准和 FACS 表情编码系统的资料
		扩展 Candide 模型，使其兼容 MPEG-4 和 FACS 系统
		为了进一步产生更加逼真的人脸表情，研究 water 肌肉模型，将其纳入标准三维模型的体系中去
人脸区域检测	从一幅图像或者视频流中检测出人脸区域，即人脸窗的定位	查阅当前人脸区域检测的各种不同算法
		选取实时性和正确率较为均衡的算法
人脸表情特征提取	原始特征提取（表情相关特征点的提取）	Snakes 算法的研究与实现
		ASM 算法的研究与实现
		AAM 算法的研究与实现
		人脸五官的粗定位
		人脸五官轮廓的模版设计
		人眼虹膜的精确定位
		表情相关特征点的定位
		抽象混合特征提取（gobor 小波等）
	特征的组织与降维	表情相关特征点的距离测算与标准化（计算 FAPU）
		应用 PCA 方法，构建能表达大多数表情的特征参数空间
		根据表情模拟子项目的需要，组织与加工原始特征
	特征参数的分解（主要针对视频）	将表情特征分解到各个 AU（或肌肉簇）
人脸表情参数映射	同构人脸模型的表情映射（相对于标准人脸模型）	表情参数的标准化和作用机制
		表情的线性插值
	异构人脸模型的表情映射	表情特征的重定向
		高级语义映射
表情模拟系统的评估与完善	在项目应用的硬件环境下（嵌入式设备）测试与评估系统	系统各个环节正确性的评估
		系统鲁棒性的评估
		系统实时性的评估
	系统的完善	根据评估结果修正表现不佳的部分
		C++代码的优化
软件接口设计	输入接口	视频和图片的数据提取

阶段	任务	子任务
软件接口设计	输出接口	与人脸建模子系统的接口
		与表情模拟子系统的接口

11.8　系统关键算法

11.8.1　Snakes 算法

1. 普通 Snakes 算法

Snakes 算法一般用于检测头的边界。Snakes 的操作过程一般分为两步:首先初始化轮廓线得到头部边界的大体位置,接着最小化一个能量函数 ESnakes 提高 Snakes 的逼近精度,从而获得精确的边缘。ESnakes 是 Einternals 与 Eexternals 的和。这里,Einternals 和 Eexternals 分别为内部和外部能量函数。内部能量函数依赖于 Snakes 内部的自身属性,通常导致图像轮廓的收缩,外部能量函数效果则相反。当达到平衡状态后,头部图像的边缘就确定了。

实现 Snakes 算法时考虑的两个主要问题是选择合适的能量对象,选用合适的最小化技术。弹性能量常被用作 Snakes 的内部能量。内部能量的计算方法与所考虑的图像特征有关。当前的研究主要考虑图像梯度,轮廓线沿梯度最快下降的方向向边界逐渐逼近。除了梯度信息,还可以取皮肤颜色的一些函数进行能量计算。

虽然 Snakes 算法已经广泛地应用于特征检测,但其实现时仍然存在两个不足:部分轮廓线会偏离实际的特征边界;凹凸交接处,算法还难以精确地确定边界。

2. 可变形模板的 Snakes 算法

一般的 Snakes 算法仅考虑了人脸的轮廓线概念,没有考虑人脸图像整体属性。Yullet 借鉴 Snakes 的思想,进一步考虑全局信息,选取 11 个参数建立了一个参数化的眼睛模型。该模型被称为 Deformable Templates。外部能量考虑了谷、边、峰和图像亮度(E_v、E_e、E_p、E_i)等多种整体形状信息,即下式

$$E = E_v + E_e + E_p + E_i + E_{internal}$$

与 Snakes 相比,Deformable Templale 的精度得到了较大的提高,但在应用中发现该方法对初始位置比较敏感,并且效率太低。

可以用近似于定义眼睛模型的方法定义其他人脸器官的参数化模型,并用

Deformable Templale 的方法来提取特征点。

11.8.2　ASM 算法

1.　ASM 算法

ASM 又称为 Smart Snakes 算法,它是基于点分布模型(PDM)和 Snakes 边界拟合的方法。PDM 模型是基于统计分析的一个紧凑参数化人脸模型描述,其架构和优化逼近过程与 ASM 不同。PDM 的轮廓线表达为一组标记点,首先通过一个训练样本库参数化这些标记点(包括不同的特性、大小和姿态等),接着利用主元分析法从训练集中提取特征变化的主元,利用这些主元构成一个人脸特征描述的线性模型。

$$x = \bar{x}' + Pv$$

其中,x 表示一个特征;$\bar{x}$ 表示该特征的平均特征;$P = [p_1, p_2, \cdots, p_t]$ 是主元变量空间;v 是权重矢量。

脸的 PDM 最早由 Lanitis 提出,该模型描述人脸的全局外貌特性,包括所有的脸部特征,如眉毛、鼻子、眼等。Lallitis 用 152 个交互给出的控制点描述人脸,样本库包括 160 个训练图像。实验中仅选用 16 个主元,对训练库中的图像就可以达到 95% 的识别率。操作时,为了让 PDM 匹配一个特定的人脸,首先将平均人脸模型放置在接近人脸位置的地方,然后利用一个灰度搜索算法移动每一个点,使之逼近、匹配相应的边界点。PDM 的优点是提供了对脸部紧凑的参数化描述。它可以用于实现更多的关于脸的描述,如脸的表情解释和编码。

2.　AAM 算法

1998 年,Cootes 等在 ASM 算法的基础上首次提出 AAM(主动外观模型)概念,用来表征人脸图像。

类似于 ASM,AAM 也是在对训练数据进行统计分析的基础上建立模型,然后用先验模型对图像中的目标物体进行匹配运算。与 ASM 的不同之处是,它不仅利形状信息而且对重要的脸部纹理信息(对象的像素)也进行统计分析,并试图找出形状与纹理间的联系。

AAM 分为模型建立和对应拟合计算两部分。AAM 模型是对象的动态表观模型。表观模型是在形状模型的基础上结合对象的纹理而建立的。动态就体现在 AAM 拟合计算中,利用 PCA 方法来描述形状控制点的运动变化。形状控制点表征了特征点的位置。以 AAM 模型实例与输入图像差的平方和来定义一个能量函数,利用该能量函数来评价拟合程度。在定位拟合的过程中,根据模型的线性表达式,通过有效地拟合算法变化模型参数组,从而控制形状控制点的位置,变化生成当前 AAM 模型实例,得到当前能量函数的值,再更新模型的参数。如此迭代反复以实现能量函数的最小化,达到模型实例与输入图像相拟合的目的,而最终得到的形状控制点的位置就描述了当前对象的特征点位置。

AAM 模型是对象的动态表观模型,表观是形状和纹理的组合,表观模型是在形状模型的基础上结合对象的纹理而建立的,AAM 模型实例就是将 AAM 的表观模型通过仿射变换的形式映射到对应的形状实例中去,得到描述当前对象的模型。动态就体现在 AAM 通过相应的拟合算法不断调整生成新的 AAM 模型实例与待定位的对象进行匹配,直到生成的模型实例能和该对象真正吻合,可见生成 AAM 模型实例是 AAM 中比较重要的一个部分。

3. PCA

PCA 即主成分分析法,是一种掌握事物主要矛盾的统计分析方法。它可以从多元事物中解析出主要影响因素,揭示事物的本质,简化复杂的问题。计算主成分的目的是将高维数据投影到较低维空间。给定 n 个变量的 m 个观察值,形成一个 $n \times m$ 的数据矩阵,n 通常比较大。对于一个由多个变量描述的复杂事物,如果其主要方面刚好体现在几个主要变量上,我们只需要将这几个变量分离出来,进行详细分析。但是,在一般情况下,并不能直接找出这样的关键变量。这时我们可以用原有变量的线性组合来表示事物的主要方面,PCA 就是这样一种分析方法。

PCA 的目标是寻找 $r(r<n)$ 个新变量,使它们反映事物的主要特征,压缩原有数据矩阵的规模。每个新变量是原有变量的线性组合,体现原有变量的综合效果,具有一定的实际含义。这 r 个新变量称为主成分,它们可以在很大程度上反映原来 n 个变量的影响,并且这些新变量是互不相关的,也是正交的。通过主成分分析,压缩数据空间,将多元数据的特征在低维空间里直观地表示出来。

11.9 系统开发和仿真环境

系统在 Windows 系统环境下开发,应用 C++编译器,在 QT 框架下使用 OpenGL 具有的开放式三维图形 API 接口进行设计开发。

参 考 文 献

[1] 王珂,尹宝才,马淑燕,等. 基于面部动画参数抽取的特征跟踪. 计算机工程,2005,31(19):184~185.
[2] 吴渊,郑文庭. 一种参数化的表情映射方法. 计算机应用研究,2004,21(10):117~119.
[3] 王进. 基于视频的人脸表情建模研究. 杭州:浙江大学博士学位论文,2003.
[4] Noh J Y. Expression cloning// Proceedings of the 28th Annual Conference on Computer Graphics and Interactive Techniques,2001.

［5］ Cootes T F,Kittipanya-ngam P. Comparing variations on the active appearance model algorithm// Proceedings of BMVC,2002.

［6］ Ahlberg J. Model-based coding:extraction,coding and evaluation of face model parameters. Linkoping Studies in Science and Technology-Dissertations,2002.

［7］ Blanz V,Romdhani S,Vetter T. Face identification across different poses and illuminations with a 3D morphable model// Proceedings of the IEEE International Conference on Automatic Face and Gesture Recognition,2002.

［8］ 宋明黎. 人脸表情的识别、重建与合成. 杭州:浙江大学博士学位论文,2005.

［9］ 李梦东,阮秋琦. 一种交互式脸部模型调整算法. 北京交通大学学报,2002,26(4):97～100.

［10］ Zhu W H,Chen Y Q,Sun Y F,et al. SVR-based facial texture driving for realistic expression synthesis// The Third International Conference on Image and Graphics,2004.

［11］ 朱文辉. 基于 FAP 的细微表情合成. 北京:北京工业大学硕士学位论文,2005.

［12］ Cootes T F,Edwards G J,Taylor C J. Active appearance models. IEEE Transactions on Pattern Analysis and Machine Intelligence,2001,23(6):681～685.

［13］ Parke F,Waters K. Computer Facial Animation. MA:Wellesley,1996.

第十二章　三维头发与皮肤模拟技术

12.1　引　　言

12.1.1　科学意义

计算机的迅速普及，使得虚拟现实技术正逐渐走入人们的日常生活中。近年来，在计算机图形学的各个领域已经取得了很多突破性进展，虚拟人的绘制更是当今计算机图形学中的一项重要任务，特别吸引人的是头发以及皮肤的仿真技术。头发作为一种传达特性、条件和感觉的媒介，在人体头部图像中扮演了重要的角色，头发会给整体的头部模拟增添真实感。皮肤覆盖着整个人体，因此皮肤的真实感显示对于整个人体的真实感起到重要的作用。但是头发的复杂性以及皮肤的易变形特性使得真实感地显示它们变得极具挑战性。因此具有真实感的三维头发以及皮肤的仿真是计算机图形学工作者长期以来所追求的目标，它的应用范围十分广泛，可以应用于虚拟现实、计算机动画、电子游戏娱乐等方面[1]。

12.1.2　应用前景

具有真实感的三维头发与皮肤仿真技术有着极其广泛的应用范围，它可以广泛应用于计算机动画、电子游戏娱乐、电影电视制作等领域[2]。

（1）计算机动画

人们在观看动画片的时候，通常会觉得其中的人物具有卡通性、呆板性、不生动，这是因为动画片中的人物是由计算机模拟出来的虚拟人，没有现实中真实人物的特征，不能如实反映现实世界中人的行为、表情等，从而不能准确反映人物的心理情绪，这些因素严重地影响了动画片的效果[3,4]。应用头发和皮肤造型与仿真技术可以将虚拟人更加现实化，使虚拟人更接近真人。

（2）电子游戏娱乐

近年来，网络游戏变得越来越流行。说到网络游戏就要说一说其中的人物及动物。大家都知道，头发和皮肤是人物和动物仿真过程中必不可少的一部分，为了达到比较好的显示效果，游戏的实现者就必须在这两个方面下工夫。

（3）电影电视制作

在三维计算机动画中，把人体作为其中的角色一直是研究者感兴趣的目标之一。在这一方面引人注目的早期工作，从动画电影"Tonyde Peltrie"和"Rendezvous a Montreal"中可见一斑。而近期在这一方面的工作更是令人惊叹不已，我们经常可以看到令人震撼的特技画面效果，在拍摄一些高危险的画面或者是超现实的画面的时候，虚拟环境和虚拟人的出现可以有效地解决这一问题，其逼真的头发动画和皮肤纹理给人留下了深刻的印象。计算机动画技术的应用，使影片的效果更加真实、精彩。在各种人物的仿真里，头发的造型与皮肤真实感的模拟是至关重要的一面。电影里人物的行动带动头发的运动以及皮肤的变形，如果头发的运动效果与皮肤的变形效果不能配合人物的行动，那么整个电影的视觉效果马上就降下来了。所以头发与皮肤的仿真对于电影电视制作来说很重要。

12.1.3 研究概况

1. 头发模拟

南卡罗来纳大学的 Kim 提供了一个多分辨率的头发模拟系统，用户可以通过多分辨率的发簇形式，隐含地设计头发间的交互作用。同时可以在高层给用户提供在根发簇上运动的动态控制。但是模拟这样的发簇效果非常困难，由此会造成巨大的计算花费。东京大学 Chen 等的聚簇发束模型和新加坡国立大学 Koh 等的发带模型，虽然在一定程度上解决了头发数量巨大的问题，减少了计算花费，但缺少头发的真实感。日内瓦大学的 Hadap 等提出了一个基于流体的交互式头发造型器，解决了模拟发型单一的问题，然而同样的，此方法也缺乏头发的真实感。东京大学的 Nishita 提出了用松散的粒子系统来对头发建模，粒子间的松散关系可以很好地模拟出头发的横向运动，但只模拟了比较简单的发型[2]。

2. 皮肤模拟

Thalmanns 提出 JLD（joint2dependent local deformation）方法[5,6]来模拟皮肤的真实感变形效果。该方法首先将皮肤顶点映射到相应的骨骼上。在关节附近的皮肤顶点将对应两个相邻的骨骼。其次，设计以关节转角为自变量的变形函数。该函数用来驱动对应的皮肤顶点变形。当关节角度变小时产生肌肉的隆起效果，当关节角度变大时产生肌肉的扁平效果。在设计好每个类型关节的变形函数后，皮肤就可以根据关节的角度和所设计的变形函数产生相应的变形。该方法能够产生较为真实的皮肤变形效果，但却面临以下几个主要的问题：一是使用数学函数只能表达较为简单的变形，它很难清楚地定义复杂的变形如肩膀附近皮肤的变形；二是需要为每一种类型的关节单独指定变形函数。这需要丰富的经验和反复调节的过程,一般的用户难以设计出满意的函数;三是该方法使用起来不直观,使用者很难直观想象出数学函数与变形结果之间的关系。尽管如此,基于变形函数表示的变形方法取得了让人满意的效果,使用该方法成功地创作出了虚拟女孩 Marilyn。

Thalmann 等通过椭圆形的切面来近似地模拟人体皮肤的变形。其基本思想是将身体躯干和四肢表达为一串的椭圆形轮廓,当人体运动时,通过实时计算每个椭圆形轮廓的朝向和位置,能够得到较为满意的皮肤变形算法,同时也适合于精度要求不高的肌肉变形。算法的不足之处在于:第一,由于每条轮廓线只受到离它最近的两层轮廓线的影响,这会造成某些较为复杂关节(如肩膀)的不理想的变形效果;第二,由于每个肢体都由单独的椭圆形构成,该方法难以表达细微的皮肤结构,在复杂关节如肩部难以达到逼真的造型效果。

12.2　系统设计原则

1. 头发模拟

头发模拟作为虚拟人体模型的一部分,由于其本身独特的物理特性——数量极大、单一个体细小等,想要在适当的系统开销下并以一定的速度模拟出具有真实感的头发是很困难的,这些性质可能会造成渲染中的走样问题。同时,人类的发型是多变的。因此,本项目关注的是如何建立一个耗时少且计算花费小的交互式头发建模系统[7]。

2. 皮肤模拟

三维人体皮肤变形是虚拟人合成研究的难点之一,主要原因有两个。一是获得逼真的皮肤变形比较困难。因为人体本身结构复杂,而且人眼对人体非常敏感。二是实时性与逼真性互相制约和影响,常常难以兼顾。为了获得逼真的皮肤变形往往需要牺牲变形的速度,反之亦然。实际应用中往往需要根据不同应用采用不同的方法,在实时性和逼真性之间进行取舍[8,9]。

12.3　学术思想与立论依据

12.3.1　学术思想

1. 头发模拟

本项目使用基于 NURBS 曲面的建模与仿真方法[10]。这个方法适用于三维动画头发的仿真,头发的主要形状用 NURBS 曲面来定义,首先在头部曲面附近建立 NURBS 曲线即关键头发曲线,沿着关键头发曲线扩展出头发块。在每根关键头发上应用粒子动态学,然后把弹力和仿真融合,以产生逼真的头发模型。最后应用 VC++和 OpenGL 开发工具实现头发模拟。

基于 NURBS 曲面的三维头发造型可以通过两个阶段来实现:轮廓曲线可以从关键头发扩展出来形成 3D 模型,头发块的基础部分是由 NURBS 产生的关键头发构成;轮廓曲线根据关键头发的长度来扩展发型的几何信息。这个几何体仿效手绘动画发型的头发块,一旦这些重叠的块合并起来就可以形成视觉连贯的曲面[11~13]。

2. 皮肤模拟

首先,采用交叉截面的概念实现了刚体有缝虚拟人的无缝皮肤建模,在原有刚体表面模型虚拟人驱动框架下,实现了基于交叉截面的皮肤变形方法。接着采用基于广义交叉截面的皮肤变形方法驱动任意皮肤网格组织方式的虚拟人表面模型,无须对原模型皮肤顶点进行重新采样,获得了比交叉截面方法更好的变形效果,同时还保持了速度快、操作简单、占用存储空间小、自动化程度高的优点。最后,为了进一步提高变形的逼真性,克服经验准则下广义交叉截面变形的肩部失真并模拟肌肉收缩的皮肤变形效果,采用基于真实采集数据的皮肤变形方法。通过真实获取的人体运动和皮肤变形数据,利用机器学习的方法将人体皮肤的变形特性和规律提炼出来,从而在皮肤变形驱动模型中间接地引入了真实的皮肤变形规律,获得真实感较强的皮肤变形。

12.3.2 立论依据

1. 头发模拟

NURBS 方法的主要优点是既为标准解析形状,又为自由型曲线曲面的精确表示与设计提供了一个公共的数学形式。可以通过修改控制顶点和权因子,为各种形状设计提供充分的灵活性。同时它具有明显的几何解释和强有力的几何配套技术,包括节点插入、细分、升阶等,对几何变换和投影变换具有不变性。

在头部简化网格模型上选取部分曲面的控制点[14],再在头部模型外侧选取一些控制点,就可以生成头发曲面初步的模型。再把这些选取的点分组,每一组都可以建立一条曲线,即前面节中提到的关键头发,然后从这些关键头发就可以扩展出头发块。这样通过使用曲面,与其他一根一根的头发仿真方法相比,处理的对象减少了,加快了头发仿真的速度。由于使用头发形状控制参数,可以修改头发的最终形状,而使该算法能产生很多不同的发型。

2. 皮肤模拟

交叉截面变形按交叉截面轮廓而非针对单独的顶点执行变形计算,既保证了实时性,又可以克服传统蒙皮法的变形失真问题,还可以模拟初步的肌肉变形效果。而且,与基于实例的插值方法相比较,该方法不需要扫描仪等特殊的数字采集设备,无需繁琐的数据获取和处理过程,不需要存储大量的实例数据,建模过程简单,占用存储空间小。

无缝交叉截面变形的原理是:对于按照交叉截面的方式组织的无缝虚拟人表面模型,可以通过修改每个交叉截面轮廓线的方向、大小和位置实现皮肤变形。在变形的过程中,保持相邻部位之间的无缝连接即可实现光滑的无缝虚拟人皮肤变形。

基于广义交叉截面的皮肤变形方法借鉴了交叉截面分组变形的原理,可以直接驱动任意皮肤网格组织方式的虚拟人表面模型,而无须对原模型皮肤顶点重新采样。该方法将原模型的皮肤顶点进行分组,把相对不变形且连续的皮肤顶点相互连接所组成的多边形网格定义为广义交叉截面,从而通过对广义交叉截面的处理实现皮肤的变形驱动。由于该方法不改变原模型的几何结构,可以很好地保持原模型的细节,而且广义交叉截面的划分是以皮肤变形特征为依据的,所以该方法可以获得非常逼真的变形效果。同时该方法还保持了实时性和易用性,通过不同的广义交叉截面分组原则选取可以灵活的根据需要在实时性、逼真性之间进行折中。

基于真实采集数据的皮肤变形方法的基本思路为:利用真实获取的人体运动和变形数据,通过机器学习的方法间接获得人体皮肤变形的特性,即建立皮肤表面顶点变形与运动关节角度的关系,然后据此来建立皮肤变形模型,实现人体运动时皮肤自动和真实的变形[15,16]。需要说明的是一旦皮肤表面变形与运动角度的关系找到,那么原始的数据即可丢弃。

12.4　方案设计说明

12.4.1　依据的技术原理

具有真实感的三维头发造型与仿真技术的发展离不开计算机图形学、力学等理论基础的支持。在图形学领域,计算机图形学的建模思想、坐标变化、三维观察、光照及消隐技术等技术直接影响并作用于三维头发仿真技术的整个分析和解决过程中。力学中受力分析、各种模型变形定理等也都直接影响着三维头发造型的分析[17~19]。

12.4.2 系统功能

系统功能结构如图 12.1 所示。

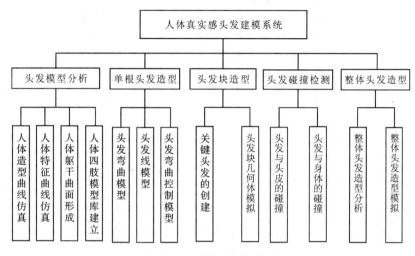

图 12.1 系统功能结构图

1. 头发模型的分析

为了能够达到比较好的模拟效果,需要对头发的特点、初始生长方向、受力、生长区域及发型进行分析。这些因素影响头发的最终造型,如果能把这些因素的逻辑关系弄清楚,就可以为后面的头发仿真提供良好的理论基础。

2. 单根头发造型

在计算机仿真头发的过程中,最重要的是找到能够有效地表示单根头发的建模方法、头发的线模型以及如何控制头发的弯曲等。这些模型的建立方法是头发的造型模拟和控制的理论基础[20]。

3. 头发的线模型

对于单根头发的线模型,可以假设它是由一系列的节点依次连接所构成的线段集合[21~23]。若确定了头发的生长点、头发的长度以及头发的初始生长方向,就可以从头部模型上长出很多根头发,直直的竖立在头皮上。如图 12.2 所示。从头部网格模型上直接选取头发的生长点,头发的长度可以人为的定义,初始生长方向采用生长点处的法向量。在不受外力的作用下,头部网格模型上头发的生长状态呈现辐射状态。

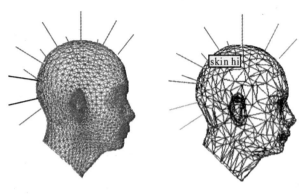

图 12.2　直线型发型

4. 头发弯曲控制

头发受到各种各样因素的影响而产生弯曲,而这些因素最终通过力的形式统一予以描述。头发有可能仅受到重力的作用,也有可能除了重力外,还将受到真实感三维头发的模拟其他外力的作用[24]。不同力的作用,将产生不同的头发弯曲形状。

5. 头发块的造型

根据实际头发的自然外观,如头发的形状、粗细、光泽等,若要有效地采用计算机图形学的相关技术,利用计算机进行头发仿真,对于头发段的建模,较为理想的模型是圆柱、圆台等基本形状[25,26]。但是考虑到极为可观的头发数量,如果在计算机上采用这些模型,要想获得较快的速度是不现实的。为了在尽可能减少表示头发的数据量,快速生成头发的真实感图形的同时,利用光照计算等计算机图形处理技术来增强图形的真实感,本项目在生成头发线模型的基础上,用曲面来仿真头发块,这样做既可以进行光照计算等真实感图形效果处理,又可以大大减少计算的时间消耗。

6. 关键头发的创建

采用先创建线,后创建块的思想,用 NURBS 自由曲面创建头发块的关键头发和头发块。

7. 几何体的模拟

人体的头发是由一簇一簇的头发组成的,每一簇头发定义为头发块,轮廓曲线就是头发块的外形曲线。轮廓曲线是从关键头发扩展出来形成的,头发块是由轮廓曲线充实生成的。头发块几何体是用关键头发和相应的原始曲面的法向量建立的。

8. 头发的碰撞检测

碰撞检测问题在计算机图形学、机器人运动规划、图形仿真等领域中有很长的研究历史,近年来随着虚拟现实、仿真等技术的兴起,碰撞检测再一次成为研究的热点。精确的碰撞检测对提高仿真的真实性、增强虚拟环境的沉浸感有着至关重要的作用,而虚拟环境自身的复杂性和实时性对碰撞检测提出了更高的要求。尤其是头发的仿真过程中,在数量和密度上考虑,头发的碰撞是不可避免的。到目前为止,碰撞检测已经发展了多种算法和实现方法,各种算法各有优缺点及适用的环境。但是适合头发碰撞检测的方法还不是很多,需要就头发之间、头发与头部和身体的碰撞检测算法研究。

9. 基于 NURBS 的整体头发造型设计

利用 NURBS 曲线、曲面的特点,建立整体头发造型通常不同的发型会给人全然不同的感觉,专业的发型设计要在原型分析的基础上才能很好地塑造出来。因此,作为专业发型师他所要了解的内容包括脸型、五官、发质、长短现状、头颅造型、颈长、肩宽、头和身的比例、发色、头旋等。在这些因素里最重要的是发质、长短现状,以及该如何修剪。我们知道,发型师修剪头发都是一缕一缕的操作,而不是一根一根的剪,这是普遍的发型塑造方式,受其启发,在用计算机进行头发造型与仿真研究时,也可以按照一定方式将头部生长头发部分分成若干区域,每一区域相应的对应一缕头发,各缕头发的内在因素及外在因素相同,对各缕头发分别作用以后,便可得到完整发型的效果图形。

12.5　系统关键技术

12.5.1　头发模型的建立

考虑到一方面三维图形的计算机生成需要很大的计算量,另一方面头发的数量可观,为了减轻计算任务的繁重性,同时又不失去图形表示的真实感,在生成头发线模型的基础上,拓展为头发块模型,实现了一个多变发型的方法。通过引入形状控制参数,使得一个基本的头发块模型可以一次模拟出多种不同的形状。

12.5.2　头发的碰撞检测

考虑头发是依附在头皮上,长头发还有可能依附在身体上,分析头发与头部

和身体的碰撞检测方法,验证了单根头发与头部网格模型的碰撞
仿真女士多种款式的中长头发的整体造型。

12.6　系统开发与实现环境

　　系统在 Windows 2000 或 Windows XP 系统下开发,应用 VC++开发软件,
OpenGL 开发式三维图形标准接口进行设计开发。

参 考 文 献

[1] Perlin K. Hyper texture. Computer Graphics,1989,23(3):253~262.

[2] Anjyo K,Usami Y,Kurihara T. A simple method for extracting the natural beauty of hair. Computer Graphics,1992,26(2):111~120.

[3] Pasko S A,Savchenko V. Using real functions with application to hair modeling. Computer Graphics, 1996,20(1):11~19.

[4] Zhan X,Xue D Y. V-Hair studio:an interactive tool for hair design. IEEE Computer Graphics and Applications 2001,21(3):36~43.

[5] Hadap S,Magnenat-Thalmann N. Interactive hair styles based on fluid flow// Proceedings of Euro-Graphics 2000.

[6] Hadap S,Magnenat-Thalmann N. Modeling dynamic hair as a continuum. Computer Graphics Forum, 2002,20(3):329~338.

[7] Levoy M,Pull I K,Curless B,et al. The digital michelangelo project:3D scanning of large statues// Proceedings of the ACM Symposium on Interactive 3D Graphics,2000.

[8] Clark J H. Hierarchical geometric models for visible surface algorithms. Communications of the ACM, 1976,19(10):547~554.

[9] Hoppe H. Progressive meshes// Proceedings of the ACM Symposium on Interactive 3D Graphics,1996.

[10] Kalvin A D,Taylor R H. Surperfaces:polygonal mesh simplification with bounded error. IEEE Computer Graphics and Applications,1996,16(3):64~77.

[11] Luebke D,Erikson C. View-dependent simplification of arbitrary polygonal environments// Proceedings of the ACM Symposium on Interactive 3D Graphics,1997.

[12] Schmitt F,Barsky B,Du W H. An adaptive subdivision method for surface-fitting from sampled data// Proceedings of the ACM Symposium on Interactive 3D Graphics,1986.

[13] Heckbert P S,Garland M. Survey of polygonal surface simplification algorithms// Proceedings of the ACM Symposium on Interactive 3D Graphics,1997.

[14] Schroder W J,Zarge J A,Lorensen W E. Decimation of triangle meshes. Computer Graphics,1992,26 (2):65~70.

[15] 费璟昊,樊建平,周树民. 虚拟人皮肤建模技术研究概况与展望. 计算机辅助设计与图形学学报, 2008,20(3):291~297.

[16] 李艳,王兆其,毛天露. 基于广义交叉截面的实时虚拟人皮肤变形方法. 计算机科学,2005,32(1): 190~193.

[17] Hamann B. A data reduction scheme for triangulated surface. Computer Aided Geometric Design,1994,

11(2):197~214.

[18] Xia J C,Varshney A. Dynamic view-dependent simplification for polygonal models// Proceedings of the IEEE Visualization,1996.

[19] Hoppe H. Smooth view-dependent level-of-detail control and its application to terrain rendering// Proceeding of the 9th IEEE Visualization,1998.

[20] Hoppe H,DeRose T,Duchamp J,et al. Mesh optimization// Proceedings of the ACM Symposium on Interactive 3D Graphics,1993.

[21] Bando Y,Chen B Y,Nishita T. Animating hair with loosely connected particles. Computer Graphics Forum,2003,22(3):411~418.

[22] Daldegan A. Magnenat-Thalmann N,Kurihara T,et al. An integrated system for modeling,animating and rendering hair. Computer Graphics Forum,1993,12(3):211~221.

[23] Rosenblum R E,Carlson W E,Tripp E. Simulating the structure and dynamics of human hair: modeling,rendering and animation. The Journal of Visualization and Computer Animation,1991,2(4):141~148.

[24] Yamaguchi T,Wilburn B,Ofek E. Video-based modeling of dynamic hair // Proceeding of the 3rd Pacific Rim Symposium on Advances in Image and Video Technology,2009.

[25] 白小丹,姜昱明,罗玉堂. 基于 NURBS 曲面的三维动画头发造型与仿真. 微电子学与计算机,2006,23(4):107~109.

[26] 付婕,董兰芳,陈意云,等. 三维头发的建模方法研究. 计算机仿真,2006,11(23):86~90.

第十三章 三维人体重要尺寸探测系统

13.1 引　言

13.1.1 三维探测技术简介

20世纪80年代末以来,三维人体扫描广泛运用于人体测量、客户化样板生成、人台定制以及服装表面合体性评价等服装领域。同时,还运用于脊柱的变形、孕妇胸和胃体积变化、面部瘫痪和脂肪分配等医学领域的研究。

三维人体扫描是通过数字转换器、照相机或扫描仪获得与区域图像类似的等高线图,再由模型软件处理转换为空间点,以点云数据显示虚拟模型、关键标志,具有扫描迅速、重现尺寸准确等优点。目前主要的探测技术主要包括立体摄影法、激光测量法、莫尔条纹干涉法、白光相位法和远红外射线法五大类。下面简单介绍一下这五种探测技术和它们主要的代表系统[1~3]。

1. 立体摄影法

该方法运用一组摄像机同时对人体进行多方位的摄影,通过人体表面光线的横切面形状及大小转化的曲线计算人体模型。这种方法符合人的视觉特点,但对凹下曲面的测量较难,精度也不高。如图13.1所示。

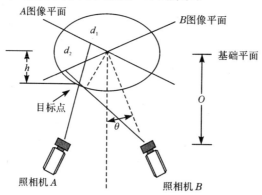

图 13.1　立体摄影法原理

使用此方法的代表系统主要有英国的 LASS 人体阴影扫描仪和法国 SYM-CAD 自动人体测量系统等。

2. 激光测量法

该方法利用多个激光测量仪对站立在测量箱内的被测者从多个方位进行测量。摄像机接收射向人体表面的激光光束反射光,用计算机算出人体同一高度若干点的坐标值,从而测得人体表面的全部数据。如图 13.2 所示。

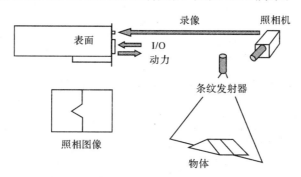

图 13.2　3D 激光扫描模型示意图

使用此方法的代表系统主要有美国的 Cyberware 系统、德国的 TecMath 系统、日本的 Voxelan 扫描仪以及美国的 FastScan 手提式扫描仪等。

3. 莫尔条纹干涉法

该方法也称为密栅云纹法,是应用光栅的投影和光栅形成的莫尔条纹来进行人体数据测量。通过投射光栅图像于主体上而获得样本光栅,使样本光栅和参考光栅一起被摄影,两种光栅格互相干扰,在记录的平面图像里形成莫尔波纹图案。莫尔图像代表了被摄影物体的中心透视图,边纹的不同刻度表示了照相机的不同距离,连续边缘的深度间隔不是常数,而是随着照相机的距离而增加。

使用此方法的代表系统有香港理工大学研制的 CubiCam 系统等。

4. 白光相位法

该方法利用白色光源在物体表面投射正弦曲线,物体不规则的形状令投射的光栅变形,产生的图像可以表示物体表面的轮廓。如图 13.3 所示。

使用此方法的代表系统有美国纺织与服装技术公司(TC2)的分层轮廓扫描系统、英国的 TriFor 系统、法国的 OptiFit 系统等。

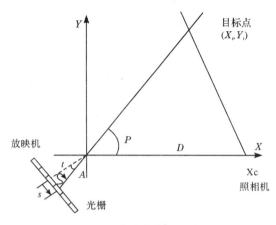

图 13.3　白光相位法示意图

5. 远红外射线法

该方法在电磁光谱的红外线区域里操作红外线图像传感器,镜头连接到探测器,采用红外线光发射半导体和半导体位置敏感探测仪。通过围绕人体多重距离的定位传感器测量人体三维形状,将红外线能量转换成电子信号,聚焦于屏幕上或转为其他输出。如图 13.4 所示。

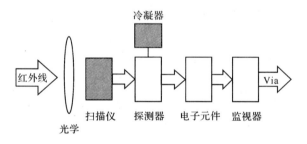

图 13.4　红外线原理示意图

使用此方法的代表系统有 Conusette 公司的 Hokurik 系统、Hamamatsu 公司研制的身体线条(BL)扫描仪等。

13.1.2　尺寸提取步骤说明

服装 CAD 中的三维人体提取技术就是根据人体或者三维人台的扫描数据,重构人体模型,自动提取人体特征尺寸信息,计算长度并显示特征线和特征点。这是将人体数据数字化后在服装 CAD 系统中应用的第一步,也是整个服装数字化的基础[4]。如图 13.5 所示。

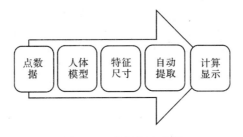

图 13.5　数据提取流程

1. 人体建模

在对人体特征尺寸信息提取之前,应该在系统中重构人体模型。然后根据模型获取特征部位的特征尺寸。人体建模的最直接方法就是读入外部数据或文件(如现成的人体模型库或人体探测系统的输入数据),也可以根据人体的特征数据在三维应用 CAD 软件中构造出人体模型,然后离散表面得到三维点坐标的离散数据。

2. 特征尺寸

根据服装设计的需要,确定需要提取的特征尺寸(身高、胸围、腰围、臀围等)。然后根据人体生理划分或者特征部位的特征点提取的特征部位所在平面。这方面可以参考国家标准[5]或者是根据相应的测量学定义来获取测量基准点[6]。尺寸位置与身高比例如表 13.1 所示。

表 13.1　尺寸位置与身高比例

尺寸项目	男	女
身高	1.00	1.00
眼睛	0.94	0.93
颈部	0.84	0.86
肩部	0.82	0.81
腋窝	0.75	0.75
胸围	0.72	0.72
隔膜	0.70	0.70
肘部	0.63	0.63
腰围	0.61	0.63
上臀围	0.58	0.58
中臀围	0.53	0.53

		续表
尺寸项目	男	女
下臀围	0.48	0.48
胯部	0.47	0.47
大腿	0.41	0.41
膝盖	0.26	0.28

3. 自动提取

在确定所要提取特征的平面后,就可以利用一些拟合方法算出人体闭合曲线的近似方程。然后再利用数学上的积分方法对曲线方程求定积分,并计算出人体关键部位的特征尺寸。在这一步最重要的是确定不同部位的拟合算法,根据这些拟合算法计算出曲线方程,供下一步计算特征尺寸使用。

4. 计算显示

在确定了拟合方程之后就可以根据特征点的信息,利用定积分求出特征尺寸的近似值,将得到的尺寸信息输出。接下来把提取的尺寸数据送给需要这些数据的开发设计人员。

13.1.3 各种拟合算法评述

在对围度尺寸提取之前,需要先用平滑的曲线方程来拟合人体的围度点集,然后再对曲线方程求积分得到围度曲线周长。该周长从某种程度上说就是服装设计学上需要的特征尺寸。目前世界上比较典型的方法有超椭圆拟合[7]、EE 参数样条曲线拟合[8]以及回归分析[9]等算法。下面对这些算法在精确性、实用性、编程性等方面简单评述。

1. 超椭圆拟合

超椭圆是以椭圆为基础扩大指数取值范围而形成的一族曲线。标准超椭圆的表达式如下

$$\left(\frac{x^2}{a^2}\right)^s + \left(\frac{y^2}{b^2}\right)^s = 1$$

其中, a , b , s 均为大于零的实数。

超椭圆的参数方程为

$$\begin{cases} x = \pm a \, (\cos\theta \times \cos\theta)^{\frac{1}{2s}} \\ y = \pm b \, (\sin\theta \times \sin\theta)^{\frac{1}{2s}} \end{cases}, \quad -\pi < \theta < \pi$$

　　基于上述方程,可以推导出典型超椭圆及其曲率变化规律。一些常见的超椭圆图形以及 s 的取值如图 13.6 所示。

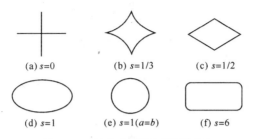

(a) $s=0$　　　　(b) $s=1/3$　　　　(c) $s=1/2$

(d) $s=1$　　　(e) $s=1(a=b)$　　　(f) $s=6$

图 13.6　几种典型的超椭圆图形

　　超椭圆拟合人体围度尺寸的方法是由日本的 Hatakeyyama 等提出来的。他假设人体的各个截面都是与中心轴线正交的超椭圆轮廓,建立人体截面形状的超椭圆模型[10]。

$$\begin{cases} AX^{2n} + BX^nY^n + CY^n = Z^{2n} \\ X = (R + S_x \times \sin\theta) \times \cos\theta \\ Y = R \times \sin\theta \times 比例 \end{cases}$$

其中,A,B,C,n 根据不同位置有所改变,如胸围 $A=1,B=0.5,C=1,n=2$;臀围 A、B、C 均为 1,$n=2$;腰围 A、C 均为 1,$B=0$,$n=1$,比例为前后厚度与左右宽度之比。

　　尽管超椭圆拟合有很好的理论基础和效果,但是由于上述系数的确定需要大量的统计数据,因此建立一个统一的超椭圆模型较为困难。虽然其准确度较高,但是由于建模困难,并且实际应用时对于模型的要求较高,需要大量的点。因此,超椭圆拟合的实用性不是很高,并且由于生成的闭合曲线方程过于复杂,对于用计算机进行积分计算也会产生较大困难。

　　2. EE 参数样条曲线拟合

　　EE 样条函数是哈尔滨工业大学于 1988 年提出的一种新的样条函数。与其他常用的曲线拟合方法相比,EE 样条曲线对控制多边形有更好的逼近性,采用 EE 样条拟合人体截面曲线能满足人体截面形状闭合线的特征。

　　它的主要思想是由顶点控制多边型来控制顶点间的曲线函数。如图 13.7 所示。其中,$P_i \sim P_{i+3}$ 为顶点控制多边形的控制顶点;$Q_i(0),Q_i(1),Q_{i+1}(1)$ 均为探测到的离散数据点。

　　EE 样条函数就是利用顶点控制点生成 $Q_i(0)$ 和 $Q_i(1)$ 之间的曲线函数 $Q_i(n)$。

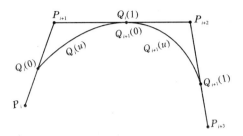

图 13.7　EE 样条函数原理示意图

$$\begin{cases} Q_i(u) = \left[E_0(u), E_1(u), E_2(u) \right] \left[P_i, P_{i+1}, P_{i+2} \right]^{\mathrm{T}}, & u \in \left[0, 1 \right], i = 1, 2, \cdots, n-2 \\ E_r(u) = \sum_{j=0}^{4} a_{rj} u^j, r = 0, 1, 2, u \in \left[0, 1 \right] \end{cases}$$

其中，$E_r(u)$ 为 EE 样条函数的基函数，又称权函数。

　　因为 EE 样条是由控制多边形来生成样条曲线的，所以测量所获得的离散点不能直接作为控制多边形的顶点。需要由测点(型值点)反算出特征多边形的顶点，才能进行测量数据的拟合。可以由测量点到控制多边形顶点反求函数(k 一般取 0.5)。

$$\begin{cases} x_{i+1} = (x_{si} - x_i + k x_i)/k \\ y_{i+1} = (y_{si} - y_i + k y_i)/k \end{cases}, \quad i = 3, 4, \cdots, n$$

　　虽然 EE 样条函数能得到十分准确曲线拟合函数，但是由于建立控制多边形需要大量的测点，对于实际测量中的点云数据结果精度太低，达不到要求。另外，测量获得离散点不能直接作为控制多边形的顶点，需要由测点(型值点)反算出特征多边形的顶点，才能进行测量数据的拟合。对于程序的实现需要增加太多无用的消耗，并且实现过程繁琐，因而不适合快速应用。

3. 回归分析

　　变量之间有两种关系：一种是函数关系，另一种是相关关系。回归分析方法是处理变量之间相关关系的一种有力工具，它不但能够提供变量间相关关系的数学表达式(通常称为经验公式)，而且可以利用概率统计的基础知识对其进行分析，判断所建立经验公式的有效性。

　　利用回归分析法对围度函数进行拟合的算法思想是，利用大量的围度尺寸信息和一些固定变量的值，如胸宽找到一个围度尺寸与胸宽、胸厚等其他变量相关的线性关系(函数)。式(13.1)和式(13.2)就是使用两种回归分析方法得到的两个胸围拟合函数。式(13.1)是利用偏最小二乘回归分析得出的。式(13.2)是利用最小二乘回归分析得出的。

$$y=2.8480x_2+0.4862x_6+0.1461x_5+0.3798x_4-18.6441 \tag{13.1}$$

$$y=0.6983x_1+1.4933x_2+0.016x_3+0.0182x_4+0.2093x_5+1.193x_6-19.9343 \tag{13.2}$$

其中,y 为胸围尺寸;x_1 和 x_2 分别为人体的胸宽和胸厚;x_3 和 x_4 分别为人体的腰宽和腰厚;x_5 和 x_6 分别为人体的臀宽和臀厚。

回归分析是通过概率统计的方法得到的一个近似公式,不一定适合于所有被测人群。如果用于建立标准化人体信息库可能有一定实用意义,但要用于各种身形的被测人群,那么得到的结果置信度将大大降低。这种算法要求相关变量(胸宽、腰宽等)要比较容易求出,然而在实际提取过程中确定某些特征部位首先需要计算该部位附近所有层面的闭合曲线周长,因此可能会陷入一个死锁状态。回归分析的方法不适合人台模型等特征部位不确定的围度信息提取。

13.1.4 探测系统未来展望

随着计算机技术和网络技术的发展,人体测量技术也将呈现新的面貌。未来的测量技术将更偏向智能化、网络化和人性化。新一代的人体探测系统不仅在人体建模速度方面大大提高,而且算法的准确度也会随着技术的发展而提高。

3D 人体测量技术在资料完整性与再利用性上明显优于传统的测量方式。但是目前,我国还没有建立 3D 人体数据库,而现行的人体数据系统已经不符合现代人体特征,急切需要建立适应我国人体特征的人体数据库系统,以适应现代工农业生产、国防建设等的需要。

13.2 程序设计过程

13.2.1 需求分析

在开始程序设计之前需要明确整个系统要实现的功能,然后才能根据需要进行建模、划分模块,确定各子模块的主要功能。本系统主要实现读取点云数据文件,重构人体模型,确定特征部位所在层面,然后提取关键尺寸并显示。为了更直观地显示整个系统的工作流程,利用软件工程[11]方法建立的用例图如图 13.8 所示。

系统工作流程如图 13.9 所示。系统读取点文件后调用计算模块,计算尺寸数据后显示结果,或者在对系统参数设置后自动或手动调用计算模块,计算尺寸后显示结果。

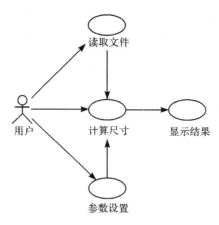

图 13.8 系统用例图

图 13.9 数据流顶层图

13.2.2 设计概要

1. 系统开发环境

软件环境:在 Windows 平台下使用 OpenGL 和 Visual C++. Net 进行软件开发。

硬件环境:Intel P4 2.8C + 512MRAM。

三维扫描仪:参考当今世界上一些流行探测系统(例如 Teimat 的 SYMCAD、TurboFlash/3D、TC2-3T6、TechMath-RAMSIS、Cyberware-WB4、Vitronic-Vitus 等)的数据探测方法,借鉴其数据流以虚拟一个输入设备。

2. 点云数据文件格式

由于现存的人体探测系统种类繁多,并且对点云数据文件格式没有一个完整的规范,导致点云数据文件格式种类繁多,相同的扩展名也可能是不同系统的输出文件。值得庆幸的是,基本上所有的点云数据文件都是以字符编码存放而非二进制,并且所有的点云数据存放的主要内容都是人体上的点与面信息。虽然有些数据文件格式还带有光源、材质等信息,但是这部分数据与我们的提取过程无关,在读取文件的时候可以略去。

本系统支持的点云数据文件格式为＊.ASC。这种类型的文件主要包含了点信息与三角面信息。由于所有的点云数据都大同小异，只要能处理一种点云数据，那么稍作修改，系统就可以兼容大多数的点云格式文件。如图 13.10 所示。

```
Ambient light color: Red=0.2 Green=0.2 Blue=0.2

Named object: "Hip"
Tri-mesh, Vertices: 1987      Faces: 3788
Vertex list:
Vertex 0:  X:-0.051797  Y:-0.043192     Z:0.398675
Vertex 1:  X:-0.011319  Y:-0.038451     Z:0.342867
Vertex 2:  X:-0.001783  Y:-0.006644     Z:0.343961
Vertex 3:  X:-0.000447  Y:-0.016284     Z:0.339556
Vertex 4:  X:-0.000132  Y:-0.017302     Z:0.33932
Vertex 5:  X:-7.2e-05   Y:0.008077      Z:0.354694
Vertex 6:  X:-0.000548  Y:-0.021318     Z:0.338281
Face list:
Face 0: A:847 B:486 C:521 AB:1 BC:1 CA:1
Material:"r255g255b255a0"
Smoothing:  1
Face 1: A:1129 B:1234 C:777 AB:1 BC:1 CA:1
Material:"r255g255b255a0"
Smoothing:  1
Face 2: A:580 B:643 C:1193 AB:1 BC:1 CA:1
Material:"r255g255b255a0"
```

图 13.10　ASC 文件部分内容

文件第一行记录了模型的光源 RGB 信息。接下来是模型的名称以及该部位包含的顶点数量和面数量信息。这些信息之后就是顶点信息列表和面信息列表。点信息包括点编号和在三维坐标系中的坐标值。面信息包括面编号、三个顶点的点编号还有材质信息。一般的 ASC 文件包含 20 000～40 000 个点和 50 000～100 000 个面。我们的任务就是利用这些点重建人体模型并提取特征尺寸信息。

3. 系统类图

整个系统以主对话框为基础，依赖于具体实现功能的三个类。如图 13.11 所示。主对话框负责调用三个功能类来实现完整的系统功能。首先，Main 类调用 ReadFile 对象来实现 ASC 文件的读取，并将读入的数据存储在结构体 nodes 中；接着，调用 CountGirth 对象中的拟合函数对存储在结构体中的测量数据进行拟合，计算出特征尺寸；最后，Main 调用自身的显示函数来显示计算结果。拟合算法的选择依赖于 Setting 类中的各个设置变量，在调用 CountGirth 时依据变量值来确定拟合函数的选用。

13.2.3　详细设计

在对系统进行概要设计之后，下面就要对每一个模块进行详细的设计说明[12]。

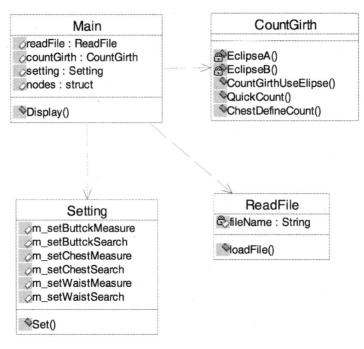

图 13.11　系统类图

1. 主界面模块(Main)

主界面是系统的基础模块,所有其他模块的调用都将在该模块中完成,还负责对读取的点云数据文件栅格化和建立数据存储结构,以及显示结果和相关信息的功能。

由于这是一个完整的系统,所以系统还需要一个程序启动界面。在主界面的OnInitDialog()中添加启动界面对话框的显示与撤销函数,即可达到程序启动界面的效果。

接下来主要实现文件的读入与数据结构的建立。主界面模块中包含一个ReadFile类对象 readFile,利用这个对象打开所需要的点云数据文件,根据文件的读取函数,将所需要的点数据信息全部读入系统并按照特定的数据结构在内存中重新排放。

建立数据结构之后,首先调用特征部位判断函数确定人体特征部位所在平面,然后再调用 CountGirth 类求出人体特征部位拟合曲线的周长,最后调用显示函数把结果显示出来。

2. 文件读取模块(ReadFile)

该模块是整个系统的关键模块,主要实现特定文件的读取,即 ASC 点云数据文件的读取。调用 CFileDialog 类的现有功能实现文件打开对话框,在此对话框中设置支持 ASC 文件格式。然后再根据 ASC 文件格式中点信息的组成格式编写 SScan()函数的读取格式,并将得到的结果保存在 Main 类的数据结构中。

3. 计算模块(CountGirth)

该模块为整个系统的核心模块,主要实现对确定的点信息使用各种拟合函数,计算各种拟合方法并得出最后的结果。目前计算模块主要实现三种围度尺寸计算方法,即椭圆拟合、多边形周长近似计算、根据服装设计定义计算胸围。

4. 系统参数设置模块(Setting)

该模块对系统计算的准确度有着重要的影响。参数设置的好坏将直接导致计算结果的精确度。对于不同的人体模型(成年女性、成年男性、未成年女性、未成年男性、婴儿等)需要采用不同的特征部位判定方法,不同的围度也需要采用不同的尺寸计算方法。参数设置模块就是用来确定这些具体算法的调用。

系统参数设置模块主要包含胸围、腰围、臀围的拟合方法和判定方法。对于胸围和臀围默认采取现实中人体测量所使用的判定方法,腰围默认使用人体划分定义判定方法。

13.3　算　法　思　想

13.3.1　数据结构的选取

之前介绍点云数据格式的时候提到,点信息最主要的内容就是它们在三维坐标系上的坐标值。对这些点分析后发现,浮点值都比较小,且在 Z 轴坐标上的数值几乎没有两个是相同的,也就是说不在一个平面上。为了便于计算判断,首先需要把点离散到同一个平面上,采用的方法是使用与地面平行的 n 个平面,每个平面间的距离一定(系统默认设定大约是 1.5mm),让这些平面将人分割成大约 1 000 多个平面,然后把相邻两个平面之间的点映射到较低平面上。对于映射在同一平面上的点,将它们再次离散到边长 0.15mm 方格的定点上。我们这个过程称为栅格化。如图 13.12 所示。

栅格化后的点有可能会出现一个 X 坐标上有三个点或四个点的情况,这是由于平面之间的点在垂直方向上可能存在重复。实际上一个闭合的曲线函数,在一

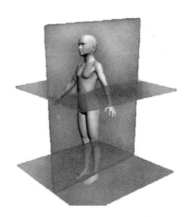

图 13.12　平面划分示意图

个横坐标上最多只有两个点。对于这些点,只保留使闭合曲线所围图形面积较大的点。我们将这个过程称为消除冗余点。然后再按一定次序把这些点接在同一个平面上。

　　根据上述生成的数据结构。如图 13.13 所示。整个系统的数据结构采用哈希散列表,哈希关键值就是平面高度,冲突采用俩链表法即相同平面上的点利用链表链接在表头上,这些点依照一定的规律排放。

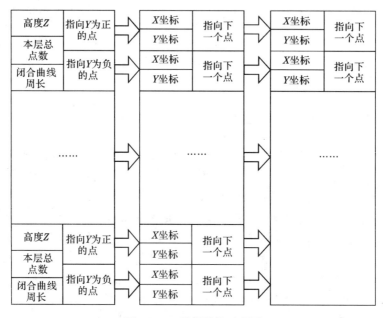

图 13.13　数据结构示意图

13.3.2　人体特征部位判定思想

在对特征尺寸进行提取之前首先要获得这些特征尺寸所在的平面,下面简要介绍本系统所使用的三种判定方法。

1. 根据特征尺寸所在身体比例判定

根据特征尺寸所在身体比例判定是指根据统计学的方法,对较大规模的人群进行统计然后得出一个适用于大多数人身体部位比例的数据。目前主要有 GB 16160-1996《服装人体测量的部位及方法》以及美国 Clemson 大学在1998 年提出一些尺寸在高度上与身高的比例关系[13]等一系列国际国内的相关标准数据。

因为该方法是基于统计学得出的结果,并且事实上不同个体之间必然存在着个体差异,所以该算法在适用范围上存在一定的局限性。但是这个方法却是其他判定方法的基础,后面提到的算法将对该算法近一步修改,使得适用性范围得到扩大。

2. 根据测量学定义判定

这是根据人体各个部位在测量学上的定义,利用已知条件反推出尺寸部位所在平面的方法。例如,从腋点向下找到最大截面,该截面的周长就是胸围。腰围是从胸围截面向下找到的最小截面周长。臀围是从腰围截面向下找到最大截面的周长。

但是这个方法对拟合算法的影响极大。因为这种算法首先需要计算出人体模型全部的围度信息,而在实际应用中对于不同的人体部位,拟合的方法存在差异,特别是那些回归算法,只适用于某个具体部位的围度尺寸拟合,并不具有泛用性。

因此,这里结合了比例判定与测量学定义判定的方法,利用比例判定获取围度尺寸所在平面的可能范围,而不是原先的确定平面。然后利用测量学定义在这个范围内确定出所要测量的平面。这样做的好处是不用计算人体模型全部的围度尺寸,并且可以在局部使用不同的拟合算法。不同的尺寸信息提取可以定义不同的拟合算法,提高拟合精度。

3. 根据实际测量方法判定

在现实生活中,服装设计师在测量顾客身体围度尺寸信息时不可能,也没有必要使用上述判定方法。他们拥有自己的一套方法来测量人体围度信息。根据现实生活中服装设计师测量人体的方法,我们提出模拟实际测量方法的判定算法。

在实际测量中,服装设计师往往是通过一些非常好判定的点来确定人体各个部位所在的平面。例如,女性胸围是测量通过乳房最突出点的平面,而臀围是测量通过臀部最翘点的平面。在比例判定的基础上,获取各个围度尺寸所在平面的可能范围,在这个范围内查找一些明显的特征点,然后由这些点所在的平面确定所要测量的平面。

这个方法的好处是事先不需要计算围度信息,而把这个工作放在确定平面之后。通过我对大量点数据文件的测试,发现该方法的效果优于上述两种方法。但是,目前这个方法暂不支持对腰围的判定,所以在程序使用上仍会保留上述两种判定算法。

13.3.3 人体拟合算法的思想

在介绍完人体部位判定算法之后,接下来介绍一下本系统使用的拟合算法。拟合算法是本系统最主要的算法,人体尺寸的提取准确与否很大一部分取决于拟合算法。我们将使用一些自己提出的拟合算法。这些算法的设计遵从易理解性、易修改性、易实现性、实用性、高兼容、高效性等思想原则。所以这些算法的精度可能无法与 EE 样条函数拟合相比,但是更具实用性和易实现性。

1. 内接多边形周长法

这个算法的思想来源于《九章算术》中刘徽的割圆术方法,即圆的周长近似于圆内接多边形的周长,并且随着圆内接多边形的边数增加结果就越近似于正确值。如图 13.14 所示。

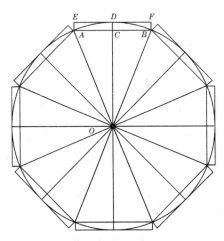

图 13.14 圆的内接多边形

基于这个思想,利用人体闭合曲线的内接多边形周长来拟合难于直接计算的人体围度尺寸。把系统探测到的点依照一定次序在直角坐标轴上显示,然后用直线把相邻的两个点连接起来,形成的多边形就是曲线内接多边形。利用这个多边形的周长来近似模拟人体曲线围度信息。图 13.15 是一个胸围平面。

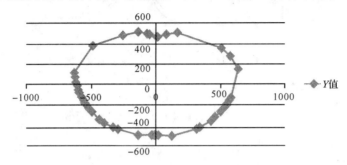

图 13.15 胸围平面拟合结果

这个算法的好处是非常直观,易实现,但是计算结果与围度层面点的数量有关。随着围度层面上点的数量的增加,计算结果也将无限接近于真实结果。如果该层面上点的数量较少,则可以使用后面的两种拟合方法。一般来说,这种算法得到的结果会比实际测量结果略微偏小。

2. 椭圆拟合法

椭圆拟合算法是在超椭圆拟合的基础上进行修改的结果。由于之前提到超椭圆拟合人体曲线需要大量的测量点来确定,所以我们修改了超椭圆的思想,从而产生了椭圆拟合算法。

椭圆拟合的主要思想是把人体的围度信息看作两个半椭圆的结合,从而利用椭圆的标准公式,对其在平面上积分得到椭圆周长。这个算法最主要的是确定椭圆的长轴 a 与短轴 b 的长度,但这两个参数并未预先给出,而是利用平面点集来计算。

$$\begin{cases} a = \sqrt{\dfrac{x_2^2 \times y_1^2 - x_1^2 \times y_2^2}{y_1^2 - y_2^2}} \\[4mm] b = \sqrt{\dfrac{x_2^2 \times y_1^2 - x_1^2 \times y_2^2}{x_2^2 - x_1^2}} \end{cases}$$

$$L = 2 \int_{-a}^{a} \sqrt{b^2 - \frac{b^2 x^2}{a^2}} \, \mathrm{d}x$$

这种算法的可行性在于人体测量中的围度信息并不一定等于闭合曲线的周长。实际上该值是人体围度曲线的一个近似于椭圆的曲线周长。图 13.16 所示就是该方法对人体各个围度进行拟合的结果。

图 13.16 中从左到右依次为胸围、腰围、臀围,可知这种方法对于女性胸围的

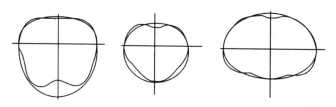

图 13.16　椭圆拟合人体各个围度

拟合精确度略低,但是对于其他部位的拟合结果误差较小。这种算法可以适用于各种身型,这是因为现实测量中的特征尺寸必然是一个类椭圆的曲线周长。

3. 服装设计学定义法

这种算法也是一种概率统计的结果。根据服装设计上的定义[14],人体前胸宽＝(胸围)/6＋2cm。由此可以反推出胸围的公式。这种方法有服装设计学的基础,虽然是统计出来的公式,但是却可以适宜绝大多数的身型,并且这种方法清晰易懂、容易实现,存在一定的实用性。所需要的变量只与围度尺寸所在层面的点有关,而不像回归分析法中结果与多个层面的点有关。因此,在胸围结果参考上具有一定的意义。

13.4　系统整体分析

1. 系统的优势

系统的优点主要表现在高兼容性、高扩展性和高通用性等方面。

因为系统读取的是点云数据文件而不是模型文件,所以只要对系统做小小的修改就可以完美兼容不同格式的点云数据。

整个系统在原先的设计中也为新的算法预留了空间,也就是说添加新的算法将不会对原先正确的程序造成太大影响,这使得系统的可扩展性大大增强。如果需要新的算法可以非常方便地加入原有系统,然后在设置界面中添加设置选项即可。虽然还是必须对源程序进行修改,但是所有模块的高内聚、低耦合性可以使新算法的增加与原算法的修改独立于其他模块。

系统的输出采用界面方式,在界面上显示人体的围度尺寸信息,以浮点值的形式输出并允许直接复制到其他软件中使用。另外,界面还输出人体特征尺寸所在平面的所有点信息,以便对特征尺寸所在平面作进一步研究。

2. 系统的缺陷

系统目前还存在一些缺陷,包括如下几个方面:不同点云数据文件的支持需要在程序中修改,计算精度不足,被测人体模型需要摆出固定的姿势,计算机硬件上的限制等。

3. 待改进方面

因为系统目前还存在一些缺陷和不完美的地方,所以系统还有许多可以继续改进优化的地方。这些集中体现在算法、提取内容、与硬件的整合、与其他软件的整合、界面等方面。

4. 系统适用范围

人体尺寸探测系统可以在很多领域发挥作用,如参数化人台[15]、服装设计CAD[16]、建立人体信息数据库、网络试衣系统中顾客的身型数据等。随着电子商务和服装电子信息化的发展,这方面的需求以及系统应用领域将越来越多。

5. 系统效益前景

在对系统实用性分析后可以得出这样一个结论,系统潜在的需求来自于服装设计工业、电子商务中的网络试衣系统。人体扫描系统也可以整合特征尺寸提取系统。因此在实际效益上人体尺寸探测系统具有较大的实用意义。

与传统的手动测量方法比较,手动测量便宜,精度较高,但是效率低。自动扫描提取硬件成本高,精度一般,但是效率高。因此对于少数人体的测量完全没有必要使用自动测量,随着被测人体数量的剧增,手动测量的速度将明显无法满足客户的需求,此时就需要采用自动测量技术。自动测量必然会成为未来服装设计的一种趋势。只要解决了精度与速度问题,特征尺寸提取系统还是具有光明前途的。

中国目前在这一方面的具体成果仅见于一些期刊,并且这些成果多为算法思想的研究,在实际应用方面较少涉及,完整的程序代码就更为稀少。但是随着信息化的发展,相信这一方面的需求会带动相关的研究,最终会产生实际经济效益。

总而言之,人体尺寸提取系统是一项十分有实用前景和实际经济效益的项目。不仅可以设计成为独立的提取软件,还可以做成嵌入式软件或与建模软件整合。最终结果是适用于商业、工业的实际应用。

13.5　系统使用演示

13.5.1　界面介绍

在调用系统主界面之前,显示的是系统启动画面。如图 13.17 所示。在此期间系统完成界面初始化,数据结构初始化等一系列的工作。

图 13.17　系统启动界面

系统的主界面如图 13.18 所示。最左面为文本框,用于显示读取数据并计算之后人体各个特征尺寸所在平面的点信息。界面右上角为结果反馈部分,用于显示提取得到的人体特征尺寸,目前支持胸围、身高、腰围、臀围四项内容。界面右下角为交互部分,用于向系统提交信息指令。人机的主要交互都在这个地方完成。

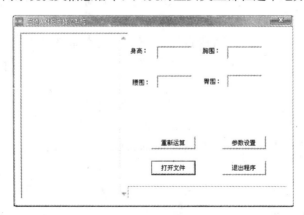

图 13.18　系统主界面

系统的主要界面还包括一个参数设置界面。如图 13.19 所示。在该界面中用户可以设定拟合、判定的各种方法。

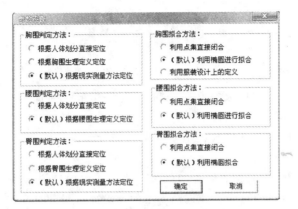

图 13.19　系统设置界面

13.5.2　数据提取说明

下面对系统的执行过程做一个简要的概述。

① 进行参数设置,默认设置一般情况下就是最优设置。

② 打开文件选择所要载入的点云数据文件。这里以 man. asc 文件为例。

③ 确定打开文件后,系统读取文件,建立数据结构,并直接把计算结果显示出来。如图 13.20 所示。

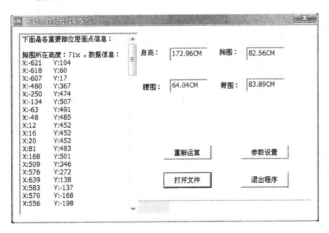

图 13.20　系统运行示意图

④ 如果对于使用的参数不满意,可以在参数设置中进行设置,然后点击重新运算即可。

以上就完成了一次简单的人体尺寸提取过程,如果需要对点数据作进一步修改可以直接复制主界面最左侧的点数据信息。

13.6　结　　论

实际完成的系统基本与预先的构想一致,能从特定的点云数据文件中分析提取特征尺寸所在的平面,并计算这些特征尺寸,最后把特征尺寸所在平面的点信息和尺寸信息在屏幕上输出。

在系统开发设计过程中,利用软件工程的分析设计建模方法,选取增量开发模型作为系统的开发模型。

在这个过程中会遇到非线性"蝴蝶效应"[17]。简单地说就是使用 Double 双精度类型的数值进行计算,由于浮点数类型的存储方法导致结果最后几位不一定是正确的。在平常的使用中这点影响也许没有什么,但是在一些精度较高的计算过程中,随着计算次数的增加,误差结果也在累加,当计算到达一定程度的时候,获得的结果就会有极大的误差。

参 考 文 献

[1] 徐继红,张文斌. 非接触式三维人体扫描技术的综述. 扬州职业大学学报,2006,10(3):49~53.

[2] 夏蕾. 服装工业中的三维人体测量技术. 上海纺织科技,2006,34(5):76~77.

[3] 张昭华,吴如山. 人体测量技术在服装工效学中的应用. 国际纺织导报,2006,3:31~34.

[4] 闫迷军,宁涛,张兆璞. 服装 CAD 中三维人体尺寸信息提取技术的研究. 工程图学学报,2005,1:26~29.

[5] 冼力文. 中国成年人人体尺寸标准及其应用. 建设科技(重庆),1996,4:48~49.

[6] 林德静,孙晓东. 基于三维扫描的人体尺寸提取技术. 北京服装学院学报,2005,25(3):36~41.

[7] 袁渊,肖正扬,杨继新. 超椭圆曲线特性及其在曲面拟合中的应用. 大连轻工业学院学报,2004,23(4):287~290.

[8] 于德敏,许增朴. 非接触三位人体测量数据的 EE 样条拟合. 天津轻工业学院学报:增刊,1993:51~54.

[9] 姜安,许增朴,于德敏,等. 人体胸围尺寸的拟合方法. 天津工业大学学报,2002,21(5):85~88.

[10] 许增朴. 三维人体尺寸自动检测方法的研究——用于服装制造业. 天津轻工业学院学报:增刊,1993:1~6.

[11] Roger S,Pressman R S. 软件工程. 梅宏,译. 北京:机械工业出版社,2005.

[12] Kruglinski D J. Visual C++技术内幕. 北京:清华大学出版社,1991.

[13] Allen B,Curless B,Popović Z. Articulated body deformation from range scan data// Proceedings of the 29th Annual Conference on Computer Graphics and Interactive Techniques,2002.

[14] 王海亮,周邦桢. 服装制图与推板技术. 北京:中国纺织出版社,2004.

[15] 吴龙,张欣,任小玲,等. 基于三维人体测量的参数化人台的研究. 西安工程科技学院学报,2005,19(4):416~419.

[16] 丛杉,张渭源. 数字技术在服装设计中的应用. 东华大学学报,2006,32(1):125~130.

[17] 卢侃,孙建华. 混沌学传奇. 上海:上海远东出版社,1991.

附　　录

附　录　A

系统清单,如图 A.1 和图 A.2 所示。

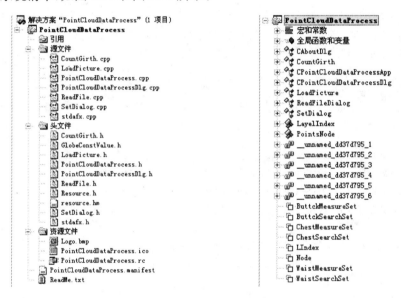

图 A.1　系统文件与类

```
/*
    本头文件提供本项目所有的常量定义,如需修改一些精度之类的信息在此修改即可
    身高提取的精度在同一批次的输入流的情况下,误差小于4.6mm
*/
//以下两个数值的乘积要保持恒定1.05
#define BaseUnitSizeZ 0.001        //Z轴分层使用的数据
#define BaseLayels 1050            //2100层从1.00~-0.05
//以下的数值请勿小于0.000002
#define BaseUnitSizeXY 0.0001      //平面上"栅格化"的点的大小
#define BaseUnitValue 2300         //一个点的基本单位mm
#define Fluctutate 50              //浮动的范围mm

typedef struct PointsNode          //点的结构体
    {
        int x,y;
        PointsNode* next;
    }Node;

typedef struct LayelIndex          //层数结构体
    {
        int pointsNum;             //本层总点数
        float grith;               //计算闭合曲线周长(格局选择的拟合算法决定)
        Node* minusY;              //连接以X最小的点(Y为负值)
        Node* positiveY;           //连接以X最小的点(Y为正值)
    }LIndex;

    /*
        *胸围搜索方法:
            *CZJDW直接定位,根据人体划分直接得到所在层面,会因为人的不同而产生影响
            *CDYDW定义定位,根据胸围定义查找,最大层面,会受到拟合算法和手臂等等影响
            *CCLDW测量定位,默认值,根据人体测量现实做法,测量通过乳房最突点的界面,少数健壮男性会出现误判
    */
typedef enum {CZJDW,CDYDW,CCLDW}ChestSearchSet;

    /*
        *腰围搜索方法:
            *WZJDW直接定位,根据人体划分直接得到所在层面,会因为人的不同而产生影响
            *WDYDW定义定位,默认值,根据腰围定义查找,最小层面,会受到拟合算法等影响
    */
typedef enum {WZJDW,WDYDW}WaistSearchSet;

    /*
        *臀围搜索方法:
            *BZJDW直接定位,根据人体划分直接得到所在层面,会因为人的不同而产生影响
            *BDYDW定义定位,根据臀围定义查找,最大层面,会受到拟合算法影响
            *BCLDW测量定位,默认值,根据人体测量现实做法,测量通过臀部最突点的界面
    */
typedef enum {BZJDW,BDYDW,BCLDW}ButtckSearchSet;

    /*
        *胸围拟合方法:
            *CKSNH快速拟合,直接将所有的点利用直线快速闭合的简单算法
            *CTYNH椭圆拟合,假设人体的各个部位都是利用椭圆来拟合的
            *CDYNH定义拟合,根据服装设计上胸宽与胸厚的规定进行拟合
    */
typedef enum {CKSNH,CTYNH,CDYNH}ChestMeasureSet;

    /*
        *腰围拟合方法:
            *WKSNH快速拟合,直接将所有的点利用直线快速闭合的简单算法
            *WTYNH椭圆拟合,假设人体的各个部位都是利用椭圆来拟合的
    */
typedef enum {WKSNH,WTYNH}WaistMeasureSet;

    /*
        *臀围拟合方法:
            *BKSNH快速拟合,直接将所有的点利用直线快速闭合的简单算法
            *BTYNH椭圆拟合,假设人体的各个部位都是利用椭圆来拟合的
    */
typedef enum {BKSNH,BTYNH}ButtckMeasureSet;
```

图 A.2　系统常量以及结构体

附　录　B

六个区域的身高、胸围、体重的均值 M 级标准差 SD。如表 B.1 和表 B.2 所示。

表 B.1　年龄 18～60 岁（男）

项目	东北华北区		西北区		东南区		华中区		华南区		西南区	
	M	SD	M	SD	M	SD	M	SD	M	SD	M	SD
体重/kg	64	13.2	60	7.6	59	7.7	57	6.9	56	6.9	55	6.8
身高/mm	1 693	56.6	1 684	53.7	1 686	55.2	1 669	56.3	1 650	57.1	1 647	56.7
胸围/mm	888	55.5	880	51.5	865	52.0	853	49.2	851	413.9	855	413.3

表 B.2　年龄 19～55 岁（女）

项目	东北华北区		西北区		东南区		华中区		华南区		西南区	
	M	SD	M	SD	M	SD	M	SD	M	SD	M	SD
体重/kg	55	7.7	52	7.1	51	7.2	50	6.8	49	6.5	50	6.9
身高/mm	1 586	51.8	1 575	51.9	1 575	50.8	1 560	50.7	1 549	49.7	1 546	53.9
胸围/mm	848	66.4	837	55.9	831	59.8	820	55.8	819	57.6	809	513.8